༄། །གཞོན་ནུ་ཟླ་མེད་ཀྱི་གདམས་རྒྱུད། །

མདོ་མཁར་ཞབས་དྲུང་ཚེ་རིང་དབང་རྒྱལ་གྱིས་བརྩམས།

བོད་ལྗོངས་མི་དམངས་དཔེ་སྐྲུན་ཁང་།

图书在版编目(CIP)数据

勋努达美的故事：藏文/朵噶夏仲次仁旺杰著. —3 版. 拉萨：西藏人民出版社，2008.6（2024.3重印）
ISBN 978 – 7 – 223 – 02458 – 7

Ⅰ. 勋… Ⅱ. 朵… Ⅲ. 古典小说–中国–清代–藏语 Ⅳ. I242.4

中国版本图书馆 CIP 数据核字（2008）第077136号

勋努达美的故事

编　　著	朵噶夏仲次仁旺杰
责任编辑	旦杰
封面设计	格次
插图绘制	强桑
封面题字	次朗
电脑排版	边巴次仁
责任印制	达珍
出版发行	西藏人民出版社（拉萨市林廓北路20号）
印　　刷	西藏山水印务技术有限公司
开　　本	850 × 1168　1/32
印　　张	12.25
插　　图	1
字　　数	200千
版　　次	2008年6月第3版
印　　次	2024年 3月第13次印刷
印　　数	36,601–39,600
书　　号	ISBN 97–7–223–02458–7
定　　价	30.00元

དཔེ་སྐྲུན་གསལ་བཤད།

《གཞོན་ནུ་ཟླ་མེད་ཀྱི་གཏམ་རྒྱུད་》འདི་བཞིན་དུས་རབས་བཅོ་བརྒྱད་པའི་ནང་གི་བོད་ཀྱི་ཆབ་སྲིད་མཁས་ཅན་དང་རྩོམ་རིག་མཁས་ཅན་མདོ་མཁར་ཞབས་དྲུང་ཚེ་རིང་དབང་རྒྱལ（རབ་བྱུང་བཅུ་གཉིས་པའི་མེ་གླང་1697ལོར་འཁྲུངས་ཤིང་། རབ་བྱུང་བཅུ་གསུམ་པའི་ཆུ་ལུག་1763ལོར་གཤེགས།）གྱིས་ཁོང་རང་ཉིད་སྐུ་གཞོན་ནུའི་དུས་སུ་བརྩམས་པར་མཛད་ཅིང་། རྒྱ་ཆེ་མཐའ་ཡས་པའི་བསམ་པའི་འཆར་སྒོ་དང་། གཏིང་ཚུགས་པའི་དགོངས་ཡོད་འཚོ་བའི་ཉམས་སྣང་། གཞན་དྲིང་མི་འཇོག་པའི་རྩོམ་རྩལ་བཅས་ལ་བརྟེན་ནས་བསམ་བློའི་རང་བཞིན་དང་། སྒྱུ་རྩལ་གྱི་རང་བཞིན། སྙིང་རོལ་གྱི་རང་བཞིན་སོགས་རྣམ་པ་དུ་མ་ནས་ཡོངས་སུ་ཕྱུག་པའི་གཏམ་རྒྱུད་རིང་པོ་དེ་བོད་མི་རིགས་འདི་པའི་སྲོལ་རྒྱུན་རྩོམ་སྲོལ་བཅད་ལྷུག་སྤེལ་མའི་ལམ་ནས་དྲངས་ཏེ་སྐྱེ་བོའི་ཡིད་ཀྱི་བདེ་བའི་ལོངས་སྤྱོད་ཀྱི་དཔལ་ལ་ལེགས་པར་ཕྱིན།

བརྩམས་ཆོས་འདིའི་སྙན་པར་གྲགས་པའི་བ་དན་ཡུལ་གངས་ཅན་ཙམ་མ་ཟད་རྒྱལ་ཁབ་ཕྱི་ནང་ཀུན་ལ་ལྷབ་ལྷུབ་ཏུ་གཡོ་བར་གྱུར་ཅིང་། གང་འདི་ཉིད་ཀྱི་སྲོག་གི་དབང་པོ་དག་མི་ལོ་གསུམ་བརྒྱ་ལ་ཉེ་བར་ཕྱོགས་པའི་དུས་ད་ལྟའི་ཚར་ཡང་མི་ཉམས་མི་ཞིག་པར་འཛམ་གླིང་གི་སྐྱེ་འགྲོ་དུ་མའི་ཡིད་ཀྱི་བརྟན་པ་དབང་མེད་ཅིག་ཅར་དུ་ཕྲོགས་དང་འཕྲོག་བཞིན་པ་ལགས།

ངེད་དཔེ་སྐྲུན་ཁང་གིས་མི་རིགས་དཔེ་སྐྲུན་ཁང་གི་1957ལོའི་པར་

གཞི་གཞིར་བཟུང་1987ལོའི་ཟླ་8པར་པར་ཐེངས་གཉིས་པ་དང་། 2000ལོའི་ཟླ་10པར་པར་ཐེངས་གསུམ་པ་བཏབ། རྒྱ་ཆེའི་ཀློག་པ་པོའི་དགོས་འདུན་ལྟར་ད་ལམ་བསྐྱར་དུ་པར་ཐེངས་བཞི་པ་བཏབ་ཅིང་། ཀློག་པ་པོས་གཟིགས་བདེ་འཚོལ་སླ་ཡོང་ཕྱིར་ཁོ་བོས་ལྷ་ས་མཐོ་རིམ་དགེ་འོས་ཆེད་ཚན་སློབ་གྲྭའི་དགེ་བའི་བཤེས་གཉེན་ཚེ་རྣམ་ལགས་སུ་བརྩམས་ཆོས་འདིའི་འགོ་ནས་མཇུག་བར་གྱི་ནང་དོན་ཧྲིལ་པོར་ས་བཅད་དབྱེ་བ་ཕྱེ་སྟེ་དཀར་ཆག་བཟོ་རོགས་ཞུས་པ་ཐུགས་རྩོལ་ཆེན་པོས་སྐྱབས་འཇུག་དོན་སྨིན་མྱུར་དུ་བསྐུལ་བར་མཚམས་འདིར་བཀའ་དྲིན་ཆེ་ཞུ་རྒྱུ་དང་། ཕྲན་བུའི་དགེ་བའི་བཤེས་གཉེན་དམ་པ་མཁས་དབང་ཆེན་མོ་དུང་དཀར་བློ་བཟང་འཕྲིན་ལས་མཆོག་གི་བརྩམས་ཆོས་འདི་པའི་སྐོར་གྱི་གསུང་གླེང་གཞིའི་ཚུལ་དུ་ཆེད་མངགས་བཀོད་པ་ལགས་སོ། །

དཔེ་སྒྲིག་འགན་འཁུར་བས།
2008.3.8

གླིང་གཞིའི་ཚབ་བཀོད་དུང་དཀར་བའི་གསུང་།

སྙན་འཛེབས་ཚིག་སྦྱོར་གྱི་ལམ་ནས་བཤད་པའི་《གཞོན་ནུ་ཟླ་མེད་ཀྱི་གཏམ་རྒྱུད་》རིང་པོ་དེ་ནི་བོད་མི་རིགས་ཀྱི་གཙུག་ལག་རྒྱ་མཚོ་ཆེན་པོའི་ནང་གི་འོད་སྡོང་འཕྲོ་བའི་གཅེས་ནོར་གྱི་གྲས་ཤིག་རེད། གཏམ་རྒྱུད་ནང་རྩོམ་པ་པོས་གསོན་ཉམས་ལྡན་པའི་གཏམ་དཔེ་མང་པོ་བཀོད་ནས་མིའི་གཟུགས་བརྙན་དང་། ཡུལ་གྱི་མཛེས་ལྗོངས། བསམ་པའི་འཆར་སྒོ་སོགས་སྣེ་མང་ཕུན་སུམ་ཚོགས་པ་མངོན་སུམ་བཞིན་བྲིས་ཡོད་པ་མ་ཟད། ཚིག་སྦྱོར་དང་མངོན་བརྗོད་རྣམས་སྤྱད་དེ་སྙན་འཛེབས་དང་། གོ་དོན་ཟབ་པ། བོད་མི་སྤྱི་ཡིས་གོ་བའི་ཕལ་སྐད་ཀྱི་རྨང་གཞིའི་ཐོག་ཕུན་སུམ་ཚོགས་པའི་གནའ་བོའི་བོད་ཀྱི་བརྡ་སྦྱོར་མང་དག་སྤྱད་པ་བཅས་ཀྱིས་རྩོམ་ཡིག་དེས་ཀློག་པ་པོའི་ཡིད་དབང་འཕྲོག་ཐུབ་པ་བྱུང་བ་མ་ཟད། ཧ་ཅང་ཕུན་སུམ་ཚོགས་པའི་ཚིག་སྦྱོར་གྱི་ཐོག་ནས་གནའ་སྔ་མོ་ནས་བོད་མི་རིགས་ལ་གཞན་དྲིང་མི་འཛོག་པའི་རྣམ་པར་བཀྲ་ལ་ཟད་མཐའ་མེད་པའི་མིང་ཚིག་ཡོད་པ་མཚོན་པས་མི་རིགས་གཞན་གྱི་སྐད་ཡིག་ཐོག་གི་དཔེ་དེབ་ཡོད་པ་རྣམས་ཀྱང་བོད་མི་རིགས་ཀྱི་སྐད་ཡིག་ཐོག་ནས་མཚོན་མི་ཐུབ་པ་མེད་པར་སྤྲོད་བྱས་ཡོད། རྩོམ་རྩལ་ཐད་མི་སྣ་ཕན་ཚུན་གླིང་མོལ་དང་། ཡུལ་གྱི་མཛེས་ལྗོངས། བྱ་བའི་དོན་རྐྱེན་གང་ཞིག་ལ་འཛིན་པའི་ལྟ་བ་སོགས་ཚིག་བཅད་སྙན་ངག་གི་ཐོག་ནས་བྲིས་པ་དང་། བྱ་བའི་བརྒྱུད་རིམ་དང་། གཟུགས་བརྙན་དུ་བཀོད་པའི་མི་སྣའི་བསམ་བློ་

གཏོང་ཚུལ་སོགས་ཚིག་ལྷུག་ཐོག་བྲིས་ཡོད་པས་བཅད་ལྷུག་སྤེལ་མའི་རྩོམ་ལུགས་ཀྱི་རྣམ་པ་ལྡན་པ། གདམ་རྒྱུད་དེ་ཡང་ཚོ་ཕུན་སུམ་ཚོགས་པའི་ལུས་ལ་རྒྱན་གོས་བཟང་པོས་སྤྲས་པ་དང་འདྲ་བར་གདམ་རྒྱུད་ཀྱི་སྒྲོག་སྙེ་རྩོམ་པ་པོ་ཉིད་ཀྱིས་བརྗོད་བྱ་མ་ལུས་པ་སྙན་ངག་མེ་ལོང་གི་གཞུང་ཚད་མར་འཛོག་པ་མཚོན་པ། སྐབས་འཕྲུལ་དགོས་མཁོར་གཞིགས་ཏེ་ཚིག་རྐང་མང་ཉུང་ཅི་རིགས་སྤྱད་པའི་ཐོག་བརྗོད་བྱའི་དོན་དང་འཚམས་པའི་རྒྱན་རྣམས་ཀྱང་མཉམ་བསྲེས་ཀྱིས་སྤྱད་ནས་མངོན་པར་མཚོན། ཚིགས་བཅད་རྣམས་ཚིག་རྐང་རིང་ཐུང་ཅི་རིགས་ལྡན་ཡང་ཚིག་བར་འདྲ་མཚུངས་ཀྱི་ཚིག་རྐང་བཞི་རེར་སྡེབ་པ་རེ་བརྩིས་ནས་བརྒྱན་ཏེ་སྔོན་པའི་སྙན་ངག་གི་རྩ་བའི་རྒྱུན་སྲོལ་གཏོར་ནས་ཚིག་རྐང་མང་ཉུང་ཅི་རིགས་རྒྱན་རྣམས་མཉམ་བསྲེས་ཀྱིས་བྲིས་ཡོད་པ་དེས《སྙན་ངག་མེ་ལོང་》མའི་གཞུང་དོན་གྱི་འཇུག་སྒོ་ཡངས་པར་གྱུར་པའི་ལེགས་སྐྱེས་ཕུལ་ཡོད་ལ་རྩོམ་རྩལ་བྱང་ཆུབ་པ་དང་རྩེར་སོན་གྱི་གནས་སུ་སླེབས་ཡོད། །

དཀར་ ཆག

1. མཆོད་བརྗོད་དང་བརྩམ་པར་དམ་བཅས་ཤིང་དངོས་པོ་ངེས་པར་བསྟན་པ།

༄༅། །ཟབ་གསལ་ཡེ་ཤེས་མཆོག་གི་མེ་ལོང་ཆེར། །ཤེས་བྱར་སྲིད་རྣམས་གཟུགས་བརྙན་ཡོངས་རྫོགས་པ། །རབ་འབྱམས་རྒྱལ་ཀུན་ཡབ་གཅིག་བཅུ་དྲུག་གི །ལང་ཚོའི་དཔལ་འབར་སྨྲ་བའི་རྒྱལ་པོས་སྐྱོངས། །མཐོང་ཐོས་དྲན་དང་རེག་པའི་ཚ་ཙམ་གྱིས། །ངག་ལ་མི་ཟད་བདུད་རྩིའི་འདོད་འཇོའི་གཏེར། །རྡོ་རྗེ་དབྱངས་ཀྱི་རྒྱལ་མོ་མཚོ་ལྡན་མ། །ཆོས་ཀྱི་འཁོར་ལོའི་པད་མོར་དགྱེས་པར་རོལ། །མི་ཕྱེད་དད་པའི་ཕྱག་རྒྱས་རབ་བཅིངས་ནས། །མོས་གདུངས་དབྱངས་ཀྱི་ང་རོས་གསོལ་འདེབས་བྱུར། །བློ་དང་སྤོབས་པའི་མཆོག་སྦྱིན་འབད་མེད་དུ། །སྩོལ་བར་མཛད་པའི་ཐུགས་རྗེ་རྨད་དུ་བྱུང་། །ཤེས་རབ་ལྷ་རྣམས་ཐུགས་རྗེའི་བྱིན་ཆེན་པོས། །ཡོངས་སུ་བསྐྱངས་ན་རྨོངས་རྟུལ་ངག་ལས་ཀྱང་། །སྙན་འཇེབས་ལེགས་པར་བཤད་པའི་རོལ་མོ་ནི། །འཁྲོལ་བའི་མཐུ་དང་ལྡན་པར་ངེས་རབ་ཞུགས། །དེ་ཕྱིར་འདིར་ཡང་སྡེ་བཞིའི་ཡོན་ཏན་གྱི། །ཆེ་བ་མངོན་པར་འཕྱིན་སླད་བློས་གར་གྱི། །བསྟན་བཅོས་ཆེན་པོའི་རྗེས་མཐུན་སྤྱོལ་མའི་གཏམ། །ཆོས་ནོར་ཐར་འདོད་བརྗོད་བྱ་ཟབ་རྒྱ་ཆེ། །རྗོད་བྱེད་སྙན་པའི་འགྱུར་བག་འབུམ་སྡེའི་མཛོད། །ཐ་སྙད་རིག་ལམ་འཛིན་རྣམས་མགུལ་རྒྱན་དུ། །སྤྲོ་བར་བྱེད་པའི་གཏམ་རྒྱུད་མུ་ཏི་ཀའི། །ངོ་ཤལ་མ་རྨད་ཚར་དུ་དངར་བར་བྱ། །

2. ཕྱིད་པའི་རྒྱན་ཞེས་བྱ་བའི་རྒྱལ་པོ་ཉི་མའི་བློ་གྲོས་དང་། གང་གི་བཀའ་ལ་གཏོགས་པའི་བློན་པོ་རྣམས་ཇེ་སྒྲིད་པ།

དེ་ཡང་སྔོན་བྱུང་བ་འདས་པའི་དུས་ན། རྒྱ་གར་འཕགས་པའི་ཡུལ་ནས་བྱང་ཕྱོགས་སུ་ས་འཛིན་གྱི་འཕྲེང་བ་རིམ་པ་འགའ་ཞིག་འདས་པའི་ས་ན་ཀུན་དགའི་ཚལ་ཞེས་བྱ་བའི་ཡུལ་ཁམས་སུ། གྲོང་ཁྱེར་ཆེན་པོ་པད་མ་རྒྱས་པ་ཞེས་པ་ཀུན་གསལ་གྱི་ལམ་དུ་རྒྱུ་སྐར་འཕྲེང་བས་མཛེས་པར་བྱས་པ་ལྷ་བུ་མངོན་པར་བཀྲ་བ། ནོར་དང་སྐྱེ་བོས་ཡོངས་སུ་གང་བས་ཁོ་ར་ཁོར་ཡུག་ཏུ་དཀྲིགས་པའི་དབུས་སུ་རྒྱུ་སྐར་གྱི་རྒྱལ་པོ་ཚ་ཤས་ཡོངས་སུ་རྫོགས་པའི་དགེ་མཚན་དངོས་པ་ལ་དོ་ཟླར་ཆས་པ། འཆི་མེད་བདག་པོའི་མདུན་ས་ནོར་འཛིན་དཔལ་མོའི་རྒྱན་དུ་བྱིན་པ་དང་ཀུན་ནས་འདྲ་བའི་ཕོ་བྲང་མཐོ་ཞིང་ཡངས་ལ་ལྷ་བས་ཆོག་མི་ཤེས་པ་ཡང་དག་པར་སྤྱངས་པའི་ས་ལེ་སྦྲམ་གྱི་རྒྱ་ཕུབ་དང་། མདའ་ཡབ་དང་། བྱ་འདབ་འོད་སྟོང་འབར་བས་ཕྱོགས་ཀྱི་འཁོར་ལོ་འགེངས་པ། གདུགས་དང་རྒྱལ་མཚན་དང་། བ་དན་ལྷབ་ལྷུབ་གཡོ་བ་ལས་དཔྱངས་པའི་གཡེར་དྲིལ་གྱི་སྒྲ་དབྱངས་ཀྱིས་རྣ་བ་བདུད་རྩིའི་བང་མཛོད་དུ་བྱེད་པ། དེའི་ཕྱོགས་དང་ཕྱོགས་མཚམས་རྣམས་སུ་སྐྱིད་མོས་ཚལ་ཡིད་ཀྱི་བརྟན་པ་འཕྲོག་པར་བྱེད་པ་ལ་ནི་ལྗོན་ཤིང་གི་རིམ་པ་སྣ་ལ་དང་། སྣ་ལ་ཤྭ་དང་། མྱ་ངན་མེད་མཆོག ཏ་ཤྲཱི་ཧ་དང་། གཞན་ཡང་འབྲས་ལྡན་ལྗོན་པ་དང་། འབྲི་ཤིང་གི་རྣ་བ་ཚར་དུ་དངར་བ་ཆོས་བཟང་ལྷའི་དགའ་ཚལ་ཐྲོལ་ལ་འགོད་པ། ཉེ་བར་གནས་པའི་འདབ་ཆགས་ཀ་ལ་པིང་ཀ་ལ་སོགས་པ་གྲི་འགྱུར་སྙན་དབྱངས་ཀྱི་རོལ་མོ་བར་མེད་དུ་འཁྲོལ་བ། ལྗོངས་རྣམས་ནེའུ་གསིང་རྣམ་པར་རྒྱས་པས་ཡོངས་སུ་ཁེབས་པ་ནེ་ཙོའི་འདབ་གཤོག་བརྐྱངས་པ

ལྷ་བྲུ་ལ་སྣ་ཚོགས་པའི་ཁ་དོག་གི་བྱེ་བྲག་རྣམ་པར་བཀྲ་བའི་མེ་ཏོག་གི་ཚོམ་བུ་ཆེད་དུ་བཀོད་པ་ལྷ་བྲུས་མཛེས་པ། གཞན་ཡང་ཁྲུས་ཀྱི་རྫིང་བུ་དང་། མཚོ་དང་། མཚེའུ་ལ་སོགས་པ་ཡན་ལག་བརྒྱད་ཀྱི་ཡོན་ཏན་གྱིས་སྤྲ་བ་དག་ཀྱང་ཕྱོགས་དང་ཕྱོགས་མཚམས་རྣམས་སུ་མཆིས་པ་ལ་སྐྱེས་པ་དར་ལ་བབས་པ་དང་། བུ་མོ་གཞོན་ནུ་མ་རྣམས་ཁྲུས་དང་རྩེད་འཛོས་རོལ་བ་ལ་སོགས་པ་འདོད་པའི་ཡོན་ཏན་གྱི་རྩེ་དགའ་ལ་ལོངས་སུ་སྤྱོད་པས་མཛེས་པར་བྱས་པ། སྲིད་པའི་རྒྱན་ཞེས་གྲགས་དཀར་གྱི་བ་དན་རིང་ནས་རིང་དུ་སྒྲོང་བ་དེ་ན། ཆོས་བཞིན་དུ་སྤྱོད་པའི་སའི་འཁོར་འཛིན་ཆེན་པོ་རྒྱལ་པོ་ཉི་མའི་བློ་གྲོས་ཞེས་བྱ་བ་སྐྱོང་བ་པོའི་གདུང་བ་འཕྲོག་ཅིང་དགོས་འདོད་ཀྱི་འབྲས་བུ་འབབ་མེད་དུ་སྙེར་བ་དཔག་བསམ་དབང་པོའི་མཚན་ཉིད་དང་མཚུངས་པ་གྲགས་པའི་མེ་ཏོག་དང་བསོད་ནམས་ཀྱི་དྲི་བཟང་རྒྱས་པས་རྣམ་པར་མཛེས་པ་ཞིག་བྱུང་བར་གྱུར་ཏོ། །

དེའི་བཀའ་ལ་གཏོགས་པའི་བློན་པོ་བློ་གྲོས་ཀྱི་ནོར་དང་ལྡན་པ་ནི་འདི་ལྟ་སྟེ། ཤེས་བྱ་ལྡན། རིག་པའི་དབང་ཕྱུག མཚུངས་མེད་བློ་གྲོས་ལྡན། བློ་གྲོས་མཆོག་ཏུ་གསལ་བ་ཞེས་བཞི། གཞན་ཡང་དཔའ་མཛངས་དཀྱིལ་ཆེ་སྙིང་སྟོབས་དང་ལྡན་པ་ནི་འདི་ལྟ་སྟེ། དཔའ་བའི་དབང་། འཇིགས་མེད་དཔུང་འཇོམས། འབུམ་ཐག་དོ་ཟླ་གཅིག་པ། འཇིགས་མེད་བརྟུལ་ཕྱུགས་ལྡན་ཞེས་བཞི། སྙིང་སྟོབས་བློ་གྲོས་ཀྱི་འཇུག་པ་དམན་ཀྱང་ལས་ཤུགས་ཀྱི་བློན་པོའི་གོ་སར་འཁྱིང་བ་འབངས་ཁོལ་དང་། པད་མའི་སྨྱུ་གུ་གཉིས་སོ། །འབངས་འཁོར་གཞན་གྱི་གྲངས་ནི་གཞལ་བར་མི་སྤྱོད་དོ། །

བགྲང་ཡས་སྐྱེ་རྒྱུའི་ཀུན་དགའི་གཏམ་སྙན་པོ། །ལན་བརྒྱར་བརྡུགས

པ་འཆི་མེད་དགའ་བའི་ཚལ། །གཉིས་པ་ཡུལ་འཁོར་ཕ་མཐའ་ཡངས་པ་དེར། །གདེངས་ཅན་དབང་པོའི་མདུན་སར་འཛིན་མའི། །ལྷུམས་ནས་བལྟམས་འདྲ་པད་མ་རྒྱས་པའི་གྲོང་། །དཔལ་འབྱོར་རྒྱ་ཆེ་གྲགས་པ་གསལ་བ་དེར། །སྲིད་པ་ཀུན་གྱི་རྒྱན་གཅིག་གཞལ་མེད་ཁང་། །ནོར་བུའི་བ་གམ་མངོན་མཐོར་བརྩེགས་པ་ཡིས། །སྐབས་གསུམ་བདག་པོའི་ཁང་བཟང་སྐྱེངས་བྱེད་པ། །དེར་ནི་ཉི་མའི་སློབ་གྲོགས་ཉི་མ་ལྟར། །གཟི་བརྗིད་འོད་སྟོང་འབར་བའི་མིའི་བདག་པོ། །ས་གསུམ་ཟིལ་གྱིས་གནོན་པའི་མཐུ་ཅན་བྱུང་། །དེ་ཡི་བསོད་ནམས་དཔུང་པས་འདུ་བྱས་པའི། །བློན་འབངས་བགྲང་བྱའི་ཡུལ་ལས་འདས་པ་ནི། །བརྒྱ་སྦྱིན་ཉེ་དབང་འཁོར་གྱིས་བསྐོར་བས་ཀྱང་། །ཆ་ཙམ་སྒྲུབ་པར་ནུས་པའི་གོ་སྐབས་ཕྲ། །ས་བདག་དེ་ལ་སྣ་བདུན་རིན་ཆེན་གྱི། །དགེ་མཚན་རྒྱས་པའི་བཙུན་མོ་རྣ་ཆ་འཛིན། །རྒྱལ་རིགས་ལས་བྱུང་བུད་མེད་སྐྱོན་ཉེ་སྤངས། །ཡོན་ཏན་རྣམ་པ་བརྒྱད་ཀྱིས་བརྒྱན་པ་ཡོད། །

3.རྒྱལ་པོ་ཉི་མའི་སློབ་གྲོགས་ཀྱི་བཙུན་མོ་རྣ་ཆ་འཛིན་ལ་རིགས་ཕྲུག་ལྡན་པར་མ་གྱུར་པས་མཆོག་གི་བློན་པོ་རྣམས་བཀུག་ནས་རིགས་རྒྱུད་ཕྲེང་བར་སྤེལ་ཐབས་ལ་བགྲོས་པའི་སྐོར།

དེ་ལྟར་རྒྱལ་པོ་ཉི་མའི་སློབ་གྲོགས་ལ་བཙུན་མོ་ནི་རྒྱལ་རིགས་ལས་བྱུང་བ་རྣ་ཆ་འཛིན་ཞེས་མཛེས་པ་ལྷ་ན་སྡུག་པ། གཡེར་བ། ནགས་ཚལ་མེ་ཏོག་རྒྱས་པའི་ནང་གི་ལྷ་དང་མཚུངས་པ་ཞིག་ཡོད་པ་དེ་ལ་དུས་རིང་པོ་ཞིག་གི་བར་དུ་རིགས་ཀྱི་སྨྱུ་གུ་དང་ལྡན་པར་མ་གྱུར་པས་རྒྱལ་བློན་རྣམས་སྨོངས་ཤིང་། ཡིད་

ཚད་པའི་རྣམ་འགྱུར་ཅི་དང་ཅི་ཡང་བྱུང་བར་གྱུར་ཏོ། །ནམ་ཞིག་ན་རྒྱལ་པོ་ཉི་མའི་བློ་གྲོས་དེ་ཉིད་ཀྱི་མདུན་སར་མཆོག་གི་བློན་པོ་རྣམས་འཁོར་དུ་བཅུག་སྟེ་རྒྱལ་ཐབས་ཀྱི་བགྲོས་ལ་བསྐྱལ་བ་འདི་སྐད་ཅེས་སོ། །

ནོར་འཛིན་དཔལ་མོ་མཛེས་བྱེད་རྒྱན་གྱི་མཆོག །སྲིད་པའི་རྒྱན་ཞེས་གྲགས་འདིའི་རྒྱལ་ཐབས་དཔལ། །ལེགས་པར་བསྐྱངས་ནས་ཚགས་རོལ་བདེ་དགའ་ལ། །འགོད་ཕྱིར་གདུང་རབས་ཕྲེང་བར་མི་ལྡན་ན། །ཅིན་ཏ་མ་ཎི་དོན་གཉེར་དོན་མཐུན་གྱིས། །ཆུ་གཏེར་ཆེན་པོའི་འཇིང་དུ་འཇུག་པ་ལ། །གྲུ་གཟིངས་འཕྲུལ་འཁོར་བྲལ་བའི་ངང་ཚུལ་དང་། །རྣམ་དབྱེ་མ་མཚིས་དེ་ཕྱིར་ལེགས་བགྲོས་ནས། །སྡེ་བཞིའི་དཔལ་ལྡན་མཆོག་གི་རྒྱལ་ཁབ་འདིར། །རིགས་རྒྱུད་མུ་ཏིག་ཕྲེང་མཛེས་སྤེལ་ཐབས་སློས། །

ཞེས་སྨྲས་པ་ན། བློ་གྲོས་ཅན་གྱི་བློན་པོ་རྣམས་ནི། རིགས་སྲས་འབྱུང་བ་ལ་གནས་དྲུག་མངོན་དུ་གྱུར་པ་ཞིག་དགོས་ཏེ། ཕ་མས་བུ་སྙེད་པའི་ལས་བྱས་ཤིང་བསགས་པ་དང་། བུས་ཀྱང་ཕ་སྙེད་པའི་ལས་བྱས་ཤིང་བསགས་པ་དང་། མ་ནུང་ཞིང་ཟླ་མཚན་དང་ལྡན་པ་དང་། ཕ་མ་ཆགས་པར་གྱུར་ཅིང་འདུས་པ་དང་། དྲི་ཟ་ཉེ་བར་གནས་པ་དང་། དྲི་ཟས་ཀྱང་རྗེས་སུ་ཆགས་པའམ། ཁོང་ཁྲོ་བའི་སེམས་ཐོབ་པ་དགོས་ཤིང་། དེ་ཡང་ནི་གཏན་པ་མེད་པའི་མཆོད་སྦྱིན་ལ་བརྩོན་པར་འོས་སོ་ཞེས་གླེང་། དཔའ་རྟུལ་ལྡན་པ་རྣམས་ནི་རྒྱལ་རིགས་གཞན་དག་གི་བཙུན་མོའམ་བུ་མོ་མཚར་སྡུག་དང་ལྡན་པ་ལུགས་བཞིན་གྱིས་འགུགས་པའམ། དཔུང་ཤེད་ཀྱིས་ཕྲོགས་ཏེ་བཙུན་མོ་གཉིས་པར་དབང་བསྐུར་ན་རིགས་སྲས་ཀྱི་རེ་བ་འབྲས་བུ་དང་ལྡན་པར་འགྱུར་རོ། །ཞེས་གླེང་ངོ་། །སྐབས་དེར་བློ་གྲོས་མཆོག་ཏུ་གསལ་བ་དེ་ལག

པ་གཡས་པ་དལ་བུས་བསྒྲེང་བས་བྱ་ཁྲ་ཐྱུག་ཡར་ལྡིང་བའི་བརྡ་དང་ལྡན་པས་འདི་སྐད་ཅེས་སོ། །

4. རིགས་གྲུབ་བརྩམས་ཤིང་བཙས་སྟོན་རྒྱ་ཆེར་བྱས་ལ་མཚན་མཁན་གྱིས་བཞུགས་པ་ལྟར་གཞོན་ནུ་ཟླ་མེད་ཅེས་བྱ་བའི་མཚན་དྲིལ་བསྒྲགས་པའི་སྐོར།

ཉི་མའི་བློ་གྲོས་ཐོས་པ་འཛིན་དབང་དུ། །བློ་དང་སྙིང་སྟོབས་ཀྱིས་བསྐྱེམས་བློན་རིགས་རྣམས། །བགྲོས་པའི་ཚིག་རྫེས་ཞུགས་ཀྱང་རེ་བའི་འབྲས། །དོན་ལྡན་སྲིད་མོད་འོན་ཀྱང་ཀྱ་ཙོམ་དུ། །གཞན་འགྱུར་ཐུན་ཚོགས་མི་བཟོད་གཞན་དབང་གི། །དགའ་མར་ལོངས་སུ་སྤྱོད་པའི་མཐུ་ཐོབ་ཀྱང་། །རིང་ནས་མཛའ་བས་བཅིངས་པའི་རྣ་ཆ་འཛིན། །ཡིད་ཚད་གདུང་བའི་ཁུར་གྱིས་མི་མནར་རམ། །དེ་སྐད་དང་པོར་མཆོད་དང་སྦྱིན་པའི་ལས། །རྣམ་དཀར་དགེ་བའི་ཐབས་བཟང་ལྷུར་བླངས་ཏེ། །རྩེ་གཅིག་སྨོན་འདུན་དྲག་པོས་མཚམས་སྦྱར་ནས། །ཇི་བཞིན་འདོད་པའི་རེ་བ་རྫོགས་པར་ངེས། །གལ་ཏེ་ལས་རླུང་མི་ཟད་ལྡང་བའི་ཤུགས། །འགོག་ཏུ་མེད་པའི་བཞེད་དགོངས་མཁའི་གླང་པོ། །འཐོར་བར་གྱུར་ན་དཔལ་ལྡན་བློན་པོ་རྣམས། །གཅིག་ཏུ་བགྲོས་པའི་དོན་དེ་ཉམས་སུ་ལོངས། །

ཞེས་སྨྲས་པས། རྒྱལ་བློན་མཐའ་དག་བཞེད་པ་ཕྱོགས་གཅིག་ཏུ་མཐུན་པར་གྱུར་ཏེ། དགེ་སྦྱོང་དང་། བྲམ་ཟེ་དང་། རབ་ཏུ་བྱུང་བ་དང་། དབེན་པར་བསམ་གཏན་ལ་སྦྱོད་པའི་དྲང་སྲོང་དང་། སྤྱོང་བ་པ་ལ་སོགས་པ་བཀུར་སྟི་རིམ་གྲོས་བསྙེན་ཅིང་། ཡུལ་གྱི་ལྷ་དང་། གྲོང་ཁྱེར་སྐྱིད་ཚལ་གྱི་ལྷ

དང་། ནགས་ཚལ་དང་། རི་བོའི་ལྷ་དང་། གཞི་མདོའི་ལྷ་དང་། ཆུ་ཀླུང་གི་ལྷ་ལ་སོགས་པ་ཐམས་ཅད་གསོལ་ཞིང་མཆོད་པ་དང་། སློང་བ་རྣམས་ཟས་དང་། ནོར་གྱི་མགོ་རྒྱུའི་ཡོ་བྱད་ཅི་དང་ཅི་འདོད་པའི་སྦྱིན་པས་ཚིམ་པར་བྱེད་པ་སོགས་གཏན་པ་མེད་པའི་མཆོད་སྦྱིན་ཟད་མི་ཤེས་པ་ལ་ཡོངས་སུ་སྤྱོད་པར་འགྱུར་བའི་སྔ་གོན་ལ་བརྗོན་པར་བྱས་ཏེ། རྒྱལ་པོ་ཉི་མའི་བློ་གྲོས་འདི་སྐམ་དུ་བསམས་པ། གང་དག་སྐྱབས་འོས་རྣམས་ལ་སྐྱབས་སུ་སོང་བའི་བསོད་ནམས་ཀྱི་ཕུང་པོ་ནི་བགྲང་བར་དཀའ་ཞིང་། རི་བརྫོགས་པའང་དེ་དག་གི་ཐུགས་རྗེ་བསྐུལ་བ་ལ་ལྟོས་པར་ཤེས་ནས་སྙིམ་པ་འཆར་ཀའི་པད་འདབ་འཛུམ་པ་ལྟ་བུར་སྤྱི་བོར་བཀོད་དེ་སྐད་གསང་མཐོན་པོས་འདི་སྐད་ཅེས་སོ། །

སྐྱབས་འོས་མགོན་རྣམས་ཐུགས་རྗེའི་ཉེན་སོར་བྱེད་པ་གང་། །བདག་གི་བསོད་ནམས་ཟབ་མོའི་མཁའ་ལམ་ཡངས་པོ་ལ། །ལེགས་པར་ཤར་བའི་བཀྲ་ཤིས་སྣང་བ་དཀར་པོ་ཡིས། །རྣ་ཆ་འཛིན་དེའི་མངལ་གྱི་པད་མོ་རྒྱས་པའི་དབུས། །རིག་འཛིན་གདུང་རབས་རྒྱུད་བྱུང་གཞོན་ནུའི་གེ་སར། །ངོ་མཚར་རྒྱ་ཆེའི་ལྟས་དང་བཅས་ཏེ་འཇུག་གྱུར་ཅིག །དེ་ཚེ་མཁའ་ལ་སྤྱོད་པའི་ལྷ་མོའི་ཚོགས་རྣམས་ཀྱིས། །བཀྲ་ཤིས་གླུ་ལེན་མེ་ཏོག་ཆར་ཆེན་འབེབས་པ་དང་། །རྡོ་རྗེ་ཁྲོ་བོའི་ཚོགས་ཀྱིས་གེགས་རྣམས་མཐར་སྐྲོད་པའི། །ལས་ཀུན་སྒྲུབ་ལ་གཡེལ་བ་མེད་པའི་མཐུ་དཔུང་བསྐྱེད། །

ཅེས་བརྗོད་དེ་མཆོད་སྦྱིན་གྱི་འཁོར་ལོ་རྒྱ་ཆེན་པོ་བསྐོར་བས་མི་རིང་བ་ཉིད་དུ་རྣ་ཆ་འཛིན་ལུས་སྦྲུམ་པར་གྱུར་ཏེ་མངལ་གྱི་གནས་སྐབས་ཟླ་རྫོགས་ནས་ཟླ་བ་བཅུར་ཉེ་བ་ན་རིགས་ཀྱི་མེ་ཏོག་བཛྲ་ཛོ་བ་ག་དང་པོ་ཤར་བ་དང་མཚུངས་པ་ཞིག་ལེགས་བྱས་ཀྱི་དཔལ་ཡོན་དང་བཅས་ཏེ་བལྟམས་པར་གྱུར་

ཏོ། །

དེ་ནི་སྐྱེས་མ་ཐག་ནས་དཔའ་ཞིང་བརྟུལ་ཕོད་པའི་དྲན་པ་བརྙེས་པ། མཚན་བཟང་པོའི་སྐྱེ་མཆེད་ཚང་བ། རིགས་ལྡན་གཟུགས་བཟང་བ་ལ་སོགས་པ་མཐོ་རིས་ཀྱི་ཡོན་ཏན་བདུན་གྱི་དགེ་མཚན་གསལ་བ། མཐོང་ན་མི་མཐུན་པ་མེད་པ། བསོད་ནམས་ཀྱི་དཔལ་མངོན་པར་མཐོ་བ་ཞིག་བྱུང་ངོ་། །དེར་རྒྱལ་བློན་མ་ལུས་རེ་བ་རྫོགས་ཤིང་ཆར་ཟིམ་བུས་སྦྲན་པས་པད་མ་བཞིན་དུ་སྤྲོ་བ་བརྟེགས་པར་གྱུར་ནས་བཙས་སྟོན་ཀྱང་ཉིན་ཞག་བདུན་གྱི་བར་ཤིན་ཏུ་རྒྱ་ཆེ་བར་བྱས་ཤིང་། མཚན་མཁན་བྲམ་ཟེ་ལ་བསྟན་པས་ངོ་མཚར་དུ་གྱུར་ནས་གཞོན་ནུ་འདི་ནི་འཇིག་རྟེན་ན་ཟླ་མེད་པ་ཞིག་གོ་ཞེས་བསྔགས་པ་བརྗོད་པས། གཞོན་ནུ་ཟླ་མེད་ཅེས་བྱ་བའི་མིང་གི་དྲིལ་བསྒྲགས་སོ། །

གང་ཞིག་སྐྱེ་བའི་ཕྲེང་བར་སྦྱོན་གོམས་པའི། །རླབས་ཆེན་བསོད་ནམས་བྱས་པ་རྣམས་ལ་ནི། །འབད་མེད་པར་ཡང་ཡིད་ལ་བརྟགས་པའི་དོན། །ལྷུན་གྱིས་གྲུབ་ལ་དཀའ་བ་ཡོད་མ་ཡིན། །ཁྱད་པར་རྣམ་དཀར་མུ་ཏིག་འབྲས་བུ་རུ། །འཛུམ་པའི་ཐབས་ཚུལ་དཔག་ཡས་འདུ་བྱས་ནས། །རྒྱུ་འབྲས་རྟེན་འབྲེལ་རྣམ་གཞག་མི་བསླུ་བའི། །ངེས་པ་འདི་ལ་སུ་ཡིས་འགོང་བར་ནུས། །དེ་སྐད་རྗེ་བློན་མང་དག་བགྲོས་གྱུར་པའི། །བློ་གྲོས་ལེགས་པའི་ལམ་གྱི་རྩེར་ཕྱིན་ཏེ། །རྒྱལ་རིགས་ཟླ་བའི་གདུགས་དཀར་འབུམ་བསིལ་བས། །སྐྱེ་རྒུའི་ཚ་གདུང་སེལ་བའི་ཆོ་ག་རྫོགས། །རྒྱལ་སྲས་དེ་ཡང་སོ་སྐྱེའི་སྤྱོད་ཡུལ་ལས། །འདས་པའི་ཡོན་ཏན་ཚོགས་དང་བསོད་ནམས་ཀྱི། །ཕུང་པོ་མཐོ་བའི་རྣམ་དཔྱོད་གྲགས་སྙན་ནི། །ས་གསུམ་མྱ་ངན་མེད་པའི་རོལ་མོས་ཁྱབ། །

5. རྒྱལ་སྲས་གཞོན་ཧུ་ཟླ་མེད་ནར་སོན་ནས་ཆོས་སྲིད་ཞུགས་པའམ་རྒྱལ་སྲིད་འཛིན་པ་གང་འཐད་གྲོས་བགྲོས་པའི་མཐར་རིགས་སྲས་མ་བྱུང་བར་རྒྱལ་སྲིད་བསྐྱང་དགོས་པར་གྲོས་མཐུན་པའི་སྐོར།

དེ་ནས་གཞོན་ནུ་དེ་ལ་ནུ་མ་བསྟུན་པའི་མ་མ་དང་། རྩེ་གྲོགས་ཀྱི་མ་མ་ལ་སོགས་པ་བརྒྱད་ཀྱིས་ལེགས་པར་བསྐྱངས་པས་མཚར་སྡུག་ལང་ཚོའི་མེ་ཏོག་འབར་ཞིང་། ནར་སོན་པ་ན་མདུན་ན་འདོན་རྣམས་རྗེ་བོ་ལ་སློ་བ་ཉེ་ཞིང་། གུས་པར་བལྟ་བ་ལ་བསམ་པ་སྡོད་གཅིག་ཏུ་དཀར་ཡང་། བློ་གྲོས་ཀྱི་འཆར་ཚུལ་མི་མཐུན་པས་རང་རང་གི་འདོད་པ་ཐ་དད་དུ་གླེང་ངོ་། །དེ་ཡང་ཇི་ལྟ་བུ་སྙམ་ན། སློན་པོ་ཤེས་བྱ་ལྡན་གྱིས་མགུར་པ་བསལ་བའི་སྒྲ་སྒྲུངས་ནས་འདི་སྐད་དོ། །

འཆི་མེད་ལྷ་ལས་འདས་པའི་ངོ་མཚར་གྱི། །དཔལ་འཛིན་རྒྱལ་བའི་སྲས་མཆུངས་བདག་ཅག་གི། །བསོད་ནམས་བགོ་སྐལ་ཉིད་དུ་ཐོབ་པ་འདིས། །ཐམས་ཅད་རེ་བའི་འབྲས་བུ་དོན་ཡོད་གྱུར། །ད་ནི་འཁོར་བ་སྡུག་བསྔལ་ཉེས་བརྒྱའི་ཚང་། །འདི་ལས་ཡིད་འབྱུང་འགྲོ་རྣམས་བསྒྲལ་སླད་དུ། །བྱང་ཆེན་སྤྱོད་ཞུགས་ཡོངས་ཀྱི་རྣམ་འདྲེན་དུ། །འོས་པ་དམ་པའི་རྣམ་ཐར་སྐྱོང་བར་རིགས། །

ཞེས་དང་། རིགས་པའི་དབང་ཕྱུག་གིས་ཐལ་མོ་སྦྱར་ཏེ་འདི་སྐད་དོ། །

བསྐལ་བརྒྱར་རྙེད་དཀའི་རྟེན་བཟང་རྒྱལ་རིགས་སུ། །བལྟམས་མོད་དེ་ཡང་སྲིད་ལ་མངོན་ཞེན་ན། །དུག་གསུམ་ཉེས་ཀུན་བསྐྱེད་པའི་གཞིར་གྱུར་ཏེ། །ལོག་པར་ལྟུང་བའི་གནས་ངན་ལེན་བྱེད་ན། །གཞོན་ནུ་ཉིད་

ནས་སྲིད་པའི་ཕུན་ཚོགས་ཀུན། །མེ་དཔུང་འབར་བའི་གླུངས་ལྟར་མཐོང་ནས་ཀྱང་། །དེ་ལས་ཕྱིར་ཕྱོགས་དབེན་གསུམ་ནགས་ནང་དུ། །བསམ་གཏན་ཤེས་རབ་སྤྱོད་ལ་སྦྱོང་བར་འཚལ། །

ཞེས་སྨྲས་ཤིང་། མཚུངས་མེད་བློ་ལྡན་དེས་ཀྱང་མགྲིན་པ་གཟིངས་སུ་བསྟོད་དེ་གསོལ་བ། །

ཀྱེ་མིའི་བདག་པོ་དགོངས་ཤིག གང་ལ་བརྟེན་ན་ཆགས་སྡོངས་སྤང་བ་ཡི། །དུཿཁ་ཉེར་བསྐྱེད་རྒྱལ་སྲིད་འཛིན་པས་ཅི། །གཏན་བདེའི་ཡེ་ཤེས་མཆོག་གི་བདུད་རྩི་ལ། །ལོངས་སུ་སྤྱོད་ཕྱིར་རྒྱ་ཆེན་ཐོས་པའི་ནོར། །མང་དུ་བཙལ་ནས་ཉམས་སུ་ལེན་པའི་གནད། །ཇི་བཞིན་རྟོགས་བྱས་བསམ་སྒོམ་ལ་སྦྱོར་བ། །ཀུན་ཏུ་དོན་ཡོད་གཞན་དུ་འཁོར་བའི་ཆོས། །རྨི་ལམ་བག་མའི་རྩེ་དགར་སུ་ཞིག་ཆགས། །

ཞེས་བློན་པོ་དེ་རྣམས་འཁོར་བ་ལ་ཡིད་བརྟན་མི་རུང་བར་རྟོགས་ནས་དམ་པའི་ཆོས་ཁོ་ན་ལ་བསྐུལ་བར་བརྩོན་པའི་གཏམ་དེ་དང་། དེ་དག་གླེང་བ་ན་བློ་གྲོས་མཆོག་ཏུ་གསལ་བས་སྔོན་གྱི་ཐ་ཚིག་དྲན་ནས་ཅུང་ཟད་ཡི་མ་རངས་པའི་རྣམ་པ་དང་བཅས་སྨ་ར་ཛ་ཡབ་ལྟར་གཡོ་བ་ལ་ལག་པས་ལན་མང་དུ་བྱབས་ནས་འདི་སྐད་དོ། །

མིག་སྟོང་ཅན་གྱི་དྲུང་ན་ཉེ་དབང་ངམ། །ཟླ་མཛེས་སྐར་མའི་ཚོགས་ཀྱིས་བསྐོར་བ་འམ། །དྲི་ཟ་གྲུལ་བུམ་རྣམས་ཀྱིས་མཛེས་པ་ལྟར། །ཉི་མའི་བློ་གྲོས་བློན་བཅས་ཡུད་ཙམ་དགོངས། །ཡ་རབས་རྣམས་ནི་དང་པོར་དམ་བཅས་པའི། །ཐ་ཚིག་རྗེ་བའི་རི་མོ་ལྟར་བཀོད་ནས། །དེ་ལས་ནམ་ཡང་འགྱུར་མེད་རང་གི་ལུགས། །དྲང་པོར་སྲོང་བ་འདི་ནི་དམ་པའི་སྲོལ། །དེ་

སླད་ལྷ་ལས་ཁྱད་འཕགས་རྒྱལ་སྲས་འདི། །བསོད་ནམས་མགྲོན་དུ་འགུགས་ལ་ངལ་བ་བརྒྱུས། །བརྩོན་པར་ཞུགས་པའི་དོན་ནི་གདུང་རབས་འདིའི། །རིན་ཆེན་ཕྲེང་བ་སྤེལ་ལ་མ་དགོངས་སམ། །དེ་སྐད་འདོད་དགོངས་སྙིང་པོའི་དོན་གྲུབ་སྟེ། །གཞོན་ནུ་ཟླ་མེད་མགོན་དུ་ཐོབ་གྱུར་ན། །ཡབ་གཅིག་ཉི་མའི་སློབ་གྲོས་ལང་ཚོ་ནི། །མཐའ་མའི་གཟིམ་ཁྲིར་མནལ་བ་ལ་ཉེ་བར། །སྲིད་པའི་རྒྱན་གྱི་རྒྱལ་ཁབ་ཆོས་འབངས་རྣམས། །མགོན་མེད་སྐྱབས་བྲལ་ཉམ་ཐག་སྡུག་བསྔལ་ཁྲུར། །ཀྱི་བས་ཉོན་པ་སྙིང་རྗེའི་ཡུལ་གྱུར་རྣམས། །བརྩེ་བས་འདོར་བ་དམ་པའི་ཚུལ་ཡིན་ན། །གཞན་དོན་སྤྱོད་ལ་དགྱེས་པའི་དམ་བཅས་ཉམས། །དེ་སྐད་དང་པོར་ཡབ་གཅིག་རྒྱལ་སྲིད་ཀྱི། །ཅོད་པན་གཞོན་ནུའི་དབུ་ལ་ཉེར་བླངས་ཏེ། །ཆོས་ལྡན་བྱ་བས་འཁོར་འབངས་སྐྱོང་བ་དང་། །གང་གི་རིགས་རྒྱུད་མུ་ཏིག་འཕྲི་ཤིང་གི། །ཕྱུ་གུར་ལྡན་པ་དེ་སྲིད་སྲིད་བསྐྱངས་ནས། །སྙན་ཆད་འཁོར་བའི་ཕུན་ཚོགས་དུག་སྦྲུལ་གྱི། །ཚང་ལྟར་གཟིགས་ནས་ཞི་བའི་ནགས་ནང་དུ། །རང་གཞན་དོན་གཉིས་སྒྲུབ་ལ་བརྩོན་པར་གཅེས། །

ཞེས་བརྗོད་པས་གཞན་རྣམས་ཀྱིས་ལན་སྨྲ་བའི་སྤོབས་པ་མེད་པར་ཡུལ་ཡུལ་པོར་གྱུར་ཏེ། རྒྱལ་བློན་ཐམས་ཅད་བློ་གྲོས་མཆོག་ཏུ་གསལ་བའི་ཚིག་རྗེས་འབྲེང་བར་བློ་གྲོས་མཐུན་པར་གྱུར་ཏོ། །

6. སློབ་དཔོན་མཁས་པ་དག་ལ་བསྟེན་ནས་རིག་པའི་གནས་ཀུན་ལ་སྦྱངས་ཤིང་བརྩོན་པས་འགྲན་པའི་ཟླ་མེད་པ་མིང་དོན་ཀུན་ནས་མཚུངས་པར་གྱུར་པའི་སྐོར།

དེ་ལྟར་གཞོན་ནུ་བལྟམས་པ་དང་དུས་མཚུངས་པ་ཉིད་དུ་གླང་པོ་ཆེ་རྣམས་ལ་ནི་ཕྲུ་གུ་མང་དུ་བྱུང་སྟེ་མཆོག་ཏུ་གྱུར་པ་ནི་ས་སྲུང་དབང་ཕྱུག་གོ། །རྟ་མཆོག་རྣམས་ལ་ཡང་རྟེའུ་མང་དུ་བྱུང་བ་ལས་ཁྱད་པར་འཕགས་པ་ནི་མཁའ་ལྡིང་མགྱོགས་འགྲོའོ། །མ་ཧེ་ལ་ཡང་བེའུ་མང་དག་འཕེལ་བའི་མཆོག་ནི་ཁྱུ་མཆོག་དབང་པོའོ། །སྣོན་པོའི་རིགས་རྣམས་ལ་ཡང་བུ་མང་བར་བཙས་ཏེ་མཆོག་ནི་ཕྱིས་དཔའ་བོ་སྲིད་པ་གཞོན་ནུར་གྲགས་པ་དེ་ཉིད་བྱུང་སྟེ་སྐྱེ་བོ་ཐམས་ཅད་མངོན་པར་དགའ་བས་གཞོན་ནུ་ཟླ་མེད་དེ་ལ་ནི་ཐོས་དགའ་ཞེས་བྱ་བའི་མིང་ཡང་ཆགས་སོ། །དེ་ལང་ཚོ་དང་བློ་གྲོས་རིམ་གྱིས་འཕེལ་ཏེ་རིགས་པའི་གནས་ཀུན་ལ་འཇུག་པའི་སྤྲོ་བ་བརྟེགས་པར་གྱུར་ཏེ་སློབ་དཔོན་མཁས་པ་དག་བསྟེན་ནས་བརྩོན་འགྲུས་བརྩམས་པས། སྔོན་གོམས་ཀྱི་བག་ཆགས་སད་པའི་རྒྱུས་ཤེས་བྱའི་གནས་ཀུན་ལ་ཡུན་རིང་པོར་སྦྱངས་པ་ལ་མི་ལྟོས་པར་ཀློང་དུ་གྱུར་ཏེ། དེ་ཡང་གསང་སྔགས་ཀྱི་རྒྱུད་དང་། ཚིག་ཞིབ་མོ་དང་། གཏན་ཚིགས་ཀྱི་རིགས་པ་དང་། རིག་བྱེད་དང་། བརྡ་སྤྲོད་པ་དང་། སྒྲ་ངེས་པར་སྦྱོར་བ་དང་། ཤེས་གསལ་དང་། ངེས་པའི་ཚིག་དང་། སྡེབ་སྦྱོར་མཁས་པ་དང་། སྐར་མའི་རིག་པ་དང་། རྟོགས་བྱེད། ཚུར་ལྷུང་། ཆེར་སྦྱོད། འཇིག་རྟེན་རྒྱང་འཕེན་པ། བྱེ་བྲག་པ་བཅས་ཀྱི་རིགས་པ་དང་། རྟོག་ཙུ་པ་དང་། ཁྱུར་མིད་ཀྱི་རིག་པ་དང་། གནས་འདུག་གི་རིག་པ་སྟེ་གནས་ཆེན་པོ་བཅོ་བརྒྱད་ལ་སོགས་པ་ལ་བློ་གྲོས་ཀྱི་འཇུག་པ་ཤིན་ཏུ་རྒྱས་པར

གྱུར་རོ། །དེ་བཞིན་དུ་སྒྱུ་རྩལ་རྒྱ་མཚོའི་ཆ་ལ་ཡང་གཞན་དྲིང་མི་འཇོག་པའི་སྒྲུངས་འབྲས་ཕྱུལ་དུ་ཕྱིན་པར་གྱུར་ཏེ། དེ་ཡང་ཉག་ཕྲན་གྱི་མཐོན་སྒྱུར་ལ་སྒྲུང་བ་དང་། བཞོན་པའི་སྟེང་ནས་མཚོན་ཆ་འཕང་བར་མཁས་པ་ཙམ་ལ་རྩལ་པོ་ཆེ་ཞེས་བསླེམས་པ་རྣམས་དང་མི་མཚུངས། ཡི་གེ་དང་ལག་རྩིས་ལ་སོགས་པ་བཟོ་སོགས་སུ་གཏོགས་པ་སུམ་ཅུ། གྲོ་ལ་སོགས་པ་རོལ་མོའི་བྱེ་བྲག་བཅོ་བརྒྱད། བར་མ་ལ་སོགས་པ་གླུ་དབྱངས་ཀྱི་ངེས་པ་བདུན། སྙིག་པ་ལ་སོགས་པ་གར་གྱི་ཆ་བྱད་དགུ་སོགས་སྒྱུ་རྩལ་གྱི་རིམ་པ་སྤྱི་དང་བྱེ་བྲག་ལ་ཡང་དོ་ཟླ་བྲལ་བར་བྱང་ཆུབ་པར་གྱུར་ཏེ་སྒྱུ་རྩལ་རྒྱ་མཚོའི་བདག་ཉིད་ཆེན་པོར་ལྷུན་གྱིས་གྲུབ་པའོ། །ཞེས་གྲགས་སྙན་གྱི་ཨུཏྤལ་ཕྱོགས་ཀྱི་བུ་མོའི་རྣ་རྒྱན་དུ་མཛེས་པར་བཀོད་དོ། །

རིག་པ་དྲི་མ་མེད་པའི་མཁའ་ལམ་ཡངས་པོ་ལ། །སྨྲ་བརྩོན་ཤིང་རྟས་དྲངས་པའི་ཤེས་བྱའི་ཉིན་མོར་བྱེད། །རྣམ་དཔྱོད་འོད་བརྒྱ་འབར་བས་སྲིད་པའི་རྨོངས་མུན་ཀུན། །གཞིལ་པའི་མཐུ་ལྡན་དེ་ནི་མཁས་མང་བླ་ན་འཕགས། །སྲིད་འདིར་འཚལ་ཏོ་ཙོག་གི་སྒྱུ་རྩལ་གང་ཡིན་པ། །ལང་ཚོའི་དཀྱིལ་འཁོར་གཅིག་ཏུ་རྫོགས་པའི་བརྟུལ་ཞུགས་ཀྱིས། །ཕ་རོལ་རྣམ་པར་གནོན་པའི་དཔུང་པ་གཏུམ་པོ་ཅན། །དཔའ་བོ་ཡོངས་ཀྱི་གཙུག་གི་ནོར་བུ་ཀྲང་བརྟེན་འཆའ། །ཆོས་དང་སྲིད་ལ་སྤྱོད་པའི་བསྔགས་འོས་ཡོན་ཏན་ཀུན། །གང་གིས་བྱང་ཆུབ་མ་གྱུར་པ་ནི་ཆ་ཙམ་མེད། །དེ་ཉིད་ཕྱིར་ན་སྲིད་པའི་འཁོར་ལོ་ཡངས་པ་འདིར། །དོ་ཟླ་མེད་པས་མིང་དོན་ཀུན་ནས་མཚུངས་པར་གྲགས། །

7. ཡབ་ཉི་མའི་ནྒྲོ་གྲོས་ཀྱིས་གཞོན་ཏུ་ཟླ་མེད་ལ་རིགས་རུས་ཆོ་འབྲང་དང་མཐུན་པའི་བཙུན་མོ་འཚོལ་བའི་དུས་ཤེས་པར་གྱིས་ཤིག་པའི་བཀའ་བསྒོས་པའི་སྐོར།

དེ་ནས་ཇི་ཞིག་ན་ཡབ་ཉི་མའི་བློ་གྲོས་འདི་སྙམ་དུ་བསམ་པར་གྱུར་ཏེ། བློན་པོ་རྣམས་ལ་སྨྲས་པ། ཀྱེ་མདུན་ན་འདོན་དག་གོ་བར་གྱིས་ཤིག རང་ཅག་གི་བསོད་ནམས་ཀྱི་བགོ་སྐལ་དུ་ཐོབ་པའི་གཞོན་ནུ་ཟླ་མེད་འདི་ཉིད་ཡང་ཚོའི་མེ་ཏོག་ནི་དར་ལ་བབས། རིག་པའི་གནས་ཀུན་ལ་བློ་གྲོས་ཀྱི་འཇུག་པ་ནི་རྒྱས། སྒྱུ་རྩལ་གྱི་རིགས་མཐའ་དག་ལ་ནི་ཕུལ་དུ་ཕྱིན་པར་བྱུང་ཆུབ་སྟེ། རྣམ་གྲངས་རེའི་ཆ་ལ་ཡང་འགྲན་བཟོད་པའི་སྐྱེ་བོ་འཇིག་རྟེན་ན་འགའ་ཡང་མ་མཆིས། ཆབ་འོག་གི་འབངས་གང་མཆིས་པ་རྣམས་ཀྱང་ཁྲག་འཁྲུག་དང་། ཡམས་ནད་དང་། མུ་གེ་མེད་ཅིང་། འབྱོར་པ་དང་། རྒྱས་པ་དང་། བདེ་བ་དང་། ལོ་ལེགས་པ་སོགས་ཀྱི་དགའ་སྟོན་ལ་སྤྱོད། སྲིད་འབྱོར་ཕུན་སུམ་ཚོགས་པ་ནི་དོན་ལྡན་གྱི་སྙིང་པོ་བླངས་ཏེ་མཆོད་འོས་སྐྱབས་ཡུལ་རྣམས་ལ་རི་མོར་བྱེད། བསྟི་སྟང་དུ་བྱེད། བཀུར་བསྟི་བྱེད། དམན་པ་ཉམ་ཐག་སྙོང་བ་པོ་རྣམས་ལ་རིས་མེད་ཀྱི་ལག་པ་སྦྱིན་ལ་ཡངས་པས་རྒྱལ་ངན་གཞན་གྱིས་ཐོར་བའི་སྐྱེ་བོ་དག་ཀྱང་པད་མོའི་ཚལ་ལ་བུང་བའི་ཚོགས་ལྟར་འདུ་བྱེད་པ་ལ་འཇིག་རྟེན་གྱི་ལྷ་རྣམས་ཀྱང་བསྔགས་འོས་ཅ་ཅོ་དང་། ག་ཞའི་སྒྲ་ཆེན་པོས་སྙན་པར་སྒྲོགས་པའི་སྐལ་བཟང་ཉམས་སུ་མྱོང་བ་འདིའི་དུས་རྒྱལ་སྲིད་རིན་པོ་ཆེ་སྣ་བདུན་དུ་ལྡིང་བའི་དཔལ་ཡོན་གང་ཡིན་པ་འདི་ལྟ་སྟེ། འཁོར་ལོ་རིན་པོ་ཆེ་ནི་ནམ་མཁའ་ལ་ཉིན་གཅིག་ལ་དཔག་ཚད་འབུམ་དུ་བགྲོད་པར་ནུས་པའི་རྒྱལ་པོ་དཔུང་ཚོགས་བཞི་དང་བཅས་པ་གླིང་གསུམ་དང་རྒྱལ་ཆེན་རིགས་བཞི

ལ་འགྲོ་བའི་མཐུ་ཐོབ་པ་དང་། ནོར་བུས་ནི་ཅི་བསམ་འབྱུང་ཞིང་མཚན་མོ་སྣོན་ཟླ་ལྟར་གསལ། ཉིན་མོ་ཚ་གདུང་སེལ་ཞིང་ལམ་དུ་ཞུགས་པར་ཆུ་མེད་ན་ཡན་ལག་བརྒྱད་དང་ལྡན་པས་སྐོམ་པ་སེལ་ཞིང་། གང་དུ་གནས་པའི་དཔག་ཚད་བརྒྱ་ཙམ་ཆད་དུ་ནད་མི་འབྱུང་བ་སོགས་དགེ་མཚན་དུ་མ་དང་ལྡན་པ་དང་། བློན་པོ་ནི་ཅང་ཤེས་བཀའ་ལ་ཉན་པས་གཞན་ལས་རྒྱལ་བར་བྱེད་པ། ཡན་ལག་བདུན་ལེགས་པར་གནས་པ། གནས་གསུམ་དུ་གཡུལ་འགྱེད་པ། ཉིན་གཅིག་ཏུ་འཛམ་གླིང་ལན་གསུམ་སྐོར་བར་ནུས་པ་དང་། རྟ་མཆོག་གིས་ཀྱང་འཛམ་བུའི་གླིང་འདི་ཉིད་ཉིན་གྱི་འཁོར་ལོ་གཅིག་ཏུ་ལན་གསུམ་སྐོར་བར་བྱེད་ཅིང་། ལུས་ལ་ནད་མེད་གཟི་བརྗིད་ཆེན་པོ་དང་ལྡན་པ་དང་། བློན་པོས་ནི་བྱ་བ་གང་འདོད་མ་བསྒོས་ཀྱང་ཤེས་ཏེ། ཡང་དག་པའི་ཐ་སྙད་ལྡན་པ། ཆོས་མིན་སྤྱོང་ཞིང་འཇིག་རྟེན་ལ་ཕན་འདོགས་པ་དང་། དམག་དཔོན་གྱིས་ནི་ཕ་རོལ་གྱི་གཡུལ་བགྲང་ཡས་པ་དཔུང་ཚོགས་ཀྱི་ར་མདངར་མི་ལྟོས་པར་རང་ཤུགས་ཀྱིས་འཇོམས་པར་བྱེད་པའི་སྙིང་སྟོབས་འཆང་བ་སྟེ། དེ་ལྟར་རྒྱལ་སྲིད་རིན་པོ་ཆེ་སྣ་བདུན་གྱི་དཔལ་ཡོན་ཅི་རིགས་པའི་དགེ་མཚན་མངོན་པར་གསལ་བ་ལས། ད་ནི་དོན་དུ་གཉེར་བ་བུད་མེད་རིན་ཆེན་ལུས་ལ་ཚན་དན་དང་། ཁ་ལ་ཨུཏྤལའི་དྲི་འབྱུང་ཞིང་འཁོར་བསྒྱུར་གྱང་རེག་ལ་དྲོ་བ་དང་། ཚ་རེག་ཅན་ལ་བསིལ་བ་སྟེར་བ་བྱེད་པ། གཞན་གྱིས་རེག་པར་མི་ནུས་པས་རྒྱལ་པོའི་ཡིད་དུ་འོང་བ། རྟག་ཏུ་བདེ་བར་བྱེད་པའི་ཡོན་ཏན་དང་ལྡན་ཞིང་། རིགས་རུས་ཆེ་འཕྲང་ཕུན་སུམ་ཚོགས་པའི་གཞོན་ནུ་མཆོག་དང་རིགས་མཐུན་པ་ཞིག་བཙུན་མོ་དམ་པར་དབང་བསྐུར་གྱི་ཅོད་པན་འཆིང་བའི་དུས་ཤེས་པར་གྱིས་ལ་བློ་གྲོས་སྙིང་སྟོབས་འཆང་བའི་བློན་པོ་རྣམས་ལེགས་པར་བགྲོས་ཏེ་ཞིབ་

མོས་བརྟགས་ནས་སྐབས་སུ་བབས་པའི་ཐ་ཚིག་སྨྲས་ཤིག་ཅེས་བསྒོས་སོ། །

8. ལྷ་ལས་ཕུལ་བྱུང་དང་གཉེན་དན་ཡོད་པའི་ཡིད་འོང་མ་འཛམ་པོའི་ཐབས་དང་། གཡོ་སྒྱུའི་སྦྱོར་བ། དྲག་པོའི་གཡུལ་སྦྱོར་གང་རུང་སྤྱད་ནས་རང་གིར་བྱའོ་ཞེས་རྒྱལ་བློན་ཐམས་ཅད་བློ་མཐུན་པའི་སྐོར།

དེ་ལྟར་རྗེ་བོའི་བཀའ་ཁུར་དུ་བཟོད་པའི་བློན་པོ་རྣམས་ཀྱིས་ཡུལ་འཁོར་དང་། ཡུལ་ཕྲན། རྒྱལ་ཁབ་དང་། རི་བྲག་གྲོང་ཁྱེར། གྲོང་བརྡལ་སོགས་ཀུན་ཏུ་སྨྱུལ་བ་ལས། ནམ་ཞིག་ན་སྲིད་པའི་རྒྱན་གྱི་ལྷོ་ཕྱོགས། མ་ཏི་དེ་པ་ཞེས་པའི་ཡུལ་འཁོར་ན་རྒྱལ་ཁབ་ཆེན་པོ་བཀོད་ལེགས་འོད་སྣང་དུ་གྲགས་པ་ཞིག་ཡོད་ལ། དེའི་ནོར་འཛིན་སྐྱོང་བ་རྒྱལ་པོ་གསལ་ལྡན་ཞེས་བྱ་བ་ལ་བཙུན་མོ་ཟླ་འོད་མར་འབོད་པ་ཞིག་མཆིས་པ་ལས། རྒྱལ་ཚབ་ཏུ་འོས་པའི་རིགས་རྒྱུད་གཞན་ནི་མེད། ཡིད་ཀྱི་བརྟེན་པ་གཅིག་པུར་གྱུར་པའི་བུད་མེད་གཟུགས་མཛེས་ཤིང་ལྷ་ན་སྡུག་པ། ཁ་དོག་མཆོག་དང་ལྡན་པ། མདངས་རྒྱས་པ། ལུས་ལ་ཙན་དན་དང་། ཁ་སྣོར་ཨུཏྤལའི་དྲི་ལྡང་བ། བུད་མེད་ཀྱི་མཚན་བཟང་པོ་བཅོ་བརྒྱད་ཀྱིས་མཛེས་པར་བརྒྱན་པ། སྲིད་ལྡན་མ་ལུས་པའི་ཡིད་ཀྱི་བརྟན་པ་ཅིག་ཅར་འཕྲོག་པ། རྣམ་པ་མི་ལས་འདས་པ་འཆི་མེད་དགའ་མ་དག་གིས་ཀྱང་བསྐྱུན་པར་མི་བཟོད་པ། མཚར་སྡུག་འོད་དུ་ཆགས་པ་ཡིད་འོང་མ་ཞེས་བྱ་བ་ཟླ་བ་གསར་པ་ལྟ་བུའི་ལང་ཚོ་དང་ལྡན་པ་ཞིག་ཡོད་པ་དེའི་ངང་ཚུལ་ཕྲ་ཞིང་ཞིབ་པ་ལེགས་པར་རྟོགས་སོ། །རྟོགས་ནས་ཀྱང་འདི་སྙམ་དུ་བསམས་པ། རྒྱལ་སྲས་གཞོན་ནུ་ཟླ་མེད་ལ་བཙུན་མོར་འང་ཟླ་མེད་པ་འདི་ཁོ་ན་མངའ་གསོལ་བར་འོས་སོ། །ཞེས་མགྲིན་གཅིག་ཏུ་གླེང་ངོ་། །

འོན་ཀྱང་རྒྱལ་པོ་གསལ་ལྡན་ལ་རིགས་སྲས་མེད་པའི་དབང་གིས། གྲོང་ཁྱེར་ཆེན་པོ་མེ་ཏོག་རྒྱས་ཚལ་ཞེས་བྱ་བ་ན། ཕོ་བྲང་སྣང་བ་འབུམ་ལྡན་གྱི་རྒྱལ་པོ་ཟླ་བའི་བློ་གྲོས་ལ་རིགས་ཀྱི་སྨུ་གུ་ལྷ་ལས་ཕུལ་བྱུང་ཞེས་པ་མཚར་སྡུག་དང་ལྡན་པ། འཇིག་རྟེན་གྱི་བྱ་བའི་རྣམ་གཞག་ལ་མ་སྦྱངས་པའི་བློ་མཐུ་མངའ་བ། སྟོབས་དང་འཁོར་པ་ཕུན་སུམ་ཚོགས་ཤིང་ཕུལ་དུ་བྱུང་བའི་བློ་གྲོས་དང་། འཇིགས་མེད་དཔའ་བརྩོལ་ལྡན་པའི་བློན་པོ་མང་དག་གིས་མདུན་ས་མཛེས་པར་བྱས་པ་ཡོད་མོད་ཀྱི། རྒྱལ་པོ་ཡབ་སྲས་དེ་གཉིས་མི་དགེ་བའི་བཤེས་གཉེན་དང་། སྡིག་གྲོགས་ཀྱི་དབང་གིས་ལས་དང་། ལས་ཀྱི་འབྲས་བུ་ལ་ཡིད་མི་བརྟན་ཅིང་། བྱམས་པ་དང་སྙིང་རྗེའི་རོ་མི་བྲོ་བ། གསོད་པ་དང་། བརྡེག་པ་དང་། འཆིང་བ་ལ་སོགས་པའི་མི་དགེ་བའི་ལས་ལ་བག་ཚ་བ་མེད་པར་རང་ཤུགས་ཀྱིས་སྤྱོད་པར་བྱེད་པ་ཞིག་ཡིན་ཀྱང་། ལྷ་ལས་ཕུལ་བྱུང་དང་ཡིད་འོང་མ་མཛའ་བར་བྱས་ཏེ་རྒྱལ་ཁབ་ཕན་ཚུན་ཆབས་ཅིག་ཏུ་སྐྱོང་བའི་དམ་བཅའ་བཀོད་པའི་གཏམ་རིང་མོ་ནས་ཐོས་འཛིན་གྱི་ལམ་དུ་གྱུར་པས་གེགས་བྱེད་དུ་མི་འགྱུར་གྲང་སྙམ་དུ་སེམས་ཉིའི་འཁྲིགས་ལ་འཕྱང་བའི་གཏམ་དག་གླེང་བ་ན། འབུམ་ཕྲག་དོ་ཟླ་གཅིག་པ་དེས་ཞུམ་པ་མེད་པའི་ཚིག་གི་ང་རོ་འདི་སྐད་དོ། །ཀ་ཡེ་གྲོགས་དག ཡིད་གཉིས་དང་ལྡན་པས་ནི་དོན་གང་ཡང་སྒྲུབ་པར་མི་ནུས་སོ། །འདི་ཙམ་གྱི་བྱ་བ་ལ་དཀའ་བར་འཛིན་པ་ནི་བློ་གྲོས་ཀྱི་མཐུ་ཆུང་བའོ། །དེས་ན་ཟླ་བའི་བློ་གྲོས་དང་གསལ་ལྡན་དམ་བཅའ་བཀོད་ཀྱིས་བདག་ཅག་དང་དམ་བཅའ་བཀོད་པ་མེད་པའི་ཡིད་འོང་མ་དོན་དུ་གཉེར་བ་འདི་ཡང་། དང་པོར་འཇམ་པོའི་ཐབས་ཀྱི་སྒོ་ནས་འཇིག་རྟེན་སྤྱི་མཐུན་གྱི་ལུགས་སྲོལ་ལ་ཞུགས་ཏེ་སོང་བར་བྱ། བར་དུ་གཡོ་སྒྱུའི་སྦྱོར་བས་

ཁྲིད་དེ་འགུགས་པར་བྱ། དེས་ཀྱང་རེ་བའི་འབྲས་བུ་དང་ལྡན་པར་མ་གྱུར་ན་མཐར་ དྲག་ པོའི་ དཔུང་ ཚོགས་ ཡན་ ལག་ བཞི་ ལྡན་ གྱི་ གཡུལ་ བཤམས་ ཏེ། བཀོད་ལེགས་འོད་སྣང་ངམ་སྣང་བ་འབུམ་ལྡན་གྱི་མིང་ཙམ་ཡང་མེད་པར་བྱས་ནས་ཡིད་ འོང་ མ་ དཔུང་ ཤེད་ ཀྱིས་ ཕྲོགས་ ཏེ་ རང་ གིར་ བྱའོ་ ཞེས་ སྨྲས་ པས། ཐམས་ཅད་བློ་གྲོས་མཐུན་ཏེ་རྒྱལ་པོ་ཡབ་སྲས་ལ་ཇི་ལྟར་གྱུར་པའི་ལོ་རྒྱུས་རྒྱས་པར་གསོལ་བས། ཟླ་འོད་ཀྱིས་རིག་པའི་ཚུ་གཏེར་ཇི་བཞིན་སྤྲོ་བ་རྒྱས་པར་གྱུར་ཏེ། བློན་པོ་རྣམས་ལ་ལེགས་སོ་བྱིན་ནས། བགྲོས་ཀྱི་ཚིག་དེ་ལྟར་བཟང་ངོ་། །དེ་དེ་བཞིན་དུ་བགྱིད་དོ་ཞེས་དབུགས་དབྱུངས་སོ། །

9. ཡིད་འོང་མ་སློང་བའི་ཕོ་ཉས་ཁྲོས་འབྲུགས་རྫམ་པའི་སྒོ་ནས་གཡུལ་གྱི་སྤྱིར་ བ་ བཤམས་ ནས་ གདུང་ ལ་ སྦྱར་ ཆེ་ འགྱོད་ པར་ མ་ འཚལ་ ཞེས་ ཐ་ ཚིག་ བསྒྲགས་ནས་ཕྱིར་ཇོང་བའི་སྐོར།

དེ་ནས་བློན་པོ་མཚུངས་མེད་བློ་གྲོས་ལྡན་ལ་བྱང་ཕྱོགས་གནོད་སྦྱིན་གྱི་འཁོར་པ་མཚར་པོ་དཔྱར་བསྐུས་པའི་རིན་པོ་ཆེ་དང་། དངོས་པོའི་བྱེ་བྲག་བསམ་གྱིས་མི་ཁྱབ་པ་རིན་ཐང་གཞལ་དུ་མེད་པའི་སྐྱེས་དང་བཅས་ཏེ་རྒྱལ་པོ་གསལ་ལྡན་གྱི་གམ་དུ་ཡིད་འོང་མ་སློང་བའི་ཕོ་ཉར་མངགས་སོ། །

དེས་ཀྱང་རྗེ་བོའི་བཀའ་ཁུར་དུ་བཟོད་པར་བྱས་ཏེ་རིམ་གྱིས་སོང་བ་ལས། བཙོན་པའི་ས་ཇི་སྲིད་ལ་དེ་སྲིད་དུ་བཙོན་པ་ལ་བརྟེན་ཅིང་། དེ་ནས་རྐང་པས་སོང་སྟེ་རྒྱལ་པོ་གསལ་ལྡན་གྱི་དྲུང་དུ་བརྟོལ་བར་གྱུར་ཏོ། །དེར་བློན་པོས་ཟད་མི་ཤེས་པའི་སྐྱེས་ཀྱི་དངོས་པོ་རྣམས་རྒྱལ་པོའི་དྲུང་དུ་ཕྱུན་པོ་ལྟར་སྤུངས། སྨིམ་པ་འཆར་ཀའི་པད་མོ་འཛུམ་པ་ལྟར་སྤྱི་བོར་བཀོད། ཕྱུས

མོའི་ལྷང་སར་བཙུགས། མཁྱེན་པ་གཟིངས་བསྐྱོད་དེ་གསོལ་བ།

ཨེ་མ་བསོད་ནམས་འཆི་མེད་རྣ་བ་ན། །རིགས་རྒྱུད་དཔག་བསམ་དབང་པོའི་འཁྲི་ཤིང་ཅན། །སྙན་གྲགས་མེ་ཏོག་འཛུམ་པའི་ངོ་མཚར་ཏེ། །ཁོར་ཡུག་ཡུལ་ལྗོངས་འདི་ན་རྣམ་པར་བཀྲ། །དེ་ཕྱིར་སྐབས་གསུམ་དབང་པོ་དགའ་བའི་ཚལ། །སྐལ་བཟང་ས་གཞིའི་རྒྱན་དུ་འཕོས་པ་བཞིན། །བགྲང་ཡས་རྒྱུ་སྐར་ཕྲེང་ལྟར་རབ་བཀྲ་བའི། །གྲོང་ཁྱེར་ཆེན་པོ་པད་མ་རྒྱས་པའི་དབུས། །ཕྱོགས་ལས་རྣམ་པར་རྒྱལ་བ་རྒྱལ་པོའི་ཁབ། །རྩེ་མོ་ལྟར་མི་མངོན་འཕགས་གསེར་སྤྱངས་ཀྱི། །རྒྱ་ཕུབ་དང་ནི་མདའ་ཡབ་བྱ་འདབ་སོགས། །འོད་སྟོང་འབར་བའི་གཟི་བྱིན་ཉི་ཟླ་ཡི། །སྣང་བ་འཕྲོག་ནུས་མཁའ་དབྱིངས་དབུས་ན་གསལ། །ཟུར་བཞི་ཕྱོགས་མཚམས་སྣ་ཚོགས་རིན་ཆེན་གྱི། །ཤམ་བུ་པ་ཏྲ་དྲ་བ་དྲ་ཕྱེད་ལས། །དཔྱངས་པའི་གཡེར་དྲིལ་སྙན་པའི་སྒྲ་དབྱངས་ཀྱིས། །སྣང་བ་བདུད་རྩིའི་བཅུད་དུ་ལེན་པ་དང་། །བརྟེན་པའི་གཞི་ནི་གཞོམ་མེད་རྡོ་རྗེའི་བྲག །ངོས་འཛམ་ནོར་བུའི་དབྱིབས་ཅན་རྩེར་བསྒྲོད་ལ། །མཁའ་འགྲོའི་དབང་ཕྱུག་དག་ཀྱང་ངལ་བྱེད་པ། །དེ་ཡི་གཙུག་ནོར་རྩེ་ན་མངོན་པར་འཕགས། །ཕྱོགས་ཀུན་མར་གད་ཡོ་འདབ་གཡུར་ཟ་བའི། །མྱ་ངན་མེད་མཆོག་དཔལ་གྱི་དུམ་བུ་དང་། །ཨ་སྨ་ཀ་ཀུ་ཧྣ་དང་ཤུ་ན་ཀ །པླ་ལ་པ་ལ་ཤ་དང་འབྲས་ལྡན་གྱི། །ལྗོན་ཤིང་ཕྲེང་བར་མཚར་དང་ཡལ་ག་ལ། །ཉེར་ཆགས་མཁྱེན་ལས་སྙན་འགྱུར་བཀྱེ་བའི་དཔྱིད། །འདབ་ཆགས་དབྱངས་ཀྱི་སིལ་སྙན་ག་ཧྲ་ཧྲི། །རོལ་མོའི་ཁེངས་འཕྲོག་དེ་དབུས་ནེའུ་གསིང་གཞི། །དབང་སྔོན་མཐལ་བཅལ་དུ་བཀྲམ་འདྲ་ལ། །མ་སླིགས་འདབ་སྟོང་གྲོལ་བའི་མེ་ཏོག་གི། །

ཚོམས་བུ་བཀོད་ལྷའི་སྐྱིད་མོས་ཚལ་ནང་དེར། །བསིལ་དྭངས་རྙོག་བྲལ་ཨརྱ་ཧྲི་ལ་ཁམས་ལས། །གྲུབ་པའི་ཐིང་བུར་འདོད་ལྡན་ཕོ་མོའི་ཚོགས། །བྲུས་ལ་འཇུག་ཅིང་ངང་ངུར་ལ་སོགས་པ། །ཆུ་རྣབས་གཡོ་བར་བཞོན་ནས་རོལ་རྩེད་སྟོན། །ཡོངས་སུ་བཟུང་བ་རྒྱ་ཆེ་གནོད་སྦྱིན་གྱི། །ཁིངས་པ་ཐུང་ངུར་བསྐྱིལ་བའི་དཔལ་མངའ་ཞིང་། །ཐུགས་རྗེའི་གྲིབ་མར་ངལ་འཚོ་ཚབ་རོལ་འབངས། །རྫོགས་ལྡན་རྩེ་དགའ་གསར་པར་ལོངས་སྤྱོད་པའི། །སྐལ་བཟང་གིས་བསྐྱེམས་ཤེས་པར་ལྡན་ཀུན་གྱི། །ཡིད་ཀྱི་བརྟེན་པ་གཅིག་པུར་གྱུར་པ་དེར། །བློ་དང་སྙིང་སྟོབས་དཔུང་པ་མངོན་མཐོ་བ། །བགྲང་ཡས་བློན་འཁོར་དུ་མས་མཛེས་པའི་དབུས། །ས་ཡི་ཚངས་པ་ཉི་མའི་བློ་གྲོས་ཞེས། །མི་བདག་དེ་ལ་མཐོ་རིས་ཡོན་ཏན་བདུན། །རྫོགས་པའི་ལྷུམས་ནས་བལྟམས་པ་མི་ཡི་ལྷ། །རིགས་གཟུགས་ཕུན་ཚོགས་ཤེས་བྱར་སྤྱིད་ཀུན་རྟོགས། །དཔའ་ཞིང་དཀྱིལ་ཆེ་ཕ་རོལ་གནོན་པ་ལ། །གཅིག་ཏུ་དཔའ་བའི་གཞོན་ནུ་ཟླ་མེད་བྱུང་། །དེ་ནི་ལང་ཚོའི་འཕྲི་ཤིང་དར་བབས་རྩེར། །མཛེས་སྡུག་མེ་ཏོག་མངོན་པར་རྒྱས་པའི་སྐབས། །རྒྱལ་སྲིད་དཔལ་འབྱོར་སྣ་བདུན་རིན་ཆེན་གྱིས། །མངོན་པར་ཕྱུག་ལ་མཆོག་གི་བཙུན་མོའི་འོས། །རིགས་རུས་ཚེ་འབྲང་མ་དམས་གང་གི་སྲས། །ཡིད་འོང་མ་ཉིད་དོན་དུ་གཉེར་སྣང་འོངས། །དེ་ནས་སྲིད་པའི་རྒྱུན་དང་རྒྱལ་ཁབ་འདི། །མཉེས་གཤེན་འབྲེལ་པ་ཟབ་མོའི་མཚམས་སྦྱོར་ལ། །མི་ཡི་བདག་པོ་གཅིག་ཏུ་བརྩོན་པར་རིགས། །

ཞེས་བྱ་ཁྲ་བྱུག་གི་གདངས་རིང་པོས་སྙན་པར་སྒྲོགས་པ་དེ་ཅི་འདྲ་བ་དེ་འདྲར་ཞུམ་པ་མེད་པར་གསོལ་བས། རྒྱལ་པོ་གསལ་ལྡན་འདི་སྐད་དུ། དོན་

འདི་ནི་ཤིན་ཏུ་ཡང་བསྒྲུབ་པར་དཀའ་བ་ཞིག་སྟེ། དེ་ལྟར་དུ་ཁས་བླངས་བ་ལ་ནི་སྣང་བ་འབུམ་ལྡན་གྱི་རྒྱལ་སྲས་ལྷ་ལས་ཕུལ་བྱུང་དང་ཡིད་འོང་མ་ཁྲོ་ཤུག་སྲིད་གཅིག་ཏུ་སྐྱོང་བའི་དམ་བཅའི་ཐ་ཚིག་བསྒྲགས་ཟིན། རྒྱལ་པོ་ཉི་མའི་བློ་གྲོས་ཀྱི་འདོད་པ་ལས་རྒྱབ་ཀྱིས་ཕྱོགས་པར་གྱུར་ན་ནི། རྒྱལ་བློན་དེ་དག་སྟོབས་དང་། ནུས་པ་དང་། ཕ་རོལ་གནོན་པའི་མཐུ་རྩལ་ལ་སུས་ཀྱང་དོ་ཟླ་མི་ཐུབ་པ་ཞིག་ཡིན་ན་བདག་ཅག་ཉམས་ཉེས་པར་མི་འགྱུར་གྲང་སྙམ་དུ་སེམས་ཁོང་དུ་ཆུད་ཅིང་། ཕྲག་པ་སློད། གདོང་པ་དམད་དེ། གམ་བུ་གསར་པ་བཅད་པ་རྙིད་པ་བཞིན་དུ་ཡུལ་ཡུལ་པོར་གྱུར་ཏོ། །དེ་ནས་ཡང་བསམས་པ། གང་འཇིག་རྟེན་ན་ཡ་རབས་དྲ་མ་མཛངས་པའི་བློ་ཅན་རྣམས་ནི་གཡོ་དང་སྒྱུ་མེད་པ། ཟུན་དང་ཟོལ་ཟོག་མེད་པ། རང་གི་གཤིས་ལུགས་དྲང་པོར་སྐྱོང་བ། དང་པོར་བརྗོད་པའི་ཐ་ཚིག་ཁོ་ན་ལས་མི་འདའ་བར་བྱེད་པ་ཡིན་ལ་ངང་ཚུལ་དེ་ལས་ལྡོག་པ་རྣམས་ནི་ངན་སྤྱོད་དང་། གཡོ་སྒྱུའི་རྭ་མཚོན་འཕྱུར་ནས་སྲིད་པ་གསུམ་ལས་རྒྱལ་བར་འདོད་པ། ཟུན་དང་། ཕྲམ་དང་། ཚིག་རྩུབ་ཀྱི་སྨྲ་ནས་ཕ་རོལ་པོའི་སྙིང་བསྲེག་ཅིང་། མགོ་རྨོངས་པར་བྱེད་པ་རང་གིས་ཇི་ལྟར་བརྗོད་པའི་ཚིག་ལ་ཡིད་རྟོན་མི་རུང་བར་ཤིང་བལ་རླུང་གིས་བསྐྱོད་པ་ལྟར་གཡོ་ཞིང་ཡང་ནས་ཡང་དུ་འགྱུར་བའི་རང་བཞིན་ཅན་ཡིན་མོད། དེས་ན་བློན་པོ་མཚུངས་མེད་བློ་གྲོས་ལྡན་ལ་ལན་ལྟོན་མེད་པར་བཞག་ཏུ་ནི་མི་རུང་། ཐོག་མའི་དམ་བཅའ་ལས་འགལ་དུ་ནི་མེད། རང་གི་ངང་ཚུལ་ཇི་ལྟར་གྱུར་པ་སྒྲོ་བཏགས་སྤངས་ཏེ་གསོང་པོར་སྨྲའོ་བསམས་ནས་སྨྲས་པ།

སབདག་ཉི་མའི་བློ་གྲོས་མདུན་ན་འདོན། །དུ་མའི་ཁྱུ་མཆོག་ཕུལ

བྱུང་སྙིང་སྟོབས་གཏེར། །མཚུངས་མེད་བློ་གྲོས་ལྡན་ཞེས་གྲགས་པའི་དབྱངས། །ཕྱོགས་ཀྱི་འཁོར་ལོ་ཁྱབ་ཁྱོད་འདིར་མཉན་རིགས། །ཁྱོད་ཚིག་འཇམ་སྙན་གདམ་གྱིས་སྤྲོ་བ་སྐྱེད། །འཇེད་མེད་བདོག་པ་མཆར་པོས་རེ་འདོད་བཀང་། །ཕན་ཚུན་མཛའ་ཞིང་ཡིད་གཅུགས་དོན་གཉེར་གྱིས། །སྐལ་བཟང་རེ་བའི་འབྲས་བུ་རྫོགས་གྱུར་ཀྱང་། །ཐོལ་ཐོག་འཁྱོག་ཚིག་གནམ་ཏུའི་རང་དབང་དུ། །མ་གྱུར་རྣམ་དག་སེམས་ཀྱི་རྒྱུད་བཀུག་ནས། །དྲང་པོར་སྨྲོང་བའི་ཚིག་གི་ཉག་ཕྲན་འདི། །རེ་ཞིག་བློ་ལྡན་ཡིད་ཀྱི་ཐིག་ལེར་བྲུངས། །ཉི་མའི་བློ་གྲོས་དགྱེས་ཚིག་འོད་སྣང་འབུམ། །བཞད་པས་བདག་ཅག་ཡིད་དབང་འདབ་བརྒྱའི་ཚལ། །ཅིག་ཅར་རྒྱས་པའི་བཀའ་དྲིན་ཚད་མེད་ཕུལ། །ཉམས་སུ་མྱོང་བའི་ཡིད་དབང་བདུད་རྩིར་བྱས། །དེ་ལྟར་ན་ཡང་བསྔགས་འོས་རྒྱལ་ཁབ་འདིའི། །ཆབ་སྲིད་ཕན་བདེར་སྤྱོང་ལ་རིགས་འཛིན་གྱི། །སྨྱུ་གུ་དཔེན་ཕྱིར་ཡིད་འོང་གཞོན་ནུ་མ། །སྣང་བ་འབུམ་ལྡན་རྒྱལ་པོ་ཟླ་བ་ཡི། །བློ་གྲོས་རིགས་འབྲུངས་ལྷ་ལས་ཕུལ་བྱུང་སྲས། །དེ་ཡི་བཙུན་མོ་དམ་པར་དབང་བསྐུར་ནས། །སྲིད་གཉིས་ཆབས་ཅིག་སྐྱོང་བར་དམ་བཅའི་ཚིག །འགྱུར་མེད་རྡོ་རྗེའི་རི་མོ་བཀོད་ཟིན་པས། །སྲིད་པའི་རྒྱན་གྱི་ཁབ་ཏུ་ཡིད་འོང་མ། །ལས་སྨོན་མཚམས་སྦྱོར་འབྲེལ་བའི་མཐུ་དམན་པ། །དེ་ཕྱིར་རྒྱལ་བློན་ཐུགས་རེ་མི་འབྲུངས་འཚལ། །

ཞེས་འཇམ་ཞིང་དེས་པའི་ཚིག་དེ་དང་དེ་དག་གིས་བརྗོད་པ་ན་བློན་པོ་མཚུངས་མེད་བློ་ལྡན་དེ་ཉིད་ཁྲོས་འབྲུག་རྗམ་པར་གྱུར་ཏེ། དཔྲལ་བ་ནས་དཔྲལ་རྩ་གསུམ་བསྒྲེངས་ཤིང་། ལག་པ་གཉིས་འདྲིལ་བཞིན་པར་འདི་སྐད་

ཅེས། མིའི་བདག་པོ་ཁྱོད་ཀྱིས་བདག་ལ་ཇི་ལྟར་བསྒོ་བའི་ཚིག་འདི་བགམ་པར་བྱ་བའི་ཕྱིར་དང་། རྫུན་ཚིག་གིས་མགོ་སྐོར་བར་བྱེད་པའི་ཕྱིར་མ་ཡིན་ནམ། འོན་ཏེ་ཟོལ་མེད་གསོང་པོའི་ཐ་ཚིག་གང་ཡིན་པ་སྙན་ཡང་གསུངས་ཞིག་ཅེས་གསོལ་བས། རྒྱལ་པོས་སྨྲས་པ།

དང་པོར་བསམ་ཞིང་གཞིགས་པ་གསོང་པོའི་ཚིག །མཆུ་སྒྲོས་པད་མའི་འདབ་བརྒྱ་གྲོལ་བ་ལས། །འགྱུར་མེད་བྱུང་བའི་རང་སྒྲ་བསྒྲགས་ཟིན་ནས། །གཞན་དུ་མི་གཡོ་ཡ་རབས་བཟང་པོའི་ལུགས། །བརྟག་དཔྱད་སྔོན་དུ་མ་སོང་བབ་ཅོལ་ཚིག །ཕྱུང་རྒྱལ་བླ་རྡོལ་སྨྲ་ཞིང་ཡང་ནས་ཡང་། །རྟག་མི་ཐུབ་པ་གློག་ལྟར་གཡོ་བའི་གཏམ། །མ་རབས་དམན་པའི་ཚུལ་དེར་སུ་ཡིད་རྟོན། །ལེགས་ཚོགས་ཟད་མི་ཤེས་པའི་རྩེར་ཕྱིན་ནམ། །ཡོག་པའི་གཙོང་རོང་ཟབ་མོར་ལྷུང་ཡང་རུང་། །དང་པོར་བརྗོད་པའི་གཏམ་དེར་གཡོ་སྒྱུའི་ཚིག །འཁྱོག་པོས་གཞན་མགོ་སྐོར་བྱེད་མ་ཡིན་པས། །གང་ཤར་བདེན་པར་སྨྲས་སོ་བརྟག་དཔྱད་འཚལ། །

ཅེས་བརྗོད་པས་བློན་པོ་སྙན་ཡང་ཞེ་སྡང་དྲག་པོས་སྙིང་སྨྱོས་ཏེ་བཞིན་རས་རྩ་ལག་འཚོའི་རང་མདངས་ཅན་དུ་བྱས་ནས། ཚིག་ཤུགས་དྲག་པོའི་ང་རོ་དང་ལྡན་པས་འདི་སྐད་དོ། །

སྲིད་པའི་བླ་རེ་འཆི་མེད་ལམ་ཡངས་པོར། །མཚུངས་མེད་སྣང་བའི་གཏེར་གཅིག་ཉིན་མོར་བྱེད། །གླིང་བཞི་རང་སྣང་འགྲོས་ཀྱིས་བསྐོར་བ་ལས། །གླིང་གཅིག་རང་གིར་བཟུང་ལ་དོན་གྱིས་དབེན། །ཉིན་མོའི་དབང་ཕྱུག་ཇི་ལྟར་གྱུར་ཀྱང་སླ། །དམའ་བའི་ས་ལ་གནས་པ་པད་མོའི་ཚལ། །ཁ་དོག་མཚར་བའི་རང་མདངས་དཔོམས་པ་དེ། །ཉི་འོད་དམ་པས་བསྐྱངས

པར་མ་རྟོགས་ན། །ཟླ་བས་སྐྱོང་བར་བྱེད་དམ་ད་གདོད་ཤེས། །ཡ་རབས་དམ་པའི་ཚུལ་ལས་མི་འདའ་བར། །འཇིག་རྟེན་ལུགས་བཞིན་སྤྱོད་པས་ས་བདག་ཁྱོད། །ཡི་རབ་མ་ཚིམས་ཟློལ་སྦྱོར་གཡོ་སྒྱུའི་ཚིག །གླིང་བས་བདག་ཡིད་མཚོན་ཆའི་ཚོག་བསྒྲུབས། །དེ་སྐད་སྲིད་པའི་རྒྱན་གྱི་རྒྱལ་ཁབ་ན། །དཔའ་ཞིང་བརྟུལ་ཕོད་དེས་ཤིང་དཀྱིལ་ཆེ་བའི། །དགེ་མཚན་སྲིད་ན་འགྲན་པའི་ཟླ་བྲལ་བ། །གཞོན་ནུ་ཟླ་མེད་མཚན་དོན་མཚུངས་པ་དེ། །དཔའ་བའི་བློན་པོར་བཅས་པ་རབ་འཁྲུགས་ན། །མཚོན་ཆའི་དཀྱིལ་འཁོར་ཤར་བའི་གཡུལ་གྱི་ལས། །དྲག་པོས་བརྟག་དཀའི་གདུང་བ་ལ་སྦྱར་ཆོ། །འགྱོད་པར་མ་འཚལ་བདག་གི་ཐ་ཚིག་གོ། །ཞེས་སྨྲ་ཞིང་གོས་ཀྱི་རྟུལ་ཕྱུགས་ནས། ཚིག་ལན་ཙམ་ཡང་ཉན་དུ་མ་འདོད་པར་སྲིད་པའི་རྒྱན་དུ་རིངས་པའི་ཚུལ་གྱིས་དོང་ངོ་། །

10. ཡབ་གསལ་ལྡན་གྱིས་སྲས་ཀྱི་གནས་ཚུལ་གང་དང་གང་ཡིན་པ་རྣམས་རི་མོའི་ལམ་དུ་འཁོད་པར་བྱས་ཏེ་རྒྱལ་པོ་ཟླ་བའི་བློ་གྲོས་ལ་སྤྲིངས་ཡིག་ཕོ་ཉ་དང་བཅས་ཏེ་མངགས་པའི་སྐོར།

དེར་རྒྱལ་པོ་གསལ་ལྡན་ནི་སླར་ཡང་བློན་པོའི་ཚིག་དེ་དང་དེ་དག་ཐོས་པས་སྙིང་ལ་ཚེར་མའི་ཟུག་ངུ་བསྐྱེད་པར་གྱུར་ནས་འདི་སྐམ་དུ་བསམས་ལ། ཀྱེ་མ་སྔོན་གྱི་ལས་དབང་བཙན་པོའི་སྤྱོད་བྱ་ནི་བཟློག་ཏུ་མེད་པ་ཞིག་སྟེ། འདོད་པ་བཙལ་གྱིས་མི་རྙེད་ཅིང་། མི་འདོད་པ་ཐོག་ཏུ་འབབ་པའི་སྡུག་བསྔལ་ནི་འཁོར་བ་པ་རྣམས་ཀྱི་གཤིས་ལུགས་སོ། །དཔེར་ན་བཀོད་ལེགས་འོད་སྣང་གི་རྒྱལ་ཁབ་འདི་ཡང་ཟླ་བ་དམར་ཆ་ལ་ཆས་པ་བཞིན་དུ་ཕན་བདེའི་

སྐལ་བ་རྫོགས་ནས་ཉམས་ཉེས་པར་མི་འགྱུར་གྲང་ཅི་ལྟ་ནའང་། བགྲོས་བྱས་པ་ལ་འཕྱུང་ཡང་བཟོད་ཅེས་བྱ་བ་ཡིན་པས་བུ་མོ་རང་ལ་ཡང་གཏམ་ཞིག་འདྲི་འོ་སྙམ་ནས་ཡིད་འོང་མ་ཉེ་བའི་གམ་དུ་འཁོད་དུ་བཅུག་ནས་སྨྲས་པ།

ཀྭ་ཡེ་གོ་བར་གྱིས་ཤིག མང་པོས་བཀུར་བར་འོས་པའི་རྒྱལ་ཁབ་འདི། །ཉམས་པ་མེད་སྙད་ཡར་ཟླའི་དཔལ་ཡོན་ལྟར། །གོང་ནས་གོང་དུ་སྤེལ་པའི་ཐབས་ཚུལ་ལ། །བདག་ཅག་གཅིག་ཏུ་བགྲོས་པའི་སྙིང་པོའི་དོན། །སྣང་བ་འབུམ་ལྡན་ཟླ་བའི་བློ་གྲོས་རིགས། །ལྷ་ལས་ཕུལ་བྱུང་ལྷ་ཡི་འཛུམ་སྐྲིག་ཅན། །རིགས་གཟུགས་ལང་ཚོ་རབ་བརྗིད་ཡོན་ཏན་དང་། །འཕོང་སྐྱེན་རྣམ་ལྔའི་བདག་གྱུར་སྟོབས་ལྡན་དེའི། །མི་ཕྱེད་མཛའ་གཅུགས་ཕྱག་རྒྱས་ཁྱོད་བཅིངས་ནས། །སུམ་རྩེན་ས་ལ་ཆགས་འདྲའི་ཆབ་སྲིད་ཟུང་། །ལྷན་ཅིག་སྐྱོང་བའི་བརྗོད་པ་རྫོགས་ཟིན་ཀྱང་། །སྲིད་པའི་རྒྱལ་སྲས་གཞོན་ནུ་ཟླ་མེད་དེའི། །ལེགས་བྱས་མི་རྟོག་ཕོག་པའི་བཙུན་མོ་ཡི། །བགོ་སྐལ་མཆོག་ཏུ་འོས་པའི་རེ་བ་འདི། །ཁྱོད་ཀྱིས་རྫོགས་པར་གྱུར་ཞེས་མངགས་གཞུག་པ། །རིན་ཐང་དཔག་དཀའ་རྒྱ་ཆེན་དཔྱ་སྐྱེས་བཅས། །རིངས་པའི་ཚུལ་གྱིས་སྐར་མདའ་ཇི་བཞིན་ལྷགས། །ཡོངས་སྤྱོད་འཁོར་ལོ་གྲོལ་བའི་སྐན་འཛེབས་གཏམ། །དོན་ཟབ་རྒྱ་ཆེའི་བཤད་པ་དགེ་བར་གླེང་། །དེ་ཚེ་སྟོན་གྱི་ཁས་བླངས་དམ་བཅའི་ཚུལ། །ཟོལ་མེད་གནས་ལུགས་གསོང་པོར་སྨྲས་མ་ཐག །དགའ་བའི་འཛུམ་ལྡན་མཆོག་གི་བློན་པོ་དེ། །མི་ལྟེ་འབར་བས་ཡབ་གཅིག་གསལ་ལྡན་ངའི། །ཡིད་ལ་གནགས་པའི་བུད་ཤིང་བསྲེགས་གྱུར་པས། །བློ་གྲོས་སོལ་བའི་རང་བཞིན་ཉིད་གྱུར་ཕྱིར། །ལེགས་ཉེས་དཔྱོད་ལ་ཤིན་ཏུ་རྨོངས་གྱུར་པས། །ཤེས་རབ་ཟབ་

སོའི་མཐུ་ཅན་ཕྲ་རྒྱས་མ། །རྣམ་དཔྱོད་རིག་པའི་རྩལ་དང་ལྡན་ནོ་ཞེས། །
གྲགས་ཕྱིར་མཛངས་མའི་ཡོན་ཏན་ཡོངས་ཚུབ་པ། །མཆོག་གི་རིགས་ལྡན་མ
ཁྱོད་ལེགས་སོམས་ལ། །ཇི་ལྟར་རིགས་པའི་ཐབས་ཚུལ་ཕེབས་པར་སློས། །

ཞེས་སྨྲས་པ་ན། ཡིད་འོང་མས་ལེགས་པར་བརྟགས་ནས་བསམས་པ། རིང་མོ་ནས་གོམས་པའི་ལས་ཀྱི་འབྲེལ་བ་ནི་རྒྱུ་གང་གིས་ཀྱང་འགོག་ཏུ་མེད་པའི་བག་ཆགས་དང་། སྙན་པའི་གྲགས་པ་ནི་ས་ལེ་སྦྲམ་ས་རུམ་ན་གནས་ཀྱང་འོད་ཀྱི་སྣང་བ་ནི་མཁའ་ལ་གཡོ་བ་ཇི་བཞིན་དུ་ཕྱོགས་ཀྱི་འཁོར་ལོ་ཡོངས་སུ་ཁྱབ་པའི་གྲགས་པ་ལ་བརྟེན་གཞོན་ནུ་ཟླ་མེད་དེ་ཉིད་ཀྱི་མིང་གི་སྒྲ་དབྱངས་ཙམ་ལའང་རྗེས་སུ་ཆགས་ཤིང་དེ་དང་ལྷན་ཅིག་ཏུ་མཛའ་བར་གྱུར་ན་ཅི་མ་རུང་སྙམ་པའི་བསམ་པ་ཐུན་མོང་མ་ཡིན་པ་ཁོ་ན་འཆར་བཞིན་པ་ཡིན་ནའང་། རེ་ཞིག་ཡབ་ཀྱི་བཀའ་དང་འགལ་བར་མི་སྤྱོད་སྙམ་དུ་བསམས་ནས། སོར་བཅུའི་འདབ་ཕྲེང་སྙིང་གར་བཀོད་དེ་འཇུམ་པ་དང་བཅས་པས་གསོལ་པ།

བརྩེ་ཆེན་ཉི་མ་འབུམ་སྟེའི་གཟི་སྤྲིན་གྱིས། །བདག་ལུས་པད་མའི་
འདབ་བརྒྱ་གྲོལ་མཛད་པའི། །མཚུངས་མེད་བྱམས་པའི་འོད་སྟོང་ལྡན་པའི་
མཆོག།ཡབ་གཅིག་ཐུགས་རྗེའི་གཟིགས་པས་བདག་ལ་དགོངས། །སྔོན་
གོམས་རྣམ་སྨིན་དཀར་པོ་འཛག་པའི་མཐུས། །དལ་འབྱོར་ལུས་རྟེན་མཚར་
སྒུག་ལྡན་ཐོབ་ཀྱང་། །ཡབ་ཡུམ་ཐུགས་ལ་བདེ་བ་འགོག་བྱེད་པའི། །ལས་
ལ་སྤྱོར་འདི་ངེས་པར་དམན་པའི་ལུས། །བློ་དམན་བུད་མེད་བདག་གི་བློ
གྲོས་ནི། །དམ་པའི་ལམ་དུ་འགྲོ་བ་ཙང་མ་མཆིས། །དེ་ལྟ་ན་ཡང་བྱམས
ལྡན་ཡབ་རྗེའི་བཀའ། །དད་པའི་སྤྱི་བོར་ལྷུང་བ་འགོག་པའི་མཐུ། །ཐལ་
ཕྱིར་བསམ་པའི་གནས་སྐབས་གསོལ་ལགས་པས། །རིགས་སམ་ཅིག་ཤོས

གང་གི་རྣམ་འབྱེད་འཚལ། །ཕན་ཚུན་འཁོན་ཅིང་རྩོད་པར་བྱེད་པའི་གཞི། །དལ་འབྱོར་རྟེན་འདི་དོན་ལྡན་བྱ་བའི་ཕྱིར། །འཇིག་རྟེན་རྣམ་པར་གཡེང་སྤང་ནས་མཐའ་རུ། །དཀའ་སྤྱད་སྒྲུབ་ལ་རྩེ་གཅིག་གཞོལ་བ་ནས། །འདྲེན་བྱེད་བྲལ་བར་མི་འདོད་ལེང་ཏོག་གིས། །ཟུག་རྔུ་སྐྱེད་པར་བྱེད་པའི་ཡུལ་མ་མཆིས། །དེ་སྐད་གདན་འདུན་སྙིང་པོ་སྒྲུབ་པ་ལ། །མངོན་པར་ཕྱོགས་ན་ལེགས་པའི་རྩེར་ཕྱིན་སྙམ། །དེ་ལྟར་སྣང་བ་མ་ཐོབ་འཁོར་བའི་མཚོ། །སྡུག་བསྔལ་རླབས་ཆེན་འཁྲུག་པའི་གློང་ནང་འདིར། །བདག་ལུས་པད་མའི་ལས་མཐའ་རྫོགས་པ་ལ། །བརྩེ་ཆེན་ཡབ་ཡུམ་ཐུགས་ནི་ཕྱོགས་གྱུར་ན། །སྣང་བ་འབུམ་ལྡན་སྟོབས་དང་འབྱོར་པའི་བདག །རྒྱལ་སྲས་ལྷ་ཡི་འཇོ་སྙེག་དང་ལྡན་ཞིང་། །རིགས་གཟུགས་ཕུན་ཚོགས་དཔལ་གྱིས་ཕྱུག་གྱུར་ཀྱང་། །འཇིག་རྟེན་དམོད་པའི་མཚོན་ཆར་འཕེབས་པའི་ལས། །ཚུལ་མིན་ནག་པོའི་ཕྱོགས་ཀྱིས་ཡིད་བསྒྱུར་ནས། །ཡིན་ལུགས་དྲང་པོར་མི་སྐྱོང་གདོལ་པའི་སྤྱོད། །ལས་ངན་གནགས་པའི་རྒྱུ་ཚོགས་སྒྲུབ་ཅེས་ཐོས། །གཞོན་ནུའི་མཚན་གྱི་མེ་ཏོག་གསལ་འབར་བ། །དེ་ནི་སྐྱེ་གཞན་གོམས་པའི་རོལ་ལས་བཞིན། །མངོན་དགེའི་བག་ཆགས་ཟབ་མོས་མཚམས་འབྲེལ་ཞིང་། །དགེ་ཚོགས་འོད་སྟོང་བཞད་པའི་ཉིན་མོར་བྱེད། །ནག་ཕྱོགས་སྡིག་པའི་གཞན་དབང་མི་འགྱུར་བར། །ཆོས་དཀར་འདབ་བརྒྱའི་ཚལ་ཀུན་རྒྱས་མཛད་པའི། །དམ་པའི་སྣང་བ་ཅན་ཞིག་མཆིས་སྙམ་དུ། །བདག་ཉིད་སྨོན་པའི་གནས་ནི་གཅིག་པུ་དེར། །ངེས་སོ་ཡིད་ལ་ཤར་བའི་རི་མོ་ནི། །བསུབ་ཏུ་མེད་པའི་སྣང་ཚུལ་དེ་ལགས་མོད། །འོན་ཀྱང་ཡབ་ཡུམ་བཀའ་དང་རེ་ཞིག་ཏུ། །འགལ་བར་མི་ནུས་གསུང་གསང་དང་དུ

ལེན། །སྐྱེ་བ་མང་པོར་གོམས་པའི་བག་ཆགས་ནི། །སྙིང་ལ་ཡང་དག་ཉལ་བའི་རྣམ་འགྱུར་གང་། །རྨོ་རྗེའི་མདུད་ཆིངས་དམ་པོར་བྱས་གྱུར་པ། །སུ་ཞིག་གིས་ཀྱང་འཇིག་པའི་གོ་སྐབས་བྲ། །ཕན་ཚུན་མི་ཕྱེད་མཛའ་བའི་དམ་བཅའི་ཕུལ། །ཡིད་ཀྱི་ཐིག་ལེར་རི་མོ་བཀོད་བྱས་པ། །སླར་ཡང་དྲན་པའི་འཆིང་ཞགས་རིང་མོ་ཡིས། །གཞན་དུ་གཡོ་མེད་ལྷན་ཅིག་བཅིངས་པར་གྱུར། །དེ་སྐད་ཡབ་གཅིག་བཀའ་ཡི་ཙོད་པན་ནི། །བཟློག་དཀའ་སྤྱི་བོར་ལྕུང་ཡང་རང་ཉིད་ཀྱི། །གནས་ལུགས་ཟློལ་སྦྱོར་སྤྲངས་པའི་བདེན་ཚིག་ནི། །ཡིད་འོང་མཁྱེན་པའི་ཚལ་ནས་སྐྱེས་པར་གྱུར། །ཞེས་དཔྱིད་ཀྱི་ཕོ་ཉ་དང་པོར་ཆས་པ་འདྲ་བའི་དབྱངས་སྙན་པོས་རང་གིས་བསམ་པའི་བསྙད་པ་ལེགས་པར་གསོལ་ལོ། །དེའི་ཚེ་ཡབ་གསལ་ལྡན་འདི་སྙམ་དུ་བསམས་པ། རིགས་ཀྱི་བུ་མོ་གང་འདིའི་ཚིག་འདི་དག་ལ་བརྟགས་ཤིང་དཔྱད་ན། ཐོག་མའི་འཇུག་སྒོ་དམ་པའི་ཆོས་ཀྱི་ལམ་དུ་བཞུགས་ན་གདན་བདེའི་སྙིང་པོ་གྲུབ་པར་གདོན་མི་ཟ་ཞིང་། གཞན་གྱིས་རྩོད་པའི་གཞི་མེད་ཀྱང་། ཆོས་བཞིན་སྤྱོད་པ་ནི་བསྐལ་པ་བརྒྱར་ཡང་རྙེད་པར་དཀའ་བས་འདོད་པའི་དོན་ལས་ཕྱིར་ཕྱོགས། མཐའ་གཅིག་ཏུ་ན་ཐོག་མ་ཉིད་ནས་བུ་མོ་རང་ལ་ཡང་གྲོས་འདེབས་ཤིག་བགྱིད་དགོས་པར་མཆིས་ཀྱང་དེ་ནི་མ་དྲན། ད་སྐོས་ཡིད་འོང་མ་རང་གི་འདོད་པ་ཇི་བཞིན་སྒྲུབ་ཏུ་འཚལ་ན། འཁོར་བ་ཨེ་རཱུའི་སྨུན་རླར་ཆས་པ་ལ་ཞེན་ཆགས་སྤྲངས་ཏེ་ནགས་མཐར་དབེན་པ་ལ་ཕྱོགས་ན་གཞན་གྱིས་འཁོན་དང་རྩོད་པའི་ཡུལ་དང་བྲལ་བས་བཀོད་ལེགས་འོད་སྣང་རྗེ་སློན་འབངས་བཅས་ཉེ་ཚོ་མེད་པ་ཅི་བདེར་གནས་པའི་གོ་སྐབས་ཐོབ་པར་མི་འགྱུར་གྲང་། དེ་ལྟ་མ་ཡིན་ན་སྣང་བ་འབུམ་ལྡན་བྱང་ཕྱོགས་གཙོད་སྤྱིན་གྱི་ཁེངས་པ་ཐུང་

ངུར་བསྙིལ་བའི་སྟོབས་འགྱུར་ཕུན་སུམ་ཚོགས་ཤིང་། རིགས་སྲས་ལྔ་ལས་ཕུལ་དུ་བྱུང་བའི་མཛེས་སྡུག་སྙིག་ཆོས་དང་ལྡན་ཀྱང་། བྱ་བ་ལས་ཀྱི་འཁོར་ལོར་གང་སྤྱོད་པ་ནི་ལོག་པའི་ལམ་དུ་འཕྱུར་ཏེ་དཀར་མིན་གནག་པ་སྡིག་པའི་གཡོས་སྦྱོར་ལ་བརྩོན་པར་ཞུགས་པ་དེར་སུ་ཞིག་དགའ་བའི་འགྲམ་ཆུ་ལྡང་། རྒྱལ་བུ་གཞོན་ནུ་ཟླ་མེད་ཅེས་པ་དེ་ནི་ཚེ་རབས་དུ་མར་མཛའ་བའི་བག་ཆགས་འགོག་པ་མེད་ཅིང་། རྒྱལ་སྲིད་ཀྱི་ཕུན་ཚོགས་ཀུན་ཏུ་དོན་ཡོད་པའི་དགེ་ཕྱོགས་རྒྱ་ཆེན་པོས་ཡོངས་སྤྱོད་པ་དེ་ལྷ་བུ་ལ་གཅིག་ཏུ་མོས་པའི་གླིང་སློང་འདི་དག་ལ་བརྟེན་ན་ངེས་པར་བདེན་དུ་ཡོད་ཀྱང་། ས་བདག་རྣམས་ཀྱི་སྨྲ་བ་ནི་ལན་ཅིག་ཅེས་འཇིག་རྟེན་ན་ཡོངས་སུ་གྲགས་པ་བཞིན། ཟླ་བའི་བློ་གྲོས་ལ་དམ་བཅས་པ་དེ་ལས་འགལ་ན་བདག་ཉིད་སྐྱེ་བོ་ངན་པ་ཐ་ཚད། རྫུན་དུ་སྨྲ་བ། གཡོ་ཞིང་མི་བརྟན་པའི་ཚད་དུ་ཀུན་གྱིས་བསྒྲགས་པར་འགྱུར་བས་འཇིག་རྟེན་པ་ཀུན་གྱི་དམོད་པ་ལྡང་བ་ལས་ཤི་བ་སླ་བ་སྙམ་དུ་བསམས་ནས། ཐར་གྱི་ལོ་རྒྱུས་གང་དང་གང་ཡིན་པ་རྣམས་རི་མོའི་ལམ་དུ་འཁོད་པར་བྱས་ཏེ་སྣང་བ་འབུམ་ལྡན་གྱི་རྒྱལ་པོ་ཟླ་བའི་བློ་གྲོས་ལ་སྤྲིངས་ཡིག་ཕོ་ཉ་དང་བཅས་མངགས་སོ། །

འཇིག་རྟེན་འདི་ན་ཀུན་ཏུ་གཡོ་བའི་རིགས་ཅན་འགའ། །རང་གི་བསམ་བཞིན་ངེས་པར་བརྗོད་པའི་ཚིག་དེ་ཡང་། །ཡལ་བར་དོར་ནས་ཤིང་བལ་ལྟར་གཡོ་སྟོན་སླས་པའི། །ལྟོག་ཕྱོགས་སྤྱོད་ལ་ངོ་ཚ་བྲལ་བ་བབ་ཅོལ་སྨྲ། །དམ་པའི་རིགས་ཅན་མ་བརྟགས་པར་ནི་ལས་མི་རྩོམ། །གལ་ཏེ་རང་གིས་ཁས་བླངས་དམ་བཅའ་གང་བཀོད་པ། །རྡོ་རྗེའི་རི་མོ་བསུབ་ཏུ་མེད་པས་སྲོག་གཟུངས་དང་། །མཉམ་པར་འགྲོགས་པའི་རྣམ་ཐར་འདི་ནི་ཕྱུག

11. ཟློ་རྒོད་ཐར་ལེགས་དཔྱང་གི་ཁ་ལོ་བར་བསྐོས་ནས་ཡིད་འཚང་མ་བསྲུ་བར་ཆེད་དུ་མངགས་པའི་སྐོར།

དེ་ལྟར་ཕོ་ཉ་དེས་ཀུང་མགྱོགས་འགྲོའི་བཞོན་པ་ལ་བརྟེན་ནས་མྱུར་བར་བགྲོད་དེ་སྣང་བ་འབུམ་ལྡན་གྱི་རྒྱལ་བློན་རྣམས་ལྷན་ཅིག་ཏུ་ཚོགས་པའི་མདུན་སར་བརྗོལ་ཏེ་ཕྱུས་མོའི་ལྷ་ང་ས་ལ་བཙུགས་ནས། འཕྲིན་ཡིག་དེ་རྒྱལ་པོའི་ཕྱག་ཏུ་ཕུལ་བ་ན་ཚིག་དོན་རྣམས་ལ་ལེགས་པར་བརྟགས་པ་ལས་རྒྱལ་པོ་ཟླ་བའི་སློ་གྲོས་ཁྲིས་འཁྲུགས་ཤིན་ཏུ་མི་དགའ་ནས་ཞེ་སྡང་གི་སྨིན་མ་འཁྱོག་པོར་བསྒྱུར་བཞིན་དུ་བློན་འཁོར་རྣམས་ལ་བསྒོ་བ། ཀྱེ་བློན་པོ་དག་ནངས་ཀྱི་དུས་ན་བདག་ཅག་གིས་དམ་དུ་བཅས་པ་ནི་འདི་ལྟ་སྟེ། རིགས་རྒྱུད་ལྷ་ཏིག་དཀར་པོའི་འཁྲི་ཤིང་ཆེས་མཐོར་འཕགས་པ་གསལ་ལྡན་གྱི་བུ་མོ་མཛེས་སྡུག་ཅན་ཡིད་འཚང་མ་དེ་ནི་ལྷ་ལས་ཕུལ་ཕྱུང་གི་བཙུན་མོ་དམ་པར་དབང་བསྒྱུར་གྱི་མེ་ཏོག་འཐོག་པར་བྱས་ཤིང་། སྲིད་ཟུང་རེས་མེད་ཚབས་ཅིག་ཏུ་སྐྱོང་བར་བྱེད་པའི་བདེན་ཚིག་མི་འགྱུར་བ་རྡོ་རྗེའི་རི་མོ་བཀོད་གྲུབ་པ་དེ་ལྟར་ཡིན་མོད། འོན་ཏང་བསླང་པོར་སྤྱོད་པ་རྣམས་ནི་གནས་དང་གནས་མ་ཡིན་པའི་ངང་ཚུལ་མི་ཤེས་པ་སྟེ། སྲིད་པའི་རྒྱན་གྱི་བློན་པོ་མངགས་གཞུགས་པ་བདོག་པའི་སྐྱེས་ཚར་དུ་དངར་བ་དང་བཅས་པ་ཆེད་དུ་མངགས་ནས་གཞོན་ནུ་ཟླ་མེད་ཀྱི་བཙུན་མོར་ཡིད་འཚང་མ་ཁས་བླང་བར་རིགས་སོ་ཞེས་རྒྱ་མཚན་དང་བཅས་པ་སྨྲ་ཞིང་ནན་ཏན་དུ་བགྱིས་པ་ལ་གསལ་ལྡན་རྒྱལ་པོས་ཕྱར་གྱི་དམ་བཅའི་ལོ་རྒྱུས་བསྙད་ནས་ཁས་བླངས་ཀྱི་ཐ་ཚིག་འཐལ་བར་མ་གྱུར་ཀྱང་། བློན་པོ་ཁྲི

བས་ཀུན་ནས་དཀྲིགས་ཏེ། དེ་ལྟར་སྐར་ཡང་འཁྱོད་པར་འགྱུར་བའི་ཚིག་རྩུབ་ཀྱི་མེ་ལྕེ་དྲག་པོར་འབར་བས་ཚར་བཅད་དེ། གསལ་ལྡན་ལ་དང་བ་མི་སྨོན་པར་རིངས་པ་རིངས་པར་སྲིད་པའི་རྒྱན་དུ་དེངས་པའི་ཚུལ་མཆིས། དེ་ལྡན་ཡིད་འོང་མ་དེ་ཡང་ད་ནི་དཔུང་གི་སྦྱོར་བས་འགུགས་པར་ངེས་སོ། །དེའི་ཕྱིར་ཁྱོད་དཔའ་རྟུལ་གྱིས་བསྐེམས་པ་བློན་པོ་ལྷས་དཔུང་གི་ཁ་ལོ་པ་བྱས་ཏེ། གླང་པོ་ཆེ་དང་། ཤིང་རྟ་དང་། རྟ་དང་། དཔུང་བུ་ཆུང་རྐང་དམག་དང་བཅས་པའི་ཡན་ལག་བཞི་ལྡན་གྱི་དྲག་པོའི་གཡུལ་གཤོམས་ལ་ཀུན་ཀྱང་དཔའ་བའི་སྙིང་སྟོབས་ཀྱི་མཐུ་རྩལ་བསྐྱེད་པའི་ཕྱིར་ལྷ་ལས་ཕུལ་བྱུང་ཡང་གཡུལ་གྱི་གཙོ་བོར་དོང་ལ་གཞན་སུ་མེད་ཀྱི་ལྷག་མ་ཙམ་དུ་བྱས་ཏེ་རེ་འབྲས་ལག་ཏུ་ལོན་པར་གྱིས་ཤིག གལ་ཏེ་གསལ་ལྡན་གྱི་བུ་མོ་འཁྲུགས་པར་མ་གྱུར་ན་བློན་པོ་རྣམས་ཀྱི་སྲོག་དང་བྲལ་བར་བྱའོ། །ལྷ་ལས་ཕུལ་བྱུང་ཡང་ཁོ་བོའི་སྲིད་འདི་བཟུང་དུ་མི་སྟེར་བར་སྲུང་མདོར་རྒྱུ་བའི་ཁྲི་དང་སྐྱོང་བ་པོའི་གྲས་སུ་དབྱུང་ངོ་། །ཞེས་ཁྲོས་ཚིག་ང་རོ་གསང་མཐོར་སྒྲོགས་པ་ན། རྒྱལ་སྲས་བློན་འཁོར་ཚང་མ་ཅི་ཡང་སྨྲ་བའི་ནུས་པ་མེད་པར་རི་མོར་བྲིས་པའི་གཟུགས་བརྙན་ཇི་ལྟར་བར་འདྲེན་བྱེད་གཡོ་མེད་ཧུ་རེ་བར་ལུས་སོ། །དེ་ནས་རེ་ཞིག་ན་བློ་གྲོས་ཅན་གྱི་བློན་པོ་ཚངས་པའི་བློ་ལྡན་བྱ་བ་དེས་གྲལ་གྱི་དབུས་ནས་ཟུར་དུ་ཕྱུངས་ཏེ་རྒྱལ་པོའི་མདུན་དུ་སྐྱིལ་མོ་ཀྲུང་བཅས་ཏེ་འཁོད་ནས་འདི་སྐད་ཅེས་སོ། །

ཟླ་བའི་བློ་གྲོས་སྤྲིན་གྱིས་བསྒྲིབས་པ་ལྟའི། །ས་ཡི་བདག་པོ་ཡུད་ཙམ་འདི་ར་དགོངས་ཀྱི། །གཏམ་ལ་བརྟགས་ཤིང་དཔྱད་པ་སྔོན་འགྲོ་བ། །དེ་ནི་དམ་པའི་ལུགས་ཡིན་ཕྱིན་ནས་སྐར། །འཁྱོད་པར་བྱེད་པ་སྨུན་པོའི་ངང་

ཚུལ་ཡིན། །དེ་སྐད་དང་པོར་གཏམ་དེ་བདེན་བརྫུན་ཐེང་། །བརྟགས་རྗེས་སྲིད་ཡིག་དོན་དེ་ལ་གནས་ཀྱང་། །ཡིད་འོང་ལྷ་གཅིག་སྲིད་པའི་རྒྱལ་ཁབ་ཏུ། །དེངས་ཞེས་གཏམ་ནི་ཐོས་ལམ་མ་གྱུར་ཕྱིར། །རང་གི་གྲིབ་མ་ལ་ཡང་ཡིད་ཆེས་དང་། །བྲལ་བ་བྱ་རོག་ལྷ་བུའི་དོགས་ངན་གྱིས། །བརྟག་དཔྱད་མེད་པར་རྣམ་ཏོག་དཀྲར་ལངས་ཀྱིས། །སྨྲོན་པའི་རླྭས་གར་རྟེད་བཞིན་དཔྱུང་གི་ཕྱུ། །དོན་མེད་ལེགས་པའི་ཚུལ་མིན་བྱ་བ་ལ། །ཞུགས་ཚེ་འཁོར་འབངས་མནར་སྡུད་དུཿཁའི་ཁྲུར། །ཕྱི་བས་ནོན་གྱུར་སླར་འགྱོད་མི་འགྱུར་རམ། །

ཞེས་གསོལ་བས་རྒྱལ་པོ་སྙིངས་ཤིང་ཡུལ་ཡུལ་པོར་གྱུར་ཀྱང་ལེགས་ཉེས་དཔྱོད་པའི་བློ་གྲོས་ཅན་ཡིན་པས་གཏམ་དེ་དག་ནི་བདེན་པ་ཉིད་དུ་རྟོགས་ནས་གསལ་ལྡན་རྒྱལ་པོར་འཁྲིན་ཡིག་ཏུ་བཀོད་པའི་རྒྱུ་མཚན་དེ་རྣམས་བདེན་ནམ། རྫུན། དོགས་པ་ངན་པས་ཁོངས་ནས་བསུས་པའི་ཡིད་འོང་མའང་གཞན་དབང་དུ་གྱུར་ཏམ་མི་འགྱུར་བརྟགས་པའི་ཕྱིར་ཕོ་ཉ་དག་མངགས་པས་འཁྲིན་ཡིག་གི་བསྐྱད་པ་གང་ཡིན་པ་ནི་བདེན་པར་རྟོགས། ཡིད་འོང་མ་ནི་ཡབ་ཡུམ་གྱི་གམ་ན་ཉེ་ཞོ་མེད་པར་བདེ་བར་བག་ཕེབས་ཏེ་གནས་བཅས་པའི་རྒྱུ་མཚན་རྣ་བར་སོན་པས། རྒྱལ་བློན་ཉིན་ཞག་གཅིག་གི་བར་ལེགས་པར་བགྲོས་པའི་མཐར་བློ་གྲོས་ཕྱོགས་གཅིག་ཏུ་མཐུན་པར་བློ་རྟོད་ཐར་ལེགས་བྱ་བ་སྙིང་སྟོབས་བརྟུལ་ཞུགས་དང་ལྡན་པ་ཞིག་མཆིས་པ་དེས་དཔུང་ཚོགས་ཀྱི་ཁ་ལོ་པ་བགྱིས་ཏེ་བརྒྱ་ཕྲག་བཅུའི་དཔུང་དང་བཅས་པ་བཀོད་ལེགས་འོད་སྣང་གི་རྒྱལ་ཁབ་ནས་ཡིད་འོང་མ་བསུ་བ་ལ་ཆེད་དུ་མངགས་སོ། །

12. འབྲུམ་ཕྲག་དོ་ཟླ་གཅིག་པས་བཀོད་ལེགས་འོད་སྣང་ཆམ་དུ་ཕབ་ནས་ཡིད་འོང་མ་རྒྱལ་སྲས་དམ་པའི་བཙུན་མོར་དབང་བསྐུར་བར་བྱའོ་ཞེས་སོགས་སྨྲས་པའི་སྐོར།

དེའི་ཚེ་དེའི་དུས་ན་བློན་པོ་མཚུངས་མེད་བློ་གྲོས་ལྡན་དེ་ཉིད་སྲིད་པའི་རྒྱན་དུ་ལྷགས་ནས། རྒྱལ་བློན་རྣམས་ཀྱི་མདུན་དུ་ཉེ་བར་འཁོད་དོ། །གསལ་ལྡན་རྒྱལ་པོར་ཇི་ལྟར་གླེང་བའི་ཚུལ་གང་དང་གང་ཡིན་པ་ཕེབས་པར་སྨྲས་ཤིང་། རང་ཉིད་ཀྱིས་ལན་ཚིག་ཏུ་བྱས་པ་རྣམས་ཀྱང་གསལ་བར་བསྙད་པའི་ཚེ། རྒྱལ་པོ་ཉི་མའི་བློ་གྲོས་དང་། གཞོན་ནུ་ཟླ་མེད་ནི་དོན་དེ་སྒྲུབ་པ་ལ་དཀའ་བར་མི་སེམས་པས་ཇི་མི་སྙམ་པར་གནས། བློན་པོ་འགའ་ཞིག་ནི་དེ་ལྟ་བུའི་དགའ་མ་སྲིད་པ་ན་དཀོན་པའི་ཁྱད་ཆོས་རྒྱད་དུ་བྱུང་བ་ལ་རིན་ཐང་གཞལ་དུ་མེད་ཕྱིར་བྱ་དགའི་དངོས་པོ་ཉུང་ངུར་གྱུར་པས་ཡིད་མགུ་བར་མ་གྱུར་རམ་ཞེས་མགུལ་པ་འཁྱོག་ལ་འཕྱང་བཞིན་པར་གནས། ལ་ལ་ནི་སྣང་བ་འབུམ་ལྡན་གྱི་རྒྱལ་པོ་ཟླ་བའི་བློ་གྲོས་དེ་གཡོ་དང་སྒྱུ་འཚོ་བ། ཕྲ་མེན་གྱི་རིག་པ་འཛིན་པ་ལ་མཁས་པ་ཡིན་པས་རང་ཅག་གི་བར་དུ་ཕྲ་མ་བཙུག་སྟེ་གསལ་ལྡན་འཕྲུལ་བར་བྱས་སོ་ཞེས་ཟེར། ཁ་གཅིག་ནི་མི་བདག་གསལ་ལྡན་དེ་ཡང་རང་བཞིན་བཟང་བ། དམ་པའི་ཚུལ་ལ་གནས་པ། འཇིག་རྟེན་གྱི་དམོད་པའི་མཚོན་ཆ་ལ་བག་ཟོན་དང་ལྡན་པ་ཞིག་ཡིན་པར་གྲགས་པས། དེས་ན་རང་གིས་དང་པོར་བརྗོད་པའི་དམ་བཅའི་དོན་ལས་མི་འགལ་བར་སྨྲ་བའམ་རིགས་ཤིང་བདེན་པར་མཆིས་སོ་གླེང་། བློན་པོ་གཞན་དག་ཀྱང་རྒྱུ་མཚན་དེ་རྣམས་ཐོས་པས་མ་དགའ་སྟེ་ཡིད་ལ་ཟུག་རྔུ་བསྐྱེད་པར་གྱུར་ནའང་ལེགས་ཉེས་དཔྱོད་པའི་བློ་གྲོས་མ་ཐོན་ཏེ། ཐབས་ཚུལ་ཇི་ལྟ་བུ་ཞིག་བཟང་

ངམ་སླམ་སྟེ་སོམ་ཉིའི་དྲ་བར་ཚུད་ཅིང་གནས་པ་ན། འཇིག་རྟེན་གྱི་དཔའ་བོ་མ་ལུས་པའི་སྤྱི་བོ་ལ་རྐང་རྟེན་འཆའ་བ་འབུམ་ཕྲག་དོ་ཟླ་གཅིག་པ་ཞེས་གྲགས་དཀར་གྱི་བ་དན་རིང་དུ་འཕྲོ་བ་དེས་ས་བདག་བློན་པོར་བཅས་པ་ལ་སྐད་གསང་མཐོན་པོས་འདི་སྐད་ཅེས་སོ། །

འཇིག་རྟེན་སྲིད་པའི་ལྷ་ལམ་མཛེས་པའི་རྒྱན། །མི་བདག་ཉི་ཟླ་ཟུང་གི་གཟི་བྱིན་འབར། །བློན་འཁོར་རྒྱུ་སྐར་ཕྲེང་བའི་གྲངས་རྙེད་ཀྱིས། །འདུན་ས་གང་བར་གྱུར་པ་དེ་ནང་ནས། །བློ་གྲོས་ཅན་རྣམས་མེས་པོ་ཚངས་པར་ཡང་། །སྐྱེངས་པ་སྐྱེར་བའི་རྣམ་དཔྱོད་མཐུ་ཆེ་ཞིང་། །དཔའ་བས་བསྙེམས་རྣམས་ཁྱབ་འཇུག་དགྲ་ཐབས་ཀྱང་། །ཟོལ་ལ་འགོད་པའི་གྲགས་པས་སྟོན་ཁྱབ་མོད། །དེང་འདིར་རྒྱལ་ཕྲན་གསལ་ལྡན་ཁེངས་ཚིག་མཆོན། །སྙིང་ག་འབིགས་པའི་ཚ་ག་རྫོགས་གྱུར་ཀྱང་། བཟང་ངན་རྣམ་དབྱེ་མི་ཕྱེད་ཐེ་ཚོམ་གྱི། །མགུལ་པ་འཁྱོག་ལ་འཆང་ཞིང་ཅི་ཞིག་སེམས། །དང་པོར་རང་ཅག་རྗེ་བློན་གཅིག་བགྲོས་ནས། །གསལ་ལྡན་རྒྱལ་པོར་བརྙས་ཐབས་རབ་སྦྱངས་ཏེ། །མིང་དོན་མཚུངས་པའི་བློན་མཆོག་ཕོ་ཉར་མངགས། །འཇོད་མེད་ནོར་གྱི་དཔྱ་སྐྱེས་ཕྱུར་བུར་སྤུངས། །འཇམ་སླན་ཐབས་སྨྲས་ཚིག་གིས་བརྡ་དོན་སྒྲུར། །འཇིག་རྟེན་སྲིད་ལུགས་སྲོལ་བཟང་ལ་ཞུགས་ཀྱང་། །གསལ་ལྡན་ཡིད་ཀྱི་རེ་འདོད་མ་གང་བར། །ཟོལ་སྦྱོར་གྱུ་གྱུའི་སྦྱོར་བས་ཡིད་འོང་མ། །ལྷ་ལས་ཕུལ་བྱུང་མཛའ་མོར་དམ་བཅས་ཞེས། །ཚུལ་མིན་བབ་ཅོལ་སྨྲ་འདིས་ཡིད་རབ་འཁྲུགས། །དེ་སྐད་འབུམ་ཕྲག་དཔའ་བོའི་དོ་ཟླ་ལ། །འཇིགས་མེད་སྙིང་སྟོབས་ལྡན་པ་གཅིག་པུ་ཞེས། །སྲིད་ན་གྲགས་མོད་འོན་ཏང་མིང་ཙམ་ལས། །གྲགས་པ་དོན་དང་

མཐུན་པར་དགའ་གྱུར་ཀྱང་། །རིང་ནས་རྗེ་བོའི་དྲིན་གྱིས་བསྐྱངས་པའི་ལན། །དེ་དོན་སྒྲུབ་ལ་མི་སྐྱོ་ལུས་སྲོག་ཀྱང་། །ཡལ་བར་འདོར་ལ་མི་འཛིགས་གདེང་བཅས་ལས། །བཀོད་ལེགས་འོད་སྣང་ཐལ་བའི་རྩལ་ཕྲན་ལྟར། །བཙོམ་ནས་སྟོན་ཚད་འདིར་ཕྱུང་གཏམ་ཙམ་བྱེད། །རྫོངས་ལ་གསལ་བའི་མིང་ལྡན་རྒྱལ་ཕྲན་དེ། །དགའ་བ་མེད་པར་ངེས་པར་ཆམ་དུ་འབེབས། །དོན་དུ་གཉེར་བྱའི་ཡིད་འོང་གཞོན་ནུ་མ། །རྒྱལ་སྲས་དམ་པའི་བཙུན་མོ་རིན་ཆེན་དུ། །དབང་བསྒྱུར་མཆོག་གི་ཅོད་པན་བཅིངས་བྱས་ནས། །སྐལ་པའི་བདག་སྲིད་རྩེར་གཡོ་བར་བྱ། །དེ་ཙམ་བྱ་བའི་ཁུར་ཡང་མི་བཟོད་ན། །སྐྱེས་བུའི་རྟེན་ཐོབ་པ་འདི་དོན་གྱིས་དབེན། །འཛིགས་རུང་མིང་དུ་འབོད་པ་འཕྱ་དགོད་གནས། །ཀོ་བོའི་གཏམ་ཡང་བྲག་ཅའི་སྒྲུན་ཟླ་ཡིན། །དེ་ཕྱིར་བདག་ནི་ཡིད་གཉིས་བློ་བྲལ་བས། །རྗེ་བློན་ཐུགས་ཀྱི་ཐིག་ལེར་དོན་འདི་ཐུངས། །ཞེས་རྒྱལ་པོ་གསལ་ལྡན་གྱིས་ཡིད་འོང་མ་གཞན་དབང་དུ་གྱུར་ཏོ་ཞེས་སྨྲས་པའི་ཚིག་ལ་ཡིད་མ་རངས་ཏེ་བཀོད་ལེགས་འོད་སྣང་གི་རྒྱལ་ཁབ་འཇོམས་པ་ལ་མཆོག་ཏུ་སྤྲོ་བར་ཞུགས་པའི་གད་རྒྱངས་ཆེས་ཆེར་སྒྲོགས་པ་ན། བློན་འཁོར་རྣམས་ཀྱིས་ནི་ལེགས་ཉེས་ཀྱི་ཚིག་ལན་ཙམ་ཡང་སྨྲ་བར་མ་ནུས་ཏེ་ཤུགས་རིང་ནར་ནར་འཁྱེན་ཞིང་གདོང་པ་དམད་དེ་གནས་བཅས་སོ། །

13. རྒྱལ་བུ་གཞོན་ནུ་ཟླ་མེད་ཀྱིས་དཔའ་བོ་སྲིད་པ་གཞོན་ནུ་རྒྱལ་སྲས་བདག་ལ་བརྟེན་ནས་ཡིད་འོང་མ་འགྱུགས་པར་བྱ་རྒྱུའི་བཀའ་བསྒོ་མཛད་པའི་སྐོར།

དེའི་ཚེ་རྒྱལ་བུ་གཞོན་ནུ་ཟླ་མེད་ལང་ཚོ་གསར་པའི་དཔལ་དང་ལྡན་པ་དེས། འཇམ་དམུལ་ཏེ་ཕྱག་གཡས་པ་གསེར་གྱི་གདུ་བུ་འཁྲོལ་བ་སྐྱབས་སྦྱིན་གྱི་ཕྱག་རྒྱར་བཅས་ནས་འདི་སྐད་ཅེས་སོ། །

ཀྱེ། བཙས་མ་ཐག་པ་ནས་དཔའ་བ་དང་བརྟུལ་ཕོད་པའི་དྲན་པ་བརྙེས་པ་དཔའ་བོའི་ཁྱུ་མཆོག་གོ་བར་གྱིས་ཤིག གཞན་སྡེ་འཇོམས་པ་ལ་དཔའ་བར་ཞུགས་པའི་ང་རོ་སྒྲོགས་པ་ནི་དཔའ་བོའི་རང་རྟགས་དཔོམས་པའི་ཚུལ་ཡིན་མོད། འོན་ཏེ་ཁྱུ་ཅག་སྐྱེས་པའི་རྟེན་དང་ལྡན་པ་ཡ་རབས་ཀྱི་ལམ་ལ་གནས་པ་མཐའ་དག་དང་། ཁྱད་པར་མཆོག་གི་རྒྱལ་རིགས་ཁྲིམས་ཀྱི་བྱེད་པ་པོ་རྣམས་ཀྱིས་ནི་གཡོ་ཞིང་མི་བརྟན་པ་རྟག་མི་ཐུབ་པའི་བྱ་བ་ལ་ཞུགས་པར་གྱུར་ན་འཇིག་རྟེན་འདི་དང་། གཞན་དུ་འང་དམོད་པ་དང་དུཿཁའི་འཆིང་བ་འཛིན་པར་ངེས་ཏེ། དེ་ལྟ་བུའི་སྤྱོད་པ་ནི་གདོལ་པ་དང་། བཤན་པ་དང་། བུད་མེད་འཚུད་མཐུན་མ་ལ་སོགས་པས་བགྱི་བར་འོས་པས་སོ། །དེའི་ཕྱིར་གསལ་ལྡན་རྒྱལ་པོས་ཀྱང་ཐོག་མར་རང་གིས་དམ་བཅས་པ་ལས་འགལ་དུ་མེད་པའི་གནས་ལུགས་དྲང་པོར་བརྗོད་པར་རྟོགས་པས། དེ་ནི་ཡ་རབས་དང་ངང་ཚུལ་བཟང་པོའི་རྗེས་སུ་མཐུན་པས་བློན་པོ་དག་ཞེ་སྡང་དང་། ཁོང་ཁྲོ་བའི་གནས་སྐབས་ཐོངས་ཤིག དེ་ཡང་རང་ཅག་གི་ཐོག་མའི་བློ་གྲོས་སྤྱོགས་གཅིག་ཏུ་མཐུན་པར། དང་པོར་འཇིག་རྟེན་ལུགས་བཞིན་ཞུགས་ཏེ་འཛམ་པོའི་ཚིག་གིས་བྲིད་པར་བྱས། བར་དུ་གཡོ་སྒྱུའི་སྦྱོར་བས་འཕྲུལ་བར་བྱ།

དེས་ཀྱང་དོན་སྟོན་པར་མ་གྱུར་ན་མཐར་དྲག་པོའི་དཔུང་གི་སྒྱུར་བས་ཡིད་འོང་མ་རང་གིར་བྱེད་དོ་ཞེས་པའི་དོན་འདི་ལ་བློ་གྲོས་མཐུན་པར་མ་གྱུར་ཏམ། དེ་ལྟར་ན་དེང་གི་ཚེ་དཔའ་བོ་སྲིད་པ་གཞོན་ནུ་འདི་ན་ཚོད་ཀྱང་ཁོ་བོ་དང་རྗེས་སུ་མཐུན་ཞིང་། ཤེས་རབ་ཟབ་མོ་བྱ་བའི་འཇུག་ལྡོག་ལ་མཁས་པས་འདི་ཉིད་ཐན་བརྒྱ་ཕྲག་དང་བཅས་པ་བཀོད་ལེགས་འོད་སྣང་དུ་ཁོ་བོ་ལྟར་བརྟུས་ཏེ་མངག་པར་བྱའོ། །ཡིད་འོང་མ་དེ་ཡང་བདག་དང་ཚེ་རབས་དུ་མར་ལས་ཀྱི་འབྲེལ་པ་ཟབ་མོ་དང་ལྡན་པ་ཉིད་ཀྱི་ཕྱིར་དེའི་རྗེས་སུ་འབྲེང་བར་ཆ་མ་འཚལ་བས་དེ་ལྟ་བུའི་ཐབས་ཀྱི་དབང་དུ་བྱ་བར་ནུས་སམ། དེ་ལྟ་མ་ཡིན་ན་དཔའ་བོ་ཁྱུ་མཆོག་གང་གིས་ཇི་ལྟར་བསྒོ་བ་བཞིན་གཡུལ་གྱི་ལས་ལ་སྦྱར་བས་གཞན་སྡེ་རྣམ་པར་གནོན་པ་ལ་མཆོག་ཏུ་སྤྲོ་བ་ཉིད་དོ། །

ཞེས་སྨྲས་པས། འབུམ་ཕྲག་དོ་ཟླ་གཅིག་པ་ངོ་མཚར་རྒྱ་ཆེར་གྱུར་ནས་འདི་སྐམ་དུ་བསམས་པ། ཨེ་མ་རྒྱལ་སྲས་ན་ཚོད་ཆེས་ཆེར་ཕྲ་བ་འདི་ལྟ་བུ་ནས་དང་པོར་བགྲོས་ཀྱི་བྱ་བ་ལ་ཞུགས་པའི་ཐ་ཚིག་དང་འགལ་དུ་མི་འདོད་ཅིང་། གསལ་ལྡན་དེ་ཡང་རང་གི་དམ་བཅས་པའི་དོན་ལ་རྒྱ་མི་འཕྲིན་པ་ཡ་རབས་ཀྱི་ཚུལ་ལ་དགོངས་ཏེ་བློ་གྲོས་གཞལ་དུ་མེད་པ་དེ་ལྟ་བུ་བཀའ་སྩོལ་བ་ནི་ཤིན་ཏུ་བསྔགས་འོས་ཏེ་བདག་ཅག་བླུན་ཅིང་རྨོངས་སོ་སྙམ་ནས་གསོལ་པ། མིའི་བདག་པོ། དེ་དེ་བཞིན་ནོ། །ཇི་ལྟར་གང་གིས་བཀའ་སྩལ་བའི་དོན་ལ་རྗེས་སུ་ཡི་རང་ངོ་། །བཀའ་ལས་མི་འདའ་བར་རྗེས་སུ་སྒྲུབ་བོ། །ཞེས་ཁེངས་པ་བཏང་ནས་ཕྱག་བྱས་སོ། །

14. དཔའ་བོ་སྲིད་པ་གཞོན་ནུས་ཡིད་འོང་མ་ལ་འཕྲིན་ཡིག་བསྲིངས་པར་ཡིད་འོང་མས་ཐབས་བློ་གྲོས་ཀྱི་དཔྱང་སྐྱེད་ཅིག་པའི་འཕྲིན་ལན་བསྐུར་བའི་སྐོར།

དེ་ནས་དཔའ་བོ་སྲིད་པ་གཞོན་ནུ་ཚས་གོས་བཟང་པོས་ལེགས་པར་བསླུབས་ཏེ་འཁོར་ཚོགས་བརྒྱ་ཕྲག་གིས་མདུན་བདར་ཞིང་། གཞོན་ནུ་དེ་ནི་ན་ཚོད་ཕྲ་བས་བློ་གྲོས་ཀྱི་གྲོགས་སུ་འགྱུར་རོ་སྙམ་ནས་འབངས་ཁོལ་དང་བཅས་པ་ལ་དོན་གྱི་སྙིང་པོ་བླང་དོར་དུ་བྱ་འོས་ལེགས་པར་བསྒོས་ཏེ་ཕོ་ཉར་མངགས་སོ། །དེ་རྣམས་ཀྱིས་རིངས་པར་སོང་བ་ལས་བཀོད་ལེགས་འོད་སྣང་གི་རྒྱལ་ཁབ་ཀྱི་འདབས་རོལ་དུ་དོན་མཐུན་པ་ཚོང་ཁེ་སྤྱོགས་སྒྲུབ་པའི་ཟློལ་ལ་བརྟེན་ཏེ་གནས་བཅས་སོ། །དེ་ཡང་དཔའ་བོ་སྲིད་པ་གཞོན་ནུ་དེ་ནི་གསེར་གྱི་ལྷུན་པོར་གནས་བཅས་པའི་འདབ་ཆགས་རྣམས་ཀྱང་གསེར་དུ་སྣང་བ་བཞིན་རྒྱལ་བུ་གཞོན་ནུ་ཟླ་མེད་ཀྱི་དྲུང་ན་རྟག་ཏུ་དགེ་བར་སྤྱོད་པས་དེའི་ཡོན་ཏན་གྱི་ཆ་ཤས་འཛིན་ཅིང་། ཤེས་རབ་ཟབ་མོ་དང་ལྡན་པའི་ཕྱིར་རྒྱལ་བུ་གཞོན་ནུ་ས་དེར་ལྷགས་པ་ལྟར་བྱས་ཏེ་ཡིད་འོང་མ་ལ་འཕྲིན་ཡིག་འདི་ལྟར་བྲུར་གྱིས་བསྲིངས་སོ། །

རིགས་མཆོག་དྲི་མ་མེད་པའི་ཆུ་གཏེར་ལས། །ལེགས་འོངས་མཛེས་སྡུག་ལང་ཚོའི་ཆ་རྫོགས་པ། །འཛུམ་དཀར་བདུད་རྩིར་འཛག་པའི་ཟླ་བ་བདག །དབང་ཕྱུགས་ལྷུན་པོའི་སྤོ་འདིར་ལྷགས་ཟིན་གྱི། །སྲིད་ན་མཚར་བའི་དཔེར་འོས་ས་མོས་གཉེན། །མཚར་སྡུག་འདབ་བརྒྱ་དགོད་པའི་ཡིད་འོང་མ། །ཚེམས་ཕྲེང་གི་སར་འཛུམ་གྱིས་ཆགས་ལྡན་ཀུན། །ཡིད་དབང་འགུགས་ཁྱོད་དགའ་བའི་ཚེར་བ་སྲོམ། །ཟླ་བ་ཀུནྡ་ལྡན་ཅིག་རྩེ་དགའི་

རོར། །སྤྱོད་པ་བཅོ་ལྔའི་ཚ་ཇོགས་དུས་འདི་སྐྱེ། །དེ་ནས་ནག་ཕྱོགས་གཞན་དབང་གྱུར་པའི་ཚེ། །ལས་ཀྱི་འབྲེལ་བ་དམན་པར་གྱུར་མིན་ནམ། །གཞོན་ནུའི་མིང་ཅན་ཕོ་བོ་བྱང་ཕྱོགས་ནས། །འབད་པས་མཛེས་མ་ཁྱོད་དོན་གཉེར་ནས་འོངས། །སྔོན་གོམས་འབྲེལ་བའི་བག་ཆགས་ཟབ་མཆིས་ན། །སྲིད་པའི་རྒྱན་དུ་བགྲོད་ལ་མི་རིངས་སམ། །

ཞེས་བྲིས་ཏེ་སུ་ཞིག་གིས་འདིའི་གྲོགས་བགྱིད་སྙམ་དུ་བསམས་པ་ན། ཕོ་བྲང་གི་རྗེ་སྟེགས་རིང་པོའི་ཕྱེད་ལམ་ཙམ་ན་ཆུ་ལེན་གྱི་བུ་མོ་གཞོན་ནུ་མ་ཞིག་མགྲིན་གླུ་ལྷང་ལྷང་སྒྲུར་བཞིན་འགྲོ་བ་མཐོང་སྟེ་དེ་ལ་བྱ་དགས་ཚིམ་པར་བྱས་ནས་འཕྲིན་ཡིག་དེ་ཡིད་འོང་མའི་ཕྱུག་སོར་གྱི་པད་མོ་ལ་འཕྲོད་པར་གྱིས་ཤིག་ཅེས་བསྒོ་བས། དེས་ཀྱང་དགའ་བཞིན་འཛུམ་པའི་སྒོ་ནས་ཁས་བླངས་ཏེ་སོང་ངོ་། །དེས་འཕྲིན་ཡིག་ཉམས་པ་མེད་པ་ཡིད་འོང་མའི་སོར་རྩེར་སོན་པར་བྱས་པ་ལས། དེའི་དོན་ལ་བརྟགས་པས་དགའ་བའི་ཚོར་བ་གཟུགས་ཅན་བཞིན་དུ་སྐྱེས་པར་གྱུར་ཏེ། ཆུ་ལེན་བུ་མོ་དེ་ལ་སྨྲས་པ།

ཡན་ལག་བརྒྱད་ལྡན་དག་བྱེད་ཆབ། །ཀུན་ཏུ་ཐྲིམ་པའི་བྱེད་པ་མོ། །ཁྱོད་ཀྱི་སོར་རྩེ་ལས་བརྒྱུད་ནས། །དཔག་པར་དཀའ་བའི་འཕྲིན་ཡིག་ཐོབ། །འདི་ནི་བྱེད་པོ་སུ་ཞིག་གིས། །གཞོན་ནུ་མ་ཁྱོད་ལག་ཏུ་བྱིན། །དེ་ཡི་ཡུལ་དང་གྲོང་ཁྱེར་དང་། །ཕྱོགས་གང་ནས་ནི་འོང་བ་སྨྲོས། །སྙན་པར་གྲགས་པའི་མིང་ནི་གང་། །རིགས་གཟུགས་ཡོན་ཏན་ཇི་ལྟ་བུ། །བརྡ་སྤྲོད་ཚིག་ཕྲེང་གང་སྨྲ་བ། །སྒྲ་བརྟགས་སྤྱངས་ཏེ་གསལ་བར་སྨྲོས། །

ཞེས་དྲིས་པ་ན། བུ་མོ་དེས་གུས་པ་མཚོན་པར་བྱེད་པའི་ཐལ་མོ་སྦྱར

ནས་གསོལ་པ།

སྲིད་འདིར་མཚར་མཛེས་རི་བོང་ཅན། །པད་མ་གཞོན་ནུ་ཀུནྡའི་ཚལ། །ལ་སོགས་གཅིག་ཏུ་སྤུངས་བྱས་ཀྱང་། །ཆར་ཡང་མི་བཟོད་ཡིད་འོང་མ། །ཁྱོད་དྲུང་འཁྱོག་ཚིག་གཏམ་སྨྲ་ན། །བདག་ཉིད་ཉམས་ཉེས་མི་གྱུར་རམ། །དེ་ཕྱིར་བདེན་པའི་ཨུཏྤ་ལ། །ཐོས་པ་འཛིན་པའི་རྒྱན་དུ་བཟུང་། །ཀོ་མོ་ཆུ་བོའི་ཟླ་མ་ཏོག །དཀའ་བས་འདེགས་བཞིན་ཕོ་བྲང་ལ། །གཞན་དུ་ཕྱོགས་ཚེ་ག་ཤེད་ནས། །འཛུམ་ལྡན་རྨད་བྱུང་སྐྱེས་བུ་བྱུང་། །རྒྱ་ཡིས་སྤྲུས་པའི་རི་མོ་འདི། །ཡིད་འོང་མཛེས་མའི་ཕྱག་སོར་གྱིས། །བཟུང་འགྱུར་གྲོགས་ནི་གྱིས་ཤིག་ཅེས། །ཡང་དག་བགྲོས་ནས་སོང་གྱུར་པ། །དེ་ཡི་ཡུལ་དང་ས་ཕྱོགས་དང་། །གྲགས་པའི་མིང་དོན་རིགས་རྒྱུད་སོགས། །འདྲི་བའི་དགོས་པ་ཆེས་ལྡན་ཀྱང་། །བདག་ནི་དེ་ཡི་མཛེས་ཆོས་ལ། །ཆགས་པའི་སྤྱི་ལོང་གཡོས་གྱུར་པས། །མཛངས་བཅས་དྲི་བའི་མཐུ་བྲལ་གྱུར། །ཡོན་ཏན་ཁྱད་པར་ཡོངས་མི་ཤེས། །ལང་ཚོའི་འཚོར་སྒེག་ཡོན་ཏན་ནི། །འཆི་མེད་རིགས་ཀྱི་ཐིག་ལེར་མཚུངས། །ཡིད་དབང་ཅིག་ཅར་འགུགས་བྱེད་པ། །ལུགས་ཀྱིའི་ཚེ་ག་རྫོགས་པ་སྟེ། །ཡིད་ཀྱི་བརྟན་པ་འཕྲོག་མཁས་པ། །ཆོམ་རྐུན་དང་ཡང་མཚུངས་པ་ཉིད། །དེ་ལྟ་བུ་ཡི་སྐྱེས་བུ་ནི། །མིག་གི་བདུད་རྩིར་མངར་བ་ལགས། །

ཞེས་སྙན་པའི་ཚིག་གིས་བསྙད་པ་ན། ཡིད་འོང་མ་དགའ་སྤྲོ་ལྡན་ཅིག་ཏུ་འགྲན་པ་ལྟ་བུར་གྱུར་ནས་འདི་སྙམ་དུ་བསམས་པ། ཆུ་ལེན་མའི་ཚིག་གི་དོན་འདི་རྣམས་ལ་བརྟགས་ན་ངོ་མཚར་རྒྱ་ཆེར་གྱུར་པའི་དཔལ་ཡོན་ལྡན་པ་དེ་ནི་གཞན་དུ་མ་དམིགས། རྒྱལ་བུ་གཞོན་ནུ་ཟླ་མེད་ཅེས་གྲགས་པ་དོན་དང་

མཐུན་པ་དེ་ཉིད་སྐྱེ་བ་རབས་ཀྱི་ཕྲེང་བར་གཅིག་ཏུ་མཛའ་བའི་ལས་དང་སྨོན་ལམ་གྱི་མཚམས་སྦྱོར་ཟབ་མོ་དང་ལྡན་པས་ཁོ་མོ་ཅག་ལ་མཆོག་ཏུ་བརྩེ་བས་རྗེས་སུ་བཟུང་སྐད་ཕྱོགས་འདིར་ཞབས་སོར་གྱི་པད་མོ་བཀོད་པར་ཆམ་འཚལ་སྙམ་དུ་དགའ་བའི་ཚོར་བ་ལྷག་པར་འཕེལ། འོན་ཀྱང་དེ་མ་ཐག་འོང་བ་ལ་ནི་ཡབ་ཡུམ་གྱི་བཀའ་མ་འཁྲོལ་བས་འཛེམས། ཡིད་ཀྱི་དབང་པོ་ནི་གཞན་དུ་སྐད་ཅིག་ཀྱང་མི་གཡེངས་པར་གཞོན་ནུ་དེ་ཅན་དུ་རྒྱུ་བར་བྱེད་ལ། དེའི་ནུབ་མོ་འཕྲིན་ལན་ཀྱང་སྤྲིངས་ཐབས་མ་རྙེད་དེ་ཅི་བྱ་གཏོལ་བྲལ་བར་གྱུར་ནས་གཞོན་ནུའི་མཛེས་སྐུ་ཡིད་ལ་འཆར་བའི་བསམ་གཏན་དང་། ཤུགས་རིང་དབུགས་དང་འཁྲོགས་པའི་བརླས་བརྗོད་ལ་བརྩོན་པར་གྱུར་ཏོ། །དེ་ནས་དཔའ་བོ་སྲིད་པ་གཞོན་ནུ་དེ་ལ་རྒྱལ་བུ་གཞོན་ནུ་ཟླ་མེད་དུ་འཁྲུལ་བའི་འཕྲིན་ལན་སྙན་འཛེབས་ཁྲུག་པ་ཅན་གྱི་གླུ་གླངས་པ་འདི་སྐད་དོ། །

སྔོན་བསགས་བསོད་ནམས་ཉ་ལྟིབས་ཁོང་ཡངས་པོར། །ལེགས་སྦྱམ་ནད་མེད་མུ་ཏིག་དཀར་པོའི་རིགས། །དམ་པའི་རྒྱན་དུ་འོས་པའི་ལང་ཚོ་ཅན། །མཛོན་དགེའི་འབྲས་བཟང་སྨིན་ལས་གཞན་ཅི་ཞིག །དེ་ཡང་སྐྱེས་མང་གོམས་པའི་ལས་ཤུགས་ཀྱིས། །ཕན་ཚུན་མཛའ་བ་མི་ཕྱེད་དམ་བཅའི་ཕྲུལ། །ལས་ཀྱི་བྱེད་པོར་འཛིགས་པ་མི་ནུས་པའི། །ངེས་པ་འདི་ནི་ཡ་མཚན་མཚར་དུ་ཆེ། །འོན་ཏང་གཞན་དབང་མུན་སྨག་མཐུ་བཙན་པོས། །རེ་འབྲས་སྣང་བ་ཉམས་པའི་རྣམ་འགྱུར་ནི། །ཡིད་ལ་དུ༔ཁའི་འཆིང་བ་བརྒྱ་ཕྲག་གིས། །བཅིངས་གྱུར་བདེ་མེད་བརྟགས་དཀའ་དུབ་པ་བདག །གང་སྐུ་སྙིང་གར་རྟག་འཆར་འཛམ་མཉེན་གྱི། །ལག་པའི་ཐུས་ལ་འགྲམ་པ་བརྟེན་བཅས་ཤིང་། །གདུང་བའི་དབང་གིས་གནག་སྐུམ་སྐྲའི་ལན་བུ། །

ཞིག་པས་སིལ་བུར་གྲོལ་གྱུར་ལུས་སྟོད་ཁེབས། །ཤུགས་རིང་དབུགས་དང་
འགྲོགས་པའི་མགྲིན་པ་ནས། །འཇོར་བས་ཡིད་རབ་གདུང་བཞིན་དུས
འདའ་ཡང་། །ཡབ་ཡུམ་བཀའ་ཡི་གནང་བ་མ་ཐོབ་པས། །འཇིགས་ཤིང་
ཁྲོད་ཞལ་བལྟ་འདོད་གདུང་བ་ཅན། །ཀྱེ་མ་ལས་དམན་བདག་ནི་ཇི་ལྟར་
བྱ། །ཐབས་དང་བློ་གྲོས་ཐུགས་རྗེའི་དཔུང་སྐྱེད་ཅིག །

ཅེས་འཕྲིན་ཡིག་ལ་རྒྱུས་བཏབ་སྟེ། ཐར་གྱི་ཆུ་ལེན་བུ་མོ་དེ་ཁོ་ན་ཐོ་ཉར་མངགས་སོ། །

15. ཡིད་འོང་མས་ཡབ་ཡུམ་ལ་ཕྱི་རོལ་སྐྱེད་ཚལ་གྱི་རྩེ་དགར་རོལ་བའི་བཀའི་གནང་བ་ཞུས་ཏེ་གཞོན་ཧུ་ཟླ་མེད་ཞལ་མཇལ་ཕྱིར་ཁོལ་མོ་དང་བཅས་སྐྱེད་ཚལ་ཏུ་ཁྲུས་ཀྱི་ཅ་བར་ཞུགས་པའི་སྐོར།

དེས་ཀྱང་རིངས་པར་ཕྱིན་ནས་འཕྲིན་ཡིག་འཕྲོད་པར་བྱས་པ་ན། སླར་ཡང་སྲིད་པ་གཞོན་ནུ་དེས་བགམ་པ་དང་བཅས་པའི་སྒོ་ནས་འཕྲིན་ལན་བསྐྲིངས་པ། །

ལང་ཚོ་བཅུ་དྲུག་ཆ་ཤས་ཡོངས་རྫོགས་ཤིང་། །མཛེས་སྡུག་འོད་རིས་
རྣམ་པར་བཀྲ་གྱུར་པ། །གཞན་དབང་ནག་ཕྱོགས་ཁ་ཡིས་མ་ཟིན་པའི། །
སྐལ་བཟང་དུས་སུ་བབས་པ་ཉ་གང་ཚེས། །ཕུན་ཚོགས་སྣང་བ་དམ་པས
འཇིག་རྟེན་ཁམས། །བར་མེད་ཡོངས་སུ་ཁྱབ་པའི་སྐབས་དུས་འདིར། །
སྙིག་ཚེས་འདབ་སྟོང་གཡུར་དུ་ཟ་བ་དང་། །མྱོས་བྱེད་སྦྲང་རྩིའི་དཔལ
འཛིན་འཛུམ་དཀར་གྱི། །ཟེའུ་འབྲུ་གཡོ་བའི་པུཎྜ་རི་ཀའི་ཚལ། །བགེགས
བྲལ་རང་དབང་སྤྱོད་པའི་མཐུ་ཐོབ་ཀྱང་། །ཡབ་ཡུམ་བཞེད་དགོངས་སྙིང་

པོ་གཞན་སྒྲོགས་པའི། །འཛིན་སྟངས་བཟློག་ཏུ་མེད་པ་དེ་ལྟ་ན། །བདག་ལ་ཐབས་དང་བློ་གྲོས་ཅི་ཞིག་མཆིས། །ཡིད་འོང་གཞོན་ནུ་མ་ཁྱོད་ཅི་དགར་བྱོས། །ཁོ་བོ་ཡུལ་གྱིས་བསྐལ་བའི་བྱང་སྒྲོགས་ནས། །ངལ་བ་བརྒྱ་ཕྲག་བསྟེན་པ་བཟོད་བྱས་ཏེ། །ལས་སྨོན་མཚམས་སྦྱོར་དམ་བཅའ་དྲན་པ་ཡིས། །འབད་པས་ཁྱོད་དོན་གཉེར་ནས་འོང་གྱུར་ཀྱང་། །གཞན་དབང་ཐོལ་ལ་བརྟེན་པའི་གཅམ་བུའི་ཚིག །འཐུས་མེད་འཕྲིན་དུ་བྱ་བ་འདི་ལགས་ན། །འཇིག་རྟེན་སྲིད་པའི་མཁའ་ལམ་ཡངས་པོ་འདིར། །མཆོག་དམན་དགའ་མའི་རྒྱུ་སྐར་གྲངས་མེད་གྲོང་། །ཚར་དུ་དངར་བ་ཡོད་བཞིན་གཅིག་ཉིད་ལ། །ནན་ཏུར་བཏུད་པའི་དགོས་པ་འགའ་མ་མཆིས། །དེ་སྣད་རིང་པོར་མི་ཐོགས་མང་བཀུར་ཁབ། །སྲིད་པའི་རྒྱུན་དུ་འདྲེང་ངོ་ནེམ་ནུར་བྲལ། །ཕྱིན་ཆད་འཁོན་ལན་བླངས་པའི་གཡུལ་གྱི་ལས། །བཤམས་ཚེ་འགྱོད་ཅིང་གདུང་བར་མི་འཚལ་ལོ། །

ཞེས་སྒྲོ་ཞིང་བསྡིག་པའི་ཁྲོ་ཚིག་རྩུབ་མོའི་འཕྲིན་ལན་སྤྲིངས་པ་ན། དེ་དོན་ལ་ལེགས་པར་བརྟགས་པས་ཡིད་འོང་མ་ནི་ཐར་བས་ཀྱང་སེམས་ཁོང་དུ་ཚུད་པར་གྱུར་ཏེ་འདི་སྙམ་དུ་བསམས་པ། ཀྱེ་མ་བདག་གི་བྱ་བའི་མཐའ་འདི་ཤིན་ཏུ་བསྒྲུབ་པར་དཀའ་བ་ཞིག་སྟེ། ཡབ་ཡུམ་གྱི་བཀའི་གནང་བ་མ་ཐོབ་དེ་སྲིད་དོན་དུ་འདི་ཕྱི་བཤོལ་དུ་གྱུར་ན་ནི་རིང་ནས་སྨོན་པའི་མཛའ་གྲོགས་དང་ལྷན་ཅིག་སྤྱོད་པའི་སྐལ་བས་དབེན། གཞོན་ནུ་དམ་པ་དང་འགྲོགས་པ་ནི་ཡབ་ཡུམ་གྱི་བཀའ་ལས་འགོངས་པ་ཕྱིན་ཅི་ལོག་ཏུ་འགྱུར་རམ་ཅི། དེ་ལྟ་ནའང་ཡབ་ཡུམ་གྱིས་ཡང་དག་པར་བསྐྱངས་པའི་དྲིན་ནི་སླར་གཟོ་བར་རུང་། གལ་ཏེ་བདག་སྣང་བ་འབུམ་ལྡན་གྱི་རྒྱལ་རིགས་དེ་དག་གི་དབང་དུ་གྱུར་ན་ནི

མི་དགེའི་ལས་ལ་སྤྱོད་པའི་གཙོ་བོར་གྱུར་ཏེ། འཛིག་རྟེན་འདི་དང་གཞན་དུའང་ཟད་མི་ཤེས་པའི་དུ༔ཁའི་ཡོ་ལང་ལ་སྦྱོར་བས་དེའི་ཁྲིམ་ཐབས་བགྱི་བ་བས་གང་ཡང་སླ། ཕྱིས་ནི་སྲིད་པའི་རྒྱན་གྱི་རྒྱལ་བློན་དཔའ་ཞིང་བརྟུལ་ཕོད་པ་གཏུམ་ཞིང་དྲེགས་པ་དང་ལྡན་པའི་ཕྱིར་བཀོད་ལེགས་འོད་སྣང་གི་རྒྱལ་ཁབ་འདི་ཡང་མིང་གི་ལྷག་མར་བྱེད་ཅིང་ཡབ་ཡུམ་ཟུང་ཡང་བཙག་དཀའི་གདུང་བ་ལ་སྦྱོར། སྣང་བ་འབུམ་ལྡན་གྱི་རྒྱལ་བློན་མཐུ་སྟོབས་ཀྱིས་བསྙེམས་ཀྱང་ཉིན་མོར་བྱེད་པའི་དྲུང་ན་མེ་ཁྱེར་གྱི་སྣང་བ་ཇི་བཞིན་དེ་དག་གི་དོ་ཟླ་འགྲུང་བ་ཤིན་ཏུ་དཀའ་སྟེ་འགྲན་པར་མི་བཟོད། ཁྱད་པར་ཡང་རྒྱལ་བུ་གཞོན་ནུ་ཟླ་མེད་དེ་ནི་འཛིག་རྟེན་གྱི་ཁམས་འདིར་སྙན་པར་གྲགས་པའི་བདན་དཀར་པོ་སྲིད་རྩེར་གཡོ་བ། ལས་དང་ལས་ཀྱི་འབྲས་བུ་ལ་ཡིད་རྟོན་པ། བྱ་བ་ལས་ཀྱི་འཁོར་ལོ་ཡིན་ལུགས་སུ་སྤྱོད་པ། ཆོས་ལྡན་གྱི་རྒྱལ་པོར་སྒྲོགས་པ་དོན་དང་ལྡན་པ་ཞིག་གོ་ཞེས་པ་འདིར་སྣང་གི་མདུན་མ་ལེགས་སམ་ཉེས་ཀྱང་རྒྱལ་བུ་གཞོན་ནུ་དེའི་རྗེས་སུ་འབྲེང་ངོ་སྙམ་ནས་སོམ་ཉིའི་འཆིང་བ་བཅད་དེ་ཡབ་ཡུམ་ཟུང་ལ་གུས་པའི་ཕྱག་བྱས་ནས། ཕྱི་རོལ་གྱི་སྐྱིད་ཚལ་རྣམས་ལ་རྩེ་དགའ་རོལ་ཕྱིར་བཀའི་གནང་བ་སྩོལ་བར་ཞུ་བ་ཕུལ་བ་སྦྲང་རྩིས་མྱོས་པའི་བཟད་ལས་དྲངས་པ་འདི་སྐད་ཅེས་སོ། །

ངོ་མཚར་དཔྱིད་ཀྱི་རྒྱལ་མོའི་མགྲིན་སྙན་གླུ། །འཁྲོལ་བས་བསྐུས་པའི་དུས་སྟོན་དབྱར་གྱི་དཔལ། །སྔོ་བསངས་སྤྲིན་གསར་མཁའ་ལ་ལང་ལོང་དུ། །གཡོ་བར་འགྲན་པའི་ཚུལ་གྱིས་ནོར་འཛིན་ཁྱོན། །སྔོ་ལྗང་ནེའུ་གསིང་རབ་ཏུ་རྒྱས་པའི་གཞིར། །མེ་ཏོག་སྟོང་བུའི་མགོ་ལྕོག་རྣམ་པར་ལྡེམ། །ཡིད་ནི་སྨྲ་ངན་མེ་ཡིས་གདུངས་རྣམས་ལ། །བདུད་རྩིའི་བསིལ་བ

སྨིན་པའི་དགེ་མཚན་ཅན། །སྐྱིད་ཚལ་སྣ་ཚོགས་ལྡོན་ཤིང་ཕྲེང་བར་ལྡན། །རོ་བརྒྱའི་བཅུད་ལྡན་འབྲས་བུའི་ཁུར་གྱིས་ལྕི། །ཡལ་ག་འདབ་སྟོང་གྲོལ་བའི་རྩེར་གནས་པ། །འདབ་ཆགས་སྐད་པའི་གླུ་སྙན་ཡིད་དབང་ནི། །འགུགས་བྱེད་ངོ་མཚར་རྒྱ་ཆེ་དེ་དབུས་ན། །ཡན་ལག་བརྒྱད་ལྡན་ཁྲུས་རྫིང་དབུ་བ་ཡི། །འཛུམ་དཀར་དགོད་ཅིང་དབང་སྡོན་ཞུན་མའི་ཁམས། །ལས་གྲུབ་ཚ་བས་སྐྱོ་རྣམས་བསིལ་སྨིན་གྱི། །དཔྱིད་འཛོ་དེ་ར་ནི་ཁྲུས་སོགས་རྩེད་འཇོ་ལ། །རོལ་ཕྱིར་དེ་རིང་ལྡོངས་རྒྱུའི་གནང་བསྐུལ། །

ཞེས་འདོད་དགོངས་སྙིང་པོ་ཅན་གྱི་ཚིག་གིས་གདས་པར་བྱས་པ་ལས། ཡབ་གསལ་ལྡན་དོགས་པ་དང་བྲལ་བར་དགའ་བའི་བཞིན་གྱི་མདངས་ཕྱུངས་ནས་སྨྲས་པ། རིགས་ལྡན་གཞོན་ནུ་མ་གོ་བར་གྱིས་ཤིག དབྱར་དཔལ་དར་བའི་དགེ་མཚན་ལས་བྱུང་བ་སྐྱིད་ཚལ་ཆུ་རྫིང་དང་བཅས་པ་ལ་རོལ་རྩེད་དང་། འདྲེན་བྱེད་ཀྱི་དགའ་སྟོན་ཉམས་སུ་མྱོང་བར་འདོད་ན་ཅི་དགར་གྱིས་ཤིག འོན་ཏེ་རི་དྭགས་མིག་ཅན་མ་དག་ནི་གཞན་གྱི་གནོད་པ་དང་རྗེས་སུ་འབྲེལ་བ། རྒྱལ་རིགས་དུ་མས་དོན་དུ་གཉེར་བས་ཁོན་པ་དང་། རྩོད་པའི་གཞིར་གྱུར་པ། དཔེར་ན་པད་མའི་མཚོ་ལ་ངང་མོ་འདུ་བ་ལྟར་ཁྱོད་ལ་རྗེས་སུ་ཆགས་པ་མང་དག་མཆིས་པས། ཕྱི་རོལ་རྣམས་སུ་བག་ཡངས་སུ་རྒྱུ་བ་ནི་གནས་མ་ཡིན་པས། རི་དྭགས་རྨས་མ་བཞིན་དུ་རྟག་པར་བག་ཟོན་དང་བཅས་ཏེ་དེངས་ཤིག རིགས་ཀྱི་སྨུ་གུ་སྙིང་དུ་སྡུག་མ་ཁྱོད་ཉིད་གཅིག་པུ་ནི་བདག་ཅག་རྣམས་ཀྱི་མིག་གི་འབྲས་བུ་དང་། ཁོང་ནང་གི་སྙིང་ལས་གཅེས་པར་འཛིན་པའི་ཡུལ་དུ་གྱུར་པ་ཡིན་པས་ཇི་ལྟར་བསྲུང་བ་ཡིད་ལ་འདོམས་པར་བྱས་ཏེ་བླང་དོར་བག་ཡོད་པར་གྱིས་ཤིག ཅེས་བརྩེ་ཞིང་གདུང་བའི་སྒོ་ནས་གནང་བ་ཐོབ་པས་སྤྲོ་བ

བརྟེགས་པར་གྱུར་ནས་ཡིད་འོང་མ་འབངས་མོ་དང་བཅས་པ་སྐྱིད་མོས་ཚལ་དུ་འདོང་བ་ལ་མངོན་དུ་ཕྱོགས་ཏེ། འབངས་མོས་རྒྱན་གོས་ཀྱི་ཕྱེ་བྲག་རྣམས་གོ་རིམ་ངེས་པར་བྱས་ཏེ་བསྟབས་པ་ལས། ནོར་བུ་རིན་པོ་ཆེ་མཐོན་ཀ་ཆེན་པོ་སོགས་རིན་ཐང་གཞལ་བར་དཀའ་བ་རྣམས་ནི་སྤྱི་བོའི་ཁམས་ཀྱི་རྒྱན་དུ་བཀོད། ཁ་དོག་རྣམ་པ་ལྔའི་དོ་ཤལ་དང་། འཕྲེང་འཕྲུལ་ནི་མགུལ་པའི་རྒྱན་དུ་མཛེས་པར་དཔྱངས། ཟ་རྒྱན་ཨུཏྤལ་སྔོན་པོའི་ཕོན་པོ་ཅན་ནི་ཐོས་འཛིན་དུ་སྦྱར། དཔུང་རྒྱན་ལག་གདུབ། མཛི་ར་སོར་གདུབ་ལ་སོགས་པ་གསེར་རབ་ཏུ་སྦྱངས་པ་ལ་རིན་པོ་ཆེའི་ཕྲ་ཚོམ་དང་ལྡན་པ་རྣམས་ནི་གོ་ཕྱེད་པར་སྤྲས། གསེར་ག་བདུན་པའི་འོག་པག་གཡེར་དྲིལ་གྱི་སྒྲ་དབྱངས་སྙན་པར་སྒྲོགས་ཤིང་རྐེད་དུ་བཅིང་བ་ནི་སྙེད་སྐབས་ཕྲ་ཞིང་ལྡེམ་པའི་རྒྱན་དུ་བྱས། རབ་དཀར་དུ་ཀུ་ལའི་སྟོད་གཡོགས་དྲི་མ་མེད་པ་སྲབ་འཇམ་ཡང་བའི་རེག་བྱ་ལྡན་པ་དག་དང་། ལྷ་གོས་པཉྩ་ལི་ཀའི་སྨད་གོས་དབང་པོའི་གཞུ་རིས་ལྟར་བཀྲ་བ་ནི་ལྷབ་ལྷུབ་ཏུ་ལེགས་པར་མནབས་ཏེ་འོད་སྣང་འཕྲོ་བཞིན་པར་བྱས་ནས་འཆི་མེད་ཀྱི་གཞོན་ནུ་མ་ཐིག་ལེ་མཆོག་དང་། དཔལ་མོ་དང་ལེགས་བརྗོད་མ་དང་། དྲི་ཟའི་ན་ཆུང་མ་ལ་སོགས་པ་སུས་ཀྱང་ཆ་ཙམ་དུ་བསྙུན་པར་མི་བཟོད་པའི་མཛེས་སྡུག་གི་ཁྱད་པར་དངོམ་བཞིན་པར་ཕོ་བྲང་དཔལ་དང་ལྡན་པའི་ཕྱིར་ལྷགས་ནས་རྒྱལ་བུ་གཞོན་ནུ་ཟླ་མེད་ཡོད་པའི་ཚུལ་གྱིས་གནས་ག་ལ་བ་དེར་སྔར་གྱི་ཆུ་ལེན་བུ་མོ་དེ་བཏང་སྦྱོར་དུ་མངགས་ཏེ་ཡིད་འོང་མ་ཁོལ་མོ་དང་བཅས་པ་སྐྱིད་མོས་ཚལ་དུ་ཁྲུས་ཀྱི་བྱ་བར་ཞུགས་སོ། །

16. ཡིད་འོང་མས་འབབས་མོ་གཅིག་བདག་ཉིད་སྲིད་པའི་རྒྱན་གྱི་དཔུང་གིས་བརྒྱན་སྟེ་རང་དབང་བྲལ་བར་གྱུར་ཏོ་ཞེས་ཡབ་ཡུམ་གྱི་དྲུང་དུ་བརྗོད་སྒྲུར་བར་བཏང་བའི་སྐོར།

དེ་ནས་དཔའ་བོ་སྲིད་པ་གཞོན་ནུ་དེས་ཆས་གོས་ཕུན་སུམ་ཚོགས་པས་ལེགས་པར་བརྒྱུབས་ནས་འཁོར་ཉུང་ངུས་བསྐོར་ཏེ་རྒྱལ་བུ་གཞོན་ནུ་ཟླ་མེད་ལྟར་བརྫུས་ནས་རིམ་གྱིས་འོངས་ཏེ་སྐྱིད་ཚལ་དུ་འབྱོར་པ་ན། ཞོན་ཤིང་དྲ་བ་སྤུག་པོར་འཕྲིགས་པའི་ཕག་ནས་ཟུར་གྱིས་བལྟས་པས་རྒྱ་སྐར་གྱི་དབུས་ན་ཟླ་བའི་དཀྱིལ་འཁོར་ལྟར་རམ། ཅཱ་ཐན་གྱི་དབུས་ན་དངང་པའི་བུ་མོ་མངོན་པར་རྒྱུ་བ་བཞིན་ཐན་མོ་གཞོན་ནུ་མ་དུ་མའི་དབུས་ན་མཛེས་ཆས་ཀྱི་ཁྱད་པར་གཞན་གྱིས་བསྒྲུན་པར་མི་བཟོད་པའི་དཔལ་ཡོན་དང་ལྡན་པ། དཀར་ཟླུམ་མཐོ་ལ་མཁྲང་བའི་འདོད་པའི་སྦྱོས་བུམ་རྣམ་པར་རྒྱས་པ། རབ་དཀར་གཞོན་ཤ་ལེགས་པར་ཆགས་པའི་ལང་ཚོའི་མེ་ཏོག་གཟི་བྱིན་འབར་བ། སྨད་ཆར་ཆུ་གོས་སྔོན་པོ་ཡིད་དུ་འོང་བ་བརྒྱུབས་པ་ལས་བརྣའི་དབྱིབས་གསལ་བར་འཆར་བ་འཛིག་རྟེན་གྱི་མཛེས་སྡུག་མ་ལུས་པའི་སྙིང་པོ་ཡིད་འོང་མ་དེ་ཉིད་ཁྲུས་ལ་ཞུགས་པ་མཐོང་ངོ་། །མཐོང་ནས་ཀྱང་ཡིད་ལ་ངོ་མཚར་རྒྱ་ཆེར་གྱུར་ཏེ་ཡིད་ཀྱི་དབང་པོ་ནན་ཏན་དུ་བཟུང་ཡང་རང་དབང་དང་བྲལ་བར་བརྟེན་པ་ཕྲོགས་ཏེ་མངོན་འདོད་གསར་པའི་རྩེ་དགའ་ལ་ཆགས་པས་འདི་སྐམ་དུ་བསམས་པ། ཨེ་མ་འཆི་མེད་ལྷའི་བུ་མོ་དག་གི་ཐན་མོ་ཙམ་ཡང་ཐོབ་པར་དཀའ་བ། མཛེས་པ། གཡེར་བ། ལྟ་བས་ཆོག་མི་ཤེས་པའི་མཚར་སྡུག་གི་དཀྱིལ་འཁོར་ཡོངས་སུ་རྫོགས་པ་འདི་ལྟ་བུ་འདྲེན་བྱེད་ཀྱི་ཡུལ་ཙམ་དུ་གྱུར་པའམ་སྐལ་བ་བཟང་བའི་དགའ་སྟོན་དུ་འགྱུར་ན། སྐྱན་ཅིག་འགྲོགས་པར་

སྤྱོད་པ་ནི་ལྷ་སྨོས་ཀྱང་ཅི་དགོས། དེ་བས་ན་རྒྱལ་རིགས་ལྷ་གཅིག་མ་འདི་ཉིད་རྒྱལ་བུ་གཞོན་ནུ་ཟླ་མེད་ཀྱི་བཙུན་མོ་དམ་པར་དབང་བསྐུར་གྱི་ཅོད་པན་བཅིང་བ་མ་ནུས་ན། བྱང་ཕྱོགས་གནོད་སྦྱིན་གྱི་ཁེངས་པ་ཐུང་ངུར་བསྐྱིལ་བའི་སྲིད་པའི་རྒྱན་གྱི་དཔལ་འབྱོར་ཟད་མི་ཤེས་པའི་གཏེར་དུ་གྱུར་ནའང་འཇིག་རྟེན་བདེ་བའི་སྙིང་པོ་དང་མི་ལྡན་པ་ཨེ་ར་ཎྜའི་སྤུན་ཟླར་གྱུར་པའོ། །དེའི་ཕྱིར་བརྩོན་འགྲུས་རླབས་པོ་ཆེ་རྩོམ་པས་ནི་མི་གྲུབ་པ་འགའ་ཡང་མེད་དེ་བརྩོན་པ་ཆེན་པོའི་དཔུང་བསྐྱེད་ནས་ཡིད་འོང་མ་གཞོན་ནུ་དམ་པའི་བཙུན་མོ་རིན་པོ་ཆེར་ཐོབ་པ་ཅི་ནས་ཀྱང་བྱའོ་སྙམ་པའི་དམ་བཅའ་སྙིང་ལ་བཀོད་དོ། །དེ་ནས་འདོད་པ་ལ་རྗེས་སུ་ཆགས་པའི་ལུས་རྩུ་ཏའི་འཕྲི་ཤིང་རླུང་གིས་བསྐྱོད་པ་ལྟར་གཡོ་ཡང་ཡིད་དབང་བརྟན་པོར་བཟུང་ནས་ཡིད་འཕྲོག་དེ་ཅན་གྱི་ཁྲུས་ཀྱི་རྫིང་བུའི་འཇུག་ངོགས་སུ་ཉེ་བར་ལྷགས་པ་ན། ཡིད་འོང་མ་ཡང་ཁྲུས་ཀྱི་བྱ་བ་ལས་ལངས་ཏེ་རིན་ཐང་གཞལ་དུ་མེད་པའི་རྒྱན་གོས་ཀྱི་བྱེ་བྲག་རྣམས་ནི་སྐབས་ཕྱིད་པར་དཔྱངས། འཇུམ་དཀར་བདུད་རྩིའི་ཞལ་དངར་སྒྲོ་ཞིང་། སྨིན་དཀྱུས་རི་མོ་ཕྲིས་པའི་རྣམ་པ་ཅན་འཁྱོག་པོར་བསྒྱུར་བ་དང་། ཟུར་མིག་ཁྲོ་བ་དང་ལྡན་པའི་རྣམ་འཕྲུལ་མངོན་པར་གསལ་བཞིན་པར་གཞོན་ནུ་ཟླ་མེད་དུ་འཕྲུལ་བའི་ཀུན་རྟོག་འགོག་མེད་དུ་འཆར་བས། གདུ་བུ་བསིལ་འཁྲོལ་གྱི་སྒྲ་དང་བཅས་ཏེ་གླང་ཆེན་དྲེགས་པའི་འགྲོས་ལྟར་འགྱིང་བཞིན་དུ་ཚུ་རྫིང་གི་འགྲམ་ངོགས་དེར་རྒྱལ་སྲས་གཞོན་ནུ་བསུ་བའི་ཚུལ་གྱིས་ལྷགས་པ་ན། དཔའ་བོ་སྲིད་པ་གཞོན་ནུ་བག་ཚ་བ་མེད་པར་མགྲིན་པ་གཟེངས་བསྟོད་དེ་སྨྲས་པ།

ཨེ་མ་མ་ལ་དེ་རིང་མཁའ་དབྱིངས་ཕྱོན། །འཆི་མེད་བུ་དང་བུ་མོ་ཟླས

གར་ལ། །རྣམ་རོལ་མེ་ཏོག་མཛེས་པའི་གྲུ་ཆར་འབེབས། །ལྷ་གོས་དབང་
གཞུའི་ལྷ་ལྡི་མདོན་པར་བཀྲ། །རབ་དཀར་སྤྲིན་སྣ་འཛིན་པའི་བ་དན་
འཕྱར། །ཐུན་མཚམས་དམར་སེར་སྤྲིན་གསར་བླ་རེར་བྲེས། །བཀྲ་ཤིས་
ཉིན་བྱེད་སྣང་བས་ཕྱོགས་ཆ་ཁྱབ། །མཐའ་ཡས་གླུ་དང་རོལ་མོའི་ཅོ་སྒྲག་
ནི། །གླིང་བུ་མ་རྣམས་སོར་མོའི་འདེགས་འཛོག་འགྱུར། །པི་ཝང་འཛིན་
མ་རྒྱུད་ཀྱི་དབྱངས་ཟབ་འཁྱིན། །ཛ་ལྷན་མ་དག་དབྱུ་གུས་བསྣུན་པར་
བྱེད། །སིལ་སྙན་ཡེག་རྡོབ་རང་སྒྲ་སྙན་པར་འཁྲོལ། །དེ་ལྟར་མཁའ་ནི་
བཀྲ་ཤིས་དགེ་མཚན་དཔོམས། །དེང་གི་དུས་འདིར་སྐལ་བཟང་ས་གཞིའི་
རྒྱན། །སྣ་ཚོགས་ལྗོན་པའི་ཕྲེང་བ་ཚར་དུ་དངར། །འདབ་ཆགས་སྙན་
པའི་གླུ་ལེན་འཕུར་ལྡིང་གཡོ། །ནེའུ་གསིང་སྤོ་ལྗང་རྨ་བྱའི་མགྲིན་པ་
ལྟར། །ཁེབས་དབུས་ཡིད་འོང་མེ་ཏོག་ཚར་དུ་དགོད། །དེ་ནང་ཨན་རྟེལ་
ཁམས་ལས་གྲུབ་པ་ལྟར། །བསིལ་དྭངས་རྙོག་པ་མེད་པའི་ཆུ་རྫིང་ནི། །
ཁྲོད་ཞལ་མཛེས་པའི་འཁོར་ལོ་འདི་ལྟར་དུ། །མཆིས་ཞེས་ཤེལ་དཀར་མེ་
ལོང་སྟོན་པ་བཞིན། །སྐབས་དེར་སྟོན་གོམས་བག་ཆགས་ཟབ་མོའི་
མཐུས། །མཛའ་བའི་འཆིང་ཞགས་རིང་པོ་བཅིངས་གྱུར་པ། །ཨུ་ཅག་རེ་
བ་ཛི་བཞིན་ལྷན་ཅིག་ཏུ། །དགེ་བར་སྤྱོད་པའི་སྐལ་བཟང་འདི་རྒྱུད་
བྱུང་། །

ཞེས་ཟློལ་སྒྱུར་གྱི་ཚིག་དེ་དང་དེ་དག་སྦྲས་པ་ན། བུད་མེད་མཁས་པའི་རང་བཞིན་ཅན་ནི་བརྟགས་པ་རྣམ་པ་བརྒྱད་དང་ལྡན་ཏེ་རི་བོ་བརྟགས་པ་ཤིང་བརྟགས་པ། རྒྱ་མཚོ་དང་ཆུ་བརྟགས་པ། གོས་བརྟགས་པ། ནོར་བུ་བརྟགས་པ། རྟ་བརྟགས་པ། གླང་པོ་བརྟགས་པ། སྐྱེས་པ་དང་བུད་མེད་

བརྟགས་པ་ལ་མཁས་པ་ཡིན་པས་འདི་ལྟར་ལྷང་གིས་བསམས་པ། གཞོན་ནུ་ན་ཚོད་ཆེས་ཆེར་ཕྲ་བ་འདི་ལྟ་བུ་ནས་དོན་ཟབ་རྒྱ་ཆེའི་ཚིག་ཉམས་འགྱུར་ཁྱུག་པ་ཅན་གྱི་གླུ་ལེན་པ་འདི་ནི་སྐྱེ་བོ་ཕལ་པས་བསྔགས་འོས་ཙམ་དུ་མཆིས་ཀྱང་། རྒྱལ་བུ་གཞོན་ནུ་ཟླ་མེད་དེའི་མཚན་གྱི་སྒྲ་ཙམ་རྣ་བར་ལྷུང་བས་ཀྱང་དགའ་བ་དང་སྐྱོ་བ་ལྷན་ཅིག་འགྲན་པ་བཞིན་དུ་ཡིད་ཁྲིལ་པར་གྱུར་པས་མངོན་དུ་ཞལ་དཀྱིལ་ལ་སྤྱོད་པའི་སྐལ་བ་ཐོབ་ན་བདག་ལ་ཇི་ལྟ་བུའི་དགའ་སྤྲོ་འབྱུང་སྙམ་པ་ཞིག་ཡོད་པ་ལས། ད་ལམ་དངོས་སུ་ལྷན་ཅིག་སྤྱོད་པའི་སྐལ་བ་ཐོབ་པ་འདི་ལ་མཚན་ཐོས་པའི་དགའ་སྤྲོའི་རྣམ་འགྱུར་ཉམས་སུ་མ་མྱོང་བ་འདི་ལས་བརྟག་ན། བདག་གི་རེ་བའི་དངོས་པོ་ཡོངས་སུ་གཏད་པའི་གཞོན་ནུ་གང་དེའི་བརྫུས་མར་བྱས་པའི་སྐུ་ཐབས་མཁན་ཞིག་ཡིན་པར་གོར་མ་ཆགས། འོན་ཀྱང་དང་དུ་བསྒྲིངས་ནས་བདེན་རྫུན་གྱི་མཐའ་དཔྱིས་ཕྱིན་པར་རྟོགས་པ་ཞིག་གི་ཐབས་ལ་གཞུག་གོ་སྙམ་དུ་བསམས་ནས། དལ་གྱིས་ཁྲུས་ཀྱི་རྫིང་བུའི་འགྲམ་མེ་ཏོག་གཡོ་བའི་བསིལ་ཁང་མཆོག་ལ་མགྲོན་དུ་གཉེར་ནས་ཟས་ཀྱི་གཡོ་སྦྱོར་ཕུན་སུམ་ཚོགས་པས་ཚིམ་པར་བྱས་ཤིང་ཁྱད་པར་མྱོས་བྱེད་ཆང་གི་བཏུང་བ་ལ་ནན་ཏར་ལོངས་སྤྱོད་དུ་བསྐུལ་ནས་ཅུང་ཟད་མྱོས་པའི་རྣམ་འགྱུར་དང་ལྡན་པའི་ཚེ། གཞོན་ནུ་མས་འཛུམ་པ་དང་བཅས་པའི་སྒོ་ནས་འདི་སྐད་ཅེས་སྨྲས་སོ། །

བློ་ལྡན་གཞོན་ནུ་རིགས་གཟུགས་ལང་ཚོའི་དཔལ། །རྒྱད་བྱུང་འཛུམ་ལྡན་ན་ཚོད་ཆེས་ཕྲ་ཡང་། །མེས་པོའི་བློ་འཆང་སྙན་ཚིག་གཏེར་གྲོལ་བ། །གང་གི་ཐོས་པ་འཛིན་དབང་འདིར་མཉན་རིགས། །དང་པོར་འཕྲིན་གྱི་རི་མོ་ཉམས་པ། །ཟུང་ཅིག་ཆུ་ལེན་བུ་མོ་བྱ་མ་རྟས། །དཔུང་པའི་འཕྲི་ཞིང་

ཆེ་མོར་འཕྲོད་པར་གྱུར། །དེ་དོན་བརྟགས་ཤིང་དཔྱད་ཚེ་བདག་ཉིད་ལ། །རིང་ནས་རྗེས་སུ་ཆགས་པའི་ལྷ་སྲས་མཆོག །བཀོད་ལེགས་འོད་སྣང་ཀློངས་འདིར་འབབ་པ་ཡིས། །ལྷགས་པའི་ཚུལ་དེ་མིག་གི་བདུད་རྩི་དང་། །ཉ་བའི་དཔྱིད་གྱུར་དགའ་སྐྱེ་ལྷན་ཅིག་ཏུ། །འགྲན་པ་བཞིན་དུ་འཁྲིན་ཡིག་དེ་ལ་ནི། །ཤུགས་རིང་དབུགས་འགྲོགས་མཆི་མའི་ཆབ་རྒྱུན་གྱི། །ཐིགས་པའི་ཕྲེང་བས་རྒྱ་ཆེན་བསུ་བ་བྱས། །མིག་གི་ལམ་བརྒྱུད་སྙིང་གི་ཐིག་ལེ་རུ། །རབ་དགའི་དཔལ་གྱི་ཁྲི་ལ་བརྟེན་པར་བཀོད། །དེ་ཚེ་ཡབ་ཡུམ་བཀའ་གནང་མ་ཐོབ་ཀྱང་། །ཀློངས་སུ་རོལ་རྩེད་སྐད་དུ་སྒྲོ་བཏགས་ནས། །འཛུམ་ཞལ་བལྟ་ལ་རིངས་པས་ཚུལ་འདིར་འོངས། །ཉིན་མཚན་ཐུན་རེའི་ཆར་ཡང་རྩེ་དགའི་རོར། །རིངས་པར་ཆགས་པའི་བསམ་གཏན་ལ་ཞུགས་ཀྱང་། །དེང་འདིར་གཞོན་ནུ་ཁྱོད་མཐོང་གང་གི་ཚེ། །ཅུང་ཟད་དགའ་བའི་ཚོར་བ་བརྟས་གྱུར་ཀྱང་། །གཞོན་ནུ་ཟླ་མེད་ཅེས་བྱ་མཚན་གྱི་སྒྲ། །ཐོས་པ་ཙམ་ལའང་ལང་ཚོའི་སྤྲ་ལོང་ཚོགས། །ཅིག་ཅར་གཡོ་ཞིང་དགའ་དང་ཅིག་ཤོས་ཀྱི། །རྣམ་འགྱུར་ལྡན་པས་ཡིད་རབ་འཁྲུག་ན་ཡང་། །གང་དང་མངོན་སུམ་ལྷན་ཅིག་སྤྱོད་པ་ཡི། །གོ་སྐབས་ཐོབ་ཀྱང་སྒྲོ་བ་བརྟལ་མིན་པས། །རྒྱལ་སྲས་མཆོག་དེ་མིན་པར་ངེས་རབ་ཞུགས། །དེ་སྐད་རང་ཚུལ་དྲང་པོར་མ་བརྗོད་ན། །བདག་གི་ཡབ་གཅིག་གཏུམ་ཞིང་མཐུ་རྩལ་ཆེ། །མདུན་ན་འདོན་རྣམས་སྲོག་འཕྲོག་ལས་ལ་ཟམས། །རྒྱལ་པོའི་ཁྲིམས་ར་འཛིགས་རུང་གཤིན་རྗེའི་ཚུལ། །རྒྱས་པ་ལྷ་བུ་ཁྱོད་ནི་ཉམས་ཉེས་འགྱུར། །ཞེས་བསྡིགས་པ་དང་བཅས་ཏེ་རྒྱལ་བུ་གཞོན་ནུ་ཟླ་མེད་མིན་པར་རྟོགས་པའི་བསྙིང་ཚིག་སྨྲས་པ་ན། དཔའ་བོ་སྲིད་པ་གཞོན་ནུ་དེ་ཉིད་ནི་

སྲུ་ཟིང་ཞེས་བྱེད་པར་གྱུར་ནས་འདི་སྙམ་དུ་བསམས་པ། གཞོན་ནུ་མས་བདག་ལ་བསྡིགས་པ་དང་སྤྱོ་བ་སྣ་ཚོགས་པའི་སྒོ་ནས་རང་གི་ངང་ཚུལ་གསལ་པོར་བརྗོད་དུ་རེ་བའི་ཚོད་བགམ་ཡིན་སྣང་བ་དེ་ལ་ནི་བདག་སེམས་ཞུམ་པ་ཙམ་དུ་མི་གྱུར་མོད། འོད་ཀྱང་གཞོན་ནུ་མ་ཤེས་རབ་ལྡན་སུམ་ཚོགས་ཤིང་བརྟགས་པ་རྣམ་པ་བརྒྱད་ལ་མཁས་པའི་རང་བཞིན་ཅན་ཡིན་པས་བདག་ཉིད་གཞོན་ནུ་ཟླ་མེད་ཀྱི་ཟོལ་ལ་བརྟེན་པའི་རང་མཚན་རྗེན་པར་རྟོགས་པའམ་ཡང་ན་རང་ཅག་གི་སྐྱེ་བོ་སྨྲ་མཆུ་ལ་དགའ་བ་ཞིག་གིས་རྒྱུ་མཚན་ཇི་ལྟ་བ་བཞིན་བཤད་པ་ཅི་ལྟ་ནའང་། ཟོལ་སྦྱོར་སྒྲུ་ཐབས་ཀྱི་དོན་ལེགས་པར་རྟོགས་པར་སྣང་བ་དེའི་ཕྱིར་འཁྲུག་ཆོག་རྫུན་གྱི་ཕྲེང་བར་སྤྲེལ་ཀྱང་རང་ཉིད་ཚུལ་བཞིན་མ་ཡིན་པ་གྱ་གྱུ་ཅན་དུ་འཛིན་པ་ལས་དགོས་པ་འགའ་ཡང་མ་མཆིས། ད་ནི་ཇི་བཞིན་གསོང་པོར་བརྗོད་པ་ཉིད་སྐབས་སུ་བབས་པའོ་སྙམ་ནས་གནས་ལུགས་སྒྲོ་བཏགས་དང་བྲལ་བ་འདི་སྐད་ཅེས་བསྙད་དོ། །ཀྱཻ་ལྷ་གཞོན་ནུ་མ་ལེགས་པར་དགོངས་ཤིག བདག་ཅག་གིས་ལྟར་སྣང་དུ་ནོངས་པར་གྱུར་པའི་ལས་འགའ་ཞིག་ལྷུར་བླངས་པ་ནི་དོན་དང་མི་ལྡན་པར་ལོག་པར་སྤྱོད་པའི་བྱ་བ་སྒྲུབ་ཕྱིར་མ་ཡིན་ཏེ། ཐབས་ལ་མཁས་པའི་སྤྱོད་པའོ་གང་ཞེ་ན། རྒྱལ་བུ་གཞོན་ནུའི་མཚན་ཅན་མཆོག་དང་རྒྱལ་རིགས་མ་ཉིད་རིང་མོ་ཉིད་ནས་སྔོན་ལམ་ཟབ་མོའི་མཚམས་སྦྱོར་དང་ལྡན་པར་གདོན་མི་ཟ་ཡང་། སྣང་བ་འབུམ་ལྡན་དུ་དམ་བཅའ་ཐལ་ཟིན་པས། དེ་ལས་འགོང་པར་མི་ནུས་ཞེས་ཡབ་གཅིག་གསལ་ལྡན་དེའི་ངག་ལས་ཐོས་སོ། །དེ་ནི་བདག་ཅག་གི་སློན་པོ་ཁྲོ་ཞིང་གཏུམ་པ། འཐབ་པ་དང་། འགྱེད་པ་དང་། རྩོད་པའི་ལས་ལ་སྤྲོ་བར་ཞུགས་པ། དྲག་ཤུལ་ཅན་གཤིན་རྗེའི་གཤེད་པོ་ལྟ་བུ་འབུམ་ཕྲག་དོ་ཟླ

གཅིག་པ་ལ་སོགས་པ་ཁྲོ་ཞིང་འཁྲུགས་པར་གྱུར་ཏེ་གསལ་ལྡན་གྱི་འབྲེལ་པར་མི་མཚུངས་པའི་གཏམ་དེ་དག་ཚིག་ཙམ་མ་ཡིན་ན་བཀོད་ལེགས་འོད་སྣང་གི་རྒྱལ་ཁབ་མིང་གི་ལྷག་མར་བྱས་ཏེ་ཡིད་འོང་མ་ཉིད་རང་གིར་བགྱིད་དོ་ཞེས་དཔའ་བས་བསྙེམས་པའི་ང་རོ་དྲག་པོར་སྒྲོགས་པ་ན། རྒྱལ་བུ་གཞོན་ནུས་དེ་ལྟར་གནས་མ་ཡིན་པར་དགོངས་ཏེ་ཐོག་མར་ཐབས་ལ་མཁས་པའི་མངོན་སྦྱོར་གྱིས་མགོ་སྐྱོངས་པར་བྱའོ་ཞེས་བགྲོས་ནས་ཁོ་བོ་ནི་རྒྱལ་སྲས་མཆོག་གི་དྲུང་ན་ཉིན་མོར་བྱེད་པའི་སྣང་བས་མེ་ཁྱེར་གྱི་སྣང་བ་བཅོམ་པ་ལྟར་རང་འདོད་འབྱིན་པའི་མཐུ་དང་བྲལ་བ་ཞིག་ལགས་མོད། འོན་ཏང་བདག་ཉིད་རྒྱལ་བུ་གཞོན་ནུའི་དགུང་གི་བགྲང་བྱ་དང་རྗེས་སུ་མཐུན་ཅིང་ལེགས་པར་བཤད་པའི་གཏམ་གྱི་ཚ་ཤས་ཙམ་སྨྲ་བར་སྤོབས་པ་དེའི་ཕྱིར་རྒྱལ་སྲས་དམ་པའི་བརྫུ་ལ་བརྟེན་ན། སྔོན་ནས་གོམས་པའི་ལས་སྨོན་མཚམས་སྦྱོར་བཟང་མོའི་འབྲེལ་པ་དང་ལྡན་པའི་རྒྱུས་སྲིད་པའི་རྒྱན་གྱི་ཁབ་ཏུ་བདེ་བླག་ཏུ་འགུགས་ནུས་པར་ཆ་མ་འཚལ་ཞེས་བློ་གྲོས་གཅིག་ཏུ་མཐུན་པའི་ཐབས་མཁས་ཀྱི་སྤྱོད་པའི་ཁུར་བཟོད་པར་བྱས་པ་ལས། ཁོ་བོ་ནི་བློན་པོའི་ཐ་ཤལ་དཔའ་བོ་སྲིད་པ་གཞོན་ནུར་གྲགས་སོ། །དེས་ན་བརྗོད་པར་བྱ་བ་སྐབས་སུ་བབས་པ་ནི་འདི་ལྟ་སྟེ།

ཨེ་མ་ཧོ། ལེགས་བྱས་བསོད་ནམས་ཆེན་པོའི་དཔུང་། །མངོན་པར་དར་བའི་ས་གཞི་ལ། །དབང་ཕྱུག་སྟོབས་ཀྱི་འཁོར་སྒྱུར་ཆེ། །རིགས་འཛིན་མཆོག་གི་རྒྱལ་པོའི་བུ། །གཞོན་ནུ་ཟླ་མེད་ཅེས་བྱར་གྲགས། །ས་གསུམ་མཛེས་པའི་རྒྱན་གཅིག་པོར། །ཡང་དག་བསྔགས་པའི་གྲགས་སྙན་གྱི། །གདུགས་དཀར་སྐྱེ་རྒུའི་གྲིབ་ཏུ་བསིལ། །དེ་ཡི་རྣམ་དཔྱོད་འོད་རིས་ནི། །མ་ཉམས་ཆ་རྫོགས་གསལ་བའི་ཟླ། །སྲིད་པའི་མཁའ་ལ་འཆར་བ

དེས། །བསྙེམས་ལྡན་གཞན་གྱི་སྣང་བ་འཕྲོག །དཔལ་ལྡན་མི་བདག་ས་ཡི་དབང་ཕྱུག་དེར། །རིགས་གཟུགས་དཔལ་གྱིས་སྙེག་པའི་དགའ་མ་ཡིས། །ཕོངས་མེད་མཐའ་དག་ཕྱོགས་དང་གླིང་ཀུན་ནས། །རྣམ་མང་རེ་བའི་བདན་འཇུགས་བྱེད་ཀྱང་། །རིགས་མཐུན་སྟོན་ཀོམས་བག་ཆགས་སད་པའི་གྲོགས། །མི་རྟག་བགོ་སྐལ་གང་ལ་དང་པོར་ཕོག །དེ་ཕྱིར་སྐྱེ་བོའི་ཡིད་ཀྱི་བརྟན་འཕྲོག་མ། །གང་གིས་ཕེབས་པར་སྨྲས་པའི་ཚིག་ཕྲེང་ལྟར། །མཚན་ཙམ་སྨྲས་ཀྱང་དགའ་བ་སྐྱེས་བྱེད་ན། །བདག་ཅག་བརྒྱ་ཕྲག་འཁོར་གྱི་མདུན་བདར་ནས། །ཉིན་བྱེད་འདྲེན་པའི་ཕྲུང་སྔོན་སྐྱེས་ཇི་བཞིན། །སྦྱོར་བརྗོད་ཤུགས་ཀྱིས་པད་མ་རྒྱས་པའི་ཚལ། །གྲོང་ཁྱེར་ཆེན་པོ་མི་རྟག་ཕྲེང་བའི་ཚོགས། །ས་གཞིར་གཅལ་དུ་བཀྲམ་པ་ལྟ་བུའི་དབུས། །མཐོ་ཞིང་ཡངས་པ་ནོར་བུའི་བ་གམ་ཅན། །རྩེ་མོ་ལྟར་མི་མངོན་འཕགས་བདེ་སྐྱིད་ཀྱི། །འབྱུང་གནས་ཕོ་བྲང་སྲིད་པའི་རྒྱན་ཞེས་བྱར། །མི་བདག་དཔལ་དང་གྲགས་དང་ཡོན་ཏན་གཏེར། །མཐོང་ན་མི་མཐུན་མེད་པའི་གཟི་བྱིན་ཅན། །བྱམས་པའི་སྤྱན་རས་གཡོ་བའི་མདུན་ས་ཆེར། །རིངས་པར་གཤེགས་སོ་རིགས་ལྡན་ལྷའི་སྲས་མོ། །

ཞེས་སྨྲས་དེ་ཚེ་ཡིད་འོང་མ། །ཐ་ཚོམ་འཆིང་བ་བརྒྱ་ཕྲག་གིས། །ཡིད་ཀྱི་དབང་པོ་བཅིངས་གྱུར་ཏེ། །འདི་བྱའི་རྣམ་གཞག་འཁྱོག་ལ་བརྟེན། །སྐབས་དེར་ཡང་དག་བསམ་བྱས་པའི། །བློ་གྲོས་ཡངས་པ་འདི་ཤར་ཏེ། །སྡུག་བསྔལ་རྣམ་བཞིའི་རླབས་འཕྲུག་པའི། །བརྐལ་དཀའ་འཁོར་བའི་ཆུ་གཏེར་འདིར། །ཐོག་མ་མེད་ནས་འཁྱམས་གྱུར་ཀྱང་། །ཡང་དག་བདེ་བའི་རོ་མ་མྱོང་། །སྙིང་པོས་དབེན་པའི་སྲིད་པ་འདིར། །དུཿཁ

སྐྱོང་གྱུར་སྙིང་པོ་ཡིན། །དེ་སྐད་བདག་ནི་ཡབ་ཡུམ་གྱི། །བཀའ་ལས་འགོངས་ཏེ་འདིར་ལྷགས་ཚེ། འབྲས་མེད་གཡོ་སྒྱུའི་སྦྱོར་བ་ཡིས། །མགོ་བོ་ཤིན་ཏུ་རྨོངས་པར་བྱས། །ད་ནི་སྲིད་པ་གཞོན་ནུ་འདིར། །འཇམ་པའི་ཚིག་གི་བརྫ་སྦྱར་ནས། །རེ་ཞིག་རང་གནས་ལྡོག་བྱེད་པའི། །ཐབས་ཚུལ་འདི་ཉིད་ལྷུར་ལེན་ཞེས། །རིན་ཆེན་ཕྲ་ཚོམ་མཛེས་པ་ཡི། །སོར་གདུབ་རིན་ཐང་གཞལ་དཀའ་བ། །ཕྱིན་ནས་གཞོན་ནུ་དེ་ཉིད་ལ། །འདི་སྐད་སྙན་པའི་ངག་གིས་སྨྲས། །

ཀྱེ་མ་ཡིད་ཀྱི་རྟེན་གཅིག་པུ། །རྒྱལ་སྲས་གཞོན་ནུའི་དངོས་དཀྱིལ་ལ། །སྤྱོད་པའི་སྐལ་བཟང་ཐོབ་འགྱུར་ཞེས། །དགའ་དང་གུས་པས་ཡིད་མོས་ཀྱང་། །གྱ་གྱུའི་བསམ་སྦྱོར་དང་ལྡན་པ། །གང་གིས་བདག་ཉིད་འཕྲུལ་བར་བྱས། །ད་ནི་ཁྱོད་རྗེས་ཞུགས་གྱུར་ན། །ཡབ་ཡུམ་ཡུལ་ཁམས་འབངས་འཁོར་བཅས། །མཆིལ་མའི་ཐལ་བ་ལྟར་དོར་ནས། །སྲིད་པའི་རྒྱན་གྱི་སྙིན་རིགས་དང་། །འཁྲོགས་ཕྱིར་སྨྱོ་བླ་ཅན་བཞིན་དུ། །ཡིད་འོང་མ་དེ་སོང་གྱུར་ཅེས། །འཇིག་རྟེན་དམོད་པའི་མཚོན་ཆ་ཡིས། །ངེས་པར་བདག་ཉིད་གཞོམ་དུ་ཡོད། །དེ་སྐད་རེ་ཞིག་བགོད་ལེགས་འོད་སྣང་གི། །ཡབ་ཡུམ་དྲུང་དུ་ཕྱོག་ཀོ་དེ་ནས་སླར། །དུས་བབས་སྐལ་བཟང་དགའ་སྟོན་ལ་ཉེ་ཚེ། །ལུགས་མཐུན་ཆོ་ག་ཉམས་སུ་བསྐུར་བྱས་ཏེ། །པན་ཚུན་མཛའ་བའི་དམ་བཅའ་མི་འཇིག་པར། །རེ་བ་འབྲས་བུར་ལྡན་པའི་ཐབས་ཚུལ་ལ། །རྗེ་སྙིན་ཐུགས་རྗེའི་འཇུག་པ་གཡོ་གྱུར་ཏེ། །བདག་ལ་རྗེས་བརྩེར་འཚལ་ལོ་དགོངས་ཤིག་ཀྱི། །

ཞེས་ཡིད་གདུང་ལྡན་པའི་སྐད་གཅོམ་ཆུང་ངུས་རང་གི་ངང་ཚུལ

གསལ་བར་བརྗོད་པའི་ཚོ། སྲིད་པ་གཞོན་ནུས་སོར་གདུབ་ཕྱིར་ཕྱིན་ནས་སླས་པ།

བརྗོད་བྲལ་མཐའ་ཡས་ཡོན་ཏན་དུ་མའི་གཏེར། །སྲིད་ན་ཆེ་བར་གྲགས་པ་ས་ཡི་བདག །མང་པོས་བཀུར་ཞིང་བསྔགས་བརྗོད་མེ་ཏོག་འཐོར། །དཔལ་ལྡན་ས་སྐྱོང་གཞོན་ནུ་ཟླ་མེད་དེའི། །བཙུན་མོར་དབང་བསྐུར་ཅོད་པན་ཁྱོད་གཅིག་ལ། །བརྟན་པར་བཅིངས་ཀྱང་གཞན་དབང་གྱུར་པ་འམ། །བྱད་མེད་གཡོ་སྒྱུའི་རང་བཞིན་ཉིད་ཀྱི་ཕྱིར། །གཡོན་ཅན་ཞེས་གྲགས་དེ་ཚུལ་ཡོང་མི་ཤེས། །དང་པོར་ཁྱོད་ཀྱིས་བདག་ལ་གང་བསླས་པ། །འཁྲིག་བྲལ་གསོང་པོར་བརྗོད་པའི་ཚིག་ཡིན་ན། །ཚེ་འདིར་ལྷན་ཅིག་མཛའ་བའི་ཐབས་ཀྱི་ཕྱུལ། །དེ་རིང་ཉིད་ནས་འབད་དེ་བསྒྲུབ་པར་རིགས། །དེ་ཡང་གཅིག་ཏུ་གསང་བའི་རྒྱུས་བཅིངས་ཏེ། །གྲོང་ཁྱེར་ལུས་ཅན་ཡོངས་ཀྱིས་རྟོགས་མིན་པར། །སྲིད་པའི་རྒྱུན་དུ་རིངས་པར་མ་བགྲོད་ན། །སྣང་བ་འབུམ་ལྡན་དཔུང་ཚོགས་བགྲང་ཡས་ཀྱིས། །བདག་ཅག་འདམ་བུ་ལྟར་བཅོམ་གང་ཁྱོད་ནི། །མཁའ་འགྲོའི་དབང་ཕྱུག་ཤུགས་ཀྱིས་གདུག་པའི་སྦྲུལ། །ཐོགས་མེད་མཁའ་ལ་དྲངས་པ་ཇི་བཞིན་དུ། །གྱུར་ཚེ་འཁྱུད་པའི་འདམ་དུ་ཕྱིངས་མིན་ནམ། །ངེས་པ་ཁོ་ནར་རྒྱལ་སྲས་གཞོན་ནུ་ལ། །སྙིང་ནས་གུས་ན་བདག་ཅག་ལྷན་ཅིག་འདོང་། །གལ་ཏེ་དོན་ནི་སྒྲུབ་ལ་མི་སྤྲོ་ན། །སྲོག་འཕྲོག་མ་རུང་བཟུང་བར་མི་ནུས་ཏེ། །གདས་པར་མི་གསོལ་དྲག་པོས་འཕྲོག་མི་བྱེད། །གང་གི་བཞེད་པའི་བགེགས་གྱུར་མི་བྱ་བས། །སྐྱེ་གཞན་ལྷན་ཅིག་འགྲོགས་སྨོན་མཚམས་སྦྱོར་འཚལ། །

ཞེས་པའི་ཚིག་གི་བདུད་རྩིའི་བཅུད། །དོན་གྱི་རོ་ལྡན་དེ་བརྗོད

ཚོ། །རྒྱལ་རིགས་ཡིད་འོང་གཞོན་ནུ་མ། །རྟོག་དཔྱོད་ལྡན་པས་ཡང་བསམས་པ། །སྲིད་པ་ལས་ཀྱི་མེ་ལོང་དུ། །བདེ་སྡུག་གཟུགས་བརྙན་ཅི་ཡང་བཀྲ། །རེ་བ་དམན་པའི་ལམ་འགྲོ་བ། །དགེ་ཚོགས་བསོད་ནམས་མཐུ་ལས་བྱུང་། །དེ་སྐད་ཉམ་ངའི་གཡང་ས་ལ་འཕྱན་ཀྱང་། །བདེ་བའི་རོ་ལ་སྤྱོད་པའམ་དགེ་འབྲས་མཐུར། །ངེས་ཤིང་སྣང་བ་འབུམ་ལྡན་རྒྱལ་པོའི་ཁབ། །མི་དགེ་བཅུ་རྫོགས་སྡིག་པའི་འཁོར་ལོ་ལ། །རྟག་ཏུ་འབད་མེད་སྤྱོད་ཅིང་ལས་དང་ནི། །དེ་ཡི་འབྲས་བུ་མི་ཤེས་ཀུན་རྨོངས་ཀྱི། །མུན་པ་ཆེན་པོའི་གླིང་དེར་བདག་འཁྱམས་ནས། །འཇིགས་རུང་ངན་འགྲོའི་གཏིང་རྫར་ལྷུང་ངེས་པས། །ཐེ་ཚོམ་ཡིད་གཉིས་འཆིང་བ་རབ་སྤངས་ནས། །ཚེ་འདིའི་འདུན་མ་ལེགས་པའི་རྩར་ཕྱིན་ནམ། །གལ་ཏེ་ཉེས་པའི་ཕ་མཐར་གཏུགས་གྱུར་ཀྱང་། །ལས་དབང་སྨྱོང་བྱུར་ངེས་སོ་འཁྱུད་མིན་པས། །ད་ཉིད་སྲིད་པའི་རྒྱན་གྱི་རྒྱལ་ཁབ་དེར། །མཛོན་ཕྱོགས་བགྲོད་ལ་སྤྲོ་བས་སྨྱུར་བར་འདོང་། །

ཞེས་བརྗོད་དེ་འབངས་མོ་གཅིག་ནི་ཡབ་ཡུམ་ག་ལ་བ་དེར་མངགས་ནས། །བདག་ཉིད་སྲིད་པའི་རྒྱན་གྱི་དཔུང་གིས་བཟུང་སྟེ་རང་དབང་བྲལ་བར་ཕྱེ་མ་ལེབ་འཕོར་རླུང་གིས་དེད་པ་ལྟར་གྱུར་ཏོ་ཞེས་བརྡ་སྤྲོར་དུ་བཏང་ངོ་། །

17. ཡིད་འོང་མ་ཁོལ་མོ་བཞི་དང་དཔའ་བོ་སྲིད་པ་གཞོན་ནུ་འཁོར་ཚོགས་རི་དྭགས་རྒྱ་ལས་ཐར་བ་ལྟར་སྲིད་པའི་རྒྱུན་གྱི་ཕྱོགས་སུ་འགྲིམས་པའི་སྐོར།

ཡིད་འོང་མ་ཁོལ་མོ་བཞི་དང་བཅས་པ་ལམ་དུ་འཇུག་པ་ལ་ཆས་ཏེ་རྟ་མཆོག་རླུང་ཤུགས་ཅན་བྱ་བ་དེ་ལ་ཡིད་འོང་མས་བཅིབས། འདབ་ཆགས་འཕུར་མགྱོགས་སུ་གྲགས་པ་དེ་ལ་སྲིད་པ་གཞོན་ནུ་རང་གི་བཞོན་པར་བྱས་ཏེ། འཁོར་ཚོགས་བརྒྱ་ཕྲག་དང་ཁོལ་མོ་དང་བཅས་པ་མགྱོགས་འགྲོའི་བཞོན་པ་ལ་བརྟེན་ཏེ་རི་དྭགས་རྒྱ་ལས་ཐར་བ་ལྟར་མཚན་ཐོག་ཐག་སྲིད་པའི་རྒྱུན་གྱི་ཕྱོགས་སུ་འགྲིམས་སོ། །དེའི་མཚན་མོ་རྫོགས་པར་ཉེ་བ་ཐོ་རངས་ཀྱི་ཐུན་དང་པོ་ཙམ་དུ་རླུང་གི་རྒྱུ་བ་བསིལ་བུ་གྲང་བའི་རེག་བྱ་ལྡན་པ་དག་སྣང་བ་ན་ཡིད་འོང་མ་དེ་ཡང་སྐྱོ་ཤས་ཡིད་གདུང་ལྷག་པར་འཕེལ་བར་གྱུར་ཏེ་བསམས་པ། སྔོན་གྱི་ལས་དབང་བཙན་པོ་རྒྱུ་གང་གིས་ཀྱང་འགོག་ཏུ་མེད་པ་སྐྱེས་བུའི་དོན་དང་འགལ་བ་རྣམ་ཀུན་ངེས་པར་མི་གཡོ་བ་འདི་ཉིད་ཀྱི་ཕྱིར་ཁོ་མོ་ཉིན་མོའི་སྣང་བ་ལྡན་པ་ལ་མཚན་མོ་རྒྱུ་བས་གནས་མིན་དུ་ཁྲིད་པ་དང་རྗེས་སུ་མཐུན་པར། བརྩེ་ཞིང་དུང་པའི་ཕ་མ་གཉེན་འབྲེལ། བདེ་ཞིང་སྐྱིད་པའི་ཡུལ་འཁོར་ཡོངས་སྤྱོད། རྗེ་བོ་ལ་སྙིང་ཉེ་ཞིང་གུས་པར་ལྟ་བའི་བློན་འབངས་དང་བཅས་པ་ཕུན་སུམ་ཚོགས་པའི་དཔལ་གྱི་འབྱོར་པ་ཐམས་ཅད་མཆིལ་མའི་ཐལ་བ་ལྟར་རིང་དུ་དོར་ཏེ་ཆ་མེད་ཀྱི་ཡུལ་མྱུ་ངམ་གྱི་ཐང་ཆེན་པོར་བགྲོད་པ་ལ་ཇི་མི་སྙམ་པ་བདག་གི་སྙིང་འདི་ར་ཅི་ཞིག་ཞུགས་སྙམ་ནས་སྨྲས་པ།

ཀྱེ་མ་བྱམས་ལྡན་ཡབ་གཅིག་གསལ་ལྡན་མཚན། །གཅིག་ཏུ་བརྩེ་བའི་ཐུགས་རྗེའི་སྤྱན་ལྡན་དེས། །རོ་བརྒྱའི་ཟས་དང་བདུད་རྩིའི་བཏུང་བ

ལ། །ཡོངས་སུ་སྤྱོད་པའི་སྐལ་བཟང་ཐོས་བྱས་ཤིང༌། །ལང་ཚོར་རེག་འཇམ་མང་བའི་ལྷ་ཡི་གོས། །མཛེས་པར་བསྒྲུབས་བྱས་ལྷ་ཀླུ་མིའི་རིན་ཆེན། །རིན་ཐང་བྲལ་བའི་རྣམ་མང་རྒྱན་གྱིས་སྤུད། །འདྲེན་བྱེད་དགའ་སྟོན་སྒྲུབ་པའི་འདུ་བྱེད་དང༌། །རྣ་བ་ལ་ནི་སྙན་པའི་གཏམ་གྱི་ཤེས། །ཡིད་དབང་ཀུན་ཏུ་དགེ་བའི་ཟིལ་དངར་གྱིས། །ཚིམ་པའི་བྱེད་པོ་མཆོག་དེ་བོར་བྱས་ཤིང༌། །ལྷ་བའི་འཁོར་ལོ་གྲུབ་ནས་བདག་དོན་དུ། །གཉེར་བའི་སྤྱོད་ལམ་ཟབ་མོས་སྐྱོང་བ་དང༌། །ཚད་མེད་དྲིན་གྱིས་བསྐྱངས་པའི་བྱམས་ལྡན་མ། །སྐད་ཅིག་ཙམ་ཡང་འབྲལ་བར་མི་བཟོད་པའི། །བརྩེ་ཆེན་དཔག་བསམ་འདོད་འཇོའི་སྙིང་གི་དཔྱིད། །ཟླ་འོད་མཚན་ལྡན་དེ་ཡང་ཤུལ་ན་ལུས། །སྟོབས་དང་འབྱོར་པ་ཕུན་ཚོགས་བཀོད་ལེགས་ཅན། །ཕན་བདེའི་འོད་སྣང་བཞད་པའི་རྒྱལ་ཁབ་ན། །བགྲང་ཡས་བློན་འབངས་རྗེ་ལ་སྙིང་ཉེ་ཞིང༌། །ཟོལ་མེད་གུས་པར་བལྟ་བའི་གདུང་སེམས་ཅན། །ཡང་དག་འདྲིས་ཤིང་མཛའ་བ་ཀུན་སྤངས་ནས། །རྒྱ་བའི་ལམ་དང་གནས་བཅའི་ཡུལ་འདི་ཞེས། །འདྲེན་བྱེད་ལམ་དུ་གྱུར་པའང་མེད་བཞིན་དུ། །ཆ་མེད་རྒྱུས་མེད་གྲོགས་དང་རབ་འགྲོགས་ནས། །ངལ་བ་བརྒྱ་ཕྲག་བསྟེན་པ་བཟོད་བྱས་ཏེ། །བརྩེ་ཆེན་རྒྱལ་བུ་གཞོན་ནུའི་བློན་པོ་ཞེས། །སྒོ་བཏགས་གཡོ་སྒྱུའི་སྦྱོར་བས་བསླུས་བྱས་ནས། །མི་འདོད་ཡོག་པའི་ལམ་དུ་འཁྲིད་གྱུར་ཀྱང༌། །བདག་ལ་མངོན་པར་ཤེས་པའི་ཡོངས་སྤྱོད་བྲལ། །ཛོན་བསགས་ཡོངས་སུ་སྤྱོད་པའི་བསོད་ནམས་མཐུས། །མཛེས་སྡུག་ལང་ཚོའི་སྙིག་ཆོས་རྨད་བྱུང་ཡང༌། །ཡོན་ཏན་མུ་ཏིག་འཛིན་པའི་ཉ་ཕྱིབས་དག །དེ་ཡིས་རང་ཉིད་ཉམས་པར་བྱེད་པ་བཞིན། །ཚུལ་དེར་བསམ་ཞིང་ཡི་ཆད་འབད

དེ་སྐྱོ། །ད་ནི་དགའ་བའི་དྲན་པ་བརྟན་བཟུང་ཡང་། །སྡུག་བསྔལ་ཚོར་བ་བཟོད་གླགས་མ་མཆིས་པས། །ཡིད་ནི་སྐྱོ་བླ་ཅན་བཞིན་བརྟན་པ་བྲལ། །བློ་དང་སྙིང་སྟོབས་མཚུངས་ཟླ་མ་མཆིས་ཤིང་། །ཡིན་ལུགས་རྣམ་པར་འབྱེད་པའི་ཤེས་རབ་ཅན། །གཞོན་ནུ་ཁྱོད་ནི་ནན་ཏན་རབ་བརྟགས་ནས། །སྲོག་གི་དབང་པོ་འདོར་ཉེའི་ལས་དམན་བདག །འབད་པ་དོན་དུ་གཉེར་ལ་འབྲས་བུ་ཅི། །དེ་སྐད་བརྩེ་ཆེན་ཡབ་ཡུམ་དྲན་པ་ཡི། །གདུང་བ་གཟུགས་ཅན་བཞིན་དུ་སྐྱེས་གྱུར་པས། །རེ་ཞིག་ཡིད་གདུང་ཞི་བྱེད་སྨན་གྱི་ཕུལ། །རང་གནས་ལྡོག་པའི་རེ་བ་འདི་སྐྱབས་ལ། །རིང་པོར་མི་ཐོགས་རིགས་འཛིན་རྒྱལ་པོའི་སྲས། །ཡོན་ཏན་བྱེ་བའི་གཏེར་རྒྱ་གྲོལ་བ་དེའི། །སྤྱན་སྔར་འཛུམ་ཕྲེང་དཀར་པོ་བཞད་བཞིན་དུ། །དཔོས་དཀྱིལ་གཟི་བྱིན་འབར་བའི་ངོ་མཚར་ལ། །མིག་མི་འཛུམ་པར་བལྟ་བའི་སྐལ་བཟང་མཆོག །སྦྱོང་བའི་ཐབས་ཚུལ་ཁྱོད་ཀྱིས་བསྒྲུབ་པར་རིགས། །

ཞེས་བརྗོད་མཛེས་མའི་འདྲེན་བྱེད་ནི། །མཆི་མའི་ཐིགས་ཕྲེང་འབབ་བཞིན་པར། །ཉམ་ཐག་གདུང་བའི་ཚིག་གི་མདངས། །སྲིད་པ་གཞོན་ནུའི་སྙིང་ལ་ཕུག །མཛེས་མ་ཡིད་འབྱུང་རྒྱས་གྱུར་པའི། །རྣམ་འགྱུར་དགའ་ངལ་དེ་མཐོང་ནས། །གཞོན་ནུའང་སྙིང་རྗེའི་དབང་གྱུར་ཏེ། །སྐྱེངས་བཞིན་ཅང་མི་སྨྲ་བར་གནས། །དེ་ནས་སླར་ཡང་ལེགས་བསམས་པ། །འབད་པས་དོན་དུ་གཉེར་བྱ་བའི། །ཡིད་འོང་དེ་ནི་ལག་རྩེར་ཐོབ། །གལ་ཏེ་ལམ་ནས་ཕྱིར་ལྡོག་ན། །ངལ་བ་འབྲས་བུ་མེད་པ་སྟེ། །ཡིད་བཞིན་འདོད་འཇོའི་མ་ཎི་ཀ །རྒྱལ་མཚན་རྩེ་མོར་མ་མཆོད་པར། །གནས་མིན་བར་མ་དོར་གྱུར་ན། །དཔྱོད་ལྡན་སུ་ཞིག་སྨད་མི་བྱེད། །དེ་ཕྱིར་དང་པོར་གང་

བརྩམས་པའི། །དམ་བཅའ་ནམ་ཡང་མི་འདོར་ཞེས། །ཡིད་ལ་རི་མོ་བཀོད་བྱས་ནས། །ཤིན་ཏུ་འཇམ་པའི་ཚིག་གིས་ནི། །གཞོན་ནུ་མ་དེར་འདི་སྐད་སྨྲས། །

ཕུན་ཚོགས་རིགས་མཆོག་མངོན་མཐོའི་ལྷ་ལམ་ངོས། །མཛེས་སྡུག་ཟླ་རིས་མ་ཉམས་ཡིད་འོང་མ། །མིག་ཟུར་མཛེས་པའི་རྒྱན་ལྡན་ཤར་རིའི་རྩེར། །ནམ་ཞིག་ཆས་སུ་གྲུབ་ནས་ད་ཀོ་ནི། །སླར་ཡང་ཕྱོགས་པའི་བྱ་བ་ལ་ཞུགས་ན། །སྔོ་གླིང་ལྗོངས་འདིར་ཕྱིས་ནས་མི་འཆར་ཞིང་། །རང་ཡུལ་ཤར་གླིང་ལ་ཡང་མི་དགེ་བའི། །མཚན་མ་དུ་མས་ཉམས་ཉེས་མི་གྱུར་རམ། །ཁྱོད་ཡིད་མི་གཡོ་རྣལ་དུ་འབེབས་འཚལ་ཏེ། །བདག་ནི་གཡོ་སྒྱུར་སྨྲ་བའི་སྐྱེས་བུ་མིན། །ཤུལ་ལམ་ངལ་དུབ་སྐྱོ་ཤས་བདེན་མཆིས་ཀྱང་། །ཉམས་སུ་བདེ་བ་ཕོ་བྲང་སྲིད་པའི་རྒྱན། །འདོད་ཡོན་འཛད་མེད་དཔལ་ནི་མངོན་མཐོ་བར། །ལྷ་བས་ཚིག་མི་ཤེས་པ་ལྷ་ཡི་སྲས། །གཟི་བརྗིད་ཕུན་ཚོགས་འབར་བ་ལྷམ་མེར་བཞུགས། །ཉིན་བྱེད་སྣང་བས་མུན་པ་ཟིལ་མནན་བཞིན། །དགའ་ཞིང་སྤྲོ་དགའི་སྣང་བས་ཁྱབ་པར་འགྱུར། །དེ་ཡི་འཛུམ་ཞལ་ཟླ་མཛེས་ལས་རྒྱལ་བ། །མཐོང་ན་མི་མཐུན་མེད་པའི་ངོ་མཚར་ནི། །ཡུད་ཙམ་འདྲེན་བྱེད་ལམ་དུ་གྱུར་ལ་ཐག །ལྷ་བས་ངོམས་པ་མེད་པའི་སྐལ་བཟང་ཐོབ། །དེ་ཕྱིར་མི་བརྟན་གཡོ་བ་རྣམ་མང་བློ། །ཕྱོགས་བྱས་བག་ཕེབས་ཅི་བདེར་ལམ་དུ་གཤེགས། །

ཞེས་དབུགས་དབྱུང་བའི་ཚིག་དེ་དང་དེ་དག་བརྗོད་པས་ཅུང་ཟད་སྤྲོ་བ་བཏེགས་ཏེ་ལམ་དུ་ཞུགས་སོ། །

18. ནངས་པར་ཁོལ་མོ་དེས་ལྷ་སྲས་མ་རང་དབང་དང་བྲལ་བར་ཕྱུལ་དང་ས་ཕྱོགས་མ་ངེས་པར་དེངས་ཐལ་ལོ་ཞེས་བརྡ་སྤྲད་བས་ཡབ་ཡུམ་གཉིས་སྡུག་བསྔལ་གྱི་ཁྲར་གྱིས་ནོན་པའི་སྐོར།

དེའི་ཚེ་སྔར་གྱི་ཁོལ་མོ་དེ་ནང་པར་སྔ་བར་སོང་ནས་ཡབ་ཡུམ་ཟུང་གི་ཞབས་ལ་གུས་པས་ཕྱག་བྱས་ཏེ་སྨྲས་པ། བདག་ཅག་རེ་བའི་སྐྱབས་གཅིག་པོར་གྱུར་པ་ཡིད་འོང་ལྷའི་སྲས་མོ་མཚར་སྡུག་ལྟ་བས་ཆོག་མི་ཤེས་པ་ཕུལ་དུ་ཕྱུང་བའི་ཡོན་ཏན་དུ་མས་བརྒྱན་པ་ཡུལ་ཁམས་འདིའི་ཡིད་ཀྱི་བརྟེན་པ་གཅིག་པུར་གྱུར་པ་དེ་ནི་རང་ཅག་གི་ཆབ་རོལ་དུ་འཚོང་འགྲུལ་བ་ལྟར་བརྫུས་པའི་གཡོ་སྒྱུ་འདུ་བྱས་ཏེ། སྲིད་པའི་རྒྱན་གྱི་སློན་པོ་དཔའ་བོ་སྲིད་པ་གཞོན་ནུ་ཡིན་ནོ་སྐད་ཐན་འཁོར་བརྒྱ་ཕྲག་དང་བཅས་པ་ལྷགས་ནས་ལྷ་སྲས་མ་དེ་སྐྱིད་མོས་ཚལ་དུ་ཁྲུས་ཀྱི་བྱ་བ་རྫོགས་པའི་རྗེས་ཐོག་དེ་མ་ཐག་ཏུ་རང་དབང་བྲལ་བར་ཕྱི་མ་ལེབ་རླུང་ཤུགས་དྲག་པོས་བདས་པ་ཇི་ལྟ་བར་ཡུལ་དང་ས་ཕྱོགས་མ་ངེས་པར་དེངས་ཐལ་ལོ། །ད་ནི་རྒྱལ་ཁབ་ཀྱི་བྱ་བ་ལོག་པའི་ལམ་དུ་འཕྱན་པར་མི་འགྱུར་བ། འགྱེད་པ་དང་། རྩོད་པའི་ལས་ལ་མི་སྤྱོར་བའི་བློ་གྲོས་བཟང་པོར་འབད་འཚལ་ལོ། །ཞེས་སྨྲས་པས། ཡུམ་ཐྲ་འོད་མ་དེ་ནི་རང་རིགས་ཀྱི་བུ་མོ་ལ་ལྷག་པར་བརྩེ་བའི་ཕྱིར་ཚིག་དེ་ཐོས་མ་ཐག་ལྷུག་མའི་རྩ་བ་བཅད་པ་ལྟར་འགྱེལ་ཞིང་བརྒྱལ་ལ་ཞུགས་སོ། །ཡབ་གསལ་ལྡན་ནི་རང་གི་བྱ་བའི་མཐའ་ལ་རྨོངས་པར་གྱུར་ཏེ་ཅི་བྱའི་གཏོལ་མེད་པར་འགྲམ་པ་ལག་པ་ལ་བརྟེན་ཏེ་གནས་སོ། །དེ་ནས་བྲན་མོས་ཡུམ་ལ་ཙན་དན་གྱི་ཆུ་ཆག་བཏབ་པས། བརྒྱལ་བ་ལས་བསངས་ཏེ་ཚེ་ངེ་གསང་པོར་བརྗོད་པ་ནི་འདི་ལྟར།

ཀྱེ་མ་སྔོན་གྱི་ལས་དབང་མཐུ་བཙན་པས། །འདུས་བྱས་གཡོ་བའི་

ཆོས་ནི་མངོན་སུམ་གྱུར། །བདག་ནི་སྲོག་གི་དབང་པོ་བཏང་མིན་ཀྱང་། །གཅེས་པའི་སྙིང་དང་བྲལ་བའི་ལུས་ཀྱིས་ཏེ། །ཡིད་འོང་བུ་མོ་སྐད་ཅིག་ཆར་ཡང་ནི། །འབྲལ་མི་བཟོད་པའི་སྙིང་གི་དཔྱིད་གང་དེ། །ཉིན་མོའི་སྣང་བ་ལྡན་ལ་གདོན་འཕྲེར་བཞིན། །ཕྱོགས་མཚམས་མཚོན་པར་མི་ནུས་གང་དུ་བསྒྲོད། །བསམ་བཞིན་སེམས་ལ་གདུང་བ་བརྒྱུས་གཟིར་ཡང་། །བདག་སྙིང་མི་གས་རྡོ་རྗེར་གྱུར་ཏམ་ཏེ། །ཚེ་འདིར་ལྷན་ཅིག་འགྲོགས་པའི་སྐལ་བ་ཡིས། །ཕོངས་སོ་ལས་དམན་སྡུག་བསྔལ་ཁུར་གྱིས་ནོན། །

ཞེས་སོགས་ཚེ་ངེ་གསང་པོར་འདོན་པའི་ཚེ། ཡབ་གཅིག་གསལ་ལྡན་དེ་ཡང་ཡིད་གདུང་ཤུགས་དྲག་པོར་རྒྱས་པའི་རིང་ནས་ཡང་བསམས་པ། །

ཀྱེ་མ་ལུས་ཅན་རྣམས་ཀྱི་སྤྱོད་བྱའི་ལས། །ཐོག་ཏུ་འབབ་པ་འདི་ནི་སྡུག་དཀའ་སྟེ། །བདག་གི་བྱ་བ་ལས་ཀྱི་འཁོར་ལོ་ནི། །དམ་པའི་ལམ་དུ་འགྲོ་བ་ལེགས་བསྐྱབས་ཀྱང་། །ལྟར་སྣང་ལོག་པར་འཕྱན་པ་ཁོ་ནར་གྱུར། །འོན་ཏེ་རང་གི་གནས་ལུགས་བཟོལ་བྲལ་བ། །གཡོ་སྒྱུས་བསླད་པ་མེད་པ་འདིའི་བདེན་པས། །བདག་ཅག་ཉམས་ཉེས་འགྱུར་བ་ཅང་སྲིད་དམ། །སྙིང་སྡུག་ཟླ་བའི་བཞིན་ཅན་ཡིད་འོང་མ། །གཞན་དབང་གྱུར་པའི་གདུང་བ་བཟོད་དཀའ་ཡང་། །དེ་ནི་བློ་དང་ཤེས་རབ་ཤུལ་ཆེ་ཞིང་། །ཐབས་ལ་མཁས་པའི་སྤྱོད་ཚུལ་དང་ལྡན་ཕྱིར། །གཞོན་ནུ་ཟླ་མེད་ཡིད་དབང་འཕྲོག་བྱས་ནས། །བཙུན་མོ་དམ་པར་དབང་བསྐུར་ཅོད་པན་ནི། །འཆིང་བར་ངེས་ཤིང་བཀོད་ལེགས་འོད་སྣང་གི། །ཁབ་འདིར་ཉེར་འཚོ་བྲལ་བའི་ལས་ཀྱང་སྒྲུབ། །དང་པོ་སྣང་བ་འབུམ་ལྡན་ས་བདག་དང་། །དམ་བཅའ་བཀོད་པའི་དོན་ལས་འགལ་སླ་ཡང་། །རང་དབང་མ་ཡིན་གློ་བུར་

གཞན་དབང་དུ། །གྱུར་ལ་སྐྱན་ཀར་བྱ་བའི་ཡུལ་མ་ཡིན། །དེ་སྐད་བྱ་བ་ཚོག་པ་ལྟར་སྣང་ཡང་། །ལེགས་པའི་ལམ་དུ་འགྲོ་བའམ་བསོད་ནམས་མཐུར། །ངེས་སོ་ལས་འབྲས་བདེན་པས་མི་བསླུ་ཕྱིར། །ཟླ་འོད་མ་ཁྲིད་གདུང་བ་ལས་གྲོལ་ཏེ། །ཅི་བདེར་བག་ཕབ་རྣམ་དཀར་ལས་ཐབས་སྒྲུབས། །

ཞེས་འཇམ་པའི་ཚིག་གིས་བསྐྱད་པས་ཡུམ་ཟླ་འོད་མ་དེ་ཡང་ཅུང་ཟད་སྐྱོ་བ་བཏེགས་པར་གྱུར་ཏོ། །

19. ཟླ་རྒོད་ཐར་ལེགས་ཀྱིས་ཡིད་འོང་མ་ཁྲོགས་ཏེ་སྣང་བ་འབུམ་ལྡན་གྱི་ཕྱོགས་སུ་བསྐྱོད་པའི་སྐོར།

དེ་ནས་དཔའ་བོ་སྲིད་པ་གཞོན་ནུ་དང་། འབངས་ཁོལ། བྲན་འཁོར་བརྒྱ་ཕྲག་དང་། ཡིད་འོང་མ་ཁོལ་མོ་བཞི་དང་བཅས་པ་བཀོད་ལེགས་འོད་སྣང་ནས་རིང་ཞིག་འདས་པའི་མཐའ་བྲལ་ལྗོངས་ཞེས་བྱ་བ་ཐ་གྲུ་རྣམ་པར་ཡངས་པ་མྱུ་ངམ་གྱི་ཐང་ཆེན་པོ་ཉི་མ་ཡང་ས་གཞི་ལས་ཐོན་པ་ལྟར་བྱེད་ཅིང་། ཕྱིར་ཡང་ས་གཞི་ལ་ཐིམ་པ་དང་ཀུན་ནས་འདྲ་བ་དེར་འགྱོར་བའི་དུས་ན། དེ་དང་ཧ་ཅང་མི་རིང་བར་སྣང་བ་འབུམ་ལྡན་གྱི་ཟླ་རྒོད་ཐར་ལེགས་བྱ་བས་གཙོ་བྱས་ཏེ་དམག་དཔུང་བརྒྱ་ཕྲག་བཅུ་སྐོར་དང་ལྡན་པ་ལྟགས་པ་མཐོང་ངོ་། །མཐོང་ནས་ཀྱང་སྣང་བ་འབུམ་ལྡན་གྱི་དཔུང་ཡིད་འོང་མ་འགུགས་པའི་ཕོ་ཉར་མངགས་པ་ཤེས་ནས། དཔའ་བོ་སྲིད་པ་གཞོན་ནུས་ཡིད་འོང་མ་འབངས་མོར་བཅས་པ་སྐྱེས་པའི་ཆས་སུ་ཞུགས་སུ་བཅུག་སྟེ་བཞིན་རས་དུད་པའི་སྣ་ནས་བྲན་རྣམས་ཀྱིས་མི་མངོན་པའི་ཐབས་འདུ་བྱས་ཏེ། ཁོ་བོས་གཡོ

སྒྲུའི་ཚིག་གིས་འཕྲུལ་པར་བྱེད་དོ་བསམས་ནས་རིམ་པས་ཇི་ཉེར་སོང་བ་ན། ཀློ་རྐོད་ཐར་ལེགས་དེ་ཉིད་རིངས་པ་རིངས་པར་ཆས་ནས། དཔའ་བོ་སྲིད་པ་གཞོན་ནུ་ལ་གཏམ་དྲིས་པ། གཞོན་ནུ་མཉན་པར་གྱིས་ཤིག ཁྱོད་ཅག་བཞོན་པ་ལ་བརྟེན་པ་སྐྱེ་བོའི་གྲངས་མི་ཉུང་བ་འདི་རྣམས་རིངས་པའི་ཚུལ་གྱིས་ཡུལ་དང་ས་ཕྱོགས་གང་དུ་བགྲོད། ཕྱོགས་ག་ལས་འོངས། དོན་དུ་གཉེར་བ་ནི་གང་། མཉན་པར་འོས་པའི་གཏམ་དུ་བྱ་བ་ཇི་ལྟར་ཡོད་པ་སྒྲོ་བཏགས་སྤངས་ཏེ་སྨྲུར་བར་སྨྲོས་ཤིག་ཅེས་དྲིས་པ་ན། དཔའ་བོ་སྲིད་པ་གཞོན་ནུ་དེས་བག་ཚ་བ་མེད་པར་འདི་སྐད་ཅེས་སོ། །

བགྲང་ཡས་མཁའ་ཡི་རྒྱུ་སྐར་ཚོགས། །ས་གཞི་ལ་ནི་འཕོས་པ་བཞིན། །དཔུང་ཚོགས་དུ་མའི་ཁྲུ་མཆོག་ནི། །ཟླ་བ་ནོར་བུ་ལྟ་བུར་མཐོང་། །གང་གིས་ཇི་ལྟར་དྲིས་པའི་ལན། །འཁྲིག་སྨྲ་སྤངས་ཏེ་དྲང་པོར་བརྗོད། །རྫུན་གཡོའི་ཚིག་གི་སྦྱོར་བ་ནི། །ཡ་རབས་ཚུལ་ལས་འདས་པ་ཡིན། །བདག་ཅག་མགྱོགས་འགྲོའི་བཞོན་པ་ལ། །བརྟེན་འདི་ངལ་བ་སྤང་ཕྱིར་ཡིན། །མང་མིན་ཏ་ཙང་ཉུང་མིན་པ། །ལམ་དུ་ཆོམ་རྐུན་ལ་སོགས་པའི། །འཇིགས་པ་སྲུང་བའི་དགོས་པ་ལྡན། །རིངས་པའི་ཚུལ་གྱིས་བགྲོད་པ་ནི། །གྲོང་ཁྱེར་པད་མ་རྒྱས་པའི་ལྗོངས། །སྲིད་པའི་རྒྱལ་དུ་མི་ཡི་བདག །ཆེན་པོ་མཆོག་གི་སྤྱན་སྔར་འདོང་། །ས་འདིར་བཀོད་ལེགས་འོད་སྣང་ཞེས། །རྒྱལ་ཁབ་ཐ་ཤལ་དེ་ནས་འོངས། །དོན་དུ་གཉེར་བ་སྲིད་པ་ཡི། །དཔའ་བོ་ཀུན་གྱི་གཙུག་གི་ནོར། །རྒྱ་ཆེན་བརླགས་འོས་ཡོན་ཏན་གཏེར། །རྒྱལ་བུ་གཞོན་ནུ་ཟླ་མེད་དེའི། །བཙུན་མོ་རིན་ཆེན་དོན་གཉེར་བར། །གསལ་ལྡན་རིགས་ཀྱི་ཐིག་ལེ་མཆོག །བུད་མེད་ཡིད་འོང་མ་ཞེས

བྱ། །གྲགས་སྙན་འཆི་མེད་དུ་ཀྐུ་ ཊི། །ཕྱོགས་ཀྱི་འཁོར་ལོ་ཁྱབ་གྱུར་པའི། །གཏམ་དུ་གྲགས་པ་དེ་ཐོས་ནས། །ཁབ་ཏུ་བོས་པའི་ཕོ་ཉ་ལ། །བདག་ཅག་འབད་པས་སོང་གྱུར་ཀྱང་། །གསལ་ལྡན་ཞེས་བྱ་རྒྱལ་ངན་དེས། །དང་པོར་སྣང་བ་འབུམ་ལྡན་དུ། །ཁས་བླངས་དེ་ལས་མི་ལྡོག་ཅེས། །དམ་བཅའི་ཚིག་ནི་ལན་གསུམ་བསྒྲགས། །སླར་ཡང་འཁྱོར་པ་ཆེ་དང་བཅས། །ནན་ཏན་ཚིག་གིས་བརྟུན་པ་བསྐྱེད། །དེ་ཚེ་དབང་ཤུགས་མ་བཟོད་པར། །བུ་མོ་དེ་ནི་ལག་རྗེར་ཕོབ། །གྲགས་པ་དོན་དང་མི་ལྡན་གང་དེ་ཡི། །མི་སྡུག་བཞིན་རས་ངན་པ་བདག་གིས་མཐོང་། །རྣམ་འགྱུར་སྤྱོད་པ་མི་མཁས་སླ་མཚུ་མང་། །དམ་པའི་རིགས་ལ་མི་གནས་གདོལ་སྤྱོད་མཁན། །ཀུན་རབས་ཕ་མ་དག་ལ་མི་གུས་ཤིང་། །འཁོར་འབངས་བྱམས་པས་མི་སྐྱོང་དུ༔ཁས་མནར། །བག་མེད་སྣ་རྒྱས་ལྟོད་གྱུར་གཟུགས་འཚོང་མའི། །བརྟུལ་ཞུགས་འཛིན་པ་དེ་ནི་འོངས་པར་གྱུར། །དེ་མཐོང་སེམས་ལ་དགའ་བའི་ཚོར་བ་སྐྱེད། །ཡིད་འབྱུང་གསར་པ་རྒྱས་པས་སླར་བསམས་པ། །སྲིད་ན་འགྲན་པའི་དོ་ཟླ་མ་མཆིས་པ། །དཔལ་ལྡན་སཱ་ཡི་དབང་ཕྱུག་ཐམས་ཅད་དགའ། །རྒྱལ་བུ་གཞོན་ནུའི་དཔལ་གྱི་མདུན་ས་དེར། །ངོ་མཚར་རྨད་དུ་བྱུང་བའི་ཡོན་ཏན་གཏེར། །བཙུན་མོ་དམ་པར་དབང་བསྒྱུར་རིགས་པ་སྟེ། །ཤིན་ཏུ་སྨད་འོས་བག་མེད་སྤྱོད་པ་མཁན། །ཐ་མལ་བུད་མེད་དག་གི་གནས་མ་ཡིན། །ཡིད་འོང་མ་ཞེས་རླུང་ལྟར་གྲགས་གྱུར་ཀྱང་། །དོན་དང་མི་ལྡན་བཞིན་ངན་གཡོ་ཅན་མ། །དེ་ནི་སྲང་མདོར་རྟ་ལྟར་དོར་བྱས་ནས། །ད་ཀོ་རྒྱལ་སྲས་མཆོག་དེའི་རིགས་མཐུན་གྱི། །བཙུན་མོ་བཟུང་འོས་རིགས་རུས་ཚེ་འབྲང་གིས། །མ་རྨད་མཛེས་སྡུག་རྨད་

བྱུང་བཞིན་བཟང་མ། །བསྡུགས་འོས་ཡོན་ཏན་གཏེར་གྱུར་རྒྱལ་རིགས
ཀྱི། །གཞོན་ནུ་མ་ཞིག་དོན་དུ་གཉེར་བའི་ཕྱིར། །སྤྲོངས་འདིར་རྒྱུ་འོ་
གཏམ་དུ་བྱ་བ་ནི། །གང་གི་རྣ་བ་བདུད་རྩིའི་བང་མཛོད་ཟུངས། །

ཞེས་སྨྲས་ཏེ་མྱུར་བ་མྱུར་བར་ཆས་པ་ན། བློ་གྲོད་ཐར་ལེགས་ལ་སོགས་པ་དེ་དག་ནི་ཕལ་ཆེར་བློ་གྲོས་མཐུན་པར་འདི་སྐམ་དུ་སེམས་ཏེ། གཞོན་ནུ་ལང་ཚོ་གསར་པ་དེས་རྫུན་དུ་སྨྲ་བ་ནི་བློ་ཡིད་སྤོབས། འཇིག་རྟེན་ན་སྙན་པར་གྲགས་པ་གསལ་ལྡན་གྱི་བུད་མེད་དེ་ནི་གྲགས་པ་དོན་དང་མཐུན་པ་ཞིག་མཆིས་ན་སྲིད་པའི་རྒྱན་གྱི་རྒྱལ་བློན་མཐུ་སྟོབས་ཆེ་བས་ངེས་པར་བདག་གིར་བཟུང་ངེས་ཀྱང་། དེ་ནི་བརྗོད་མ་ཐག་པའི་སྐྱོན་མང་གི་གནས་སྐབས་མངོན་དུ་གྱུར་པ་ཞིག་མཆིས་ན། རང་ཅག་ཀྱང་ལེགས་པར་རྟོག་དཔྱོད་ལ་མ་ཞུགས་པར་ཀྱུ་ཚོམ་དུ་བགྲོད་ཀྱང་ངལ་བ་འབྲས་བུ་མེད་པར་འགྱུར་བས་ལེགས་པར་བརྟག་གོ་ཞེས་བློ་གྲོས་མཐུན་པར་གྱུར་པའི་ཚེ་འབངས་ཁོལ་གྱི་བཞོན་པ་ཤེད་ཤུགས་དམན་པས་རྗེས་སུ་ལུས་ཏེ་དལ་བུས་བྱུང་བ་ན། བློ་གྲོད་ཐར་ལེགས་དེ་ཉིད་ཀྱིས་རལ་གྲི་བཏོན་ཏེ་བསྡིགས་པ་དང་བཅས་པའི་སྒོ་ནས་སྔ་མ་ལྟར་གཏམ་དྲིས་པ་ན། འཇིགས་ཤེད་སྐྲག་པས་རྟབ་རྟོབ་པོར་གྱུར་ཏེ་འདར་ཞིང་ཞུམ་པའི་སྒོ་ནས་ཕྱུག་ཀྱང་བྱུས་ཏེ་སྨྲས་པ། སྔོན་དུ་སོང་བ་དང་བཅས་པ་བདག་ཅག་ནི་སྲིད་པའི་རྒྱན་གྱི་བྲན་ནོ། །དཔའ་བོ་སྲིད་པ་གཞོན་ནུ་དཔུང་ཚོགས་དང་བཅས་པས་རྒྱལ་པོ་གསལ་ལྡན་གྱི་རིགས་ཀྱི་སྲས་གུ་ཡིད་འོང་མ་ཐོབ་པས་ལྷག་པར་ཚིམས་ཏེ་རིངས་པའི་སྟབས་ཀྱི་སོང་སྟེ་བྲོས། ཁོ་བོ་བློན་པོའི་ཐ་ཤལ་འབངས་ཁོལ་ཞེས་གྲགས་ལ་རྟའི་ཐ་མ་ལ་བཞོན་པ་བཅོལ་བའི་རྐྱེན་གྱིས་རྗེས་སུ་ལུས་སོ། །ད་ནི་མགོན་མེད་ཀྱི་སྐབས་ཐལ་དུ་གྱུར་པས་ཁྱེད་ལ་རེ་བ

གཏད་དེ་རྗེས་སུ་འཇུག་པར་བྱེད་ན་བྱམས་པས་སྐྱོང་བར་རིགས་སོ་ཞེས་རང་མཚང་རྗེན་པར་བསྟན་ཏོ། །དེའི་ཚེ་བློ་ཀྲོད་ཐར་ལེགས་ནི་གཞོན་ནུས་བསླུས་པར་ཤེས་ནས་དཔུང་ཚོགས་སྟོང་སྡེའི་རྣ་བར་འདི་སྐད་ཅེས་བསྒྲགས་སོ། །

སྣང་བ་འབུམ་ལྡན་ས་བདག་འཇིགས་ཤེད་གཏུམ། །ཁྲོ་ཚིག་སྨྲ་བ་ཞོག་ཏུ་མེད་པ་དེའི། །དྲག་པོའི་བཀའ་ཡི་ཅོད་པན་བདག་ཅག་གི། །སྤྱི་བོར་ལྷུངས་པའི་དོན་དུ་གཉེར་བྱ་ནི། །ཡིད་འོང་མ་ཞེས་གྲགས་ལྡན་བཞིན་བཟང་མ། །མི་བདག་ལྷ་ལས་ཕུལ་བྱུང་མཛའ་ན་མོར། །སྤྱོད་སླད་དཔུང་གི་སྦྱོར་བ་མངགས་བྱས་ནས། །གལ་ཏེ་དེ་ནི་གཞན་དབང་ཉིད་གྱུར་ན། །རང་ཅག་སྲོག་དང་བྲལ་བ་བྱེད་དོ་ཞེས། །འཇིགས་རུང་ཚིག་རྩུབ་ཚེར་མ་རྣོན་པོ་ཡིས། །སྙིང་རབ་འབིགས་པར་བྱེད་པ་དྲན་ནམ་ཅི། །དེ་ཕྱིར་མཚར་བའི་དཔེར་འོས་ཡིད་འོང་མ། །སྲིད་པའི་རྒྱན་གློན་སྲིད་པ་གཞོན་ནུ་ཞེས། །གྲགས་ལྡན་ཐན་འཁོར་བཅས་པས་བཟུང་ཞེས་ཐོས། །དེ་ཕྱིར་བཏང་སྙོམས་བྱ་བར་མི་རིགས་པས། །འཇིགས་མེད་མཐུ་སྟོབས་དཔའ་དཔུང་རབ་བསྐྱེད་ནས། །ཕ་རོལ་རྐོལ་བ་དེ་དག་རྨིག་མེད་གཞོམ། །རིགས་ལྡན་གཞོན་ནུ་མ་དེ་བདག་གིར་བཟུང་། །ལྷ་ལས་ཕུལ་དུ་བྱུང་བའི་དགྱེས་པ་སྐྱོང་། །དེ་ཙམ་ལས་ཐབས་སྒྲུབ་པར་མ་ནུས་ན། །བདག་མིང་བློ་ཀྲོད་གྲགས་པའང་དོན་གྱིས་སྟོངས། །སྟོང་སྡེའི་དཔུང་ཚོགས་འདི་ཡང་དུད་འགྲོར་མཚུངས། །དེ་བས་རང་རང་སྙིང་སྟོབས་རྩལ་བསྐྱེད་དེ། །གཞན་སྡེ་བཅོམ་པའི་རུ་མཚོན་སྲིད་རྩེར་སྒྲེངས། །

ཞེས་སྨྲས། དེ་ཉིད་ཀྱིས་རྟ་མཆོག་མིག་སྨན་འཕུར་ཤེས་བྱ་བ་དེ་ལ

བཞོན་པར་བྱས། ལྷག་གིས་ལན་གསུམ་བྲབས་ཏེ་དཔུང་ཚོགས་ཀྱི་ཐོག་མའི་ཧུ་སྡེ་བྲངས་ཏེ་སྐར་མདའ་གཡོ་བ་བཞིན་དུ་རྗེས་སུ་བསྙེགས་ཏེ་སོང་སོང་བ་ལས། སྲིད་པ་གཞོན་ནུ་ཕྱིར་ལོག་གིས་བལྟས་པ་ན་ས་གཞི་རྡུལ་གྱིས་གང་ཞིང་ཏ་ཧྲིག་གི་སྒྲས་འཛིན་མ་ཛ་ལྟར་རྡུང་བཞིན་པར་དཔུང་དེ་དག་རྗེས་སུ་བསྙེགས་པ་མཐོང་ངོ་། །མཐོང་ནས་ཀྱང་བློ་འཁྲུག་ལ་འཕྲུངས་པར་གྱུར་ཏེ། མཛེས་མ་བྲན་འཁོར་དང་བཅས་པ་རྣམས་ལ་སྨྲས་པ། ཀྱེ་བཞིན་བཟང་དག་རང་ཅག་གིས་ཐབས་ལ་མཁས་པའི་གཡོ་སྒྱུའི་སྦྱོར་བ་འདུ་བྱས་ཏེ་སྣང་བ་འབུམ་ལྡན་གྱི་དཔུང་ཚོགས་དེ་དག་འཁྲུལ་ཞིང་མགོ་རྨོངས་པར་བྱས་ཟིན་ཀྱང་། ཀློང་ན་འབངས་ཁོལ་རྗེས་སུ་ལུས་པས་རང་རྟགས་ཇི་བཞིན་སྨྲས་པ་ཐལ། ད་ནི་དཔུང་ཚོགས་སྐར་མདའ་གཡོ་བ་ལྟར་མྱུར་མྱུར་བའི་ཤུགས་ཀྱིས་ཆས་པ་འདི་རྣམས་ལ་དོ་ཟླ་མེད་པར་བཞག་ཏུ་ནི་མི་རུང་། རྒོལ་བར་བྱེད་པ་ལ་རང་ཅག་དཔུང་ཉུང་ཙམ་ལས་མ་མཆིས་མོད། ཨོན་ཏང་འཛིགས་པ་དང་བག་འཁུམས་པར་མི་བྱ་བས་ཁོ་བོས་དཔུང་གི་ཁ་ལོ་བསྒྱུར་ཏེ་ལུས་སྲོག་རྡུལ་དུ་བརླགས་ཀྱང་བཟློད་པར་བྱས་ཏེ་གཡུལ་གྱི་ལས་ལ་ཞུགས་ནས་སྙིང་སྟོབས་བསྐྱེད་པར་གདོན་མི་ཟའོ། །དེའི་བར་དུ་ཡིད་འོང་མ་བྲན་འཁོར་འགའ་ཞིག་དང་བཅས་པ་སྲིད་པའི་རྒྱན་དུ་བརྟོལ་བའི་ཐབས་ལ་འབད་པར་བྱོལ་ཤིག་ཅེས་བསྒོས་ནས་ཚམ་ཚོམ་དང་བྲལ་བར་དཔུང་ཚོགས་སྟོང་སྡེའི་འཛིང་ཆེན་པོར་ཞུགས་པ་ནི་འདི་ལྟ་སྟེ། དཔེར་ན་གླང་པོའི་ཁྱུ་ཚོགས་བགྲང་གིས་མི་ལང་བ་སྟོབས་དང་ལྡན་པའི་དབུས་སུ་གདོང་ལྔའི་དབང་པོ་བག་ཡངས་སུ་རྒྱུ་བ་དང་མཚུངས་པར་ཆས་སོ། །དེར་གཞོན་ནུ་གཡོ་སྒྱུ་མཁན་དེ་སླར་བྱུང་ངོ་ཞེས་འཛིགས་ཤིང་། འདི་ནི་སུ་ཞིག་སྐམ་དུ་ཐེ་ཚོམ་པར་གྱུར་པ་ན་འབངས་ཁོལ་གྱིས་སྨྲས་པ། དགྲ་

སྡེའི་དབུས་སུ་དོམ་ལྟར་མཆོངས་པ་འདི་ནི་སྲིད་པའི་རྒྱན་གྱི་དཔའ་བོའི་ཕྱུལ་དུ་གྱུར་པ་ཞིག་ཡིན་ཏེ། འདི་ཉིད་ཅི་ནས་ཀྱང་གསོམ་པར་ནུས་ན་ཟླ་གྲོགས་གཞན་རྣམས་ནི་གྲོང་ཁྱེར་བའི་འབངས་ཕལ་པ་ཡིན་པས་གསོམ་དུ་སླའོ་ཞེས་བརྡ་སྤྲུར་ཏོ། །དེ་ནས་ཀློ་རྐོད་ཐར་ལེགས་དེས་རྟ་མིག་སྨན་འཕུར་ཤེས་བྱ་བ་དེའི་སྟེང་ནས་འཁྱིང་སྟབས་སུ་དཔའ་བ་དང་སྙིག་པའི་ཉམས་ལྡན་དུ་བྱས་ནས། སྣ་གོང་དུ་ཁྲོ་གཉེར་མང་དུ་བསྡུས་ཤིང་སྨིན་མ་འཁྱོག་པོར་བསྒྱུར། ལག་པས་རལ་གྲི་མཁའ་ལ་འཕྱར་བཞིན་པར་དྲེགས་པས་རྒྱས་པའི་ང་རོ་འདི་སྐད་ཅེས་བསྒྲགས་སོ། །

ཀྱེ་ཡང་ཚོ་གཞོན་ནུ་མེས་པོའི་ཀློ། །གཏིང་ཟབ་ཅིང་བརླིང་བས་མཐའ་མི་རྟོགས། །ལུས་སྟོབས་རྩལ་གྱི་ཁོ་ལག་ཡོངས་རྫོགས་པ། །ཁྱོད་དཔའ་བོའི་ཕྱུལ་བྱུང་ཡིན་ཞེས་ཐོས། །གཏམ་རྒྱན་གཡོ་སྒྲ་བས་གཞན་གྱི་མགོ། །རྨོངས་བྱེད་པ་དམ་པའི་ལུགས་ལས་འདས། །དེ་གཅིག་ཏུ་ཚིག་མཐའ་མི་བཙན་པས། །རང་འཕྱང་བྱེད་ཀྱི་ཀློ་གྲོས་ངན་པ་ཡིན། །སྲིད་སྣང་བ་འབུམ་ལྡན་རྒྱལ་པོའི་ཁབ། །སའི་བདག་པོ་ཟླ་བའི་ཀློ་གྲོས་ཀྱི། །སྲས་ལྷ་ལས་ཕྱུལ་དུ་བྱུང་བ་དེར། །ལས་འབྲེལ་པ་ལྡན་པའི་བཙུན་མོའི་མཆོག །ཡིད་འོང་མ་མངའ་གསོལ་དབང་བསྐུར་ཞེས། །སྔོན་འགྱུར་མེད་དམ་དུ་བཅས་པའི་མཐར། །ལས་འཁྱོག་པོའི་ལམ་ཞུགས་དབྱེ་བཅས་ཏེ། །དོན་སྟོར་ཤིང་གི་བྱེད་པོ་ཁྱོད་གཅིག་ཉིད། །ཀློ་དཔའ་བརྟུལ་གྱིས་བརླམས་པའི་གདེངས་མཆིས་ན། །བདག་ཟླ་བའི་ཀློ་གྲོས་མདུན་ས་ཆེར། །ཐན་ཐ་ཤལ་དུ་སྤྱོད་པའི་རིགས་ཡིན་ཀྱང་། །ལུས་སྟོབས་རྩལ་གྱི་རྣམ་གྲངས་གཡུལ་ངོ་འདི། །འགྲན་བྱས་ནས་ལུས་སྲོག་རྡུལ་ཕྲན་ལྟར། །བརླགས་བྱེད་དོ་མཐུ

རྩལ་དཔུང་སྐྱེད་ཅིག །

ཅེས་པའི་གད་རྒྱངས་མཐོན་པོར་སྒྲོག་ཅིང་རལ་གྲི་བཟེག་པར་གཟས་པ་ན་དེ་ལ་ཇཻ་མི་སླམ་ཞིང་ལུས་ཀྱི་བ་སྤུ་ཙམ་ཡང་མི་འགུལ་བར་ག་ཞ་དང་བཅས་ཏེ་ལན་སྨྲས་པ།

ཏ་ཏ་ཡ་མཚན་གཉིང་ནས་འཛུམ་མདངས་འཚེར། །སྟོང་སྡེའི་དཔུང་ཤེད་གདེངས་སྙེད་དཔའ་བའི་ཉམས། །དྲེགས་པའི་ང་རོ་འཕྱིན་ཞིང་མཆོན་རྣོན་གྱིས། །གཞོན་ནུ་ཉམ་ཆུང་བདག་ལ་བཟེག་ཏུ་གཟས། །དཔའ་བོ་གྲགས་འབར་སློ་ཁོད་མིང་ཆེན་ཁྱོད། །ངེས་པར་དགྲ་ཐབས་ལ་སྦྱོར་སེམས་མཆིས་ན། །འཛིག་པར་མི་ལྟ་དོ་ཟླ་ཆས་ཟིན་གྱིས། །དེ་རིང་ཁ་པོ་དོན་མཐུན་ལས་སྐྲབས་ཤིག །སྲིད་ཕུན་ཚོགས་ཡོངས་འདུ་སྲིད་པའི་རྒྱན། །མང་བཀུར་གྱི་རྒྱལ་ཁབ་ཆེན་པོ་དེར། །སའི་འགྱུར་འཛིགས་ཉི་མའི་སློ་གྲོས་ལ། །རིགས་མ་རྩད་གཞོན་ནུ་ཟླ་མེད་ཅེས། །གྲགས་དཀར་གྱི་བ་དན་རིང་བརྒྱངས་ནས། །ས་ཆེན་པོའི་ཁོར་ཡུག་རང་གིར་བཟུང་། །དེའི་དྲིན་གྱིས་ཡང་དག་བསྐྱངས་གྱུར་པ། །ལས་སྐལ་བར་ལྡན་པ་གུས་པ་དག །འོག་བཞོན་པ་ནོན་ཅིང་གོ་ཆ་ཐེག །ལག་མཆོན་ཆ་འཕེན་པར་ནུས་ཙམ་ཡིན། །ཁྱོད་ཙུར་པོ་ལ་འགྲན་པའི་སློ་ཡོད་ན། །མིག་རིག་རིག་ཅན་གྱི་མགོ་པོ་འབྲེག །ཕར་སོམ་པའི་འདེགས་འཛོག་གཅིག་འདོར་ན། །ལུས་དུམ་བུ་བརྒྱར་གཏུབས་ཕྱོགས་བཅུར་འཐོར། །ས་འདི་ཡང་གཤིན་རྗེའི་ཚལ་བཞིན་བྱེད། །དེ་བྲག་ཆ་ལྟ་བུའི་སྟོང་སྒྲ་མིན། །དོན་བདེན་པ་ཡིན་མིན་ཕྱི་རྗེས་གསལ། །དགྲ་སྟོང་སྡེའི་གཡུལ་ངོ་ཚམ་དུ་འབེབས། །གཏམ་ཁ་པོ་ཙན་གྱི་རང་མཚང་སྟོན། །ལག་མཆོན་ཆ་འབར་བའི་འཁྲུལ་འཁོར་གྱིས། །དེ་དོ་

ཟླར་ཚས་ཀུན་སྲོག་ལ་རྒོལ། །ངག་འོ་དོད་འབོད་པའི་སྲར་མ་རྣམས། །ཡིད་སྙིང་རྗེའི་ཡུལ་ཡིན་བཏང་སྙོམས་བྱ། །ད་འགྲན་པར་བཟོད་པའི་གདེང་མཚིས་ན། །ཟློ་ནེམ་ནུར་སྤྲངས་ཏེ་འདིར་ཚས་ཤིག །ཅེས་ཞེ་སྡང་གིས་སྨྲས་པའི་བཞིན་རས་ཁྲག་གིས་བྱུགས་པ་ལྟར་གྱུར་ཅིང་། དཔྲལ་བ་ནས་དཔྲལ་རྩ་གསུམ་བསྒྲེངས། ལག་པ་གཉིས་འདྲིལ་བཞིན་པར་ཧ་མཆོག་དྲག་པོར་བསྒྲོད་པའི་ཤུགས་དང་བཅས་ཏེ། རྒྱང་རིང་པོར་གནས་པ་རྣམས་ལ་ནི་གནམ་ཏུ་རྣ་བའི་བར་དུ་བཀང་སྐྱེ་མདའ་པོ་ཆེའི་ལས་ལ་སྤྱུར། ཉེར་བར་འོངས་པ་རྣམས་ལ་ནི་རལ་གྲི་ཨིནྡྲ་ནཱི་ལའི་ཞགས་ཐག་བརྒྱང་བ་ལྟ་བུའི་འཕྲུལ་འཁོར་མངོན་པར་འདུ་བྱས་ཏེ་སྟོང་སྡེའི་དཔུང་ཚོགས་ཀྱི་དབུས་སུ་ཚམ་ཚོམ་མེད་པར་རྒོལ་ལ་ཞུགས་པ་ན། དཔེར་ན་ཉི་མའི་དཀྱིལ་འཁོར་གཅིག་ཉིད་ཤར་བས་རྒྱུ་སྐར་གྲངས་མང་འོད་སྣང་འཕྲིན་པའི་མཐུ་མེད་པ་ལྟར་སྣང་བ་འབུམ་ལྡན་གྱི་དཔུང་ཚོགས་དེ་དག་གིས་འགྲན་པར་མ་བཟོད་དེ། ལ་ལ་ནི་མགོ་བོ་ཁོན་གཅིས་པར་འཇིན་པས་སྦྲར་མོས་འགེབས་བཞིན་པར་སོ་སོའི་ཡུལ་དུ་གདོང་ཕྱོགས་པར་གྱུར། ལ་ལ་ནི་བདག་ཅག་སྙིང་རྗེའི་ཡུལ་དུ་གྱུར་པ་ཡིན་ན་མི་འཇིགས་པའི་སྐྱབས་སྦྱིན་འོས་སོ་ཞེས་ཕྱག་གིས་བཏུད། ཁ་ཅིག་ནི་འདར་ཞིང་ཁུམ་ལ་ཆེས་ཆེར་སྐྲག་པས་ཅི་བྱ་གཏོལ་མེད་ཀྱི་ལམ་དུ་ལུས། འགའ་ཞིག་ནི་ཡན་ལག་དང་ཉིང་ལག་ལ་སོགས་པ་མཚོན་གྱིས་རྨས་ཏེ་གདོང་པ་ཁྲག་གིས་གཤེར་ཞིང་གོམ་པ་འཁྱོར་བ། འདུ་ཤེས་ཉམས་པས་དགྲ་གཉེན་གྱི་གོ་སྐབས་ཀྱང་མི་ཕྱེད་པར་གྱུར། གཞན་དག་ནི་རྒྱལ་ངན་ཟླ་བའི་བློ་གྲོས་དེས་རིགས་པ་དང་མི་རིགས་པ་དཔྱོད་པའི་མཐུ་མེད་པར་གྱུ་ཚོམ་གྱི་ལས་ལ་ཞུགས་ཏེ། བདག་ཅག་ལ་འདི་ལྟ་བུའི་སྡུག་བསྔལ་གྱི་ཚོར་བ་ཉམས་སུ་མྱོང་

བར་བྱས་སོ་ཞེས་སྨྲེ་ངག་གི་སྒྲ་ངན་ཕྱོགས་ཀྱི་འཁོར་ལོ་རྫོགས་པར་སྒྲོགས་པ་དེའི་ཚེ་གློ་རྒོད་ཐར་ལེགས་ཞེས་དཔའ་བརྟུལ་གྱིས་བསྐེམས་ཤིང་ཁ་པོ་སྨྲ་བ་པོ་དེ་ཡང་སྙིང་ལྷག་པར་ཞུམ་ནས་སྲིད་པ་གཞོན་ནུའི་ཉེ་བའི་ཆར་ཡང་འོང་མ་བཟོད་པར་རྒྱང་རིང་དུ་འཕྱུར་ཏེ་གནས་སོ། །དེ་ལྟར་དཔའ་བོ་སྲིད་པ་གཞོན་ནུས་ངལ་བ་ལ་མ་ལྟོས་པར་བརྩོན་པ་ཆེན་པོས་གཡུལ་བསྒྲེ་བའི་ལས་ལ་མཆོག་ཏུ་སྤྲོ་བར་ཞུགས་ནས་དཔུང་དེ་དག་ལྷག་པར་ཕམ་ཞིང་འཕམ་ངེས་པར་ཉེ་བའི་མཐར་རལ་གྲི་ལས་ལ་ཏ་ཙང་བཀོལ་ཆེས་པས་ནམ་ཞིག་ན་དུམ་བུར་གྱུར་ཏེ་མཚོན་ཆ་དང་བྲལ། བཙོན་པ་རྟ་མཆོག་གི་བང་ནི་ཟད། གཞོན་ནུ་རང་ཡང་ན་ཚོད་ཕྲ་བས་ལུས་དུབ་སྐྱེ་ཙུང་ཟད་ངལ་འཚོ་བར་བྱེད་པའི་ཚེ། འབངས་ཁོལ་ཉེ་བའི་གམ་ནས་ཡོང་བ་མཐོང་སྟེ་གྲོགས་བྱེད་དུ་རེ་བས། བདག་ལ་རལ་གྲི་བརྙར་བར་འཚལ། །དགྲ་དཔུང་འདི་དག་གཞོམ་པ་སླ། །གང་ཁྱོད་འཇིགས་པར་མི་བྱ་སྟེ། །ཁོ་བོའི་ལག་རྩེར་གནས་ལགས་སོ། །རེ་ཞིག་ཁོ་བོ་ཙུང་ངལ་འཚོ་བས་དེའི་བར་དུ་ཁྱོད་ཀྱིས་བག་ཟོན་དང་ལྡན་པའི་མེལ་ཚེ་བ་གྱིས་ཤིག་ཅེས་བསྒོ་བས། འབངས་ཁོལ་གློ་གྲོས་ལོག་པའི་གདོན་གྱིས་ཟིན་ཏེ། ད་ནི་གླགས་རྙེད་པར་གྱུར་ཏོ་སྙམ་ནས་སྨྲས་པ། གཞོན་ནུ་མཐུ་སྟོབས་བསྐྱེད་ཅིག་རལ་གྲི་སླར་བྱིན་ཡོང་ཡོད་ཀྱི། དགྲ་སྡེའི་གམ་ན་བག་ཕབ་སྐྱེ་འདུག་པར་མི་རིགས་པས་ཁོ་བོས་མེལ་ཚེ་བར་འགྲོ་བས། དེའི་བར་ལ་ངལ་འཚོ་བར་གྱིས་ཤིག་ཅེས་སྨྲས་པས། གཞོན་ནུ་དོགས་པ་མེད་པར་གནས་སོ། །

དེའི་ཚེ་འབངས་ཁོལ་གྱིས་གློ་རྒོད་ཐར་ལེགས་དང་དཔུང་ཚོགས་སྟོང་སྡེའི་ལྷག་མར་གྱུར་པ་རྣམས་ཀྱི་གམ་དུ་སོང་ནས་སྨྲས་པ། བཞིན་བཟང་དག་

གོ་བར་གྱིས་ཤིག དཔའ་བོ་སྲིད་པ་གཞོན་ནུ་དགྲ་ལ་བརྡེག་པའི་མཚོན་ཆ་ནི་མེད། བཞོན་པའི་བང་ནི་ཟད། གཞོན་ནུ་རང་ཡང་ངལ་ཞིང་དུབ་སྟེ་ངལ་འཚོ་བའི་སྐབས་སུ་ཡོད་ཀྱི། ད་ནི་ཁྱེད་ཅག་གིས་མཐུ་དཔུང་བསྐྱེད་དེ་རྩོལ་བར་རིགས་སོ། །དེ་དག་གིས་སྨྲས་པ། ཀྱེ་སྨོན་པོ་བདག་ཅག་གིས་སྔོན་ཆད་དཔའ་བོ་དེའི་དོ་ཟླར་བྱས་པས་འདི་ལྟར་ཉམས་ཉེས་པས་འགྱོད་དོ། །ད་ནི་དེས་ཆོག་གི་སྲོག་འཚོའོ། །དེས་སྨྲས་པ། ཁྱོད་ཅག་བུད་མེད་ལས་ཀྱང་དམན་པ་ཞིག་སྟེ། ཡན་ལག་ཉམས་སམ། དོན་སྙིང་མེད་པ། དཔའ་བོ་དེ་ལ་རྩོལ་བར་བྱེད་པའི་དུས་ནི་འདི་ཡིན་གྱི། ཕྱིན་ཆད་ཁྱོད་ཅག་ཅི་ནས་ཀྱང་གཞོམ་པར་ངེས་སོ། །དེང་འདིར་མཐུ་དཔུང་སྐྱེད་ཅིག ཁོ་བོས་ཚོད་རིག་གོ། །ཞེས་སྨྲས་པས། བདེན་པར་ཤེས་ནས་དེའི་རྗེས་སུ་ཞུགས་ཏེ་རྩོལ་བར་ཆས་པ་ན། ཡང་འབངས་ཁོལ་གྱིས་རིངས་པར་སྔོན་དུ་ཕྱིན་ནས་སྲིད་པ་གཞོན་ནུ་ལ་སྨྲས་པ། ཀྱེ་གཞོན་ནུ་སྙིང་ལས་ཆུང་ངུར་གྱིས་ཤིག ཁོ་བོས་མེལ་ཚེ་བར་དོང་ནས་ལེགས་པར་རྟོགས་པ་དང་། དཔྱོད་པར་བྱས་པ་ལས་གློ་རྐོད་ཐར་ལེགས་དཔུང་གི་ལྷག་མ་ཉུང་ཟད་དང་བཅས་ནི་གདོང་པ་དམད། ཐུག་པ་སློད། འགྱོད་ཅིང་སྐྱེངས་བཞིན་དུ་ཕྱིར་ལྡོག་པར་བྱས་ཟིན་གྱི། ད་ནི་ཉེར་འཚེ་དང་བྲལ་བས་བདག་བསྐྱངས་ཏེ་ཅི་བདེ་བར་འདུག་ཅིག་དཔུང་གྲོགས་གཞན་རྣམས་ཀྱིས་ཀྱང་དེ་བཞིན་དུ་གོ་བར་གྱིས་ཤིག ཅེས་བསྒོ་བས་ཐམས་ཅད་བདུད་ཀྱི་སླུབས་ཆེན་པོས་ནོན་པས་ཚིག་དེ་བདེན་པར་བཟུང་ནས་དེའི་ནུབ་མོ་སྲིད་པ་གཞོན་ནུ་དཔུང་གྲོགས་དང་བཅས་པའི་བཞོན་པ་རྣམས་ཟས་ལ་བཀྲམ། དོགས་པ་མེད་པ་ཁོ་ནར་རང་རང་གི་གནས་སུ་བག་ཕབ་སྟེ་འདུག་གོ། །དེའི་ཚེ་མཚན་གྱི་ཐུན་ཐ་མ་ཐོ་རིངས་ཀྱི་ཆ་ལ་འབངས་ཁོལ་གྱིས་ཁ་ཡོ་པ་

བྱས་ཏེ་བློ་རྒོད་ཐར་ལེགས་དཔྱད་དང་བཅས་པ་ཉེ་བར་ལྷགས་ནས། དཔའ་བོ་སྲིད་པ་གཞོན་ནུ་དོགས་པ་བཅོམ་པ་བག་ཡངས་སུ་གནས་པ་དེའི་ཡན་ལག་དང་ཉིང་ལག་ལ་སོགས་པ་ནས་སྐྱེ་བོ་མང་པོས་སྟོབས་བསྐྱེད་དེ་བཟུང་བ་ན། སྲོག་ཆགས་སྤྲ་མོ་གྲོག་མའི་ཚོགས་འདུས་པས་སེང་གེའི་སྤྲ་གུ་ཉམས་ཉེས་པར་བྱས་པ་བཞིན་མཐུ་རྩལ་དང་བྲལ་བར་གྱུར་ཅིང་། དཔྱད་གྲོགས་གཞན་རྣམས་ནི་ཕྱོགས་ཀུན་ཏུ་བྱེར་པར་གྱུར་ཏོ། །དེའི་ཚེ་ཡིད་འོང་མ་འཁོར་བཅས་ནི་གཞོན་ནུ་དེ་ཉིད་ཡལ་བར་དོར་ནས་ཅི་བདེར་འགྲོ་བ་ནི་བློས་མ་བཟོད། གཡུལ་ངོར་ཞུགས་ཏེ་རྒོལ་བར་བྱེད་པའི་མཐུ་རྩལ་ནི་མེད། ལས་ཀྱི་མཐའ་སྐྱུག་པ་ལས་ཐབས་གཞན་མ་རྙེད་ནས་ལམ་གྱི་གཞིར་དོང་ཞིག་ན་བློ་འཁྲུག་ལ་འཁྱུང་བཞིན་པར་གནས་པ་ན། བློ་རྒོད་ཐར་ལེགས་དཔྱད་བཅས་ཀྱིས་རྗེས་སུ་བསླེགས་ཏེ་ཡིད་འོང་མ་དེ་ཡང་རླུང་གི་ཤུགས་དྲག་པོས་བདས་པའི་མེ་ཏོག་ཙམ་པ་ཀ་ཧི་འདྲ་བ་དེ་ལྟར་དུ་རང་དབང་བྲལ་བར་དབང་དུ་བྱས་ཏེ། ཐམས་ཅད་ཀྱི་རེ་བ་དོན་དང་ལྡན་པར་གྱུར་ཏོ་ཞེས་དགའ་མགུ་ཡིད་རངས་ནས་སྣང་བ་འབུམ་ལྡན་གྱི་ཕྱོགས་སུ་མགྱོགས་འགྲོའི་ཁ་ལོ་བསྐྱོད་དོ། །

འཇིགས་མེད་སྙིང་སྟོབས་བཙན་པོའི་གོ་ཆ་བགོས། །དཔའ་ཞིང་བརྟུལ་ཕོད་དཔྱད་པ་གཏུམ་པོ་ཅན། །དགྲ་ཐབས་ལས་ལ་བྱུང་བའི་མཚོན་རྣོན་པོ། །འཛིན་མཁས་དཔའ་བོའི་བརྟུལ་ཞུགས་རྫོགས་གྱུར་པ། །དེ་ནི་ལང་ཀའི་བདག་པོ་མགྲིན་བཅུ་ཡང་། །བྱིན་ཤ་འདར་བའི་ལས་ལ་འགོད་བྱེད་ན། །སྙེམས་ལྡན་སྐྱེ་བོ་གཞན་གྱི་མཐུ་རྩལ་གྱིས། །དོ་ཟླར་མི་བཟོད་དངོས་པོའི་གཤིས་ལུགས་ཡིན། །སྟོབས་ལྡན་གཉིས་འཐུང་དབང་པོའི་ཁྲུ་

ཡོངས་པ། །སྡོང་ཕྲག་དཔུང་གི་སྦྱོར་བ་བཤམས་བྱས་ཀྱང་། །འཇིགས་བྲལ་མི་ཡི་སེང་གེ་གཅིག་པུ་དེས། །མཁའ་ལ་ཐན་སྤྲིན་གཏོར་བ་ལྟ་བུར་བཅོམ། །དེ་ལྟ་ན་ཡང་རང་རང་ལས་ཀྱི་མཐུ། །དཀར་མིན་གནག་པོའི་འབྲས་བུ་བདོ་གྱུར་པ། །དུས་ལ་བབས་ན་ཅིས་ཀྱང་ལྡོག་དཀའ་བཞི། །ངེས་པ་འདི་ལ་སུས་ཀྱང་འགོང་མི་ནུས། །དེ་ཕྱིར་གདོང་ལྔའི་དབང་པོར་ཕྱི་རོལ་གྱི། །ཕྱོགས་ཚགས་གནོད་པས་བཟློ་བ་མི་ནུས་ཀྱང་། །ནང་གི་སྲིན་བུས་ཉམས་པར་བྱེད་པ་བཞིན། །བློ་ངན་འབངས་ཁོལ་གཡོ་སྒྱུའི་སྦྱོར་བས་བསླུས། །རེ་ཞིག་གང་བརྩམས་ལས་ཀྱི་བྱ་བའི་མཐའ། །ལོག་པའི་ལམ་དུ་འཁྱིད་པ་ལྟར་སྣང་ཡང་། །སྒྲ་གཅན་རིག་པས་གཅེས་པའི་རི་བོང་འཛིན། །གེགས་མེད་མྱུར་དུ་གྲོལ་བའི་གོ་སྐབས་ཡོད། །

20. ཡིད་འོང་མ་འཁྱུད་གདུང་གིས་ནོན་ཏེ་རང་སྲོག་སྐྱེབས་པར་བརྩམས་པ་ན་དཔའ་བོ་སྲིད་པ་གཞོན་ནུས་ཐུགས་ངལ་སྐྱངས་པར་བྱས་པའི་སྐོར།

དེའི་ཚེ་ཡིད་འོང་མ་ནི་འཁྱུད་ཅིང་གདུང་བའི་ཁུར་གྱིས་ནོན་ཏེ་འདི་སྙམ་དུ་བསམས་པ། ཀྱི་མ་འཁོར་བ་འདི་ནི་སྡུག་བསྔལ་གྱི་འཁོར་ལོ། སྡུག་བསྔལ་གྱི་ཡོ་ལང་། སྲིད་པའི་ཕུན་ཚོགས་ཐམས་ཅད་མེ་འབར་བའི་གླུངས་དང་མཚུངས་པ། བདེ་བར་སྤྱོད་པའི་གོ་སྐབས་དང་བྲལ་བ་ཡིན་མོད་ཀྱང་། མ་རིག་པའི་ལིང་ཏོག་སྟུག་པོས་བསྒྲིབས་ཏེ། ལས་འབྲས་དང་། དེ་ཁོ་ན་ཉིད་ལ་རྨོངས་པའི་མདུན་པས་བཟུང་བས་སྡུག་བསྔལ་ལ་བདེ་བར་རློམ་པའི་དངོས་ཞེན་ཡ་འཐས་ཀྱིས་སྐྱེ་བའི་ཕྲེང་རབས་ཀུན་ཏུ་བསླུས། དེའི་ཚུལ་རིག

པས་འཁོར་བ་མཐའ་ཅན་དུ་བྱེད་པའི་སྙིང་པོའི་དོན་ལ་བརྩོན་པ་ཞིག་བྱ་བར་འོས་པ་ལས། དེ་ལས་ནི་རྒྱབ་ཀྱིས་ཕྱོགས། ཡང་ན་ཚད་མེད་པའི་དྲིན་ཆེན་པོས་བསྐྱངས་པ་ཕ་མས་ཇི་ལྟར་བསྒོ་བ་འཁུར་དུ་བཟོད་པར་བྱས་ཏེ་དྲིན་གཟོ་བའི་ལས་ཐབས་ལ་གཞོལ་བར་འོས་པ་ལས་དེ་ཡང་ཕྱིན་ཅི་ལོག་ཏུ་གྱུར། གལ་ཏེ་ཡབ་ཡུམ་གྱི་བཀའ་ལས་རེ་ཞིག་འདས་ཀྱང་སླར་དྲིན་དུ་གཟོ་བར་རུང་སྙམ་ནས་ཆོས་བཞིན་སྤྱོད་པའི་རྒྱལ་བུ་གཞོན་ནུའི་མདུན་སར་སྐལ་བ་བཟང་པོའི་བགོ་སྐལ་ཐོབ་ཏུ་རེ་བ་དེ་ཡང་ནི་འདོད་པའི་མེ་ཏོག་མི་འདོད་པའི་བ་མོས་བཅོམ། ད་ནི་ཇི་ལྟ་བུའི་ལས་ཐབས་ལ་ཞུགས་ཀྱང་ཚེ་རབས་སྔོན་མའི་ལས་དབང་ལོག་ཏུ་མེད་པའི་སྐྱེ་བ་དམན་པའི་ལུས་བླངས་པ་འདིའི་རྐྱེན་གྱིས་རང་གཞན་གྱི་ལུས་ཅན་ཇི་སྙེད་པ་བདེ་བ་དང་བྲལ་བའི་སྡུག་བསྔལ་འཁོན་རྩོད་ཀྱི་གཞི་ལ་སྦྱོར་བ་དང་། ཁྱད་པར་ཡབ་ཡུམ་གྱི་ཐུགས་ལ་བདེ་བ་འགོག་པར་བྱེད་པའི་ལུས་འདི་ངེས་པར་ཤི་བ་སླའོ་སྙམ་དུ་བསམས་ནས་མཆི་མའི་ཆབ་རྒྱུན་ཕང་པར་འཁྲིལ་བ་ལ་བཞིན་རས་ལྷ་བའི་སྟོད་ལྷ་བུར་གྱུར་ནས་ཚེ་ངེ་གསང་པོར་བརྗོད་པར།

ཀྱེ་མ་འཁོར་བ་སྒྱུ་མའི་རོལ་རྩེད་ཀྱི་ཟློས་གར། །མི་བརྟན་གཡོ་བའི་རང་བཞིན་སྙིང་པོ་ཡིས་དབེན་པ། །སྐྱེ་མཐར་འཆི་དང་བསགས་པའི་ཐ་མ་ནི་འཛད་མོད། །འདུས་པའི་ཐ་མ་འབྲལ་བ་ཆོས་ཉིད་དུ་མཆིས་ཀྱང་། །བརྩེ་ཆེན་ཡབ་ཡུམ་ཐུགས་རྗེའི་གྲིབ་བསིལ་ལ་སྤྱོད་པའི། །སྐལ་བཟང་ཉམས་སུ་མྱོང་བའི་བདེ་སྐྱིད་དང་ལྡན་ཀྱང་། །སྔོན་བསགས་ལས་ངན་འབྲས་བུས་དུས་མཚོད་འདིར་བསླུས་བྱུང་། །འཇིག་རྟེན་གནས་པའི་བྱ་བ་ཚུ་ཀླུ་ལྟར་གཡོ་ཞིང་། །འདོད་པའི་སྤྲུལ་གདུག་གདེངས་ཀའི་གྲིབ་མ་ལྟར་སྣང་ངོ་། །

ཁམས་གསུམ་འཁོར་བའི་རྒྱ་མཚོ་སྡུག་བསྔལ་གྱི་རླབས་ཅན། །བདེ་བའི་གོ་སྐབས་བྲལ་བའི་ལས་མཐའ་ཞིག་རྟོགས་བྱུང་། །གསོལ་བཏབ་བསླུ་བ་མེད་པའི་ལྷ་དང་དྲང་སྲོང་རིག་འཛིན། །ཐར་ལམ་གསལ་བར་སྟོན་མཛད་མཆོག་གི་བླ་མ་དམ་པ། །སྙིང་ནས་མི་ཕྱེད་གུས་པས་གསོལ་བ་བཏབ་པའི་འབྲས་བུ། །ཇི་བཞིན་སྨིན་པར་ཤོག་ཅིག་དམན་པ་བུད་མེད་ལུས་འདི། །ངན་སོང་དུཿཁ་སྒྲུབ་པའི་གཞི་རྟེན་དུ་གྱུར་ནས། །གཅེས་འཛིན་བྲལ་ལོ་ངེས་པར་སྤང་བ་རུ་བྱས་ཏེ། །གནས་སྐབས་གཞན་དུ་བླ་མེད་བྱང་ཆུབ་ཉིད་སྒྲུབ་པའི། །ཆོས་ལྡན་ལུས་རྟེན་ཐོབ་པའི་བྱིན་རླབས་མཐུ་དཔུང་སྐྱེད་ཅིག །

ཅེས་ཡོགས་ན་གྲི་གུ་སོར་བཞི་པ་རིན་པོ་ཆེའི་ཡུ་བ་ཅན་ཞིག་ཡོད་པ་དེ་བཏོན་ནས་རང་གིས་རང་ལ་བརྡེག་ཏུ་གཟས་པ་ན་གཞན་རྣམས་ཀྱིས་བཟུང་ནས་ཟློག་པར་བྱས་སོ། །ཚིག་དེ་དང་རྣམ་འགྱུར་དེ་ནི་སྲིད་པ་གཞོན་ནུ་ཁྲིམས་ཀྱི་ཆས་སུ་ཞུགས་པའི་ལུས་ཅན་དེས་མཐོང་ནས་འཇིགས་མེད་དཔའ་བོའི་གད་རྒྱངས་འདི་སྐད་ཅེས་བསྒྲགས་སོ། །

ཀྱཻ་མཛེས་སྡུག་ཡིད་འོང་མ། །བདག་ཅག་རིང་ནས་དོན་གཉེར་བའི། །རེ་འབྲས་ཕུན་ཚོགས་མི་རྟོག་ནི། །བར་དུ་གཅོད་པའི་སེར་བས་བཅོམ། །བདག་ནི་དཔའ་བས་དྲེགས་མིན་ཀྱང་། །རང་སྟོབས་བསྐྱེད་པས་ཕ་རོལ་དཔུང་། །རེ་ཞིག་མིང་གིས་མཐར་བྱས་ཀྱང་། །འབངས་ཁོལ་གྲོགས་སུ་རེ་བ་ལས། །ངན་གཡོ་ཅན་དེས་བསླུས་པའི་མཐར། །བདག་ཅག་མཐུ་རྩལ་བྲལ་གྱུར་ཀྱང་། །སྲིད་པ་ཀུན་ན་ཟླ་མེད་སཱ་ཡི་བདག །རིག་པཱ་རྩལ་རྒྱ་མཚོའི་བདག་ཉིད་ཆེ། །དྲག་པོའི་ལས་ལ་ཞུགས་ཚེ་གཤིན་རྗེ་ཡང་། །བྱིན་ཤ་འདར་ན་དྲེགས་ལྡན་གཞན་དག་གིས། །ཆ་ཙམ་འགྲན་

པར་བཟོད་པའི་སྐབས་ཡོད་དམ། །དེ་སྐད་བདག་ཅག་མགོན་དང་བཅས་པ་སྟེ། །དཔའ་ཞིང་དཀྱིལ་ཆེ་མཐའ་ཡས་ཡོན་ཏན་གཏེར། །རྒྱལ་བུ་གཞོན་ནུ་ཟླ་མེད་ཐམས་ཅད་དགའ། །ཞེས་བསྔགས་སྙན་པའི་བ་དན་ས་གསུམ་ན། །སྒྲེང་བའི་ཕུན་ཚོགས་དཔལ་གྱི་མདུན་ས་ཆེར། །ཐ་ཤལ་ཁོ་བོས་བགྱིས་པའི་མདུན་ན་འདོན། །འཛིགས་རུང་འབུམ་ཕྲག་དོ་ཟླ་གཅིག་པ་དང་། །བློ་གྲོས་མཆོག་ཏུ་གསལ་བ་ལ་སོགས་པ། །བརྒྱ་བྱིན་ཉེ་དབང་འཁོར་གྱིས་མཛེས་པ་ལྟར། །བགྲང་བ་ལས་འདས་དཔའ་ཞིང་བརྟུལ་ཕོད་པས། །བདག་ཅག་ཉམས་ཉེས་གྱུར་པའི་སྣང་ཚུལ་འདི། །བཟོད་པར་མི་ནུས་འཁོན་ལན་ལེན་ངེས་པས། །མཁའ་ཡི་ཟླ་བ་སྲིད་གསུམ་རྣམ་རྒྱལ་གྱིས། །བཟུང་ཡང་རིང་མིན་གྲོལ་བ་ཆོས་ཉིད་དུ། །སྔོན་རབས་གྲགས་པ་དོན་མཐུན་མིག་ལམ་གྱུར། །དེ་ཕྱིར་རྒྱལ་རིགས་དམ་པའི་སྨུ་གུ་མཆོག །གཅེས་པའི་སྲོག་འདོར་རྒྱུ་དག་ཅི་ཞིག་ཡོད། །བདག་ཅག་མགོན་སྐྱབས་དཔུང་གཉེན་བྲལ་བ་ཡི། །ཆོམ་རྐུན་ཐག་པ་ལྟ་བུའི་སྐྱེས་བུ་མིན། །ཚིག་ཅམ་མ་ལགས་ཐུགས་ངལ་སྐྱུངས་བར་འཚལ། །

ཞེས་སྨྲས་པས། ཡིད་འོང་མ་ནི་ཅུང་ཟད་ཡིད་ཀྱི་ངལ་གསོ་ཐོབ་ཅིང་། ཀློ་རྐོད་ཐར་ལེགས་ལ་སོགས་པ་དེ་དག་ནི་འདི་སྙམ་དུ་བསམས་པ། སྲིད་པའི་རྒྱན་གྱི་རྒྱལ་བློན་མཐུ་སྟོབས་ཀྱི་བདག་ཉིད་ཅན་ནོ་ཞེས་སྙན་པའི་གྲགས་པ་རིང་མོ་ཞིག་ནས་རྣ་བར་ཞུངས་ཤིང་། སྲིད་པ་གཞོན་ནུ་ནར་མ་སོན་པ་འདི་གཅིག་པུའི་སྙིང་སྟོབས་ཀྱི་དོ་ཟླ་ཡང་མི་སྲིབས་ན། གཞན་རྣམས་ལ་ལྟ་ཅི་སྨོས། དེས་ན་མ་འོངས་པའི་བག་ཟོན་ཞིག་ཅི་ནས་ཀྱང་བྱ་དགོས་སྙམ། འབངས་ཁོལ་ནི་གཏམ་དེ་དག་ངེས་པར་བདེན་དུ་ཡོད་དེ་བདག་ཉིད་ཀྱི་ཡིད་ནི་གདོན་

གྱིས་བརླམས་པས་ལོག་པའི་ལམ་དུ་ཞུགས་ཟེར། མཐར་ནི་རྗེ་བློན་མཐུ་སྟོབས་ཀྱི་བདག་ཉིད་ཅན་དེ་རྣམས་ཀྱི་དོ་ཟླ་སུ་ཞིག་གིས་སྤྱོབས་སླམ་དུ་སེམས་ཁོང་དུ་ཆུད་ཅིང་གནས་སོ། །དེ་ནས་སྲིད་པ་གཞོན་ནུ་ལའང་ཟབ་སློམ་གྱི་གཡོས་བསོད་པ་དང་བཟང་བ་ལེགས་པར་བསྐྱབས་ཤིང་ཁྲིམས་ཀྱི་ཉེས་པ་མེད་པར་བྱས་ཏེ་ལྷན་ཅིག་ཏུ་ཅི་བདེར་རྒྱུ་བར་བྱེད་དོ། །

འཇིག་རྟེན་དག་ན་བློ་གྲོས་མཆོག་ལྡན་པའི། །དཀྲ་བོ་ཡིན་ཀྱང་བསྒུགས་པར་འོས་པ་སྟེ། །མཛའ་བཤེས་སྙིངས་པས་ཀུན་ཏུ་དཀྲིགས་རྣམས་ནི། །གྲིབ་བསིལ་མེད་པའི་ཤིང་བཞིན་བཏང་བའི་རིགས། །དང་པོར་བྱ་བ་ལས་ཀྱི་འཁོར་ལོ་ལ། །འཇུག་ཚེ་རྟོག་ཅིང་དཔྱོད་པར་མ་ནུས་པའི། །གྱི་ཚོམ་ལས་ལ་ཞུགས་མཐར་འགྱོད་པའི་མེས། །གདུངས་ཀྱང་དེ་ཚེ་བཟློག་པར་ནུས་མ་ཡིན། །དེ་སྐད་སྲིད་པ་གཞོན་ནུའི་སྙིང་སྟོབས་ཀྱི། །འཇུག་པ་གཞན་ལས་ཕུལ་བྱུང་དཔའ་བརྟུལ་གྱིས། །བསྙེམས་པའི་ང་རོ་དང་པོར་བསྒྲགས་ཙམ་ན། །བློ་ངན་འབངས་ཁོལ་སྙིང་ལ་ཟུག་རྔུ་འབྱིན། །

21. རྒྱལ་པོ་ཟླ་བའི་བློ་གྲོས་ཀྱིས་བློ་རྩོད་ཐར་ལེགས་དེ་ཉིད་མདུན་ན་འདོན་རྣམས་ཀྱི་གཙོ་བོར་གཟེངས་སུ་བསྟོད་ཅིང་ཕྱུལ་འཁོར་ཆེན་པོ་ཞིག་གི་རྗེ་བོར་བསྐོས་པའི་སྐོར།

དེ་ནས་ཡིད་འོང་མ་འཁོར་བཅས་རིམ་གྱིས་ཤུལ་ལམ་དུ་ཞུགས་ཏེ་སོང་སོང་བ་ལས་སྔང་བ་འབུམ་ལྡན་དུ་མི་རིང་བར་འགྱུར་བར་གྱུར་ཏོ་ཞེས་པའི་བྱ་མ་ཧ་མངགས་ཏེ་རྒྱལ་པོ་ཟླ་བའི་བློ་གྲོས་ཀྱི་མདུན་སར་བརྗོལ་བ་ལས། དེས་ཀྱང་གཏམ་སྙན་པ་བདུད་རྩི་ལྟར་རོ་མྱང་བར་འོས་པས། དོན་གྱི་སྙིང་པོ་ཅན་

ལེགས་པར་བཤད་པ་ན་རྒྱལ་བློན་མཐའ་དག་ཡིད་ཀྱི་རེ་བ་འབྲས་བུས་གང་བར་གྱུར་ཏེ་བག་མའི་དགའ་སྟོན་གྱི་ཚོགས་ཉམས་སུ་བསྟར་བའི་ཉེར་བསྡོགས་ལ་བརྩོན་པར་ཞུགས་ཤིང་བསུ་བའི་བཀོད་པ་རྒྱ་ཆེན་པོ་ཡང་རིམ་པར་མངགས་སོ། །དེ་ནས་གྲོང་ཁྱེར་གྱི་གཞི་མདོ་རྣམས་སུ་ཕུལ་དུ་བྱུང་བའི་འཚོར་སྣེག་ཅན་རྒྱན་གོས་ཀྱི་ཁྱད་པར་རྨད་དུ་བྱུང་བས་བསྒྲུབས་པའི་སྐྱེས་ཕྲན་དང་། གཞོན་ནུ་མ་ལ་སོགས་པ་གླུ་གར་རྩེད་འཇོའི་བྱེ་བྲག་སྣ་ཚོགས་པ་རོལ་བས་མདུན་བསྐོར་ཞིང་ཀུན་ཀྱང་པད་མའི་ཚལ་ཆེན་པོ་ལ་སྤྲང་རྩེ་དོན་དུ་གཉེར་བའི་བུང་བའི་ཚོགས་འདུས་པ་ལྟར། སྐྱེ་བོ་ཕོ་མོ་བགྲང་དུ་མེད་པས་ས་གཞི་བར་མཚམས་མེད་པར་གང་བ་དེ་དག་ནི་ཡིད་འོང་མའི་མཛེས་སྡུག་གིས་ཁྱབ་པར་གཞན་ལས་ཕུལ་དུ་བྱུང་བའི་དགེ་མཚན་ལ་དམིགས་ཤིང་། ཡིད་ནི་བརྟན་པ་འཕྲོག་པའི་གཏམ་ཅི་དང་ཅི་ཡང་གླེང་ངོ་། །

གང་ཞིག་འདོད་པའི་ཁམས་ལ་ལོངས་སྤྱོད་སྐྱེ་རྒུ་རྣམས། །འདོད་ཡོན་ཕུན་ཚོགས་དཔལ་གྱི་རོ་ལ་རྗེས་ཆགས་ཤིང་། །ཁྱད་པར་ནུ་ལྡན་ལང་ཚོའི་རེག་བྱ་ལས་བྱུང་བའི། །མངོན་འདོད་རྩེ་དགའ་གསར་པའི་དཔྱིད་ལ་མི་ཆགས་སུ། །དེ་སྐད་སྨྲེད་པའི་མཛེས་སྡུག་མཐའ་དག་གཅིག་བསྡུས་ཀྱང་། །མཚོན་པར་མི་ནུས་ལྷ་བས་ཆོག་ཤེས་བྲལ་གྱུར་པ། །སྙིག་འཆང་བྱེ་བ་ཕྲག་བརྒྱའི་དཔལ་གྱིས་རོལ་པ་མོ། །མཐོང་ན་མི་མཐུན་མེད་པའི་དགེ་མཚན་མངོན་སུམ་གྱུར། །ཅི་འདི་དྲི་ཟའི་རིགས་ཀྱི་ཐིག་ལེར་བལྟམས་པའམ། །ཡང་ན་ས་ཡི་ལྷ་མོ་མངོན་སུམ་རྒྱུ་བ་བཞིན། །འདི་ཡི་མཛེས་ཚོས་རྨད་བྱུང་ཁྱད་པར་གང་ཡིན་པ། །མེས་པོའི་ཡིད་ཀྱིས་སྤྲུལ་བར་བྱས་ཀྱང་བསྒྲུན་མི་ནུས། །ཞེས་པ་གྲོང་ཁྱེར་སྐྱེ་རྒུ་རྣམས། །ཕན་ཚུན་གཏམ་དུ་གླེང

བྱེད་ཅིང་། །སྙིང་ལ་དེ་ཡི་ལང་ཚོའི་དཔལ། །ཀུན་རྟོགས་རི་མོ་བཀོད་པར་གྱུར། །མཛེས་མའང་རེ་འཁྲས་མ་ཐོབ་པའི། །ཡིད་འབྱུང་གསར་པ་རྒྱས་གྱུར་ཀུང་། །རྣམ་པ་བཙོས་མའི་འཛུམ་དཀར་གྱིས། །ཆགས་ལྡན་ཀུན་ཡིད་བདུད་རྩིར་བྱས། །བློ་གྲོས་ཡངས་པའི་འཇུག་པ་ཡིས། །ནང་གི་ཀུན་ཏུ་རྟོག་པའི་ཚ། །ཕྱི་རོལ་མི་མངོན་ཐབས་མཁས་ཀྱི། །སྤྱོད་པ་སུས་ཀྱང་རྟོགས་པར་དཀའ། །

དེའི་ཚོ་ཕོ་བྲང་གི་ཕྱི་ནང་ཀུན་ཏུ་གདུགས་དང་། བ་དན་དང་། རྒྱལ་མཚན་དང་། དར་གྱི་ལྡ་ལྡི་ལ་སོགས་པའི་རྒྱན་གྱི་བྲེ་བྲག་རྣམ་པ་སྣ་ཚོགས་པས་ཀུན་ནས་མཛེས་པར་བྱས་ཤིང་། རིན་པོ་ཆེའི་ཁྲི་འཕང་མཐོན་པོ་ལ་རྒྱལ་པོ་བླ་བའི་བློ་གྲོས་ཡབ་སྲས་དང་། ཡིད་འོང་མ་ཉེ་བར་འཁོད་ཅིང་གཡས་གཡོན་དག་ན་མཆོག་གི་བློན་པོ་རྣམས་བསྐྱི་བར་བྱས་པ་ལས། དཔའ་བའི་ཁྱད་པར་སྟོན་པའི་ཕྱིར་སྲིད་པ་གཞོན་ནུ་དེ་ལ་ཡང་སྲུན་འཕྱིན་དང་བཅས་ཏེ་ནང་གི་ཆབ་སྒྲོའི་དྲུང་ན་སྟན་དང་བྲལ་བར་གནས་སུ་བཅུག་གོ། །དཔའ་བོ་དེ་ཡང་ཞེ་སྡང་དྲག་པོས་སྙིང་རབ་སྨྱོས་ཏེ་རྒྱལ་བློན་དེ་དག་རྫུལ་ཕྲན་ཙམ་ལས་མི་མཐོང་བར། ངན་པ་འདི་དག་འདུག་པ་འདི་ཉིད་དུ་ཐལ་མོ་ཡ་གཅིག་བསྣུན་ནས་བཀུམ་ན་ཅི་ཉེས་སྙམ་པའི་སྙིང་སྟོབས་ཀྱི་རྩལ་འགོག་པ་མེད་པར་ཤར་མོད་ཀྱི། བློ་གྲོས་དང་ལྡན་པ་རྣམས་ནི་རྟོག་ཅིང་དཔྱོད་པའི་སྒོ་ནས་བྱ་བ་སྒྲུབ་པ་ཡིན་པས་ཡང་བསམས་པ། བདག་གིས་ཕ་རོལ་ལ་རྒོལ་བའི་ལས་འདི་སྒྲུབ་པར་སྙིང་སྟོབས་བསྐྱེད་ནུས་པར་གདོན་མི་ཟ་ཞིང་རང་སྲོག་བྲལ་དུ་གྱུར་པ་ལ་ཡང་ཇི་མི་སྙམ་ཡང་། སྲིད་པའི་རྒྱན་གྱི་རྒྱལ་ཐབས་ཀྱི་བྱ་བ་རླབས་པོ་ཆེ་ནི་ཕྱི་ནས་བསྒྲུབ་དགོས་པར་མཆིས་ན། སྤྱོད་ལམ་ཕྲ་མོ་ཙམ་གྱི་རྣམ་འགྱུར་ལ

བརྟེན་ནས་བུད་མེད་དང་། ཁྱིམ་པ་ཁོང་ཁྲོ་བ་ལྷ་བུ་འདི་ནི་གནས་མ་ཡིན་ནོ་སླམ་ནས་དེ་མ་ཐག་འཛུམ་དམུལ་གྱིས་མྱུངས་ཏེ་དགའ་ཞིང་གུས་པའི་རྣམ་པ་དང་བཅས་ཏེ་སྐྱེས་བུ་བློ་ཆེན་རྣམས་ཀྱི་སྤྱོད་པ་རྨད་དུ་བྱུང་བ་ཉིད་ལྷུར་བླངས་ཏེ་གནས་སོ། །

འཇིག་རྟེན་མེས་པོས་བསྒྲུབ་དུ་མ་མཆིས་པའི། །བློ་ཆེན་རྣམས་ནི་ནང་དུ་ཞི་སྣང་གི། །བསྐལ་མེ་རྒྱུབ་ཅིང་འབར་བ་གཡོས་གྱུར་ཀྱང་། །ཕྱི་རོལ་བདུད་རྩི་ལྟར་བསིལ་འཛུམ་ཕྲེང་གཡོས། །བློ་གྲོས་ཆུང་ངུ་ཁེངས་ཤིང་དྲེགས་རྣམས་ནི། །ཅུང་ཟད་ཙམ་གྱི་དགའ་དང་ཁྲོ་བ་ཡི། །རྣམ་འགྱུར་སྒྲང་མདའི་མཐོ་དམན་ལྟར་སྟོན་པ། །དེ་ལ་བག་ཚ་བ་ཡང་ཆ་ཙམ་མེད། །མཁའ་དང་ས་གཞིའི་བར་དུ་རིང་བ་སྟེ། །རྒྱ་མཚོའི་ཕ་རོལ་ཚུ་རོལ་བར་ཡང་རིང་། །བློ་གྲོས་ཆེ་ཆུང་ཁྱད་པར་དཔག་མེད་དེ། །ཕལ་དང་དམ་པའི་སྤྱོད་པའང་དེ་བཞིན་ནོ། །

དེ་ནས་བག་མའི་དགའ་སྟོན་གྱི་ཚོ་ག་རྒྱ་ཆེན་པོ་ཉམས་སུ་བསྟར་བས་འཆི་མེད་བདག་པོའི་ལོངས་སྤྱོད་ཀྱི་དཔལ་ཡོན་ཀྱང་ཟིལ་ལ་འགོད་པའི་ཉིན་ཞག་འགའ་ཞིག་འདའ་བར་བྱས་སོ། །དེའི་ཚེ་ས་བདག་ཟླ་བའི་བློ་གྲོས་དང་། ལྷ་ལས་ཕྲུལ་བྱུང་། ཡིད་འོང་མར་བཅས་པ། རང་རང་བསམ་པའི་ཁྱད་པར་མི་མཐུན་པའི། བློ་གྲོས་འཆར་ཚུལ་ཐ་དད་འདི་ལྟ་སྟེ།

ཡབ་གཅིག་དེ་ནི་ཡིད་འོང་ཟླ་བཞིན་ཅན། །མཐོང་ཙམ་ཉིད་ནས་ཡིད་ཀྱི་ཀུ་མུ་ད། །རབ་དགའི་འདབ་མ་ཡང་དག་གཡོས་གྱུར་ཏེ། །ཨེ་མ་འཆི་མེད་གྲོང་གི་ལུས་ཕྲ་མས། །ཆར་ཡང་མི་བཟོད་མཛེས་སྡུག་སྙིང་པོའི་གཏེར། །འདི་ཀོ་ཁབ་འདིར་བཙུན་མོ་རིན་ཆེན་གྱི། །བགོ་སྐལ་ཉིད་ཐོབ

སྐལ་བཟང་དགའ་སྟོན་ལ། །སྤྱོད་པའི་རེ་འབྲས་ཡོངས་སུ་གང་གྱུར་ཀྱང་། །གང་ན་ཕུན་སུམ་ཚོགས་པའི་དཔལ་མངའ་བ། །དེར་ནི་གནོད་པ་རྗེས་སུ་འབྲེལ་བ་སྐྱེ། །ཁྱད་པར་འདོད་པའི་ལོངས་སྤྱོད་ལ་བརྟེན་ནས། །ཆགས་སྡོངས་སྣང་བའི་དུཿཁ་སྐྱེད་བྱེད་ཡིན། །མཛེས་མའང་ཕན་ཚུན་རྩོད་པའི་གཞི་གྱུར་ཅེས། །ཚིག་མདའ་རྣོན་པོ་དེ་ནི་རིང་ནས་ཐོས། །འོན་ཀྱང་རེ་ཞིག་ཇི་ལྟར་བརྩམས་པའི་དོན། །འབྲས་བུར་བཅས་པ་ཐོབ་པས་ཡིད་ཚིམ་སྙེམས། །རིགས་སྲས་དེ་ནི་ཕྱིས་འབྱུང་བྱ་བའི་མཐའ། །མི་རྟོགས་འཕྲུལ་གྱི་ལེགས་ཉེས་རྗེས་འབྲེང་བས། །དགའ་མགུ་ཡི་རང་བསམ་པ་གཟུགས་ཅན་བཞིན། །སྐྱེས་པས་འདི་སྙམ་ཨེ་མ་སྲིད་པ་འདི་ར། །མཛེས་སྨུག་སྙིང་པོའི་འདུས་ཞལ་གཅིག་པུ་པ། །དེ་རིང་ལྷན་ཅིག་སྤྱོད་པའི་སྐབས་དབྱེ་བ། །འདི་ལས་དགའ་བའི་ཚོར་བ་གཞན་ཅི་ཡོད། །མིག་གི་བདུད་རྩིར་མངར་བའི་བཞིན་བཟང་མ། །གང་དང་འགྲོགས་པའི་སྐལ་བཟང་འདི་ཐོབ་དེང་། །འཇིག་རྟེན་བདེ་བའི་སྙིང་པོ་ཀུན་བསྡུས་ཀྱང་། །འདི་ཡི་བརྒྱ་སྟོང་ཆར་ཡང་ཕོད་མ་ཡིན། །ནམ་ཞིག་མངོན་འདོད་རྩེ་དགའ་གསར་བའི་རོར། །ལན་ཅིག་སྤྱོད་པའི་སྐལ་བ་ཐོབ་གྱུར་ན། །ལུས་འདི་གཞིག་ཀྱང་སེམས་ནི་དགའ་བའི་རོས། །སྨྲས་ཕྱིར་འགྱོད་པའི་བྱ་བ་རྡུལ་ཙམ་མེད། །ཅེས་བསམ་ཡིད་ལ་རབ་དགའི་ཚོར་བ་འབུམ། །བརྟས་པས་ཁོང་འཛུམ་ལྷག་པར་གྲོལ་བར་གྱུར། །རིགས་ལྡན་ཡིད་འོང་དེ་ནི་འདི་སྙམ་དུ། །ཀྱེ་མ་འཁོར་བ་སྒྱུ་མའི་གར་མཁན་འདི། །ཐོག་མ་མེད་ནས་ཟློ་རྒྱུན་འཁྲུད་མོ་ལྟར། །འཁོར་ཞིང་བསླུས་པའི་མཐའ་འདི་མ་རྟོགས་པར། །བདེ་དང་རྟག་པར་རློམ་པ་ཁོ་ནར་འབྱམས། །དེ་སྐད་བདག་ཀྱང་སྔོན་གོམས་བག་ཆགས

ནི། །ཟབ་མོ་སྙིང་ལ་ཉལ་བ་དེའི་དབང་གིས། །ཆོས་བཞིན་སྤྱོད་པའི་ལྷ་སྲས་གཞོན་ནུ་དང་། །འགྲོགས་པའི་དམ་བཅའ་བརྟན་པོ་བཀོད་གྱུར་ཀྱང་། །ལས་དང་སྐལ་བ་དམན་པས་རེ་བའི་འབྲས། །ཉམས་གྱུར་མི་ཟད་སྡིག་པའི་དོ་ར་ཆེ། །མི་འདོད་ཉམ་ངའི་གནས་འདིར་བདག་ལྷུངས་སོད། །ཨོན་ཏང་དཔལ་ལྡན་རིག་པ་འཛིན་པའི་སྲས། །གཞོན་ནུ་ཟླ་མེད་དཔའ་བའི་སློན་པོར་བཅས། །མཐུ་སྟོབས་མཆོག་གི་བདག་ཉིད་དེ་རྣམས་ཀྱིས། །ཐུགས་རྗེའི་དཔུང་ཐག་སྲ་བས་མི་ལྷུང་བར། །ངེས་སོ་དེ་སྐད་རེ་ཞིག་རྒྱལ་ཁབ་འདིར། །སྤྱོད་ལས་གཞན་པའི་ཐབས་ཡོད་མ་གྱུར་ཀྱང་། །བདག་ནི་ན་ཚོད་ཡོངས་སུ་མ་སྨིན་པའི། །མེ་ཏོག་གསར་བུ་ཉི་ཟེར་དྲག་པོ་ཡིས། །གདུངས་ན་ཉམས་ཉེས་འགྱུར་བ་ཆོས་ཉིད་ཅེས། །གཡོ་སྒྱུ་ཟློལ་སྒྱུར་ཚིག་གིས་བྲིད་བྱས་ནས། །སྡིག་སྤྱོད་རྒྱལ་ངན་འདི་དང་འགྲོགས་པ་བས། །ཤི་བ་སླ་སླམ་གཡར་དམ་ཡང་དག་བཅས། །དེ་ལྟར་རང་རང་ནང་གི་བསམ་པའི་ཚུལ། །ཐ་དད་ཤར་བའི་ཁྱད་པར་བརྗོད་ལར་ཅིག་དམན་པ་བུད་མེད་ལུས་འདི། །ངན་སོང་དུཿཁ་སྒྲུབ་པའི་རྟོག་པའི་གློས་བྲི་འཕང་མཐོན་པོའི་རྩེ་ནས་མགྲིན་པ་གཟེངས་སུ་བསྟོད་དེ་འཛུམ་པ་དང་བཅས་པའི་སྒོ་ནས་ཡིད་འོང་མ་ལ་འདི་སྐད་ཅེས་སྨྲས་སོ། །

བསོད་ནམས་སྟོབས་ཀྱི་དཔུང་པས་འཛིན་མའི་ཁྲིན། །མ་ལུས་རང་གིར་སྤྱོད་པའི་རྗོགས་ལྡན་གྱི། །དགའ་སྟོན་གསར་པའི་དཔལ་ལ་ལོངས་སྤྱོད་པ། །ལེགས་བྱས་སྣང་བ་འབུམ་ལྡན་རྒྱལ་ཁབ་འདི། །དཀར་པོའི་ཕྱོགས་ལ་ཆས་པའི་ཟླ་བ་ལྟར། །གོང་ནས་གོང་དུ་འཕེལ་བའི་ལེགས་བྱས་ཀྱི། །སྒོ་འཕར་དང་པོར་ཕྱེ་འོས་འཛམ་གླིང་གི། །ཕུན་ཚོགས་མཛེས་སྡུག་ཀུན་གྱི་

སྙིང་པོ་ཅན། །ལྷ་བས་མི་ཇོམས་ཡིད་འཕྲོག་གཞོན་ནུ་མ། །ཡིད་འོང་མ་ཞེས་སྲིད་ན་གྲགས་སྙན་ཅན། །མཚར་སྡུག་ཟླ་བ་རྒྱས་པའི་བཞིན་རས་ཀྱི། །འཇུམ་དཀར་ཟེར་ཕྲེང་ཆ་ཤས་རེར་ཡང་ནི། །བརྟན་གཡོའི་དངོས་ཀུན་ཀུ་མུད་འདར་ཉམས་ཀྱིས། །འདུད་ཅིང་ཆགས་པར་བྱེད་པའི་དཔལ་ལྡན་ན། །བདག་ལྷ་སློས་ཅི་རེ་བའི་འདོད་འཇོའི་དཔྱིད། །ལེགས་པར་འོངས་བསམ་བརྩེ་ཆེན་ཡབ་ཡུམ་གྱི། །གནང་བ་ཐོབ་བམ་རིང་པོའི་ཤུལ་ལམ་དུ། །བསྐྱོད་པ་ཡང་ངམ་འཚོ་བ་བདེ་ཐུར་ཏམ། །དགའ་བའི་འཛུམ་བཅས་ཕེབས་པར་སྨྲོས་ཤིག་ཀྱེ། །

ཅེས་དྲིས་པ་ན། དེ་ལན་སྙན་པར་སྨྲ་བས་སེམས་ཀྱང་། བཟོད་མེད་གདུང་བས་མགྲིན་པ་བཙངས་པར་གྱུར་ཏེ་བཞིན་རས་དུད་ཅིང་ལག་སོར་གྱི་རི་མོ་ལྟ་བའི་ཟོལ་གྱིས་ཅང་མི་སྨྲ་བར་གནས་བཅས་སོ། །དེའི་ཚེ་བློ་ཆོད་ཐར་ལེགས་དེ་ཉིད་སྟན་ལས་ལངས་ཏེ་དགའ་སྟོན་གྱི་མདུན་ས་ཆེན་པོ་དེའི་དབུས་སུ་སོང་ནས་སྐད་གསང་མཐོན་པོས་འདི་སྐད་ཅེས་སོ། །

བགྲང་ཡས་ས་སྐྱོང་གཙུག་གི་མ་ཎི་ཀ །ཞབས་བརྟེན་པད་མོའི་གདན་དང་རབ་འགྲོགས་པ། །སྟོབས་ཀྱི་འཁོར་ལོ་སྒྱུར་རྒྱལ་མིའི་རྗེ་བོ། །བདག་སོགས་རྗེས་བཙེར་སྐྱོང་གང་འདིར་དགོངས་འཚལ། །མདུན་ས་མཆོག་འདིར་བདེ་བའི་འཕོལ་སྟན་ལ། །གནས་བཅས་ཕུན་ཚོགས་འཁྱོར་པར་ལོངས་སྤྱོད་ཚེ། །བློ་གྲོས་སྙིང་སྟོབས་ཀྱིས་སྙེམས་མང་ཡང་དེང་། །ཡང་དག་རྗེ་བོའི་དོན་ཕྱིར་ལུས་དང་སྲོག །འདོར་བཟོད་བྱ་བ་སྒྲུབ་ནུས་ཁོ་བོ་ཙམ། །གྲུབ་རིགས་རྒྱ་མཚོའི་ཟླ་རིས་གསར་པ་བཞིན། །མཛེས་སྡུག་ཆ་ཤས་ཡོངས་རྫོགས་བཙུན་མོའི་མཆོག །ཡིད་འོང་མ་འདི་འགྱུར་ཁྲུག་ཉམས

ལྡན་གྱི། །ཚིག་སྤྱོར་དོན་ཟབ་རྒྱ་ཆེ་སྨྲ་མཁས་ཀྱང་། །དཔལ་ལྡན་ས་བདག་ཡབ་སྲས་མདུན་ས་ཆེར། །མཛངས་མའི་ཚུལ་གྱིས་བཞིན་རས་དུད་ཅིང་གནས། །བདག་ཅག་རྣམས་ཀྱི་སྣང་ཚུལ་གང་ལགས་པ། །དེ་རིང་ཁོ་བོའི་མགྲིན་ལས་བཀྱེ་འདིར་དགོངས། །འདི་ནས་བྱང་ཕྱོགས་ཤུལ་ལམ་རིང་པོ་ཡི། །ངལ་བ་བརྩོན་པའི་མཐུ་ཡིས་འཕམ་བྱས་ཏེ། །བཀོད་ལེགས་འོད་སྣང་གམ་དུ་ཉེར་ཕྱོགས་ཚེ། །ཕྱོགས་མཚམས་རི་བོ་ས་གཞིར་ཐིང་འདྲ་བའི། །རབ་ཡངས་མཐའ་བྲལ་ལྗོངས་ཞེས་སྨ་ངམ་ཐང་། །དེར་ནི་སྲིད་པའི་རྒྱལ་སློན་གཡོ་སྒྱུ་ཡི། །སྤྱོར་བ་ཕྲ་མེན་རིག་པ་འཛིན་མཁས་པ། །དཔའ་བོ་སྲིད་པ་གཞོན་ནུར་གྲགས་པ་ནི། །དེང་འདིར་ཚབ་སྐོའི་འགྲམ་གནས་འདི་ལགས་ཏེ། །དེ་ཡིས་བརྒྱ་ཕྲག་དཔུང་གི་ཁྲུ་མཆོག་ཏུ། །འཕགས་པས་ང་རྒྱལ་དྲེགས་པས་འཁྱིང་བཞིན་པར། །མཚར་སྡུག་མདངས་ཆགས་ཡིད་འོང་ཙམ་པ་ཀ །སྒྱུ་ཐབས་རླུང་གི་སྤྱོར་བས་འཁྲིར་བ་མཐོང་། །དེ་ཚེ་རང་ཅག་དཔུང་བཅས་དཔའ་བསྐྱེད་དེ། །གང་གི་བཀའ་བརྗིད་ཁུར་དུ་བཟོད་བྱས་ནས། །འཇིགས་རུང་མཚོན་ཆ་འབར་བའི་གཡུལ་བསྲེས་ཚེ། །གྲོགས་ངན་སྟོང་སྡེའི་དཔུང་འདི་མཐུ་ཆུང་ཡང་། །རྒྱ་སྐར་དབུས་ཀྱི་སྐར་མའི་བདག་པོ་ལྟར། །འཇིགས་མེད་ཁོ་བོའི་སྒྱུ་ཙལ་རྒྱ་མཚོ་ལ། །འགྲན་པར་མ་བཟོད་དེ་དག་དཔུང་གི་ཚོགས། །མིང་གི་མཐར་བྱས་གྲགས་ལྡན་ཡིད་འོང་མ། །རྒྱལ་བུ་གཞོན་ནུའི་བཙུན་མོའི་བགོ་སྐལ་དུ། །ཐོབ་པའི་དགེ་མཚན་འདི་ནི་ཁོ་བོ་ལས། །གཞན་གྱིས་མ་ཡིན་འོན་ཀྱང་འབངས་ཁོལ་ཞེས། །གྲགས་འདིར་འགྲན་པར་མ་བཟོད་བདག་ཅག་ལ། །བཏུད་བྱས་ཕན་པའི་བྱ་བའང་ཆ་ཙམ་བསྒྲུབས། །སྐྱོང་བར་འོས་སོ་མི་

བདག་བཞེད་བཞིན་འཚལ། །འཕྲོག་བྲལ་གསོང་པོར་བསྙད་པ་དེ་ཙམ་མོ། །

ཞེས་སྨྲས་ཤིང་འཛེམས་པའི་ཚིག་གིས་གདམས་པར་གསོལ་བས་རྒྱལ་པོ་བླ་བའི་བློ་གྲོས་ཡབ་སྲས་ནི་ཚིག་དེ་དག་བདེན་པར་བཟུང་སྟེ་དགའ་ཞིང་མགུ་ཡི་རང་བས་བློ་རྐོད་ཐར་ལེགས་དེ་ཉིད་མདུན་ན་འདོན་རྣམས་ཀྱི་གཙོ་བོར་གཟེངས་བསྟོད་ཅིང་། ཡུལ་འཁོར་ཆེན་པོ་ཞིག་བདག་གིར་འཛིན་པའི་རྗེ་བོར་བསྐོས། འབངས་ཁོལ་དེ་ཡང་ཀྱ་ནོམ་པའི་བྱ་དགས་ཡིད་མགུ་བར་བྱས་ཏེ་ཉེ་བའི་ཐན་དུ་བསྐོས། དཔུང་ཚོགས་སྟོང་ཕྲག་གི་ལྷག་མར་གྱུར་པ་རྣམས་འགའ་ཞིག་ནི་སྲོག་དང་བྲལ། ལ་ལ་ནི་ཡན་ལག་དང་ཉིང་ལག་བཅད། ཁ་ཅིག་ནི་ཁྲིམས་མུན་དུ་བཙུག ཕལ་ཆེར་ཡང་སྡུག་བསྔལ་གྱི་ཚོར་བ་ཟད་མི་ཤེས་པའི་གནས་ལ་སྦྱར་རོ། །

གང་ཞིག་མངོན་པར་ཤེས་པའི་ལོངས་སྤྱོད་དང་། །བྲལ་ཕྱིར་ཞིབ་ཅིང་ཆེས་ཕྲའི་བློས་བརྟགས་ནས། །རླབས་ཆེན་བྱ་བ་ལས་ཀྱི་འཁོར་ལོ་ལ། །འཇུག་པར་བྱེད་རྣམས་བསྔགས་པར་འོས་པ་སྟེ། །གཡོ་ཅན་སྨན་པར་སྨྲ་བའི་ཚིག་དང་པོ། །ཐོས་པ་ཙམ་གྱིས་བདེན་པར་ཡོངས་བཟུང་ནས། །བརྟག་དཔྱད་མེད་པར་ཀྱ་ཚོམ་འགལ་བའི་ལས། །མང་དུ་སྒྲུབ་པ་འདི་ལས་བླུན་པ་སུ། །སྟོང་སྡེའི་དཔུང་ཚོགས་གཡུལ་དུ་ཉམས་ཉེས་མཐར། །ལྷག་མར་གྱུར་པ་རང་གནས་ལྷགས་རྣམས་ལ། །ཉེས་པས་རེག་མིན་དྲི་ཚིག་ཙམ་མེད་པར། །གཞན་ཟེར་འཕྲོག་པོའི་རྗེས་འབྲངས་རང་གི་འབངས། །སྙིང་རྗེའི་ཡུལ་གྱུར་རྣམས་ལ་བརྩེ་བ་དང་། །བྲལ་བའི་དབང་གིས་ཉེས་པ་མེད་བཞིན་དུ། །ཁྲིམས་ལ་སྦྱོར་བའི་ཚུལ་མིན་སྡིག་ཏོའི་

ལས། །འདི་ལྟའི་རྣམ་པར་སྨིན་པ་བརྟག་པར་དཀའ། །

22. རྒྱལ་བུ་ཟླ་ལས་ཕུལ་བྱུང་མངོན་འདོད་གསར་པའི་རྩེ་དགའ་ལ་སྤྱོད་པར་འདོད་ཀྱང་ཡིད་འོང་མས་ཐབས་མཁས་ཀྱིས་འདོད་པའི་དོན་ལས་བཟློག་པའི་སྐོར།

དེའི་ཚེ་བློན་པོ་གཞན་དག་ཕལ་ཆེར་ན་ཕན་ཚུན་གླེང་མོར་བྱས་པ། མདུན་ན་འདོན་གྱི་མཆོག་དེ་ནི་དཔའ་ཞིང་བརྟུལ་ཕོད། དེས་ཤིང་དཀྱིལ་ཆེ་བ་མཐུ་སྟོབས་ཀྱི་རང་རྟགས་དངོམས་པའི་དུས་སུ་བབས་ཏེ་རྒྱལ་སྲས་ལྷ་ལས་ཕུལ་བྱུང་གང་གིས་དོན་དུ་གཉེར་བའི་བཙུན་མོ་དམ་པ་ནི་མངའ་དབང་བསྒྱུར་བར་བྱས། ད་ཟླར་སློམ་པའི་སྲིད་པའི་རྒྱན་གྱི་དཔུང་གི་ཁ་ལོ་པ་བློན་པོ་དག་ནི་ཕྱི་བཞིན་ཁྲིད། དཔུང་ཚོགས་མ་ལུས་ཆམ་དུ་ཕབ་སྟེ་སྣང་བ་འབུམ་ལྡན་དུ་ཅི་བདེར་བསྐྱོད་པའི་མཐུ་སྟོབས་བརྗོད་པར་དཀའོ་ཞེས་བསྔགས་ཚིག་གི་མེ་ཏོག་ལན་བརྒྱར་འཐོར་བར་བྱེད། བློ་གྲོས་མཆོག་དང་ལྡན་པའི་བློན་པོ་ཚངས་པའི་བློ་ལྡན་ལ་སོགས་པ་དེ་དག་ནི་འདི་སྐད་དུ། དེང་འདིར་དོན་དུ་གཉེར་བྱའི་ཡིད་འོང་མ་མཆོག་དེ་ནི་རྒྱལ་བུ་གཞོན་ནུའི་ཁབ་ཏུ་མངའ་གསོལ་བར་ནུས་པ་ནི་ལེགས་སོ་བརྗོད་པར་རིགས་པ། སྲིད་པའི་རྒྱན་གྱི་བློན་པོ་དག་ཕྱི་བཞིན་འཁྲིད་ཅིང་དཔུང་འཕམ་པར་བྱས་པ་དེ་ནི་གཞན་དག་དགའ་བ་ལ་རྣམ་པར་རྟོག་པར་བྱེད་ཀྱང་། བརྟགས་ཤིང་དཔྱད་ན་ཧ་ཅང་མ་ལེགས་ཏེ། སྲིད་པའི་རྒྱན་ཞེས་བྱ་བ་དེར་ནི་རྗེ་བློན་མཐུ་སྟོབས་ཀྱི་བདག་ཉིད་ཅན་སྒྱུ་རྩལ་གྱི་གནས་ལ་གཞན་དྲིང་མི་འཇོག་པ། མཆོག་ཏུ་དཔའ་བས་བསྙེམས་པ། དྲག་ཤུལ་གཤིན་རྗེའི་དོ་ཟླར་ཆས་པ་རྣམས་ཀྱིས་ཉམས་ཉེས་པའི་རྒྱུ་འདི་ལྟ་བུ

བློས་ཇི་ལྟར་བཟློད་དེ་མི་བཟློད་དོ། །དེའི་ཕྱིར་ངེས་པར་དྲག་པོའི་གཡུལ་གྱི་སྦྱོར་བ་ཡན་ལག་བཞི་དང་ལྡན་པ། མིག་གིས་མི་བཟློད་པའི་ཚོགས་ཉེ་བར་ལྷགས་ཏེ་སྣང་བ་འབུམ་ལྡན་གྱི་མིང་ཙམ་མི་གྲགས་པར་འཕུང་བར་བྱེད་པའི་སྟ་གོན་དང་པོ་ནི་འདིའོ་སྙམ་དུ་སེམས་ཁོང་དུ་ཆུད་ཅིང་ཤུགས་རིང་ནར་ནར་འཁྱིན་ཞིང་འགྲམ་པ་ལག་པ་ལ་གཏད་དེ་གནས་བཅས་སོ། །རྣམ་འགྱུར་དེ་ལྟར་མིའི་བདག་པོས་རྟོགས་ནས། ཀྱེ་བློན་པོ་དག ཡིད་རབ་ཏུ་གདུང་བའི་རྣམ་འགྱུར་སྟོན་པར་བྱེད་ན་ཅི་ཉེས་སྨྲོས་ཤིག ལྷ་གཟིགས་སུ་གསོལ། བདག་ཅག་ནི་བློ་གྲོས་དང་སྙིང་སྟོབས་ཆུང་ངུར་གྱུར་པ་ཞིག་སྟེ། བློ་རྩོད་ཐར་ལེགས་དཔྱང་དང་བཅས་པས་སྐབས་སུ་བབས་པའི་དོན་འདི་ལེགས་པར་བསྒྲུབས་མོད་ཀྱི་མཐར་ནི་སྲིད་པའི་རྒྱན་གྱི་རྒྱལ་བློན་མཐུ་སྟོབས་ཅན་རྣམས་ཀྱི་ངོ་ཟླ་ཇི་ལྟར་བཟློད་སྙམ་དགའ་བ་དང་། གདུང་བ་ལྷན་ཅིག་ཏུ་འགྲན་པ་ལྟར་གྱུར་ཏོ། །རྒྱལ་པོས་སྨྲས་པ། བུད་མེད་ཀྱི་བློ་གྲོས་ལས་ཀྱང་དམན་པ། ལོག་པའི་མདུན་བགྲོས་མཁན། སྙིང་ས་པ་ཁྱོད་ཅག་གིས་ཅི་ཤེས། ཁ་རོག་པར་འདུག་ཅིག་ཅེས་སྐྱོ་བ་དྲག་པོས་ཚར་བཅད་ཅིང་། བློན་པོའི་མཆོག་རབ་ཕུལ་དུ་ཕྱུར་པ་ཚངས་པའི་བློ་ལྡན་དེ་ལ་ཡང་དང་བ་མི་སྟོན་པར་ཁྲོ་ཚིག་རྩུབ་མོ་སྙིང་ལ་མི་བཟད་མཚོན་ཆའི་ཚིག་བསྒྲུབས་སོ། །དེ་ལྟར་བློ་རྩོད་ཐར་ལེགས་དེ་ཉིད་ཀྱིས་གཡོ་སྒྱུའི་རྫུན་ཚིག་ཏུ་མས་རྒྱལ་པོ་འཕྲུལ་བར་བྱས་ཤིང་། འབངས་ཁོལ་དེ་ཡང་ཉེ་བའི་ཐན་དུ་བཞག་པ་མཐོང་བས་དཔའ་བོ་སྲིད་པ་གཞོན་ནུ་ཚབ་སྒོའི་འགྲམ་ན་སྟན་མེད་དུ་གནས་པ་དེ་ཉིད་ཞེ་སྡང་གིས་མྱོས་ཤིང་། ཤིན་ཏུ་ཡིམ་རང་བར་གྱུར་ཀྱང་ཇི་མི་སྙམ་པ་ལྟར་དུ་བཙོས་ནས། རེ་ཞིག་ཐབས་ལ་མཁས་པའི་སྤྱོད་པ་འབའ་ཞིག་ལྷུར་བླངས་ཏེ་མཐར་རྒྱལ་བློན་ཐེ་

དང་བཅས་པ་འདི་དག་གཞོམ་པར་སླའོ་སྙམ་དུ་ཡིད་དམ་བཅས་ཤིང་། རྣམ་པ་འཇམ་ཞིང་དུལ་བའི་ངང་ཚུལ་ཅན་གྱི་སྒོ་ནས་རྒྱལ་པོ་ལ་གུས་པ་ཆེན་པོས་བསྟོད་ཅིང་བསྔགས་པར་བྱས་ཏེ་ཤིན་ཏུ་འདར་ཞིང་ཞུམ་པའི་རྣམ་པ་ཅན་དུ་བྱས་ནས། རྒྱལ་པོ་ཡབ་སྲས་ལ་ཡན་ལག་ལྔས་བཏུད་པའི་ཕྱག་བྱས་ཤིང་། སྙིམ་པ་འཆར་ཀའི་པད་འདབ་འཛུམ་པ་ལྟ་བུ་སྤྱི་བོར་བཀོད་ནས་འདི་སྐད་ཅེས་སྨྲས་སོ། །

ཨེམ་ཧོ། མི་བདག་ཚོགས་གཉིས་མཆོག་གི་དཔུང་། །དར་ལ་དྲག་པས་འཛིན་མའི་ཁྲིན། །དབང་སྒྱུར་སྟོབས་དང་འབྱོར་བའི་བདག །ཆེན་པོ་མཆོག་ལ་ལུས་རབ་འདུད། །དྲི་མེད་མཁྱེན་བརྩེའི་འོད་རིས་ནི། །ནམ་ཡང་ཟད་མི་ཤེས་པའི་གཏེར། །ས་བདག་ཟླ་བའི་བློ་གྲོས་ཞེས། །བསོད་ནམས་རི་དྭགས་མཚན་མ་དང་། །གྲགས་པའི་སྣང་བས་རྣམ་མཛེས་པ། །ལུས་ཅན་རིས་མེད་ཀུནྡ་ཡི། །སྐྱབས་དང་མགོན་དང་དཔུང་གཉེན་དུ། །གྱུར་ཅེས་སྙན་པར་གྲགས་པའི་དབྱངས། །མ་ལུས་ཕྱོགས་ཀྱི་འཁོར་ལོ་རྫོགས། །དེ་ཕྱིར་བདག་ཀྱང་གཞན་ནུ་ཟླ་མེད་དེའི། །སྙན་རིགས་ཐ་མར་གྱུར་ཞིག་མ་ལགས་ཏུང་། །སྡོན་གོམས་བག་ཆགས་སད་པའི་མཐུ་ལས་སམ། །མི་བདག་ཁྱོད་ལ་རིང་ནས་སྙིང་ཉེ་བའི། །གུས་པ་ཆེན་པོས་རེ་ལྟོས་བཅས་པའི་ཕྱིར། །གཡུལ་གྱི་དོ་རར་ཞུགས་པ་དེ་ཚེ་ཡང་། །རང་གི་ནུས་པ་ཇི་བཞིན་རྩོལ་བ་མེད། །འོན་ཏེ་ཁོ་བོ་སྒྱུ་རྩལ་རྒྱ་མཚོ་ལ། །སྦྱངས་སྟོབས་སྙིང་སྟོབས་རྩལ་གྱིས་འཕོངས་གྱུར་ཀྱང་། །རིག་པའི་འཕྲུལ་འཁོར་ལམ་ལས་མགོན་ཁྱོད་ཀྱི། །བྱ་བ་སྒྲུབ་ལ་བརྩོན་པའི་ཁུར་ཆེན་བསྐྱེད། །དེ་སྐད་བ་ལང་སྐྱོང་བ་ཙམ་གྱུར་ཀྱང་། །གང་གི་བྲན་གྱི་ཐ་ཤལ་ལ་སྤྱོད་པའི། །སྐལ་

བཟང་ཐོབ་ན་འབངས་ཁོལ་ཞེས་བྱ་འདིས། །འགྲན་པར་མི་བཟོད་ཞམ་རིང་ལ་བརྟེན་པའི། །བློ་དང་ནུས་པ་བདག་ལ་ཆ་ཙམ་ཡོད། །ཉིན་བྱེད་མཐོན་པོའི་ལྷ་ལམ་ལ་གནས་ཀྱང་། །དམའ་བའི་ཚལ་གྱི་པད་མ་སྐྱོང་བ་ལྟར། །མི་བདག་སྐྱེ་རྒུའི་གཙུག་ན་མངོན་འཕགས་ཀྱང་། །ཉམ་ཆུང་གཞོན་ནུ་བདག་ལ་རྗེས་བརྩེ་བའི། །ཐུགས་རྗེའི་སྤྱན་ཞགས་རིང་པོར་བརྐྱངས་བྱས་ནས། །རེ་བའི་འབྲས་བུ་འདི་ནི་ཡོད་འཚལ། །

ཞེས་བློ་རྒོད་ཐར་ལེགས་དེ་ཉིད་ཀྱི་ལོ་རྒྱུས་དང་མི་འགལ་བར་བརྗོད་པས་དགའ་བར་གྱུར་ཏེ། དེས་ཀྱང་ཐན་དུ་འོས་པའི་བསྔགས་བརྗོད། རྒྱལ་བློན་གཞན་དག་ཀྱང་གཞོན་ནུ་ན་ཚོད་ཆེས་ཆེར་ཕྲ་བ་འདི་ལྟ་བུ་ནས་འགྱུར་ཁུག་ཉམས་ལྡན་གྱི་ཚིག་སྦྱོར་ལ་ལྷག་པར་མཁས་པའི་ཤེས་རབ་དང་ལྡན་པ་ཞིག་ཏུ་གདོན་མི་ཟ་བས། ཤེས་རབ་ཅན་གྱི་བློན་པོ་ནི། །དགྲ་བོ་ཡིན་ཀྱང་བརྟེན་པར་འོས། །ཞེས་བཤད་པས་ཐན་དུ་བྱ་བར་འོས་སོ་ཞེས་བགྲོས་མཐུན་ཏེ་ལྷ་ལས་ཕུལ་བྱུང་གི་བློན་པོར་བཀོད་དོ། །དེ་ནས་བག་མའི་དགའ་སྟོན་གྱི་ཚོ་ག་རྫོགས་པར་གྱུར་པ་ན། ཕོ་བྲང་སྣང་བ་འབུམ་ལྡན་དེའི་བསྟི་གནས་ཀྱི་བྱེ་བྲག་ཆོས་བཟང་ལྷའི་མདུན་སས་ཀྱང་མཚོན་དུ་མེད་པ་བདེ་སྐྱིད་དང་ལྡན་པ་མཛའ་བའི་བསྟི་གནས་ཞེས་པ་དེར་ལྷ་ལས་ཕུལ་བྱུང་དང་། ཡིད་འོང་མ་ལྷན་ཅིག་ཏུ་གནས་སུ་བཅུག་སྟེ་ཉིན་བྱེད་ཆུ་ལྷའི་ཕང་པར་མནལ་ཞིང་། ཟླ་བ་དང་རྒྱ་སྐར་གྱི་སྣང་བ་རང་འོད་ཇི་བཞིན་འཕྲོ་བའི་ཚེ་འཁོར་བའི་འཆིང་བ་འདོར་བར་འདོད་དེ་རྒྱལ་བུ་ལྷ་ལས་ཕུལ་བྱུང་དེས་མངོན་འདོད་གསར་པའི་རྩེ་དགའ་ལ་ཆགས་པའི་དམ་ཚིག་འདི་ལྟར་སྤྱར་རོ། །

རིགས་རྒྱུད་མ་ཟད་དཔག་བསམ་འཁྲི་ཤིང་རྟེར། །མཛེས་སྡུག་ལང་

ཚོའི་མེ་ཏོག་རྣམ་བཀྲ་ཞིང་། །སྙིག་འཆང་བྱེ་བའི་འདབ་སྟོང་གཡུར་ཟ་བ། །གཞན་དབང་དྲི་ཡི་བཙོན་པས་མ་བསྐྱོད་པར། །སྣང་བ་འབུམ་ལྡན་སྐྱེད་ཚལ་ཏོ་ར་འདིར། །ལས་དབང་བཙན་པོས་བྲངས་འདི་སྐལ་བཟང་གྱུར། །གཅིག་ཏུ་མཛའ་གཙུགས་བརྩེ་བའི་འོད་སྣང་ཅན། །དར་བབས་ལང་ཚོའི་གཟི་བྱིན་མ་ཉམས་པ། །གཞོན་ནུ་ཉིན་མོའི་དབང་ཕྱུག་བདག་མཆིས་ཀྱི། །རབ་མཛེས་ཡིད་འོང་རྒྱུད་ཕྱུང་སྤྲོ་བསངས་མ། །མཁྲིགས་རླུམ་བརླ་ཡི་ཤར་རིའི་ཕྲག་པ་ནས། །སྨུན་པའི་དོར་མ་འཇམ་མཉེན་རབ་དཀར་ཕྱུག །སྐྱ་རེངས་དང་པོས་སྐྱེད་སྐབས་བར་དབྱེ་ལ། །སྒོམས་འཇུག་དགྱེས་དགུར་རྩེ་ལ་མི་སྤྲོ་འམ། །

ཞེས་སོགས་འདོད་དགོངས་སྙིང་པོའི་ཚིག །འཇམ་སྙན་སྦྲང་རྩིའི་རོ་ལྟ་བུ། །ཤིན་ཏུ་མངར་བའི་བཅུད་ལྡན་པ། །ཡང་ནས་ཡང་དུ་སྨྲ་བྱེད་ཅིང་། །ལང་ཚོའི་འཁྲི་ཤིང་ཆགས་གདུང་གིས། །རླུང་གི་འདར་བ་དང་ལྡན་དེའི། །དགའ་མའི་མལ་ན་ཉེར་ལྷགས་ཏེ། །རེ་བའི་འབྲས་བུ་ཐོབ་སླད་དུ། །སྤྲོ་བ་བསྐྱེད་པའི་ཚིག་དག་སྨྲས། །དེ་ཚེ་བཞིན་བཟང་མ་དེས་ཀྱང་། །སྐབས་གསུམ་སྐྱོང་བ་ལྷ་ཡི་འཛེ་སྙིག་ལ། །ཕུལ་བྱུང་ཡོན་ཏན་རྒྱ་མཚོའི་དཔལ་འཛིན་པ། །མཐོང་ཐོས་དྲན་རེག་ཙམ་གྱིས་ཡིད་དབང་གི། །བརྟན་པ་འཕྲོག་མཛད་ཁྱོད་ལ་རིང་ནས་སྨོན། །གང་གི་ཕུན་ཚོགས་དཔལ་གྱི་མདུན་ས་ཆེར། །ཚེ་རབས་དུ་མར་མཉེས་གཤེན་བག་ཆགས་ཀྱིས། །མཚམས་སྦྱོར་དགེ་བར་སྦྱོར་པའི་སྐལ་བཟང་འདི། །བསམ་བཞིན་དགའ་དང་སྤྲོ་བའི་སྤུ་ལོང་གཡོས། །འོན་ཏེ་ཡིད་འོང་པད་དཀར་གཞོན་ནུའི་ཚལ། །ཡོངས་སུ་མ་སྨིན་ཉིན་མོ་བྱེད་པའི་ཟེར། །དྲག་པོས་གདུངས་ན

ཉིད་པ་ཆོས་ཉིད་དེ། །པད་སྡོང་རྒྱས་ལ་ཉིན་བྱེད་སྣང་བ་མཆོག །དེ་ལྟར་ནུ་ཆུང་བདག་ནི་ན་ཚོད་ནི། །ཆེས་ཆེར་ཕྲ་བའི་ལང་ཚོའི་གནས་སྐབས་འདིར། །དཔལ་ལྡན་རྒྱལ་སྲས་གང་གིས་གཅེས་གྱུར་ན། །ངེས་པར་དུས་ཀྱི་ཆོས་ཉིད་མངོན་དུ་བྱེད། །དེ་སྐད་ནར་སོན་མ་གྱུར་དེ་ཡི་བར། །རྒྱལ་སྲས་རིངས་པར་མི་འཚལ་གནང་བ་སྟོལ། །བཙུ་དྲུག་ལང་ཚོར་བདོ་བའི་ཆུ་སྐྱེས་ནི། །འཛུམ་དཀར་ཟེའུ་འབྲུ་བཞད་པའི་དུས་ཀྱི་ཚེ། །དགའ་མགུར་ལོངས་སྤྱོད་བདེ་ཆེན་སྦྲང་རྩིའི་རོ། །གང་ཕྱོད་ཁང་དྲུག་བུང་བའི་སྤྱོད་ཡུར་འོས། །ལེགས་པར་དགོངས་ཤིག་དཔེར་ན་འཁོར་ལྡན་གྱི། །སྐྱེས་བུས་ཟས་འཁོར་མ་ལུས་དུས་གཅིག་ཏུ། །ལོངས་སུ་སྤྱོད་ན་མི་དེ་དབུལ་ཕོངས་ཀྱི། །སྡུག་བསྔལ་ཚོར་བས་གཏན་དུ་ཟིན་མིན་ནམ། །གཞན་ཡང་དགོངས་ཤིག་མ་རབས་རིགས་ཅན་རྣམས། །དུད་འགྲོ་ཇི་བཞིན་འདུས་མ་ཐག་སྤྱོད་ཅིང་། །ཡ་རབས་རྣམས་ནི་ཉི་མ་ཟླ་བ་ལྟར། །དལ་གྱིས་མི་མངོན་པར་ནི་སྐན་ཅིག་འདུས། །དེ་ལྟ་བུ་ཡི་ཚུལ་ལ་དགོངས་ནས་ཀྱང་། །དམ་པའི་སྤྱོད་ལས་འདའ་བར་ག་ལ་རིགས། །དྲང་པོར་བརྗོད་དོ་ཟབ་ཡངས་མཁྱེན་པའི་གཏེར། །ལེགས་པར་བརྟག་དཔྱད་འཚལ་ལོ་མིའི་བདག་པོ། །

ཞེས་ནར་མ་སོན་པའི་བརྫུ་ལ་བརྟེན་ཏེ་ཤིན་ཏུ་གུས་པའི་ཚུལ་གྱི་རྣམ་པ་བཅོས་མའི་གཡོ་སྒྱུ་མངོན་པར་འདུ་བྱས་པས་མགོ་རྨོངས་པར་གྱུར་ནས། ཡིད་འོང་མ་འདི་ནི་རིང་མོ་ཉིད་ནས་བདག་ལ་རྗེས་སུ་ཆགས་པའི་བག་ཆགས་མངོན་པར་བརྟས་པ་ཞིག་སྟེ། རྣམ་འགྱུར། ཀུན་སྤྱོད། ངག་གི་བརྗོད་ཚིག་གང་ལ་བརྟགས་ནའང་སེམ་ཉིའི་ཡུལ་ལས་འདས་པར་རྟོགས། དེ་ཕྱིར་ད་ལྟ་ན་ཚོད་མ་སྨིན་པ་ཉིད་ནས་ཉེ་བར་སྤྱོད་ན་འགྲུམ་པར་འགྱུར་བའི་ཉེས་པ་འདི་

ལྟ་སྟེ། དཔེར་ན་པད་མ་གཞོན་ནུ་འདབ་རྒྱ་མ་གྲོལ་བ་ཉི་མའི་ཟེར་དྲག་པོས་གདུངས་ན་རྙིད་པ་ཆོས་ཉིད་དུ་གླེང་བ་ངེས་པར་བདེན་དུ་ཡོད་དོ། །དེ་ན་འཕྲུལ་གྱི་བདེ་བ་ཡུད་ཙམ་ལ་ཆགས་ནས་གཏན་གྱི་བདེ་བ་འཇིག་པར་མི་བྱ་སྟེ། རེ་ཞིག་སྙིང་སྟོབས་སྐྱེད་པར་བྱའོ་སྙམ་དུ་བསམས་ནས། ཤུགས་རིང་ནར་ནར་འབྱིན་ཅིང་རང་གི་གནས་སུ་ཕྱིར་ལྡོག་སོང་། འོན་ཀྱང་འདོད་པའི་གདུང་བ་དྲག་པོས་གཟིར་བས་མཚན་ཐོག་ཐག་མནལ་བ་དང་བྲལ་བར་གྱུར་ཏོ། །དེ་ལའང་རིགས་བཞི་སྟེ། དགེ་སྦྱོང་བརྩོན་འགྲུས་རྩོམ་པ་དང་། ཆོམ་རྐུན་པའི་རབ་རྒོད་དང་། སྐྱེས་པ་བུད་མེད་ལ་ཆགས་སེམས་ཀྱིས་བཅིངས་པ་དང་། བུད་མེད་སྐྱེས་པ་ལ་ཆགས་སེམས་ཀྱིས་བཅིངས་པ་སྟེ་བཞི་ལས་འདི་ནི་གསུམ་པའོ། །དེ་ནས་གཞོན་ནུ་ལང་ཚོ་ནར་མ་སོན་གྱི་བར་ལ་སྐྱིད་དུ་མི་རུང་བར་ཤེས་ནས་དེའི་གདུགས་ཕྱི་མ་ནས་བཟུང་སྟེ་བསྟི་གནས་ཀུན་སོ་སོར་དོང་ངོ་། །

བཅུ་དྲུག་ལང་ཚོའི་ཆ་ཤས་རབ་རྫོགས་པ། །སྲིད་ན་མཚར་བའི་དཔེར་འོས་ཟླ་མཛེས་དེ། །མི་བདག་ཡིད་ཀྱི་ཀུནྡ་ཞུགས་པ་ལ། །མངོན་འདོད་རྩེ་དགའ་སྤྱོད་ལ་རིངས་པར་གྱུར། །འོན་ཀྱང་ཤེས་རབ་ཟབ་མོའི་ཐབས་ཚུལ་ལ། །མཁས་པས་རྣམ་འགྱུར་སྤྱོད་པའི་མཐའ་གང་ཡིན། །རྟོགས་པར་མི་ནུས་དེ་སྣད་རྒྱལ་སྲས་ཀྱང་། །ཡང་དག་འཕྲུལ་པའི་གཟེབ་ཏུ་ཚུད་པར་གྱུར། །རང་གི་འདོད་པའི་དོན་ལས་ཕྱིར་ཕྱོགས་ཏེ། །ལྷན་ཅིག་སྤྱོད་པའི་སྐལ་བས་ཕོངས་གྱུར་ཚེ། །མཚན་གྱི་ཐུན་མཚམས་རེར་ཡང་ལོའི་འདུ་ཤེས། །སྐྱེས་པའི་གདུང་བ་མི་བཟད་ཉམས་སུ་མྱོང་། །ལང་ཚོའི་ཤ་ཁྲི་སྐྱ་སེང་མདངས་རབ་ཉམས། །བ་སྤུའི་ཚོགས་ལངས་མཛེས་པའི་མིག་དག

ཀྱང་། །ངོང་དུ་ལྷུངས་པས་རེ་ཞིག་དེ་ཡི་ལུས། །མཐོང་ན་མི་དགའ་སྐལ་བ་ངན་པར་གྱུར། །

23. དཔའ་བོ་སྲིད་པ་གཞོན་ནུ་ལྷ་ལས་ཡུལ་འཁྱུང་རང་ཉིད་ཀྱི་ཉེ་བའི་ཁྲན་དུ་བཞག་པའི་སྐོར།

སྐབས་དེ་ཙམ་ན་འབངས་ཁོལ་དེ་ཉིད་སྲིད་པ་གཞོན་ནུ་ལ་ཕྲག་དོག་པའི་དབང་གིས་འདི་གཞོམ་པའི་ཐབས་ཤིག་ངེས་པར་འདུ་བྱའོ་སྙམ་ནས། ལྷ་ལས་ཡུལ་འཁྱུང་གི་གམ་དུ་སོང་ནས་གསོལ་བ། ལྷ་གཞོན་ནུ་གཟིགས་སུ་གསོལ། །བདག་གི་སྙིང་ནས་ཕྱུང་བའི་ཚིག་འགའ་ཞིག་ཡོད་ཀྱི་གསན་པར་རིགས་སོ། །དཔའ་བོ་སྲིད་པ་གཞོན་ནུར་གྲགས་པ་འདི་ནི་སྲིད་པའི་རྒྱན་གྱི་བློན་པོའི་མཆོག་ཤེས་རབ་མཐུ་སྟོབས་ཀྱི་བདག་ཉིད་ཅན་ཡིན་པས་རྒྱལ་པོ་ཟླ་བའི་བློ་གྲོས་ཡབ་སྲས་ལ་ནམ་ཡང་དང་བ་སྟོན་པར་མི་གྱུར་ཏེ། དཔེར་ན་ཆུ་ནི་ཇི་ཙམ་བསྐོལ་ཏེ་ཚ་བར་བྱས་ཀྱང་མེ་རུ་མི་འགྱུར་བ་བཞིན་ནོ། །དེས་ན་བློན་པོར་བསྟེན་པ་ལྟ་ཅི་སྨོས། བསྒྲལ་བར་བྱ་བ་འོས་སོ་ཞེས་གུས་གུས་ལྟར་དུ་འཇམ་པའི་ཚིག་གིས་བསྒྲད་པ་ན། སྲིད་པ་གཞོན་ནུ་དེ་ནི་ལང་ཚོའི་འཛུམ་སྒེག་རྨད་དུ་བྱུང་ཞིང་། ཤེས་རབ་དང་། མཐུ་རྩལ་དང་། སྙིང་སྟོབས་ཀྱི་འཇུག་པ་ཟླ་མེད་པ་དང་ལྡན་པ་ལ་ཕྲག་དོག་པའི་རྐྱེན་གྱིས་ཚིག་དེ་དག་ཡིད་ལ་བབས་ནས། བློན་པོ་ཁྱོད་ཀྱིས་ཇི་སྐད་སྨྲས་པ་བདེན་ནོ། །དེ་དེ་བཞིན་དུ་བགྱིད་དོ་ཞེས་དབུགས་དབྱུངས་ཤིང་དོན་དེ་ཡབ་ཟླ་བའི་བློ་གྲོས་ལ་རྒྱས་པར་བཟླས་པས། དེ་ནི་གནས་མ་ཡིན་ནོ་སྙམ་ནས་ལན་སྨྲས་པ། གཞོན་ནུ་མཉན་པར་གྱིས་ཤིག ཤེས་རབ་ཟབ་མོའི་ཕ་རོལ་དུ་ཕྱིན་པའི་སྐྱེས་བུ་གཞོན་ནུ་འདི་ལྟ་བུ་བསྒྲལ་བ

ལས་དཔའ་བར་བརྗོད་པའི་ཤེས་ལྡན་དག་འབྱུང་ངམ་སོམས་ཤིག དཔུང་དང་། གྲོགས། མཐུ་སྟོབས་དང་བྲལ་བའི་གཞོན་ནུ་འདི་ལྟ་བུས་བདག་ཅག་ལ་སླུགས་བལྟ་བའི་གོ་སྐབས་ཡོད་དམ། དེའི་ཕྱིར་ཤེས་རབ་ཅན་གྱི་བློ་ལྡན་ནི། །དགྲ་བོ་ཡིན་ཀྱང་བསྟེན་པར་འོས། །ཞེས་སྔོན་རབས་ཀྱི་གཏམ་རྒྱུད་ལས་བྱུང་བར་ཤེས་པར་གྱིས་ལ། གཞོན་ནུ་ཕྲག་མ་དོག་པར་ཅི་བདེར་གནས་ཚུགས་ཅིག ཅེས་ཡང་དག་པར་གདམས་ཀྱང་ཁྲོ་བའི་ཀུན་སློང་འགོག་ཏུ་མེད་པས་ཡབ་ཀྱི་ཚིག་ལ་ཉན་དུ་མ་འདོད་དེ་བློན་པོ་འགའ་ལ་གསུག་ཕྱིན་ཏེ་མགུ་བར་བྱས་ནས་སྲོག་འཕྲོག་པའི་སྟ་གོན་ལ་ཞུགས་སོ། །དེའི་སྤྱོད་ཚུལ་གྱི་མཐའ་གང་ཡིན་པ་ནི་ཡིད་འོང་མས་རྟོགས་ཏེ་ལྷ་ལས་ཕུལ་བྱུང་ལ་ཕྱག་དང་ཞེ་སར་བཅས་པའི་སྒོ་ནས་བཏུད་དེ་གསོལ་བ། ལྷ་གཞོན་ནུ་གཟིགས་ཤིག ཕྲག་དོག་གདོན་གྱིས་བརླམས་པའི་གཞན་དབང་གིས། འདི་དང་ཕྱི་མར་མི་རུང་བའི་ལས་ངན་པ་བསྒྲུབ་པར་མི་འཚལ། སྲིད་པ་གཞོན་ནུ་ཞེས་པ་འདི་ནི་དགྲ་གཉེན་ཇི་ལྟར་གྱུར་ཀྱང་བློ་གྲོས་དང་། ཤེས་རབ་ཀྱི་རྩལ་ཕུལ་དུ་བྱུང་བས། དེ་ལེགས་པར་བསྐྱངས་ན་བློན་གྱི་མཆོག་རབ་རྩེ་མོར་འགྱུར་ངེས་སོ། །གལ་ཏེ་གཞོན་ནུ་བློ་དང་ལྡན་པ་འདི་ལྟ་བུར་མ་རུང་བ་བྱས་ན་འཇིག་རྟེན་གྱི་དམོད་པའི་མཚོན་ཆས་ལྷ་གཞོན་ངེས་པར་གཞོམ་དུ་ཡོད་པས། བདག་ནི་ཁྱོད་ལས་གཞན་དུ་མི་སེམས་པའི་བརྩེ་གདུང་ཟློལ་མེད་འཆར་བས་འཁྲོག་ཚིག་སྤྲངས་ཏེ་ཟློལ་མེད་པའི་ཚིག་གིས་བསླད་པ་དགོངས་པར་མཛོད་ཅིག ཅེས་གསོལ་པས། ལྷ་ལས་ཕུལ་བྱུང་འདི་སྙམ་དུ་བསམས་པ། འབངས་ཁོལ་གྱིས་བདག་ལ་ཚུལ་བཞིན་མ་ཡིན་པ་སྨྲས་སོ། །ཡིད་འོང་མ་འདིས་ནི་བདག་ལ་ནམ་ཡང་ཕྱིན་ཅི་ལོག་ཏུ་སྨྲ་བ་སྲིད་པ་མ་ཡིན་ནོ་སྙམ་ནས། དེའི་ཚིག་ལ་ཉན་ཏེ། སྡིག་པའི་

ལས་ལས་ཕྱིར་ཕྱོགས་ནས་སྲིད་པ་གཞོན་ནུ་ནི་ལྷ་ལས་ཕུལ་བྱུང་རང་ཉིད་ཀྱི་ཉེ་བའི་ཁྲན་དུ་བཞག་གོ། །

24. རྒྱལ་བུ་གཞོན་ནུ་ཟླ་མེད་དཔུང་ཚོགས་ཡན་ལག་བཞིའི་གཙོ་བོར་འཕགས་ནས་སྣང་བ་འཐུམ་ལྡན་གྱི་ཕྱོགས་སུ་དཔུང་བཀྲམས་པའི་སྐོར།

དེའི་ཚེ་དེའི་དུས་ན་སྲིད་པ་གཞོན་ནུའི་འཁོར་དུ་འོངས་པའི་དཔུང་ཚོགས་བརྒྱ་ཕྲག་གི་ལྷག་མར་གྱུར་པ་བཙོན་པ་དང་བྲལ་བ་ཆང་པས་རྒྱུ་ཞིང་། མཚོན་ཆ་དང་བྲལ་བ་འཁར་བ་ལ་བརྟེན་པ། ཡན་ལག་ལ་སོགས་པ་མཚོན་གྱིས་རྨས་ཏེ་ཉམས་ཉེས་པ་དེ་རྣམས་སྲིད་པའི་རྒྱན་གྱི་ཕོ་བྲང་གི་ཉེ་འདབས་སུ་ལྷགས་སོ། །དེ་རྒྱལ་པོ་ཉི་མའི་སྣོ་གྲོས་ཡབ་སྲས་ཀྱི་ཕོ་བྲང་བ་གམ་ཅན་གྱི་ཡང་ཐོག་ནས་མཐོང་ངོ་། །མཐོང་ནས་ཀུང་དེ་དག་ཕ་རོལ་གྱིས་རྩོལ་བའམ། ཚམ་པོས་བཙོམ་པར་ཤེས་ནས་ཡིད་སློང་སློང་པོར་གྱུར་ཏེ་སྨྲས་པ། ཀྱེ་ངའི་བཀའ་ལ་གནས་པ་ཁྱོད་རྣམས་གོ་བར་གྱིས་ཤིག འདི་ལྟར་ཉམ་ཆུང་བ། མཐུ་སྟོབས་ཟད་པ། ཐ་ཁྭ་ཏ་ནག་པོ་དཔུང་པ་བུད་པ་ལྟར་འཁྱོར་འཁྱོར་པོར་འགྲོ་བ། བཙོན་པ་དང་མཚོན་ཆ་མེད་པ། སྙིང་རྗེ་རྗེ་ལྟར་དུ་གྱུར་པ་ཁྱོད་རྣམས་ཅི་ཉེས་སྨྲས་ཤིག དེའི་ཚེ་ཉམ་ཐག་པའི་འབངས་དེ་རྣམས་ཀྱིས་ཕྱག་ཟློན་ཤིང་གི་སྡོང་བུ་འཁྱིལ་བ་ལྟར་འཚལ་ཞིང་། དེའི་དབུས་ནས་རྒན་པ་མགོ་སྐྱེས་སྤྲ་བའི་མེ་ཏོག་ལྟར་སྐྱ་བ། དཔྲལ་བ་ནི་དྲས་སྟན་ལྟར་གཉེར་མས་གང་བ་ཞིག་གིས་ཐལ་མོ་སྦྱར་ནས་སྐད་གཅམ་ཆུང་ངུས་གསོལ་པ།

ས་ལ་སྤྱོད་པའི་དབང་ཕྱུག་མཆོག །ཆབ་འབངས་བྱམས་བརྩེས་སྐྱོང་
བའི་མ། །ཚད་མེད་ཕུལ་བྱུང་ཐུགས་རྗེའི་གཏེར། །ཡབ་སྲས་བརྩེ་བས་

ཡུད་ཙམ་དགོངས། །སྲིད་གསུམ་འདི་ན་དཔའ་བོའི་ཕྱུལ། །འཇིགས་མེད་སྙིང་སྟོབས་གོ་ཆ་ཅན། །དཔའ་བོ་སྲིད་པ་གཞོན་ནུ་དག །བློ་ངན་གཡོ་སྒྱུའི་སྤྱོར་བ་ཡིས། །གང་ལ་ཉེ་བར་ཟུག་རྫུ་ནི། །སྐྱིད་བྱེད་ཚེར་མའི་བརྟུལ་ཞུགས་ཅན། །འབངས་ཁོལ་དེར་བཅས་བདག་ཅག་གིས། །ཤུལ་ལམ་རིང་པོའི་ངལ་བ་ནི། །ཁྱད་བསད་བཀོད་ལེགས་འོད་སྣང་ཞེས། །ལྷ་ན་སྡུག་པ་རྒྱལ་པོའི་ཁབ། །དེ་ཡི་གམ་དུ་ཉེ་བར་ལྷགས། །རིག་པའི་བདག་ཉིད་གཙུག་ལག་གི། །གནས་པ་མི་འཁྲུག་ཤེས་བྱའི་གཏེར། །དཔའ་བོ་སྲིད་པ་གཞོན་ནུ་དེས། །ཚུ་ལེན་བུ་མོའི་ལག་སོར་གྱི། །པད་མའི་རོལ་པ་ལས་བརྒྱུད་དེ། །བཅོ་བའི་འཕྲིན་ཡིག་ཟུར་གྱིས་བསྒྲིངས། །དེ་ཚེ་ལྷ་ལས་འདས་པའི་མཛེས་སྡུག་རྨད་བྱུང་ལང་ཚོའི་སྙིག་ཚོས་འཛིན། །བཞིན་རས་ཟླ་བ་རྒྱས་པའི་དཔལ་ལ་མཁྲེར་ཚོས་ཉི་འོད་འཚར་ཀའི་མདངས། །རབ་ཆགས་དཀྲུས་རིང་ཨུཏྤལ་འདབ་ཡངས་འདྲེན་བྱེད་གཡོ་བའི་ཟུར་མདའ་ཡིས། །མ་ལུས་སྐྱེ་བོའི་ཡིད་དབང་བརྟན་པ་ཅིག་ཅར་འཕྲོག་མཁས་ཡིད་འོང་མ། །འབངས་མོར་བཅས་པ་ལྗོངས་ཀྱི་སྐྱིད་ཚལ་ནེའུ་གསིང་རབ་རྒྱས་དགའ་བའི་ཚལ། །སྣ་ཚོགས་འདབ་རྒྱས་སྨན་འགྱུར་རབ་བཀྱེ་དེ་དབུས་ཡན་ལག་པ་བརྒྱད་ལྡན་གྱི། །རྫིང་བུར་ཁྲུས་ལ་རོལ་བར་སྤྲོ་བཏགས་དོན་དུ་གཉེར་བ་རྒྱལ་བའི་སྲས། །གཞོན་ནུ་ཟླ་མེད་ཁྱོད་ཞལ་བལྟ་ལ་རིངས་པའི་ཚུལ་གྱིས་ས་དེར་ལྷགས། །སྐབས་དེར་སྲིད་པ་གཞོན་ནུ་དེས་ཀྱང་རྒྱན་གོས་ཕུན་ཚོགས་ལེགས་བསྣུབས་ནས། །རྒྱལ་སྲས་གང་གི་བརྫུ་ལ་བརྟེན་བཞིན་ཡིད་འོང་དེ་ཡི་གམ་ལྷགས་ཚེ། །རྒྱ་མཚོར་མཁས་པའི་དེད་དཔོན་ཇི་བཞིན་ཡིད་འོང་དེས་ནི་རྒྱལ་བའི་སྲས། །མིན་པར་ངེས་རྟོད་འོན་ཀྱང་དེ་ཡི་མདུན་ན

འདོན་ནམ་དེར་གཏོགས་པའི། །ཤེས་རབ་ལྡན་ཞིག་ངེས་པར་ཡིན་སྙམ་འགྱུར་ཁྲུག་ཉམས་ལྡན་ཚིག་གིས་དྲིས། །དེ་ཚེ་འཕྲོག་ཚིག་སླ་བར་མི་སྤྲོབས་དྲང་པོར་བརྗོད་པས་གཞོན་ནུ་ཡིས། །མཚན་ཅན་གང་ལ་རྗེས་སུ་ཆགས་ཕྱིར་བདག་ཅག་ཕྱི་བཞིན་འབྲེང་པར་གྱུར། །དེ་ནས་ཕྱོགས་འདི་རིམ་གྱིས་བགྲོན་པ་ཡི། །ཁ་ལོ་བསྒྱུད་དེ་འོངས་མཐར་མཐའ་བྲལ་གྱི། །ལྗོངས་ཞེས་སྤོ་བསངས་ནམ་མཁའ་ན་མཐའ་དང་། །འདྲེས་མཚུངས་པ་མཐའ་ཚད་དུ་ཡངས་པ་ཡི། །མྱུ་ངམ་ཐང་དེར་བདག་ཅག་ཉེར་བསྐྱོད་ཚེ། །སྣང་བ་འབུམ་ལྡན་སློན་རིགས་དཔའ་བརྟུལ་གྱིས། །བསྐེམས་པའི་སྐྲོ་རྩོད་ཐར་ལེགས་ཞེས་བྱ་བ། །བརྒྱ་ཕྲག་བཅུ་ཡི་གྲངས་ཅན་དཔུང་གི་ཚོགས། །རྗོ་དབལ་རྟུ་མཆོན་རྩེ་མོ་མཁའ་ལ་གཟིངས། །ལྷབ་ལྷུབ་བ་དན་དར་ལྕེ་བར་སྣང་གང་། །གོ་མཚོན་འོད་ཀྱི་སྣང་བ་དཀར་པོ་འཁྲོ། །རྟ་རྨིག་སྒྲ་ཡིས་ས་གཞི་ཟ་ལྟར་དུ། །རྡུང་བཞིན་གྱུར་པར་འོང་བ་རིང་ནས་མཐོང་། །དེ་ཚེ་ཡིད་འོང་ཁོལ་མོར་བཅས་པ་ཡིས། །སྐྱེས་པའི་ཆས་གོས་ཀྱིས་བསླུབས་བརྫུ་བག་ལ། །བརྟེན་ཅིང་སྲིད་པ་གཞོན་ནུས་གཡོ་སྒྱུའི་ཚིག །སྨྲས་པས་དེ་དག་འཁྲུལ་པའི་ལམ་ཞུགས་ཀྱང་། །བློན་པོ་དགྲ་གཉེན་མི་རྟོགས་འབངས་ཁོལ་དེས། །རང་མཚང་རྗེན་པར་བསྟན་པས་བསྣུས་གྱུར་ཏེ། །བདག་ཅག་རྗེས་སུ་སྐར་མདའ་ལྷུང་བ་ལྟར། །དེ་དག་དཔུང་གི་ཚོགས་རྣམས་འོང་བ་མཐོང་། །དེ་མཐོང་མོད་ལ་སྲིད་པ་གཞོན་ནུ་དེས། །མཆོག་གི་རྒྱལ་སྲས་གཞོན་ནུ་ཟླ་མེད་གང་། །རིང་ནས་ཐུགས་རྗེའི་གཟིགས་པས་བདག་ཉིད་བསྐྱངས། །དེ་རིང་རྗེ་བོའི་དྲིན་དུ་གཟོ་བའི་ཕྱིར། །འགྲོད་དང་རྩོད་པའི་གཡུལ་གྱི་དོ་ར་འདིར། །ལུས་སྲོག་རྟལ་དུ་བཏགས་ཀྱང་བཟོད་བྱ་ཞེས། །

འཇིགས་མེད་གཞོན་ནུ་དེ་ནི་གཡུལ་ངོར་ཞུགས། །དཔུང་པ་གཏུམ་པོ་དཔའ་བས་དྲེགས་གྱུར་པ། །སྙིང་སྟོབས་ཕུལ་དུ་བྱུང་དེས་རྐོལ་བའི་ཚེ། །རེ་ཞིག་སྟོང་སྡེའི་དཔུང་ཡང་འཕམ་བྱས་ཏེ། །འཇིགས་རུང་རྡོ་རྗེའི་མཚུ་ཅན་མདུན་ས་ན། །གདུག་ཅན་ལག་འགྲོའི་ཚོགས་རྣམས་འདར་བ་བཞིན། །འགྲན་པར་བཟོད་པའི་སློ་མཐུན་རབ་ཉམས་ཏེ། །འོ་དོད་ཀུ་ཅོའི་སྒྲ་ངན་སྒྲོགས་པ་ཡིས། །ས་གཞི་བར་མཚམས་མེད་པར་གང་བྱས་སོང་། །སླར་ཡང་འབངས་ཁོལ་དེས་བསླུས་དཔའ་བོའི་མཆོག །སྲིད་པ་གཞོན་ནུ་འཁྲུལ་བྱས་མཐུ་རྩལ་ཉམས། །བདག་ཅག་དཔུང་སྟོབས་དམན་པས་འགྲན་མ་བཟོད། །ཡིད་འོང་མ་ནི་མི་འདོད་དུཿཁའི་ཁུར། །ལྕི་བས་ནོན་གྱུར་ཕྱི་བཞིན་ཁྲིད་པ་མཐོང་། །ཀྱེ་ཧུད་སྡོན་བསགས་དཀར་མིན་གནག་པའི་ལས། །དུ་མའི་འབྲས་བུ་གཅིག་ཏུ་སྨིན་ལགས་ན། །ཟབ་ཅིང་དཀྱིལ་ཆེའི་ཐུགས་ནི་ཉེར་དགོངས་ཏེ། །བརྩེ་ཆེན་ཐུགས་རྗེའི་གཟིགས་པ་རྟག་མ་གཡེལ། །རལ་གྲིའི་སོ་ལ་ཁྲ་ཚུར་བརྗེག་པ་ཡི། །ཉམ་ཆུང་ཚུར་རྐོལ་རྒྱལ་བློན་སྡེ་དང་བཅས། །མིང་གི་ལྷག་མར་བྱེད་ལ་མི་ཞུམ་པ། །འཇིགས་བྲལ་མཐུ་སྟོབས་ནུས་པ་རྒྱ་མཚོའི་གཏེར། །རྒྱལ་བུ་གཞོན་ནུ་ཟླ་མེད་དཔལ་ལྡན་གྱི། །བློན་པོ་བཅས་ཀྱིས་རྩེད་འཇོའི་ཞར་ཙམ་ལ། །གཞོམ་པར་ནུས་མོད་དེ་ཕྱིར་རིགས་ལྡན་མ། །ཡིད་འོང་སྲིད་ན་མཚར་བའི་དཔེར་འོས་ཞེས། །གྲགས་དཀར་རིང་ནས་རིང་དུ་འཕྲོ་བ་དང་། །དཔའ་བོའི་དབང་ཕྱུག་སྲིད་པ་གཞོན་ནུ་ཟུང་། །མགོན་མེད་སྐྱབས་དང་བྲལ་བ་མ་ཡིན་པར། །ཐུགས་རྗེའི་མཐུ་དཔུང་བསྐྱེད་པའི་དུས་ལ་བབས། །སྡུག་བསྔལ་ཉེས་བརྒྱའི་ཁུར་གྱིས་ནོན་གྱུར་པ། །བདག་ཅག་རེ་བ་འདི་ནི་དོན་ཡོད་འཚལ། །

ཞེས་ཐོག་མ་ནས་མཐའ་མའི་བར་གྱི་སྣང་ཚུལ་རྣམས་མ་བཅོས་ཤིང་མ་བསླད་པ། གསལ་བའི་ངག་གི་སྒོ་ནས་དཔྱིས་ཕྱིན་པ་ལེགས་པར་བསྙད་པ་ན། རྒྱལ་བློན་འཁོར་བཅས་བཞིན་བཟང་མཐོང་ན་དགའ་བ་ཟླ་བའི་དཀྱིལ་འཁོར་ཆ་ཤས་ཡོངས་སུ་རྫོགས་པ་ལྟ་བུ་ནི། ཞི་སྣང་རི་བོང་མཚན་མས་རྟོག་པས་མོག་པོར་བྱས། འཛུམ་དཀར་བདུད་རྩིའི་ཟེར་ཕྲེང་འཕྲོ་བ་ནི་ཚིག་རྩུབ་དྲག་པོའི་ཚད་བལ་དང་ལྡན་པའི་ཁྲོ་གདུམ་ཉམས་བཀྱུར་ཀྱུས་པར་གྱུར་ཏེ། ཐོག་མ་ཁོ་ནར་བློན་པོ་དཔའ་བའི་དབང་དེ་ཉིད་ཀྱིས་འཇིགས་པ་དང་། བག་ཚ་བ་མེད་པའི་བརྟུལ་ཞུགས་ཀྱིས་ལག་པའི་ཐལ་མོ་བརླ་གཡས་པ་ལ་བསྣུན་ཅིང་དགོད་བག་དང་བཅས་ཏེ་སྨྲས་པ།

གནས་འཆི་མེད་དགའ་བའི་ཚལ་ཡངས་པོ། །ལྗོངས་ས་གཞིའི་ཐིག་ལེར་འཕོས་གྱུར་པ། །ཡོངས་སྲིད་པ་ཀུན་གྱི་རྒྱན་གཅིག་པུ། །གཞན་དྲེགས་ལྡན་མཐའ་དག་འདུད་བྱའི་གནས། །མང་བཀུར་གྱི་རྒྱལ་ཁབ་དམ་པ་འདིར། །ས་ཆེན་པོའི་ཁོར་ཡུག་བདེར་སྐྱོང་བ། །དགུང་ཉིན་བྱེད་ལྟ་བུའི་མི་བདག་ལ། །དམན་ས་གཞིའི་སྲིན་བུ་མི་ཁྱེར་གྱིས། །འགྲན་བྱེད་པའི་ལས་འདི་སྒྲུབ་པའི་རྐྱེན། །དུག་ཏ་ལ་བསྐྱེད་པའི་ས་གཞི་བཞིན། །བློ་མ་རུང་གསལ་ལྡན་གཡོ་སྒྱུ་ཡིས། །ལམ་ལོག་པར་རྐྱོལ་བ་འདི་བྱས་ན། །དེ་ཐོག་མ་ཁོ་ནར་འཇོམས་བྱས་ནས། །སླར་སྣང་བ་འབུམ་ལྡན་མིང་ཙམ་གྱི། །ལྷག་མ་རུ་བྱེད་ལ་སྨྲོ་གྱུར་པས། །དཔུང་ཁ་ལོ་བསྒྱུར་བ་བདག་གིས་བྱ། །ད་སྒྱུར་བའི་ཤུགས་ཀྱིས་གཡུལ་ངོར་འཇུག །

ཅེས་དཔའ་བའི་གཏམ་དུ་བརྗོད་པ་ན། བློན་པོ་འཇིགས་མེད་དཔུང་འཇོམས་འདི་སྙམ་དུ་བསམས་པ། དང་པོར་བཀོད་ལེགས་འོད་སྣང་འཇོམས

སུ་མི་རུང་སྟེ། དེ་ནི་རང་ཅག་གི་ལག་རྩེར་གནས་མོད། དེས་ན་སྟོབས་ཀྱིས་བསྐེམས་པའི་སྣང་བ་འབུམ་ལྡན་ཁོ་ན་ཐོག་མར་གཞོམ་པར་རིགས་སོ་སྙམ་ནས་དྲེགས་པའི་ང་རོ་གསང་མཐོན་པོར་བརྗོད་པ་ནི་འདི་སྐད་ཅེས་སོ། །

གློ་དཔའ་ཆོད་ཡོངས་ཀྱི་དབང་ཕྱུག་གིས། །གཏམ་ཟོལ་མེད་དགེ་བར་བསྙད་པའི་དོན། །རྗེ་ས་བདག་རྒྱལ་པོ་ཡབ་སྲས་ཀྱི། །ཐུགས་བཞེད་པའི་བཟློག་ཕྱོགས་སྒྲུབ་པ་པོ། །གཞི་རྒྱལ་ངན་ལ་ནི་ཡིད་རབ་ཁྲེལ། །དེ་ཐོག་མ་ཁོ་ན་གཞོམ་བྱ་ཞེས། །གང་སྨྲ་བ་གཅིག་ཏུ་བདེན་མཆིས་ཀྱང་། །སྟོབས་ལྡན་པ་རྩོལ་བའི་གཙོ་བོ་སྟེ། །སའི་བདག་པོ་ཟླ་བའི་བློ་གྲོས་ཞེས། །རིགས་རྒྱུད་འཛིན་སློན་པོར་བཅས་པ་ཀུན། །ཚར་གཅོད་པའི་གཡུལ་གྱི་སྦྱོར་བ་བཤམས། །དེ་མིང་གི་ལྷག་མར་གྱུར་པའི་རྗེས། །སྟོབས་མཐུ་རྩལ་དམན་པའི་གསལ་ལྡན་རྒྱལ། །རང་ཅག་གི་ལག་རྩེར་གནས་གྱུར་ན། །དེ་ཆོལ་བ་ངལ་བ་འབྲས་མེད་ཡིན། །ད་སྣང་བ་འབུམ་ལྡན་རྒྱལ་ཁབ་ཏུ། །མྱུར་བགྲོད་དོ་འཇིགས་མེད་དཔུང་གི་ཚོགས། །

ཞེས་སྨྲས་པ་ན། འཇིགས་མེད་བརྟུལ་ཕྱུགས་ལྡན་དེ་ཡང་འདི་ལྟར་སེམས་ཏེ། རྒྱལ་ཁབ་དེ་གཉིས་གང་ཐོག་མར་འཇོམས་པར་བྱེད་ཀྱང་བྱ་དཀའ་བའི་གནས་ཕྲ་མོ་ཙམ་ཡང་མི་འབྱུང་སྟེ། ཉི་མའི་སྣང་བས་མུན་སྣག་བཅིལ་བ་ལྟར་གཞོམ་དུ་ངེས་པར་སྙམ། དེ་བས་ཡིད་འོང་མ་དང་སྲིད་པ་གཞོན་ནུ་ཉམས་ཉེས་པར་གྱུར་ན་མི་རུང་བས། དྲག་པོའི་གཡུལ་གྱི་གཤོམ་ར་མྱུར་བར་འདེང་བ་ལ་བསྐུལ་ལོ་སྙམ་ནས་སྨིན་མཚམས་སུ་ཁྲོ་གཉེར་བསྡུས་ཤིང་། སྨིན་མ་འཁྲུག་པོར་སྒྱུར་བཞིན་པར་སྨྲས་པ།

ཀྱེ་མིའི་བདག་པོ་གཟིགས་ཤིག སྣང་བ་འབུམ་ལྡན་སྟོབས་ཀྱི་ནམ

མཁའ་ལ། །སྔོན་འབངས་བགྲང་བ་ལས་འདས་སྒྲོལ་བྱེད་ལྟར། །མང་ཡང་དཔའ་སྟོབས་བཀྲག་འོད་མི་འཕྲིན་པས། །ཉམ་ཆུང་སྨུན་པའི་མལ་དུ་མནལ་བ་ལ། །འཇིགས་མེད་མཐུ་རྩལ་འོད་སྟོང་སྤྲོ་བའི་བདག །ཟེར་ཕྲེང་རེས་ཀྱང་མ་རུངས་དགྲ་སྡེའི་དཔུང་། །རྒྱ་སྐར་ཇི་བཞིན་མཐར་བྱེད་དཔུང་པ་གཏུམ། །དཔལ་ལྡན་མི་ཡི་ཉི་མ་ཐམས་ཅད་དགའ། །གཞོན་ནུ་ཟླ་མེད་དཔའ་ཞིང་དཀྱིལ་ཆེ་བ། །གང་གི་བསོད་ནམས་མཐུ་སྟོབས་དོ་ཟླ་སྲུ། །རྐྱལ་ངན་མི་བསྲུན་གཙོ་བོ་ཚར་བཅད་མཐར། །བཀོད་ལེགས་འོད་སྣང་སྟོབས་ཐལ་སྲིན་བུའི་གཟུགས། །ཡོག་སེམས་མེ་ཁྱེར་ཅན་གྱི་སྣང་བ་ནི། །རང་ཞིར་གྱུར་ཏེ་འདུད་པ་སྨོས་ཅི་དགོས། །སུ་ཞིག་གང་གི་འགྲན་ཟླར་གྱུར་པ་ནི། །སྲིད་པ་ཡངས་པའི་འཁོར་ལོ་འདིར་མ་མཆིས། །དེ་སྐད་ཚམ་ཚོམ་ཐལ་བའི་བརྟུལ་ཞུགས་ཀྱིས། །ཡན་ལག་བཞི་ལྡན་དཔུང་གི་ཁ་ལོ་བསྒྱུར། །དུས་ལས་འདས་ན་ཡིད་འོང་མཛེས་མ་དང་། །ལྷོ་ལྡན་གཞོན་ནུ་རྗེས་སུ་མི་བརྩེ་འམ། །

ཞེས་སྨྲས་པས། རྒྱལ་སྔོན་མཐའ་དག་དཔུང་གི་སྦྱོར་བ་སྒྱུར་བར་བཤམས་པ་ལ་བཞེད་པ་ཕྱོགས་གཅིག་ཏུ་མཐུན་པར་གྱུར་ནའང་སྔོན་པོ་འབུམ་ཕྲག་དོ་ཟླ་གཅིག་པ་ཞེས་ཆེས་དཔའ་བའི་ནང་ནས་ཀྱང་ཁྱད་པར་གྱིས་དཔའ་ཞིང་དཀྱིལ་ཆེ་བ་དེ་ནི་རྒྱལ་ཁབ་དེ་གཉིས་ཀ་དུས་གཅིག་ཏུ་གཞོམ་པར་འདོད་དེ་བཞིན་བསྒྱུར། མིག་བཤད། ལག་པ་འདྲིལ་བཞིན་པར། ནམ་མཁའ་ལྡིང་ཀླུ་རིགས་གདུག་པ་འཇོམས་པ་ལ་རྒྱ་མཚོར་ཆས་པར་ཇམས་པ་ལྟ་བུའི་བརྟུལ་ཞུགས་དང་ལྡན་པའི་ང་རྒྱལ་གྱི་གད་རྒྱངས་དྲག་པོར་སྒྲོགས་པ་འདི་སྐད་ཅེས་སོ། །

དཔལ་ས་ལ་སྤྱོད་པའི་མིའི་བདག་པོ། །སྟོབས་འཁོར་ལོས་བསྒྱུར་བའི་རྒྱལ་པོའི་རིགས། །དགྲ་གདུག་པའི་གཤེད་དུ་གཤིན་རྗེ་སྟེ། །འབངས་བྱམས་པས་སྐྱོང་བའི་ཞི་དུལ་ཅན། །སའི་འཁྱོར་འཛིགས་ཉི་ཟླ་ཟུང་གཅིག་ལ། །བདག་གསོང་པོར་བརྗོད་འདི་མཉན་པར་འོས། །སྔོན་བག་མེད་སྤྱོད་པས་ཕ་རོལ་ལ། །མཐོ་འཚམ་པའི་བྱ་བ་འགའ་མེད་ཀྱང་། །ཚུར་གནོལ་བར་བྱེད་པའི་དགྲ་ངན་ནི། །དེ་ཟུང་གཅིག་འགྲན་པ་བཞིན་དུ་བྱུང་། །བློ་ཆོག་ཤེས་བྲལ་བའི་ལས་སྒྲུབ་ན། །དུས་རེ་ཞིག་གྲུབ་ཀྱང་ཐ་མར་འཕུང་། །སྙེམས་ཆུང་ངུར་འདུག་ཀྱང་བརྙས་བྱེད་པ། །དེ་བཟོད་པར་ནུས་པའི་ཐབས་ཡོད་དམ། །སྲ་མཁྲེགས་པ་རྡོ་རྗེའི་རི་བོ་ལ། །རྒྱངས་སྲི་བོའི་བརྡུང་བ་འདིའི་དོ་ཟླ། །བདག་གཅིག་པུས་ཁུར་དུ་ཁྱེར་ནུས་ན། །དཔུང་གྲོགས་དང་བཅས་པས་ལྟ་ཅི་དགོས། །དོན་དེ་ཕྱིར་མ་ལུས་སྐྱེ་རྒུའི་སྲོག །ཡོངས་ཕན་བདེའི་རྩ་ལག་ལྷ་གཞོན་ནུ། །གདན་སེང་གེའི་ཁྲི་ལས་མ་གཡོས་བཞུགས། །ལས་དྲག་པོའི་གཡུལ་ངོར་ཁོ་བོ་མངགས། །ཡུལ་མི་ཧོག་རྒྱས་ཚལ་རྗེ་བོ་ཡི། །ཁབ་སྣང་བ་འབུམ་ལྡན་ཞེས་པ་དེ། །རྗོ་ཐལ་གྱི་ཕུང་པོ་ཆེན་པོར་བྱེད། །སའི་བདག་པོ་ཟླ་བའི་བློ་གྲོས་དང་། །དེའི་རིགས་གྱུར་ལྷ་ལས་ཕུལ་བྱུང་ལ། །སྲོག་སྦྱིན་པར་བྱས་ཏེ་ཐན་དུ་འཁོལ། །ཚད་མེད་པར་བརྩེ་ཆེན་ཐུགས་རྗེའི་སྤྱན། །སྙེམས་གཟིགས་ཀྱང་མ་རུངས་ལོག་པའི་བློ། །འཛིན་བྱེད་པ་འབངས་ཁོལ་ཞེས་བྱ་དེའི། །སྙིང་དུམ་བུར་བྱས་ཏེ་བཟར་ཡང་རུང་། །ཁྲག་རླངས་ཅན་རུབ་ཏུ་འདྲེན་ཡང་བཟོད། །ཡུན་རིང་པོའི་དུས་ནས་དོན་གཉེར་བ། །ལུས་ལང་ཚོའི་མཚར་སྡུག་འཛིག་ཧེན་ན། །འགྲན་མི་བཟོད་སྐན་པའི་གྲགས་པའི་དབྱངས། །ཡོངས་ཁྱབ་པ་རིགས་ལྡན་

ཡིད་འོང་མ། །མཆོག་བཙུན་མོར་དབང་སྐུར་ཅོད་པན་འཆིང་། །ལུས་ན་ཚོད་ཕྲ་ཡང་འཇིགས་མེད་བློ། །ཆེས་ཏན་པོར་གྱུར་པ་དཔའ་བོའི་མཆོག །དཔའ་སྲིད་པ་གཞོན་ནུར་གྲགས་ལྡན་དེ། །ཡིད་རེ་བའི་འཁོན་ལན་ལེན་པར་བྱེད། །ལས་དེ་ཙམ་སྒྲུབ་པར་མ་ནུས་ན། །མགོན་བཙེ་ཆེན་གཟིགས་པས་རྟག་བསྐྱངས་པར། །དྲིན་གཟོ་བའི་ནུས་པ་གཞན་ཅི་ཞིག།གཉེན་རེ་བའི་འདོད་པ་ཇི་ལྟར་འཇོ། །དགྲ་རྩུར་རྒོལ་གྱི་དོ་ཟླར་རློམ་ནས་ཅི། །དེའི་ཞར་བྱུང་ཙམ་དུ་གསལ་ལྡན་རྒྱལ། །བློ་འཕྲུག་པོའི་རང་བཞིན་གཡོ་ཅན་དེ། །འཐབས་སྡེ་དང་བཅས་པ་ཆམ་འབེབས་པར། །ལས་དཀའ་བ་ཆ་ཙམ་ཡོད་མིན་པས། །དགྲ་རྒོལ་ངན་གྱི་གཡུལ་ངོ་ཆབས་ཅིག་ཏུ། །གཞོམ་ནུས་པའི་བློ་གདེངས་ཁོ་བོས་སྐྱེད། །གཏམ་ཁ་པོ་ཡིན་མིན་ཕྱི་རྗེས་གསལ། །དོན་སྒྲུབ་པར་ནུས་མིན་ད་གདོད་ཤེས། །ལུས་སྲོག་ལ་མི་ལྟོས་རྒོལ་ནུས་ན། །ཁྲི་འབུམ་སྡེའི་དཔུང་ཡང་གད་མོའི་གནས། །བློ་དཔའ་རྒོད་ལྡན་པའམ་སྙིང་རྗེའི་ཡུལ། །ཐབས་གཡོ་འཕྲུལ་མཁས་ཀྱང་རང་འཕྲུལ་ཡིན། །སྟོབས་འབྱོར་པ་ཆེ་ཡང་དཔའ་བོའི་ནོར། །བློ་དཔའ་བརྟུལ་གྱི་ཁོ་ལག་རྫོགས་གྱུར་པས། །དགྲ་ས་གཞི་ཁེངས་ཀྱང་བག་མི་ཚ། །དཔེར་མཚོན་ན་གདོང་ལྔའི་དབང་པོ་དེ། །ལག་ལྡན་གྱི་ཁྲུ་ཚོགས་གྲངས་མང་ཡང་། །ལུས་བ་སྤུ་གཡོ་བ་ཙམ་མེད་པར། །ཡོངས་ཅིག་ཅར་གཞོམ་དང་རྣམ་དབྱེར་མེད། །མིའི་བདག་པོ་ཅི་བདེར་བཞུགས་སུ་གསོལ། །ལས་འདི་ནི་ཁོ་བོའི་བགོ་སྐལ་ཡིན། །

ཞེས་དཔའ་བའི་ཉམས་བརྒྱར་རྒྱས་པའི་ང་རོ་དེ་ལྟར་བསྒྲགས་པ་ན་རྒྱལ་པོ་ཉི་མའི་བློ་གྲོས་ནི་འཛུམ་དམུལ་གྱིས་ཕྱུངས་ནས་སྤྲོ་བ་ལྷག་པར་བརྟས

ཏེ། དཔའ་བོའི་ཁྱུ་མཆོག་ནད་མེད་ཅིག་ལེགས་སོ་ལེགས་སོ། །ཁྱོད་ཀྱིས་ཇི་ལྟར་བསྟན་པ་དེ་བཞིན་དུ་བགྱིད་དོ་ཞེས་ཡིད་ལ་བབས་པའི་ཚིག་གི་སྒྲ་ཡང་ཕྱིན་ནོ། །རྒྱལ་བུ་གཞོན་ནུ་ཟླ་མེད་ནི་འདི་སྙམ་དུ་བསམས་པར་གྱུར་ཏེ། འབུམ་ཕྲག་དོ་ཟླ་གཅིག་པ་དེ་ནི་དཔའ་བོའི་ཡུལ་དང་། མཆོག་རབ་ཏུ་གྱུར་པ་ཡིན་པས་ཇི་ལྟར་གླེང་བའི་ཚིག་དེ་ཡང་ཁ་པོ་བསྒྲགས་པ་ཙམ་མ་ཡིན་ཏེ། ངེས་པ་ཉིད་ཀྱི་དོན་དེ་བཞིན་དུ་སྒྲུབ་པའི་ནུས་པ་དང་ལྡན་པར་གདོན་མི་ཟ་མོད། འོན་ཏེ་རང་ཅག་གི་དོན་དུ་གཉེར་བྱའི་གཙོ་བོ་ཡིད་འོང་མ་དེ་ནི་གཉེན་དུ་འགུགས་པར་བྱེད་ན། དེ་ལ་རྟེན་པའི་ཉེ་དུར་གྱུར་པ་བཀོད་ལེགས་འོད་སྣང་གི་རྒྱལ་ཁབ་གཞོམ་དུ་མི་རུང་། དེ་ཁོ་ནའི་སྣང་ཚུལ་ཇི་བཞིན་བློན་པོ་དག་ལ་བཟློས་ན་ཞན་དུ་ནི་མི་འདོད། འོན་ཀྱང་ཐབས་ལ་མཁས་པའི་ཚིག་གིས་ཁྲིད་ནས་བཀོད་ལེགས་འོད་སྣང་གི་རྒྱལ་ཁབ་ལ་འཚེ་བར་མི་འགྱུར་བ་ཞིག་བྱའོ་སྙམ་ནས་ཡབ་ཉེ་མའི་བློ་གྲོས་བློན་པོར་བཅས་པ་ལ་འཛུམ་པའི་བཞིན་གྱི་མདངས་ཕྱུངས་ནས་འདི་སྐད་ཅེས་སོ། །

དཔའ་ཞིང་བརྟུལ་ཕོད་མདུན་ན་འདོན་རྣམས་རང་རང་འདོད་པ་ཐ་དད་སྨྲ། །དེ་དེ་ལྟར་ལ་ཉམས་སུ་བླངས་ན་དོན་ནི་སྒྲུབ་ལ་བྱ་དཀའ་ཅི། །འོན་ཏེ་བདག་གིས་ལེགས་པར་བརྟགས་ཤིང་གཟུ་བོའི་བློས་དཔྱད་དྲང་ཐིག་གི། །ཚིག་ཏུ་བརྗོད་འདིར་ཡབ་གཅིག་བློན་པོར་བཅས་པ་ངེས་པར་གསན་པའི་རིགས། །སྟོབས་དང་འབྱོར་པ་ཕུན་སུམ་ཚོགས་ཤིང་དཔའ་བརྟུལ་ལྡན་པའི་བློན་པོའང་མང་། །རྒོལ་བའི་གཙོ་བོ་སྣང་བ་འབུམ་ལྡན་དེ་ནི་དང་པོར་མ་བཅོམ་པར། །འཁོན་གྱི་གཞི་ཞེས་སྟོབས་ཐལ་བཀོད་ལེགས་འོད་སྣང་དེ་ནི་བཅོམ་ནས་ཅི། །དཔེར་ན་སྤྲིན་མེའི་སྣང་བ་ཆུང་ངུས་ནགས་ཚལ་ཆེན་

པོར་མི་སྨྲར་ཚོ། །དེ་ཉིད་བཅིལ་བའི་ལས་ལ་འབད་ན་དང་པོར་ནགས་ཚལ་
མི་ཡི་དཔུང་། །ཞི་བར་མ་བྱས་དེ་ཡི་རྩ་བ་སྒྲོན་མེའི་སྣང་བ་འདི་འོ་ཞེས། །
དེ་ཉིད་ཚབ་ཀྱིས་སྨྲན་པར་བྱས་ལ་དགོས་པ་འགའ་ཡང་འདུག་གམ་
སེམས། །དེ་ཕྱིར་དང་པོར་འབུམ་སྡེའི་དཔུང་། །སྟོབས་ལྡན་མ་རུང་
བཅོམ་པ་ན། །ཉམ་ཆུང་དགྲ་ཟླར་རློམ་པ་ཡང་། །གཤེས་ཀྱིས་འདུད་པ་
ཆོས་ཉིད་ཡིན། །བདག་ཀྱང་གཡུལ་གྱི་བྱ་བ་ལ། །མཆོག་ཏུ་སྤྲོ་བར་གྱུར་པ་
ནི། །ངང་པའི་རྒྱལ་པོ་ཡིད་བཞིན་མཚོར། །འཇུག་ལ་བརྩོན་པ་དེ་བཞིན་
ནོ། །གཞོན་ནུའི་དུས་ནས་ནན་ཏན་གྱིས། །འཕོང་སྐྱེན་རྣམ་ལྔ་བྱང་བར་
བྱས། །རིག་པ་སྒྱུ་རྩལ་ཀུན་བྱང་ཆུབ། །དེ་ཡི་སྦྱང་ཡོན་དགྲ་སྡེའི་
དཔུང་། །གཞོམ་པའི་དོན་དུ་མ་ཕན་ན། །སྦྱངས་ཞེས་བྱ་བ་གཏམ་དུ་
ཟད། །རྟག་ཏུ་འཁོར་ལ་སྣང་བ་དང་། །གཉེན་བཤེས་བུད་མེད་མདུན་ས་
ན། །དཔའ་བོའི་གད་རྒྱངས་རབ་སྒྲོགས་ཏེ། །འཇིགས་མེད་བརྟུལ་ཞུགས་
ལྡན་པར་རློམ། །གལ་ཏེ་ཚུར་རྒོལ་ཕ་རོལ་དཔུང་། །ཉེ་བར་ལྷགས་པ་དེ་ཡི་ཚེ།
།སྔར་མའི་རྣམ་ཐར་འཛིན་བྱེད་པ། །དེ་འདྲ་སྐྱེས་བུའི་ཐ་ཤལ་ཡིན། །
བདག་ནི་ཁྱིམ་ན་འདུག་བྱས་ཏེ། །གཡུལ་གྱི་དོ་རར་མ་བགྲོད་ན། །འཇིག་
རྟེན་དམོད་པས་འཛེམས་བྱེད་ཅིང་། །བུད་མེད་དག་དང་བྱི་བྲག་ཅི། །དེ་
ཕྱིར་གཡུལ་དུ་འཇུག་པ་ལ། །ཡབ་ཡུམ་བཀའ་ཡི་གནང་བ་སྩོལ། །སྣང་བ་
འབུམ་ལྡན་དེ་ར་ཆས་ནས། །དུ་མའི་སྲོག་ལ་རྒོལ་བ་ནི། །སྡིག་པའི་ཁྲུར་དུ་
ལྟེ་འགྱུར་བས། །སྒྱུ་རྩལ་ཆ་ཙམ་མིག་ལམ་དུ། །སྣང་བར་བྱས་ཏེ་ཆམ་དུ་
འབེབས། །རིང་ནས་སྙིང་ལ་མཛའ་བའི་དམ་བཅའ་ཡི། །རི་མོ་མ་ཉམས་
བཀོད་པ་ལས་སྐྱོན་གྱི། །མཚམས་སྦྱོར་ཟབ་ལྡན་ཡིད་འོང་ནུ་རྒྱས་མ། །

གཏན་བདེའི་སྣང་བ་དཀར་པོར་བཀོད་བྱེད་ཅིང་། །སྲིད་པ་གཞོན་ནུ་སྡུག་བསྔལ་ཉེས་བརྒྱའི་ཁུར། །ལྷི་བས་ནོན་པ་དེ་ལས་ཐར་བྱས་ན། །རེ་བའི་འབྲས་བུ་ཡོངས་སུ་རྫོགས་པའི་ཕྱིར། །བདག་ནི་དཔུང་གི་གཙོ་བོར་མྱུར་དུ་གདེངས། །

ཞེས་བརྗོད་དེ་བློན་པོ་རྣམས་ལ་བཀའ་བསྒོས་ནས། ལུས་སྲུང་རྡོ་རྗེའི་ཡ་ལད་བཙན་པོ་དང་། ཕ་རོལ་འཇོམས་པར་བྱེད་པའི་མཚོན་ཆའི་བྱེ་བྲག་སྣ་ཚོགས་པ་ནི་ཉེར་བསྡོགས་གྲུབ་པར་བྱས། ཆབ་རོལ་ན་སྤྱོད་པའི་འབངས་རྣམས་ལའང་གླང་པོ་ཆེ་ལྷུན་པོའི་ཚད་དུ་ལོངས་པ་ཙམ་དང་། གླང་ཆེན་གྱི་ལང་ཚོར་བདོ་བའི་རྟ་དང་། ཁང་ཁྲིམ་ཆེན་པོའི་ཚད་ཙམ་གྱི་ཤིང་རྟ་དང་། ཤིང་རྟ་ལ་ཙམ་གྱི་སྐྱེས་པ་ལ་སོགས་པ་ཡན་ལག་བཞི་ལྡན་གྱི་དཔུང་ཚོགས་མྱུར་བར་འདེངས་དགོས་པའི་བཀའ་སྩལ། དཔའ་ཞིང་བརྟུལ་ཕོད་པའི་བློན་པོ་རྣམས་ཀྱང་གོ་མཚོན་གྱི་སྣ་གོན་ཚགས་སུ་ཚུད་པར་བྱས་ཏེ། མིག་གིས་མི་བཟོད་པའི་དཔུང་གི་ཚོགས་ཆེན་པོ་ཉེ་བར་བསྐྱོད་པ་ལ་མངོན་དུ་ཕྱོགས་པ་དེའི་ཚེ། ཡབ་ཉི་མའི་བློ་གྲོས་འདི་སྐད་དུ། གཞོན་ནུ་འདི་ནི་བཙས་མ་ཐག་པ་ནས་དཔའ་ཞིང་བརྟུལ་ཕོད་པའི་དྲན་པ་བསྐྱེས་པ་ཞིག་མཆིས་ཏེ། དེ་ཡང་ཚམ་ཚོམ་བྲལ་བར་གཡུལ་དུ་བགྲོད་པ་ལ་ལྷག་པར་སྤྲོ་བའི་རྣམ་འགྱུར་མཐོང་ཞིང་། ཚིག་གིས་བརྗོད་པ་འདི་ལྟར་མངོན་དུ་གྱུར་ཀྱང་། ན་ཚོད་ཆེས་ཕྲ་བ་མེ་ཏོག་ཁ་ཕྱེ་མ་ཐག་པ་དང་མཚུངས་པ་འདི་ནི་ངེས་པར་མ་རུང་བར་གྱུར་བས། ཅི་ནས་ཀྱང་བཏང་བར་མི་རིགས་སོ་སྙམ་ནས་བརྩེ་བའི་ཚིག་གིས་སྨྲས་པ།

གཞོན་ནུ་མེས་པོའི་བློ་གྲོས་སྟོབས་འཆང་ཞིང་། །ཡིན་ལུགས་སྤྱོད

པའི་ཤེས་རབ་ཕུལ་དུ་བྱུང་། །སྒྱུ་རྩལ་རྒྱ་མཚོར་གཞན་དྲིང་མི་འཇོག་པའི། །རིགས་ཀྱི་ཐིག་ལེ་ཕ་ཡི་གདམ་འདི་ཉོན། །ཕ་རོལ་རྩོལ་བ་འཇོམས་པའི་གཡུལ་གྱི་ལས། །དྲག་པོའི་སྦྱོར་བ་གསོམས་པར་བྱེད་པ་ལ། །སྙིང་སྟོབས་མཐུ་ཅན་རྣོན་པོའི་ཚོགས་མང་ཞིང་། །ཡན་ལག་བཞི་ལྡན་དཔུང་གིས་ཕ་རོལ་གྱི། །དགྲ་སྡེ་ཅིག་ཅར་གཞོམ་པ་ངེས་པར་སླ། །གལ་ཏེ་དེ་དག་མཐུ་ཡིས་གཞན་སྡེའི་ཚོགས། །འཇོམས་པའི་ནུས་པ་ཡོད་པར་མ་གྱུར་ན། །གཞོན་ནུ་ལུས་སྲོག་གཅེས་པར་མི་འཛིན་པའི། །དཔུང་གི་གཙོ་བོར་བསྐྱོད་ཀྱང་དོན་གྱིས་དབེན། །དེ་ཕྱིར་བདེ་བས་བག་ཕབ་རང་གནས་འདིར། །ཅི་བདེར་འཚལ་ལོ་གཡུལ་ངོར་འཇུག་མི་རིགས། །

ཞེས་བརྗོད་པས་གཞོན་ནུས་ཡང་གསོལ་བ།

བློ་དང་ན་ཚོད་ལྡན་ཅིག་རྒྱས་གྱུར་པའི། །ཡབ་གཅིག་ཉི་མའི་བློ་གྲོས་ཏོག་དཔྱོད་འཚལ། །རིན་ཆེན་མཛེས་པའི་ཏོག་དང་མི་ལྡན་པའི། །རྒྱལ་མཚན་མཁའ་ལ་སྒྲེང་བ་འོས་སམ་ཅི། །དེ་བཞིན་དཔུང་གི་གཙོ་བོ་མི་ལྡན་པའི། །གཡུལ་ལ་ཕ་རོལ་སུ་ཞིག་འཇིགས་པར་བལྟ། །བདག་ནི་དཔུང་ཚོགས་རྒྱ་མཚོའི་འཛིང་ཟབ་མོར། །མཁའ་ལྡིང་དབང་པོའི་ཤུགས་ཀྱིས་བགྲོད་པར་བྱ། །འདི་ལ་བྱ་དགའ་ཆ་ཙམ་མ་མཆིས་པས། །ངེས་པར་བཀའ་ཡི་གནང་བ་སྩོལ་བར་རིགས། །

ཞེས་པའི་དཔའ་རྟགས་ང་རོ་བསྒྲགས་གྱུར་ཀྱང་། །ཉི་མའི་བློ་གྲོས་གདུང་བ་ཤུགས་དྲག་པོ། །མ་བཟོད་སྨྲར་ཡང་གཞོན་ནུ་ཟླ་མེད་གང་། །གཤེགས་པར་མི་ནུང་སྙམ་དུ་འདི་སྐད་སྨྲས། །

བུ་ཀྱེ་ལེགས་པའི་ལམ་གྱི་ས་མཁན་ནི། །ཕ་ཡིས་ལེགས་པར་འདོམས་

ལས་གཞན་དུ་མེད། །དེ་སྐད་དཔྱུང་གི་གཙོ་བོར་ཁྱེད་གཅིག་ཉིད། །གཤེགས་པའི་དགོས་པ་འགའ་ཡང་མ་མཆིས་ཏེ། །མེས་པོའི་བློ་དང་ཁྱབ་འཇུག་དགྲ་ཐབས་མཁན། །དཔའ་ཞིང་བརྟུལ་ཕོད་མདུན་ན་འདོན་གྱི་ཚོགས། །མང་དུ་མཆིས་མོད་དེའི་ཡང་རྒྱན་གཅིག་པུ། །འབུམ་ཕྲག་དོ་ཟླ་གཅིག་པ་དཔྱུང་ཚོགས་ཀྱི། །ཁ་ལོ་སྒྱུར་བའི་གཙོ་བོར་མངགས་གྱིས་ལ། །གཞོན་ནུ་ཡབ་ཡུམ་གམ་དུ་གནས་པར་ཕྱོས། །

དེ་སྐད་འབྲལ་མི་ཕོད་པའི་ཡབ་ཀྱི་ཚིག །མཉེས་གཤིན་ཕེབས་པར་སྨྲས་པ་དེ་ཐོས་ཀྱང་། །གཡུལ་ལ་མངོན་ཕྱོགས་བློ་ནི་སྤོག་དགའ་བ། །ཆུ་ཀླུང་འབབ་པའི་རྗེས་འགྲོ་དེའི་དབང་གིས། །སླར་ཡང་ཡབ་ལ་ཤུས་པར་བཙུད་བྱས་ཏེ། །རང་གི་ངང་ཚུལ་འདི་ནི་གསལ་བར་སྨྲས། །

ཀྱི་ལགས་མང་དུ་ཐོས་པའི་རྒྱན་འཛིན་པ། །སྙན་གྱི་དབང་པོར་གསོལ་བའི་དོན་འདི་དགོངས། །ཕྱོགས་ལས་རྣམ་པར་རྒྱལ་བའི་རྒྱལ་མཚན་རྩེར། །ཡིད་བཞིན་དབང་གི་རྒྱལ་པོ་མཆོད་མིན་པར། །མཆིང་བུ་ལ་ནི་དེ་ཉིད་སྒྲོ་བཏགས་ཀྱང་། །དགོས་འདོད་འདོད་དགུའི་ཆར་ཆེན་སྐྱིལ་ནུས་སམ། །དེ་དང་མཚུངས་པར་ཕྲན་ལ་རྗེ་བོ་ཡི། །སྒྲོ་བཏགས་དཔྱུང་གི་གཙོ་བོར་བཀོད་ན་ཡང་། །ཤེས་ལྡན་སུ་ཞིག་འཁྲུལ་བར་མི་འགྱུར་ཏེ། །རང་གི་འདོད་པ་དག་ཀྱང་ཇི་ལྟར་སྒྲུབ། །བརྟག་མི་ཐུབ་ཀྱི་བྱ་བ་ལ་ཞུགས་ན། །ལེགས་པའི་ལམ་དུ་འཇུག་པའི་མཐུ་མེད་པར། །མི་འདོད་ཉམ་ངའི་གཡང་ས་ཆེན་པོ་རུ། །ལྷུངས་མོད་ཡབ་ཀྱིས་དོན་འདི་ལེགས་པར་དགོངས། །ཅེར་ཡང་བདག་ལ་བརྩེ་བའི་ཐུགས་མངའ་ན། །གྲགས་པ་སྒྲུབ་པའི་དུས་ནི་འདི་ཡིན་པས། །རང་ཁྱིམ་ཕྱུག་ཏུ་ཞེན་ལ་གཞོན་ནུའི་མཆོག །ཞེས་བྱར་

བསྡུགས་ཀྱང་སྲུ་ཞིག་བདེན་པར་འཛིན། །ཕར་རྐོལ་བདེན་མཐུ་བྲལ་བ་མ་ལགས་ཏེ། །ཞི་བར་གནས་ལ་ཁྲོ་བའི་རྒྱུ་སྐྲུབ་པའི། །མི་བསྲུན་དགྲ་སྡེ་གཞོམ་པར་མནུས་ན། །ཁྱོད་རིགས་མྱུ་གུ་བདག་གིས་ཅི་ཞིག་བྱེད། །གང་ཞིག་ཕ་དང་འཁོན་གྱི་གཞིར་གྱུར་ལ། །བུ་ཡིས་བཤེས་བྱེད་རང་གི་དགྲ་བོ་ཡང་། །ཡན་པོར་གཏོང་ལ་མཐུ་རྩལ་ཤེས་རབ་དང་། །ལྡན་ཞེས་གྲགས་ཀྱང་ཤིན་ཏུ་སྨད་བྱའི་གནས། །བདག་ནི་ཚུལ་མིན་ལམ་དེར་མི་འཇུག་པས། །དང་པོར་གང་བརྩམས་བྱ་བ་འདིའི་དོན་སླད། །མཆོག་ཏུ་སྤྲོ་བར་ཞུགས་པ་ལྡོག་ཏུ་མེད། །ཕྱོགས་ལས་རྣམ་པར་རྒྱལ་བའི་རྒྱལ་ཟ་ནི། །སྲིད་རྩེའི་བར་དུ་སྒྲོགས་པའི་དབྱངས་སྙན་པོ། །ཡབ་གཅིག་དགྱེས་པ་བསྐྱེད་པ་ནུས་གྱུར་ན། །གང་ཁྱོད་ཐུགས་བག་འཁྲེམས་པར་མི་འཚལ་ལོ། །

ཞེས་དཔའ་བའི་ཕུལ་དུ་གྱུར་པ་རྣམས་ནི་གཡུལ་དུ་འཇུག་པ་ལ་བག་མི་ཚ་བར་གཉེན་དང་འཐབ་པ་ལ་སྤྲོ་བར་ཆས་པ་ལྟ་བུའི་བློ་ནི་གང་གིས་ཀྱང་འགོག་ཏུ་མེད་པ་ཡིན་པས། གཞོན་ནུ་ཟླ་མེད་ཀྱིས་དེ་སྐད་བསྒྲད་པ་ན་རྒྱལ་པོ་ཉི་མའི་བློ་གྲོས་འདི་སྙམ་དུ། ད་ནི་བུས་ཇི་ལྟར་གླེང་བའི་གཏམ་དེ་དག་ལ་ལན་གྱིས་ཀྱང་དབུལ་བར་གྱུར་ཏེ། འདི་ནི་སོ་སྐྱེའི་རང་བཞིན་ལས་འདས་པའི་ཤེས་རབ་དང་མཐུ་རྩལ་གྱི་བདག་ཉིད་དུ་འཕགས་པ་སྟེ་ཕ་རོལ་གྱི་རྐོལ་བས་བཟློ་བར་མི་ནུས། གཡུལ་གྱི་ལས་ལ་མངོན་པར་ཞེན་པའི་བློ་ནི་ལྡོག་ཏུ་མེད། དེ་ཕྱིར་ད་ནི་གཞོན་ནུ་རང་གིས་ཇི་ལྟར་བཞེད་པ་མངོན་པར་འདུ་བྱ་བ་ལས། ཐབས་གཞན་མ་རྙེད་ནས་སྨྲས་པ།

བུ་ཁྱོད་དང་པོ་རྣ་ཆ་འཛིན་མ་ཡི། །ལྷུམས་སུ་ཞུགས་མ་ཐག་ནས་ཕུན་ཚོགས་ཀྱི། །དགེ་མཚན་དུ་མས་མཁའ་དང་བར་སྣང་ས། །མ་ལུས་བཀྲ

ཤེས་ཉམས་སུ་དགའ་བར་བྱས། །བཙས་མ་ཐག་ནས་དཔའ་ཞིང་བརྟུལ་ཕོད་པའི། །དྲན་པ་བརྟེས་ཤིང་རིང་པོར་མ་ཐོགས་པར། །ཤེས་བྱར་སྲིད་ཀུན་སྐྱེས་སྟོབས་ལྷུན་གྲུབ་ཀྱི། །རིག་རྩལ་སྟོབས་ཀྱི་ཕྱུལ་དུ་ཕྱིན་པར་གྱུར། །དྲུག་ཅུའི་གྲངས་ལ་རིག་བྱེད་ཀྱིས་འབྱུད་སྐྱེ་བོ་ལ་འོས་སྒྱུ་རྩལ་གྱིས། །ཚོགས་ཀྱང་གང་གི་སྦྱངས་ལ་མི་ལྟོས་དེ་དག་ངང་གིས་འདུ་བ་བཞིན། །མཐུ་རྩལ་རྒྱ་མཚོའི་ཕ་རོལ་ཕྱིན་གྱུར་ད་ནི་འཇིག་རྟེན་མེས་པོ་ཏུ། །ངེས་རྙེད་དེ་ཕྱིར་བཞེད་བཞིན་འཚལ་ལོ་འགོག་པར་བཟོད་པའི་ཐབས་གཞན་མེད། །འོན་ཏེ་སྙིང་སྟོབས་མཐུ་རྩལ་ལྡན་ན་ཡང་། །ཤེས་རབ་ཟབ་མོའི་དཔལ་དང་མི་ལྡན་ན། །འཇིགས་པ་མེད་སྙོམ་གདོང་ལྔའི་དབང་པོ་ནི། །བློ་ལྡན་རི་བོང་འཕྲུལ་གྱིས་བཅོམ་ཞེས་ཐོས། །དཔའ་བས་རབ་དྲེགས་གཡུལ་ངོར་འཇུག་པ་ལ། །མཛངས་ཤིང་དཀྱིལ་ཆེ་དེ་ལ་བློ་འགྱུར་བ། །མེད་ན་དཔའ་བས་བསྒྲིམས་པའི་དགྲ་སྡེའི་དབུས། །དོམ་ལྟར་མཆོང་ཡང་བླུན་ཕྱིར་སྲོག་དང་བྲལ། །ལུས་སྲུང་རྡོ་རྗེའི་གོ་དང་ཕ་རོལ་སྡེ། །འཛོམས་པའི་མཚོན་ཆའི་བྱེ་བྲག་བཙོན་པ་སོགས། །ཡིད་བརྟན་རུང་བའི་གདེང་དང་མི་ལྡན་ན། །ཉམས་ཉེས་སྲིད་ཕྱིར་དེ་དག་ལེགས་པར་བཅང་། །གང་ཞིག་མཁའ་ལས་ཐོག་ལྟར་བབ་པ་དང་། །ས་ཡི་རུམ་ནས་སྲིན་བུ་ལྟར་ཐོན་པའི། །གཡོ་ཅན་དགྲ་ཐབས་གར་འོང་ཆ་མེད་ཕྱིར། །རྣམ་ཀུན་དཔུང་གི་མེལ་ཚེ་ཡེངས་མེད་བྱ། །གལ་ཏེ་གཡུལ་ངོར་ལན་གཅིག་ཞུགས་ཟིན་ནས། །ཕར་བགྲོད་མཇུག་སྤུད་སྣར་ཕྱོག་སྣ་འདྲེན་དུ། །བྱེད་པ་དེ་ནི་སྲིད་པའི་འཁོར་ལོ་འདིར། །སྐྱེས་བུའི་རྟེན་ཐོབ་ས་ལ་སྨད་བྱར་འོས། །བསད་ཁྲག་དམར་བས་བསྒོས་པ་གཤིན་རྗེའི་ཚལ། །ཇི་བཞིན་བགྲང་ཡས་རོ་ཕུང་ལྡན་གྱུར་ཀྱང་། །རྒྱལ་

དང་འཕམ་པའི་ཁྱད་པར་མ་ཤེས་ན། །སྙིང་རྗེར་མི་བྱ་དཔའ་སྟོབས་བསྐྱེད་དེ་བསྒྲལ། །གང་ཞིག་ཕ་རོལ་རྒོལ་བ་ངན་པའི་དཔུང་། །མང་ཡང་གཙོ་བོ་མ་ལུས་འཕམ་བྱས་མཐར། །གཞན་དག་གཞོམ་པར་སླ་ཡང་ཉམ་ཐག་ཀུན། །སྲོག་ལ་མི་རྒོལ་སྡིག་པའི་ཁུར་དུ་ཁྱི། །སྐྱེ་བོ་དོ་ཟླར་མི་བཟོད་ཞུམ་པ་ཡིས། །སྐྱབས་སུ་འོངས་ལ་དགྲ་ཡི་སྐྱེས་བུ་ཞེས། །སྨད་ཟྲུག་མི་བྱ་དེ་ནི་རང་ཉིད་ལ། །འདྲེན་བྱེད་བལྟ་བའི་ཡུལ་དུ་འོངས་པའི་ཕྱིར། །ཕྱིར་ཡང་ཕ་རོལ་མཐུ་དང་བྲལ་བྱས་མཐར། །གཡུལ་ངོར་ལྷགས་པའི་སྐྱེ་བོ་སུ་ལ་ཡང་། །འཁོན་དུ་འཛིན་པས་བསྒྲལ་བར་མི་བྱ་སྟེ། །ཇི་ལྟ་བྱ་ཡང་རང་གི་ལག་རྗེར་གནས། །འོན་ཏང་སྡིག་ཅན་ཕྱུང་པོ་སོག་ལེའི་སེམས། །འཆང་བ་རྣམ་འགྱུར་ཞི་དུལ་ལྷར་སྟོན་ཀྱང་། །ནམ་ཞིག་ཁྲོ་གཏུམ་རྒྱས་པ་སྤྱོད་པའི་མཐའ། །སྟོན་ཕྱིར་བསྒྲལ་ལམ་འཇམ་པོའི་ཐབས་ཀྱིས་གདུལ། །གཉེན་དུ་རེ་བའི་གཉེན་བཤེས་བསླུ་བྱེད་པའི། །གློ་ངན་འབངས་ཁོལ་ལྟ་བུའི་སྐྱེས་བུ་དེས། །ཕན་པར་བྱེད་པའི་བྱ་བ་འགའ་བསྒྲུབས་ཀྱང་། །ཡིད་བརྟན་མི་རུང་ཉེ་བར་བསྟེན་མི་འོས། །རང་སྡེའི་བློ་ལྡན་དཔའ་བོ་ཕ་རོལ་དཔུང་། །འཇོམས་པར་བརྩོན་པའི་དཔའ་རྟགས་ཅན་རྣམས་ལ། །བྱ་དགས་ཆེམ་བྱ་དེས་ནི་གཞན་དག་ཀྱང་། །སྙིང་སྟོབས་ཆེར་བསྐྱེད་སྤྲོ་བ་བརྟས་པར་འགྱུར། །སྔར་མའི་ངང་ཚུལ་དགྲ་ལ་འཇིགས་བལྟ་བའི། །མཐུ་ཆུང་རྣམས་ལའང་ཚིག་གིས་བརྡ་སྤྲོར་ལས། །ཚར་དུ་བཅད་ན་དགྲ་ལ་སྐྱབས་སོང་སྟེ། །རང་མཚང་རྗེན་པར་སྟོན་པའི་ཉེས་པ་ལྡན། །འཇིགས་མེད་དཔུང་གི་ཁྲུ་མཆོག་རིགས་ཀྱི་བུ། །དཔའ་ལྡན་བློན་པོའི་ཚོགས་ཀྱི་མདུན་བདར་ཏེ། །ཕ་རོལ་རྨེག་མེད་བཅོམ་པའི་གྲགས་སྙན་གྱིས། །སྲིད་པའི་ཁོང་པ

འགེངས་ལ་བསྟོན་པར་ཞུགས། །དེ་ལྟར་བདག་ནི་མཁས་ཤིང་དཔའ་བ་ཡི། །དྲེགས་པ་མིན་ཀྱང་ན་ཚོད་མཐོར་སོན་པའི། །ཉམས་མྱོང་འཛིག་རྟེན་ཚུལ་ལུགས་བག་ཙམ་ཤེས། །ཇི་ལྟར་བསྒོ་བའི་དོན་རྣམས་ལེགས་བསྟེན་ནས། །བླང་དོར་འཇུག་ལྡོག་གནས་ལ་མཁས་གྱུར་ཏེ། །རེ་བའི་འབྲས་བུ་དོན་དུ་ཡོད་པར་འཚལ། །

ཞེས་ཡབ་ཉི་མའི་སློ་གྲོས་ཀྱིས་གཞོན་ནུ་ཟླ་མེད་ཀྱི་བགྲོད་པ་འགོག་ཏུ་མ་ནུས་ནས་གཡུལ་དུ་འཇུག་པའི་བྱ་བ་གང་ཡིན་པ་ལེགས་པར་འདོམས་པ་ན། གཞོན་ནུ་སློན་པོར་བཅས་པ་དགའ་ཞིང་གུས་པའི་ཕྱག་ཀྱང་བྱས་སོ། །དེར་གཞོན་ནུ་དཔུང་གི་གཙོ་བོར་གཤེགས་པར་ཕྱོགས་སོ་ཞེས་རྣ་ཆ་འཛིན་མ་དེས་ཐོས་སོ། །ཐོས་ནས་ཀྱང་ཡིད་སློང་སློང་པོར་གྱུར་ཏེ་གཞོན་ནུའི་བསྟི་གནས་སུ་སོང་ནས་བརྩེ་གདུང་བཟོད་མེད་ཀྱི་ཚིག་ཏུ་བརྗོད་པ་འདི་སྐད་ཅེས་སོ། །

བརྩེ་བའི་བདག་ཉིད་མ་ནི་རང་གི་བུར། །ལོག་སྨྲའི་གོ་སྐབས་ནམ་ཡང་མ་མཆིས་པས། །བཟོད་དཀའ་གདུང་བས་མནར་བའི་ཚ་ངེའི་དབྱངས། །ཉམ་ཐག་སྒྲོགས་འདི་ངེས་པར་མཉན་པའི་རིགས། །རྒྱ་བདུན་རྒྱལ་པོ་གླིང་གཅིག་ཁོ་ན་ལ། །མི་སྤྱོད་གླིང་བཞིར་རྒྱུ་བ་ལུས་ཅན་ཚོགས། །མ་རིག་མུན་པའི་མལ་ནས་སློང་བ་ཡི། །སྣང་བ་དམ་པའི་དཔལ་གྱིས་ཁྱབ་ཕྱིར་ཡིན། །མཁའ་འགྲོའི་དབང་ཕྱུག་གནས་མལ་གཅིག་ཉིད་དུ། །མི་གནས་རྒྱ་མཚོའི་ཕ་མཐར་བགྲོད་པ་དེ། །གདུག་ཅན་ཀླུ་རིགས་འཇོམས་ལ་འཁོར་གཞན་དང་། །བྲལ་ཕྱིར་རང་ཉིད་བགྲོད་ལས་ཐབས་གཞན་ཅི། །རང་ཅག་སྟོབས་ལྡན་དཔུང་དང་སློན་པོ་བཅས། །བགྲང་བར་དཀའ་བའི་ཚོགས་ཀྱིས་གཞན་གྱི་སྡེ། །གཞོམ་ལ་གཅིག་ཏུ་དཔའ་བའི་མཐུ་ལྡན་

ཕྱིར། །གཞོན་ནུ་གཤེགས་པའི་རྒྱུ་ནི་ཅང་མ་མཆིས། །བརྩེ་བས་རྗེས་བསྐྱངས་ཡབ་དང་ཉམ་ཐག་མ། །ཕོར་ནས་ཡུལ་གཞན་བགྲོད་པ་བཟོད་དམ་ཅི། །

ཞེས་བརྩེ་དུང་བཟོད་དུ་མེད་པའི་དབང་གིས་གཞོན་ནུའི་བགྲོད་པ་འགོག་ཏུ་རེ་བའི་ཚིག་དེ་ལྟར་བརྗོད་པ་ན་རྒྱལ་བུས་ལན་སྨྲས་པ།

ཚད་མེད་བརྩེ་བ་ཆེན་པོས་གཟིགས་པའི་དཔྱིད། །བདུད་རྩིའི་ཟིལ་དངར་ཅན་གྱིས་རྣམ་ཀུན་ཏུ། །རྗེས་སུ་སྐྱོང་བ་ལུས་སེམས་བསྐྱེད་པའི་མ། །དྲིན་ཅན་ཐུགས་རྗེའི་གཏེར་ཕྱིད་དགོངས་པར་རིགས། །ཉིན་བྱེད་གླིང་བཞིར་རྒྱུ་བ་ལུས་ཅན་ཀུན། །མུན་པའི་མལ་ནས་སློང་བའི་དོན་ལགས་ན། །བདག་ཀྱང་སྲིད་པའི་རྒྱན་གྱི་རྒྱལ་ཁབ་འདི། །མི་ཉམས་གོང་དུ་སྤེལ་བའི་དོན་ཆེ་ལྡན། །རྡོ་རྗེའི་མཆུ་ཅན་རྒྱ་མཚོའི་ཕ་མཐའ་རུ། །གདུག་ཅན་ཀླུ་རིགས་འཇོམས་ལ་གྲོགས་མེད་ན། །བདག་ཀྱང་དཔའ་བའི་དཔུང་བཅས་དགྲ་བོའི་སྡེ། །མིང་གི་ལྷག་མར་བྱེད་ལ་དཀའ་བ་ཅི། །ཡན་ལག་བཞི་ལྡན་འཇིགས་མེད་དཔུང་གི་ཚོགས། །བགྲང་བར་དཀའ་བས་འཛིན་མ་གང་བྱས་ཀྱང་། །བདག་ཉིད་དཔུང་གི་གཙོ་བོར་མ་འཕགས་ན། །སྲོག་དབང་བྲལ་བའི་ཕུང་པོས་ཅི་ཞིག་བྱ། །རང་ཉིད་འཚོ་བ་སྲུང་བར་བརྩོན་རིགས་ཀྱང་། །ལུས་སྲོག་འདོར་ལ་འཇུག་པའི་བྱ་དཀའ་མེད། །ཡབ་ཡུམ་བརྩེ་བས་རྗེས་སུ་བསྐྱངས་པའི་མཐར། །ཡུལ་གཞན་ཤུལ་ལམ་རིང་པོར་བགྲོད་གྱུར་ཀྱང་། །གཞན་སྡེ་སྤ་བཀོང་འདོད་པའི་དོན་བསྒྲུབས་ནས། །རིང་མིན་དངོས་དཀྱིལ་ལོངས་སྤྱོད་སྐལ་བཟང་ཐོབ། །

ཅེས་འཇམ་པའི་ཚིག་གིས་བསྟད་པ་ན། ཡུམ་རྣ་ཆ་འཛིན་མ་ནི་ལྷག་

པར་གདུང་བའི་ཡིད་དང་ལྡན་པས་མཆི་མའི་ཐིགས་པ་མུ་ཏིག་འོད་ཅན་ལྷུག་པོར་འབབ་བཞིན་པར་འབྲལ་བར་མི་བཟོད་པའི་གདུང་དབྱངས་སྙིང་རྗེ་རྗེ་སྐད་དུ་གཙོམ་ཚུང་ངུས་ཡང་སླས་པ།

གཞོན་ནུ་མཐུ་སྟོབས་ལྡན་པས་བསྒྲིམས་ན་ཡང་། །གཡུལ་དུ་སྲོག་ལ་མི་རྔོད་གདེང་ཅི་ཡོད། །ལུས་སྲོག་གཅེས་པར་མི་འཛིན་རྒྱལ་ཐབས་ཀྱི། །བྱ་བའི་ཞེས་བརྗོད་གཡུལ་ངོར་ཞུགས་ནས་ཅི། །མིག་བྲལ་ཤེས་ལྡན་དག་གི་མདུན་སར་ན། །རི་མོའི་གཟུགས་བརྙན་མཚར་པོས་ཅི་ཞིག་བགྱི། །བུ་ཕྲིད་བརྩེ་ལྡན་མ་ངས་བསྒོ་བའི་ཚིག །རྣར་གཟོན་དང་བ་སྟོན་པར་མི་བྱེད་ན། །ཕུན་ཚོགས་དཔལ་འབྱོར་འདབ་སྟོང་གཡུར་ཟ་ཞིང་། །སྤྲིན་པ་འཐམས་བུའི་ཁྲུར་གྱིས་དུད་པ་ཅན། །རྒྱལ་སྲིད་ཡོངས་འདུའི་ལྗོན་པ་ལྟ་བུ་འདི། །ཡོངས་སུ་སྐྱོང་བའི་མཐུ་ལྡན་སུ་ཞིག་མཆིས། །ཁྱད་པར་སྙིང་མཚུངས་བུ་དང་བྲལ་གྱུར་པའི། །མ་ནི་ངེས་པར་འཚོ་བ་མ་ཡིན་པ། །གནས་སྐབས་གཞན་དུ་ལྷན་ཅིག་སྤྱོད་པ་ཡི། །སྐལ་བ་ལྡན་པར་སྨོན་པའི་སེམས་སྐྱེད་ཅིག །ཚེ་རབས་འཕྲེང་འདིར་འགྲོགས་པའི་ལས་ཀྱི་མཐའ། །དེ་རིང་རྫོགས་པའི་སྡུག་བསྔལ་འདི་ལ་གཟིགས། །

ཞེས་བརྗོད་རྣ་ཚ་འཛིན་མ་དེ། །སྡུག་པའི་བུ་དང་བྲལ་བ་ཡི། །དུཿཁའི་ཁྲུར་གྱིས་ནོན་གྱུར་པས། །ཡིད་ནི་སྨྱོ་བླ་ཅན་བཞིན་གྱུར། །ཡུན་རིང་ངུས་པའི་མིག་འབུར་ཟུང་། །མཐོ་ལྡན་འགྲམ་པ་ལག་སོར་ལ། །བརྟེན་པའི་མྱ་ངན་ཅན་མ་དེ། །མཐོང་བའི་གཞོན་ནུ་བློ་མེད་ཀྱང་། །རི་མོར་བྲིས་པ་དང་མཚུངས་མིག །རེ་ཞིག་གཡོ་བ་མེད་གྱུར་ཏེ། །ལན་གྱིས་ཀྱང་ནི་ཤིན་ཏུ་དབུལ། །དེ་ནས་སླར་ཡང་འདི་སྐམ་དུ། །དང་པོར་མ

བརྩམས་བྱ་བ་མཆོག །བརྩམས་ནས་ལྷོག་ན་ཕྱིས་པའི་གར། །དཔའ་བོ་གཡུལ་དུ་འཇུག་པ་ལ། །མ་ཡིས་བསྲོལ་དུ་ག་ལ་རུང་། །བདག་ནི་ཉེ་ཞོའི་ཚ་ཅམ་གྱིས། །རིག་མིན་མྱུར་དུ་འོང་ངོ་ཞེས། །སླར་ཡང་ཡུམ་ལ་འདི་སྐད་བཟླས། །

ཨེ་མ་ཚད་མེད་བརྩེ་བའི་གཏེར། །མ་གཅིག་བདག་གི་བདེན་ཚིག་དགོངས། །བདེན་པའི་མཐུ་སྟོབས་ཀྱི་ཚོམ་དུ། །ཕ་རོལ་ལ་ནི་རྒོལ་བ་མིན། །རང་ཅག་གང་བརྩམས་བྱ་བ་ཀུན། །མིག་ལམ་འདྲེན་པའི་གདུག་སེམས་ཅན། །ཚུར་རྒོལ་ཡལ་བར་དོར་བྱས་ན། །རྒྱལ་ཁབ་འདིར་ཡང་རྒོལ་བར་ངེས། །དཔེར་ན་ནགས་འདབས་མེ་དཔུང་ནི། །ཆུང་ནས་བསད་ཅེས་ཀུན་པོའི་གཏམ། །དེ་ཕྱིར་མ་རུང་དགྲ་སྡེའི་དཔུང་། །མཐུ་སྟོབས་དེ་དག་གཞོམ་པར་སླ། །ཚིག་ཅམ་བརྗོད་པ་མ་ཡིན་ཏེ། །དོན་འདི་སླད་ཀྱིས་གཟིགས་པར་འགྱུར། །བདག་ནི་འགལ་བའི་རྐྱེན་སྟོབས་བར། །སྲིད་པའི་རྒྱན་འདིར་རིང་མིན་དུ། །ཉེ་བར་ལྷགས་ནས་ཡབ་ཡུམ་གྱི། །འཛུམ་ཞལ་བདུད་རྩིར་ལོངས་སྤྱོད་ན། །ཁྱོད་ཐུགས་གདུང་བ་ཉེར་ཞི་མཛོད། །

ཅེས་སྤྲང་རྩིའི་རོ་ལྟར་མྱང་བར་འོས་པའི་ཚིག་འཇམ་ཞིང་སྙན་པའི་ངག་གིས་སླས་ཏེ་ཕྱག་ཀྱང་བྱས་སོ། །ཡུམ་རྣ་ཆ་འཛིན་མ་དེ་ཡང་མཆི་མས་བརླན་པའི་མིག་གིས་ཡང་དང་ཡང་དུ་གཞོན་ནུའི་གདོང་ལ་བལྟས་ནས་སྙིང་མི་དགའ་བཞིན་དུ་རང་གི་གནས་སུ་དོང་ངོ་། །དེ་ནས་དྲག་ཤུལ་གྱིས་གཞན་རྗེའི་ཚོགས་ལའང་སྐྲེངས་པ་སྐེར་བའི་དཔུང་ཚོགས་ཆེན་པོ་འཇིགས་སུ་རུང་བ། ནམ་མཁའི་རྒྱ་སྐར་གྱི་ཚོགས་ས་གཞིར་འཕོས་པ་ལྟ་བུས་ཕོ་བྲང་གི་ཕྱོགས་མཚམས་མ་ལུས་པ་ཡོངས་སུ་གང་སྟེ་གོ་མཚོན་གྱི་འོད་ཟེར་རབ་ཏུ་འབར་བས

སྨུན་པའི་སྒོ་སྐབས་འཕྲོག་པ་ཉིན་མོར་བྱེད་པའི་སྣང་བ་ལ་འགྲན་བཟོད་པ་ལྟར་བྱས། རྟ་དང་། ལག་ལྡན། ཤིང་རྟ་དང་བཅས་བསྒྲོད་པའི་ལམ་དུ་ས་གཞི་དག་ཀྱང་གཡོ་བ་སླམ་བྱེད་པས་རྡུལ་ཚོགས་ལངས་པས་བར་སྣང་གི་ཁམས་བསྒྲིབས་པ་ལྟར་བྱས། མདུང་དང་། མདུང་ཐུང་དང་། རལ་གྲི་ལ་སོགས་མཚོན་ཆའི་བྱེ་བྲག་མཐའ་ཡས་པ་བར་སྣང་ཁམས་སུ་འཕྱུར་ཏེ་དེ་དག་འཐབ་པའི་སྒྲ་ནི་ཐོག་མདའ་ལྡང་བ་དང་བཅས་པའི་འབྲུག་གི་གད་རྒྱངས་སྒྲོགས་པ་ལྟར་བྱེད། རུ་མཚོན་སྣ་ཚོགས་པའི་བ་དན་གྱི་དར་ལྕེ་ལྷབ་ལྷུབ་ཏུ་གཡོ་བས་བར་སྣང་མ་ལུས་གང་སྟེ་ཉི་ཟླའི་འོད་ཀྱང་མི་གསལ་བའི་ཚུལ་དུ་བྱེད། དཔའ་བའི་ང་རོ་རྒྱོབ་གསོད་ཀི་སྦྱོའི་སྒྲ་དབྱངས་དྲག་པོར་བསྒྲགས་པས་ནམ་མཁའ་སྟོང་པའི་ཁམས་ཀྱང་རལ་བ་སླམ་དུ་བྱེད་པར་གྱུར། ཀུན་ཀྱང་ཞེ་སྡང་དྲག་པོས་སྙིང་སྐྱོས་པས་བཞིན་རས་རྩ་ལག་འཚིའི་མེ་ཏོག་ལྟར་དམར་ཞིང་སྨིན་མཚམས་སུ་ཁྲོ་གཉེར་དྲག་པོར་བསྡུས་པའི་བརྟུལ་ཞུགས་ཅན་ཤ་སྟག་གིས་ལཀྵའི་བདག་པོ་མགྲིན་པ་བཅུ་པ་མི་ཡུལ་དུ་རྒྱུ་བའི་དོ་ཟླར་ཆས་པ་རྣམས་ཀྱིས་ཕོ་བྲང་གི་ཁོ་ར་ཁོར་ཡུག་ཡོངས་སུ་གང་བ་དེའི་ཚེ་རྒྱལ་བུ་གཞོན་ནུ་ཟླ་མེད་དེ་ཉིད་ཀྱང་དགྲ་སྡེ་འཇོམས་པ་ལ་དཔའ་བའི་མཐུ་ཤུལ་དུ་བྱུང་བས་མཆོག་ཏུ་སྤྲོ་བར་ཞུགས་པ་ནི་འདི་ལྟ་སྟེ། དཔེར་ན་འཇིགས་པ་མེད་པ་གདོང་ལྔའི་དབང་པོ་མཆེ་སྡེར་རྣོ་བ། སྐྲར་ཁྲིམ་གཡོ་བ། རལ་པ་གསིག་པའི་གར་དང་བཅས་ཏེ། བག་ཚ་བ་མེད་པའི་ང་རྒྱལ་གྱི་གད་རྒྱངས་མཐོན་པོར་སྒྲགས་བཞིན་པར་ལག་ལྡན་གྱི་ཁྱུ་ཚོགས་བགྲང་དུ་མེད་པའི་འཛིང་ཆེན་པོར་ཞུགས་པ་ཅི་འདྲ་བ་དེ་འདྲའོ། །དེ་ནས་སྒོ་མཚོན་གྱིས་ཡོངས་སུ་གང་བའི་གན་མཛོད་ཆེན་པོར་གཤེགས་ནས་ལུས་སྲུང་རྡོ་རྗེའི་ཡ་ལད་བཅན་པོ་ནི་ལེགས་པར་བགོས། ཕ་

རོལ་འཇོམས་པར་བྱེད་པའི་མཚོན་ཆའི་བྱེ་བྲག་མ་ཚང་བ་མེད་པ་ལེགས་པར་སྦྲས་པ་ལ་གཞན་གྱིས་བལྟ་བར་མི་བཟོད་པའི་གཟི་བྱིན་གྱི་སྣང་བ་མཆོག་ཏུ་འབར་བར་བྱས་ཏེ། དཔའ་སྟོབས་ཀྱི་བདག་ཉིད་བློན་པོ་དཔའ་བའི་དབང་། འཇིགས་མེད་དཔུང་འཇོམས། འབུམ་ཕྲག་དོ་ཟླ་གཅིག་པ། འཇིགས་མེད་བརྩལ་ཞུགས་ལྡན་ལ་སོགས་པ་དུ་མའི་འཁོར་གྱིས་བསྐོར་ཏེ་ཕོ་བྲང་གི་ཕྱི་རོལ་དུ་ལྷགས་ནས། བཞོན་པའི་མཆོག་མཁའ་ལྡིང་མགྱོགས་འགྲོ་བྱ་བ་སྣ་སྲབ་ཀྱིས་མཛེས་པར་བྱས་པ་ལ་བཅིབས་ཏེ་དཔུང་ཚོགས་ཡན་ལག་བཞིའི་གཙོ་བོར་འཕགས་ནས་སྣང་བ་འབུམ་ལྡན་གྱི་ཕྱོགས་དེར་མིག་མི་བཟོད་པའི་དཔུང་གི་ཚོགས་ཆེན་པོ་བཤམས་སོ། །

མིག་སྟོང་ལྡན་པ་སས་སྲུང་སྲིན་ལ་བཞོན་པར་བྱས། །ཉེ་དབང་ཚོགས་ཀྱིས་ཡོངས་སུ་བསྐོར་ཞིང་ལྷའི་དམག་དཔུང་། །དུ་མར་བཅས་པ་ལྷུན་པོའི་ཁོང་སེང་ནས་ཞུགས་ཏེ། །སྲིན་སྐྱེས་གཡུལ་ངོ་འཕམ་པར་བྱེད་ལ་ཆས་པ་བཞིན། །མི་ཡི་བདག་པོ་གཞོན་ནུར་གྱུར་ཀྱང་སྙིང་སྟོབས་ཀྱི། །ལང་ཚོ་མཆོག་ཏུ་བདོ་བ་དེ་ནི་འཇིགས་མེད་དཔུང་། །དུ་མས་ཡོངས་བསྐོར་ཞེ་སྡང་སྨིན་མ་འཁྱོག་པོ་རུ། །སྒྱུར་བཞིན་ཕ་རོལ་རྣམ་པར་གནོན་པའི་ལས་ལ་ཞུགས། །གོ་མཚོན་སྣང་བ་རབ་ཏུ་འབར་ཞིང་རྟ་རྨིག་གིས། །བསྣུངས་པའི་རྡུལ་གྱིས་ནམ་མཁའ་འགོག་བྱེད་འཇིགས་རུང་གི། །གད་རྒྱངས་མཐོན་པོར་སྒྲོགས་པར་བྱེད་པ་དེ་མཐོང་ནས། །གཤིན་རྗེའི་ཚོགས་ཀྱང་འདར་བས་ལག་ཆ་ཤོར་བ་བཞིན། །

25. དཔག་ཚད་དུ་མའི་སར་སྐྱེལ་མར་འོངས་པའི་བློན་འབངས་རྣམས་ལ་དབུགས་དབྱུང་བའི་བཀའ་བསྒོ་མཛད་ནས་ལམ་དུ་ཞུགས་པའི་སྐོར།

དེ་ནས་བློན་པོ་བློ་གྲོས་ཀྱི་དཔུང་པ་མཆོག་ཏུ་མཐོ་བ་བློ་གྲོས་མཆོག་ཏུ་གསལ་བ་ལ་སོགས་པ་དེ་དག་གིས་དཔག་ཚད་དུ་མའི་བར་སྐྱེལ་མར་དོང་ནས་གཞོན་ནུ་ལ་གུས་པའི་ཕྱག་གིས་བཏུད་དེ་ཐལ་མོ་སྦྱར་ནས་འདི་སྐད་ཅེས་སོ། །

ཨེ་མ་ཧོ་མཐུ་ལྡན་རྒྱལ་བའི་སྲས། །ངོ་མཚར་བལྟ་བས་མི་ངོམས་ལང་ཚོའི་དཔལ། །སྒྱུ་རྩལ་རྒྱ་མཚོའི་ཁོ་ལག་ཡོངས་རྫོགས་པ། །མི་ཡི་སེང་གེ་མ་རུངས་འཇོམས་མཛད་པ། །གང་ཁྱོད་མཐུ་སྟོབས་ནུས་པའི་བདག་ཉིད་ཆེ། །ཕ་རོལ་རྒོལ་བའི་དཔུང་གིས་མི་བཟི་ཡང་། །ཡབ་ཡུམ་བདག་ཅག་བློན་འབངས་བཅས་པ་ཀུན། །བཟོད་པར་དཀའ་བའི་གདུང་བའི་ཁུར་གྱིས་ཐེ། །ཁྱད་པར་ན་ཚོད་ཡོངས་སུ་མ་སྨིན་པར། །ཕ་རོལ་འཇོམས་པའི་ལས་ལ་ཞུགས་གྱུར་པ། །རྒྱལ་ཁྱོད་དཔའ་བོ་ཀུན་གྱི་ཁྱུ་མཆོག་སྟེ། །འོན་ཀྱང་ད་ཅང་དགྲ་ལ་མི་ཧམས་འཚལ། །མཐུ་རྩལ་ལྡན་པའི་སྐྱེ་བོ་མང་དག་ནི། །གཡུལ་ངོར་ཉམས་ཉེས་གྱུར་པའི་ཚུལ་ལ་གཟིགས། །དེ་ཕྱིར་དཔའ་ཞིང་མཛངས་ལ་དཀྱེལ་ཆེ་བས། །ཕ་རོལ་དགྲ་སྟེ་མིང་གི་མཐར་ཕྱུང་ཏེ། །བཞིན་རས་ཟླ་བ་རྒྱས་པའི་འཛུམ་དཀར་མཆོག །བདག་ཅག་ཀུནྡའི་གཉེན་དུ་སྤྱུར་འཚར་ཤོག །

ཅེས་བརྗོད་ཅིང་བློན་པོ་ལ་ལ་ནི། གཞོན་ནུ་ན་ཚོད་ཆེས་ཆེར་ཕྲ་བ་འདི་ལྟ་བུས་ཕ་རོལ་གྱི་རྒོལ་བ་འཇོམས་པར་དཔའ་བ་ནི་བསམ་པའི་རབ་ལས་འདས་པ་ཞིག་གོ་ཞེས་ངོ་མཚར་བའི་གཏམ་དུ་བྱེད། ལ་ལ་ནི་ཡིད་བློང་བློང་

པོར་གྱུར་ཏེ་ཅང་མི་སྨྲ་བར་ཡུལ་ཡུལ་པོར་གནས། ལ་ལ་ནི་གཞོན་ནུ་དམ་པ་འདི་ནི་བསྒྲོད་པར་དཀའ་བའི་ལམ་གྱི་ངལ་བས་ནི་དུབ། འཇིགས་སུ་རུང་བའི་གཡུལ་ངོར་འཆི་བ་དུ་མ་དང་ནི་ལྡན། བདག་ཅག་བློན་འབངས་རྣམས་དང་ནི་རིང་དུ་བསྐལ་བས་ཅི་འདྲ་བའི་གནས་སྐབས་མཐོང་བར་འགྱུར་ཞེས་སྨྲ་ཞིང་། ཀུན་ཀྱང་འབྲལ་མི་བཟོད་པའི་སྡུག་བསྔལ་གྱི་ཚོར་བ་ཉམས་སུ་མྱོང་སྟེ་མཆི་མའི་ཆབ་ཀྱིས་བཞིན་རས་བརླན་པ་དེ་དག་མཐོང་སྟེ་རྒྱལ་བུ་གཞོན་ནུ་བླ་མེད་དེས་བློན་འབངས་རྣམས་ལ་དབུགས་དབྱུང་བའི་ཚིག་འདི་སྐད་ཅེས་སྨྲས་སོ། །

བདག་ནི་གཞོན་ནུ་ལང་ཚོ་གསར་བའི་དུས་ཉིད་ནས། །རིག་པ་འདོད་འཇོའི་དཔག་བསམ་ཤིང་རྟ་འདྲེན་པ་ལ། །མི་འཇིགས་མཐུ་སྟོབས་བློ་གྲོས་འཇུག་པ་རྒྱས་གྱུར་པས། །ལེགས་བཤད་གཏམ་གྱི་རོལ་མོ་འཁྲོལ་ལ་ངོ་བླ་མེད། །འཇིག་རྟེན་ཁམས་འདིར་དཔའ་བོར་གྲགས་ལྡན་མཐའ་དག་གིས། །ཉམས་སུ་མ་མྱོང་སྒྱུ་རྩལ་བྱེ་བྲག་སྲིད་དོ་ཅོག །མངོན་པར་བྱང་ཆུབ་ཕ་རོལ་རྣམ་པར་གནོན་པ་ལ། །གཅིག་ཏུ་དཔའ་བའི་བརྟུལ་ཞུགས་དེ་ནི་རིང་ནས་གྲུབ། །བླ་མེད་གཅིག་པུར་དཔའ་བས་བསྙེམས་ཀྱང་ཁ་ལྷེ་བ། །དུ་མ་གྲོག་མས་བཅོམ་ཞེས་གྲགས་པའི་ངང་ཚུལ་དེར། །འཇུག་པར་མི་བྱེད་འཇིགས་པ་མེད་པ་འབུམ་སྡེའི་དཔུང་། །རྩལ་བརྩེགས་ཅམ་གྱིས་ས་སྲུང་སྟོན་སྤྲིན་ལྟར་དཀར་དང་། །དེ་ཉིད་ཚད་ལོངས་རྟ་དང་གཞལ་མེད་ཁང་བརྩེགས་ཅམ། །ཤིང་རྟ་དང་ནི་ཏ་ལའི་འཕྲེ་ཤིང་རྗེས་འགྲོ་བའི། །སྐྱེས་བུར་བཅས་པས་ས་གཞི་བར་མཚམས་མེད་གྱུར་པ། །དེ་དག་སྣ་ཚོགས་མཚོན་ཆའི་དཔལ་ནི་མཁའ་ལ་འབར། །གཞོམས་མེད་ཡ་ལད་བཅན་པོའི་

སྣང་བས་མུན་ནུམ་འཇོམས། །འཇིགས་མེད་དཔའ་བོའི་གད་རྒྱངས་སྒྲོགས་ལ་དོ་ཟླ་མེད། །དེ་ཕྱིར་བདག་ལ་ཉེ་ཞོས་མི་རེག་པར། །སྤྲིན་བྲལ་ཟླ་བ་རྒྱས་པའི་ངོ་མཚར་བཞིན། །གཟི་བྱིན་འོད་རིམ་སྣང་བ་བཞད་བཞིན་པར། །རྒྱལ་ཁབ་འཆི་མེད་ལམ་འདིར་མྱུར་འཆར་ངེས། །ཧེ་ལ་སྙིང་ཉེ་གུས་པར་བལྟ་བ་ཡི། །བློ་ལྡན་མདུན་ན་འདོན་གྱི་ཚོགས་རྣམས་ལ། །བདག་གིས་ཟོལ་མེད་བརྩེ་བས་འདོམས་པའི་ཚིག །འདིར་ཡང་ཤིན་ཏུ་དང་བས་མཉན་པར་རིགས། །མཆོག་དང་དམན་པའི་སྐྱེ་བོའི་ཁྱད་པར་ནི། །མཁའ་དང་ས་གཞིའི་བར་བཞིན་རིང་བ་སྟེ། །དེ་དག་སྤྱོད་པའི་མཐའ་དང་འགལ་གྱུར་པ། །དཀར་ནག་རི་མོ་འདྲེས་སོ་སོར་གནས། །འགའ་ཞིག་ཡོག་སེམས་དུག་གི་སྙིང་སྦྲུས་ཀྱང་། །ཧེ་བོའི་དྲུང་ན་མཛེས་པའི་མདོངས་མཐའ་སྟོན། །ཇ་བྱ་ལྷ་བུའི་ཀུན་སྤྱོད་འཛིན་པ་དག །སྨད་པའི་གནས་སོ་ངང་ཚུལ་དེར་མ་འཇུག །སྨྲ་མཁས་ཚིག་གི་སྦྱོར་བ་འཇམ་སླན་གྱིས། །ཧེ་ལ་གུས་པའི་རྣམ་འགྱུར་མི་ཤེས་ཀྱང་། །ཡང་དག་དོན་ཕྱིར་ཟོལ་སྦྱོར་གཡོ་སྒྱུ་དང་། །བྲལ་བས་ཧེ་དོན་སྒྲུབ་དེ་བསྔགས་པར་འོས། །ལ་ལ་དྲུང་ན་གུས་པའི་ཚིག་འཇམ་ཅན། །སྐྱོན་ཡང་ཡོན་ཏན་ཕུང་པོར་སྒྲོ་འདོགས་ཤིང་། །རྒྱབ་ཀྱིས་ཕྱོགས་ཚེ་སྨད་ཅིང་སྐུར་འདེབས་པའི། །མ་རབས་གྱུ་གྱུའི་སྤྱོད་ཚུལ་རིང་དུ་དོར། །རྟག་ཏུ་ཚད་མེད་དྲིན་གྱིས་བསྐྱངས་གྱུར་པ། །དེ་དོན་རླབས་ཆེན་བྱ་བ་བསྒྲུབས་ན་ཡང་། །ཁེངས་དྲེགས་བཏང་ནས་འཇམ་ཞིང་ཞི་དུལ་བ། །དམ་པའི་ངང་ཚུལ་མཆོག་ལ་ལུགས་བཞིན་ཞུགས། །ས་བདག་འབྱོར་པའི་ཚེ་ན་ཞམ་རིང་ལ། །བཏུད་ཅིང་གལ་ཏེ་རྒུད་པས་ཉམས་ཉེས་ན། །རི་བྱ་བཞིན་དུ་རིང་ནས་འབྲོས་བྱེད་པ། །ཤིན་ཏུ་སྨད་པའི་ཡུལ

ཡིན་ལས་དེ་སྤོངས། །འཁྱོར་རམ་རྒྱུད་པའི་མཐར་ཐུག་གྱུར་ན་ཡང་། །གནའ་བོའི་ལུགས་སྲོལ་བཞིན་ཞུགས་གཙོ་བོ་དེས། །བསྒོ་བའི་དོན་ལས་གཡེལ་བ་མེད་གྱུར་ན། །ཡིད་བརྟན་རུང་ངོ་མཆོག་གི་སྐྱེ་བོའི་ལུགས། །གཅིག་ཏུ་གསང་བའི་གཏམ་ནི་འཕྲུལ་བར་གླེང་། །ཇེར་སྨད་བདག་བསྟོད་གྲོགས་ལ་གདུག་སེམས་འཆང་། །ལས་ལ་རིང་འགྲོས་ཟས་སྐོམ་མོད་ལ་འདུག །གདོལ་རིགས་སྣུན་པོའི་བགྱི་བར་སུ་ཞིག་འདུག །ཡིད་རྟོན་རུང་བར་བྱ་ཕྱིར་དེ་ནོར་ལ། །འབགས་པར་མི་སྤྱོད་དཔྱར་མཚོ་ལྟར་སྤྲེལ་ཞིང་། །དེ་ཡང་རྣམ་དཀར་དགེ་ལ་སྦྱོར་མཁས་པའི། །ཐབས་ཚུལ་ལྟར་ལེན་ཕུལ་བྱུང་སློན་གྱི་མཆོག །སྡིག་པའི་གྲོགས་སྤྱོད་ཚུལ་བཞིན་མ་ཡིན་པའི། །ལས་ལ་བསླུལ་ཞིང་བག་མེད་བྱ་བར་འཇུག །ངན་པའི་བགྲོས་ཀྱིས་བཟང་པོའི་ལམ་འགོག་པའི། །བགྱི་བ་དེ་ལས་ལྡོག་ལ་བརྩོན་པར་གྱིས། །རྟག་ཏུ་བབ་ཅོལ་འཆལ་པར་མི་སྨྲག་ལ། །དྲིས་ལ་དེ་ལན་གདབ་པར་མི་ནུས་མིན། །ཐོག་ཏུ་བབས་ཚེ་མགྲིན་པའི་འཁོར་ལོ་ནི། །གྲོལ་བའི་ལེགས་བཤད་སྨྲ་མཁས་སྐྱེས་མཆོག་ལུགས། །གང་ཡང་ཡ་རབས་དམ་པའི་རྣམ་ཐར་གྱི། །རྗེས་སུ་འཇུག་པའི་བློ་གྲོས་དཔུང་བསྐྱེད་ཅིག །སྡིག་དང་འཇིག་རྟེན་གྲགས་པ་ངན་པའི་གཞིར། །རྣམ་པ་ཀུན་ཏུ་བག་ཟོན་ལྡན་པར་གྱིས། །དེ་སོགས་བརྟགས་པར་འོས་ཀུན་བྱུང་བ་ཡིས། །སྦྲང་རྩི་དོན་གཉེར་ཇི་བཞིན་ལྟར་ལོངས་ལ། །དམན་པའི་སྤྱོད་ཚུལ་དེ་དག་རྩ་ལྟར་དུ། །དོར་བར་རིགས་སོ་བློན་ཚོགས་ཡིད་ལ་ཟུངས། །

ཞེས་བསྒོ་བར་མཛད་པ་ན་དེ་དག་གིས་ཕྱག་བྱས་ཏེ། མིའི་བདག་པོ་བཀའ་བཞིན་འཚལ་ལོ། །ཇི་ལྟར་གང་གིས་ལེགས་པར་གདམས་པ་ནི།

བདག་ཅག་རྣམས་ལ་ཕས་ཀྱང་མ་འདོམས། མས་ཀྱང་མ་འདོམས་ཏེ། དེང་ཐོབ་པ་འབྲས་བུ་དང་བཅས་པའོ་ཞེས་གསུས་པའི་མིག་གིས་ཡུན་རིང་པོར་བལྟས་ཤིང་། དེ་ནས་གཞོན་ནུ་ཟླ་མེད་དཔུང་དང་བཅས་པ་ས་གཞི་རྒྱ་མཚོའི་སྒྲ་རགས་ཅན་གཡོ་བ་སླམ་བྱེད་ཅིང་། ངང་པའི་རྒྱལ་པོ་ཆུ་མཚོར་འཇུག་པ་ལ་མཆོག་ཏུ་སྤྲོ་བ་ལྟར་བདེ་བར་ལམ་དུ་ཞུགས་སོ། །

26. དེ་བཞིན་གཤེགས་པའི་སྣང་བརྙན་གྱིས་ཁྱོད་ཀྱི་དོན་སྒྱུར་དུ་འགྲུབ་པོ་ཞེས་ལུང་བསྟན་མཛད་པས་ཡིད་འོང་མ་བག་ཕེབས་པར་གནས་པའི་སྐོར།

དེའི་ཚེ་དེའི་དུས་ན་ཡིད་འོང་མ་ནི་སྣང་བ་འབུམ་ལྡན་དུ་ལྷགས་ནས་ཡུན་ནི་རིང་རབ་འདས། བརྩེ་བ་ཅན་གྱི་ཕ་མས་མངགས་པའི་ཕོ་ཉའི་འགྲུལ་ཙམ་ནི་མེད། རྒྱལ་བུ་གཞོན་ནུ་ཟླ་མེད་དེ་ཡང་བདག་ཉིད་ལ་རྗེས་སུ་ཆགས་པ་ཞིག་ན་དེང་ཙམ་ཕྱོགས་འདིར་ལྷགས་དགོས་པ་ལས་གཏམ་ཙམ་ཡང་ནི་མ་ཐོས། ད་ནི་དེ་དག་ཀུན་གྱིས་བདག་ཉིད་བརྩེ་བས་འདོར་བ་མ་ཡིན་གྲང་སྙམ་དུ་སེམས་གློང་གློང་པོར་གྱུར་ཅིང་། ཤུགས་རིང་ནར་ནར་ཕྱུངས་ནས་སྡུག་བསྔལ་གྱི་ཚོར་བས་གདུང་བའི་ལུས་དང་། མིག་མདངས་ནི་ཞན། སྨྲ་ངན་གྱི་དབང་གིས་ལྷུས་མ་དག་ཀྱང་རབ་ཏུ་ཞིག ལུས་ཀྱི་ཤ་ནི་ཐྲི་ཞིང་སྲབ་མོར་གྱུར་པས་ལག་གདུབ་ནི་དཔུང་པའི་བར་དུ་རྒྱུ། བཞིན་རས་ཟླ་བའི་འཁོར་ལོ་ཉ་གང་བ་ལྟ་བུ་དེ་ཡང་ཚ་ཕྲ་ཞིང་མདོག་སྐྱ་སེང་སེང་པོར་གྱུར་པ་དེས་རེ་ཞིག་ན་ཡིད་ལྷག་པར་མི་དགའ་བཞིན་དུ་འབངས་མོ་དག་དང་ལྷན་ཅིག་ཏུ་ཁང་བཟང་བ་གམ་ཅན་གྱི་ཡང་ཐོག་ཏུ་བྱིན་ནས་ལེ་ལོའི་གོམ་པས་འགྲོ་ཞིང་། སེམས་ལྷག་པར་སྔོངས་བཞིན་པར་ཕྱོགས་ཀུན་ཏུ་བལྟས་པ་ན་བགོད་ལེགས་འོད་སྣང་གི

ཕྱོགས་དེར་ནམ་མཁའ་དྲི་མ་མེད་ཅིང་རབ་ཏུ་དྭངས་པ་ཨིནྡྲ་ནཱི་ལའི་བཅག་འཕྲོ་ལྟར་སྔོ་བསངས་ཡིད་དུ་འོང་བའི་ཀློང་ན། སྤྲིན་གསར་རབ་དཀར་གྱིན་དུ་ལངས་པ་ཞལ་དཀར་གྱི་མཆོད་སྟོང་ལྷ་བུ་ལང་ལོང་གཡོ་བ་ཞིག་མཐོང་བས་ཡབ་ཡུམ་དྲན་པའི་གསལ་འདེབས་ལྟར་གྱུར་ཏེ་ཡིད་ལ་གདུང་བའི་ཐུག་ཐུ་བཟོད་པར་དཀའ་བས་མནར་བའི་སྐྱོ་དངགས་ཀྱི་ཚིག་ཏུ་བརྗོད་པ་འདི་སྐད་ཅེས་སོ། །

ཤར་ཕྱོགས་ལྷ་ལམ་ཡོངས་དག་དབང་སྔོན་མདངས་ཆགས་ཀློང་ན། །དྲི་མེད་དྭངས་ཞལ་འབར་བའི་མཆོད་སྟོང་ལྷ་བུའི་ཆུ་འཛིན། །ལང་ལོང་གྱིན་དུ་ལངས་པའི་གཟུགས་བརྙན་ངོ་མཚར་ཅན་ཁྱོད། །བདག་གི་བརྩེ་ཆེན་ཟུང་གཅིག་དྲན་པའི་གསལ་འདེབས་མིན་ནམ། །འདི་ནས་མཐོང་བ་སྤྲིན་གསར་གྱི་འོག་རོལ། །བཀོད་ལེགས་འོད་སྣང་རྒྱལ་ཁབ་དེ་མཆིས་སོ། །བདག་ཉིད་བསྐྱི་བའི་གནས་སྐབས་དང་བྲལ་སོང་། །ཡིད་ཀྱི་རི་མོ་བྲིས་པ་ཙམ་ཉིད་དོ། །ཚད་མེད་ཐུགས་རྗེའི་གཏེར་ཆེན་གྱི་ཡབ་གཅིག །གསལ་ལྡན་བཀའ་ལྟར་སྒྲུབ་པ་ནི་མ་ནུས། །འགྱོད་པས་བཟོད་མེད་མནར་བ་རུ་གྱུར་ཀྱང་། །ངོ་གཞགས་ལས་གཞན་ཐབས་ཡོད་དུ་མ་གྱུར། །ལྷག་པར་བྱམས་ལྡན་ཟླ་འོད་མའི་མཚན་ལྡན། །སྙིང་གི་ཀུཧྣར་འབྲལ་མེད་དུ་བསྟེན་འོས། །ཅི་དགར་བོར་ནས་མུན་གླིང་འདིར་འཁྱམས་པ། །སྐལ་དམན་བདག་གི་ལས་བཀོད་ལ་གཟིགས་ཤིག།

ཅེས་སྨྲ་ཞིང་། དེ་ནས་ཡང་ཕོ་བྲང་གི་ཡང་ཐོག་གི་ཤར་ཕྱོགས་དེར་ལེ་ལོའི་སོམ་པས་འགྲོ་བ་དེའི་ཚེ་ཕྱོགས་དེ་ཉིད་ནས་འདབ་ཆགས་ངུར་པ་ཁྱོ་ཤུག་ཟུང་མཁའ་ལ་མངོན་པར་ལྡིང་ཞིང་མགྲིན་པའི་ཟེ་ཟ་ལྷང་ལྷང་སྒྲོག་བཞིན་པར

འོང་བ་མཐོང་མ་ཐག་སྲིད་པའི་རྒྱན་གྱི་ཕྱོགས་ནས་འོངས་པའི་གཉིས་སྐྱེས་ཡིན་ནོ་སྙམ་ནས། དེ་གཉིས་ཀྱི་མཛའ་བོ་དང་བྲལ་བའི་སྨྱུ་ངན་སློང་དུ་བཅུག་གོ་ཞེས་ཡིད་སྨྲེ་སྔ་ཅན་དུ་གྱུར་ནས་བཞིན་རས་མཆི་མས་ཁེངས་ཤིང་སྡུག་བསྔལ་གྱི་སྐད་འཛེར་འཛེར་པོས་སྙིང་ནག་ཏུ་བརྗོད་པ།

དབང་ཕྱོགས་འཆི་མེད་ལམ་ཡངས་ཀྱི་དབྱིངས་ནས། །བཙོ་མའི་གསེར་མདོག་རབ་མཛེས་ཀྱི་ལུས་ཅན། །མགྲིན་ལས་སྙན་འགྱུར་འབུམ་ཕྲག་ཏུ་བཀྱེ་བའི། །ཡིད་འོང་འདབ་ཆགས་ཁྱི་ཤུག་ཟླུང་གང་ནི། །ཀུན་དགའི་ཚལ་ཞེས་ཡུལ་ལྗོངས་ཀྱི་ཐིག་ལེ། །པད་མ་རྒྱས་པའི་གྲོང་ཁྱེར་གྱི་ལྗོངས་དབུས། །སྲིད་པའི་རྒྱན་ཞེས་མང་བཀུར་གྱི་རྒྱལ་ཁབ། །ཕྱོགས་ལས་རྣམ་པར་རྒྱལ་བ་ནས་འོངས་སམ། །གྲགས་པའི་གདུགས་དཀར་སྲིད་པ་ན་གཡོ་བའི། །གྲིབ་བསིལ་བདག་ཉིད་བགོ་སྐལ་དུ་ཐོབ་པ། །རིག་འཛིན་རྒྱལ་བུ་གཞོན་ནུ་ཡི་ཟླ་མེད། །མི་མཇལ་སྐྱོ་ཤས་སློང་བྱེད་ཅིག་མིན་ནམ། །བརྩེ་ཆེན་ཡབ་ཡུམ་བཞེད་དགོངས་ལས་འགོངས་ཏེ། །རྒྱལ་སྲས་གཞོན་ནུའི་རྣམ་དཔྱོད་ཀྱི་གཟུགས་བརྙན། །ཡིད་ཀྱི་རྒྱ་མཚོར་འགོག་མེད་དུ་འཆར་ཡང་། །སྡིག་སྤྱོད་གཙང་རོང་ཟབ་མོ་འདིར་ལྷུངས་སོ། །ཀྱེ་མ་མཛའ་མེད་གཅིག་པུ་རུ་རྒྱུ་བའི། །སྨྱུ་ངན་བཟོད་མེད་ཤམ་ཐག་ཅན་བདག་ཉིད། །འདུ་ཤེས་བླུན་པའི་གཉིས་སྐྱེས་ཀྱི་ལུས་ལས། །དམན་པར་ངེས་སོ་སྐལ་དམན་བདག་སྨད་དོ། །ད་ནི་རྒྱལ་བུ་གཞོན་ནུ་ཡི་དཔལ་དེ། །ཚེ་འདིར་ལྷན་ཅིག་སྤྱོད་སྐལ་གྱིས་ཕོངས་སོ། །འཇིག་རྟེན་གཞན་དུ་རྗེ་དགའ་རུ་སྤྱོད་པའི། །སྐལ་བཟང་ཉམས་སུ་མྱོང་བ་རུ་གྱུར་ཅིག །

ཅེས་སྨྲས་ཏེ་དེ་མ་ཐག་མནམ་པའི་གཞི་ཡང་གཡང་ས་ལྟར་གྱུར་ནས

ཡུད་ཅིག་ས་ལ་འགྱེལ་ལོ། །དེར་འབངས་མོ་དག་འཛིགས་ཤིང་ཧབ་ཧབ་པོར་གྱུར་ནས་ཙན་དན་གྱིས་བསྒོས་པའི་ཆུ་བསིལ་དག་གིས་ལེགས་པར་སྦྲན་པས་བརྒྱལ་བ་ལས་བསངས་ཏེ་སླར་ཡང་འདི་སྐམ་དུ་སེམས་སོ། །རྒྱལ་བུ་གཞོན་ནུ་དཔལ་དེས་བདག་ཉིད་ལ་བརྩེ་བའི་འཆིང་ཞགས་ནམ་ཡང་མི་སྟོད་པར་ངེས་ཏེ། དེ་མ་ཡིན་ན་འབད་པ་དེ་ཙམ་གྱི་ཐོག་མ་ཉིད་ནས་དོན་དུ་གཉེར་བའི་རྒྱུ་དང་བྲལ། གལ་ཏེ་བདག་ཉིད་ལ་རྗེས་སུ་མི་ཆགས་ན་འང་། རང་གི་བློན་པོ་བློ་དང་ལྡན་པ་འཇམ་ཞིང་དེས་ལ་དཔའ་བ་མིའི་བདག་པོའི་བྱ་བ་སྒྲུབ་ཕྱིར་སྐྱོ་བ་མེད་ཅིང་ཅི་བསྒོས་ཁུར་དུ་བཟོད་པ། མཐུ་རྩལ་གྱི་བདག་ཉིད་ཅན་འདི་ནི་ངེས་པར་བརྩེ་བས་འདོར་བར་མི་སྲིད་དམ་སྙམ་དུ་ཀུན་རྟོག་གི་འཆར་སྒོ་ཇི་སྙེད་པ་ཞིག་ཤར་བའི་མཐར། རང་ཉིད་ལ་ཡབ་ཀྱིས་དད་རྟེན་གྱི་བགོ་སྐལ་དུ་བྱིན་པ་དེ་བཞིན་གཤེགས་པ་མུ་ནཱིནྡྲཿའི་སྣང་བརྙན་ལེགས་ཉེས་ཀྱི་སྣང་དོར་ལྷུང་དུ་སྟོན་པ་ཞིག་མཆིས་པ་དེ་ལ་གསོལ་འདེབས་ཤིག་བྱེད་དོ་སྙམ་ནས་ཡིད་འོང་མ་རང་གི་བསྟི་གནས་སུ་དོང་ནས་ཁོལ་མོ་དག་ཀྱང་ཕྱིར་དབྱུང་སྟེ་རིན་པོ་ཆེ་དཔག་ཏུ་མེད་པའི་སྤྲ་ཚོམ་ཅན་གྱི་ཁྲི་ལྡན་མཐོན་པོར་བཀོད་པ་ལ་དེ་བཞིན་གཤེགས་པའི་སྣང་བརྙན་ཁྱད་པར་ཅན་དེ་ཉིད་བཞུགས་སུ་གསོལ། དངོས་བཤམས་ཡིད་སྤྲུལ་གྱི་མཆོད་པའི་སྤྲིན་ཕུང་ལྟར་ལེགས་པར་སྤྲོས་ཏེ་ཡུན་རིང་དུ་ངུས་པའི་མིག་རྩ་དམར་ཞིང་མིག་འབུར་མཐོ་བ་དང་ལྡན་པ། བཞིན་རས་དང་ལང་ཚོའི་མདངས་ཉམས་ཤིང་ཤ་ནག་ཅིང་སྐྲབ་མོར་གྱུར་པ། མྱ་ངན་གྱིས་གདུངས་པའི་ལུས་ཟུ་ཏའི་འཁྲི་ཤིང་རླུང་གིས་བསྐྱོད་པ་ལྟར་འདར་བ་དང་ལྡན་པ་དེས་བརྒྱ་ཕྲག་བརྩེགས་པའི་ཕྱག་གིས་མཛོད་པར་བཏུད་དེ། སོར་བཅུའི་ཡལ་འདབ་སྙིང་གར་འཇུམ་ཞིང་ཕུས་མོའི་ལྷང་ས་ལ

བཙུགས་ནས་འདི་སྐད་ཅེས་གསོལ་བ་བཏབ་བོ། །

བཙོ་སྦྱངས་ལྷུན་སྡུག་ས་ཟླའི་རྡུལ་མང་བརྩེགས། །འབུམ་ཕྲག་རྟ་བདུན་རྒྱལ་པོའི་སྣང་བ་ཡིས། །འཕྲུད་མཚུངས་མཚན་དཔེའི་གཟི་བྱིན་ལྷམ་མེ་བ། །སྟོན་མཆོག་འཇིག་རྟེན་གསུམ་མགོན་སྤྱི་བོས་མཆོད། །གང་སྟོན་གྲངས་མེད་བསྐལ་པ་དུ་མ་རུ། །ཚོགས་གཉིས་ཡོངས་རྫོགས་སྟོབས་བཅུའི་བདག་ཉིད་གྱུར། །མི་འཇིགས་བཞི་མངའ་བདུད་བཞིའི་གཡུལ་ལས་རྒྱལ། །འདྲེན་མཆོག་མཉམ་མེད་ཁྱོད་ལ་ཕྱག་འཚལ་ལོ། །བལྟམས་མ་ཐག་ནས་རྫུ་འཕྲུལ་ཐོག་མའི་གོམ། །ཡོངས་སུ་འདོར་བྱས་དེ་ཚེ་སྲིད་པ་གསུམ། །ཟིལ་མནན་སྟོང་གསུམ་མི་མཇེད་ཞིང་གི་དཔལ། །མཉམ་མེད་མཁྱེན་ཅན་ཁྱོད་ལ་གསོལ་བ་འདེབས། །ཇི་ལྟར་གསོལ་བཏབ་འབྲས་བུ་བདེ་བླག་ཏུ། །སྨོལ་བའི་མཐུ་ལྡན་མགོན་ཁྱེད་རྩེ་གཅིག་ཏུ། །སྐྱབས་སུ་ཉེར་བརྟེན་རེ་བ་གཏད་ལགས་ན། །བྱིན་རླབས་ཐུགས་རྗེའི་མཐུ་དཔུང་བསྐྱེད་པར་གསོལ། །སྔོན་བསགས་དཀར་མིན་གནག་པའི་ལས་ཀྱི་འབྲས། །དུས་སུ་བདོ་བ་སྡུག་བསྔལ་ཅན་མ་བདག །ལུས་སེམས་བསྐྱེད་པའི་བརྩེ་ཆེན་ཟུང་བོར་ཏེ། །རྒྱལ་བུ་གཞོན་ནུ་དཔལ་དེར་རྗེས་ཆགས་པའི། །རེ་བ་ཉིན་མོའི་མགོན་ལ་གཏད་གྱུར་ཀྱང་། །སྡུག་བསྔལ་སྨྱུན་པའི་ཁྲང་བུར་ཚུད་གྱུར་པས། །སྐལ་ངན་རྒྱལ་པོའི་ཁབ་འདིར་མི་འདོད་བཞིན། །སྡིག་ལྡང་ཁྲར་གྱིས་ཉོན་འདི་བཟོད་པར་དཀའ། །འོན་ཏེ་བདག་ལ་རྗེས་བརྩེ་རྒྱལ་སྲས་དེ། །རིང་པོ་མིན་པར་ཞབས་ཟུང་འཁོར་ལོའི་འགྲོས། །བསྐྱོད་པར་སྙིང་ནས་གསོལ་འདེབས་མང་ཡང་དེང་། །ཡུལ་དང་དུས་ཀྱིས་རིང་ཞིག་བསྐལ་བར་གྱུར། །གལ་ཏེ་བརྩེ་ལྡན་དེས་ཀྱང་བརྩེ་མེད་ན། །བདག་ཉིད་འཁྲུལ

པའི་ལམ་དུ་འཕྲུན་གྱུར་པས། །ད་ནི་རེ་བ་སྐྱོད་བྱས་ཚེ་རབས་ཕྲེང་། །གཞན་དུ་འགྲོགས་པའི་སློན་པ་ལྷུར་ལེན་པས། །བདག་ནི་ཡིད་གཉིས་འཆིང་བ་སེལ་བྱེད་པ། །བླང་དོར་བདེ་བླག་སྟོན་པའི་བཀའ་དྲིན་སྐྱོལ། །

ཞེས་སྙིང་ཐག་པ་ནས་གསོལ་བ་རྩེ་གཅིག་ཏུ་བཏབ་པ་ན་སྟོན་པའི་སྐུ་དེའི་འཛུམ་ཞལ་མཆུ་སྒྲོས་ཀྱི་སྒོ་ནས་འོད་ཟེར་ཉི་མའི་མདངས་ཅན་འཕྲོས་པས་ཁྲིམ་གྱི་ནང་ཐམས་ཅད་གསལ་བར་བྱས་པའི་རྗེས་ཐོགས་སུ་ཁྱོད་ཀྱི་དོན་མྱུར་དུ་འགྲུབ་བོ་ཞེས་གསུང་གི་གནང་བ་ཐོབ་པས་ཐུབ་པའི་བཀའ་ལ་མངོན་པར་བསྟོད་དེ་དགའ་མགུ་ཡི་རང་ནས་ཤིན་ཏུ་བག་ཕེབས་པར་གནས་སོ། །

དེ་ལྟར་མཉན་པོས་སྟོན་པའི་གསུང་། །སྙན་འཛེབས་བདུད་རྩིའི་ཟིལ་དངར་ཅན། །དོན་གྱི་རོ་ལྡན་རེ་བའི་འབྲས། །ཡོངས་སུ་རྫོགས་བྱེད་དེ་ཐོས་པས། །ཡིད་ནི་སྡུག་བསྔལ་བརྒྱ་ཕྲག་གིས། །མནར་བའི་གདུང་བ་ལས་གྲོལ་ནས། །དགའ་བདེའི་རྩེ་དགའ་ཁོང་ནས་དགོད། །འཛུམ་དཀར་སྣང་བས་ཁྲབ་གྱུར་པའི། །རྣམ་འགྱུར་དེ་ནི་སྤྲས་ཀུང་གསལ། །

27. དཔའ་བོ་སྲིད་པ་གཞོན་ནུས་ཡན་པ་ལྟར་དུ་གཏོད་པ་འབབ་ཞིག་གི་ཐབས་ལ་བརྩོན་པར་བྱས་ནས་སྣང་བ་འཇུམ་ལྡན་ཡོག་པའི་ལམ་དུ་སྤྱར་བའི་སྐོར།

དེའི་ཚེ་ལྷ་ལས་ཕུལ་བྱུང་ཡང་ཐེ་ཚོམ་གྱི་དྲ་བར་ཚུད་དེ། ཡིད་འོང་མ་ལ་འཛུམ་བཞིན་གྱིས་སྨྲས་པ། བཞིན་བཟང་མ་གོ་བར་གྱིས་ཤིག ཁྱོད་ནི་འདྲེན་བྱེད་མཆི་རིས་ཅན་ཡུན་རིང་དུས་པའི་མིག་འབྲུར་མཐོ་བ་དང་ལྡན་པ་ནི་ཡིད་ལ་མི་འདོད་པའི་དུཿཁས་མནར་བའི་ཉམས་དང་ལྡན་ལ་ཡིད་ཀྱི་རྩེ

དགའ་ཁྱིང་ནས་དགོད་པའི་འཛུམ་དཀར་འོད་ཀྱི་སྣང་བས་ཕྱོགས་ཀུན་རྫོགས་པར་བྱེད་པ་ནི་རྣམ་འགྱུར་སྔོན་མ་ལས་འགལ་བའི་ཚུལ་དེ་དག་སྒྲོ་བཏགས་མེད་པར་བདག་ལ་དྲང་པོར་སྨྲས་ཤིག མཛེས་མས་ལན་གསོལ་པ། ལྷ་གཞོན་ནུ་གཟིགས་ཤིག གང་ཤེས་རབ་དང་རྟོགས་པ་ཕུལ་དུ་བྱུང་བ་ཞིབ་ཅིང་ཕྲ་བའི་རྣམ་དཔྱོད་དང་ལྡན་པས་ཁོ་མོའི་རྣམ་འགྱུར་ཇི་བཞིན་པ་ཀློང་དུ་གྱུར་པའི་སྣང་ཚུལ་ནི་འདི་ལྟ་སྟེ། བདག་ནི་གདུང་བའི་རྣམ་འགྱུར་པ་ཅི་ཉེས་ཤེ་ན། རྒྱལ་སྲས་གང་དང་དུས་འདི་ཉིད་ཀྱི་བར་དུ་བསྡེ་གནས་གཅིག་ཏུ་གནས་ཀྱང་། བདག་ཉིད་ནར་མ་སོན་པའི་རྐྱེན་གྱིས་ད་ལྟའི་བར་དུ་ལྷན་ཅིག་འགྲོགས་པའི་སྐལ་བ་ཐོབ་པར་མ་གྱུར་ལ། གལ་ཏེ་གནས་སྐབས་འདི་ཉིད་དུ་སྲིད་པའི་རྒྱན་གྱི་དཔྱང་ཚོགས་ལྷགས་པ་ན། རང་ཅག་གི་བློན་པོ་བློ་གྲོས་དང་སྙིང་སྟོབས་ལྡན་པ་ཆེས་ཉུང་བས་དེ་དག་གི་དོ་ཟླ་ཇི་ལྟར་བྱ་སྙམ་ཤིན་ཏུ་སྐྱོངས་ཤིང་ཡིད་ཚད་ནས་མཆི་མས་གདོང་ཁེབས་པར་གྱུར་ལ། གཉིས་སུ་ན། བཞིན་རས་འཛུམ་ལྡན་ཡིད་རབ་བདེ་བའི་ཉམས་དང་ལྡན་པ་འདི་ནི། ལྷའི་མཛེས་སྡུག་ཕུལ་དུ་བྱུང་བའི་འཛོ་སྒེག་ཅན་རྒྱལ་སྲས་གང་དང་འགྲོགས་པ་ལ་ད་ནི་ཡུན་མི་རིང་སྟེ་རིང་པོར་མ་ཐོགས་པར་རྗེ་དགའ་ཉམས་སུ་སྤྱོང་བའི་སྐལ་བཟང་ཐོབ་པར་ངེས་ལ། སྲིད་པའི་རྒྱན་གྱི་དཔྱང་ཚོགས་དག་ཚལ་ནའང་དཔའ་བོའི་དབང་ཕྱུག་ཤེས་རབ་ཕུན་སུམ་ཚོགས་པ་དཔའ་བོ་སྲིད་པ་གཞོན་ནུ་དེ་ནི་བདག་ཅག་གི་དབང་དུ་གྱུར་པས་དེ་ཉིད་བློ་གྲོས་དང་སྙིང་སྟོབས་མཆོག་གི་དོ་ཟླར་འོས་པ་ནི་འགའ་ཡང་མ་མཆིས་ཏེ། དེ་ལ་ཡིད་བརྟན་རུང་ངམ་སྙམ་སྟེ་ཡིད་ཤིན་ཏུ་བག་ཕེབས་པར་གནས་སོ། །ཞེས་གསུས་པའི་རྣམ་འགྱུར་དང་བཅས་ཏེ་བག་ཕེབས་པར་སྨྲས་པ་ན། བུད་མེད་མཛངས་མའི་གཡོ་སྒྱུའི་ཚིག

གིས་ནི། །སྐྱེ་བོ་ཕལ་ཆེར་འཁྲུལ་པའི་ལམ་དུ་འཇུག །ཅེས་པ་ལྟར། ལྷ་ལས་ཕྱུལ་བྱུང་ནི་ཚིག་དེ་དག་ཐོས་པས་འཁྲུལ་པའི་ལམ་དུ་ཞུགས་ནས། ཨ་མ་དགའ་མ་ཡིད་འོང་མ་འདི་ནི་བདག་ལ་རྗེས་སུ་ཆགས་པའི་འཆིང་བ་ནམ་ཡང་མི་གློད་པར་ངེས་པ་སྙེད། སྲིད་པ་གཞོན་ནུ་དེ་ལ་ཡང་ཡིད་བརྟན་ཤིན་ཏུ་རུང་སྟེ་ལེགས་ཉེས་དཔྱོད་པའི་བློ་གྲོས་ཀྱང་དེ་ཉིད་ལས་འབྱུང་ངོ་སྙམ་སྟེ་ཡིད་ལ་སྤྲོ་བ་མཆོག་ཏུ་བརྟས་པར་གྱུར་ཏོ། །དེ་ནས་ཡིད་འོང་མས་ཤིན་ཏུ་གསང་བའི་སྒོ་ནས་དཔའ་བོ་སྲིད་པ་གཞོན་ནུ་ལ་སྨྲས་པ། བདག་གིས་སྐྱབས་དང་། མགོན་དང་། དཔུང་གཉེན་དུ་གྱུར་པའི་རྒྱལ་བ་མུ་ནེཏྲའི་སྣང་བརྙན་ལ་རྩེ་གཅིག་ཏུ་གསོལ་བ་བཏབ་པ་ལས་ཁྱོད་ཀྱི་དོན་སྒྲུབ་པ་པོ་མྱུར་དུ་འོང་ངོ་ཞེས་གསུང་གི་གསང་བས་དབུགས་དབྱུང་བ་ལེགས་པར་ཐོབ་པས་རྒྱལ་བུ་གཞོན་ནུ་དེ་ནི་མི་རིང་བར་ཕྱོགས་འདི་ཉིད་དུ་འཇིགས་རུང་དཔུང་གི་ཚོགས་ཆེན་པོ་དང་བཅས་ཏེ་བསྐྱོད་པར་གདོན་མི་ཟའོ། །དེས་ན་ཁྱོད་ནི་སྟོབས་དང་ཤེས་རབ་ཀྱི་བདག་ཉིད་ཅན་ཡིན་པས་ཕན་པ་ལྟར་གྱིས་ལ་གཞོན་པ་འབའ་ཞིག་གི་ཐབས་ལ་བརྩོན་པར་གྱིས་ཤིག ཅེས་བསྒོས་པས་དེས་ཀྱང་ད་ནི་དུས་ཡིན་ནོ་སྙམ་ནས་དགའ་བཞིན་དུ་ཁས་འཆེས་ཏེ་ཕ་རོལ་འཚོ་བར་གྱུར་པའི་ཐབས་བསམས་པ་ན། དང་པོར་བློ་ངན་འབངས་ཁོལ་འདི་ནི་དུག་སྐྱེད་པར་བྱེད་པའི་ས་གཞི་དང་མཚུངས་ཏེ། འདི་ཉིད་ཅི་ནས་ཀྱང་མ་རུང་བར་བྱེད་དོ་སྙམ་སྟེ་གནས་པ་ན། ནམ་ཞིག་གི་ཚེ་རྒྱལ་པོ་འཁོར་བཅས་ཕོ་བྲང་གི་ཕྱི་རོལ་དུ་ལྡོངས་རྒྱུར་གཤེགས་ཏེ། གླང་ཆེན་དང་། རྟ་དང་། མ་ཧེ་ལ་སོགས་པ་བལྟ་བའི་ཕྱིར་དེ་དག་མ་ལུས་པ་རྭ་བའི་ནང་དུ་སོང་བ་ན་དཔའ་བོ་སྲིད་པ་གཞོན་ནུ་ལོག་སེམས་བསྐྱེད་དེ་ཕྱི་རོལ་གྱི་ལྡོངས་ལ་བལྟ་བ་ལྟར་བྱས་ནས་རྭ་བའི་ནང་

དེ་རམ་ཕྱིན་ནོ། །རྒྱལ་བློན་རྣམས་སྤྱོངས་རྒྱུའི་བྱ་བ་རྫོགས་ནས་ཕོ་བྲང་དུ་ལྡོག་སྟེ་སོ་སོའི་བསྡི་གནས་སུ་སོང་ངོ་། །དེའི་ནུབ་མོ་སྲིད་པ་གཞོན་ནུས་འབངས་ཁོལ་གཉིད་ལ་ཡུར་བའི་དུས་ཙ་ན་དེའི་བསྡི་གནས་སུ་དོང་ནས་དེ་ཉིད་ཀྱི་རལ་གྲི་བརྐུས་ཐབས་སུ་བླངས་ཏེ་སོང་ནས་གླང་ཆེན་གྱི་རྔ་བའི་ཕྱི་རོལ་ནས་སྟེང་དུ་འཛེགས་ཏེ་རྒྱལ་པོའི་བཞོན་པ་གླང་ཆེན་སྤྲིན་དཀར་སྟོབས་ལྡན་བྱ་བ་ཤིན་ཏུ་གཅེས་པར་འཛིན་པ་དེ་ཉིད་གནས་པའི་སྤྱི་བོའི་ཐད་དུ་ཐོག་སྟེང་ནས་བུག་པ་ཕུག་སྟེ་རལ་གྲི་སྟོང་དུམ་ལ་བཅིངས་ནས་གླང་ཆེན་གྱི་སྤྱི་བོར་གནད་དུ་བསྣུན་པར་བྱས་པ་ལས་དེ་ཤད་ཁྲག་འཐོར་ཏེ་དེ་ཉིད་དུ་བཀུམ་སོ། །དེ་ནས་ཐོག་གི་བུག་པ་མི་སྣང་བར་བྱས་ཏེ་ཕོ་བྲང་དུ་སོང་ནས་རལ་གྲི་ཤད་ཁྲག་གིས་ཆེས་ཆེར་སྦགས་པ་ཤུབས་སུ་བཙུག་སྟེ་འབངས་ཁོལ་གྱི་བསྡི་གནས་སུ་སྦར་བསྐྱལ་ལོ། །ནང་པར་གླང་རྫི་དག་གིས་གླང་ཆེན་བཀུམ་པ་མཐོང་བས་འཇིགས་ཤིང་རྟབ་རྟབ་པོར་རྒྱལ་པོའི་དྲུང་དུ་སོང་ནས་འཇིགས་པའི་སྐད་གདངས་གཙོམ་ཚུང་ངུའི་སྒོ་ནས་གསོལ་པ།

ཀྱེ་མ་ས་ཡི་བདག་པོ་ཀྱེ། །བདག་ཅག་བསོད་ནམས་པད་མོའི་ཚལ། །མ་འདོད་བ་མོས་བཅོམ་པ་བཞིན། །བརྗོད་པར་དཀའ་བའི་བྱ་བ་ཐལ། །མདངས་ནུབ་མཚན་མོའི་ཐུན་མཚམས་ལ། །མཆོག་གི་བཞོན་པ་སྤྲིན་དཀར་སྟོབས། །གླང་ཆེན་རྒྱལ་པོ་མཚུངས་མེད་དེའི། །སྤྱི་བོར་མཚོན་རྣོན་བསྣུན་ནས་ནི། །ཤད་ཁྲག་འཐོར་བའི་ཐིགས་པའི་ཚོགས། །ས་གཞིར་ཐིག་ཕྲན་བཏབ་པ་བཞིན། །སྟོབས་ལྡན་དེ་ནི་བཀུམ་པ་མཐོང་། །བདག་ཅག་རྫི་བོས་བག་མེད་ཀྱི། །སྐྱོད་པས་ཉེས་པར་གྱུར་པ་མེད། །གནོད་ལྷའི་འཇིགས་པས་མནར་བའང་མིན། །གདུག་པའི་བློ་ཅན་སྐྱེས་བུ་ཡིས། །གང་

ལ་མཐོ་འཚམས་ཕྱིར་དུ་བྱས། །དེ་ནི་བརྟགས་ཤིང་ལེགས་དཔྱད་ནས། །
རྒྱལ་ཁྲིམས་གཞའ་ཤིང་འཛིན་རི་ལྟར། །ལྟེ་བས་དོན་ལས་འགོངས་གྱུར་
པའི། །ཉེས་པ་ཐོག་ཏུ་འབེབས་པར་འོས། །

ཞེས་འདར་ཞིང་ཞུམ་པའི་སྒོ་ནས་གསོལ་བ་ན། རྒྱལ་པོ་ཆེས་ཤིན་ཏུ་ཁྲོས་ཏེ་ང་རྒྱལ་གྱི་གདོང་ཤ་འཁྲིག་ཅིང་མཆུ་སྒྲོས་ཀྱི་ཡལ་འདབ་གཡོ་བཞིན་པར་ཚིག་ཤུགས་དྲག་པོའི་ང་རོས་བློན་པོ་རྣམས་ལ་སྨྲས་པ།

སྣ་བོ་དག་གོ་བར་གྱིས་ཤིག །འཇིགས་མེད་བདག་གི་བཙོན་པའི་
མཆོག་གླང་པོ་རིན་ཆེན་ཡོན་ཏན་དང་། །ལྡན་པའི་སྤྲིན་དཀར་སྤོབས་ལྡན་
དེ། །མཚན་མོའི་ཆ་ལ་བཀུམ་ཞེས་ཐོས། །གཤིན་རྗེའི་ཚལ་དུ་བསྐྱ་བ་
ལ། །རིངས་པའི་སྐྱེས་བུ་སུ་ཞིག་ཡིན། །གཏུམ་ལྡན་མདུན་ན་འདོན་
བསྒྲིས་ནས། །བརྟག་པར་བགྱིས་ལ་སུ་ཡིན་སྨྲོས། །

ཞེས་བསྒོས་པར་བློན་པོ་རྣམས་ནི་དགྲ་བོ་ཐབ་ཏུ་བསྟེན་པས་ཕུང་ངོ་ཞེས་སྲིད་པ་གཞོན་ནུ་དང་འབངས་ཁོལ་གཉིས་ཀོ་ན་ལ་ཐེ་ཚོམ་ཟའོ། །དེ་བརྟག་པའི་ཕྱིར་ལྷ་སྲུང་མཐུ་བོ་ཆེའི་གནས་ཁང་དུ་སོང་ནས་བྲོ་བོར་དུ་བཙུག་པ་ན། དཔའ་བོ་སྲིད་པ་གཞོན་ནུས་སྨྲས་པ། བདག་ཉིད་ཀྱིས་རྒྱལ་པོའི་ལག་ལྡན་ལ་རང་གི་མཚོན་འདེབས་པ་ལྟ་ཅི་སྨོས། གླང་ཆེན་གྱི་རྭ་བའི་ཐེམ་པ་འདས་ཏེ་དེའི་གམ་དུ་ཕྱིན་པའང་མེད་དོ་ཞེས་མནའ་བོར། དེར་འབངས་ཁོལ་གྱིས་གདུགས་སྟ་མར་རྒྱལ་པོ་ཞོངས་སུ་རྒྱུ་བའི་ཚེ་གླང་ཆེན་གྱི་རྭ་བའི་ནང་དུ་ཕྱིན་པའི་ཕྱིར་ཚིག་དེ་སྐད་ཅེས་སྨྲ་བར་མ་སྤོབས་ཏེ། བདག་གིས་ནི་གླང་ཆེན་སྤྲིན་དཀར་སྤོབས་ལྡན་བཀུམ་པའི་ཉོངས་པར་གྱུར་པ་ནི་འགའ་ཡང་མ་མཆིས། རྭ་བའི་ཐེམ་ནང་དུ་མ་བགྲོད་ཅེས་རྩི་ཁ་བོར་བར་མི་ནུས་སོ་ཞེས་སྨྲས

པ་བདེན་པའི་མཐུ་ཆུང་བར་རྟོགས་ཏེ། སླར་ཡང་ལེགས་པར་རྟོགས་པར་གྱིས་ཤིག་ཅེས་རྒྱལ་པོ་ཟླ་བའི་བློ་གྲོས་ཀྱི་བཀའ་བསྒོས་པ་ན། བློན་པོ་རྣམས་ཀྱིས་དེ་བརྟག་པའི་ཕྱིར་སྲིད་པ་གཞོན་ནུ་དང་། འབངས་ཁོལ་གཉིས་ཀྱི་བསྡི་གནས་སུ་སོང་ནས་ཁྲག་ཟགས་ཀྱིས་དམར་བའི་གྱོན་པ་ལ་སོགས་པ་ཡོད་མེད་ཞིབ་མོར་བརྟགས་པ་ན་འབངས་ཁོལ་གྱི་རལ་གྲི་ཀླད་ཁྲག་གིས་སྦགས་པ་དེ་ཉིད་ཤུབས་སུ་བཅུག་པ་མཐོང་ངོ་། །དེ་མཐོང་ནས་ཀྱང་འདི་ནི་ཁྱོད་ཀྱིས་ཉེས་པ་མངོན་སུམ་ཞེས་སྨྲོ་བ་དྲག་པོས་བསྡིགས་པ་ན་འདི་ནི་བདག་ཉིད་མ་ལགས་ཏེ། གཞན་དག་གིས་བདག་ལ་གནོད་པའི་ཕྱིར་དུ་བྱས་སོ། །ཞེས་ཚེ་ང་དྲག་པོར་སྨོན་ཀྱང་དང་བ་མི་སྨོན་པར་དེ་ཁོ་ན་ལ་ངེས་པ་རྙེད། དེ་རྒྱལ་པོ་ལ་ཞུས་སོ། །དེར་རྒྱལ་པོ་ཤིན་ཏུ་ཁྲོ་གཏུམ་ཆེ་བའི་ཤུགས་ཀྱིས་མ་རུང་བ་འདི་ད་ལྟ་ཉིད་དུ་འབྲལ་བར་གྱིས་ཤིག་ཅེས་བཀའ་བསྒོས་སོ། །དེའི་ཚེ་སྲིད་པ་གཞོན་ནུས་གསོལ་པ། མིའི་བདག་པོ་མཁྱེན་པར་མཛོད་ཅིག གང་གིས་རྗེས་སུ་བཙེ་བས་ཡིད་རྟོན་རུང་བར་བྱས་ཏེ་ཐན་དུ་བསྐོས་ཤིང་དྲིན་གྱིས་བསྐྱངས་པ་ལས་ཤིན་ཏུ་མི་རིགས་པའི་སྤྱོད་པས་གང་ལ་མཐོ་འཚམས་པར་བྱེད་ན། དེ་ནི་བདག་ཁོ་ནས་བསྒྲལ་བར་ཁས་འཆེ་ན་དེ་བཞིན་དུ་གནང་བ་སྩོལ་ཞིག རྒྱལ་པོས་ལེགས་སོ། །ཁྱོད་ཀྱིས་ཇི་ལྟར་སྨྲས་པ་བཞིན་དུ་གྱིས་ཤིག་ཅེས་གནང་བ་བྱིན་ནོ། །

རང་གིས་མི་བཟད་སྡིག་ཏོའི་ལས་བསྒྲུབས་པའི། །འབྲས་བུ་རིང་པོར་མི་ཐོགས་ཡོངས་སྨིན་པ། །འཛམ་གླིང་ལས་ཀྱིས་གསལ་བའི་ཁྱད་པར་ཆོས། །མངོན་སུམ་མེ་ལོང་ཕྱིས་ནས་སྟོན་པ་བཞིན། །རྒྱུ་འབྲས་བསླུ་བ་མེད་པའི་བདེན་པ་ནི། །འགྲོ་ལ་ཚད་མར་གྱུར་པ་འདི་ངོ་མཚར། །གཞུང་

བཟང་ཁྲིལ་དང་ངོ་ཚ་ཡོངས་བོར་བའི། །སྨྲོ་ངན་འབངས་ཁོལ་ཞེས་བྱ་མི་བསྲུན་དེ། །གཞིན་རྗེའི་སྐྱེས་བུ་ལྟ་བུའི་བཤན་པའི་ཚོགས། །ལག་ན་ཞགས་ནག་ཐོགས་པས་མགུལ་པ་དང་། །ཡན་ལག་དམ་བཅིངས་གཅེར་བུ་གྲོང་ཁྱེར་གྱི། །སྲང་མདོ་རྣམས་བརྒྱུད་འཇིགས་རུང་ཁྲིམས་ར་ནི། །བསད་ཁྲག་དམར་བས་འགོས་པ་ཉམ་ང་དེར། །ཝོ་དོད་སྨྲ་ངན་སྒྲོག་བཞིན་ཁྲིད་པར་གྱུར། །

དེ་ནས་ཡན་ལག་རྣམས་ཁྲིམས་ཤིང་ལ་ལེགས་པར་བརྒྱངས་ཏེ་ཐང་ཐང་པོར་གྱུར་པ་ན། དཔའ་བོ་སྲིད་པ་གཞོན་ནུ་དེས་ལག་ན་ཚུ་གྲི་རྣོ་དབལ་དང་ལྡན་པ་འོད་དམར་བ་ཞིག་ཐོགས་ཏེ། ཐོག་མར་མིག་གཉིས་ཕྱུངས་པ་དང་ཆབས་ཅིག་ཏུ་འདི་སྐད་སྨྲས་སོ། །

བསྙེན་བསྲིང་བྲལ་བའི་ཐུགས་རྗེའི་སྤྱན་ལྡན་པ། །རྒྱལ་བུ་གཞོན་ནུ་ཟླ་མེད་ཞལ་དཀྱིལ་ལ། །བལྟ་བར་མ་འདོད་གདུག་པའི་སེམས་འཆང་བ། །ད་ལྟ་སློ་རྐོད་ཐར་ལེགས་བཞིན་ལ་ལྟོས། །

ཞེས་མིག་དག་ཕྱུངས།

འཇམ་མལ་རྩུབ་མོར་བརྗོད་ཀྱང་ཞི་བ་ཡི། །ཐུགས་ལས་མི་གཡོ་བརྩེ་ཆེན་གསུང་འཇམ་ཅན། །རྒྱལ་བུ་གཞོན་ནུའི་བཀའ་ལས་འགོངས་བྱེད་ན། །ཁྱོད་མོས་མགོན་སྐྱབས་རྗེ་དེར་ཞུ་བ་ཕུལ། །

ཞེས་ལྕེ་ནི་དྲུང་ནས་བཅད།

བདག་ལ་འཚེ་བའི་ཚེན་ལག་སོར་འདི། །རལ་གྲི་འཛིན་ལ་བཏང་མི་སྲན་ཡང་། །དེ་རིང་མཚོན་གྱིས་དུམ་བུར་བཅད་པའི་ཚེ། །མཚོན་ཆ་བཟུང་བའི་ནུས་པ་འདུག་གམ་སེམས། །

ཞེས་གཡས་གཡོན་གྱི་སོར་མོ་རེ་རེ་ནས་བཅད་དོ། །

ངལ་དུབ་རྐང་པའི་བགྲོད་པར་སྟོས་མེད་པ། །བཞོན་པ་མཆོག་ལ་བསྟེན་པར་མ་འདོད་དེ། །དགྲ་ངན་སྐྱབས་སུ་སོང་བའི་བློ་ཉེས་ཁྱོད། །མགོན་དང་དཔུང་གཉེན་མཆིས་ན་དེ་དྲུང་སོང་། །

ཞེས་རྐང་པ་དག་དྲུང་ནས་བཅད་པར་བྱས།

དཔལ་ལྡན་ས་ཡིད་བང་ཕྱུག་ཐམས་ཅད་དགའ། །ཡུལ་འཁོར་གཉེན་བཤེས་ལོངས་སྤྱོད་ཕུན་ཚོགས་ཀྱིས། །ཁྱོད་སྙིང་སྟོང་པ་ནམ་ཡང་མ་ཁེངས་ཕྱིར། །ད་ཀོ་ཁེངས་པར་གྱིས་ཤིག་གདུག་སེམས་ཅན། །

ཞེས་སྨྲས་ཤིང་སྙིང་ཕྱུངས་ཤིང་པགས་པ་རྒྱུན་ལྟར་དྲས་ནས་ལུས་ངན་དུམ་བུར་བྱས་ཏེ་དགྲ་བོ་མ་རུང་པ་སྙིང་ལ་མཚོན་ཆའི་ཚོ་ག་བསྒྲུབས་པ་དེ་ནི་གཡོ་ཐབས་ཀྱི་སློ་ནས་མིང་གི་ལྷག་མར་བྱས་པ་ན། དཔའ་བོ་དེ་ནི་སྙིང་སྟོབས་དང་བློ་གྲོས་ཀྱི་མཐུ་ཕུལ་དུ་ཕྱུང་བ་ཞིག་སྟེ། ཁྲིམས་ཀྱི་གཏམ་རྒྱ་ཆེ་བ་དང་བཅས་ཏེ་མ་རུང་པ་བསྒྲལ་བ་ལ་མཁས་སོ་ཞེས་གྲགས་པ་བྱུང་ངོ་། །དེ་ནས་སྐབས་ཤིག་ན་ལྷ་ལས་ཕུལ་བྱུང་དེས་དཔའ་བོ་སྲིད་པ་གཞོན་ནུ་ལ་གྱ་ནོམ་པའི་བྱ་དགའི་དངོས་པོས་ཚིམ་པར་བྱས་ནས་སྙིང་ཉེ་བའི་གཏམ་འདི་སྐད་ཅེས་བསྙད་དོ། །

པད་མ་རྒྱས་ཚལ་གྲོང་ཁྱེར་ཆེན་པོའི་ལྗོངས། །རྒྱལ་ཁབ་སྲིད་པའི་རྒྱན་དེའི་སྟོབས་འབྱོར་དཔལ། །སྣང་བ་འབུམ་ལྡན་འདི་ལ་ཅོ་འདྲི་བ། །མཆིས་སམ་འོན་ཏེ་འདི་བས་དམན་ནམ་ཅི། །གཞོན་ནུ་ཟླ་མེད་ཅེས་བྱ་གྲགས་ལྡན་དེ། །མ་ལུས་དཔའ་བོའི་ཁྱུ་མཆོག་འཇིག་རྟེན་འདིར། །འགྲན་པའི་ཟླ་དང་བྲལ་བའི་རྣམ་དཔྱོད་ཀྱི། །བ་དན་རིང་དུ་རྐྱོང་བའི་གཏམ

བདེན་ནམ། །གང་དེའི་དྲུང་ན་སྤྱོད་པའི་མདུན་ན་འདོན། །བློ་གྲོས་སྙིང་སྟོབས་མཆོག་ལྡན་ཇི་ལྟར་མཆིས། །བདག་གི་ཡིད་རྟོན་རུང་ཐུས་བློན་པོའི་མཆོག །ཇོ་ལ་གློ་བ་ཉེ་བ་དཔའ་བོའི་ཕྲུལ། །སྲིད་པ་གཞོན་ནུའི་བདེན་སྨྲའི་གསང་ཚིག་གིས། །ཡིད་གཉིས་དྲ་བ་མཐའ་དག་གཅད་པར་རིགས། །ཞེས་སྨྲས་པས། ད་ནི་ཁོ་བོས་གླགས་འཚོལ་བའི་དུས་ལ་ངེས་པར་བབས་པའོ་སྙམ་སྟེ། དགའ་བའི་བཞིན་གྱི་མདངས་ཕྱུངས་ནས་གུས་པ་མཚོན་པའི་ཕྱག་གིསམངོན་པར་བཏུད་དེ་སྙིམ་པ་སྦྱི་བོར་ཐལ་མོ་སྦྱར་ནས་ཤིན་ཏུ་གུས་པའི་རྣམ་པ་ཅན་གྱིས་གསོལ་པ། ཇོའི་སྲས། ལེགས་པར་དགོངས་ཤིག ཇེས་སུ་བརྩེ་བ་དང་ལྡན་པའི་མ་མའི་དྲུང་ན་བུ་སྡུག་པ་ཡོག་པར་སྨྲ་བའི་གོ་སྐབས་ནམ་ཡང་མ་མཆིས་པ་དེ་བཞིན་དུ། བདག་ལ་བུ་གཅིག་པ་ལྟར་བརྩེ་བའི་ཇོ་བོའི་དྲུང་ན་འཁྲུག་ཚིག་སྨྲས་ན་རང་ཉིད་ཉོངས་པར་འགྱུར་བསགསོང་པོའི་གཏམ་འདི་སྐན་གྱི་དབང་པོར་གསོལ་བར་བྱ་སྟེ། དེ་ཡང་སྲིད་པའི་རྒྱན་གྱི་སྟོབས་དང་དཔལ་འབྱོར་ནི་རྒྱལ་ཁབ་འདི་ལས་ཅུང་ཟད་དམན་པ་ལས་ཁྱད་པར་འཕགས་ཚེས་འགའ་ཡང་མེད་དོ། །རྒྱལ་བུ་གཞོན་ནུ་ཟླ་མེད་དེ་ནི་ཞི་ཞིང་དུལ་བའི་ངང་ཚུལ་ཅན་ཞིག་སྟེ་རིག་པའི་གནས་ཀུན་ལ་བློ་གྲོས་ཀྱི་འཇུག་པ་ཡངས་པ་ཙམ་དུ་ཟད་ཀྱི་དྲག་པོའི་ལས་ལ་སྤྱོད་པ་ན་གྲགས་པ་དང་ལྡན་པ་ཞིག་མ་ལགས། དེའི་རྒྱུ་ནི། གཡུལ་གྱི་རོལ་པར་འཇུག་པ་ན་ལྕགས་སྣའི་ཁྲུན་ཐིགས་ལས་གྲུབ་པའི་གོ་ཆ་སྲ་བ། བཙན་པ། གཞོམ་དུ་མེད་པ་ཞིག་མཆིས་ཏེ། དེ་ལ་ཕ་རོལ་གྱི་མཚོན་ཆ་ལ་སོགས་པའི་གནོད་པས་བཟློ་བར་མི་ནུས་ཕྱིར་དེའི་མཐུས་གྲགས་སྐན་གྱི་རོལ་མོ་རིང་ནས་རིང་དུ་ཁྱབ་མོད་ཀྱི། དེ་བས་འཇིགས་མེད་དཔའ་བོའི་ཁྲུ་མཆོག་ཏུ་གྲུབ་པའི་དཔའ་བརྟུལ་སྙིང་སྟོབས་ཀྱིས

བསྒྲིམས་པའི་ཁྱད་ཆོས་ཅི་ཡང་མ་མཆིས་སོ། །བློན་པོ་བློ་གྲོས་དང་ལྡན་པ་རྣམས་ཀྱི་མེས་པོ་ནི་འབངས་ཁོལ་དེ་ཉིད་ལགས་སོ། །སྙིང་སྟོབས་དང་ལྡན་པ་རྣམས་ཀྱི་མཆོག་ནི་དྲང་པོར་གསོལ་ན་བདག་ཉིད་ལ་གྲགས་ཏེ་གཞན་དག་མཐུ་རྩལ་དང་ལྡན་པ་འགའ་ཡང་མེད་དོ། །འོན་ཏང་ས་བདག་སྙིང་སྟོབས་ཀྱི་བདག་ཉིད་གང་ལའང་ལྕགས་སྣའི་ཞུན་ཐིགས་ལས་གྲུབ་པའི་གོ་ཆ་དེ་ལྟ་བུ་དང་ལྡན་ན། གཽ་ལ་ཤའི་ལྷུན་པོ་རང་བཞིན་གྱིས་དཀར་བ་ཟླ་བའི་འོད་ཀྱིས་ཆེས་ཆེར་གསལ་བར་བྱས་པ་ཅི་འདྲ་བ་དེ་འདྲའོ། །ཞེས་གསོལ་པས། རྒྱལ་བུས་སྨྲས་པ། དཔའ་བོ་གཞོན་ནུ་བློ་གྲོས་ལེགས་སོ། །ཇི་ལྟར་ཁྱོད་ཀྱིས་བསྟན་པ་བཞིན་དུ་གོ་ཆ་བཙན་པོ་གཞན་དག་ནི་བགྲང་བ་ལས་འདས་ཀྱང་སྨྲས་མ་ཐག་པ་དེ་ལྟ་བུ་ནི་མ་མཆིས་ན། སྒྲུབ་པའི་ཐབས་ཡོད་དམ་སྨྲོས་ཤིག གསོལ་པ། རང་རེ་སྣང་བ་འབུམ་ལྡན་གྱི་རྒྱལ་ཁབ་སྟོབས་དང་ལྡན་པ་འདི་ཙམ་ལ་མངའ་དབང་བསྒྱུར་བའི་ཕྱིར་ན་དེ་ལྟ་བུའི་ཡ་ལད་འདུ་བྱ་བ་ལ་དཀའ་ཚེགས་གྱུར་པ་ཅི་ཡོད། ཅི་ཞེ་ན། ཚབ་རོལ་ན་སྤྱོད་པའི་ཁྱིམ་རེ་རེ་ནས་ལྕགས་རྫོང་ར་ལྡན་པ་རྒྱ་བཟང་པོ་སྐྱེས་བུའི་ཁུར་དུ་ཡོངས་པ་རེ་བསྡུས་ཏེ་ཞུན་ལེགས་པར་བཅད་པའི་ཡང་སྙིང་ཞུན་ཐིགས་མཛུབ་མོའི་ཚད་ཙམ་རེ་ཡོང་བ་བྱས་པ་ལ་གོ་ཁྲབ་ཀྱི་བྱང་བུ་རེ་བསྒྲུབས་ནས་ལུས་ལ་བགོས་པ་ན་རྡོ་རྗེའི་གོ་ཁྲབ་བཙན་པོ་ཚགས་སུ་ཚུད་དེ་མཚོན་ཆའི་བྱེ་བྲག་གང་གིས་ཀྱང་བཟི་བར་མི་ནུས་སོ། །འོན་ཀྱང་ལྷ་འབངས་རྣམས་མནར་བའི་ལས་རྒྱ་ཆེན་པོ་འགྱུར་བས་མིའི་བདག་པོ་ཉིད་ལ་གུས་པ་སྐྱོད་ཅིང་། གྲགས་པ་ངན་པ་སྒྲོག་པའི་གཞིར་མི་འགྱུར་གྲང་། དེས་ན་ངལ་བ་འདི་ནི་བཏང་སྙོམས་སུ་མཛད་པར་རིགས་པས་བདག་གི་སྙིང་ནས་ཕྱུང་བའི་ཚིག་ཟློལ་མེད་པར་གསོལ་བ་ལགས། ཞེས

བརྗོད་པས། ལན་སླས་པ། དེ་ནི་མ་ཉེས་ཀྱི། འབངས་ལ་དཔྱ་ཁྲལ་བསྡུ་བ་ནི་རྒྱལ་པོ་སྤྱིའི་ལུགས་ཡིན་པས་གྲགས་ངན་སྒྲོག་པའི་རྒྱུ་མེད་དོ་ཞེས་སྨྲ་ཞིང་ལྷ་ལས་ཕུལ་བྱུང་དེ་ཉིད་ཆར་དང་པོ་ཟིམ་བུར་བབས་པ་ རྨ་བྱའི་ལུས་ལ་རེག་པ་བཞིན་དུ་སྤྲོ་བ་ཤིན་ཏུ་བརྟེགས་པར་གྱུར་ཏེ་ཡབ་ བླ་བའི་ བློ་གྲོས་ག་ལ་བ་དེར་སོང་ནས་ཐལ་མོ་སྦྱར་བས་བཏུད་དེ་ཡབ་གཅིག་དགོངས་ཤིག ཡུལ་གྱི་རྒྱལ་པོ་ཕན་ཚུན་དཔལ་འབྱོར་ལ་ཕྲག་དོག་གིས་ཀུན་ནས་འཁྲུགས་པའི་སེམས་དང་། འཁྲན་ཟླ་ཡོད་པ་མི་བཟོད་པའི་སེམས། ཡིད་དུ་འོང་བའི་དགའ་མ་ལ་རྗེས་སུ་ཆགས་པའི་སེམས་ཀྱིས་གཡུལ་དུ་ཞུགས་ནས་འགྱེད་པར་བྱེད་པའི་ལས་ཅི་དང་ཅི་ཡང་འབྱུང་བར་ཆ་མི་འཚལ་ན། མགོ་བའི་ལུས་སྲུང་ཡ་ལད་བཙན་པོ་ལྕགས་སྣའི་ཞུན་ཐིགས་ལས་གྲུབ་པ་འདི་ལྟ་བུ་བསྒྲུབ་པ་ལ་གནང་བ་སྩོལ་ཅིག རྒྱལ་པོས་སླས་པ། དེ་ལྟ་བུའི་བློ་གྲོས་ཟབ་མོ་སུ་ལས་བྱུང་། སྲིད་པ་གཞོན་ནུ་དེའི་ངག་ལས་ཐོས་སོ། ། དེ་ནི་གཞོན་ནུ་ཁྱོད་ཕྲག་དོག་པའི་རྐྱེན་གྱིས་མ་རུང་བར་བྱེད་པ་ལ་མངོན་དུ་ཕྱོགས་པ་ན། བློ་གྲོས་ཅན་གྱི་ཐབ་དག་བསྟེན་པར་འོས་ཞེས་བདག་གིས་ཐོག་མ་ནས་མ་སླས་སམ། བློ་གྲོས་དེ་ནི་ལེགས་ཀྱི་གོ་ཆ་དེ་ལྟར་ཅི་ནས་ཀྱང་བསྒྲུབ་པར་སློའོ་ཞེས། མངའ་རིལ་རྣམས་ཀྱི་མི་ཁྲིམ་རེ་ནས་ལྕགས་སྐྱེས་བུའི་ཁུར་དུ་ལོངས་པ་རེ་བསྡུས་ཤིག་པའི་བཀའ་སྒྲོར་རོ། ། དེའི་ཚེ་འབངས་རྣམས་ནི་ལྕགས་ཁུར་པོ་ལོངས་པ་མ་འགྲུབ་སྐེ་གོ་ཆ་དང་མཚོན་ཆ། མདོར་ན་ཉག་ཕྲན་གྱི་མདེའུ་ཕྲ་མོ་ཙམ་ཡང་བསགས་ཏེ་དཔྱ་ཁྲལ་ལ་འབད་པས་སྟོབས་པར་བྱེད་དོ། ། དེ་ནས་ལྕགས་དེ་དག་བཞུ་བཏུལ་ནུས་པའི་སོལ་བ་སྒྲུབས་ཤིག་པའི་བཀའ་བསྒྲུལ་བ་ན། ལྕགས་ཁུར་པོ་རེ་མཛུབ་མོའི་ཚད་དུ་བཞུ་བར་ནུས་པའི་སོལ་བ་ཇི་ལྟར་བགྱི་ཞེས་ཡིད་ཆད་དེ་རྒྱལ་པོ་ལ་ངན་

སྨྲས་ཀྱི་སྒྲས་ཕྱོགས་ཀུན་ཏུ་ཁྱབ་པར་གྱུར་ཀྱང་ཁྲིམས་ཀྱི་འཇིགས་པས་ཐེམ་སྐས་ལ་སོགས་པ་འང་སོལ་བར་བྱས་ནས་དཔྱ་ཁྲལ་ལ་དབུལ་ལོ་ཞེས་ཧྲེང་ཧྲེང་པོ་རྒྱལ་པོའི་ཕོ་བྲང་དུ་འདུས་སོ། །དེའི་ཚེ་སྲིད་པ་གཞོན་ནུ་སྣང་བ་འབུམ་ལྡན་གྱི་ཕོ་བྲང་གི་བྱེ་བྲག་བཙན་མཁར་ཤིན་ཏུ་མཐོ་བ་སྒྲིགས་ལ་སོགས་པ་མཆོན་ཆ་འཕེན་པའི་ཁ་བད་དང་མཚོན་ཁྲུང་ཁྱད་པར་འཕགས་པས་མཛེས་པར་བྱས་པ་ཞིག་ལ། དེའི་རྒྱང་ན་རྡོ་ཁ་དོག་སྨུག་ཅིང་དབྱིབས་གྲུ་བཞི་པ་དང་གཏུན་བུ་ལྟ་བུ་འདུག་པ་མཐོང་ནས་མཁར་དེ་ཉིད་བཤིག་པའི་ལས་ཐབས་མངོན་པར་འདུ་བྱའོ་སྙམ་ནས་སྨྲས་པ། ཞུགས་སྣའི་ཁུན་ཐིགས་བཏུང་ཞིང་བཟོ་ཁྱད་དང་ལྡན་པར་བྱེད་པའི་ལག་ཆ་ནི་ཞུགས་ཉིད་ཀྱིས་མི་རུང་སྟེ། རྒྱལ་བུ་གཞོན་ནུ་ཟླ་མེད་ཀྱི་གོ་ཆ་སྒྲུབ་པའི་ཚོན་བདག་གིས་ལེགས་པར་བརྟགས་པ་ལས། ལག་ཆ་ནི། རྡོ་རྗེ་ཕ་ལམ་གྱི་ཡོན་ཏན་དང་ལྡན་པའི་རྡོ་བ་ཁ་དོག་སྨུག་ཅིང་དབྱིབས་གྲུ་བཞི་དང་གཏུན་བུ་ལྟ་བུས་རུང་གིས། དེ་ཡང་གྲུ་བཞི་པས་ནི་མལ་གཞིའོ། །གཏུན་བུ་ལྟ་བུས་ནི་ཐོ་བ་བགྱིའོ། །ཞུས་པས། འོ་ན་དེ་ལྟ་བུའི་རྡོ་བ་ངོ་མཚར་ཅན་སྒྱུར་དུ་རྙེད་པར་གྱིས་ཤིག གལ་ཏེ་ལག་རྩེར་མ་སོན་ན་ཆར་བཅད་པར་བྱའོ། །ཞེས་བློན་འབངས་རྣམས་ལ་དྲིལ་བསྒྲགས་སོ། །དེ་ནས་གྲོང་ཁྱེར་གྱི་སྐྱེས་པ་དང་། བུད་མེད་དང་། བུས་པ་ཐམས་ཅད་ཕྱོགས་དང་ཕྱོགས་མཚམས་ཀུན་ཏུ་འཁྱམས་ཤིང་བཙལ་ཡང་མ་རྙེད་པས་ངལ་ཞིང་དུབ་པར་གྱུར་པའི་ཚེ། སྲིད་པ་གཞོན་ནུས་གཞན་གྱིས་མི་མངོན་པར་བྱས་ཏེ་བྱིས་པ་གཞོན་ནུ་ཞིག་ལ་ཟུར་གྱིས་བསླབས་སོ། །དེས་ཀྱང་མཉན་ཏེ་ལེགས་པར་རྟོགས་ཤིང་དཔྱད་པ་ལས། བཙན་མཁར་གྱི་རྒྱང་ན་རྡོ་བ་དེ་ཉིད་འདུག་པ་མཐོང་ནས་རྒྱལ་པོ་ལ་གདངས་པར་གསོལ་ལོ། །དེའི་ཚོག་རྣ་བའི་བདུད་རྩི

ལྷ་བུར་གྱུར་པས་འདི་ནི་བདག་གི་བསོད་ནམས་ཀྱི་མཐུ་ལས་གྲུབ་པའོ་སྙམ་སྟེ། བློན་འབངས་རྣམས་ལ་སྨྲས་པ། ཁྱེད་རྣམས་ནི་ཇི་ཙམ་ངལ་བར་བྱས་ནའང་ངལ་བ་འབྲས་བུ་མེད་པར་གྱུར་མོད་ཀྱི། ཁོ་བོའི་བསོད་ནམས་ཀྱི་མཐུ་ལས་བྱིས་པ་འདིས་ལེགས་པར་མངོན་དུ་གྱུར་པ་དེའི་ཕྱིར། ད་ནི་བཙན་མཁར་བཤིག་ལ་རྗེ་བ་ངོ་མཚར་ཅན་དེ་གཉིས་བླང་བར་གྱིས་ཤིག ཅེས་བསྒྲགས་སོ། །དེའི་ཚེ་དཔའ་བོ་སྲིད་པ་གཞོན་ནུ་དེ་ནི་ཐབས་ལ་མཁས་ཤིང་ཤེས་རབ་དང་ལྡན་པས་དེ་ལྟར་མི་རིགས་ཞེས་ཟློལ་གྱིས་སྨྲས་པ།

ངན་སྤྱོད་གཡོ་སྒྱུའི་སྤྱོར་བ་ཡིས། །ཕ་རོལ་བསླུ་བའི་སེམས་འཆང་བ། །དེ་ནི་དམ་པའི་རང་བཞིན་ལས། །འགོངས་ཕྱིར་བདག་ནི་བདེན་པར་སྨྲ། །སྲིད་པའི་རྒྱན་སྲས་གཞོན་ནུ་དེའི། །རྡོ་རླར་བྱེད་སླད་བདག་ཅག་ལ། །སྲ་བཙན་ཡ་ལད་བཙན་པོ་ནི། །བསྒྲུབ་པའི་དགོས་པ་ཆེས་ལྡན་ཀྱང་། །རང་ཅག་བློན་པོ་གདུག་སེམས་ཅན། །གཞན་འབྱོར་མི་བཟོད་ཕྲག་དོག་གི། །ཚུལ་མིན་སྐྱེས་བུ་འགའ་ཞིག་གིས། །བདག་ལ་འཕྱ་སྨོད་གནས་སུ་གྱུར། །མི་ཡི་བདག་པོ་ཟུང་ལ་ཡང་། །གྲགས་པ་མ་ཡིན་སྒྲོག་པར་བྱེད། །དེ་ཕྱིར་ཕོ་བྲང་ངོ་མཚར་ཅན། །ཉམས་ཉེས་མི་རུང་རང་སོར་ཞོག །

ཞེས་ཞུས་པས། མཆོན་ཆའི་འཇིགས་ལས་སྐྱོབ་པའི་གོ་ཆ་བསྒྲུབ་པར་ནུས་ན། བཙན་མཁར་དེ་ནི་སྟོབས་དང་ལྡན་པའི་འབངས་བསྐུལ་ཏེ་བཤིག་ཅིང་སྒྲུབ་པ་ལ་བྱ་དཀའ་ཅི་ཡང་མ་མཆིས་སོ། །ཞེས་རྗེ་བ་དེ་ཉིད་ལེན་པའི་སྒོ་གོན་གྱིས་མཁར་བཤིག་པར་མངོན་དུ་ཕྱོགས་པ་ན། རྗེ་བོ་ལ་སྙིང་ཉེ་ཞིང་། བསམ་པ་རྒྱ་མེད་པའི་བློན་པོ་རྣམས་ནི་སེམས་ཀྱིས་མ་བཟོད་པར་རྒྱལ་པོ་ཡབ་སྲསག་ལ་བ་དེར་སོང་ནས་གསོལ་པ། ལྷ་གཟིགས་སུ་གསོལ། བདག་ཅག

རྣམས་ནི་བློ་གྲོས་བརྟུལ་བ། སྙིང་སྟོབས་དང་མི་ལྡན་པ། རྣམ་འབྱེད་ཤེས་རབ་ཀྱི་མཐུ་དང་བྲལ་བ་ཉིད་ཀྱི་ཕྱིར། གསོལ་བར་བྱ་བ་འགའ་ཡང་མ་མཆིས་མོད། འོན་ཀྱང་བདག་ཅག་སྙིང་ལས་སུ་གྱུར་པའི་ཚུལ་ཅུང་ཟད་དགོངས་ཤིག ཐུ་རབས་ཀྱི་མདུན་ན་འདོན་བློ་གྲོས་དང་ན་ཚོད་ཀྱིས་རྒན་པ། རྗེ་བོ་ལ་གུས་པར་བལྟ་བ་རྣམས་ནི་གོས་རྙིང་པ་བརྗེས་པ་བཞིན་དུ་ཡལ་བར་བོར་ནས། གསར་བུ་ཡིད་རྟོན་མི་རུང་བ། ང་རྒྱལ་དང་། ཕྲག་དོག་གིས་ཀུན་ནས་བསླིམས་པ། ཡོག་པའི་བློ་གྲོས་ཅན་འགའ་ཙམ་གྱི་དབང་དུ་གྱུར་ཏེ། རང་གི་འབངས་རྣམས་གཉེན་བཞིན་དུ་བྱམས་པར་འོས་པ་ལ། ཏིལ་བཞིན་དུ་བཙིར་ནས་མནར་སྤྱོད་ལ་སྦྱར་ཏེ། གཅིག་ཏུ་ན་རྒྱལ་པོའི་གོ་ཆ་བསྒྲུབ་པར་བྱའོ་ཞེས་མཚོན་རྣམས་ཀྱང་བཞུ་བརྟུལ་བྱས། གཉིས་སུ་ན་སོལ་བའི་ཆེད་དུ་སྒོ་དང་ཐེམ་སྐས་ལ་སོགས་པའང་མེ་ལ་བསྲེགས། གསུམ་དུ་ཕ་རོལ་གྱི་རྒོལ་བས་བཟི་བར་མི་ནུས་པའི་བཙན་མཁར་བཤིག་ནས་རྫོ་བ་ལེན་དགོས་སོ་ཞེས་བདག་ཅག་གི་ཐོས་པའི་ལམ་དུ་གྱུར་པས་བློ་གྲོས་ངན་པ་ཡོག་པའི་ལམ་དུ་སྦྱོར་བ་དེ་ནི་སུ་ཞིག་གིས་གསོལ་ལེགས་པར་གསུངས་ཤིག ཅེས་བརྗོད་པས་རྒྱལ་པོ་སྨྱོངས་པས་ཀུན་ནས་དཀྲིགས་ཏེ་ལེགས་པར་སྨྲས་པའང་ཡོག་པར་གོ་ཞིང་མདུན་ན་འདོན་ནང་ཕན་ཚུན་ཕྲག་དོག་གི་ཚིག་ཏུ་འཁྲུལ་པ་བསྐྱེད་ནས་ཞེ་སྡང་གི་སྨིན་མ་འཁྲུག་པོར་བསྒྱུར་ཅིང་འབྱུང་པོའི་བྱ་འུག་པ་རྒན་པོ་ཉ་རྣམས་བཟས་པས་ལྟོ་བ་ཁེངས་པས་དྲེགས་ཏེ་རྗེ་བའི་སྟེང་ན་འདུག་པ་ལ་སྲོག་ཆགས་སྲམ་གྱིས་ཉ་བཟུང་བ་ཁ་ལ་འཕྱིར་ཏེ་ཕྱོགས་ཀུན་ནས་སྟོབ་པར་བྱེད་ཀྱང་། དེས་མིག་ཙམ་ཡང་མི་བལྟ་བར་འཁྱིང་བཞིན་དུ་གནས་པར་བྱེད་པ་དེ་བཞིན་དུ། བློན་པོ་རྣམས་ལ་དང་བ་མི་སྟོན་པར། བརླ་གཡས་པའི་སྟེང་དུ་ལག་གཡས་པའི་སྦར

མོ་སེང་གེའི་སྐེར་ཁྲིམ་བཞིན་དུ་བཀོད་ཅིང་འདུག་སྣངས་དྲེགས་པས་མངོན་པར་འགྱིང་སྟབས་སུ་རྟེད་པ་འཁྱོག་ལ་འཕྱང་བཞིན་དུ་སྨྲས་པ། བློ་གྲོས་ཁབ་ཀྱི་མིག་ལྟར་ཕྲ་བའི་མདུན་ན་འདོན་དགག་ཕྲག་དོག་གིས་ཀུན་ནས་བསླམས་པའི་ཚིག་མ་སྨྲས་ཤིག རང་གི་ལུས་ལ་མཚོན་གྱིས་གནོད་པར་མི་ནུས་པའི་གོ་ཆ་བཙན་པོ་ནི་ཀུན་ཏུ་དོན་ཡོད་པ་ཡིན་གྱི། འབངས་མནར་བ་དང་། མཁར་འཛིགས་པ་ཙམ་ནི་ལྟར་སྣང་དུ་མཛེས་པ་མ་ཡིན་ཀྱང་། ཉམས་པ་སླར་སོར་ཆུད་དུ་རུང་བ་ཡིན་མོད་བློ་གྲོས་བཟང་པོ་འདི་དཔའ་བོ་སྲིད་པ་གཞོན་ནུས་བསྟན་པ་ཡིན་པས་ཁྱོད་རྣམས་ཕྲག་མ་དོག་པར་ཁ་རོག་པར་འདུག་ཅིག ཅེས་སྨྲས་པས་བློན་པོ་མ་ལུས་རྗོངས་ཤིང་སྙིང་མི་དགའ་ནས་ཅང་མི་སྨྲ་བར་ཡུལ་ཡུལ་པོར་གྱུར། ཕྲག་པ་གློད། གདོང་པ་སྨད། སྤོབས་པ་མེད། སེམས་ཁོང་དུ་ཆུད་ཅིང་འདུག་གོ། །དེ་ནས་སླར་ཡང་བློན་པོ་ཚངས་པའི་བློ་ལྡན་དེས་དྲང་པོའི་ཚིག་གིས་གསོལ་པ།

བསྡུགས་འོས་ཕུན་ཚོགས་འོད་རིས་མ་ཉམས་ཤིང་། །བློ་གྲོས་བདུད་རྩིའི་གཏེར་གྱུར་ཟ་མ་ཏོག །ཟླ་བ་དག་པའི་སྙིང་ལྡན་ས་ཡི་བདག །ཉེས་ཚོགས་ནག་ཕྱོགས་ཁ་ཡིས་ཟིན་གྱུར་པས། །དེ་ནི་ཐུན་མོང་མ་ཡིན་པན་བུའི་ཚིག །དྲང་པོར་སྨྲས་ཀྱང་མར་ངོའི་ཟླ་བ་བཞིན། །སྨིན་མུན་འཕེལ་ཞིང་ཡོན་ཏན་ཆ་ཕྲི་བ། །གཡོ་སྒྱུའི་ཚིག་གི་དུག་ཆུས་སྙིང་སྨྱོས་ཏེ། །ལོག་པའི་ལམ་དུ་རྐོལ་བའི་བྱ་བའི་མཐའ། །གཟིགས་ཚེ་འཁྲུད་ཅིང་གདུང་བར་མི་འཚལ་ལོ། །

ཅེས་བརྗོད་པས་ཀྱང་ཉན་དུ་མ་འདོད་ནས་སྨྲས་པ།

སྟོབས་བཙུ་མངའ་བ་བདེ་གཤེགས་སྤྱོད་པའི་ཕུལ། །ཡིད་སྲུབས་བློ

ཡི་ར་བ་ལས་འགོངས་ཏེ། །ཤེས་རབ་ཅན་གྱིས་བསྒྲུབས་པའི་བྱ་བ་དག །བློ་དམན་བློན་པོའི་ཡིད་ཀྱིས་བཟོད་དཀའ་བ། །ཚད་མས་གྲུབ་ཕྱིར་བདག་ཉིད་ཤེས་ལྡན་གྱི། །ངག་ལས་ལྡོག་སྟེ་བློན་པོའི་འཁྲུག་ཚིག་ལ། །ཡིད་རྟོན་རུང་བའི་གོ་སྐབས་མ་མཆིས་པས། །བདག་ལ་མང་དུ་སྨྲ་བས་ཅི་ཞིག་བྱ། །

ཞེས་སྨྲོ་བ་དྲག་པོས་བསྡིགས་ཤིང་། ཉེས་པ་དུ་མས་སྨད་པར་བྱས་ཏེ་མཐར་གྱིས་བློན་པོའི་གནས་ནས་ཕྱུངས་ཏེ་འབངས་མི་ཕལ་པའི་གནས་སུ་ཕབ་པོ། །དེ་བཞིན་དུ་བློན་པོ་ལ་སོགས་པ་གཞན་ཡང་ཟོལ་མེད་པ་དྲང་པོར་སྨྲ་བ། གཡོ་དང་། སྒྱུ་མེད་པ། རང་བཞིན་བཟང་བ་དེ་རྣམས་ནི་ཟས་ཀྱི་ལྷག་མ་བཞིན་དུ་འདོར་བར་བྱེད་ཅིང་། གང་ཞིག་ཚིག་ཙམ་གྱི་སྒོ་ནས་དོན་གྲུབ་པ་ལ་མཁས་པ། གཏམ་སྨྲ་བའང་ཟོལ་གྱིས་སྨྲ་བར་བྱེད། བྱ་བ་སྒྲུབ་པའང་ཟོལ་གྱིས་སྒྲུབ་པར་བྱེད། མི་སྙན་པའི་གཏམ་སྦས་ནས་སྙན་པའི་གཏམ་འབའ་ཞིག་གིས་རྗེ་བོའི་ཐོས་འཛིན་གྱི་བདུད་རྩིར་བྱེད་པ་དེ་རྣམས་ནི་མངོན་པར་གཟེངས་བསྟོད་ཅིང་། དེ་དག་གིས་ཇི་ལྟར་བསྙད་པ་ལ་དང་བ་སྟོན་པར་བྱེད་དོ། །

ཕན་པའི་ཚིག་གི་སྦྱོར་བ་བདུད་རྩིའི་བཅུད། །རྣ་བ་རིན་ཆེན་སྣོད་དུ་བཟུང་བྱས་ནས། །ཉེས་པར་སྤྱོད་པའི་ཚ་གདུང་མ་ལུས་པ། །བདེན་པའི་གཏམ་གྱིས་བསིལ་བར་བྱེད་རིགས་ཀྱང་། །ལེགས་ཉེས་རྣམ་པར་དཔྱོད་པའི་མཐུ་མེད་པ། །མི་བདག་གཞན་གྱིས་ཕྱོགས་བསླུས་གྱུར་པ་དེར། །ལེགས་པའི་ལམ་བཟང་སྒོ་འཕར་སྟོང་ཕྱེ་ཡང་། །དེ་ལ་གཡང་ས་བཞིན་དུ་འཛིགས་པར་བལྟ། །བློང་ན་མ་བརྡམས་འཁྲུག་པོའི་གཞུ་བདུངས་ནས། །ཟོལ་སྦྱོར་ཚིག་གི་ཉག་ཕྲན་གང་འཕངས་པ། །ས་བདག་ཡིད་ཀྱི་ཐིག་ལེར་འཛེབས

གྱུར་པས། །མི་འདོད་ཟུག་རྔུར་གྱུར་པ་ཆ་ཙམ་མེད། །འཇིག་རྟེན་འདི་ན་ཕན་པར་སྨྲ་བ་ནི། །ཉིན་མོའི་སྐར་མ་བཞིན་དུ་ཆེས་དཀོན་ཏེ། །དེ་བས་ཀྱང་ནི་ལེགས་པར་འདོམས་པ་ལ། །ཉན་པར་བྱེད་པ་ཤིན་ཏུ་དཀོན་པར་སྣང་། །མི་སྙན་ན་ཡང་ཕན་པའི་ཚིག་ཉན་ཅིང་། །སྙན་ཡང་ལོག་སྨྲའི་གཏམ་དེ་འདོར་འོས་ཀྱང་། །ཕན་པའི་བུམ་པའི་བདུད་རྩི་ཡོངས་བཏང་ནས། །གསེར་སྣོད་དུག་ཆུ་འཐུང་དང་བྱེ་བྲག་ཅི། །

28. དཔའ་བོ་སྲིད་པ་གཞོན་ནུས་རྟ་མཆོག་རླུང་གི་འདབ་གཤོག་ཅན་བསླུས་ནས་རྒྱལ་བུ་གཞོན་ནུ་ཟླ་མེད་འཁོར་ཚོགས་ཀྱི་མདུན་སར་ལྷགས་པའི་སྐོར།

དེ་ནས་དཔྱ་ཁྲལ་གྱི་ཤུགས་རྣམས་བཞུ་བཏུལ་གྱི་ལས་ལ་ཞུགས་ཤིང་། བཙན་མཁར་དེ་ཡང་འབད་པས་བཞེངས་ཏེ་རྗེ་བ་དེ་གཉིས་ལ་ཁྱད་ཀྱིས་བཙར་བ་ན་སྲིད་པ་གཞོན་ནུས་བསམས་པ། ད་ནི་བདག་གི་རེ་བ་ཕལ་མོ་ཆེ་རྫོགས་ཏེ་འབངས་རྣམས་ཀྱི་མཚོན་ཆ་ལ་སོགས་པ་ནི་མེད་པར་བྱས། བཙན་མཁར་ཁྱད་པར་ཅན་ཡང་ས་རྡུལ་གྱི་ཕུང་པོ་གཅིག་ཏུ་གྱུར་པ་ལ་ཉེ་བས་ད་ནི་རི་བྱ་བཞིན་དུ་འཕྲོས་པའི་དུས་ནི་འདི་ཡིན་ནོ་བསམས་ཏེ། ལྷ་ལས་ཕུལ་བྱུང་གི་བཞོན་པ་རྟ་མཆོག་རླུང་གི་འདབ་གཤོག་ཅན་བྱ་བ་ཞིག་ཡོད་པ་དེ་གཡོ་སྒྱུས་བསླུས་ནས་བཞོན་པར་བྱས་ཏེ་རྙི་ཐག་ཆད་པའི་བྱ་བཞིན་དུ་སླར་མི་འོང་བའི་དམ་བཅའ་བཀོད་ནས་མཚན་ཐོག་ཐག་སྲིད་པའི་རྒྱན་གྱི་ཕྱོགས་སུ་འགྲིམས་སོ། །དེའི་ནངས་པར་རྟ་མཆོག་གི་ཐེ་བོས་རླུང་གི་འདབ་གཤོག་ཅན་དེ་ཉིད་མཚན་མོའི་ཆ་ལ་བོར་བར་གྱུར་ཏོ་ཞེས་འཇིགས་ཤིང་ཏབ་ཏབ་པོར་གྱུར་ནས

རྒྱལ་པོ་ལ་གསོལ་བས། བློན་པོ་དག་གིས་སྲིད་པ་གཞོན་ནུ་ཡང་བདག་ཅག་གི་མིག་ལམ་དུ་གྱུར་ན་དེས་བསླུས་པ་མ་ཡིན་གྲང་། ཞེས་སྨྲ་ཞིང་ཕྱོགས་ཀུན་ཏུ་བཙལ་ཡང་མ་རྙེད་ནས། ཐམས་ཅད་ཡིད་བློང་བློང་པོར་གྱུར་ཏེ་ཡབ་སྲས་བློན་པོ་བཅས་པ་ཁྲོད་ཀྱིས་ཉེས་སོ་ཞེས་སོ་སོ་ནས་ངན་སྨྲས་ཀྱི་སྒྲ་དི་རི་རི་སྒྲོག་པ་ན། རྒྱལ་པོ་ཟླ་བའི་བློ་གྲོས་ཡིད་ལ་གདུང་བའི་ཁུར་གྱིས་དུབ་ཀྱང་ཇི་མི་སྙམ་པ་ལྟར་དུ་བཅོས་ནས་སྨྲས་པ། སྔ་བོ་དག འཇིག་རྟེན་བདེ་སྡུག་གི་རྣམ་འགྱུར་ནི་ཚོན་བརྒྱའི་རི་མོ་ལྟར་ཅི་ཡང་མཆིས་ན། སྙིང་ལས་ཆུང་ངུར་གྱིས་ཤིག དཔེར་ན་འདབ་ཆགས་རྣམས་ཀྱང་རེས་འགའ་ནི་ཆེས་དམའ་བ་ས་གཞིར་སྤྱོད་ལ། རེས་འགའ་ནི་ཆེས་མཐོ་བ་ནམ་མཁའ་ལ་ལྡིང་བར་བྱེད་པ་དེ་བཞིན་དུ་བདག་ཅག་ཀྱང་སྐབས་འགར་ནི་ཕུན་སུམ་ཚོགས་པ་ཐམས་ཅད་ཀྱི་རྗེར་སོན་པ། ལེགས་ཚོགས་ཀྱི་དཔལ་གང་ཡིན་པ་རང་གིར་བྱེད་པའང་བྱུང་ལ། སྐབས་འགར་ནི་མི་འདོད་པ་ཐོག་ཏུ་བབས་པ་ཉམས་ཉེས་པའི་གནས་སྐབས་ཀྱང་སྲིད་ན། ཅིའི་ཕྱིར་ཡིད་ཞུམ་པར་བྱེད། དེ་བས་ན་སྙིང་སྟོབས་དང་ལྡན་པའི་བློན་པོ་འཁོར་དང་བཅས་པ་འགའ་ཞིག་མྱུར་བར་དོང་ལ་གཡོ་དང་སྒྱུས་འཚོ་བའི་མ་རུང་པ་དེ་ལག་རྗེར་སོན་པར་གྱིས་ཤིག་ཅེས་བསྒོ་བ་ན། བློན་འབངས་ཕལ་མོ་ཆེ་ནི་སྐྱེ་བོ་གཅིག་གི་བསམ་པ་བཞིན་དུ་ཐམས་ཅད་མཐུན་པར་འདི་སྐད་དུ། རྒྱལ་པོ་འཕྲུལ་པའི་ལམ་དུ་ཞུགས་ནས་ལོག་པའི་བྱ་བ་འབའ་ཞིག་སྒྲུབ་པ། སྡིག་ཏོ་ཅན་འདིའི་རྗེས་སུ་འབྲངས་པས་ཅི་བྱ། ཞེས་གུས་པ་སྙོད་པ་ནི་འདི་ལྟ་སྟེ། གྲིབ་བསིལ་མེད་པའི་ལྗོན་པ་བཞིན་དུ་བཏང་ནས་ཇི་ལྟར་བསྒོ་བ་ནི་རྣ་བའི་རྒྱབ་ཏུ་ཀླུང་ལྷུང་བ་ལྟར་བྱས་ནས་ཇི་མི་སྙམ་པར། ད་དུང་ཡང་ངན་སྨྲས་བཟླས་བརྗོད་བཞིན་དུ་ཤུབ་ཐུར་བརྗོད་པར་བྱེད་

ཪོ། །དེའི་ཚེ་སློན་པོ་ཚངས་པའི་བློ་ལྡན་དེ་ནི་འབངས་ཕལ་པའི་གནས་སུ་བཀོད་ནས། ཉེས་པ་མེད་པ་ལ་ཉེས་པར་སྒྲོ་བཏགས་པའི་སྒོ་ནས་ནམ་པ་དུ་མས་ཡིད་བསུན་ཕྱུང་བར་བྱས་མོད་ཀྱི། དེ་ནི་ཡ་རབས་དམ་པའི་རིགས་ཅན་ཡིན་པས། ཅུང་ཟད་ཙམ་ལ་དགའ་སྐྱོའི་རྣམ་འགྱུར་སྒྲང་མདའི་མཐོ་དམན་ལྟར་སྟོན་པ་མ་ཡིན་པས་ཆེ་བོ་སྲིད་ཉམས་པ་ལ་མངོན་དུ་ཕྱོགས་པ་བློས་མ་བཟོད་པར་བློན་འབངས་རྣམས་ལ་སླས་པ།

གཙུག་གི་ནོར་བུ་དམའ་བའི་ས་གཞིར་ལྷུངས་ན་ཡང་། །ལག་པད་ཀྱིས་བླངས་གཙུག་རྒྱན་ཉིད་དུ་མཆོད་པ་ལས། །ལན་ཅིག་དམན་པའི་གནས་སུ་ལྷུངས་ཞེས་དེ་ཉིད་ནི། །བདག་གིར་མི་འཛིན་འདོར་བར་བྱེད་པ་རིགས་སམ་ཅི། །ས་ཡི་བདག་པོ་འཁྲུལ་པས་སྙིང་སྟོབས་ལོག་ལམ་ལ། །ཞུགས་པས་མ་ཚད་སློང་བའི་ངང་ཚུལ་འཛིན་ན་ཡང་། །གུས་པ་མི་འདོར་དེ་ཡི་དྲིན་གྱིས་བསྐྱངས་པའི་ལན། །ལོག་པར་གཞོལ་ན་འཇིག་རྟེན་དམོད་པའི་མཚོན་གྱིས་འཇོམས། །འཇིགས་མེད་དཔའ་བའི་བརྟུལ་ཞུགས་གྲུབ་པ་སྐྱེས་བུའི་མཆོག །སྲིད་པ་གཞོན་ནུ་གྲགས་པ་འབར་དེ་འཇོམས་བྱེད་པའི། །མཐུ་མེད་ནའང་དཔལ་ལྡན་མི་བདག་བཀའ་བཞིན་དུ། །སྒྲུབ་ལ་བརྩོན་པའི་ཁས་བླངས་དམ་བཅའ་ད་སྐྱོས་ཤིག །

ཅེས་བརྗོད་པས་བློན་པོ་དེ་ནི་རྒན་པོ་ངང་ཚུལ་བཟང་བ། འབངས་རྣམས་ལ་གཉེན་བཞིན་དུ་བྱམས་པར་བྱེད་པ། རྒྱལ་པོའི་མདུན་སར་འབངས་རྣམས་གུས་པའི་བསྔགས་པ་བརྗོད་ཅིང་། ཕྱི་རོལ་ཆབ་འབངས་རྣམས་ལ་ནི་རྒྱལ་པོའི་ཁྲིམས་དྲང་པོར་སྐྱོང་བ་དང་འབངས་བྱམས་པས་སྐྱོང་བའི་བསྔགས་པ་བརྗོད་ནས། མཐུན་པར་བྱེད་པའི་ཐབས་ལ་མཁས་པ་ཡིན་པས་དེའི་ཚིག

ལ་མཉན་ཏེ། ཐོན་པོ་རྐོལ་བའི་གཤེད་མ་ར་མདའ་སྐྱེ་བོ་བརྒྱ་ཕྲག་དང་བཅས་པ་སྲིད་པ་གཞོན་ནུའི་རྗེས་སུ་འགྲིམས་སོ། །དེ་རྣམས་སྤྲོ་བ་ཉམས་པས་སྒྲིད་ལུག་ཅིང་ལེ་ལོའི་འཁྲོས་ཀྱིས་སོང་བ་ན་བྱ་ངལ་ལྷུན་པོ་ཞེས་བྱ་བ། རྩེ་མོ་མཁའ་ལ་སླེག་པ། མཐོ་ཞིང་མཐོ་བ་དེའི་འདབས་རོལ་ན་རྐོལ་བའི་གཤེད་མ་ལ་སོགས་པ་ལྷགས་པའི་ཚེ། དཔའ་བོ་སྲིད་པ་གཞོན་ནུ་ལྷུན་པོ་དེའི་རྩེ་མོར་བརྩོལ་ཟིན་པ་ལས་ཕྱིར་ཕྱོགས་ཏེ་བལྟས་པ་ན། སྣང་བ་འབུམ་ལྡན་གྱི་ཡུལ་འཁོར་དེ་ཉིད་དུ་བས་ཀུན་ནས་དཀྲིགས་པ་མི་གསལ་བའི་ཚུལ་དུ་མཐོང་ཞིང་། རྗེས་སུ་སླེག་པའི་སྐྱེ་བོ་དག་ཀྱང་གཉིད་ཀྱིས་བཟི་བཟི་བོར་གྱུར་པ་བཞིན་རི་བོ་དེ་ལ་གྱེན་དུ་ཕྱོགས་ནས་ངལ་ངལ་ལྷར་འཛེགས་ཏེ་འོང་བ་ཡང་མཐོང་། ལྷུན་པོ་དེའི་མདུན་ངོས་ཀྱི་ནེའུ་གསིང་ཐ་གྲུ་རྣམ་པར་ཡངས་པ་ལ་ནི་དཔུང་གི་ཚོགས་ཆེན་པོ་བཀྲང་གིས་མི་ལང་བ། གོ་མཚོན་གྱི་འོད་འབར་བ་རྒྱ་སྐར་གྱི་ཚོགས་རྣམས་ས་གཞིར་འཕོས་པ་ལྟ་བུ་གསལ་བར་མཐོང་བས་སྲིད་པའི་རྒྱན་གྱི་གཡུལ་བཤམས་པར་གདོན་མི་ཟ་སླམ་ནས་དགའ་ཞིང་མགུ་ལ་རངས་པའི་བསམ་པ་གཟུགས་ཅན་བཞིན་དུ་སྐྱེས་པར་གྱུར་ཏེ། འཛུམ་དམུལ་གྱིས་ཕྱུངས་ནས་ཐོལ་བྱུང་གི་མགྲིན་གླུ་ཆེད་དུ་བརྗོད་པ།

ཨ་ལ་ལ་ཡ་མཚན་ཤེས་པ་སྤྲོ། །གཞོན་ནུ་ང་བསོད་ནམས་ཀྱི་ཕུང་པོ་ནི་མཐོ། །ཐམས་ཅད་དགའ་ཕས་རྐོལ་དོ་ཟླ་ནི་མེད། །སྙིང་སྟོབས་ཅན་དཔའ་བོའི་དཔུང་ཚོགས་རྣམས་ལྷགས་ཚེ། །སྣང་བ་འབུམ་ལྡན་དེ་མིང་གི་ལྷག་མར་བྱེད། །ཨ་ལ་ལ་ཡ་མཚན་ཤེས་པ་སྤྲོ། །ལྗོངས་འདིར་ཡན་ལག་བཞི་ལྡན་གྱི་དཔུང་མཐོང་། །ཕྱིར་ཕྱོགས་དགྲ་ངན་ཡུལ་འཁོར་ཡང་རིག་གོ། །བདག་གི་འཛིན་པའི་དགེ་མཚན་ནི་མངོན་གྱུར། །ཟླ་བའི་བློ་གྲོས་དེ

བསམ་ཞིང་སྙིང་རྗེའི་ཡུལ། །ཨ་ལ་ལ་ཡ་མཚན་ཤེས་པ་སྐྱོ། །དཔའ་ཞིང་
བརྟུལ་ཕོད་སྙིང་སྟོབས་ཀྱི་བདག་ཉིད། །གཞན་ཕྱི་རྣམ་གཉོན་དཔུང་པ་ནི་
ཆེས་གདུམ། །རྗེ་སློན་གཤིན་རྗེའི་གཤེད་པོ་རྣམས་ཆས་ཚོ། །ལྷ་ལས་ཕུལ་
བྱུང་སྲུ་ཡིས་སྐྱོབ་པར་ནུས། །

ཞེས་རང་ཉིད་གཅིག་པུར་སྙན་འཇེབས་ཁྲུག་པ་ཅན་གྱི་གླུ་དབྱངས་བླངས་ཏེ་ཆས་འོང་བ་ན། གཞོན་ནུ་བྱ་ངལ་ལྷུན་པོ་ཞེས་བྱ་བ་དེ་ཉིད་བཀྱལ་ཏེ་ལྗོངས་ཀྱི་ནེའུ་གསིང་དེར་རྒྱུ་བའི་ཚེ་ན། རྐོལ་བའི་གཤེད་མ་ལ་སོགས་པ་དེ་དག་ལྷུན་པོ་དེའི་རྩེ་མོར་ལྷགས་སོ། །དེ་ཕྱོགས་ཀུན་ཏུ་རྟོག་ཅིང་། མིག་རིག་རིག་པོས་ལེགས་པར་བལྟས་པ་ན། ལྗོངས་ཕ་མཐའ་རྣམ་པར་ཡངས་པ་དེའི་གུད་ཕྱོགས་ཤིག་ན་བཞོན་པ་རྟ་མཆོག་གི་ཁྲུ་ཚོགས་ཐས་ལ་བཀྲམ་པ་མཐོང་སོ། །དེ་ནས་ཀྱང་སྒྲིན་པོའི་བློས་བརྟགས་པ་ན་དཔུང་ཚོགས་ཡན་ལག་བཞི་དང་ལྡན་པ་གཟི་བྱིན་གྱི་སྣང་བ་ཉི་མ་ལྟར་འབར་བ། བགྲང་བས་གཞལ་བར་མི་སྤྱོད་པ་རྒྱ་མཚོ་ཆེན་པོའི་རླབས་གཉེར་བ་ལྟ་བུ་འཛིང་ཟབ་པ། ཕ་མཐའ་མི་མངོན་པ། འཇོན་མའི་ཁྱོན་ཀུན་བར་མཚམས་མེད་པར་གང་བ་མཐོང་བས། འདི་ནི་ངེས་པར་སྲིད་པའི་རྒྱན་ནས་ལྷགས་པའི་གཡུལ་གྱི་རོལ་པ་ཟད་མི་ཤེས་པའོ་སྙམ་དུ་བསམས་ནས་གཞན་རྣམས་ནི་ཤུགས་རིང་ནར་ནར་འཕྱིན་ཅིང་། ཇོན་པ་གདུམ་པོ་མཐོང་བའི་རི་དྭགས་བཞིན་དུ་རང་གི་ཡུལ་ཕྱོགས་སུ་འབྲོས་པ་ལ་མངོན་དུ་ཕྱོགས་པ་དེའི་ཚེ། རྐོལ་བའི་གཤེད་མ་དེས་བསམས་པ། འདི་ལྟར་ཕ་རོལ་གྱི་དགྲ་སྡེ་མཐོང་བཞིན་དུ་ལན་ཅིག་ཙམ་ཡང་རྐོལ་བའི་མཐུ་མེད་པར་རྣེ་ཐག་ཆད་པའི་བྱ་བཞིན་རང་གནས་སུ་འབྲོས་པར་བྱེད་ན་ནི། སྐྱེ་བོ་ཀུན་གྱི་མཆིལ་མ་ས་ལ་མི་ལྷུང་བར་བདག་ཁོ་ནའི་སྟེང་དུ་འབབ་པར་འགྱུར་

བས། མཐུ་སྟོབས་ཅི་ཡོད་པ་དང་རྩལ་ཅི་ཡོད་པའི་དཔུང་བསྐྱེད་དེ། ལན་ཅིག་ཅི་ནས་ཀྱང་ཚམ་ཚོམ་ཐལ་བར་བྱའོ་སྙམ་ནས་ར་མདར་གྱུར་པའི་སྐྱེ་བོ་ལ་སྨྲས་པ།

ཐ་གྲུ་རྣམ་པར་ཡངས་པའི་ལྗོངས་གང་བ། །དཔག་མེད་གཡུལ་གྱི་རོལ་པ་ཆེན་པོ་ནི། །སྣང་བ་འབུམ་ལྡན་མེང་གི་མཐར་བྱེད་ལ། །མེ་ཁྱེར་འཇོམས་པའི་ཉི་མ་ལྟ་བུར་མཐོང་། །འོན་ཀྱང་དགྲ་སྡེ་མིག་ལམ་གྱུར་ཙམ་ལ། །འཇིགས་པས་རང་ཡུལ་ལ་ནི་གདོང་ཕྱོགས་ན། །ལན་ཅིག་ཙམ་ཡང་འཕྱེད་པར་མ་ནུས་པའི། །སྡར་མ་བྲུད་མེད་མཚུངས་ཞེས་ཀུན་གྱིས་བསྙད། །དེ་ཕྱིར་ལུས་ངན་དགྲ་བོའི་མཚོན་ཆ་ཡིས། །བརྒྱ་སྟོང་དུམ་བུར་བྱས་ཀྱང་འགྱོད་པའི་ཆ། །རྡུལ་ཙམ་མེད་པས་ང་ལ་འགྲན་བཟོད་ན། །གཡུལ་གྱི་དོ་ར་ཆེ་འདིར་རོལ་རྩེད་བྱ། །

ཞེས་སྨྲས་ཏེ་སྲིན་གྱི་ཤུགས་འཆང་བྱ་བའི་རྟ་མཆོག་ལ་བཞོན་པར་བྱས། ཞུག་གིས་ལན་མང་དུ་ཐབས་ནས་དགྲ་སྡེའི་འཇིང་ཆེན་པོ་དེར་ལག་ལྡན་གྱིས་གླང་མོའི་དྲི་ཚོར་བ་ལྟར་ཤུགས་དྲག་པོས་ཚམ་ཚོམ་མེད་པར་འཇུག་པར་ཆས་པ་ན་སྐྱེ་བོ་ར་མདར་ཆས་པའི་སྐྱེ་བོ་རྣམས་ཀྱིས་སྐབས་གཅིག་ཏུ་སྟོབས་བསྐྱེད་དེ་བཟུང་ནས་མཐུ་མེད་པར། དེའི་དཔུང་ན་ཀན་ཏུ་དཔལ་བ་དྲས་སྟན་ལྟར་གཉེར་མས་གང་བ་ཞིག་གིས་སྨྲས་པ།

མཆོག་ཏུ་དཔའ་བས་བསྒྲིམས་པའི་དྲེགས་ལྡན་པ། །ཁྱོད་ལ་ཕན་འདོམས་གཏམ་འདིར་རྣ་བ་ཕྱོགས། །འདི་ནས་ཕ་རོལ་མཐོང་བའི་དཔུང་ཚོགས་ནི། །བགྲང་བ་ལས་འདས་བལྟ་བར་མི་བཟོད་པ། །འཇིགས་མེད་སྣང་བའི་གཏེར་གྱུར་ཉིན་མོར་བྱེད། །དཔའ་སྟོབས་འོད་སྟོང་འབར་བའི་

མདུན་ས་ན། །ཉམ་ཆུང་མེ་ཁྱེར་སྣང་བ་ཕྲ་མོ་ཙམ། །སྲིན་བུའི་ཁེངས་པས་ཇོ་ཟླར་རློམ་ན་ཡང་། །རང་མཚང་རྗེན་པར་སྟོན་པའི་སྣང་ཚུལ་ལ། །དཔྱོད་ལྡན་སུ་ཞིག་དཔའ་བར་འཛིན་ནམ་ཅི། །རབ་འབར་སྒྲོན་མེའི་འོད་ལ་ལྟ་མ་རུས། །འཛིང་བའི་ངང་ཚུལ་དག་དང་ཅིས་མི་མཚུངས། །དེ་སྐད་ཨུ་ཙག་རེ་ཞིག་ཕྱིར་ཕྱོག་སྟེ། །ས་བདག་བློན་འབངས་ཚོགས་ལ་བརྡ་སྤྲད་ནས། །འཇིག་རྟེན་གསུམ་གྱི་བྱ་བ་སྐབས་གཅིག་ཏུ། །བཤམས་ནས་མཐུ་སྟོབས་ཡོད་ན་དཔུང་སྐྱེད་ཅིག །

ཅེས་བརྗོད་ཀྱང་ཉན་དུ་མ་འདོད་པའི་རྣམ་འགྱུར་འགོག་ཏུ་མེད་ཀྱང་སྐྱེ་བོ་དེ་ཀུན་གཅིག་ཏུ་བློ་མཐུན་པས་རྐོལ་བའི་གཉེད་མ་གཡུལ་དུ་འཇུག་པའི་མཐུ་ཉམས་ཏེ་སྣང་བ་འབུམ་ལྡན་དུ་བསྒྲོད་དོ། །དེའི་ཚེ་དཔའ་བོ་སྲིད་པ་གཞོན་ནུ་དེ་ཉིད་འདབ་ཆགས་ངང་པའི་རྒྱལ་པོ་རྒྱ་མཚོར་འཇུག་པ་ལ་སྒྲོ་བ་བཞིན་དུ་རིངས་པ་རིངས་པར་སོང་བ་ལས་རྒྱལ་བུ་གཞོན་ནུ་ཟླ་མེད་འཁོར་ཚོགས་རྒྱ་མཚོས་བསྐོར་བའི་མདུན་སར་ཉེ་ཝ་མེད་པར་ལྷགས་སོ། །དེར་འཁོད་མཐའ་དག་གཉེན་རྗེའི་ཁ་ལས་ཐར་བའི་མ་བུ་འཕྲད་པ་ལྟར་སྙིང་ལྷག་པར་དགའ་བར་གྱུར་ཅིང་། གཞོན་ནུ་ཡང་དགྱེས་པའི་འཛུམ་དཀར་ལྷུག་པར་གྲོལ་ཏེ། སྲིད་པ་གཞོན་ནུ་འོང་བ་ལེགས་སོ། །འཚོ་བ་བདེ་འམ་བསྐྱོད་པ་ཡང་ངམ། ངལ་ཞིང་དུབ་པར་མ་གྱུར་ཏམ། ད་ནི་བདེ་བ་ལ་རེག་པར་གྱུར་ཏོ་ཞེས་བརྗོད་པ་ན་དེས་ཀྱང་ཕྱག་དང་བཅས་ཏེ་གསོལ་བ།

ཨེམ་ཧོ་མཚུངས་མེད་རྒྱལ་བའི་སྲས། །ཨེ་མ་ཧོ་ཕུལ་བྱུང་ཡོད་ཏན་གཏེར། །ཨེ་མ་ཧོ་མཐུ་སྟོབས་ནུས་པའི་བདག །ཨེ་མ་ཧོ་ས་ཡི་དབང་ཕྱུག་རྒྱལ། །ཚེ་རབས་དུ་མར་རྗེས་བརྩེས་བཟུང་བ་ཡི། །བཟང་པོའི་བག

ཆགས་སྲིད་པའི་གཞོན་ནུ་བདག །གང་ཕྱིར་འབད་པ་དུ་མས་ལྷུར་བླངས་པའི། །དོན་མང་སྒྲུབ་ལ་གཅིག་ཏུ་བརྩོན་པ་བསྐྱེད། །དེ་ལྟ་ན་ཡང་སྔོ་ངན་འབངས་ཁོལ་དེའི། །ལོག་སེམས་དུས་མེའི་འཇིག་པས་ནམ་ཞིག་བར། །བདག་ཉིད་མཐུ་སྟོབས་ཉིན་བྱེད་སྣང་བ་ཡང་། །མི་མཐུན་མུན་པའི་མལ་དུ་མནལ་བར་གྱུར། །ཚུལ་དེ་གནས་ལ་འབིགས་བྱེད་ལྕགས་མདའ་ལྟར། །གྱུར་པ་མ་བཟོད་དུག་བསྐྱེད་ས་གཞི་བཞིན། །ལས་འབྲས་ལ་རྨོངས་ངོ་ཚ་བྲལ་བ་ཡི། །འབངས་ཁོལ་དེ་ནི་གཡོ་སྒྱུའི་སྦྱོར་བས་བསྒྲལ། །མི་བདག་བཞོན་པ་རིན་ཐང་བྲལ་བའི་མཆོག །གླང་ཆེན་སྤྲིན་དཀར་སྟོབས་ལྡན་དེ་ཡང་བཀུམ། །ལྕགས་སྣའི་ཞུན་ཐིགས་ལས་གྲུབ་རྡོ་རྗེའི་གོ། །སྒྲུབ་ཅེས་འབངས་རྣམས་མཚོན་ཆ་གོང་བུར་བྱས། །མཐོ་བཙན་སྒྲིགས་དང་མཚོན་ཆ་འཕེན་པའི་གནས། །མཁར་གྱི་མཆོག་དེའང་ས་རུལ་ཕུང་པོར་སྒྱུངས། །དེ་དག་ལ་སོགས་ཤེས་རབ་ཟབ་མོའི་འཕྲུལ། །མངོན་པར་འདུ་བྱས་དགྲ་ལ་གླགས་ཀྱང་སྟེར། །དེ་ལྟ་ན་ཡང་རྒྱལ་སྲས་ཆུ་ཤེལ་དབང་། །འཁོར་ཚོགས་རྒྱུ་སྐར་ཕྲེང་བས་ཡོངས་བསྐོར་ཏེ། །ཕྱོགས་འདིའི་མཁའ་ལ་འཆར་བར་ཆེས་རིངས་ཀྱང་། །བགྲོད་པ་ཡུན་གྱི་བསྐལ་བའི་བར་དག་ཏུ། །ཁྱོད་ལས་གཞན་དུ་མི་སེམས་ཡིད་འོང་མ། །སྡུག་བསྔལ་ཉེས་བརྒྱའི་ཁུར་གྱིས་ནོན་གྱུར་པས། །སྨྱུ་ངན་ཟས་དང་མཆི་མའི་བཏུང་བ་ལ། །བརྟེན་བྱས་སྲོག་གི་ལྷག་མ་ཙམ་དུ་གྱུར། །བདག་ཀྱང་ཉམས་ཉེས་ལུས་སྲོག་རྡུལ་ཕྲན་ལྟར། །བརླག་ལ་ཉེ་ཡང་ཐབས་ཀྱི་སྤྱོད་པས་འཚོ། །ད་ནི་དཔུང་ཚོགས་ཉེ་མའི་འཁོར་ལོའི་བགྲོད། །འདྲེན་པའི་ཤིང་རྟ་བདག་གི་བགོ་སྐལ་གྱུར། །

ཅེས་སོགས་སྔར་གྱི་ལོ་རྒྱུས་གང་ཡིན་པ་སྒྲོ་བཏགས་སྤངས་པ། བཟླ་

མེད་པ། གསོང་པོའི་ཚིག་གིས་གསོལ་པ་ན། རྒྱལ་སྲས་བློན་འཁོར་བཅས་པ་ཡིད་ལ་ངོ་མཚར་རྒྱ་ཆེར་གྱུར་ནས་རྒྱལ་བུ་གཞོན་ནུས་འཛུམ་པའི་བཞིན་གྱི་མདངས་ཕྱུངས་ནས་སྨྲས་པ།

བཙས་མ་ཐག་ནས་བརྟགས་འོས་ཀྱི། །ཡོན་ཏན་དང་ནི་འཕོང་སྐྱེན་གནད། །ཆ་ཤས་རེ་རེར་བསགས་པ་ནི། །བཅུ་དྲུག་ལང་ཚོར་བདོ་བ་ཡིས། །བློ་ལྡན་བླ་བ་གསར་པ་ལ། །དཔའ་བོ་སྲིད་པ་གཞོན་ནུ་ཞེས། །བརྗོད་པར་མ་ནོར་མིང་དང་དོན། །མཐུན་ཕྱོད་རྗེ་བོའི་དོན་གྱི་ཕྱིར། །རེ་ཞིག་ངལ་བརྒྱུས་དུབ་ན་ཡང་། །རྒྱུ་འབྲས་མི་བསླུའི་བདེན་པ་ནི། །མངོན་སུམ་གཟུགས་ཅན་བཞིན་གྱུར་ཏེ། །ཉམས་ཉེས་མ་གྱུར་གཤིན་རྗེ་ཡི། །ཁ་ནས་ཐར་བའི་སྐྱེས་བུར་མཚུངས། །ད་ནི་བླ་མཛེས་ཆུ་འཛིན་གྱིས། །གེགས་ལས་གྲོལ་བ་ཇི་བཞིན་དུ། །ལེགས་བྱས་མཁའ་ལ་ཤར་ཙམ་གྱིས། །བདག་ཡིད་ཀུནྡའི་རྩེ་དགའ་ནི། །ཁོང་ནས་དགོད་པའི་སྐལ་བཟང་ཐོབ། །མཐུ་ལྡན་དཔའ་བོའི་སྤྱོད་པའི་ཚུལ། །ཕ་རོལ་གནོམ་ལས་གཞན་མེད་ན། །ཕྱོད་ཀྱང་དགའ་བ་འབུམ་ཕྲག་གིས། །ཁེངས་བཞིན་གཡུལ་གྱི་རོལ་རྩེད་ལ། །ངོམས་པ་མེད་པ་དེ་ཡི་ཕྱིར། །ད་དུང་སླེང་སྟོབས་དཔྱང་བསྐྱེད་ཅིག །

ཅེས་བྱ་བ་ལ་སོགས་པ་དགའ་བའི་གཏམ་མང་པོ་བྱས་ནས། སླར་ཡང་དཔྱང་ཚོགས་ཆེན་པོ་ཤུལ་ལམ་དུ་ཞུགས་སོ། །

29. སྣང་བ་འབུམ་ལྡན་གྱི་འབངས་རྣམས་རང་དབང་དང་བྲལ་ནས་དཔྱང་ལ་ཞུགས་པར་བསྐུལ་བའི་སྐོར།

དེ་ནས་རྒོལ་བའི་གཞེད་མ་འཁོར་དང་བཅས་པ་གཅན་གཟན་གཏུམ་པོ་ཕྱི་བཞིན་དེད་པའི་རི་དྭགས་ལྟར་གྱུར་པའི་ཤུགས་ཀྱིས་བསྒྲོད་ནས། རྒྱལ་པོ་བློན་པོར་བཅས་པའི་གམ་དུ་ལྷགས་ཏེ། བཞིན་རས་དུད་པ་ཉིན་མོའི་མཐའི་པད་མ་དང་མཚུངས་པར་བྱས་ནས་སྨྲས་པ།

ཀྱེ་མ་གཅིག་ཏུ་གནག་པའི་ལས་མང་པོའི། །འབྲས་བུ་མི་བཟད་དུས་སུ་བདོ་བ་བཞིན། །འཁྱུད་ཅིང་ནོངས་པའི་བྱ་བར་ཞུགས་པའི་མཐའ། །རིང་མིན་མ་རུང་འགྱུར་དེ་དགོངས་སམ་ཅི། །འདི་ནས་གདུགས་འགའ་འདས་མཐར་བདག་ཅག་རྣམས། །ལྷར་མི་མངོན་འཕགས་རྩེ་མོར་འདབ་ཆགས་ཀྱང་། །བསྒྲོད་པར་དཀའ་བའི་བྱ་ངལ་ལྡན་པོ་ཞེས། །དགུང་ལ་སློག་དེའི་སྤྱི་བོར་སོན་པ་ན། །སྲིད་པ་གཞོན་ནུར་གྲགས་ལྡན་དཔལ་པོ་དེ། །གཉིས་སྐྱེས་འཕུར་འགྲོས་ལ་འགྲན་ཟློངས་སུ་རྒྱུ། །སྣར་ཡང་ཕྱོགས་དེར་ལེགས་པར་རྟོགས་པ་ན། །ལྡན་པོའི་ཕ་རོལ་ཟློངས་ཀྱི་ནེའུ་གསིང་གཞི། །ཕ་མཐའ་ཚད་དུ་ཡངས་པའི་ཁྲོན་མ་ལུས། །རྒོལ་ངན་ཡན་ལག་བཞི་ཡི་དཔུང་གི་ཚོགས། །རྒྱ་མཚོའི་ཕ་རོལ་ལྟར་མི་མངོན་པ་མཐོང་། །དེ་ཚེ་ལན་གཅིག་རྒོལ་བར་མནུས་ན། །གསོན་ཡང་ཞེ་དང་བྱེ་བྲག་མེད་སྙམ་སྟེ། །ལུས་སྲོག་རྡུལ་དུ་བརླགས་ཀྱང་གཡུལ་ངོ་དེར། །འཇུག་པའི་དམ་བཅའ་བརྟན་པོ་བཀོད་གྱུར་ཀྱང་། །ནང་གི་བསམ་པའི་ཁྱད་པར་ཐ་དད་དུ། །འཆར་བའི་རི་མོ་བསྒྱུབ་ཏུ་མེད་པའི་ཕྱིར། །བརྒྱ་ཕྲག་སྐྱེ་བོའི་ཚོགས་ཀུན་སྟོབས་བསྐྱེད་ནས། །བདག་ཉིད་གླང་ཆེན་ཞུགས་ཀྱིས་བཏབ་བཞིན་བཟུང་། །དེ་ཕྱིར

རང་དབང་ཐྲལ་བས་འདིར་ལྷགས་མོད། །ད་ནི་མིག་གི་ཚེར་མ་ལྟ་བུའི་དགྲ། །རིང་པོར་མི་ཐོགས་རྒྱལ་ཁབ་འདི་ཁོ་ན། །འཛོམས་པའི་གཡར་དམ་བཅས་ཏེ་ལྷགས་ངེས་པས། །ཞུན་ཐིགས་ལྟུགས་སྣའི་ཡ་ལད་བཙན་པོ་ཡིས། །ལུས་སྲོག་སྐྱབ་པར་ནུས་ན་ལུས་ལ་བགོས། །ཤེས་རབ་སྙིང་སྟོབས་ཅན་གྱི་བློན་པོའི་མཆོག །མཆིས་ན་བདག་ཅག་ཕྲག་དོག་རྒྱུ་མེད་པས། །དཔུང་གི་གཙོ་བོར་བཀོད་དེ་གཡུལ་ངོར་ཞུགས། །སྟོབས་ཀྱིས་བསྐྱེམས་པའི་ཆབ་རོལ་དམག་དཔུང་གིས། །གཞན་སྡེ་གཞོམ་པར་ནུས་ན་དུས་ལ་བབས། །ཟློལ་མེད་ཕན་འདོམས་ཚིག་གི་བདུད་རྩིའི་བཅུད། །ཡང་ཡང་དང་བས་ཁྲིམས་ཀྱང་བདེན་འཛིན་གྱིས། །སྐོམ་པ་ཞི་ཕྱིར་རྩ་ལྟར་དོར་ནས་ཀྱང་། །ལེགས་པར་སྨྲ་བ་དེ་སྤྱངས་སྤྱོ་བས་བསྡིགས། །གཡོ་སྒྱུར་སྨྲ་བའི་མགུར་གྱི་བྲུམ་པ་ལས། །འཁྲུག་ཚིག་དུག་གི་ཆུ་བོ་རྟག་འབབ་པ། །དེ་ལ་རོ་བརྒྱའི་བཅུད་དུ་ལེགས་མཐོང་ནས། །རྣམ་ཀུན་ཡོངས་སུ་སྤྱོད་པའི་མཐའ་འདིར་གཟིགས། །

ཅེས་ཁྲོ་ཚིག་རྩུབ་མོ་དེ་དང་དེ་དག་བརྗོད་པ་ན། རྒྱལ་པོ་ཟླ་བའི་བློ་གྲོས་ཡབ་སྲས་འདི་སྙམ་དུ་རང་གི་བློན་པོས་ཀྱང་གཤེ་ཞིང་སྤྱོ་བར་བྱེད་པ་འདི་ནི་ཤིན་ཏུ་མི་རིགས་མོད། འོན་ཀྱང་འུ་ཅག་གི་ངང་ཚུལ་ལ་བརྟགས་ན། བྱ་བ་དང་བྱེད་པ་ཐམས་ཅད་དྲན་པ་དང་བཅས་པས་མ་ཟིན་པ། ལྷར་སྣང་ཉི་ཚེ་བའི་དོན་སྒྲུབ་པ་ལ་དགའ་ཆེས་ཏེ། ཡུན་གྱི་བྱ་བ་སླར་འོང་བ་མཐའ་མ་རྟོགས་པ་དུ་མ་ཞིག་བགྱིས་པས་འགྱོད་ཅིང་ནོངས། བློན་པོས་གང་བརྗོད་པ་དེ་འང་བདེན་མཆིས་སྙམ་ནས་ཅང་མི་སྨྲ་བར་གྱུར། ཡུལ་ཡུལ་པོར་གྱུར། ཕྲག་པ་གློད། གདོང་པ་དམས་ཏེ་སེམས་ཁོང་དུ་ཆུད་ཅིང་འདུག་གོ། །དེའི་ཚེ་བློན་

པོ་གཞན་རྣམས་ཀྱང་གཅིག་གིས་གཅིག་ལ་ལྟ་ཞིང་། ཅང་མི་སྨྲ་བའི་ཚེ་བློ་ལྡན་དཔའ་བོ་ཞེས་པ་སློན་པོའི་མཚོག་དེ་ཁྲོས་འཁྲུགས་ཇམས། ཡིད་མི་དགའ་ནས་ཁྲོ་གཉེར་བསྡུས། བཞིན་བསྒྱུར། མིག་བགྲད་དེ་སྨྲས་པ།

དྲེགས་པས་འཁྱེར་ཚེ་ང་རྒྱལ་སྒྲ་སྒྲོག་ཅིང་། །ཞུམ་ཚེ་དབུགས་ཀྱང་འབྱིན་པར་མི་ནུས་པ། །ས་བདག་ཡབ་སྲས་བློན་པོར་བཅས་པ་ཡིས། །ཡུད་ཙམ་བདག་གི་ཚིག་འདིར་དཔྱད་པར་མཛོད། །སྤྱིར་ཡང་འཁོར་བ་གཡོ་ཅན་མཛའ་མོ་ཡིས། །མགྲིན་ནས་འཁྱུད་ལ་གདན་བདེར་ཉལ་པ་རྣམས། །མངོན་པར་ཤེས་པའི་ལོངས་སྤྱོད་ཀྱིས་ཕོངས་ཕྱིར། །བརྟག་པས་མ་ཟིན་བྱ་བ་རྟག་ཏུ་ཉོངས། །རང་སྲིད་སྐྱོབས་ལྡན་འདི་ལས་རིགས་མཐུན་གྱི། །བཙུན་མོར་འོས་པ་བཙལ་དུ་ཡོད་མོད་ཀྱང་། །ནམ་ཞིག་ཤེས་པའི་མཐའ་ལ་མ་བསམ་པར། །སྨྱུ་གྲི་རྣོན་པོའི་སོ་ལ་ཁྲ་ཚུར་གྱིས། །བརྡེག་པའི་གྱ་ཚོམ་ལས་ནི་རིང་ནས་ཐལ། །ད་ཀོ་ཕ་རོལ་དཔུང་ལ་འགྲན་བཟོད་བློ། །ལན་གཅིག་ལྡོག་ཏུ་མེད་པ་ཤར་བའི་མཐར། །སླར་ཡང་འགྱོད་ཅིང་ཉོངས་པའི་བརླས་བརྗོད་འབུམ། །འཛེར་ཡང་དོན་དུ་འགྱུར་བའི་གོ་སྐབས་མེད། །ཅུང་ཟད་ཡིད་བདེར་གྱུར་ན་དྲེགས་པའི་གདམ། །སྲིད་པའི་ཁོང་པ་འགེངས་པའི་སྒྲ་འབྱིན་ཅིང་། །ཉམས་ཉེས་ཆུང་ངུ་ལའང་མི་བཟོད་པས། །ཅི་བྱའི་གཏོལ་མེད་དབུགས་འབྱིན་མི་ནུས་ཤིང་། །མིག་ཀྱང་རི་མོར་བྲིས་མཚུངས་གཡོ་མེད་པ། །དེ་འདྲ་ཕྱིས་པའམ་བུད་མེད་ངང་ཚུལ་ཉིད། །ལེགས་སམ་ཅིག་ཤོས་གྱུར་ཀྱང་སྔོན་གྱི་ལས། །སྨྱོང་བྱ་འབྱུང་བཞིའི་ཁམས་ལ་མི་སྨིན་ཏེ། །ཟིན་པའི་ཕུང་པོ་ཉིད་ལ་སྨིན་ངེས་ན། །ཐྲས་དང་བཏུད་པའི་དོན་དུ་འགྱུར་བ་དཀོན། །དེ་ཕྱིར་རྣམ་ཀུན་ངེས་པར་མི་གཡོ་བའི། །སྔོན་གྱི་ལས

མཐུ་བཙན་པོར་སྨུག་གྱོས་ལ། །ཐེ་ཚོམ་ཡིད་གཉིས་འཁྱོག་ལ་མི་འཆང་བར། །ལྷ་ལས་ཕུལ་བྱུང་དཔའ་བའི་བློན་པོར་བཅས། །ཚབ་རོལ་ཡན་ལག་བཞི་ཡི་དཔུང་བཏེགས་ཏེ། །གཡུལ་ངོར་འཇུག་པའི་བརྟུལ་ཞུགས་བསྐྱེད་པར་རིགས། །

ཞེས་སྨྲས་པ་ན། ཇི་ལྟར་གླེང་བའི་དོན་དེ་རྣམས་ནི་སྦྲང་རྩི་ལྟར་མྱུར་བར་འོས་པར་རིགས་ནས། གྲོང་རྡལ་གྱི་ལྗོངས་ཀུན་ཏུ་ཕོ་ཉ་མང་དུ་མངགས་ཏེ་ཡན་ལག་བཞི་དང་ལྡན་པའི་དམག་གི་དཔུང་མྱུར་བར་འདེགས་དགོས་པའི་བརྡ་སྦྱར་རོ། །དེའི་ཚེ་འབངས་རྣམས་ན་རེ། ཀྱེ་མ་རྒྱལ་རིགས་ཀྱི་ལམ་ལ་མི་གནས་པའི་རྗེ་བོའི་བཀའ་འདི་ནི་མ་བརྟགས་པའི་བབ་ཅོལ་ཏེ། བདག་ཅག་གིས་དགྲ་ལ་རྗེག་པའི་མཚོན་ཆ་ཉག་ཕྲན་གྱི་མདེའུ་ཙམ་ཡང་དཔྱ་ཁྲལ་དུ་བསྡུབས་ནས་རྒྱལ་བུ་གཞོན་ནུའི་སྐུ་སྲུང་གོ་ཆའི་རྒྱུ་ལ་སྦྱར་ཏེ་ལག་ཆ་དང་བྲལ། མྱུར་བར་བསྒྲོད་པ་ལ་ནི་ཁང་ཁྱིམ་གྱི་ཐེམ་སྐས་དང་སྒོ་གླེགས་དག་ཀྱང་སོལ་བར་བྱས་ཏེ་ཕུལ་ཟིན་པ་དེ་ལགས་པས། ད་ནི་ཉིན་ཞག་འགའི་བར་དུ་ལྟེང་བའི་ཟས་ཙམ་ཡང་རྙེད་པར་དཀའ་ན། གཡུལ་དུ་འཇུག་པ་ནི་སླ་བ་མ་ཡིན་ནོ། །ཞེས་ཉན་དུ་མ་འདོད་པའི་སྐུར་འདེབས་ཀྱི་ཚིག་ཤུབ་བུར་སྨྲ་ཞིང་མི་མཐུན་པའི་མིག་གིས་བལྟ་བ་ན། སླར་ཡང་བློན་པོ་བློ་ལྡན་རྣམས་ཀྱིས་རྒྱལ་པོ་ལ་བསྐུལ་ཏེ་ཕོ་བྲང་གི་གན་མཛོད་ཆེ་མོ་རྣམས་ནས་བྱ་དགའ་གྱ་ནོམ་པས་ཚིམ་པར་བྱས་ཤིང་། མཚོན་ཆ་ལ་སོགས་པའང་ཅི་དང་ཅི་འདོད་པ་བྱིན་ཏེ། བློན་པོ་དཔའ་བརྟན་རྣམས་ཀྱིས་ཁྱོད་ཅག་རྒྱལ་པོའི་བཀའ་ལས་འགོངས་ན་ཁྲིམས་ཀྱི་ཉེས་པ་ཕྱོག་ཏུ་མེད་པས་ཚར་གཅོད་དོ་ཞེས་དྲག་པོས་བསྐུལ་བས་དཔུང་དེ་དག་རང་དབང་དང་བྲལ་བས་ལྷགས་མོད་ཀྱི། འོན་ཀྱང་དམག

མིའི་དཔུང་དེ་དག་ཐམས་ཅད་སྐྱེ་བོ་གཅིག་གི་སེམས་དང་མཚུངས་པར་འདི་སྙམ་དུ་བསམས། བདག་ཅག་རྣམས་ཀྱིས་རྒྱལ་པོ་འདིའི་ཆེད་དུ་ངལ་བར་བྱས། དུབ་པར་བྱས་སོ། །སྡུག་བསྔལ་གྱི་ཚོར་བ་རྣམ་པ་དུ་མ་སྤྱོན་ཚད་སྤྱོང་བ་ནི་སྤྱོང་ཟིན་གྱི། ད་ཡང་གཡུལ་དུ་འཇུག་དགོས་ན། དེང་སྐྱན་ཆད་མཚོན་ཆ་བཟུང་བ་ནི་ཟོལ་གྱིས་བཟུང་བར་བྱེད། གཡུལ་བསྒྲེ་བའང་ཟོལ་གྱིས་འགྲོ་ཞིང་། ཟོལ་གྱིས་འདུག་གོ་སྙམ་མོ། །དེ་ནས་མི་རིང་བ་ཉིད་དུ་སྲིད་པའི་རྒྱན་གྱི་དཔུང་གི་ཚོགས་ཆེན་པོ་རིམ་གྱིས་ལྷགས་པ་ནི་འདི་ལྟར་ཏེ། དཔེར་ན་ཆུ་ཀླུང་ཆེན་པོ་གཏིང་མཐའ་མེད་པ་དྲག་པོའི་རླབས་གཉེར་བ་དལ་གྱིས་འབབ་པ་གང་གིས་ཀྱང་ཟློག་ཏུ་མེད་པ་དེ་བཞིན་དུ་སྣང་བ་འབུམ་ལྡན་གྱི་འདབས་རོལ་ཐ་གྲུ་རྣམ་པར་ཡངས་པའི་ལྗོངས་སུ་དོགས་པ་མེད་པ་ཁོ་ནར་དལ་བུ་དལ་བུས་ལྷགས་སོ། །དེ་དག་ལ་འདི་སྐད་ཅེས་བྱ་སྟེ།

ཨེ་མ་མ་ལ་སྟོབས་ལྡན་འཇིགས་པ་མེད་པའི་དཔུང་། །མཐོ་རིས་དབང་པོ་ལྷ་དམག་བྱེ་བ་ཕྲག་བརྒྱར་བཅས། །སྤྲིན་བྱེད་གཡུལ་ངོ་འཕམ་པར་བྱེད་ལ་ཆས་པ་བཞིན། །དྲག་ཤུལ་མི་ཟད་རྣམ་གཉན་དཔུང་པ་གཏུམ་ལྡན་པ། །ཅང་ཤེས་མགྱོགས་འགྲོ་ཡོངས་སུ་ངལ་བ་མེད་པ་དང་། །སྣ་ཚེར་གཡུལ་གྱི་མཚོན་ཆ་འཛིན་པ་ཤུགས་དྲག་ཅན། །གླང་པོ་དང་ནི་སྟོབས་ལྡན་ཤིང་རྟའི་འཕྲུལ་འཁོར་བསྐོར། །འཇིགས་མེད་གཏུམ་དྲག་སྐྱེས་བུ་དཔག་ཡས་ཁྲི་གཉེར་ཚོགས། །སྤྲིན་མཚམས་བར་བསྣུས་ཏ་ཏའི་གད་རྒྱངས་མཐོན་པོར་སྒྲོག །མཚོན་ཆའི་བྱེ་བྲག་རལ་གྲི་མདུང་ཐུང་དགྲ་སྟ་དང་། །ཐོ་བ་ལྕགས་ཀྱི་ལྕགས་མདའ་དང་ནི་མདའ་བོ་ཆེ། །ཞགས་པ་ལ་སོགས་ཐོགས་པ་དེ་རྣམས་རྒྱུ་བའི་ཚེ། །ས་གཞི་དག་ཀྱང་འཇིགས་ཤིང་འདར་ནས་གཡོ་བ་

སྣམ། །བྱེད་ཅིང་བར་སྣང་རྡུལ་གྱིས་བར་མཚམས་མེད་གྱུར་པ། །དེར་ནི་མཁའ་ལ་རྣམ་པར་སྤྱོད་པའི་འདབ་ཆགས་ཀྱང་། །ས་གཞིར་འབབ་པའི་གོ་སྐབས་མེད་པར་བྱེད་པ་བཞིན། །དཔའ་བོའི་ཁྲུ་མཆོག་གཡུལ་དུ་ཆས་པའི་བརྟུལ་ཞུགས་ཀྱིས། །གཤིན་རྗེའི་ཚོགས་ཀྱང་ཕྱིར་ནུད་འཚེར་བའི་དཔུང་ཆེན་གྱིས། །སྣང་བ་འབུམ་ལྡན་ས་ཡི་ཁྱོན་ཀུན་དོག་པོར་བྱས། །ཞེས་སོ། །

30. ཡིད་འོང་མའི་སྒྱུ་ཐབས་ཀྱིས་ལྷ་ལས་ཕུལ་བྱུང་བློན་པོར་བཅས་པའི་སྒྲོ་བ་བཏེགས་ནས་དཔུང་གི་གོ་རིམ་ངེས་པར་བྱས་ཏེ་ཆས་ལ་ཉེ་བའི་སྐོར།

དེ་ལྟར་ཡན་ལག་བཞི་དང་ལྡན་པའི་དཔུང་སྟོབས་དང་ལྡན་པ། ཁྲོ་བ། གཏུམ་པ། ཟད་མི་ཤེས་པ། བཟླར་མི་བཟོད་པ་དེ་རྣམས་མཐོང་བས་སྣང་བ་འབུམ་ལྡན་གྱི་དཔུང་རྣམས་ཕོ་བྲང་གི་ལྕགས་རིའི་རིམ་པ་ལས་འདའ་བར་མ་ནུས་ནས་སྲོག་ཆགས་འཕྱི་བ་རང་གི་ཁྲུང་བུར་བག་ཕབ་པ་ལྟར་གནས་བཅས་སོ། །དེའི་ཚེ་སྲིད་པའི་རྒྱན་གྱི་དཔུང་གིས་ཀྱང་རེ་ཞིག་ཅིག་གླགས་བལྟ་བ་མ་ནུས་ཏེ་བཏང་སྙོམས་སུ་བཞག་གོ། །སྐབས་དེར་ཡིད་འོང་མས་བསམས་པ། འདི་ལྟ་བུའི་དཔུང་ཚོགས་བགྲང་དུ་མེད་པ་ལྷགས་ཟིན་ན། ད་ནི་སྒྱུར་བ་སྒྱུར་བར་རྩོལ་བ་འདི་རྣམས་ཆམ་དུ་འབེབས་པའི་ཐབས་བྱའོ་སྙམ་ནས་ལྷ་ལས་ཕུལ་བྱུང་བློན་པོར་བཅས་པ་ལ་གུས་པའི་རྣམ་འགྱུར་དུ་མ་ཞིག་བྱས་ནས་སྨྲས་པ།

བདག་ནི་གདུང་བས་བཅིངས་པའི་རྣམ་དག་སེམས། །སྲིད་འདིའི་རྒྱལ་ཐབས་དོན་དུ་གཉེར་བ་ཡིས། །ཡུན་རིང་བརྟགས་ཤིང་དཔྱད་པའི་དོན་དམ་ཞིག །རྗེ་བློན་བློ་གྲོས་གཏེར་རྣམས་ཡུད་ཙམ་དགོངས། །མ་རུང་དགྲ

སྤེ་རིང་མིན་ཉེ་བའི་འདབས། །འདིར་ལྷགས་བར་མཚམས་མེད་པའི་ཕྲ་མ་བཏབ། །མཁའ་འགྲོའི་དབང་ཕྱུག་གདེངས་ཅན་སྒྲུག་པ་ལྟར། །གནས་པའི་སྤྱོད་ཚུལ་འདི་ལ་ལེགས་བསམས་ན། །རང་ཅག་གཞིབ་ན་ཚུད་པའི་གཉིས་སྐྱེས་སམ། །ཕྱོགས་མཚམས་རྒྱ་ཡིས་བྲིས་པའི་རི་དྭགས་བཞིན། །ཐར་མེད་དཔྱུང་གི་ཚོགས་ནི་རེ་ཞིག་ཏུ། །བཟའ་བཏུང་ལོངས་སྤྱོད་ལྡན་ཀྱང་རིང་སོན་ཚེ། །ཁབ་འདིར་འཁྱེར་པའི་གཏེར་དང་ལྡན་ནམ་ཅི། །དེ་ལྟར་མིན་ན་ཕ་རོལ་དགྲ་སྡེའི་ཚོགས། །ཐག་རིང་ཤུལ་ལམ་བགྲོད་པའི་ངལ་དུབ་ཀྱིས། །མནར་བའི་སྐབས་འདིར་རང་རང་དཔའ་བསྐྱེད་དེ། །རྣམ་མང་གཉིས་འཁྲུང་དབང་པོའི་ཁྲུ་ཡི་དབུས། །འཇིགས་མེད་གདོང་ལྔའི་རྒྱལ་པོ་ཆས་པ་ལྟར། །གཤེགས་པའི་དུས་ནི་ངེས་པར་འདི་ཡིན་སྙམ། །བདག་གི་སྙིང་ནས་ཕྱུང་བའི་ཚིག་གི་ཕྲེང་། །ཟློལ་སྦྱོར་གྱ་གྱུའི་དྲི་མ་མི་མནམ་པ། །ལེགས་པར་བསྙད་དེ་རིགས་མིན་བརྟག་པར་མཛོད། །

ཅེས་ཡིད་གདུང་རྣམ་པར་རྒྱས་པའི་ཉམས་ལྡན་དུ་བྱས་ཏེ་འཇམ་པའི་ཚིག་གིས་བསྙད་པ་ན། ལྷ་ལས་ཕུལ་བྱུང་བློན་པོར་བཅས་པ་ཀུན་མི་དགའ་བ་མེད་ཅིང་དོགས་པ་མེད་པར་ཡིད་འོང་མའི་ཚིག་དེ་དག་ནི་བློ་གྲོས་དང་ལྡན་པའི་གཏམ་སྟེ་ཡིད་རྗོན་དུ་རུང་བའོ། །ཞེས་སྤྲོ་བ་བརྟེགས་པར་གྱུར་ནས། བློན་པོ་བློ་རྩོད་ཐར་ལེགས། རྩོལ་བའི་གཤེད་མ། སྙིང་སྟོབས་ཅན། དཔའ་བའི་ཕུལ་དུ་ཕྱིན་པ་རྣམས་ཀྱིས་དམག་དཔུང་གོ་རིམ་ངེས་པར་བྱས་ཏེ་རིམ་པས་ཆས་པ་རྣམས་ཀྱི་རྣ་སྣེ་དྲངས་ཏེ་ཕོ་བྲང་གི་ལྕགས་རིའི་ཕྱི་རོལ་ནས་འདོང་བར་ཉེ་བ་ན། ལྷ་ལས་ཕུལ་བྱུང་ཡང་གོ་མཚོན་གྱིས་སྤྲས་ཏེ་ཕྱིར་ལྷགས་ནས་གཡུལ་གྱི་བྱ་བ་ཅི་ཡང་མི་ཤེས་བཞིན་དུ་དབང་ཤུགས་བཙན་པོས་དྲེགས་པའི་

ང་རྒྱལ་གྱིས་དཔུང་གི་གཙོ་བོ་རྣམས་ལ་སྨྲས་པ། གཡུལ་གྱི་ཁ་ལོ་པ་དག གོ་བར་གྱིས་ཤིག ཨུ་བུའི་གམ་ན་ལྷགས་པའི་དཔུང་འདི་རྣམས་ནི་གོ་ཆ་བཙན་པོ་དང་། མཚོན་ཆ་རྣོ་དབལ་ཅན་དང་། བཞོན་པ་བཟང་པོ་རྣམས་བདག་ཅག་ལ་སྐྱེས་ཀྱི་ཚུལ་དུ་ནི་བསྐུར་བ་ལ་ལྷགས་པ་ཡིན་གྱི། གཞན་དུ་ན་བུད་མེད་ཀྱི་བརྟུལ་ཞུགས་ཅན་འདི་དག་གིས་ཅི་བྱར་ཡོད། རྡོ་རྗེའི་ལྕུན་པོ་ལ་སྤྱོ་བོས་བརྡུང་བ་དང་། སྒྲོན་མེའི་སྣང་བ་ལ་སྦྲང་བུས་རྐོལ་བའི་ངང་ཚུལ་འདི་ནི་ངེས་པར་གཞོམ་དུ་སླ་མོད། དེས་ན་ཁྱོད་ཅག་རྣམས་བརྟན་པ་དང་། བརླིང་བ་དང་། དཔའ་བ་དང་། དེས་པའི་སྒོ་ནས་དེ་དག་དཔལ་བུས་མེད་གི་ལྷག་མར་བྱེད་དགོས་ཀྱི། ཏ་ཅང་མནན་ཆེས་ན་ཕ་ཡང་སེང་གེ་ལྷ་བུར་འགྱུར་བའི་གནས་ཡོད་པས་སྐབས་ཤེས་པར་གྱིས་ཤིག གལ་ཏེ་སྦར་མའི་བརྟུལ་ཞུགས་བཟུང་ནས་གདོང་ཕྱིར་ཕྱོགས་ཏེ་འོང་བ་མཐོང་ན་བདག་ཉིད་ཁོ་ནས་སྲོག་དང་འབྲལ་བར་བྱེད་དོ། །ཞེས་བྱ་བ་ལ་སོགས་པ་བབ་ཅོལ་མང་དུ་སྨྲ་བའི་ཚེ། བློན་པོ་གཞན་རྣམས་ནི་ཁོང་འཛུམ་ཤོར་ཡང་ལེགས་ཉེས་ཀྱི་གཏམ་ཅི་ཡང་མ་གླེང་ངོ་། །བློན་པོ་སྙིང་སྟོབས་ཅན་དེ་ནི་བག་ཟོན་དང་མི་ལྡན་པ། དྲང་པོར་སྨྲ་བ་ཞིག་ཡིན་པས་སྐའི་བུག་པ་ནས་ཤུ་ཞེས་པའི་སྒྲ་འབྱིན་ཅིང་བཞིན་བསྡུས་ནས་སྨྲས་པ། མིའི་བདག་པོ་གཟིགས་ཤིག གཡུལ་དུ་འཇུག་པའི་གཏམ་ཙམ་སྨྲ་བ་ནི་སླ་ཡི། གཡུལ་དུ་འགྱེད་པར་བྱ་བ་ནི། དེ་ཙམ་དུ་སླ་བ་མ་ཡིན་གྱི། རྒྱལ་སྲས་ཁྱོད་ནི་ཡུམ་གྱི་ནུ་ཞོ་འཐུང་བའི་ཚོད་ཙམ་ནས། བདག་ཉིད་ན་ཚོད་འདི་ཉིད་ཡོན་གྱི་བར་དུ་འཐབ་པ་དང་། གཡུལ་འགྱེད་པའི་ལས་དུ་མ་ཞིག་མངོན་པར་བྱང་ཆུབ་པར་བྱས་ཟིན་ན། དེང་སྐབས་ཚད་གང་གིས་བསྒྲོ་བའི་དོན་མཆིས་སམ། དར་ཟབ་ཀྱི་མལ་ཆའི་སྤུབ་ན་ཡན་ལག་བསྐྱོད་པ

ལ་མཁས་ཤིང་བདུད་རྩི་རོ་བརྒྱའི་ཟས་ལ་ཚིམ་པར་སྤྱོད་པ་དང་། གཞོན་ནུ་མ་རྣམས་དང་དགའ་བར་བྱེད། རྩེ་བར་བྱེད། དགའ་མགུར་སྤྱོད་པར་བྱེད། ཕོ་བྲང་འཁོར་པས་ཟློལ་གྱིས་བསྟོད་པར་བྱེད་པས་དུས་འདའ་བ་རྣམས་ལ་གཡུལ་དུ་འཇུག་པའི་གཏམ་མེད་པས་ཁ་རོག་པར་ཞུགས་ཤིག ཕ་རོལ་དཔུང་འདི་ནི་ཚུ་ཀླུང་ཆེན་པོ་དལ་གྱིས་འབབ་པ་ལྟོག་དཀའ་བ་དང་འདྲ་བས་འགྲན་ཟླ་བཟོད་པར་དཀའ་མོད་ཀྱི། མིའི་བདག་པོ་ལ་མཐུ་སྟོབས་མངའ་ན་དུས་སུ་བབས་གདའོ་ཞེས་ཞུམ་པ་མེད་པར་གསོལ་བས་རྒྱལ་བུ་གཞོན་ནུ་ནི་སྙིང་ལ་ཟུག་མདའ་ཕོག་པ་ལྟར་མི་བཟོད་པ་ཆེས་ཆེར་བསྐྱེད་དེ་ལག་པ་གཉིས་འདྲིལ་བཞིན་པར་སྨྲས་པ། ངན་པ་འདི་ཙམ་གྱིས་ཀྱང་ཁོ་བོ་ལ་གཤེ་ཞིང་རྙོལ་བར་བྱེད་པའི་གནས་སྐབས་འདི་ལྟ་ན། ཡན་ལག་བཞིའི་དཔུང་གི་ཁ་ལོ་ཇི་ལྟར་བསྒྱུར། ཐོག་མ་ཁོ་ནར་བདག་ལ་མཐོ་འཚམ་པར་བྱེད་པའི་ངན་པ་འདི་མྱུར་དུ་བསྒྲལ་བར་གྱིས་ཤིག་ཅེས་གཤེད་མ་ཁྲག་གིས་དམར་བའི་ལག་པ་སྦྲུ་རུའི་ཡལ་ག་ཅན་རྣམས་ལ་སྨྲས་པ་ན། བློན་པོ་གཞན་རྣམས་ཀྱིས་དེའི་ཚིག་ཏུ་གང་བརྗོད་པ་ནི་རྗེ་བོར་སྙིང་ཉེ་བའི་གཏམ་དྲང་པོར་བརྗོད་པ་ཡིན་པས་ནོངས་པ་མ་མཆིས་སོ། །ཁྲིམས་ཀྱི་འཇིགས་པ་ལས་ཐར་བར་མཛོད་ཅིག་ཅེས་ལན་གཉིས་ལན་གསུམ་གྱི་བར་དུ་གསོལ་བར་བྱས་མོད་ཀྱི་ལོག་པའི་ལམ་དུ་འཕྱན་པ་རྣམས་ཀྱི་ངང་ཚུལ་ནི་བཟང་པོ་ལ་ལོག་པར་རྟོག་ཅིང་། ངན་པ་ལ་ལེགས་པར་མཐོང་བ་བཟློག་ཏུ་མེད་པ་ཡིན་པས། བློན་པོ་སྙིང་སྟོབས་ཅན་དེ་ནི་ཉེས་པ་མེད་བཞིན་དུ་དེ་ཉིད་དུ་མི་རྟག་པའི་ལམ་ལ་བཀོད་དོ། །

ཀྱེ་རྟུད་འཁོར་བ་སློག་གི་རོལ་རྩེད་མཁན། །མི་བརྟན་རྣམ་པར་འགྱུར་བའི་སྣང་ཚུལ་འདི། །མངོན་སུམ་གཏན་ལ་ཕབ་ཀྱང་དངོས་འཛིན་

གྱི། །འཆིང་ཞགས་རིང་པོས་སྐྱེ་དང་སྐྱེ་བར་བཅིངས། །ཁྱད་པར་ལས་ཀྱི་རྣམ་སྨིན་མཐུ་ཆེ་བ། །གཅིག་ཏུ་གནག་པའི་འབྲས་བུ་བདོ་བ་ན། །རྣམ་འདྲེན་རྒྱལ་བའི་མཐུས་ཀྱང་བཟློག་དཀའ་བ། །འདི་ལ་གཞན་གྱིས་བཅོས་སུ་ཅི་བྱར་ཡོད། །དེ་སྐད་བསོད་ནམས་མ་ཡིན་མཐུ་ཆེ་བའི། །རྒྱལ་སྲས་རྒྱལ་རིགས་ལམ་ལ་མི་གནས་པ། །སྡིག་སྤྱོད་སྙིང་རྗེ་ཆ་ཙམ་མེད་པ་དེས། །ཕན་པར་སྨྲ་བའི་གཉེན་ཡང་དགྲ་བཞིན་བཙེམ། །

31. དགྲ་འཐབ་ལ་ཞུགས་ནས་ཁྲག་གིས་ས་གཞི་གཤིན་རྗེའི་ཚལ་ལྟར་རྒྱས་པར་བྱས་པའི་སྐོར།

དེ་ལྟར་ཕ་རོལ་དགྲ་སྡེའི་གཡུལ་ངོར་འཇུག་པར་ཆས་པའི་དང་པོ་ཁོ་ནར་དགྲ་ལ་འཕེན་པའི་མཚོན་ཆ་ནང་དུ་ཐུག་སྟེ་རང་གི་བློན་པོ་རྗེ་བོ་ལ་གློ་བ་ཉེ་ཞིང་དྲང་པོར་སྨྲ་བ། དཔའ་བརྟུལ་ཅན་དེ་ལྷ་བུ་མ་ཏུང་བར་བྱས་སོ་ཞེས་སྐྱེ་བོ་ཐམས་ཅད་ཡིད་མ་རངས་ཤིང་། འདམ་བུ་སྔོན་པོ་བཙས་པ་སྙིད་པ་ལྟར་སྲིད་ལུག་ཅིང་སེམས་ཁོང་དུ་ཆུད་ཅིང་གནས་སོ། །དེ་ནས་སྣང་བ་འབུམ་ལྡན་གྱི་དམག་དཔུང་དེ་རྣམས་རིམ་པས་སོང་བ་ལས། སྲིད་པའི་རྒྱན་གྱི་དཔུང་གི་ཚོགས་གནས་པའི་ལྗོངས་དེ་དང་ཅང་མི་རིང་བ་ཞིག་ཏུ་ཇེ་ཉེར་འདུས་པའི་ཚེ་བློ་ལྡན་དཔའ་བོ་དེ་ཉིད་ཞུམ་པ་མེད་པའི་གད་རྒྱངས་གསང་མཐོན་པོར་བསྒྲགས་པ་འདི་སྐད་ཅེས།

མཐུ་སྟོབས་རྡོ་རྗེའི་མཆུ་ཅན་བསྒྲོད་པའི་ཤུགས། །གཡུལ་ངོའི་རྒྱ་མཚོར་འཇུག་པའི་དཔའ་སྟོབས་ཀྱིས། །དགྲ་སྡེ་ལྟོ་འགྲོའི་ལུས་ངན་དུམ་བུ་རུ། །བྱེད་པོ་འཇིགས་པ་མེད་པའི་གདམ་འདི་ཉོན། །རང་ཁྱིམ་བདེ་བའི་

སྐྱན་ལ་བག་ཕབ་སྟེ། །འདུག་ཚེ་དཔའ་བས་བསྒྲིམས་པའི་གཏམ་གླེང་ཞིང་། །འཁོར་ལ་སྣང་བའི་མཚོན་གྱི་ལས་ཐབས་མཁས། །ཕ་རོལ་རྒོལ་བས་བསྒྲིགས་པའི་སྒྲ་ཙམ་ལའང་། །འཇིགས་པའི་ལུས་ནི་ཤིང་བལ་གཡོ་བ་བཞིན། །འདར་ཞིང་ཞུམ་ལ་མིག་ཀྱང་གཡོ་མེད་པ། །ཐ་ཆད་སྣར་མའི་རྣམ་ཐར་རིང་དུ་དོར། །གཡུལ་གྱི་དོ་ར་འཇིགས་རུང་བསད་ཁྲག་གིས། །བརླན་ཅིང་མི་རོའི་ཕུང་པོ་དཀྲིགས་གྱུར་པ། །ཉམ་ངར་མཆིས་ཀྱང་སྙིང་རྗེའི་ཡུལ་མིན་པས། །བསྒྲལ་བྱའི་ཡན་ལག་རྟགས་མཚན་གསལ་བར་ཡོངས། །དགྲ་ལ་དོ་ཟླར་མ་ནུས་གུས་མཚོན་ཕྱིར། །ལག་སོར་སྙིང་གར་འཛུམ་བཞིན་སྨན་པའི་ངག །སྨྲ་བས་བསྟོད་ཅིང་འདུད་པར་བྱེད་མཐོང་ན། །བདག་ཉིད་ཁོནས་བསྒྲལ་བར་གཡར་དམ་བཅས། །འཇིག་རྟེན་སྲིད་པ་ཡངས་པའི་འཁོར་ལོ་འདིར། །དགྲ་གཉེན་ལོ་ཟླ་ཞག་གི་ཕྲེང་རེར་ཡང་། །གར་གྱི་ཐང་སྟབས་ཇི་བཞིན་འགྱུར་སླ་བས། །འཁོར་བ་འདི་ལ་ཡིད་བརྟན་མི་རུང་ཡང་། །གྱ་གྱུའི་ཐོལ་སྦྱོར་གྱིས་མིན་བདེན་པའི་སྟོབས། །ཁོན་སྙིང་ལ་གོམས་པ་བཀོད་བྱས་ནས། །རང་རང་ངོ་སྐལ་གྱུར་པའི་ཞི་དྲག་ལས། །གང་ཡང་བརྟུན་པ་བསྐྱེད་དེ་སྒྲུབ་པར་རིགས། །

ཞེས་སྨྲས་པ་ན། བློན་པོ་གཞན་དག་ཀྱང་ང་རྒྱལ་གྱི་དྲེགས་པའི་ང་རོ་སྐ་ཚིགས་སྒྲོག་པར་བྱེད་ཅིང་མཐུ་ཅི་ཡོད་པ་དང་། རྩལ་སྟོབས་ཅི་ཡོད་པའི་དཔུང་བསྐྱེད་དེ་རྒྱང་རིང་པོ་ནས་མཚོན་ཆ་མདོན་པར་འཕེན་པའི་སྦྱོར་བ་ལ་ཞུགས་སོ། །དེའི་ཚེ་སྲིད་པའི་རྒྱན་གྱི་དཔུང་ཚོགས་ཡན་ལག་བཞི་ལྡན་ཡང་རིམ་པས་བཤམས་ཏེ་ཆས་པ་ལ། རྒྱལ་བུ་གཞོན་ནུ་ཟླ་མེད་དེ་ཡང་གོ་ཆ་བཅན་འབར་བའི་འོད་དང་ལྡན་པ་ནི་གོ་རིམ་ངེས་པར་བྱས་ཏེ་ལེགས་པར་བགོས།

ཕ་རོལ་འཇོམས་བྱེད་ཀྱི་མཚོན་ཆ་རྣམ་པ་སྣ་ཚོགས་པས་ནི་མཛེས་པར་སྤྲས། གླང་ཆེན་གྱི་མཆོག་ས་སྲུང་དབང་ཕྱུག་དེ་ཉིད་གསེར་གྱི་དྲ་བས་གདོང་གཡོགས་པ། ཀོ་ལ་ཤའི་ལྷུན་པོ་འགྲོ་ཤེས་པ་ལྟ་བུ་ལ་ནི་བཞོན་པར་བྱས། མདུན་ན་འདོན་ལ་སོགས་པ་དེ་དག་ཀྱང་ཡ་ལད་བཅན་པོ་བགོས་ཤིང་། མཚོན་ཆ་རྣོ་དབལ་དང་ལྡན་པ་རྣམས་ནི་ལག་ཏུ་ཐོགས། འཇིགས་གདོང་ཁྲོ་གཉེར་གྱི་རི་མོ་སྒྲིན་མཚམས་བར་བསྡུས། མིག་དམར་ཟླུམ་སྡང་མིག་ཏུ་བགྲད་པའི་གཟིས་ཉི་མའི་སྣང་བ་ཡང་འཕམ་པ་ལྟར་བྱས། རླུང་ལྟར་འགྱོ་བའི་བཞོན་པ་རྣམས་ལ་བསྟེན་ཏེ་དམག་སྣ་དྲངས་ནས་རྐྱོབ་གསོད་ཀྱི་སྒྲས་ནམ་མཁའ་རལ་བ་སྐམ་བྱེད་ཅིང་ཅེ་སྤྱང་བམ་རོ་ལ་བརྫམས་པ་ལྟ་བུའི་དཔུང་ཚོགས་ཆེན་པོ་དང་ཆབས་ཅིག་ཏུ་དམག་རྒོལ་བར་ཞུགས་སོ། །དེ་ནས་རོལ་མོ་མཁན་གྱིས་གཡུལ་འགྱེད་པའི་དུས་ཤེས་ཏེ། འབྲུག་སྟོང་དུས་གཅིག་ཏུ་ལྡིར་བ་ལྟ་བུ་གཡུལ་གྱི་རྔ་བོ་ཆེ་པ་ཊ་ཧ་བརྡུང་བར་བྱས་པའི་ཚེ། མཚོན་ཆའི་འོད་ཟེར་འཁྲུགས་པའི་གཡུལ་རྣམ་པར་བསྲེས་ཏེ། རི་བོ་ལྟ་བུའི་སྟོབས་དང་ལྡན་པའི་གླང་པོ་ཆེ་རྣམས་ཕན་ཚུན་འཐབ་པའི་རྩལ་གྱི་དྲི་སྣས་མི་བཟོད་པར་གྱུར། གཞལ་མེད་ཁང་བརྩེགས་ཀྱི་ཚད་དུ་ལོངས་པའི་ཤིང་རྟའི་སྒྲ་ཆེན་ནི་ཕྱོགས་རྣམ་ཀུན་ཏུ་བསྒྲགས་པའི་ལམ་དུ་དགྲ་དཔུང་དུ་མ་ཕྱེ་མར་འཐག་པར་བྱས། གཤིན་རྗེའི་དོ་ཟླར་གྱུར་པའི་དཔུང་བུ་ཆུང་རྣམས་མདའ་མཚོན་འཕེན་པའི་སྦྱོར་བ་བུ་ཡུག་འཚུབ་པ་ལྟར་བལྟ་བར་མི་བཟོད་པའི་དགྲ་ཐབས་ལ་ཞུགས་པ་ན་འབུམ་ཕྲག་དོ་ཟླ་གཅིག་པ་དེ་ནི་གཡུལ་དུ་འཇུག་པ་ལ་ནམ་མཁའ་ལྡིང་རྒྱ་མཚོར་སྤྲོ་བའི་ཤུགས་ཀྱིས་འགྲོ་བ་ལྟར་དགའ་བའི་རོས་སྙིང་སྤྲོས་བཞིན་དུ་སྨྲས་པ།

ལྗོངས་གསུམ་གྱི་དོ་ར་ཡངས་པ་འདིར། །བློ་དཔའ་རྩོད་ཀྱི་དཔུང་རྣམས་གཅིག་ཏུ་ཚོགས། །གོ་བཙན་པོའི་སྣང་བ་འོད་དུ་འབར། །མཚོན་རྣོ་དཔལ་རླུང་གི་སྤུ་གྲིར་མཚུངས། །འོག་བཙོན་པའི་མགྱོགས་རྩལ་འདབ་ཆགས་བཞིན། །དེ་ཕན་ཚུན་རྣམ་དབྱེ་མི་ཕྱེད་མོད། །བློ་དཔའ་བའི་ཁྱད་པར་འདྲེན་པ་ན། །མཐོ་བྱ་ལམ་ཡངས་པའི་ནམ་མཁའ་དང་། །དམའ་འཛིན་མའི་བར་གྱི་རྒྱང་ཐག་རིང་། །ང་འབུམ་ཕྲག་དོ་ཟླ་གཅིག་པ་ཞེས། །མིང་སྙན་པོའི་གྲགས་པ་གསལ་གྱུར་ཀྱང་། །ལུས་རྒས་པའི་ཞགས་པས་དམ་དུ་བཅིངས། །བློ་ཀུན་ཏུ་རྨོངས་པའི་དྲ་བར་ཚུད། །སྟོབས་མཐུ་རྩལ་མ་ལུས་དང་གིས་བྲི། །ཡིད་དཔའ་ངར་གྱི་ནུས་པ་ཉམས་ཉེས་ཀྱང་། །སྔོན་ཁྲི་འབུམ་སྟོབས་ལྡན་འཇིགས་མེད་དཔུང་། །བཞིན་ཁྲོ་གཉེར་བསྡུས་ནས་མང་ལྷགས་ཀྱང་། །ང་གཡུལ་གྱི་རོལ་པར་ཆས་ཙམ་གྱིས། །མིང་ཐོས་པས་དོ་ཟླར་སློམ་པ་མེད། །བློ་གྱ་གྱུ་ཅན་རྣམས་ཚར་དུ་བཅད། །དགྲ་ཞེས་བྱའི་མིང་ཡང་མི་གྲགས་བྱས། །དེ་སྲིད་པའི་དཔའ་བོ་ཀུན་གྱི་མིག །སྐུ་སྒྲ་རྩལ་རྒྱ་མཚོའི་ཕ་རོལ་ཕྱིན། །གསུང་འཇིགས་མེད་དཔའ་བོའི་གད་རྒྱངས་ཅན། །ཐུགས་མི་གཡོ་ཟབ་ཅིང་དཀྱིལ་ཆེ་བ། །དཔལ་གཞོན་ནུ་ཟླ་མེད་ཐམས་ཅད་དགའ། །ནང་བདུད་རྩི་ལྟ་བུར་བསིལ་བ་ཡིས། །ཡོངས་འགྲོ་བསྐྱོབ་པའི་མགོན་གྱུར་ཀྱང་། །ཕྱི་དྲག་ཤུལ་ཟམས་བརྗིད་རོལ་པ་ཡིས། །མ་རུང་ཀུན་འཇོམས་ལ་གཅིག་ཏུ་དཔའ། །དཔའ་མི་ཡི་སེང་གེ་དེའི་དོ་ཟླར། །ཁྱོད་སླང་ཁྱུའི་ཚོགས་ལྷགས་བཞད་གད་འཕེལ། །ད་ལན་གཅིག་གཡུལ་ངོར་ཆས་ཟིན་ནས། །ཕྱིར་ལྡོག་ན་གསོན་པོ་སྲོག་སོང་ཡིན། །མཐུ་ནུས་པ་ཅི་ཡོད་སྤུངས་བྱས་ནས། །བློ་དཔའ་བརྟུལ་གྱི་ཁྱད་པར་དེ་རིང་

འཕྲེད། །དགྲ་སྟོང་གསུམ་གང་བས་རྒོལ་གྱུར་ཀྱང་། །བདག་འཇིགས་པ་མེད་དོ་གཞན་སྡེའི་ཚོགས། །གདམ་ཐོས་འཛིན་ལམ་དུ་ལྷུང་གྱུར་ན། །ཡིད་ཉེམ་ནུར་སྤྲངས་ཏེ་འགྱེད་པར་རིགས། །

ཞེས་སྨྲས་ཏེ་རལ་གྲི་མེ་འབར་བའི་ཟེར་ཕྲེང་འཕྲོ་བ་མཁའ་ལ་འཕྱར་བཞིན་པར་སྐར་མདའ་ལྷུང་བ་ལྟར་དཔུང་ཚོགས་ཀྱི་འཇིང་ཆེན་པོ་དེར་ཚམ་ཚོམ་མེད་པར་ཞུགས་སོ། །དེ་བཞིན་དུ་དཔའ་བོ་སྲིད་པ་གཞོན་ནུ་དང་འཇིགས་མེད་དཔུང་ཚོགས། དཔའ་བའི་དབང་། འཇིགས་མེད་བརྟུལ་ཞུགས་ཅན་ལ་སོགས་པ་དེ་དག་ཀྱང་ཞེ་སྡང་གི་སྨིན་མ་འཁྱོག་པོར་སྒྱུར་བཞིན་པར་འདི་སྐད་ཅེས་སོ། །

མཁས་པ་མཁས་པའི་ཧྲུང་ན་སྒྲོ་འདོགས་གཅོད། །དཔའ་དང་སྡར་མ་གཡུལ་ངོར་ཞུགས་ན་ཤེས། །རང་ཁྱིམ་ལ་ནི་དྲེགས་པའི་སྒྲ་ཡང་འཕྱིན། །གང་དུ་ཉེ་བར་ཆེར་མའི་ངང་ཚུལ་འཛིན། །བཟའ་བཏུང་བུད་མེད་དག་གི་དོན་གཉེར་ལ། །དཔའ་བར་རློམ་པའི་སྐྱེས་བུ་ཐ་ཤལ་འགའ། །དོན་དམ་གཡུལ་གྱི་ལས་ལ་འཇུག་པ་ན། །རྒྱ་ལས་ཐར་བའི་རི་དྭགས་གཞོན་ནུ་ལྟར། །རིག་རིག་སྐྲག་བཞིན་འབྲོས་པར་བརྩོན་པ་ཡི། །སྤྱོད་ཚུལ་མཐོང་ན་མཚིལ་མ་ས་གཞི་ལ། །མི་འབབ་ཐུ་ལུས་འདེབས་པའི་ཚུལ་བཏང་ནས། །ཕ་རོལ་རྒོལ་བའི་མཚོན་གྱིས་ལང་ཚོའི་དཔལ། །བརྒྱ་སྟོང་དུམ་བུར་བསིལ་ཡང་དཔའ་བའི་བློ། །མི་འདོར་སྙིང་སྟོབས་ཆེན་པོའི་རྟགས་ཡིན་ན། །དཔའ་བོའི་མིང་དུ་འབོད་པ་དོན་ཡོད་པར། །བསྐྱོད་དོ་མཁའ་ལྡིང་བསྐྱོད་པའི་ཤུགས་བཞིན་འདེངས། །

ཞེས་སྨྲས་ཏེ་མཚོན་ཆའི་ཕྲེ་ཐྲག་རལ་གྲི། མདུང་ཐུང་། དགྲ་སྟ།

ལྕགས་ཀྱི། ཞགས་པ། ཉག་ཕྲན་ལ་སོགས་པ་ཐོགས་ཏེ་རང་གི་དཔུང་ཚོགས་ལ་ཡང་མི་ལྟོས་པར་རྒྱང་ཐག་རིང་པོས་སྔོན་ཚོད་པར་བྱས་ཏེ་འཐབ་པ་དང་། འགྱེད་པའི་ལས་ལ་དཔའ་བར་ཞུགས་སོ། །དེ་དག་ལ་འདི་སྐད་ཅེས་སོ། །

ཕན་ཚུན་མཚོན་ཆའི་ལམ་དུ་ནི། །ཉམས་ཉེས་སྐྱེས་བུ་དུ་མ་ཞུགས། །སྡར་མ་སྐྲག་པའི་འོ་དོད་ཀྱི། །ཆོ་ངེ་དྲག་པོས་རྒྱ་མཚོ་འཁྲུགས། །རྟ་དང་གླང་པོ་ཤིང་རྟར་བཅས། །འཐབ་པའི་སྒྲ་ཡིས་ས་གཞི་ཡང་། །འདར་ཞིང་གཡོ་བའི་ཉམས་དང་ལྡན། །ཉག་ཕྲན་བསྣུན་པའི་སྦྱོར་བ་ཡིས། །ཕན་ཚུན་སྐྱེ་བོ་གོ་ཆ་དང་། །ཅོད་པན་བཞོན་པ་ལ་སོགས་པ། །འགྱེལ་ཞིང་ཤིན་ཏུ་མི་སྡུག་གྱུར། །ཞགས་པས་མགྲིན་པ་བཅིངས་གྱུར་ཅིང་། །ལྕགས་ཀྱིས་གཉའ་བ་ནས་བཟུང་བ། །དེ་དག་རྣམས་ནི་དུད་འགྲོ་ལྟར། །ཁྲི་བཞིན་འབྲང་བའི་བརྟུལ་ཞུགས་བླངས། །ཁྲག་གིས་དམར་བའི་ས་གཞི་ནི། །གཤིན་རྗེའི་ཚལ་ལྟར་རྒྱས་པ་ལ། །མགོ་དང་ལག་པ་རྐང་པ་བཅས། །དུམ་བུར་བྱས་པའི་བམ་རོ་ཡིས། །རྒྱུ་བའི་ལམ་ཡང་དོག་པོར་བྱས། །དཔའ་བོ་དག་གི་གོ་ཆ་ཡང་། །དཔུང་པའི་བར་བརྗེས་ལག་པ་ན། །ཁྲག་སྦྲགས་མཚོན་ཆ་ཐོགས་ནས་ནི། །མཆེ་བ་རབ་གཙིགས་ཁྲོ་གཉེར་ཅན། །འཇིགས་མེད་ཏ་ཏའི་གད་རྒྱངས་ནི། །བསྒྲགས་པས་ཉམ་ཆུང་སྙིང་འགས་བཞིན། །རབ་དྲག་དཔུང་གི་སྦྱོར་བ་ཡིས། །ས་གཞི་རྡུལ་གྱིས་དཀྲིགས་གྱུར་ཏེ། །ཉི་མའི་སྣང་བ་འཕམ་བྱས་པས། །ཕྱོགས་ཀུན་འཇིགས་རུང་མུན་པས་ཁྱབ། །སྡར་མ་རྣམས་ནི་རང་གི་གྲོགས། །མཐོང་ཡང་རིང་དུ་འབྲོས་བྱེད་ཅིང་། །དགྲ་བོ་ལ་ཡང་གཉེན་བཤེས་སུ། །འཁྲུལ་བས་མགོ་བོ་བཏུད་པར་བྱེད། །ཀྱེ་མ་སྐྱོ་བོ་ལས་མཐུན་རྣམས་ཚོགས

ནས། །མི་བཟད་མཆོན་ཆས་གཅིག་ལ་གཅིག་བརྗེགས་པ། །མང་པོ་ལྟུགས་སྲེག་གཞིར་གནས་དམྱལ་བ་པ། །མངོན་སུམ་ས་གཞིའི་སྟེང་དུ་ཐོན་པ་བཞིན། །

32. འབུམ་ཕྲག་དོ་ཟླ་གཅིག་པས་ལྷ་ལས་ཕུལ་བྱུང་གི་ཡན་ལག་རྣམས་ཞགས་པས་བཅིངས་ཏེ་རྒྱལ་བུ་གཞོན་ནུ་ཟླ་མེད་ཀྱི་མདུན་དུ་ཁྲིད་པའི་སྐོར།

སྐྱེ་བོའི་ལས་མཐའ་གཅིག་ཏུ་གནག་པའི་ལས་ཀྱི་མཐའ་ནི་དེ་འདྲའོ། །འདུས་བྱས་ནི་འཇིག་སླ་བ་གཞོད་པ་དང་རྗེས་སུ་འབྲེལ་བ་ཆུའི་ལྦུ་བ་དང་འདྲའོ། །ལས་ཀྱི་སྒྲིབ་པ་ནི་སྦྱང་དཀའོ། །འཁོར་བའི་རང་བཞིན་སྡུག་བསྔལ་གྱི་མཐའ་ནི་དེ་འདྲ་བའི་སྒོ་ནས་ཉམས་ཉེས་པར་བྱེད་པའོ། །དེ་ལྟར་གསུལ་བཀྱེ་བས། སྐྱེ་བོ་བགྲང་དུ་མེད་པ་མ་ཧུང་བར་བྱས་མོད་ཀྱི་འོན་ཀྱང་གཙོ་བོ་རྣམས་ལ་ནི་གླགས་ཉིད་རེས་སུ་མ་གྱུར་ཏོ། །སྣང་བ་འབུམ་ལྡན་གྱི་མདུན་ན་འདོན་སློ་ལྡན་དཔའ་བོ་ལ་སོགས་པ་དེ་རྣམས་ཀྱང་གཡུལ་གྱི་ལས་ལ་བྱུང་བར་བྱས་པ་འདི་ལྟ་སྟེ། ནམ་མཁའ་ལྡིང་བཞིན་དུ་སྤྱི་བོ་ནས་ཀླད་པ་འགེམས་ཤེས་པ་དང་། མཚན་མོ་རྐྱུ་བ་བཞིན་དུ་གཞན་གྱིས་མ་ཤེས་པར་ཡོང་ཤེས་པ། སྦྲུ་མའི་འཕྲུལ་འཁོར་བཞིན་དུ་ས་ཧུབ་ནས་ཐོན་པ་ལྟར་རི་བོའི་གུད་ནས་སློ་བུར་དུ་འོང་བ་དང་། སྨྱོ་ཆུས་སྨྱོས་པའི་གླང་པོ་ལྟར་ཐོག་བརྡེས་བྱེད་པ་ལྡོག་མི་ཤེས་པ་དེ་རྣམས་ཀྱིས་དགྲ་ཐབས་ཀྱི་ལས་གང་ཡང་མངོན་པར་འདུ་བྱེད་པ་ལ་མཁས་པའི་རྒྱུས་དེའི་ཉེན་མོ་ཧ་ཅང་ཉམས་ཉེས་པར་མ་གྱུར་ཏེ་སོ་སོའི་གནས་སུ་ལྡོག་གོ། །དེའི་གདུགས་ཕྱི་མ་ཡང་འབུམ་ཕྲག་དོ་ཟླ་གཅིག་པ་ལ་སོགས་པ་ནི་གཡུལ་འགྱེད་པ་ལ་མཆོག་ཏུ་སྤྲོ་བའི་སྣ་གོན་ལ་བརྩོན་པར

བྱེད་ཅིང་། རྒྱལ་བུ་གཞོན་ནུ་ཟླ་མེད་དེ་ཡང་གཡུལ་གྱི་ལས་ལ་སྦྱོར་བའི་དགྲ་
ཐབས་ལ་ཆེས་མཆོག་ཏུ་འབད་པར་བྱའོ་སྙམ་ནས་མཚུངས་པ་མེད་པའི་ཤིང་རྟ་
སྟོང་དང་སྦྱར་བ་གོས་བཟང་པོ་བསླུབས་ཤིང་། བ་དན་གྱིས་སྤྲས་པའི་རྒྱལ་
མཚན་བསྒྲེངས་པ་དང་བཅས་ཏེ་ལྷའི་གོས་རེག་བྱ་འཇམ་པོ་ལ་འདུག་ནས་ཁ་
ལོ་པས་ཕ་རོལ་གྱི་དཔུང་ཚོགས་དེའི་དབུས་སུ་དྲངས་སོ། །དེའི་ཚེ་མཚུངས་
མེད་དཔའ་བོ་མཆོག་དེའི་གཟི་བྱིན་དང་མཐུ་སྟོབས་མ་བཟོད་ནས་ཕ་རོལ་གྱི་
དཔུང་དེ་དག་རིམ་པས་བྱེར་ཏེ། དེ་ནས་བློན་པོ་དཔའ་ལྡན་དེ་རྣམས་ཀྱི་གམ་
དུ་ཤིང་རྟའི་ཁ་ལོ་བསྒྱུར་ནས། འཛུམ་པའི་བཞིན་གྱིས་མདངས་ཕྱུངས་ཏེ།
ཀྱཻ་གྲོལ་བ་དག ཁྱོད་ཅག་འཁྲུལ་པའི་ལམ་དུ་ཞུགས་ནས་བདག་ཅག་གི་དོ་
ཟླར་ཆས་པ་ཡིན་ན། བདག་ནི་འཁོན་གྱི་གཞིར་གྱུར་པའི་གཞོན་ནུ་ཟླ་མེད་བྱ་
བ་དེ་ཉིད་ཡིན་པས་མཐོ་འཚམ་པར་གྱིས་ཤིག་ཅེས་བསྐད་པ། དཔའ་བོ་དེ་
རྣམས་ཐེ་ཚོམ་དུ་གྱུར་ཅིང་། དེའི་གཟི་བྱིན་མི་བཟོད་ནའང་གྲོལ་བར་བྱེད་
པའི་རྩ་བ་གཅིག་པུ་འདི་ཁོན་ཡིན་ནམ་སྙམ་ནས། རང་རང་གི་སྟོབས་ཅི་ཡོད་
པ་དང་། རྩལ་ཅི་ཡོད་པའི་སྒོ་ནས་བརྡེག་པ་དང་། འཚོག་པ་དང་། མཚོན་
བསྣུན་པ་ལ་སོགས་མཐོ་འཚམས་ཀྱང་གནོད་པར་མ་ནུས་པས་འདི་ནི་སྒྱུ་མའི་
སྐྱེས་བུའམ། ཞེས་སྨྲ་ཞིང་ཧ་ལས་སད་ཙམ་དུ་གྱུར་པའི་ཚེ། གཞོན་ནུས་ཡང་
སྨྲས་པ། བདག་ལ་དོ་ཟླར་རོལ་པའི་སྐྱེས་བུ་དག་མཆིས་ན། འདི་ལྟ་བུའི་སྒྱུ་
རྩལ་གྱི་ཆ་ལ་སྦྱངས་སམ་ཞེས་དུང་གཞུ་གསེར་མདོག་ཅན་དེ་ཉིད་རྒྱུད་ཀྱིས་
བཀུག་སྟེ། ལྕགས་ཀྱི་མདའ་བོ་ཆེ་དེ་ཉིད་རྒྱང་རིང་མོ་ཞིག་ན་བྲག་རིའི་དུམ་བུ་
ཞིག་མཆིས་པ་ལ་གནད་དུ་བསྣུན་པས། དེ་ནི་འཇིམ་པ་ལ་འཕངས་པ་བཞིན་
དུ་དུམ་བུར་བྱས་སོ། །དེ་ཡང་སྒྱུ་མའི་འཕྲུལ་འཁོར་རམ་སྙམ་སྟེ་དང་བ་སྟོན་

པར་མི་བྱེད་དོ། །ཡང་སྨྲས་པ། དེ་ལ་ཡང་སོམ་ཉི་ར་གྱུར་ན་འདི་ལྟ་བུའི་སྒྱུ་རྩལ་ལ་སྦྱངས་སམ་ཞེས་མདུན་དུ་སྣང་བའི་གླང་པོ་ཆེ་སྟོབས་དང་ལྡན་པ་ཞིག་ཕྱག་གཅིག་གིས་བརྟེགས་ཏེ་ནམ་མཁའ་ལ་འཕུར་བས་དེ་ཡང་མིག་འཕྲུལ་ལམ་སྙམ། དེའི་ཚེ་གཞོན་ནུས་ཚིགས་སུ་བཅད་པའི་སྒོ་ནས་དེ་དག་ལ་བསྙད་པ།

ཨ་ཧོ་དོན་དམ་སྒྱུ་རྩལ་གྱི། །གནས་ལ་སྦྱངས་པའི་ངོ་མཚར་ནི། །མིག་ལམ་སྣང་བར་བྱས་ན་ཡང་། །སྒྱུ་མ་ལ་ནི་འཕྲུལ་པ་བསྐྱེད། །བདག་ནི་སྲིད་པའི་དཔའ་བོ་དེ། །མ་རུང་དགྲ་སྡེའི་སྲོག་འཕྲོག་ལ། །ཞུམ་པ་མེད་པར་ཆམ་དུ་འབེབས། །ལུས་སྲོག་འབྲལ་བའི་གཡུལ་གྱི་ལས། །སླ་ཡང་སྡིག་པའི་ཁུར་དུ་ལྡི། །བདག་ལྟའི་དོ་ཟླར་རློམ་པ་ནི། །འཁྲུལ་ལོ་རང་མཚང་འདིར་བསྟན་བྱ། །

ཞེས་ཕྱག་གི་སོར་མོ་རེ་རེས་སློ་ལྡན་དཔའ་བོ་ལ་སོགས་པ་དེ་དག་གི་སྐ་རགས་ཀྱི་བར་ནས་བཟུང་སྟེ་ལྟད་དུ་ལན་གསུམ་བསྐོར་ཞིང་། ས་གཞི་ལ་ལན་གསུམ་བརྡབས་པས་རེ་ཞིག་བརྒྱལ་ཞིང་ར་རོས་ལྟར་བྱས་སོ། །དེའི་ཚེ་གཡུལ་འཕམ་པ་ལ་མངོན་དུ་ཕྱོགས་པ་ན་ལྷ་ལས་ཕུལ་བྱུང་བ་བ་མ་ཡིན་པ་ལ་འཇུག་པར་བྱེད་པ་ནི་དཔེར་ན་རྒྱལ་པོའི་གླང་པོ་ཆེ་དྲེགས་པ་གཡུལ་ལ་བཏང་ནས་བྱུང་བ་སྣས་ལས་བྱེད་པས་མི་བྱ་བ་ཅི་ཡང་མེད་པ་བཞིན་དུ། ཤེས་བཞིན་དུ་ལས་འབྲས་ཁྱད་དུ་གསོད་ཅིང་སྡིག་པ་ལ་མི་འཛེམས་པས་ནི་མི་བྱ་བ་འགའ་ཡང་མེད་དེ། ཆབ་འབངས་ཀྱི་སྐྱེ་བོ་གཡུལ་དུ་ཞུགས་པ་རྣམས་ཀྱིས་ཕ་རོལ་འཛེམས་པའི་མཐུ་དང་བྲལ་བ་ན་བསམ་པ་ཕྱིན་ཅི་ལོག་ཏུ་གྱུར་པས་ཉེས་སོ་ཞེས་དམག་མིའི་སྐྱེ་བོ་དུ་མ་ཞིག་ཀྱང་ཁྲིམས་ལ་སྦྱར་རོ། །དེ་ལྟར་མཐའ་གཅིག་ཏུ་གནག་པའི་ལས་ཀྱི་སྤྱོད་བྱ་བཟློག་ཏུ་མེད་པ་དེ་རྣམས་ནི་དགྲ་གཉེན

གཉིས་ཀ་གཤེད་དུ་བབས་པ་ལས། སྐྱེ་བོའི་ཚོགས་ཕལ་མོ་ཆེ་ཉམས་པར་གྱུར་ཅིང་བར་གྱུར། སྡུག་བསྔལ་བར་གྱུར་པ་ལ། ཕ་རོལ་ལ་འགྲན་པའི་བློ་དང་བྲལ་ཏེ། དཔུང་ཚོགས་ཀྱི་ལྷག་མར་གྱུར་པ་དེ་རྣམས་ཀྱང་ཕྱོགས་དང་ཕྱོགས་སུ་སྡོང་བས་ཅི་ཡོད་ཀྱིས་བང་རྒྱུགས་ཏེ་བྲོས་པ་དང་། དེ་ལས་ཁ་ཅིག་ནི་ཆུ་བོས་ཁྱེར་ཏེ་གྲུམ། ཁ་ཅིག་ནི་གཙང་རོང་ཟབ་མོར་ལྷུང་ཏེ་ཤི། ཁ་ཅིག་ནི་བཀྲེས་ཆེས་པ་དང་། སྐོམ་ཆེས་པས་གྲུམ། ཁ་ཅིག་ནི་རབ་ཏུ་ངལ་བས་དབུགས་གམ་སྟེ་ཆེ་འཕོས་སོ། །འཇིག་རྟེན་ལས་ཀྱི་རྗེས་སུ་སྐྱེས་བུ་འགྲོ་བ་ནི་དེ་འདྲའོ། །སྐབས་དེར་ལྷ་ལས་ཕུལ་བྱུང་ནི་དགྲ་ལ་མཆོན་གདེང་བ་ཙམ་གྱི་མཐུ་ཡང་མེད་པར་སྙིང་ལྷག་པར་ཞུམ་ནས་འཇིགས་ཤིང་ཏབ་ཏབ་པོར་གྱུར་ཏེ། ཇི་ལྟར་ཐོ་རངས་ནམ་ལང་དུ་ཉེ་བ་ན། དེའི་མདུན་ནས་མུན་པ་འབྲོས་པ་བཞིན་དུ་ཕོ་བྲང་དུ་འབྲོས་པར་ཕྱོགས་པ་དེ་ནི་དམག་མིའི་སྐྱེ་བོས་བརྡ་སྦྱར་བསདོན་རྟོགས་ཏེ། འབུམ་ཕྲག་དོ་ཟླ་གཅིག་པ་དེས་ཀྱི་ལིང་ཚུང་གི་ཤུགས་ལྡན་ཅན་དེ་ལ་བསྙོན་པར་གྱུར། ལག་ན་མཚོན་ཆ་དང་ཞགས་པ་ཐོགས་ནས། དེའི་ཕྱིར་རྗེས་སུ་བསྙེགས་སོ། །དེ་ནས་ཟིན་དུ་ཉེ་བ་ན་དགོད་བག་དང་བཅས་ཏེ་འཇིགས་པའི་ང་རོ་འདི་སྐད་ཅེས་བསྒྲགས་སོ། །

ཀྱཻ་འཇིགས་པས་ཉེན་པའི་ཉམ་ཆུང་ཕྲར་མ་ཉོན། །སྲིད་ན་ལྷ་བྲལ་གཞོན་ནུ་ལྷ་མེད་ཐམས་ཅད་དགའ། །མ་ལུས་སྐྱེ་བོའི་གཙུག་ན་མཆོད་པའི་ཚོད་པན་བཞིན། །ས་གསུམ་ཟིལ་གནོན་འཇིགས་པ་མེད་པའི་དཔའ་བོ་དེའི། །མེ་ཏོག་ཕོག་པའི་བགོ་སྐལ་མཆིས་འབྲང་ཡིད་འོང་མ། །མཛེས་སྡུག་ཅན་དེ་མ་རུངས་ཁྱོད་ཀྱིས་རང་དབང་དུ། །སྤྱོད་པའི་དགའ་བ་ཉམས་སུ་མྱོང་ངམ་ལེགས་སོམས་ཤིག །མཚར་སྡུག་ལྷ་བའི་མཛེས་པ་ལ་ཆགས

མཐོན་པོའི་མཁར། །ས་སྟེང་སྐྱེས་བུའི་ལག་རྩེས་རེག་པར་ནུས་སམ་ཅི། །རང་འགྱུར་བྱུང་ཕྱོགས་གནོད་སྦྱིན་ཁེངས་པ་འཕྲོག་བྱེད་པའི། །བདེ་དགའ་རྒྱ་མཚོར་ལོངས་སུ་སྤྱོད་པས་མ་ཚིམས་པར། །གཞན་འགྱུར་ཕུན་སུམ་ཚོགས་པའི་དཔལ་ཡོན་མ་བཟོད་དེ། །དུག་ལྔའི་ཚང་གིས་ཡང་དག་སྒྲོས་པའི་ལས་མང་དག །བསྒྲུབས་མཐར་ད་ནི་རྒྱ་ལས་ཐར་བའི་རི་དྭགས་བཞིན། །སྐྲག་ཅིང་མཁར་ལ་སྐྱབས་སུ་སོང་སྟེ་འབྲོས་བྱེད་ན། །དགའ་མ་མཛེས་ལྡན་དེ་ལ་བཞིན་རས་ཇི་ལྟར་སྟོན། །བརྩེ་ལྡན་གཉེན་བཤེས་ལ་ནི་གཏམ་དག་ཅི་ཞིག་སྨྲ། །འབངས་འཁོར་ཉམ་ཐག་དེ་རྣམས་རེ་ལྟོས་སུ་ལ་འཆའ། །འཇིགས་མེད་བདག་ཅག་དཔུང་གི་དོ་ཟླ་སུ་ཞིག་མཆིས། །གཤིན་རྗེའི་གཤེད་མཚུངས་འབུམ་ཕྲག་དོ་ཟླ་གཅིག་པ་ཞེས། །བདག་གི་གམ་ན་དགྲ་བོ་ཐར་བ་ཐོས་སམ་ཅི། །འཇིག་རྟེན་ཕྱི་མའི་གཟིགས་མོར་རིངས་ཕྱོད་ས་སྟེང་འདིར། །སྤྱོད་པའི་ཐ་མ་དེ་རིང་ཡིན་པ་ཤེས་པར་གྱིས། །

ཞེས་སྨྲས་ཏེ་དཔུང་པའི་བར་དུ་གོ་ཆ་བརྫེས་ནས་སྲ་ཞིང་མཁྲེགས་པའི་གཞུ་བདུངས་ཏེ། རྡོ་དབལ་སོག་པའི་དབྱིབས་ཅན་གྱི་མདེའུ་དང་ལྡན་པའི་ཉག་ཕྲན་ཤུགས་དྲག་ཅན་གནད་དུ་བསྣུན་ཏེ་འཕངས་པས། ལྷ་ལས་ཕུལ་བྱུང་དེ་ཉིད་ཀྱི་མི་རྗོག་འོད་དཀར་འཕྲོ་བ་དེའི་རྗོག་རྟགས་ཀྱི་ཅོད་པན་ཧེན་དང་བཅས་པ་རྒྱང་རིང་དུ་འཐོར་ཞིང་། དེའི་ཤུགས་ཀྱིས་གླད་པ་འགྱུམས་ཏེ་སྲིག་པའི་ཕྲུ་གུ་འདབ་གཤོག་བྱི་བ་ལྟར་བཞོན་པ་ནས་ལྷུང་བར་གྱུར་ཏོ། །དེསད་ནི་བདག་ཉིད་འཇིག་རྟེན་ཕྱི་མའི་གནས་སྐབས་སྤྱོང་བའི་དུས་ནི་འདི་ཡིན་ནོ་སྙམ་ནས་འཇིགས་ཤིང་སྐྲག་སྟེ་ཕུག་རོན་ཁྲས་དེད་པ་ལྟར་གྱུར་ནས། འབུམ་ཕྲག་དོ་ཟླ་གཅིག་པ་ལ་གུས་པར་བཏུད་དེ་སྨྲས་པ།

དཔའ་བོ་ཆེན་པོ་ཁོ་བོས་ཉོངས་སོ་བཟོད་པར་བཞེས་ཤིག བདག་ནི་
ལས་ངན་འཕྲོར་ཆུང་གིས། །དེད་པས་ཕྱི་མ་ལེབ་ལྟར་དུ། །ཅི་བྱ་གཏོལ་
དང་བྲལ་བ་སྟེ། །སྨྱོན་པའི་ཟློས་གར་བསྒྱུར་བ་བཞིན། །ཉོངས་ཆེན་ཆང་
གིས་མྱོས་པ་རྣམས། །བྱ་དང་བྱ་མིན་གནས་མི་ཤེས། །མིག་དང་ལྡན་ཡང་
འགའ་ཞིག་ནི། །གཙང་རོང་ཟབ་མོར་ལྟེབས་པ་ཡོད། །བདག་ཅག་བློ་
ཡང་མ་རུངས་པའི། །གདོན་གྱིས་ཟིན་པའི་སྤྱོད་པའི་མཐའ། །འགའ་ཡང་
ཐལ་མོད་དཔའ་བོ་རྣམས། །སྙིང་རྗེའི་ཡུལ་གྱུར་མ་ཡིན་ནམ། །བཟོད་
པར་ཕྱོས་ལ་བདག་ཉིད་ཀྱང་། །གཞོན་ནུ་ཟླ་མེད་དེའི་དགྱེས་ཞལ། །མིག
གི་བདུད་རྩིར་སྤྱོད་པ་ཡི། །སྐལ་བ་ལྡན་པར་མཛོད་ཅིག་གུ། །

ཞེས་བརྗོད་པས་སྲོག་ལ་བབས་པའི་ཉེས་པ་ལས་ཐར་བར་བྱས་ནས་ཡན་ལག་རྣམས་ཞགས་པས་བཅིངས་ཏེ་ཕྱི་བཞིན་དུ་ཁྲིད་དེ་སོང་ནས་མཐར་གྱིས་གཞོན་ནུ་ཟླ་མེད་བཞུགས་པའི་གནས་ག་ལ་བ་དེར་ལྷགས་སོ། །སྐབས་དེར་སྣང་བ་འབུམ་ལྡན་གྱི་མདུན་ན་འདོན་དཔའ་བརྟུལ་ཅན་བཞི་པོ་དེ་ཡང་བཀྲོལ་བ་ལས་བསངས་ཏེ་བློ་གྲོས་མཐུན་པར་འདི་སྐད་དུ། རྒྱལ་བུ་གཞོན་ནུ་ཟླ་མེད་འདི་ནི་བདག་ཅག་སོ་སྐྱེའི་སྤྱོད་ཡུལ་ལས་འདས་པ་ཞིག་སྟེ། རྫུ་འཕྲུལ་གྱི་བཀོད་པ་མངོན་པར་འདུ་བྱས་པ་ལ་ལྟོས། འདི་ནི་འཇིག་རྟེན་གྱི་སྐྱབས་དང་མགོན་དུ་གྱུར་པ་གདོན་མི་ཟ་བས། བདག་ཅག་ཀྱང་སྐྱབས་འཆའ་སྙམ་ནས་གཞོན་ནུའི་ཞབས་ཀྱི་པད་མ་ལ་གུས་པར་བཏུད་དེ་ཕྱག་བྱས་ནས་མཐའ་གཅིག་ཏུ་འཁོད་དེ་གནས་སོ། །དེའི་ཚེ་ན་འབུམ་ཕྲག་དོ་ཟླ་གཅིག་པས་ལྷ་ལས་ཕུལ་བྱུང་གི་ཡན་ལག་དམ་དུ་བཅིངས་ནས་ཕྱི་བཞིན་དུ་ཁྲིད་པ་བློན་པོ་དེ་རྣམས་ཀྱིས་མཐོང་ངོ་། །མཐོང་ནས་ཀྱང་སྙིང་མི་དགའ་ཞིང་ཁོང་དྲག་པོས

འཁྲུགས་ཏེ་འདི་སྐད་ཅེས་སྨྲས་སོ། །

ཡུལ་འཁོར་ཡུག་སྐྱོང་བ་ས་ཡི་བདག །དཔལ་ཟླ་བའི་བློ་གྲོས་རིགས་ཀྱི་སྲས། །གཟུགས་ལྷ་ལས་ཕུལ་བྱུང་གཞོན་ནུའི་ཚུལ། །རིགས་མཐོ་གཙང་ཡུལ་གྱི་རྒྱལ་པོ་ལ། །ཡིད་སྙིང་རྗེར་མི་ལྡན་རྫོངས་རྩལ་གྱིས། །ལག་ཞགས་ནག་ཐོགས་ནས་ཡན་ལག་བཅིངས། །དེ་ཐོད་དམ་དཔའ་བོར་སུ་ཡིས་བགྲང་། །སྦྲུལ་གདུག་པ་ཤི་བའི་རོ་མཐོང་ན། །བྱ་ཁྭ་ཏ་ཁྱུང་ཆེན་ལྟ་བུར་ལྡིང་། །མི་ཉམས་ཉེས་གྱུར་པའི་མདུན་ས་ན། །བློན་ཕྲར་མའི་ཚོགས་ཀྱང་དཔའ་ཉམས་སྟོན། །རིག་སྒྱུ་རྩལ་རྒྱ་མཚོར་བྱང་ཆུབ་ཐོབ། །ཐུགས་མི་གཡོ་ཞི་དུལ་བྱམས་བརྩེའི་གཏེར། །ཚུལ་སོ་སྐྱེ་ལས་འདས་རྒྱལ་བའི་སྲས། །མིའི་བདག་པོ་གཞོན་ནུ་ཟླ་མེད་ལ། །འགྲན་མ་བཟོད་འདི་ལྟར་ལུས་རབ་འདུད། །ཐན་རང་མཉམ་སྲོག་ལ་མི་བལྟ་བར། །གཡུལ་འཁྲུག་པའི་ལས་ལ་དཔའ་ལྡན་ན། །ཉམ་མི་ང་ད་དུང་འཐབ་རྩོད་བྱ། །རྗེ་གཞོན་ནུའི་ཡན་ལག་མི་འགྲོལ་ན། །སྲོག་འབེན་དུ་འཛུགས་སོ་དོ་ཟླར་ཤོག །

ཅེས་རལ་གྲིའི་ཡུ་བ་ནས་བཟུང་སྟེ་བརྗེག་པར་གཟས་པའི་རྣམ་འགྱུར་དྲག་པོར་སྟོན་པ་ན། འབུམ་ཕྲག་དོ་ཟླ་གཅིག་པ་དེ་ནི་ཤིན་ཏུ་ཁྲོ་ཞིང་གཏུམ་པའི་རང་བཞིན་ཡིན་ཀྱང་། ཇི་མི་སྙམ་པར་གནས་ནས་དེ་དག་ལ་ཁྲེལ་བས་ཅུང་ཟད་རྒོལ་བ་དང་བཅས་ཏེ་སྨྲས་པ།

སྟོན་མེད་དོན་མཚུངས་པའི་དཔའ་བོ་ཞེས། །གཏམ་སྙམ་པར་གྲགས་པའི་དྲེགས་ལྡན་ཀྱང་། །དོན་སྟོང་པའི་རང་སྒྲ་ཐག་ཆ་བཞིན། །སྙིང་མེད་ཀྱི་ཐན་རྣམས་འདིར་ཉོན་ཅིག །མགོན་མི་བདག་གཞོན་ནུས་སྲོག་བྱིན་ཏེ། །སྣན་བདེ་བར་འདུག་ཚེ་འཛིགས་འཛིགས་སྨྲ། །བློ་དཔའ་རྒོད་ལྡན་

ན་གཡུལ་ངོ་རུ། །བདག་དོ་ཟླར་མི་རྒོལ་བཟུང་ནས་ཅི། །རྗེ་རིགས་མཐོ་ཡུལ་གྱི་རྒྱལ་པོ་ཞེས། །བསྔགས་འོས་ན་ཐྲན་གྱི་ཐ་ཤལ་རྣམས། །འདིར་སུ་ཞིག་བཞིན་ལ་བལྟས་ནས་སྨོད། །གདམ་དོན་གཉིས་འགལ་བའི་བབ་ཅོལ་ལ། །བློ་གཟུར་གནས་སུ་ཞིག་བདེན་པར་འཛིན། །རིགས་མཐོན་པོར་སྐྱེས་ཀྱང་སྡིག་སྤྱོད་མཁན། །དེ་གདོལ་བའི་ལས་ཡིན་རྩ་དང་མཚུངས། །ཡུལ་རྗེ་བོ་ཡིན་ཡང་བདག་གི་ཐྲན། །གཟུགས་འཚར་སྣེག་ལྡན་ཀྱང་བུད་མེད་བཞིན། །སྟོབས་འབྱོར་བའི་བདག་ཀྱང་ད་ག་རེད། །མཚོན་ལས་ལ་སྦྱོར་བར་སྤྲོ་གྱུར་ན། །དེའི་དང་པོར་ལྷ་ལས་ཕུལ་བྱུང་འདི། །ལུས་ཡན་ལག་བཅིངས་པ་མི་བཟོད་ན། །ད་སྒྲོག་ལུས་རྟུལ་དུ་བརླག་བྱས་ཏེ། །མིང་ཙམ་གྱི་ལྷག་མར་བྱས་ནས་སླར། །བདག་གཅིག་པུར་ལྷགས་པའི་མདུན་ས་ན། །ཁྱོད་བློན་འབངས་མ་ལུས་ཕྱོགས་གཅིག་ཏུ། །མཐུ་ནུས་པ་ཅི་ཡོད་དཔུང་བསྐྱེད་ནས། །རྒོལ་ནུས་ན་ངེས་པར་འདེང་བར་གྱིས། །བློ་དཔའ་འམ་སྡར་མའི་ངང་ཚུལ་དེ། །ལས་འབྲུག་རྩོད་བྱ་བས་རྣམ་དབྱེར་འབྱེད། །ཚིག་སྟོང་པའི་སྒྲ་ལ་སུ་ཡིད་རྟོན། །དོན་བདེན་པའི་ཉམས་ལེན་དེ་རིང་བྱེད། །

ཅེས་སྨྲས་ཏེ། ལྷ་ལས་ཕུལ་བྱུང་ཡན་ལག་བཅིངས་ཙམ་ལ་མི་བཟོད་པའི་སྒྲ་སྒྲོག་ཅིང་དཔའ་བའི་ཉམས་སྟོན་པར་བྱེད་ན། དེའི་སྒྲོག་དང་བྲལ་བ་ན་མཐུ་སྟོབས་ཇི་ལྟར་ཡོད་རྟོག་སླམ་ནས་རལ་གྲི་ཤུབས་ནས་ཕྱུང་སྟེ་སྐད་ཅིག་གིས་བརྗེག་པར་ཆས་པ་ན་རྒྱལ་སྲས་གཞོན་ནུས་དེ་ནི་གནས་མ་ཡིན་པར་རྟོགས་ནས་རྟབ་རྟབ་པོར་དེ་དག་གི་བར་དུ་འཁོན་བསྡུམ་པར་བྱ་བའི་ཚིག་ཏུ་བརྗོད་པ།

སྔོན་པོ་ཁྱོད་ཅག་བདེན་ཚིག་འདི། །ལེགས་པར་ཉོན་ལ་ཡིད་ལ་ཟུངས། །བྱ་དང་བྱ་མིན་མི་ཤེས་ན། །དུད་འགྲོ་དང་ཡང་རྣམ་དབྱེར་ཅི། །གཡུལ་གྱི་རོལ་བ་དང་འགྲོགས་ཚེ། །དཔའ་བོས་རྩོལ་བ་དཔའ་བོ་སྟེ། །རྒྱལ་ཕམ་བྱེ་བྲག་ཕྱེ་ཟིན་ནས། །ཕན་ཚུན་སྲོག་ལ་རྩོལ་འདི་ལྟུན། །གཟི་ལྡན་ཉིན་བྱེད་སྣང་བ་ཡིས། །ཟླ་འོད་ཉམས་པར་བྱས་པའི་ཚེ། །སྐར་ཚོགས་རང་འོད་འབྱིན་མཐུ་བྲལ། །ད་དུང་རྒྱུ་སྐར་གཞོམ་སླད་དུ། །བརྩོན་པར་བྱེད་ཅེས་བློ་གྲོས་འཁྲུལ། །ད་ནི་ཁོ་བོའི་གཟི་བྱིན་མེར། །ཕ་རོལ་སྙིང་སྟོབས་བུད་ཤིང་ཚོགས། །བསྲེགས་པས་འགྲན་པར་མ་བཟོད་དེ། །སྐྱབས་སུ་འཆའ་བ་འདི་ཡིན་ན། །ཕྱག་བྱར་འོས་པའི་མགོ་བོ་ལ། །མཚོན་གྱིས་བསྣུན་པ་དཔེར་མ་གྲགས། །ཕན་ཚུན་འབྲས་མེད་འཁྲུག་ཡོང་གི། །རྣམ་འགྱུར་སྤྱོངས་ལ་ཅི་བདེར་བྱོས། །

ཞེས་དམ་པའི་རང་བཞིན་བཏང་མི་བྲ་བའི་བདེན་ཚིག་ཕན་བདེའི་སྙིང་པོ་ཅན་དེ་ལྟར་རྣ་བར་ལྷུངས་པས་རྗེ་བོའི་བཀའ་ལས་འགོངས་པར་མ་ནུས་ནས་རང་རང་གི་སྟན་ལ་ཞི་བར་གནས་པའི་བརྟུལ་ཞུགས་ཀྱིས་འཁོད་དོ། །དེ་ནས་ཡང་དཔའ་བོ་སྲིད་པ་གཞོན་ནུ་དེས་བློ་རྒོད་ཐར་ལེགས་དེ་ཉིད་མཐོང་བས་སྤར་ཉམས་ཉེས་པར་གྱུར་པའི་གནས་སྐབས་དྲན་ནས། དེ་རང་ཉིད་ཁོ་ནས་གཞོམ་པ་ལ་གཅིག་ཏུ་སྤྲོ་བར་གྱུར་ཏེ་རྒྱལ་བུ་གཞོན་ནུ་ཟླ་མེད་ལ་ཕྱག་བྱས་ཏེ་རང་གི་གཤིས་ལུགས་གང་ཡིན་པ་བཅོས་མ་མ་ཡིན་པར་སྨྲས་པ། མིའི་བདག་པོ་རྒྱལ་བར་གྱུར་ཅིག །འབྱུང་པོ་ཐམས་ཅད་ལ་བྱམས་པ་དང་། བརྩེ་བ་དང་། འཕྲལ་དང་ཡུན་དུ་ཕན་པར་སྦྱོར་བ་ནི་དམ་པའི་ངང་ཚུལ་ཉིད་དེ་རྗེས་སུ་ཡི་རང་ངོ་། །འོན་ཀྱང་སྐྱེ་བོ་དུག་ལྡའི་ཚང་གིས་མྱོས་པ། རང་

བཞིན་གྱིས་ཞེ་སྡང་བ་ཆུ་སྲིན་ལྟ་བུ། གཞན་འཁོར་ཕུན་ཚོགས་ལ་མི་བཟོད་པའི་ཕྲག་དོག་གིས་ཀུན་ནས་འཁྲུགས་པའི་སེམས་དང་། འགྲན་ཟླ་ཡོད་པ་མི་བཟོད་པའི་སེམས་དང་། འཇིག་རྟེན་ན་རྒྱལ་པོ་དང་རྒྱལ་ཕྲན་གྱི་མིང་ཙམ་ཡང་མེད་པར་བདག་ཉིད་གདུགས་གཅིག་པོར་གྱུར་པ། དེ་ལྟར་བྱའོ་སྙམ་པ་ཚོག་ཤེས་མེད་པའི་སེམས་ཀྱིས་རང་ཅག་ལ་མཐོ་འཚམ་པ་རྒྱལ་བློན་འདི་རྣམས་ཉེ་ཝོ་མེད་པར་ཅི་བདེ་བར་འཇོག་པ་ནི་གནས་མ་ཡིན་ཏེ། འཇིག་རྟེན་ན་ཟས་ཀྱི་ལྷག་མ་ནི་འདོར་བ་ཡོད་ཀྱི་དགྲ་བོའི་ལྷག་མ་འདོར་བ་ནི་རིགས་པ་མ་ཡིན་ལ། ཁྱད་པར་དུ་ཡང་བློ་ཆོད་ཐར་ལེགས་སུ་གྲགས་པ་འདི་ནི་གཡོ་དང་སྒྱུ་འཚོ་བ་རང་བཞིན་མི་དྲང་བ་ཝུ་ཅག་སྲིད་པའི་རྒྱན་གྱི་རྒྱལ་ཐབས་ཀྱི་བྱ་བ་གང་སྒྲུབ་པ་ལ་སྟོབས་དང་ནུས་པ་ཅི་ཡོད་པའི་སྒོ་ནས་གནོད་པའི་སྦྱོར་བ་ལ་གཅིག་ཏུ་བརྩོན་པར་ཞུགས་པ། དཔའ་བས་བསྙེམས་པའི་ང་རོ་མཐོན་པོར་སྒྲོག་པ་ཞིག་ཡིན་ན། དེ་རིང་རྒྱལ་ཁབ་ཕན་ཚུན་གྱི་རྗེ་བློན་རྣམས་དཔང་དུ་བྱས་ཏེ། རང་དང་ཕྲོགས་མེད་པར་གཅིག་གཅིག་པོར་ལྟགས་ཏེ་དང་པོ་སྒྱུ་རྩལ་གྱི་ཆ་ལ་འགྲན། བར་དུ་མཚོན་ཆའི་ལས་ཐབས་ཀྱི་འཕྲུལ་འཁོར་བསྐོར་བས་ཤན་འབྱེད། མཐར་ཡང་སྲོག་འཕྲོག་པའི་དགྲ་ཐབས་ལ་འཇུག་པར་ཡིད་གཉིས་ཐལ་བ་ཡིན་པས་ངེས་པར་གནང་བར་མཛོད་ཅིག ཅེས་རྒྱལ་བློན་གཞན་རྣམས་ལ་སྙིང་ཚིག་གི་སྒོ་ནས་མ་རུང་བར་བྱེད་པ་ལ་བསྐུལ་བ་དང་། ཁྱད་པར་ཡང་བློ་ཆོད་ཐར་ལེགས་དེ་ཉིད་ཅི་བདེར་གནས་པ་མི་བཟོད་པའི་སེམས་ཀྱིས་ཉེ་བར་ལེན་པའི་རྒྱུས་མྱུར་དུ་བསྒྲལ་བར་འདོད་པའི་ཚིག་དེ་སྐད་ཅེས་རྒྱལ་བུ་གཞོན་ནུས་གོ་བར་བྱས་པ་ལས། དེས་གཞན་ཟེར་གྱི་རྗེས་སུ་མི་འབྲང་བར་བརྟག་པ་དང་བཅས་པས་ཡོངས་སུ་ཟིན་ན་སྐྱེས་བུའི་བྱ་བ་གང་ཡང

ཉོངས་པར་མི་འགྱུར་བ་ཡིན་པས་ལེགས་པར་བརྟགས་ཏེ་ལན་སྨྲས་པ། དཔའ་བོ་གཞོན་ནུ་ཀོ་བར་གྱིས་ཤིག ཁྱོད་ནི་ཐོག་མའི་ཉམས་ཉེས་པ་སྣ་ཚོགས་པའི་རྒྱུས་ངན་པ་འདི་ལ་རྐྱལ་བར་འདོད་པ་ནི་གཅིག་ཏུ་བདེན་པར་མཆི། གཉིས་སུ་ན་རང་གི་རྗེ་བོའི་དོན་སྒྲུབ་པ་ལ་སྙིང་སྟོབས་མ་ཞུམ་པའི་སྒོ་ནས་གཞན་ལ་འཚོ་བའི་ནུས་པ་དང་ལྡན་པ་ཡིན་ན་དེ་ནི་བསྔགས་པའི་འོས་ཡིན་གྱི་སྨད་པར་མི་བྱའོ། །གསུམ་དུ་ན་རྗེ་བློན་འདི་ཀུན་བདག་ཅག་ལ་འཁྲུན་པར་མ་བཟོད་དེ་ཁོ་བོ་ལ་སྐྱབས་སུ་སོང་སྟེ་ཞུམ་ཞིང་འདུད་པར་བྱས་པ་དེའི་ཕྱིར་འདི་དག་གསོམ་པར་སླ་ཡང་སྐྱེ་རབས་གཞན་དུ་རྣམ་སྨིན་བརྣག་པར་དཀའ་བའི་སྡིག་ཁུར་ལྕི་བ་ཙམ་དུ་ཟད་ཅིང་། དགོས་པ་འགའ་ཡང་མ་མཆིས་པས་སྙིང་རྗེའི་ཡུལ་གྱུར་འདི་རྣམས་ཅི་བདེ་བར་འདུག་ཏུ་ཆུག་ཅིག གཞན་ཡང་ཉོན་ཅིག

སྲིད་པ་འདི་ན་དགྲ་གཉེན་བར་མ་ཡི། །གནས་སྐབས་གཟུང་འཛིན་འཆིང་བས་བསླད་པ་སྟེ། །སྐྱེ་ཞིང་སྐྱེ་བའི་ཕྲེང་བར་དགྲ་ཟློན་གྱི། །རྣམ་འགྱུར་ཟློ་ཆུན་འཁྱུད་མོ་ལྟ་བུར་འཁོར། །རྗེ་བློན་འདི་ཀུན་བཙས་མ་ཐག་པ་ན། །མ་རུང་གདུག་སེམས་འཆང་བ་མ་ཡིན་ཀྱང་། །སྐྱེ་གཞན་དཀར་མིན་གནག་པ་མི་དགེའི་ལས། །བསྒྲུབས་པའི་འབྲས་བུ་དེང་འདིར་སྨིན་ལ་ལྟོས། །འདི་དག་དགྲ་ཞེས་མ་ལུས་འཇོམས་བྱས་ཀྱང་། །སེམས་ཅན་བསམ་པའི་ཕྲེ་ཐག་བསམ་ཡས་ཕྱིར། །མི་བསྲུན་གློ་ཅན་ནམ་མཁའི་མཐར་ཕྱིན་ན། །དེ་ཀུན་གསོམ་པར་བྱ་བ་ག་ལ་ལང་། །དགྲ་ཡང་གཉེན་བཞིན་བསྐྱངས་ན་རྣམ་ཀུན་ཏུ། །དགེ་བའི་འབྲས་བུ་མུ་ཏིག་འཛུམ་དཀར་ཅན། །ཡོངས་སུ་སྨིན་ཅིང་དེ་དག་མ་རུངས་བློ། །སྨུན་པའི་གོ་སྐབས

ཡོངས་བཏང་མཉེས་གཤིན་པའི། །ལྷག་བསམ་སྣང་བ་དཀར་པོས་ཁྱབ་པར་ངེས། །བདག་ཅག་རྣམས་ཀྱང་དགེ་ལས་ཕྱིར་ཕྱོགས་ཏེ། །བག་མེད་མི་དགེའི་ལས་མང་བསྒྲུབས་ཆེས་ན། །འཇིག་རྟེན་གཞན་དུ་ལྟུགས་བསྲིགས་འབར་བའི་གཞིར། །འགྲོ་ཞིང་མི་བཟད་དུཿཁས་འཇོམས་པར་ངེས། །དེ་སྐད་དུག་གསུམ་རྒྱས་པའི་སྐྱོན་བཙམ་ནས། །གཏན་བདེའི་དགེ་ལ་གཅིག་ཏུ་གཞོལ་བྱ་ཞིང་། །བཙེ་བར་བརྗོད་པའི་ཚིག་ལས་མི་འདའ་བར། །ལྷག་བསམ་ཞི་བའི་སེམས་ཀྱིས་གནས་པར་རིགས། །

ཞེས་བྱ་བ་ལ་སོགས་པ་ཆོས་དང་མཐུན་པའི་གཏམ་སྨྲས་པ་ན། བློན་པོ་དེ་རྣམས་ཆོས་ཇི་བཞིན་གོ་བའི་ཤེས་རབ་ཅན་མ་ཡིན་ཀྱང་འཇིག་རྟེན་མིའི་ཆོས་ལུགས་ལ་བློ་གྲོས་ཀྱི་འཇུག་པ་ཕུལ་དུ་ཕྱིན་པ་ཡིན་པས་ལས་འབྲས་མཐའ་བཙན་པར་ཤེས་ནས་རྒྱལ་བུ་གཞོན་ནུའི་བཀའ་ལ་མངོན་པར་བསྟོད་དེ། ལྷ་ལས་ཕུལ་བྱུང་གི་ཡན་ལག་བཅིངས་པ་ལས་ཀྱང་ལེགས་པར་བཀྲལ་ཞིང་། བློན་པོ་དཔའ་བརྟུལ་ཅན་དེ་རྣམས་ཀྱང་ཉེ་ཉོ་མེད་པས་ཅི་བདེར་བག་ཡངས་སུ་རྒྱུ་བར་བྱེད་དོ། །

33. རྒྱལ་པོ་ཟླ་བའི་བློ་གྲོས་ཀྱིས་རྒྱལ་སྲས་གཞོན་ནུ་ཟླ་མེད་པོ་བྲམ་ཟེ་སྦྱིན་འདྲེན་པའི་ཐབས་ཚུལ་ཉམས་སུ་བླངས་པའི་སྐོར།

དེའི་ཚེ་སྣང་བ་འབུམ་ལྡན་གྱི་ཡང་ཐོག་ནས་རྒྱལ་པོ་ཟླ་བའི་བློ་གྲོས་བློན་པོར་བཅས་པ་དང་། ཡིད་འོང་མ་ལ་སོགས་པས་གཡུལ་བཀྱེ་བ་ལ་ལེགས་པར་རྟོག་ཅིང་མཆིས་པ་ལས་ཇི་ཙམ་ན་སྣང་བ་འབུམ་ལྡན་གྱི་དཔུང་གི་ཚོགས་ཆེན་པོ་ནི་སྲིད་པའི་རྒྱན་གྱི་དཔུང་དཔག་ཡས་པའི་གཟི་བྱིན་དང་མཐུ་སྟོབས་མ

བཟློད་པར། ཇི་ལྟར་སྤྲིན་ནག་པོ་དྲག་པོའི་རླུང་གིས་ཀུན་ནས་གཏོར་བར་བྱས་པ་དེ་བཞིན་དུ་ཕྱོགས་དང་ཕྱོགས་མཚམས་ཀུན་ཏུ་བྲོས་ཤིང་འཐོར་ལ་སྲོག་གི་འདུ་བྱེད་གཏོང་བ་དང་། ལྷ་ལས་ཕུལ་བྱུང་དེ་ཡང་ཕོ་བྲང་དུ་ཕྱིར་ཕྱོགས་ཏེ་འོང་བ་ལ། དམག་མིའི་སྐྱེ་བོས་ཕྱི་བཞིན་བདའ་བར་བྱེད་པ་ནི། དཔེར་ན་འུག་པ་ཀད་པོ་ཚང་མལ་ནས་ཉིན་མོ་ཕྱིར་བྱུང་ནས་བྱ་རོག་གིས་བདའ་བར་བྱེད་པ་མཐོང་ན། བྱེའུ་སྤྲུག་ཉམ་ཆུང་དུས་ཀྱང་དེའི་ངང་ཚུལ་རིག་ནས་རྒྱང་གྲགས་ཀྱི་བར་དུ་བདའ་བར་བྱེད་པ་དེ་བཞིན་དུ། དམག་མིའི་སྐྱེ་བོ་ཕལ་པས་ཀྱང་ལྷ་ལས་ཕུལ་བྱུང་གི་ཕྱི་བཞིན་བདའ་བྱེད་པ་དང་། ཉམས་ཉེས་པར་གྱུར་པ་ཤེས་ནས་རྒྱལ་པོ་གདོང་མཆི་མས་ཁེངས་ཤིང་། སྨྲ་ཟིང་ཞེས་བྱེད་པ་གྱུར་ནས་འཇིགས་སྐྲག་གིས་ཉེན་པས་ཚིག་མི་གསལ་བཞིན་ལྷབ་ལྷིབ་བརྗོད་པར་དཀའ་བ་ཙམ་དུ་གྱུར་ཏེ་ཉེ་བར་འཁོད་པའི་བློན་པོ་རྣམས་ལ་སྨྲས་པ།

ཀྱེ་མ་ཀྱེ་ཧུད་མདུན་ན་འདོན་གྱི་ཚོགས། །སྐལ་ངན་བསོད་ནམས་དམན་པའི་ལས་འདིར་ལྟོས། །སྔོན་བསགས་ལས་ངན་དུ་མའི་ཞིང་ས་ལ། །མི་འདོད་འབྲས་བུ་སྣ་ཚོགས་སྨིན་གྱུར་པ། །རྒྱལ་ངན་བློ་སྨོངས་བདག་དང་བདག་འདྲ་བས། །སྡུག་བསྔལ་ཟས་སུ་སྤྱོད་པ་མ་མཐོང་ངམ། །སྤྱིར་ཡང་སྟོབས་ལྡན་དཔུང་གི་མི་ལྟེ་ལ། །ལས་ངན་ཤུགས་ཀྱིས་དེད་པའི་ཕྱི་མ་ལེབ། །ལྟེབས་མཆོངས་རང་སྲོག་འདུ་བའི་ལས་ཐབས་མཁན། །མ་རུངས་བདག་གི་སྙིང་འདིར་ཅི་ཞིག་ཞུགས། །དཔལ་འབྱོར་མི་ཟད་ཕུན་སུམ་ཚོགས་ཆེ་ཡང་། །ཚིག་ཤེས་བྲལ་བས་གཞན་འགྱུར་མ་བཟློད་པར། །ཕྲག་དོག་དུག་གིས་ཀུན་ནས་ཁྱབ་པའི་ལས། །མ་བརྟགས་གྱུ་ཚོམ་བྱ་བ་མང་བསྒྲུབས་མཐར། །ཕ་རོལ་འཇིགས་མེད་བརྟུལ་ཞུགས་སྒྲུབ་པའི་

དཔྱང་། །མིག་མི་བཟོད་པར་ལྷགས་པར་གྱུར་ནས་ནི། །དེ་རིང་ལྗོངས་ཀྱི་ཉེའུ་གསིང་ཡངས་པའི་གཞི། །པད་རག་མདངས་ཆགས་གཤིན་རྗེའི་ཚལ་ལྟར་དུ། །ཁྲག་ཟགས་ཀྱིས་བརླན་སྤོ་བསངས་ནམ་མཁའ་ཡང་། །དེ་ཡི་མདངས་ཀྱི་ཐུན་མཚམས་སྲིན་ལྟར་སྣང་། །མགོ་བོར་བཅས་པའི་ཡན་ལག་ཉིང་ལག་སོགས། །ལུས་ངན་དུམ་བུར་བྱས་པའི་ཕུང་པོ་ནི། །ཕྱུར་བུར་སྤུངས་ལ་བྱ་ཁྱིའི་ཚོགས་རྣམས་ཀྱིས། །ལོངས་སྤྱོད་པད་མའི་ཚལ་ལ་བུང་བ་བཞིན། །འགའ་ཞིག་མིག་བཙེར་སྐྲོམས་པའི་གཞི་ཡང་འགྱེལ། །ལ་ལ་རྐང་རྨས་ཞ་བོའི་བགྲོད་པས་རྒྱུ། །ཁ་ཅིག་མཚོན་གྱིས་ལུས་ཕུག་ཁྲག་ཟགས་པས། །ས་ལ་འཁྱིག་པོའི་རི་མོ་འབྲི་ཞིང་འབྱེར། །འགའ་ཞིག་ཡན་ལག་ཉམས་པས་སྡོང་དུམ་བཞིན། །འགྲོ་ལྡོག་གིས་སྒྲི་ལྷང་བའི་ནུས་པ་མེད། །གཞན་དག་འཇིགས་པས་ཉེན་པས་མིག་འཕྲུལ་ཏེ། །དགྲ་བོའི་གམ་དུ་དོགས་པ་མེད་པར་རྒྱུ། །ལ་ལ་ལུས་ནི་བསྣད་པར་མ་གྱུར་ཀྱང་། །བཀྲེས་ཆེས་གོམ་སྟབས་འཁྱོར་ཞིང་འགྲོ་མི་ཤེས། །ལ་ལ་མཚོན་ཆའི་འཁར་བ་ལ་བརྟེན་ནས། །རྒས་གོག་སྤྲེད་རྩ་འདར་བའི་དཔེ་ཟླར་གྱུར། །གཞན་དག་ཕྱུག་དང་ཞེ་སར་བཅས་པ་ཡིས། །ལེགས་བཏུད་སྐྱབས་སུ་འཚའ་བའི་རྣམ་འགྱུར་སྟོན། །ཀུན་ཀྱང་དོ་ཟླར་ནུས་པ་མ་གྱུར་ན། །རང་གི་ཕྱོགས་སུ་འོ་དོད་ཀུ་ཅོ་ཡི། །ཚ་ང་དྲག་པོས་ཡུལ་ཁམས་གཡོ་སྙམ་བྱེད། །པ་རོལ་འཇིགས་མེད་དཔའ་བོའི་མཆོག་དེ་རྣམས། །སྲ་བའི་གོ་བགོས་གཞན་སྡེ་འཇོམས་བྱེད་པའི། །མཚོན་ཆའི་བྱེ་བྲག་དག་ཀྱང་མཐའ་ཡས་ཏེ། །རྡོ་དབལ་རལ་གྲིས་མགོ་བོ་འབྲེག་བྱེད་ཅིང་། །དགྲ་སྐྱས་ཡན་ལག་ཉིང་ལག་དུམ་བུར་བསིལ། །རིང་པོའི་ཞགས་པས་མགུལ་བ་འཆིང་བྱེད་ཅིང་། །ལྕགས་ཀྱིས

ལང་ཚོའི་ཆ་ཤས་ནས་བཟུང་སྟེ། །ཁྲག་རྒྱུན་འབབ་པས་ལུས་ཀུན་གཤེར་བར་བྱེད། །འཇིགས་རུང་ཙ་ཙོ་ག་ཞའི་སྒྲ་ཡིས་ཀྱང་། །སྲར་མའི་སྙིང་ལ་བཟོད་དཀའི་ཟུག་རྡུ་སྟེར། །སྣ་རྩེར་མཚོན་ཆ་འཛིན་པའི་ལག་ལྡན་ཚོགས། །དྲག་པོར་རྒྱུ་བས་དཔུང་ཚོགས་ཉོ་ལྟར་དཀྲུག །རྟ་མཆོག་རྨིག་པས་བསླངས་པའི་རྡུལ་ཚོགས་ཀྱིས། །བར་སྣང་སྟོང་པའི་ཁམས་གང་མུན་ལྟར་གཏིབས། །ཕ་རོལ་རྣམ་པར་རྒྱལ་བའི་བ་དན་གྱི། །རྭ་མཆོན་སྲིད་པའི་རྩེ་མོར་བསྒྲེངས་པ་དང་། །རྒྱལ་ཟ་བར་མེད་བརྡུངས་པའི་རོལ་མོ་འདིས། །བདག་ཅག་སྙིང་ཡང་འགས་པར་བྱེད་པ་བཞིན། །ད་ནི་འགྱེད་པའི་གདུང་བ་བརྒྱུས་མཐར་ཡང་། །དེ་ལས་བསལ་བར་བྱ་བའི་ཐབས་གཞན་མེད། །

ཅེས་སྡུག་བསྔལ་གྱི་ཚོར་བས་ཉེན་པའི་གཏམ་སྨྲས་པ་ན། ཚངས་པའི་བློ་ལྡན་དེ་སེ་ཛེ་མི་སྐམ་པ་ལྟར་བྱས་ནས། ཡིད་ཀྱི་གདུང་བ་སེལ་བའི་བདུད་རྩི་འདི་བྱིན་ནོ། །

སབདག་ཟླ་བ་རྒྱས་པའི་བློ་གྲོས་གཏེར། །ཡུད་ཙམ་དྲང་པོར་བརྗོད་པའི་ཚིག་འདིར་དགོངས། །སྟོབས་ལྡན་སྲིད་ཀྱི་རྒྱལ་ཐབས་བློ་ཆེན་གྱི། །སྤྱོད་ཚུལ་ཁོང་ཡངས་དཀྱིལ་ཆེ་བསྒྲུབ་དགོས་ན། །ལན་ཅིག་ཉམས་ཉེས་གྱུར་ཅེས་སྨོངས་གྱུར་པ། །བློ་གྲོས་ཆུང་ངུའི་ཚུལ་དེ་རིགས་པ་མིན། །འཁོར་བ་སྙིང་པོ་མེད་པའི་དོ་ར་ན། །བདེ་སྡུག་འགྱུར་རྒྱུད་རྣམ་འགྱུར་རོལ་གར་མཁན། །སྐད་ཅིག་མི་བརྟན་གཡོ་བའི་ཚུལ་འདི་ལ། །ཤེས་རབ་ལྡན་པ་སུ་ཞིག་རྟག་པར་འཛིན། །གང་ཞིག་འཁོར་ལྡན་དེ་ཡང་ཇི་ཞིག་ན། །རྒྱུད་པར་ངེས་མེད་རྟག་ཏུ་འཁོར་གྱུར་ན། །དེ་ཡི་ཡོངས་སྤྱོད་སྲིད་ན་ཇི་ལྟར

སྐྱོང་། །ནོར་གྱིས་ཕོངས་པའང་ནམ་ཞིག་བསོད་ནམས་མཐུས། །འབྱོར་ལྡན་ཉིད་སྒྱུར་གལ་ཏེ་དུས་ཀུན་ཏུ། །ད་ནི་དབུལ་བ་འབའ་ཞིག་དབང་སྒྱུར་ན། །བཀྲེས་སྐོམ་གདུང་བ་ཁོ་ནས་མི་འཚེ་འམ། །དེ་ཕྱིར་སྲིད་པའི་སྤྱོད་ཚུལ་མ་ལུས་པ། །འདུས་བྱས་རྟག་པ་མེད་པའི་ཆོས་ཉིད་ལ། །འདི་ཞེས་ཡིད་བརྟན་རུང་བའི་སྐབས་མེད་ཕྱིར། །དངོས་ཞེན་ཨ་འཐས་འཆིང་བ་རིང་དུ་དོར། །སྔོན་ལས་བྱེད་པོ་བདེ་སྡུག་ཟ་འོག་གི། །ཐག་རིས་ལྟ་བུས་བཀོད་པའི་ཚུལ་དགོངས་ནས། །ཁྱོད་ཐུགས་གདུང་བའི་རྒྱུ་ལས་གྲོལ་བར་མཛོད། །ད་ནི་དེ་དག་དོ་ཟླ་མི་ནུས་ཕྱིར། །དམ་པའི་རིགས་ཅན་རེ་ཞིག་ཁྲིམས་འཁྲུགས་ཀྱང་། །ཞི་ཞིང་དུལ་བའི་སྤྱོད་པས་བཏུད་བྱས་ན། །ཐོལ་མེད་རྗེས་སུ་འཛིན་པའི་སྐབས་ཡོད་ཕྱིར། །སྣང་བ་འབུམ་ལྡན་ཕོ་བྲང་རྩེ་ངོགས་རྣམས། །རྒྱལ་མཚན་བ་དན་དར་དཔྱངས་ལྡ་ལྡི་ཡིས། །མཛེས་བྱས་མྱ་ངན་མེད་པའི་རོལ་མོའི་སྒྲས། །ཕྱོགས་ཀུན་ཁྱབ་པར་བྱས་དང་ཆབས་ཅིག་ཏུ། །རྒྱལ་སྲས་མཆོག་འདི་ཁབ་འདིར་སྤྱན་འདྲེན་འོས། །དེ་ལྟར་ཐབས་ལ་མཁས་པའི་སྤྱོད་པའི་ཚུལ། །ཉམས་སུ་བླངས་ན་རྒྱལ་རིགས་ཡ་རབས་ཀྱི། །སྲོལ་ལས་མི་འགོངས་དགྱེས་བཞིན་བདག་ཅག་རྣམས། །རྗེས་སུ་འཛིན་པར་ངེ་མ་སོ་དགོངས་པར་མཛོད། །

ཅེས་བརྗོད་པས་གཏམ་དེ་དག་བློ་གྲོས་ཆེན་པོའི་དགེ་མཚན་དུ་རིག་ནས་རྒྱལ་པོའི་ཡིད་ལ་བབས་པར་གྱུར་ཏེ། དེ་དེ་བཞིན་དུ་བགྱིད་པར་དམ་བཅས། དེའི་ཚེ་ཡིད་འོང་མ་ནི་རྒྱལ་བུ་གཞོན་ནུ་ཟླ་མེད་དང་མི་རིང་བར་མཇལ་བའི་གོ་སྐབས་འཐོབ་པར་འགྱུར་རོ་སྙམ་དུ་རེ་བ་ཡོངས་སུ་རྫོགས་ནས་དགའ་བའི་རྩེ་དགའ་ཁོང་ནས་རྒོད་པར་གྱུར་ལ། གཡུལ་བཀྱེ་བའི་གཞི་དེར

བལྟས་ན་སྐྱེ་བོ་བགྲང་ཡས་པ་སྲོག་གི་འདུ་བྱེད་བཏང་ཞིང་། ལྷག་མར་གྱུར་པ་རྣམས་ཀྱང་སྡུག་བཟོད་པར་དཀའ་བའི་གནས་སྐབས་སྨྱོང་བ་མཐོང་བས། ཀྱེ་མ་འདི་ལྟར་དམག་མིའི་སྐྱེ་བོ་ཉམས་ཉེས་པ་སྡུག་བསྔལ་ཟད་མི་ཤེས་པ་ལ་ཡོངས་སྤྱོད་པ་འདི་རྣམས་ནི་བདག་ཁོ་ནའི་ཕྱིར་དུའོ་སྙམ་ནས་ཡིད་ཆད་པར་གྱུར་ཅིང་སྙིང་རྗེ་བཟོད་གླགས་བྲལ་བའི་སྒོ་ནས་སྨྲས་པ།

ཉམ་ཐག་འགྲོ་ལ་ཚད་མེད་ཐུགས་རྗེའི་སྤྱན། །དུས་དྲུག་གཡེལ་བ་མེད་པར་གཟིགས་པའི་མགོན། །སྲས་བཅས་རྒྱལ་བའི་དཀྱིལ་འཁོར་སྤྱི་བོ་ཡིས། །མཆོད་དོ་ཆོས་ཀྱི་དབྱིངས་ནས་དགོངས་སུ་གསོལ། །འཁོར་བ་གཏིང་མཐའ་བྲལ་བའི་ཆུ་གཏེར་ཆེ། །ལས་དང་ཉོན་མོངས་ཡོལ་མེད་རླབས་འཁྲུག་ཅིང་། །སྡུག་བསྔལ་མི་བཟད་ཆུ་སྲིན་ཁར་ཚུད་པའི། །འགྲོ་བའི་སྨྱོང་བྱ་འདི་ལས་སྐྱོབ་ཏུ་གསོལ། །ཁྱད་པར་ཆགས་སྡང་སྣང་བའི་ཤུགས་དྲག་པོ། །གཞན་སྡེ་རྣམ་པར་གནོན་པའི་ཕྲག་དོག་གིས། །ཀུན་ནས་བསླངས་པའི་ཕན་ཚུན་འཐབ་པ་དང་། །འགྱེད་པའི་གཡུལ་གྱི་སྦྱོར་བར་ཞུགས་པ་ཡིས། །ལྗོངས་ཀྱི་ནོར་འཛིན་ཡངས་པའི་ཁྱོན་མ་ལུས། །བསད་ཁྲག་དམར་བས་བརླན་བྱས་སྲོག་བྲལ་གྱི། །ཕུང་པོས་ལམ་ཡང་དོག་པོར་གྱུར་པ་དང་། །སྲོག་གི་ལྷག་མར་བརྟེན་པ་འདི་རྣམས་ཀྱང་། །མི་ལུས་དམྱལ་བའི་སྡུག་བསྔལ་སྨྱོང་བའི་ཚུལ། །བསམས་ན་ལས་ངན་ཅན་མ་བདག་དོན་དུ། །དེ་དག་ཉམས་པར་གྱུར་པ་གདོན་མི་ཟ། །དེ་སླད་བཟོད་གླགས་བྲལ་བའི་གདུང་བ་ཡིས། །བདག་སྙིང་རྡོ་རྗེར་གྱུར་ཀྱང་འགས་ཉེ་བ། །འདི་ལྟའི་ཚེ་ན་མགོན་སྐྱབས་དཔུང་གཉེན་དུ། །གྱུར་པ་བདེ་གཤེགས་ཐུགས་རྗེ་བསྐུལ་བ་ལས། །གཞན་དུ་རེ་བ་འཆའ་བའི་ཡུལ་མེད་ཕྱིར། །དུཿཁ

ཉེས་བརྒྱའི་ཁུར་གྱིས་ཉོན་པ་རྣམས། །ངན་སོང་ངན་འགྲོའི་འཇིགས་ཆེན་ལས་གྲོལ་ནས། །ཐར་པ་དམ་པའི་དཔལ་ལ་འགྱུར་བར་མཛོད། །

ཅེས་ཕྱོགས་ཀུན་ཏུ་བལྟས་ནས་ཕྱག་བྱས་ཤིང་རྩེ་གཅིག་ཏུ་གསོལ་འདེབས་དབྱངས་སུ་འཇོར་བ་དང་། རང་གི་ལུས་རྒྱན་གྱི་བྱེ་བྲག་ཚོང་ཟོང་དུ་བྱས་ཏེ་མཆོད་པའི་ཡོ་བྱད་ལ་བསྒྱུར་ནས་རབ་འབྱམས་ཀུན་ཏུ་བཟང་པོའི་མཆོད་སྤྲིན་ཡང་མངོན་པར་སྤྲོས་སོ། །

34. རྒྱལ་བུ་གཞོན་ནུ་ཟླ་མེད་རྙེད་བཀུར་ཕུན་སུམ་ཚོགས་པའི་དགའ་སྟོན་ལ་རོལ་ཅིང་ཡིད་འོང་མ་དང་བྲོད་ནས་བདེ་ཞིང་བག་ཕེབས་པར་གནས་པའི་སྐོར།

དེ་ནས་སྣང་བ་འབུམ་ལྡན་གྱི་ཕོ་བྲང་དེའི་ཕྱོགས་དང་ཕྱོགས་མཚམས་རྣམས་སུ་རྒྱལ་མཚན་དང་། བ་དན་ལ་སོགས་པས་མཛེས་པར་བྱས། རོལ་མོའི་བྱེ་བྲག་འབུད་དཀྲོལ་བརྡུང་པའི་རིམ་པ་དུ་མས་ནི་ལེགས་པར་བསྐར། ཁང་བཟང་བ་གམ་ཅན་ལ་ཀུན་ནས་མཛེས་པའི་རྒྱན་གྱིས་སྤྲས་ཤིང་། རིན་པོ་ཆེའི་ཁྲི་སྟན་མཐོན་པོ་བཤམས། དགའ་སྟོན་རྒྱ་ཆེན་པོའི་ཚོ་ག་ཉམས་སུ་བསྐར་བའི་ཡོ་བྱད་དང་ལོངས་སྤྱོད་ཕུན་སུམ་ཚོགས་པ། འཆི་མེད་བདག་པོའི་དཔལ་འབྱོར་གྱིས་ཀྱང་ཆ་ཙམ་དུ་བསྒྲུབ་པར་མི་བཟོད་པ་བཀོད་པས་ཁྱད་པར་དུ་འཕགས་པ་མངོན་པར་འདུ་བྱས་ནས་ཕྲིན་པོའི་ཡུལ་དུ་གྱུར་པ་ཚངས་པའི་སྐྲི་ལྡན་དེ་ཉིད་རྒྱལ་བུ་གཞོན་ནུ་ཟླ་མེད་སྤྱན་འདྲེན་པའི་ཕོ་ཉར་མངགས་སོ། །དེས་ཀྱང་ལག་ན་བདུག་སྤོས་ཐོགས་ཏེ་རིངས་པ་རིངས་པར་རྒྱལ་སྲས་གཞོན་ནུའི་གནས་ག་ལ་བ་དེར་སོང་ནས་ཕྱག་དང་ཞེ་སར་བཅས་པས་ལེགས

པར་བཏུད་ཅིང་། ཕྱུས་མོ་ས་ལ་བཙུགས་ནས་ལག་པའི་ཐལ་མོ་རེ་མོས་སུ་བདར་བཞིན་པར་གསོལ་པ།

སྐྱེ་དགུའི་བསོད་ནམས་རླབས་ཆེན་ཆུ་བོའི་གཏེར། ། བསྒྲུབས་སྐྱེས་དཔལ་ཡོན་བཅུ་དྲུག་ཆ་རྫོགས་ཤིང་། ། ཕན་བདེའི་བསིལ་སྦྱིན་བདུད་རྩིའི་ཟེར་ཕྲེང་ཅན། ། མི་བདག་རི་བོང་འཛིན་དབང་ཡུད་ཙམ་དགོངས། ། རིང་ན་གནས་ཀྱང་གྲགས་པའི་གདུགས་དཀར་ནི། ། སྲིད་པའི་བླ་རེར་བྲེས་པའི་ཚུལ་ཐོས་ཀྱང་། ། སྔོན་བསགས་ལས་ངན་དུ་མའི་ཤུགས་དྲག་གིས། ། ཉོངས་པར་གྱུར་གང་དེ་རིང་མཐོལ་ཞིང་བཤགས། ། བདག་ཅག་གདོན་གྱིས་བརླམས་པའི་རྣམ་འགྱུར་གྱིས། ། ཉིན་མོར་བྱེད་ལ་སྤྲར་མོས་སློག་པ་བཞིན། ། ཚུལ་མིན་ལོག་ལམ་ཞུགས་པས་ཆེས་འཁྱུད་དེ། ། ཁྱོད་ལ་དངོས་པོ་ཀུན་གྱིས་སྐྱབས་འཚའ་ན། ། བྱམས་ཤིང་བརྟན་པ་སྙིང་རྗེའི་རང་བཞིན་གྱིས། ། སྐྱོང་བ་དམ་པ་ཁོ་ནའི་ཁྱད་པར་ཆོས། ། དེ་སྲིད་མི་བདག་ཉིན་མོར་བྱེད་པའི་དཔལ། ། འདྲེན་པའི་ཤིང་རྟ་བདུན་ལྡན་བདག་ལྷགས་ཏེ། ། སྣང་བ་འབུམ་ལྡན་ཕོ་བྲང་ཁྱད་པར་འཕགས། ། མཐོ་ཞིང་ཡངས་ལ་བདེ་སྐྱིད་སྣང་བའི་གཏེར། ། ཁང་བཟང་བ་གམ་ཅན་དེར་སྤྱན་འདྲེན་ཞེས། ། བློ་གྲོས་གཅིག་ཏུ་མཐུན་པས་དོན་གཉེར་ན། ། རིང་པོར་མི་ཐོགས་ཞབས་ཟུང་འཁོར་ལོའི་འགྲོས། ། བསྐྱོད་པར་འཚལ་ལོ་དཔལ་ལྡན་རྒྱལ་བའི་སྲས། །

ཞེས་འཇམ་ཞིང་སྙན་པའི་ངག་གིས་ཕེབས་པར་སྐུལ་བ་ན། རྒྱལ་བུ་གཞོན་ནུ་བཞིན་འཛུམ་པ་དང་བཅས་པའི་སྒོ་ནས་འདི་སྐད་ཅེས། མདུན་ན་འདོན། ཀོ་བར་གྱིས་ཤིག འཁོར་ལོས་བསྒྱུར་བའི་རྒྱལ་པོ་གསེར་གྱི་འཁོར་ལོ་ནམ་མཁར་འཕགས་པ་སྔོན་དུ་འགྲོ་བས། གླིང་བཞི་ལྷ་གནས་དང་བཅས

པ་ནས་ལྷ་ཐོན་པ་ལེགས་སོ། །བདག་ཅག་རྣམས་ནི་ཁྱོད་ཀྱི་འབངས་སུ་མཆིའོ་ཞེས་བརྗོད་ནས་དབང་དུ་བསྒྱུར་བ་ལས་གླིང་བཞི་པའི་རྒྱལ་ཕྲན་ལ་ལ་ཞིག་གིས་བདག་ཅག་གི་འབངས་རྣམས་ཁྱོད་ལ་དབུལ་བར་བགྱིའོ། །ཞེས་སྨྲ་བར་བྱེད་པ་ལ་དོན་མེད་པ་དེ་བཞིན་དུ་སྣང་བ་འབུམ་ལྡན་འདིའི་རྒྱལ་ཁབ་ཀྱི་སྲིད་འཛིན་ཕུན་སུམ་ཚོགས་པ་བདག་ཉིད་ཀྱི་བརྟུལ་ཞུགས་ཀྱིས་བདག་གིར་བྱས་ཟིན་པ་ལྟ་སྨོས་ཀྱང་ཅི་དགོས། ས་གཞི་འདིའི་རྡུལ་ཕྲ་རབ་ཙམ་ཡང་དབང་དུ་བསྒྱུར་བ་ཡིན་ན། ཁྱོད་ཅག་གིས་མགྲིན་པ་བཏེགས་ཏེ་སྨྲ་བའི་གནས་ཡིན་ནམ་སྙོམས་ཤིག གསོལ་པ། ལྷ་ཐུགས་མད་དོ། །འོན་ཀྱང་བདེ་བར་གཤེགས་པའི་ཡེ་ཤེས་ཀྱི་ཕྱག་རྒྱས་སྣང་བ་ཐམས་ཅད་ནི་དབང་དུ་བསྡུས། འདོད་ཆགས་དང་བྲལ་བ་ནི་གསེར་དང་བོང་བ་མཉམ་པ། ནམ་མཁའ་དང་ལག་མཐིལ་དུ་མཚུངས་པའི་ཐུགས་དང་ལྡན་པ་ཡིན་མོད་ཀྱི་སེམས་ཅན་རང་རང་གི་བསོད་ནམས་མངོན་པར་འདུ་བྱ་བའི་ཕྱིར་ཁམ་པའི་བུམ་པ་དང་། བྱེ་མའི་ཚངས་བུ་ཙམ་ཡང་དད་པས་ཕུལ་བ་དགྱེས་པར་བཞེས་པ་དེ་བཞིན་དུ་རྒྱལ་སྲས་དམ་པ་གང་གིས་ཀྱང་བདག་ཅག་ལ་རྗེས་སུ་བརྩེ་བས་རེ་བ་འདི་ནི་དོན་ཡོད་པར་མཛོད་ཅིག་ཅེས་སྨྲས་པ་ན། ཕུལ་དུ་བྱུང་བའི་བློ་གྲོས་ཀྱི་རྩལ་ལ་རྒྱལ་བུ་གཞོན་ནུ་ཡང་ཡིད་འཕྲོག་སྟེ། བློན་པོ་ལེགས་སོ་ཇི་ལྟར་ཁྱོད་ཀྱིས་བསྙད་པ་དེ་བཞིན་དུ་བྱའོ་ཞེས་ཤིང་རྟའི་ཁྲི་ལ་བཞོན་ནས་འཁོར་ཚོགས་རྒྱ་མཚོས་བསྐོར་ཏེ་སྣང་བ་འབུམ་ལྡན་གྱི་ཕོ་བྲང་དུ་མངོན་དུ་ཕྱོགས་སོ། །དེའི་ཚེ་གྲོང་ཁྱེར་གྱི་གཞི་མདོ་རྣམས་སུ་སྐྱེས་པ་དང་བུད་མེད། གཞོན་ནུ་ལ་སོགས་པ་མཁའ་ལ་ཆར་གྱི་སྤྲིན་སྟུག་པོ་གློ་བུར་དུ་འཁྲིགས་པ་ལྟར་ལྟགས་ཏེ་མིག་མི་འཛུམ་པར་བལྟ་ཞིང་། ཡིད་ལ་ངོ་མཚར་རྒྱ་ཆེར་གྱུར་ཏེ་ཕན་ཚུན་གཏམ་དུ

བྱས་པ།

ཉིན་མོར་བྱེད་དང་ཟླ་བ་ནོར་བུ་ཡིས། །མུན་ཚོགས་འཇོམས་པའི་སྣང་བའི་ཁྱད་པར་ནི། །ཆེ་མོད་སྐྱེ་བོའི་དགེ་མཚན་ཁྱད་པར་ཆོས། །དེ་ཉིད་ལས་ཀྱང་དཔག་ཏུ་མེད་པར་མཐོང་། །ལྷ་ལས་འདས་པའི་མཛེས་པ་ཕུལ་བྱུང་ལང་ཚོ་རབ་རྒྱས་མི་བདག་སྲས། །འཚར་སྡིག་མཐོང་ན་མི་མཐུན་མེད་ཅེས་སྙེམས་ཤིང་གྲགས་པ་ལྡན་དེ་ཡང་། །རྒྱལ་སྲས་གང་འདིའི་གཟི་བྱིན་སྣང་བ་ལྷམ་མེར་འབར་བའི་མདུན་ས་ན། །ཉིན་མོར་བྱེད་པས་མེ་ཁྱེར་ལ་བཞིན་དེ་ནི་མུན་པའི་རང་བཞིན་གྱུར། །ཁྲོ་ཞིང་གཏུམ་ལ་འཇིགས་པའི་ཉམས་ལྡན་དུས་ཀྱི་ཕོ་ཉ་ལྷགས་པ་བཞིན། །བསྐྱར་མི་བཟོད་པའི་དཔའ་བོའི་ཁྱུ་མཆོག་དྲེགས་པས་འཁྱིད་རྣམས་མཐོང་བ་ན། །དེ་ཡི་དོ་ཟླར་རློམ་པར་བྱེད་པའི་བློ་ནི་གདོན་གྱིས་བརླམས་པ་འམ། །བླང་དོར་གནས་ལ་ཀུན་ཏུ་རྨོངས་པ་སྨྱོན་པའི་གར་དུ་བཟློས་པ་ཡིན། །རང་འཁོར་མཉེས་གཤིན་བྱམས་པས་སྐྱོང་བ་དེ་ནི་དོན་གྱི་ཇོ་བོ་སྟེ། །འབངས་རྣམས་རྟག་ཏུ་ཏིལ་བཞིན་འཚིར་ཞིང་སྡུག་ལ་སྦྱོར་རྣམས་གཤེད་མ་ཡིན། །དེ་ཕྱིར་རྒྱལ་རིགས་དམ་པའི་ལམ་གནས་བཞིན་བཟང་མཐོང་ན་དགའ་བ་བསྐྱེད། །ལེགས་པའི་ལམ་བཟང་གསལ་བར་བྱེད་པའི་ས་མཁན་འདི་ནི་བདག་ཅག་གི། །མགོན་དང་སྐྱབས་དང་དཔུང་གཉེན་ཆེན་པོས་བསོད་ནམས་བགོ་སྐལ་ལས་གྲུབ་ན། །རྟག་ཏུ་གུས་པས་བསྟེན་པར་བྱའོ་སྐྱེ་འདིའི་བྱ་བ་དོན་ཡོད་འགྱུར། །

ཞེས་བྱ་བ་ལ་སོགས་པ་གཏམ་དེ་དང་དེ་དག་གླེང་བར་བྱེད་དོ། །དེ་ནས་ཁང་བཟང་བ་གམ་ཅན་རྒྱན་གྱིས་སྤྲས་ཤིང་། བཀོད་པ་ཕུན་སུམ་ཚོགས་པས་ཤིས་པར་བྱས་པ་ལ་སྤྱན་དྲངས་ཏེ་རིན་པོ་ཆེའི་ཁྲི་བཤམས་པ་ལ་མཆུངས

མེད་ས་ཡི་དབང་ཕྱུག་རྒྱལ་པོ་གཞོན་ནུ་ཟླ་མེད་ཐམས་ཅད་དགའ་དེ་ཉིད་གསེར་གྱི་ལྷུན་པོར་ཉི་འོད་ཀྱིས་འཁྱུད་པ་ལྟར་གཟི་བྱིན་གྱི་ཕུང་པོ་ལྷམ་མེ། ལྷང་ངེ། ལྷན་ནེར་འཁོད་པའི་མདུན་ས་ལ་ནི་བློན་པོའི་ཚོགས་ཀྱིས་ཡོངས་སུ་བསྐོར་ཞིང་མཛེས་པར་བྱས་པ། ཁྱུ་མཆོག་བ་ལང་གི་ཚོགས་ཀྱིས་བསྐོར་བ་ལྟ་བུ། ཉི་མ་འོད་ཟེར་སྟོང་གིས་བསྐོར་བ་ལྟ་བུ། ཟླ་བ་རྒྱུ་སྐར་གྱིས་བསྐོར་བ་ལྟ་བུ། བརྒྱ་བྱིན་སུམ་ཅུ་རྩ་གསུམ་པས་བསྐོར་བ་ལྟ་བུ། ཚངས་པ་ཚངས་རིས་ཀྱིས་བསྐོར་བ་ལྟ་བུ། སྤྱོད་པ་དང་སྤྱོད་ལམ་མ་འཁྲུགས་པ། གླང་པོ་ཆེའི་རྒྱལ་པོ་ལྟར་དྲེགས་པ་དང་བྲལ་བ་རིན་པོ་ཆེའི་རི་བོ་ལྟར་ཀུན་ཏུ་བཟང་བའི་ངོ་མཚར་གྱིས་ཐམས་ཅད་ཡ་མཚན་དུ་གྱུར་ཅིང་། ཡིད་ལ་དགའ་བ་འབུམ་གྱིས་ཁེངས་པའི་རྣམ་འགྱུར་ཅི་དང་ཅི་ཡང་བྱུང་ངོ་། །དེ་ནས་བྱང་ཕྱོགས་གནོད་སྦྱིན་གྱི་འབྱོར་པ་དབྱར་བསྐུས་པ་དང་མཚུངས་པའི་ལོངས་སྤྱོད་རྙེད་བཀུར་ཕུན་སུམ་ཚོགས་པའི་དགའ་སྟོན་ལ་ཡོངས་སུ་རོལ་བར་བྱེད་དོ། །དེའི་ཚེ་ཡིད་འོང་མ་དེ་ཡང་ཚོང་པ་ཁེ་སྤྱུགས་རྙེད་པ་དང་། ཞིང་པ་ལོ་ཏོག་འབྱོར་པ་དང་། དཔའ་བོ་གཡུལ་ལས་རྒྱལ་བ་དང་། ནད་པ་ནད་ལས་ཐར་བའི་དགའ་བས་ཀྱང་མཚོན་དུ་མེད་པའི་ཡིད་དགའ་བ་དང་། བདེ་བའི་རོས་གང་བར་གྱུར་པ་ན། འབངས་མོ་རྣམས་ཀྱིས་རྒྱན་གོས་ཀྱི་ཁྱད་པར་རིན་ཐང་བྲལ་བ་རྣམས་ཉེར་བསྒྲིགས་བྱས་ཏེ། སྣག་སྣུམ་ལི་བའི་སྐྲའི་ཟར་བུ་ཕྱེད་ལྷག་པར་བཅིངས་པ་ལ། ནོར་བུའི་རིན་པོ་ཆེ་ཕོན་ཀ་ཆེན་པོ་དང་། ཨིནྡྲ་ནཱི་ལ་དང་། པད་མ་ར་ག་དང་། མུཏྲི་ག་དང་། བྱཻ་ཌུ་དང་། སྤུག་ལ་སོགས་པས་ཕྲ་ཚོམས་སུ་སྤུད་པས་མཛེས་པར་བྱས་ཤིང་། སྐྲའི་ལྷག་མ་སིལ་བུར་གྲོལ་བས་སྟོད་ཀྱི་ཆ་ཤས་ཡོངས་སུ་ཁེབས་པ། དཔྲལ་བ་དབྱེས་ཆེ་བ་ཟླ་བ་ཚེས་པ་ལྟ་བུའི་བྱེ་བྲག

ཁ་དོག་མཐའ་ཡས་པས་མེ་ཏོག་ཁ་འབུས་པའི་རྣམ་པ་ཅན་དབྱིབས་ལེགས་སུ་བརྒྱུས་པའི་བར་རྣམས་མུ་ཏིག་གི་ཟ་ར་ཚགས་ཀྱིས་མཐའ་མཛེས་པར་བྱས་པ་ནི་ལེགས་པར་དཔྱངས། སྨིན་མ་འཕྲོག་ཅིང་རི་མོར་བྲིས་པའི་རྣམ་པ་ཡིད་དུ་འོང་བ་ནི་བུང་བའི་ཚོགས་ལྟར་གནས་པས་ཡིད་འགུགས་ཤིང་། རྫི་མ་སྨུག་ཅིང་མངོན་པར་གཡོ་བའི་སྐྱིབས་ན་ཨུཏྤལའི་འདབ་མ་རྒྱས་པའི་དབྱིབས་ཅན་མིག་དཀྱུས་རིང་ཞིང་བཀྲ་བ་ནི་ཟུར་མིག་ཁྲ་བ་དང་ལྡན་པའི་རྣམ་འགྱུར་གྱིས་ཀུན་ནས་མཛེས་པ་དང་། སྣའི་གཟེངས་ཅུང་ཟད་མཐོ་ཞིང་གཙང་ལ་དབྱིབས་ལེགས་པ་ནི་སྐྱེ་བོ་མ་ལུས་འདུད་པའི་མཆོད་སྡོང་ལྟར་དྲང་པོར་གནས། མཁུར་ཚོས་ཉི་མ་འཆར་ཀའི་མདངས་འཛིན་པ་ལ་ཆགས་པས་སྦྱོས་པའི་ཁྲག་གི་རི་མོའི་ཐིག་ལེ་ནི་མཛེས་པར་བྱས་ལ། བནྡྷུ་ཛི་བ་ཀའི་མདངས་འཕྲོག་པའི་མཆུ་སྒྲོས་རྟག་ཏུ་འཛུམ་པའི་བར་ནས་རབ་དཀར་མུ་ཏིག་མཚར་དུ་དགོད་པའི་སོའི་ཕྲེང་བ་ནི་ཐགས་བཟང་སྙོམས་པར་གསལ། དབྱིབས་ལེགས་རྣད་ཐུང་ཐོས་འཛིན་ཟླུང་ལ་ནི་རིན་ཆེན་ཀུཎྜའི་ཡོན་པོ་ལྟ་བུ། གསེར་གཡུ་མུ་ཏིག་གི་ཕྲ་ཚོམ་དང་འཕྱང་འཕྲུལ་ལྡན་པ། ཁྱད་པར་འཕགས་པའི་རྣ་ཆ་མཛེས་པས་ནི་ལེགས་པར་སྤྲས། མགྲིན་པ་སྒྲོམ་ཕྲའི་གོ་སྐབས་སྙོམས་ཤིང་། དུང་ལྟར་འཁྱིལ་བ་ནི་རིན་ཆེན་རིན་ཐང་གཞལ་དུ་མེད་པ། ཀརྐ་ཏ་དང་། མརྒད་དང་། ཨིནྡྲ་ནཱི་ལ་དང་། སྤུར་ལེན་ལ་སོགས་པའི་དོ་ཤལ་མུ་ཏིག་གི་འཕྱང་འཕྲུལ། རིན་པོ་ཆེ་དུ་མ་དང་ལྡན་པའི་མགུལ་རྒྱན་ནི་མཛེས་པར་དཔྱངས། རབ་དཀར་འཇམ་གཉེན་གཞོན་ཤ་ཆགས་པའི་ལག་པད་ལ་ནི་རིན་པོ་ཆེ་ས་ལེ་སྦྲམ་དང་ཁྱུར་རམ་ལ་སོགས་པའི་གདུ་བུ་ཕྲ་ཚོམ་ཅན་དང་། མཉེན་ལྕུག་སོར་མོའི་གདུ་བུ་ལ་སོགས་པའང་ཡིད་དུ་འོང་བར་སྤུད། མཛེས་སྡུག་གི་སྙིག་ཚོས

ཡོངས་སུ་རྫོགས་པའི་ལང་ཚོའི་སྟོད་ཆ་ལ་ནི་རབ་དཀར་དུ་ཀུ་ལའི་བླ་གོས་སྲབ་མོ་མཛེས་པར་བསྐུབས་པ་ལས་ནུ་མ་དཀར་ཉྭམ་མཐོ་ལ་མཁྲིགས་པའི་དབྱིབས་གསལ་བར་དོད་པས་སྐྱེ་བོ་འདོད་ལྡན་མ་ལུས་ཆགས་པའི་གདུང་བ་བསྐྱེད་པ་ལྟར་བྱས། སྐེད་སྐབས་ཕྲ་ཞིང་སྟ་ཟུར་ལྟེམ་པ་ནི་ཛམ་བུ་ལ་རིའི་འོག་པག་དང་རིན་ཆེན་དུ་མའི་དྲ་བ་དང་དྲ་ཕྱེད་ལ་སོགས་པ་གཡེར་དྲིལ་སིལ་ཁྲོལ་གྱི་སྒྲ་དབྱངས་སྙན་པར་སྒྲོག་པ་ནི་གོ་རིམ་ངེས་པར་བྱས་ཏེ་སྤུད། འཛོ་སྙིག་རྣམ་འགྱུར་ཟད་དུ་བྱུང་བའི་ལང་ཚོའི་སྨད་ཆ་ལ་ནི་པཉྩ་ལི་ཀའི་སྨད་གོས་ཀྱིས་བསྐུབས་པ་ལས་རབ་དཀར་མཁྲིགས་ལ་ཉྭམ་པའི་བརླའི་འཁྲི་ཤིང་གི་དབྱིབས་འཆར་བས་ཆགས་ལྡན་མ་ལུས་འདོད་པས་སྨྱོ་བ་ལྟར་བྱེད། བྱིན་པ་དབྱིབས་སྤུག་ཅིང་བྱིན་གྱིས་ཕྲ་བ་ཅན་བསྒྲད་བྱེད་ཟུང་ལ་ནི་རིན་པོ་ཆེའི་མ་ཉྫི་རས་མཛེས་པར་བྱས་པ་ལས་གཡེར་དྲིལ་གྱི་སྒྲ་དང་བཅས་ཏེ་ངང་པའི་འགྲོས་ལྟར་གོམ་སྟབས་སྒྱུར་བཞིན་པར་སོང་ནས། རྒྱལ་སྲས་བློན་པོར་བཅས་པའི་མདུན་ས་ཁང་བཟང་བ་གམ་ཅན་ག་ལ་བ་དེར་ལྷགས་པ་ན། དེར་འཁོད་པའི་སྐྱེ་བོ་མ་ལུས་འདི་སྙམ་དུ་བསམས་པ། ཨེ་མ་སྲིད་པའི་མཛེས་སྡུག་ཀུན་གྱི་སྙིང་པོ་བྱེད་པོས་གཅིག་ཏུ་བྱས་པ། གཟུགས་དང་ལང་ཚོ་མཛེས་པ་དང་། གཡེར་བ་དང་། སྒྱུ་རྩལ་གྱི་ཡོན་ཏན་དང་ལྡན་པས་ནགས་ཚལ་མེ་ཏོག་རྒྱས་པའི་ནང་ན་ནགས་ཚལ་གྱི་ལྷ་བཞིན་འཇིག་རྟེན་གྱི་ཁམས་འདིར་མཛེས་པའི་ཕྱུལ་དུ་ཕྱིན་པ། དེའི་གཟུགས་དང་ལང་ཚོས་འཇིག་རྟེན་པའི་ལམ་གྱི་འདོད་ཆགས་དང་བྲལ་བའི་དྲང་སྲོང་དག་ཀྱང་ཡིད་ཀྱི་བརྟན་པ་རབ་ཏུ་འཕྲོག་པར་བྱེད་ན། ཐོག་མ་མེད་པ་ནས་ཉོན་མོངས་པ་ལ་གོམས་པར་བྱས། འདྲིས་པར་བྱས། དེའི་དབང་དུ་གྱུར་པ་རྣམས་ནི་ལྟ་སྨོས་ཀྱང་ཅི་དགོས་ཞེས་ཕན་ཚུན་གཅིག་གིས་

གཅིག་ལ་སྨྲ་ཞིང། འདོད་པའི་དགའ་སྟོན་ལ་ཉེ་བར་ཆགས་པའི་འཆིང་ཞགས་རིང་པོས་ཉེ་བར་བཅིངས། མཛེས་མ་དེའི་བཞིན་གྱི་དཀྱིལ་འཁོར་ལྟ་བས་མི་ངོམས་པ་ལ་མིག་གཡོ་བ་མེད་པ་རི་མོར་བྲིས་པའི་རྣམ་པ་དང་མཚུངས་པར་རྩེ་གཅིག་ཏུ་བལྟ་བར་བྱེད་དོ། །

དེ་ནས་ཡིད་འོང་བཞིན་བཟང་མ། །ངོ་ཚས་བཞིན་རས་དུད་གྱུར་ཀྱང་། །མིག་ཟེར་མཛེས་པའི་ཟུར་མདའ་ནི། །རྒྱལ་བུ་གཞོན་ནུ་དཔལ་དེར་ཟུག །སྤྲིན་པོའི་འདྲེན་བྱེད་གཡོས་གྱུར་པས། །རྒྱུ་སྐར་ཚོགས་དབུས་ཟླ་བ་འམ། །པད་མའི་ཚལ་ན་པད་དཀར་ལྟར། །མཐོང་ན་དེ་ཡི་མཛེས་སྡུག་རྒྱུར། །རི་དྭགས་མོ་བཞིན་བཅིངས་པར་གྱུར། །གཞོན་ནུ་དེས་ཀྱང་ཟླ་བཞིན་མ། །ཡིད་འོང་མཛེས་པའི་ཡུལ་གྱུར་དེ། །འདྲེན་བྱེད་ལམ་དུ་འཕོས་མ་ཐག །ཤིན་ཏུ་བརྟན་པ་ལྟར་བཅོས་ཀྱང་། །ཆགས་པའི་རླུང་གིས་རིང་ཞིག་འདར། །མངོན་སུམ་མིག་གི་སྤྱོད་ཡུལ་དུ། །གྱུར་པའི་ལང་ཚོའི་མཛེས་པ་འདི། །ཡིད་ཀྱིས་སྤྲུལ་བར་མི་ནུས་ཤིང་། །བཟོ་བོ་མཁས་པའི་ལག་སོར་གྱི། །འདུ་བྱེད་ཀྱིས་ཀྱང་བསྒྲུབ་ཏུ་མེད། །འདི་ནི་རིན་ཆེན་བརྩེགས་པའི་ཁྲིར། །བཞག་ནས་དང་པོ་ཀུན་གྱིས་ནི། །བཏུད་བྱས་མཆོད་པར་འོས་པ་སྟེ། །མི་ལས་འདས་པའི་ཁྱད་ཆོས་མང་། །ཞེས་བསམ་མངོན་འདོད་རྩེ་དགའ་ལ། །ཆགས་པའི་བསམ་གཏན་གཡོ་མེད་གྱུར། །དེ་ཚེ་མཆོག་ཏུ་སྙིག་མ་དེས། །རྗེས་ཆགས་ཟུར་མིག་གཡོ་བཞིན་དུ། །སྙན་པའི་འགྱུར་བག་སྟོང་ལྡན་པའི། །གླུ་དབྱངས་གསར་པ་འདི་སྐད་བྱས། །

ཨེ་མ་ཧོ། དེ་རིང་ལྷ་ལམ་ཡངས་པའི་དཀྱིལ་འཁོར་དུ། །འཆི་མེད་བུ་དང་བུ་མོ་གློས་གར་མཁན། །མགྲིན་ལས་སྙན་གྱུར་འབུམ་ཕྲག་བཀྱེ་བ

ཡི། །ཤིས་བརྗོད་དབྱངས་ཀྱི་ང་རོས་ས་གསུམ་ཁྱབ། །རྣམ་བཀྲ་དབང་པོའི་གཞུ་ཡི་ཤམ་བུ་དང་། །ཉིན་བྱེད་འོད་སྟོང་འབར་བའི་ཏོག་ལྡན་པ། །རབ་མཛེས་སྤྲིན་སྔ་མཛེས་པའི་གདུགས་དཀར་གྱིས། །ཁོར་ཡུག་ཡོངས་སུ་ཁྱབ་པའི་དགེ་མཚན་དངོས། །མཛེས་པའི་གར་དང་སྙན་པའི་གླུ་དབྱངས་ཅན། །འཛོ་སྒེག་ཉམས་ལྡན་ཡིད་འོང་ལྷ་མོ་ལྔ། །གཟུགས་མཛེས་དྲི་མེད་རིན་ཆེན་མེ་ལོང་འཕྱར། །སྒྲ་ལྡན་པི་ཝང་སྟོང་ཕྲག་རྒྱུད་ལྡན་བསྒྲེང་། །དྲི་བཟང་དཔལ་གྱི་དུམ་བུའི་བསུང་ཞིམ་འཐུལ། །རོ་ལྡན་བདུད་རྩིའི་བཅུད་ཀྱིས་ཚིམ་པ་སྐྱེར། །རེག་བྱ་སྲབ་འཇམ་ཡང་བའི་ལྷ་ཡི་གོས། །ལེགས་བསྟར་སྤྲ་ན་མེད་པའི་བཀུར་སྟིར་བྱེད། །མེ་ཏོག་བསིལ་མའི་གྲུ་ཆར་རྒྱལ་བཅིལ་ཞིང་། །སྣ་ཚོགས་རོལ་མོའི་བྱེ་བྲག་ཀུན་ནས་འཁྲོལ། །གླུ་དང་གར་གྱི་འགྱུར་བག་ཡིད་འོང་གིས། །ཡིད་ལ་ཀུན་དགའི་རེ་མོ་ཅི་ཡང་བྲིས། །སྐལ་བཟང་ས་གཞི་ཡངས་པའི་ཐིག་ལེའི་དཔྱིད། །ལྟེ་བ་སྣང་བ་འབུམ་ལྡན་རྒྱལ་པོའི་ཁབ། །ནོར་བུའི་བ་གམ་བརྩེགས་པའི་གཞལ་མེད་ཁང་། །ལྟ་ན་ཉམས་སུ་དགའ་བའི་བསྟི་གནས་འདིར། །བདག་གིས་རིང་མོ་ཉིད་ནས་ལས་སྨོན་གྱི། །མཚམས་སྦྱོར་གཅིག་ཏུ་གྲུབ་པའི་རྒྱལ་བའི་སྲས། །གཞོན་ནུ་ཟླ་མེད་རེས་བྱ་མཚན་ཅན་གྱི། །སྲས་ཀྱང་ཡིད་ལ་སྨོན་མེད་དགའ་བའི་རོས། །སྨོས་པའི་མངོན་འདོད་གསར་པ་ལ་ཆགས་ཀྱང་། །དངོས་དཀྱིལ་ལོངས་སྤྱོད་སྐལ་བས་ཕོངས་པ་ཡི། །སྡུག་བསྔལ་བཟོད་དཀའི་ཚོར་བས་ཉམ་ཐག་མཐར། །དེང་འདིར་རིན་ཆེན་ས་ཟླའི་ལྷུན་པོ་ལ། །འབུམ་ཕྲག་ཉི་མའི་སྣང་བས་འཁྱུད་པ་ལྟར། །མཐོང་ན་མངོན་དགའ་གཟི་བྱིན་ཕུང་པོའི་གཏེར། །མངོན་སུམ་ལོངས་སུ་སྤྱོད་པའི་དགའ་སྟོན་འདི། །འཁོར་ལོས

སྒྱུར་བའི་རྒྱལ་སྲིད་དཔལ་ཐོབ་ཀྱང་། །འདི་ཡི་བརྒྱ་སྟོང་ཆར་ཡང་ཕོད་མ་ཡིན། །འབྲུག་སྟོང་ཚངས་དབྱངས་གདོང་ལྔའི་གད་རྒྱངས་ཀྱིས། །མཚོན་པར་ནུས་མིན་ཀུན་དགའི་དཔྱིད་འཛོ་བ། །ཟབ་གསལ་གསུང་གི་གསང་བ་ཐོས་འཛིན་གྱི། །བདུད་རྩིའི་བང་མཛོད་འཛིན་པ་བདག་བསྐལ་བཟང་། །མི་ཕྱེད་མཛའ་བའི་བག་ཆགས་སྙིང་ཉིད་ལ། །གོམས་པ་བཀོད་ལས་བརྩེ་ཆེན་ཐུགས་རྗེའི་སྤྱན། །རིང་པོར་གཡོ་ལ་རྩེ་གཅིག་སྨོན་བྱས་པའི། །རེ་བ་བསམ་པ་ཇི་བཞིན་དེ་རིང་རྫོགས། །བདག་ནི་དང་པོར་ཁྱོད་ཞལ་བལྟ་བ་ལ། །གཅིག་ཏུ་སྨོན་པས་གཉེན་འཁོར་ལོངས་སྤྱོད་སོགས། །ཕུན་ཚོགས་ཀུན་གྱི་སྙིང་པོ་ཡོངས་དོར་ནས། །ཁྱོད་ཞབས་གཙུག་ཏུ་བསྟེན་སྐད་ཆས་གྱུར་ཀྱང་། །འདོད་པའི་མེ་ཏོག་མ་རུངས་སེར་བ་ཡིས། །ཉམས་བྱས་སྨྱུ་ངན་མུན་པས་དགྲིགས་གྱུར་མོད། །ད་ནི་བཀྲ་ཤིས་སྣང་བ་དཀར་པོ་ཡིས། །ཡོངས་ཁྱབ་སྐལ་བཟང་འདི་ཀོ་ཨེ་མ་ཕྱུལ། །

ཅེས་བྱ་བ་ལ་སོགས་པ་སྙན་པའི་ངག་གིས་གསོལ་བ་ན། རྒྱལ་བུ་གཞོན་ནུ་དེ་ནི་དང་པའི་ཁྱུ་མཆོག་ངོགས་ཀྱི་པད་མའི་ཚལ་ནས་མགྲིན་པ་ཅུང་ཟད་བཏེགས་ནས་འབབ་ཆུ་ལྡུང་ལྡུང་གི་སྒྲ་ལ་གུས་པས་ཉན་པ་ཇི་འདྲ་བ་དེ་འདྲས་སེམས་རྩེ་གཅིག་པས་མཉན་ཏེ་ཡིད་དགའ་བ་དང་བདེ་བའི་རོས་སྨྱོས་པར་གྱུར་ཀྱང་། རེ་ཞིག་བགམ་པར་བྱ་བའི་སྐད་དུ་གཞོན་ནུ་མ་ལ་སྨྲས་པ།

ནང་གི་ཀུན་རྟོག་འཆར་སྒོའི་གཟུགས་བརྙན་ཟླ། །ཕྱི་རོལ་ཚུལ་འཆོས་སྤྲིན་གྱིས་བསྒྲིབས་བྱས་ནས། །སྙན་པའི་ཚིག་གི་སྦྱོར་བ་བདུད་རྩིའི་ཆར། །འབེབས་ལ་ནུ་རྒྱས་མ་ཁྱོད་མཁས་གྱུར་ཀྱང་། །རང་བཞིན་མི་དྲང་ཀུན་ཏུ་གཡོ་བའི་ཕྱིར། །གཡོན་ཅན་ཞེས་བྱ་མིང་དུ་མ་གྲགས་སམ། །གང་

ཡང་སྐྱེས་པ་བུད་མེད་ཕལ་ཆེར་ནི། །ཉམས་ཉེས་མཐོང་ན་རི་བྱ་ལྟར་འབྲོས་ཤིང་། །ཕུན་སུམ་ཚོགས་པ་རིག་ན་ཁྱི་བཞིན་དུ། །བསྐྲད་ཀྱང་དེ་ཉིད་ལ་ནི་འདུ་བ་བཞིན། །སྐྱིག་མོ་ཁྱོད་ཀྱང་རིང་ནས་མཛའ་བའི་གྲོགས། །བགོ་སྐལ་དང་པོར་ཐོབ་པ་ལྷ་རིགས་ལས། །ཕྱུལ་བྱུང་དེ་ནི་མཆིལ་མའི་ཐལ་བ་ལྟར། །དོར་ནས་བདག་ལ་འདུད་འདི་རིགས་མིན་པས། །གཡོ་སྒྱུའི་ཚིག་གི་སྦྲུས་པ་བསྐྱུངས་བྱས་ཏེ། །གནའ་བོའི་གཞུང་བཟང་རིང་དུ་སྐྱོང་བར་གྱིས། །

ཞེས་བསྒོ་བར་བྱས་པ་ལས། ཡིད་འོང་མ་དེ་ནི་འདི་སྙམ་དུ། བདག་གིས་ཡུན་རིང་དེ་སྙིད་ཀྱི་བར་དུ་མཆི་མའི་བཏུང་བ་དང་། སྨྱ་ངན་གྱི་ཟས་ལ་བརྟེན་ནས་རྒྱལ་སྲས་གཞོན་ནུ་ཁོ་ན་ལ་རྩེ་གཅིག་ཏུ་སྨོན་པར་བྱ་བ་ལས་གཞན་དུ་སེམས་པ་སྐད་ཅིག་ཙམ་མ་མཆིས་ཀྱང་རྗེའི་སྲས་འདི་ཡང་བྱ་རོག་བཞིན་དུ་རང་གི་གྲིབ་མ་ལའང་ཡིད་མི་ཆེས་པའི་དོགས་པ་ངན་པས་བཅིངས་པར་སྣང་ངོ་། འོན་ཀྱང་རང་གི་གནས་ལུགས་གང་ཡིན་པ་དྲང་པོར་བརྗོད་དོ་སྙམ་ནས་སྨྲས་པ།

ས་བདག་གང་གིས་མ་བརྟགས་འཁྲུག་པོའི་ཚིག །བདག་ལ་ཕན་པ་འདོམས་པ་ལྟར་སྣང་བ། །ཁྱོད་ཐུགས་རང་བཞིན་ཡོངས་དག་དྭངས་ཤེལ་ཁམས། །དོགས་ངན་དྲི་མས་ཡོངས་སུ་བསླད་བྱས་པ། །འདི་ནི་གཟུ་བོར་གནས་པ་བདག་ལྟ་ལ། །འཐིང་སྣད་བསུན་འབྱིན་བྱ་བའི་གནས་མཆིས་སམ། །བུད་མེད་རང་བཞིན་མི་དྲང་གཡོན་ཅན་ཞེས། །མཐའ་གཅིག་ཁོ་ནར་སྨད་པར་རིགས་མིན་ཏེ། །མཆོག་དང་དམན་པའི་བྱ་བྱེད་ཁྱད་པར་ཆེས། །སྐྱེས་པ་ལ་ཡང་མཚུངས་པར་མཐོང་ཕྱིར་རོ། །བདག་ནི་རྣམ་པ

ཀུན་ཏུ་ལྷ་ཕྱོད་ལས། །གཞན་དུ་སེམས་པའི་གོ་སྐབས་མ་མཆིས་ཏེ། གཅན་གཟན་གཏུམ་པོའི་མདུན་སར་རྩ་ལྷུང་གི། །བདོག་པ་སྤུངས་ལ་དགའ་བ་སྐྱེད་འགྱུར་རམ། །དེ་ཕྱིར་འདོད་པས་སྨྱོ་བའི་རྒྱལ་བུ་དེས། །ཆགས་གདུངས་ལུས་ཀྱི་འཁྲི་ཤིང་འདར་ལྡན་པས། །མཛའ་བ་དོན་དུ་གཉེར་ལ་འབད་ཞུགས་ཀྱང་། །ཐབས་མཁས་ཚིག་གིས་བྲིད་དེ་འཁྲུལ་བར་བྱས། །འཇམ་དཀར་ཟླ་བའི་ངོ་མཚར་གསལ་བ་ལས། །སྙན་འཇེབས་ཚིག་གི་བསིལ་ཟེར་སྤྲོས་པ་ཡིས། །ཆགས་ལྡན་སྙིང་གི་ཀུ་མུད་བཞད་ན་ཡང་། །མཛའ་གཙུགས་གསང་གཏམ་གྲོལ་བ་ནམ་ཡང་མེད། །འདྲེན་བྱེད་ཡོག་པར་བལྟ་བས་གཞན་གྱི་སེམས། །བསྲིགས་མིན་ཀུན་གྱི་མིག་ཐར་མཛེས་བྱས་ཀྱང་། །ཆགས་པའི་རོལ་ལ་ཞེན་པའི་མིག་ཟུར་མདའ། །སུ་ཞིག་ལ་ཡང་འཕེན་པའི་ཡུལ་མ་མཆིས། །ངོ་ཟུམ་མི་གནག་བཞིན་བཟང་མཐོང་ན་དགའི། །ངང་ཚུལ་འཛིན་པས་མ་ལུས་སྐྱེ་རྒུའི་ཡིད། །འགུགས་པའི་ལྕགས་ཀྱུའི་བརྟུལ་ཞུགས་རྫོགས་གྱུར་ཀྱང་། །པད་མ་གསར་པའི་རེག་བྱ་མ་སྙིང་མཛེས། །གཟུགས་དང་ལང་ཚོས་སྙེག་ཅིང་གཡེར་བ་དང་། །སྒྱུ་རྩལ་ཡོན་ཏན་རྫོགས་པས་འདོད་ལྡན་ཀུན། །ཆགས་པའི་མེ་ཡིས་རབ་ཏུ་གདུངས་བྱས་ཀྱང་། །བསིལ་བྱེད་འདོད་ཆགས་ཆུ་ལས་རིང་དུ་བཀལ། །བདག་ནི་རིགས་ལྡན་ཡ་རབས་དྲ་མའི་བརྒྱུད། །ལྷག་བསམ་མུ་ཏིག་འཁྲི་ཤིང་དར་བབས་པས། །འཕྲོག་པོའི་ཚིག་གིས་གཞན་མགོ་སྐོངས་བྱེད་པའི། །གྱ་གྱུར་སྤྱོར་བ་ནམ་ཡང་ཡོད་མ་ཡིན། །ཁྲིད་པར་བལྟ་བའི་མིག་དང་ཉལ་བའི་ཐས། །རྩེ་གཅིག་ཡིད་ཀྱི་བརྟེན་པ་ཁྱོད་ཁོ་ནས། །རེ་བའི་བ་དན་དྲང་པོར་བཙུགས་བྱས་ཀྱང་། །འཕྲོག་པོར་བརྗོད་པའི་གསུང་འདིས་བདག་ཡིད་

གདུངས། །གཞན་དུ་ཁྱོད་ལས་མི་སེམས་སྐལ་ངན་བདག །བརྩེ་ཆེན་ཐུགས་རྗེའི་ཞགས་པས་རིང་བཏང་སྟེ། །ཕྱོགས་འདིར་རྒྱལ་སྲས་མཆོག་ཞབས་འཁོར་ཡོའི་འགྲོས། །བསྐྱོད་པ་ཡུན་གྱིས་བསྐལ་པའི་བར་དག་ཏུ། །ཉིན་དང་མཚན་ཡང་ཐུན་བརྒྱ་ལྡན་པ་བཞིན། །མི་འཛད་ཉིན་རེ་ལའང་ཡོའི་འདུ་ཤེས། །སྐྱེས་གྱུར་གདུང་བའི་ཁུར་གྱིས་ལྟོ་བ་ཡི། །སྐྱོ་ཤས་ཡིད་འབྱུང་ཁོ་ནས་དུས་འདའ་ཚེ། །ནམ་ཞིག་ཕོ་བྲང་རྩེར་འཕགས་ཡུན་རིང་པོར། །ངུས་པའི་མིག་འབྲུར་མཐོ་ལྡན་འདྲེན་བྱེད་ཀྱིས། །ཕྱོགས་དང་ཕྱོགས་མཚམས་ཀུན་ལ་ཧྲད་ཀྱིས་བལྟས། །དེ་ཚེ་སྲིད་པའི་རྒྱན་གྱི་མཁའ་ལམ་ནས། །སྤྲུངས་པའི་གསེར་གྱི་མདངས་འཛིན་ངུར་པ་ཟུང་། །བརྩེ་བས་འཁྲོགས་ཤིང་དགའ་བའི་ཕུར་ལྡིང་བཅས། །ཁྱོད་ཀྱང་འདི་ལྟར་གྲོགས་དང་མཛའ་འམ་ཞེས། །བཟོད་མེད་སྨྱ་ངན་སློང་བའི་ངང་ཚུལ་བཞིན། །མཐོང་བས་རྣམ་པར་ཤེས་པས་ཡོངས་ཐོར་བའི། །ལུས་ནི་དྲུང་ནས་བཙད་པའི་ཤིང་བཞིན་འགྱེལ། །དེ་ཚེ་ཙན་དན་གྱིས་བསྒོས་བསིལ་བའི་ཆབ། །ལེགས་བྲན་ཟ་ཡབ་གཡོབ་པས་དྲན་པ་བྱིན། །དེ་ལྟ་ན་ཡང་སྨྱ་ངན་གདུང་བའི་ཤུགས། །འགོག་ཏུ་མེད་པ་མཆི་མས་བཞིན་ཁེབས་ཤིང་། །ངུ་ངག་སྙན་འགྱུར་བྲལ་བའི་ཆོ་ངེ་བརྗོད། །རྗེ་བས་གནད་དུ་ཕོག་པའི་ཕྱི་བ་ལྟར། །ཟས་ལ་སྲེད་བྲལ་སྡུག་བསྔལ་བྱེ་བ་བརྒྱས། །གཟིར་བས་ལང་ཚོའི་གཟི་མདངས་ཡོངས་ཉམས་ཤིང་། །ཤ་བྲི་མིག་ནི་ཧྲད་ཀྱིས་བལྟ་བར་གྱུར། །གཞན་གྱི་དོགས་པ་སེལ་སླད་འཛུམ་དཀར་གྱིས། །སྣང་བ་སྨུ་ཏིག་འབྲས་བུར་མཚར་བྱས་ཀྱང་། །བཟོད་མེད་མིག་ནས་འབབ་པའི་མཆི་མའི་རྒྱུན། །དངུལ་ཆུའི་ཐིགས་ཕྲེང་འཛགས་པ་འགོག་ཏུ་མེད། །དེ་ཚེ་བཙུ

བྲུག་ཆ་རྫོགས་ཡང་ཚོའི་དཔལ། །མཛེས་སྡུག་བདུད་རྩིའི་བཅུད་ཀྱིས་ལེགས་
གཏམས་པ། །ཉེས་བརྒྱ་ནག་པོའི་ཕྱོགས་ཀྱི་དབང་གྱུར་པས། །ནམ་ཞིག་
ཚེས་གཅིག་ཟླ་ལྟར་ཆ་ཕྲར་གྱུར། །དེ་ལྟར་རྒྱལ་སྲས་ཁྱོད་སྐུའི་ངོ་མཚར་
གཟུགས། །ཡིད་ཀྱི་མེ་ལོང་གཙང་མར་སྒྲིབ་མེད་དུ། །འཆར་བའི་བསམ་
གཏན་ལ་ཆགས་གང་གི་མཚན། །བཟླས་བརྗོད་མགྲིན་པ་འཛེར་ལ་ཞུགས་
གྱུར་ཀྱང་། །རང་ཉིད་བདེ་བའི་རོ་ལ་ཆགས་གྱུར་པས། །གཞན་གྱི་གདུང་
བའི་ངང་ཚུལ་མི་ཤེས་བཞིན། །སྙིང་ཚིག་རྣམ་པ་དུ་མས་བདག་ཉིད་ལ། །
སྨད་པར་མཛད་འདི་དམ་པའི་ཚུལ་མ་ལགས། །གང་ཞིག་དགོས་པའི་སྤྲིན་
ཕུང་འབུམ་བརྩེགས་ནས། །ཡིད་ཀྱི་ཟླ་བ་སྣང་མིན་བྱས་གྱུར་པ། །དེ་ལ་
ཉམས་སུ་བདེ་བའི་འོད་དཀར་གྱི། །ཕྲེང་བ་སྤྲོ་བའི་མཐུ་ནི་ཡོད་མ་ཡིན། །
བདག་ནི་རང་བཞིན་མདའ་ལྟར་དྲང་བ་ལ། །གཡོན་ཅན་འཁྱོག་པོའི་གཞུ་
ཞེས་སྒྲོ་བཏགས་ཀྱང་། །གཟུ་བོར་གནས་རྣམས་གཅིག་ཏུ་ཁྲིལ་བ་དང་། །
ངག་གི་ཉེས་པ་ལྟོ་བས་ནོངས་མིན་ནམ། །དེ་སྐད་གང་ཐུགས་སེམ་ཉེའི་
འཆིང་ཞགས་ཀྱིས། །ལན་བརྒྱར་བཅིངས་དེ་བརྟག་དཔྱད་ཟབ་མོའི་
མཆོན། །འབར་བས་བཅད་བྱས་རྗེས་སུ་ཆགས་པའི་སྤྱན། །རིང་པོར་གཡོ་
བས་རྟག་ཏུ་སྐྱོང་བར་མཛོད། །བདག་ནི་བསོད་ནམས་འཆི་མེད་ལྷའི་ར
བར། །ལེགས་བསྐུན་སྐལ་བཟང་ཡོངས་འདུའི་འདབ་སྟོང་རྩེར། །ཕུན་
ཚོགས་རེ་བའི་འབྲས་བུ་ཡོངས་ལྟོ་བ། །དེ་རིང་ལོངས་སུ་སྤྱོད་པའི་དགའ་
སྟོན་སྦྱོང་། །སྔོན་བསགས་དཀར་མིན་གཅིག་ཏུ་གནག་པའི་ལས། །
བསགས་འབྲས་དུཿཁའི་མུན་ཆེན་གྱིས་གཏིབས་ཀྱང་། །སྐྱབས་འོས་ཐུགས་
རྗེའི་ཉིན་བྱེད་གཟི་འབར་བས། །དགེ་ལེགས་མཚོག་གི་སྣང་བ་དམ་པས

ཁྱབ། །སྟོན་ལས་སྨོན་ལམ་བཟང་པོས་མཚམས་འབྲེལ་ཞིང་། །མཐོང་ན་ཡིད་འཕྲོག་མིག་གི་དབང་པོ་ཆགས། །མ་འདྲིས་མཛའ་བའི་བཤེས་གཅིག་ལྷ་ཁྱོད་དང་། །མཛལ་བ་སྐལ་པ་བཟང་ངོ་རྗེས་བརྩེར་འཚལ། །

ཞེས་མགྲིན་པ་ཡོངས་སྤྱོད་ཀྱི་འཁོར་ལོའི་འདབ་བརྒྱ་རྣམ་པར་གྲོལ་བ་ལས་བྱུང་བའི་ཚིག་སྙན་ཞིང་འཇེབས་པ། མཁའ་འགྲོ་དཀར་པོའི་གླུ་ཚོགས་པད་མའི་ཐིང་བུར་འགྲོ་འོང་བྱེད་པའི་དབྱངས་དང་རྗེས་སུ་མཐུན་པ་ལེགས་པར་གསོལ་བ་ན་རྒྱལ་བུ་གཞོན་ནུ་ཟླ་མེད་དེ་ནི་བཞིན་བཟང་མ་དེའི་གཟུགས་དང་ལང་ཚོས་སྣེག་པའི་ངོ་མཚར་དང་། སྦྲང་རྩི་ལྟར་རོ་མྱང་བར་འོས་པའི་སྙན་འཇེབས་ཚིག་གི་ཕྲེང་བ་ཐོས་པས་ཡིད་ཀྱི་དབང་པོ་གཞན་དུ་མི་གཡོ་བར་འདི་སྙམ་དུ་བསམས་པ། ཨ་ཧོ། འཆི་མེད་བུ་མོ་སྟོང་ཕྲག་གི་མཛེས་པ་མ་ལུས་པ་ཕྱོགས་གཅིག་ཏུ་བསྡུས་ཀྱང་། འདིའི་བརྒྱ་སྟོང་གི་ཆར་ཡང་བསྙུན་དུ་མེད་པའི་མཛེས་སྡུག་ཡོན་ཏན་ཡོངས་སུ་རྫོགས་པ། བུད་མེད་མཁས་པའི་རང་བཞིན་ཅན་གྱི་མ་འདྲེས་པའི་ཆོས་ལྔ་དང་ལྡན་པ། སྐྱོན་ལྔ་སྤངས་པ། འདོད་པའི་སྒྱུ་རྩལ་ལ་མཁས་པ། བུད་མེད་ཀྱི་ས་དམ་པ་ལྔ་གང་ཡིན་པ་ནི། རིགས་མཐོན་པོའི་བག་མར་ལེན་པ་དང་། ཁྱིམ་ཕུན་སུམ་ཚོགས་པར་འདུག་པ་དང་། ཁྱིམ་བདག་ཀྱང་དེའི་དབང་དུ་འགྱུར་བ་དང་། བུ་དང་ལྡན་པ། སྦྱིན་པར་བྱེད་པ་ལ་སོགས་པའི་ཡོན་ཏན་གྱི་ཁྱད་པར་དཔག་ཏུ་མེད་པ། ཡིད་དུ་འོང་ཞིང་ལྟ་ན་སྡུག་པ། ལུས་དང་ཁ་སྒོ་ནས་ཏ་རི་ཙན་དན་གྱི་དྲི་བསུང་རབ་ཏུ་ལྡང་བ། གང་གི་རེག་པ་ལ་བདེ་བའི་མཆོག་སྟེར་བ་ལ་སོགས་བུད་མེད་རིན་པོ་ཆེའི་དགེ་མཚན་མ་ལུས་ཚང་བ་འཇིག་རྟེན་མིའི་ཡུལ་དུ་བྱུང་བ་འདི་ནི་བདག་གི་བསོད་ནམས་ཀྱི་བགོ་སྐལ་དུ་གྱུར་པ་རྙེད་པ་ལེགས་པར་རྙེད་

པའོ་སྐམ་དུ་ཡིད་དགའ་བ་དང་བདེ་བའི་རོས་གང་ཞིང་། དང་པོར་ཚོད་བགམ་པའི་སྐད་དུ་སྙིང་ཚིག་སྨྲས་པ་ལ་ཅུང་ཟད་སྐྱེངས་པའི་སྒོ་ནས་ལན་སྨྲས་པ།

འཇིག་རྟེན་མེས་པོ་གསེར་གྱི་མངལ་ཅན་དང་། །མཚོད་སྦྱིན་བརྒྱ་པའི་རིགས་ལས་བྱུང་མིན་ཞིང་། །མི་འམ་ཅི་མོའི་མཆེད་ཟླར་མ་བལྟམས་ཀྱང་། །ལྷ་དང་དྲི་ཟའི་བུ་མོ་ལས་རྒྱལ་བའི། །མཛེས་སྡུག་ཀུན་གྱི་སྙིང་པོས་གསུམ་ན། །མཚུངས་པའི་དཔེ་ཟླས་དབུལ་བ་ཁྱེད་མཐོང་ཚེ། །སྲིད་ན་མཚར་བའི་དཔེར་འོས་ཟླ་བ་ཡང་། །ཉིན་བྱེད་འོད་ཟེར་འབར་བའི་ཕག་ཏུ་ཡིབས། །རིགས་རྒྱུད་དཔག་བསམ་འདོད་འཇོའི་འཁྲི་ཤིང་མཆོག །མཛེས་སྡུག་མི་ཧྲོག་བཞད་པས་རྣམ་མཛེས་ཤིང་། །རྨད་བྱུང་སྤྱོད་ཚུལ་ཤིས་པའི་འདབ་སྟོང་དགོད། །གྲགས་པའི་དྲི་བསུང་གཡོ་བ་ཁྱེད་ལྷ་བུ། །ལྷ་དང་ཀློན་པའི་ཞིང་ལ་གཏམ་ཙམ་སྙེ། །མི་ཡི་འཇིག་རྟེན་འདི་ན་སྔོན་མ་བྱུང་། །བདག་གིས་བསྐལ་མང་རྒྱ་ཆེན་བསོད་ནམས་ཚོགས། །བསགས་པའི་འབྲས་བུ་ཉམས་སུ་མྱོང་བ་ལས། །འཁོར་ལོས་བསྒྱུར་བའི་ཡོ་བྱད་རིན་ཆེན་བདུན། །ལྡིང་བའི་བཙུན་མོའི་ཕྱུལ་ཕྱྲིད་སྐལ་བས་རྙེད། །འཇོ་སྒེག་ལང་ཚོའི་པད་སྟོང་ལྡེམ་པ་ལ། །འདོད་པའི་མྱོས་བུམ་སྦྲང་རྩིའི་བཅུད་དུ་ཆགས། །བཞིན་བཟང་ཟླ་བ་གསར་པའི་དཀྱིལ་འཁོར་ལ། །དཀྱུས་རིང་རི་དྭགས་མིག་གི་མཚན་མས་མཛེས། །མཁྲེར་འཛུམ་དཀར་དམར་ཕྱེ་བའི་ངོ་མཚར་དེས། །ཐུན་མཚམས་སྤྲིན་གྱི་མཛེས་པ་འཕམ་པར་བྱས། །གནག་སྨུམ་ཟུར་ཕུད་འཁྱོག་ལ་འཆང་བའི་རྩེར། །རིན་ཆེན་རྩེ་ཕྲན་གཙུག་རྒྱན་འོད་རབ་འབར། །ཡིམ་པའི་སྙེམས་པ་འཕྲོག་པའི་འཛུམ་ཞལ་ལས། །ག་

ཕུར་གསར་པའི་བསུང་ཞིམ་ཀུན་ལས་ལྷང་། །འཁྲུད་རྒྱའི་གར་དུ་རྩེ་བའི་མགྲིན་པ་དང་། །མཆོག་ཏུ་ཕྲ་བའི་རྐེད་སྐབས་རིན་པོ་ཆེའི། །དོ་ཤལ་འོག་པག་འཕྱང་འཕྲུལ་གྱིས་མཛེས་པ། །མིག་ལ་བདུད་རྩིའི་ཚར་ཆེན་འབེབས་པ་བཞིན། །དེ་ལྟར་སྙིང་གི་ཐིག་ལེར་འཁྱིལ་བའི་བཅུད། །བསྐལ་པ་མང་པོས་གོམས་པའི་རོ་ལས་བཞིན། །མཛའ་བ་མི་ཕྱེད་དམ་བཅའ་བརྟན་བཀོད་དེ། །ཁྱོད་ལ་བརྩེ་བའི་འཛུག་པ་མི་སྙོད་ཀྱང་། །རང་བཞིན་རྣམ་པར་དག་པའི་གསེར་སྦྲང་ཁམས། །འགལ་རྐྱེན་གཡའ་ཡིས་འགོས་སམ་མ་འགོས་ཞེས། །བགམ་པའི་སྐད་དུ་ཁྱོད་ལ་བསུན་འབྱིན་གྱི། །ཚིག་ཏུ་བརྗོད་པ་དེ་ནི་ཧི་བཞིན་མིན། །ལས་ཀྱི་འབྲེལ་ཟབ་ལྡན་ན་ནམ་དུ་ཡང་། །མཛའ་བའི་འཆིང་བ་སློད་པའི་སྐབས་མེད་ཕྱིར། །བདག་ཀྱང་ཁྱོད་དོན་གཉེར་སྐད་ཡུལ་ཕྱོགས་འདིར། །བསྒྲོད་པའི་དམ་བཅའ་གསལ་བར་བཀོད་པ་ན། །ཡབ་ཡུམ་འབངས་འཁོར་སྙིང་ལ་ཟུག་རྔུ་ཡིས། །ཟུག་པའི་ཚ་ངེ་གསང་པོར་འདོན་བྱེད་ཅིང་། །བཞིན་རས་མཆི་མས་བརླན་གྱུར་བཤོལ་འདེབས་ཀྱང་། །གང་བརྩམས་ཐོག་མའི་བྱ་བ་མི་འདོར་བ། །བརྟུན་པ་བསྐྱེད་དེ་ཡུལ་ཁམས་འདིར་ལྷགས་ནས། །ཞི་དུལ་ཐབས་མཁས་སྤྱོད་པས་གདུལ་བྱ་ཞེས། །ཕི་དམ་བརྟན་པོར་བཅས་ཀྱང་སྐྱེས་བུའི་ལས། །སྤྱོད་བྱ་ལོག་ཏུ་མེད་ཕྱིར་དགྲ་སྡེའི་ཚོགས། །མིང་གི་ལྷག་མར་བྱས་པའི་ཐིག་ལྷུང་ཁྲེར། །ཀླུ་བས་འཁོར་བར་སྐྱེས་པའི་ས་གཞི་བཞིན། །བྱས་མེད་འོན་ཀྱང་བདེན་པའི་མཐུ་མ་ཉམས། །བཞིན་བཟང་མ་ཁྱོད་སྔོན་ཆད་སྡུག་བསྔལ་གྱི། །ཚོར་བ་དགུན་གྱི་རེག་བྱས་བཅོམ་གྱུར་ཀྱང་། །ད་ནི་སྐལ་བཟང་དབྱར་དཔལ་དར་བ་ཡིས། །དགའ་སྟོན་སྤྱོད་པར་ཕྱོགས་སོ་མཛེས་ལྡན་མ། །

རིགས་མཆོག་དྲི་མ་མེད་པའི་ཆུ་མཚོ་ལས། །ལང་ཚོའི་པད་དཀར་བཞད་པ་མི་མཐུན་གེགས། །ཟླ་བས་ཉམས་ཀྱང་རིང་ནས་མཛའ་བའི་གྲོགས། །ཉིན་བྱེད་སྣང་བས་སྐྱོང་ངོ་ལུས་ཕྲ་མ། །ལེགས་པར་སྦྱད་པའི་ཞིང་ས་གཉེན་པོ་ལ། །རེ་བའི་ལོ་ཏོག་ཕུན་སུམ་ཚོགས་ཆེ་བ། །བར་དུ་གཅོད་པའི་སེར་བས་འཇོམས་བརྩོན་ཀྱང་། །མཐུ་རྩལ་རླུང་གིས་སྐོར་རོ་གཞོན་ནུ་མ། །མི་འདོད་འབྲས་བུ་ཉམས་སུ་སྨྱོང་འགྱུར་བ། །ཚུལ་མིན་རྫོན་པའི་རྒྱུ་ཡིས་ཕྱོགས་རྣམས་ཀུན། །གྲོས་བྱས་མཛེས་མའི་རི་དྭགས་དོན་གཉེར་ཀྱང་། །སྡུག་བསྔལ་རྒྱ་ལས་གྲོལ་ལོ་ནུ་རྒྱས་མ། །རྣམ་དག་བསམ་པའི་ཟླ་བ་ལེགས་བྱས་ཀྱི། །མཁའ་ལ་འགོག་མེད་རྒྱུ་བ་མི་མཐུན་སྤྲིན། །སྡུག་པོས་ནམ་ཞིག་མིག་པོར་བྱས་ན་ཡང་། །སྤྲིན་བྲལ་འོད་རིས་དངོམ་མོ་ཕྲ་རྒྱས་མ། །ཟླ་བ་གྲོགས་མེད་མཁའ་ལ་འཆར་བ་དང་། །ཀུནྡ་ས་གཞིར་སྤྱོད་པ་རྒྱང་རིང་ཡང་། །ལས་སྨོན་གཅིག་ཏུ་དཀར་བས་རེ་བའི་འབྲས། །བདེ་སླག་འགྲུབ་པོ་རི་དྭགས་མིག་ཅན་མ། །བཅུ་དྲུག་ལང་ཚོར་ལྡན་པའི་སྙིག་མཚོར་ལ། །བརྩེ་བར་འདོད་པའི་སྐྱེ་བོས་རེ་བའི་ལམ། །བཀག་ཀྱང་གཞན་དབང་མ་གྱུར་ཡིད་བཞིན་དུ། །འཁྲིགས་པའི་སྐལ་པར་ལྡན་ནོ་སྙིག་འཆང་མ། །

ཞེས་བྱ་བ་ལ་སོགས་པའི་དགའ་བའི་གཏམ་མཉན་པར་འོས་པ་འདོད་དགོངས་སྙིང་པོ་ཅན་ཅི་དང་ཅི་ཡང་སྨྲས་ཏེ། ཟླ་འོག་གི་གདན་ཁྲི་བརྩེགས་པ་ལ་འཁོད་དུ་བཅུག་གོ། །དེ་ནས་སླར་ཡང་གཞོན་ནུ་མས་རྒྱལ་བུ་གཞོན་ནུ་ཟླ་མེད་ལ་ཕྱག་དང་ཞེ་སར་བཅས་པས་ཀུན་ནས་བཏུད་དེ་བརྩེ་བས་རྗེས་སུ་ཟུངས་ཤིག་པར་བསྐུལ་བའི་ཚིགས་སུ་བཅད་པའི་དབྱངས་ཀྱིས་བསྙད་པ།

གྲགས་པའི་འཁོར་ལོ་བསོད་ནམས་འོད་སྟོང་གིས། །རྣམ་པར་མཛེས

པ་སྲིད་པའི་སྒྲོན་མེ་ཡིས། །འདམ་ལས་སྐྱེས་ཀྱང་འདམ་གྱི་སྐྱོན་བྲལ་བ། །པད་དཀར་ཚལ་ཆེན་སྣང་བ་དམ་པས་སྐྱོངས། །ཡོན་ཏན་ཆ་ཤས་ཡོངས་རྫོགས་འོད་དཀར་ཅན། །བྱམས་དང་སྙིང་རྗེ་བདུད་རྩིའི་གཏེར་ཆེན་པོས། །ལྷག་བསམ་འདབ་མ་དཀར་པོས་རྣམ་མཛེས་པ། །ཀུ་མུད་གཞོན་ནུའི་རྩེ་དགའ་བཞད་པར་མཛོད། །བརྩེ་ཆེན་སྤྲིན་གྱི་བ་གམ་མཐོན་པོ་ལས། །མཛའ་གཅུགས་གསང་གཏམ་གྲོལ་བའི་དབྱར་སྐྱེས་ཟ། །སྒྲོགས་པས་མཁའ་ལ་མི་ཆགས་མདོངས་མཛེས་ཅན། །རྨ་བྱའི་བུ་མོ་ཡིད་དབང་མྱོས་པར་འཚལ། །ཚད་མེད་ཐུགས་རྗེའི་རྩ་བ་བརྟན་པོར་ཚུགས། །བྱམས་པའི་ཡལ་འདབ་རབ་རྒྱས་ལྗོན་ཤིང་ཆེར། །བརྟེན་བཅས་ཐོལ་མེད་དཔྱིད་ཀྱི་དཔལ་མོ་བདག །བདེ་སྐྱིད་གླུ་སྙན་སྒྲ་གསུམ་འགེངས་པར་མཛོད། །སྐྱེ་བ་གཞན་དུ་མི་ཕྱེད་མཛའ་བའི་ཤུགས། །བཙན་པོའི་བག་ཆགས་ཟབ་ལྷན་མི་ཡི་རྗེར། །གཅིག་ཏུ་བརྩེ་བའི་རེ་བ་བཅས་པ་བདག །རྣམ་ཀུན་གཡེལ་བ་མེད་པར་རྗེས་སུ་སྐྱོངས། །

ཞེས་གསོལ་བ་ན། གཞོན་ནུས་བཞིན་འཛུམ་པ་དང་བཅས་པའི་སྒོ་ནས་སྐར་དབུགས་དབྱུང་བའི་ཚིག་གི་ཕྲེང་བ་འདི་ཚར་དུ་དངར་བར་བྱས།

སྲིད་པ་ལས་ཀྱི་འཁོར་ལོ་ཡང་ས་པའི་ཁམས། །བདེ་སྡུག་འགྱུར་རྒྱུད་རྣམ་འགྱུར་གློག་གི་གར། །བསྒྱུར་བས་མི་བརྟན་གཡོ་བའི་མཚང་རིག་ཀྱང་། །ལས་ཉོན་སྣང་ཞེན་ཟབ་མོ་བཟློག་པར་དཀའ། །དེ་སྣད་འཇིག་རྟེན་མི་ཡི་ཆོས་ལུགས་དོན། །སྙིང་པོར་གྱུར་པ་ལས་འབྲས་རྣམ་གཞག་ལ། །མངོན་གཟུ་བོར་གནས་པའི་སྤྱོད་པའི་ཚུལ། །ལེགས་པར་སྐྱོང་བ་དམ་པའི་རྣམ་ཐར་ཡིན། །ཉོན་མོངས་རྟེན་ཅིང་འབྲེལ་བ་འབྱུང་བ་ཡི། །

མཚམས་སྦྱོར་གཅིག་ཏུ་གྲུབ་པའི་རིགས་ལྡན་མ། །ཁྱོད་ནི་ཟླ་བའི་དཔལ་དང་ཟླ་འོད་བཞིན། །ལྷན་ཅིག་སྤྱོད་པའི་སྨོན་འདུན་སྙིང་ལ་ཞེན། །འཇིག་རྟེན་འདི་ན་ཕུན་སུམ་ཚོགས་གྱུར་པའི། །དགེ་མཚན་མཐོང་ན་མི་བཟོད་ཕྲག་དོག་གིས། །བསླད་པའི་ཕྲ་མེན་རིག་པ་འཛིན་པ་འགས། །འབྱེད་ལ་བརྩོན་པའི་སྦྱོར་བ་རྩོམ་སྲིད་ཀྱང་། །གཡོ་མེད་རྡོ་རྗེའི་རི་བོ་ལྟར་བརྟན་པའི། །མཛའ་བ་མི་ཕྱེད་དམ་བཅས་བཀོད་ཟིན་ན། །དབྱེན་དང་ཕྲ་མའི་རླུང་གིས་ཆ་ཙམ་ཡང་། །གཡོ་བར་ནུས་པའི་གོ་སྐབས་ག་ལ་ཡོད། །གནག་པའི་ལས་ཀྱི་ལྷག་མར་གྱུར་པ་ཡིས། །གང་ཁྱོད་གདུང་བ་མི་བཟད་སྨྱོང་ཟིན་ཀྱི། །ད་ནི་བསོད་ནམས་སྨྱུད་པའི་ལེགས་བྱས་འབྲས། །དཀར་པོ་ནད་མེད་སྨུ་ཏིག་དངོས་པོར་སྨིན། །དེ་ལྟར་མཛའ་གཙུགས་གསང་བ་ཟབ་མོའི་གཏམ། །ཟོལ་མེད་སྙིང་གི་དཔྱིད་ལས་ཕྱུང་བ་འདི། །ལེགས་པར་མཉན་ཏེ་ཡིད་ལ་བཟུང་བྱས་ནས། །རྣམ་ཀུན་རྩེ་དགའི་དཔལ་ལ་རོལ་བར་གྱིས། །

ཞེས་སྙན་འཇེབས་ཚངས་པའི་དབྱངས་སུ་བསྒྲགས་པ་ན། ཡིད་འོང་མ་དེ་ཡང་དོགས་པའི་འཆིང་བ་ཀུན་ལས་རྣམ་པར་གྲོལ་ནས་ཡིད་ལ་སྡོན་མེད་བདུད་རྩིའི་དགའ་སྟོན་ཐོབ་ཅིང་། བདག་གིས་རིང་མོ་ཉིད་ནས་རྩེ་གཅིག་ཏུ་སྨོན་པར་བྱས་པའི་རེ་བ་གང་ཡིན་པ་ནི་རྒྱལ་སྲས་མཆོག་གི་ཐུགས་རྗེའི་དཔྱང་ཐག་དྲ་བས་མི་སླུང་བར་ངེས་སོ་སྙམ་ནས་ཡིད་ལྷག་པར་བདེ་ཞིང་བག་ཕེབས་པར་གནས་བཅས་སོ། །

35. རྒྱལ་པོ་ཟླ་བའི་བློ་གྲོས་ཡབ་སྲས་བློན་པོར་བཅས་པས་རྒྱལ་སྲས་གཞོན་ནུ་ཟླ་མེད་ལ་དད་པ་དང་། གུས་པ། ཡིད་ཆེས་པ་གསུམ་གྱི་སྒོ་ནས་གཙུག་གི་ནོར་བུ་ལྟར་མཆོད་པའི་སྐོར།

དེ་ནས་རྒྱལ་པོ་ཟླ་བའི་བློ་གྲོས་དང་རིགས་ཀྱི་སྨྱུ་གུ་ལྟ་ལས་ཕུལ་བྱུང་བློན་པོར་བཅས་པ་ཡང་རྒྱལ་སྲས་གཞོན་ནུ་ག་ལ་བ་དེར་ལྷགས་ནས་ཞབས་སྟེགས་རིན་པོ་ཆེའི་ཁྲི་ལ་སྤྱི་བོས་བཏུད་ནས་མཐའ་གཅིག་ཏུ་འཁོད་དོ། །དེའི་ཚེ་གཞོན་ནུ་དམ་པ་ནི་ཞི་དུལ་སྙིང་རྗེའི་རང་བཞིན་ཅན་ཡིན་པས་ཁྲོ་བ་མེད་ཀྱང་། རི་ཞིག་བགམ་པའི་ཆེད་དུ་སྒྲ་དབྱངས་མཐོན་པོས་འདི་སྐད་ཅེས་སྨྲས་སོ། །

བདག་ནི་ཞི་བར་གནས་པ་ལ། །ཁྲོ་བའི་གོ་སྐབས་མ་མཆིས་ཀྱང་། །ཀོལ་བ་ལ་ནི་སྙིང་རྗེ་ཡིས། །སྐྱོང་བའི་བརྟུལ་ཞུགས་གྲུབ་པ་མེད། །དེ་ཕྱིར་བསྒྲལ་ལམ་ཅི་བདེ་རུ། །བཞག་པར་བྱ་ཞེས་མཐའ་གཉིས་མཆིས། །སོམ་ཉིའི་འཆིང་བ་སེལ་སླད་དུ། །དྲིས་ལ་ལན་ཕྱོག་དྲང་པོར་སྨྲོས། །རྒྱལ་རིགས་དམ་པའི་ལམ་ལས་མི་འདའ་བ། །སྲིད་པའི་རྒྱན་ཞེས་དེ་ཡི་རྒྱལ་ཐབས་བགྲོས། །མཐའ་གཅིག་མཐུན་པའི་དོན་དུ་གསལ་ལྡན་གྱི། །རིགས་ལས་བྱུང་བ་མཆོག་ཏུ་སྙེག་འཆང་མ། །དེ་ནི་བདག་ཡིད་རེ་དྭགས་འཆིང་བ་ཡི། །ཞགས་པའི་ཚོ་ག་རྫོགས་པར་བྱེད་དོ་ཞེས། །འབད་པ་དུ་མས་དོན་དུ་གཉེར་བྱས་ཏེ། །རེ་བ་ཇི་བཞིན་ལག་རྩེར་ཉེ་བའི་མཐར། །ཚུལ་མིན་བར་དུ་གཅོད་པའི་འཐོར་རླུང་གིས། །དོན་བཟང་སྤྲིན་གྱི་བ་གམ་གཏོར་བྱས་ཤིང་། །སླར་ཡང་བདག་ཅག་འཛིན་མ་གང་བའི་དཔྱིད། །འཇིགས་རུང་མཚོན་ཆའི་དཀྱིལ་འཁོར་ཤར་བ་ལ། །ཀོལ་བར་རློམ་པའི་བློ་གྲོས་འཕྲུལ་བ་འདི། །གང་ལས་བྱུང་བའི་ངང་ཚུལ་གསལ་བར་སྨྲོས། །ཕྱིར་ཡང་བག་

མེད་གོམ་སྟབས་བསྒྱུར་བ་ཡི། །ལག་ལྡན་སྨྱོན་པའི་གར་དུ་བསྒོས་གྱུར་པས། །འཇིགས་མེད་གདོང་ལྔའི་རྒྱལ་པོའི་དགྲ་ཟླ་རུ། །ཆས་ཀྱང་རང་ཉིད་སྲོག་གི་དམན་བྱེད་ཡིན། །བློ་གྲོས་ངན་པས་ཅི་བྱ་གཏོལ་མེད་དུ། །གྱུར་མཐར་མགོ་བོ་འདུད་ཅིང་སྐྱབས་འཆའ་ཡང་། །དེ་ནི་བླུན་རྨོངས་སྐྱེ་བོའི་རང་རྟགས་ཏེ། །བློ་གྲོས་ལྡན་པ་སུ་ཞིག་དགའ་བར་འཛིན། །མཐུ་སྟོབས་ནུས་པ་ཅི་ཡོད་དཔུང་བསྐྱེད་ནས། །ཤིན་ཏུ་དཔའ་བས་དྲེགས་ཤིང་གཡུལ་བཤམས་ཀྱང་། །བསྲེག་ཟ་འབར་བའི་གྲོགས་ཀྱི་བུད་ཤིང་བཞིན། །རང་ཉིད་ཉམས་པའི་གནས་སྐབས་མ་བཟློད་པར། །སྙན་འཇེབས་ཞི་དུལ་ཚིག་གིས་ཁྲིད་བྱས་ཏེ། །གྲགས་པའི་གདུགས་བསྒྲེངས་སྙན་འགྱུར་རོལ་མོའི་དབྱངས། །འཕྲོལ་བས་མདུན་བསུས་ཡིད་ལ་འབབ་བྱས་ཀྱང་། །སྣང་བ་འབུམ་ལྡན་ནོར་འཛིན་ཡངས་པའི་ཁྲོན། །རྟུལ་ཕྲན་ཙམ་ཡང་དབང་གི་ཕྱུག་རྒྱུ་ཡིས། །དམ་དུ་འཕྲུད་པའི་རྗེ་བོར་བདག་གྱུར་ན། །རྒྱལ་ཁབ་དམ་པར་ཞབས་སོར་འཁོད་ཅིག་ཅེས། །བསྐུལ་བར་བྱེད་ལ་འབྲས་བུ་ཅང་མཆིས་སམ། །རང་འཁོར་ཕུན་ཚོགས་འདོད་དགུའི་གཏེར་གྲོལ་བར། །ལོངས་སྤྱོད་སྐལ་བཟང་ཐོབ་པས་མ་ཚིམ་པར། །གཞན་འཁོར་ཡིད་ལ་བརྣག་པའི་སྲེད་ཞེན་གྱིས། །ཉེས་སྤྱོད་ལས་ལ་ཞུགས་པའི་མཐའ་མཐོང་ངམ། །དང་པོར་ཡོངས་སུ་བརྟགས་པས་མ་ཟིན་པའི། །གདུག་པའི་བྱ་བྱེད་རྗེ་ལངས་གར་བཞིན་དུ། །བསྒྱུར་མཐར་ཕྱིས་ནས་འགྲོད་ཅིང་གདུང་བ་ཡིས། །མནར་ཡང་བློན་པོའི་རང་རྟགས་ཛེམས་པ་ཡིན། །དེ་ཕྱིར་རང་གིས་ཉེས་པར་སྤྱད་པའི་འབྲས། །རང་གིས་སྤྱོང་བར་བྱ་ལས་ཐབས་མེད་ཕྱིར། །ཉེར་ལེན་ཕུང་པོ་རྟུལ་ལྟར་བརླགས་བྱས་ནས། །སྟོང་པ་སེམས་ཀྱི་གནས

ལུགས་རྫེན་པར་སྟོན། །

ཞེས་སྨིགས་པའི་ཚིག་རྒྱུན་མོས་དེ་དག་ཡིད་ཀུན་ཏུ་གདུང་བར་བྱས་མོད་ཀྱི་ངེས་པའི་དོན་དུ་ནི་ཡིད་འོང་མཁོ་ན་དོན་དུ་གཉེར་བའི་བརྩོན་འགྲུས་དང་། མཐུ་སྟོབས་ཀྱི་ཁྱད་པར་སྟོན་པར་བྱེད་པ་ལས། སྔོན་ནས་བྱང་ཆུབ་ཀྱི་སྤྱོད་པ་སྤྱོད་པ་ལ་ཡུན་རིང་དུ་གོམས་པའི་བག་ཆགས་ཡིན་པས། ཁྲོ་བའི་མུན་པ་གཏན་ནས་བཅོམ་སྙེ་སྙིང་རྗེའི་ངང་ཚུལ་མི་འདའ་བའི་སྣང་བ་དཀར་པོར་འཕྲོ་བའི་ཕྱིར་ཕྲག་བྱ་བར་ལྷགས་པ་ལ་སྣང་ཞུགས་ཀྱི་བསམ་པ་སྤྲངས་ཀྱང་། དེ་ཙམ་ཞིག་གི་སྨྱོ་བ་དྲག་པོས་བསྒིགས་པ་ན། དེ་དག་མ་ལུས་ཤིན་ཏུ་འཇིགས་ཤིང་སྤྲ་བཀོང་བར་གྱུར་ནས་བསམས་པ། དང་པོར་རྒྱལ་བུ་འདི་ཉིད་དམ་པའི་ལུགས་སྲོལ་ལ་གནས་པ་ཞིག་སྟེ་བདག་ཅག་རྗེས་སུ་འཛིན་པར་གདོན་མི་ཟའོ་སྙམ་ནས་གུས་པར་བཏུད་དེ་རེ་བ་བཅས་པ་ཡིན་མོད་ཀྱང་། སྐྱེ་བོ་རྣམས་ཀྱི་ནང་གི་བསམ་པའི་བྱེ་བྲག་ནི་ལྡོག་ཏུ་འགྱུར་བ་ཞིག་ཡིན་པས་གཏིང་མ་དཔོགས་ཏེ། རྒྱལ་བུ་འདིས་ཀྱང་བདག་ཅག་བློ་ཁྲིད་པར་བྱས་པ་ནི། དཔེར་ན་ཉ་པ་གཡོ་སྒྱུ་ལ་གོམས་པ་རྣམས་ཀྱིས། དང་པོར་སྲོག་ཆགས་ཉ་ལ་ཟས་ཅི་དང་ཅི་འདོད་པ་བྱིན་ནས་ཁ་ཁྲིད་པར་བྱས་ཏེ། མཐར་ལྕགས་ཀྱི་ཉོན་པོས་བཏབ་སྟེ་སྲོག་དང་བྲལ་བར་བྱས་པ་དེ་བཞིན་དུ་བདག་ཅག་རྣམས་ཀྱང་ཉམས་ཉེས་པར་འགྱུར་བའི་དུས་འདི་ཡིན་སྙམ་ནས་སེམས་ཁོང་དུ་ཆུད་ཅིང་། མིག་གཡོ་བ་མེད་པ་ཅེར་རེ་ལུས་ནས་དགུན་གྱི་ཁྲ་ཐུག་བཞིན་དུ་སྨྲ་བ་མེད་པར་གནས་པའི་ཚེ། བློན་པོ་ཚངས་པའི་བློ་ལྡན་ཞེས་པ་དེས་ཤིང་དཀྱིལ་ཆེ་བ་དེས་བསམས་པ། འདིར་རྒྱལ་སྲས་ཀྱིས་བདག་ཅག་ལ་སྨྱོ་བ་དྲག་པོས་ཚར་བཅད་ཅིང་། མཐར་སྲོག་ལ་རྐྱལ་བར་མངོན་དུ་ཕྱོགས་མོད་ཀྱི། འོན་ཀྱང་འགྲོད་

པར་བྱ་བ་རྟུལ་ཙམ་མེད་པས་དེའི་ཕྱིར་ཁ་རོག་པར་འདུག་པ་མི་བཟོད་པས་རང་གི་གནས་ལུགས་གང་ཡིན་པར་དྲང་པོར་བརྗོད་དོ་སྙམ་ནས་རོ་སྟོད་བསྲངས་ཏེ་འཇམ་པའི་ཚིག་གིས་སྨྲས་པ།

གཟི་བྱིན་དཔལ་འབར་ལྷ་ནུ་སྟུག་པའི་སྐུ། །ཚངས་དབྱངས་རྔ་བའི་བདུད་རྩིར་འབབ་པའི་གསུང་། །ཟབ་བརླིང་བརྩེ་བ་ཆེན་པོའི་ཐུགས་ལྡན་པའི། །གཞོན་ནུ་བྱང་ཆེན་སྤྱོད་པའི་དབང་པོར་འདུད། །གང་ཞིག་མཐོང་བས་ཀུན་དགའི་དཔྱིད་འཛོ་ཞིང་། །ཐོས་པ་གྲགས་པ་ས་གསུམ་ཡོངས་ལ་ཁྱབ། །དྲན་པས་ཡིད་ལ་རབ་དགའི་ཚོར་བ་སྦྱོར། །རེག་པས་གདུང་སེལ་ས་ཡི་དབང་ཕྱུག་ཀྱེ། །བདག་ཅག་འགྲོད་ཅིང་ཉོངས་སོ་ལས་དབང་གིས། །གཏི་མུག་མུན་པའི་གླིང་དུ་འཁྱམས་གྱུར་ཅིང་། །ཆགས་སྡང་བྲག་རི་མཐོན་པོའི་རྩེར་འཛེགས་ནས། །དྲེགས་སྒྱོས་སྤྲུ་ར་འདེངས་པ་འབྲུང་པོའི་བྱ། །ཉིན་མོར་བྱེད་པའི་གཟི་བྱིན་བཟོད་དཀའ་བའི། །ངང་ཚུལ་མ་རྟོགས་ཉིན་མོ་ཕྱིར་བྱུང་ཚེ། །འདབ་ཆགས་ཀུན་གྱིས་བརྙས་ཤིང་མ་རུང་བར། །བྱས་པ་ཇི་བཞིན་སྐྱབས་འཚོལ་རྒྱལ་བའི་སྲས། །གང་ལ་མཐོ་འཚམ་གྱུར་པ་མཐོལ་ཞིང་བཤགས། །འོན་ཀྱང་དམ་པ་རྣམས་ནི་རང་གི་ཚུལ། །ཇི་བཞིན་དྲང་པོར་བརྗོད་ལ་ནམ་དུ་ཡང་། །ཁྲེལ་བའི་གོ་སྐབས་མེད་ཕྱིར་ཅུང་ཟད་ཙམ། །གདས་པར་གསོལ་བ་ཡུད་ཙམ་དགོངས་དང་ཀྱེ། །དང་པོར་གསལ་ལྡན་རྒྱལ་རིགས་ཚུ་གཏེར་ལས། །བྱུང་བའི་ཡིད་འོང་ཟླ་བ་གསར་པ་འདི། །ལྷ་ལས་ཕུལ་བྱུང་མཛའ་མོར་དམ་བཅས་ཏེ། །རྒྱལ་སྲིད་ཆབས་ཅིག་སྐྱོང་ཞེས་ཐ་ཚིག་བསྒྲགས། །ཕྱིར་ནས་སྲིད་པའི་རྒྱན་དུ་འདེང་བའི་གཏམ། །ཐོས་པ་མ་བཟོད་བསུ་བའི་མངག་གཞུག་པ། །དཔུང་བཅས

མངགས་སྨོད་གང་གི་མཛའ་ན་མོར། །ཐབ་ཟིན་དབྲོག་པའི་ལས་ལ་ཞུགས་པ་མེད། །སྐར་ཡང་འཇིགས་མེད་དཔུང་གི་ཚོགས་ཆེན་པོ། །སྔོངས་འདིའི་གཏོས་ཀུན་གང་བ་ལྷགས་གྱུར་ཏེ། །ཕྱོགས་མཚམས་དམྱལ་མེས་བསྐོར་བའི་སེམས་ཅན་ལྟར། །བདག་ཅག་ཉམ་ཐག་མ་བཟོད་ཕྱིར་ཕྱུང་ནས། །སོ་སྐྱི་རང་མཉམ་མཐུ་སྟོབས་འགྲན་སེམས་ལ། །ཕར་རྐོལ་བརྣང་པོར་སྤྱོད་པ་མ་མཆིས་ཤིང་། །ཁྱད་པར་མི་ལས་འདས་པའི་རྒྱལ་བའི་སྲས། །རྫུ་འཕྲུལ་བཀོད་པས་འགྲོ་འདུལ་ཁྱོད་ལྟ་བུའི། །ཡོན་ཏན་ཁྱད་འཕགས་གསལ་བར་མ་མཐོང་བས། །དོ་ཟླར་བྱས་སོ་བློ་གྲོས་འདི་ཉིད་ནི། །བཟང་ངམ་དམན་པའི་གཏིང་ཇོར་ལྷུངས་གྱུར་ཀྱང་། །བདག་ཉིད་ཁོ་ནས་བསྒྲུབས་པའི་བྱ་བ་ལགས། །ད་ནི་བདག་ཅག་རེ་བ་གཏད་པའི་མགོན། །གཞན་དུ་མ་མཆིས་གང་ལ་སྐྱབས་སོང་ཡང་། །བརྩེ་ཆེན་ཐུགས་རྗེའི་ལྕགས་ཀྱུས་འདོར་སྲིད་ན། །ལས་རབ་སྤྱོད་བྱར་ངེས་སོ་འགྱོད་སེམས་ཐལ། །འོན་ཀྱང་སྐྱེས་མཆོག་དམ་པའི་ངང་ཚུལ་ལས། །ནམ་ཡང་མི་གཡོ་ཞི་དུལ་སྙིང་རྗེའི་གཏེར། །ལུས་ཅན་ཀུན་གྱི་མགོན་དང་དཔུང་གཉེན་དུ། །གྱུར་ན་བདག་ཅག་རྗེས་བརྩེར་མི་རུང་ངམ། །ཚངས་པའི་བློ་གྲོས་གཏམ་གྱི་ཐ་ཚིག་ལ། །ཟློལ་ཟློག་གཡོ་སྒྱུའི་སྦྱོར་བས་བསླད་པ་མེད། །ལེགས་པར་དགོངས་འཚལ་རྒྱལ་བུ་གཞོན་ནུའི་མཚན། །བརྩེ་བས་གཟིགས་ཤིག་དཔལ་ལྡན་མིའི་དབང་ཕྱུག །

ཅེས་བརྗོད་པས་གཞོན་ནུ་ཟླ་མེད་དེ་ཡང་ཡིན་ལུགས་སུ་སྤྱོད་པའི་རྣམ་དཔྱོད་དང་ལྡན་པ་ཡིན་པས། ཚངས་པའི་བློ་གྲོས་ཀྱིས་གང་སྨྲས་པའི་གཏམ་དེ་ཀུན་གཡོ་དང་སྒྱུ་མེད་པ། དྲང་པོར་བརྗོད་པ་ལ་མི་དགའ་བ་མེད་པར

འཇུམ་པའི་བཞིན་གྱིས་མདངས་ཕྱུངས་ནས་འདི་སྐད་ཅེས་སོ། །རྗེ་བློན་རྣམས་མཉན་པར་མཛོད་ཅིག ཁྱོད་ཅག་ལ་ཕོ་བོས་སྨྲས་པ་དེ་དག་ནི་རེ་ཞིག་བགམ་པའི་སླད་དུ་ཟློལ་དང་བཅས་ཏེ་སྨྲས་པར་ཟད་ཀྱི་ངེས་པར་ན་དང་པོར་གཡུལ་གྱི་དོ་རར་སྤྱོད་པ་དེའི་སྐབས་ཉིད་ནས་ཉམས་ཉེས་པར་བྱས། སྲོག་འཕྲོག་པར་བྱས། མིང་གི་ལྷག་མ་ཙམ་དུ་བྱེད་པ་ལ་ཐལ་མོ་ཡ་གཅིག་བསྣུན་པས་ཀྱང་དོན་དེ་སྒྲུབ་པར་དཀའ་བ་མེད་པ་ཡིན་ན། ཁང་ཁྱིམ་གྱི་ནང་དུ་ཞུགས་ཏེ་དྲིགས་པའི་གཏམ་སྨྲས་ནས་ཅི་ཞིག་བྱ། དེ་ཕྱིར་ཕོ་བོ་ལ་ནི་དགྲ་ཟླུན་གྱི་རིས་སུ་བྱ་བ་འགའ་ཡང་མེད་པས་ཁྱོད་རྣམས་ཀྱང་དོགས་པ་དང་སྡུག་བསྔལ་གྱི་འཆིང་བ་རྒྱང་དུ་བསྲིངས་ཏེ་ཡིད་དགའ་བ་དང་། བདེ་བའི་རོས་སྤྱོས་བཞིན་དུ་ཅི་བདེར་བག་ཡངས་སུ་གནས་པར་གྱིས་ཤིག་ཅེས་བསྒོས་ནས་རྒྱལ་པོ་ཡབ་སྲས་དེ་གཉིས་ཀྱང་རྒྱལ་ཕྲན་ལ་འོས་པའི་ཁྲི་སྟེགས་ལ་བཞུགས་སྟེ་བཀུར་འོས་སུ་བྱས་ཤིང་། བློན་པོ་དེ་རྣམས་ཀྱང་གསར་བུ་དང་རྙིང་པ་ཞེས་བྱེ་བྲག་མེད་པ་ཕུ་ནུ་བཞིན་དུ་མཛའ་བའི་གནས་ལ་བཀོད་དོ། །དེའི་ཚེ་ལས་གང་དང་གང་བྱས་པའི་འབྲས་བུ་དེ་དང་དེ་འདྲ་བར་སྨིན་པ་ཆོས་ཉིད་ཡིན་པས། ས་བདག་ཟླ་བའི་བློ་གྲོས་ཡབ་སྲས་དེ་གཉིས་ནི་སེམས་རྩེ་གཅིག་པའི་སྒོ་ནས་རྒྱལ་སྲས་གཞོན་ནུ་ཟླ་མེད་ལ་དད་པ་དང་། གུས་པ་དང་། ཡིད་ཆེས་པ་གསུམ་གྱི་སྒོ་ནས་གཙུག་གི་ནོར་བུ་ལྟར་མཆོད་ཅིང་། བློན་པོ་དེ་རྣམས་ཀྱང་སྔར་རང་གི་རྗེ་བོ་ལས་ཀྱང་མཆོག་ཏུ་གུས་པ། རྒྱལ་སྲས་དམ་པ་ལ་སྙིང་ཉེ་ཞིང་། ཕན་པར་སྨྲ་བ། བསླབ་པ་ཀུན་གྱི་ཁུར་བཟོད་པའི་མདུན་ན་འདོན་གྱི་བྱ་བའི་སོ་སྐབས་གང་ཡིན་པ་ལ་ངལ་བ་དང་དུབ་པ་མེད་པར་བརྩོན་པས་འཇུག་པར་བྱེད་དོ། །

མི་མཁས་པ་རྣམས་ཅུང་ཟད་འགལ་བའི་ལས་ལ་མངོན་པར་ཞེ་སྡང་བས། །ཀུན་ཏུ་འཁྲུགས་ཏེ་སེམས་ནི་རབ་གཡོ་ཤིན་ཏུ་མ་དུལ་གླང་ཆེན་བཞིན། །དེ་དག་རྩུབ་མོའི་ཚིག་གིས་ཚར་བཅད་ཆད་ལས་དྲག་པོས་མནར་བྱས་པས། །གུས་པ་སྐྱོད་གྱུར་གྲིབ་བསིལ་བྲལ་བའི་ཤིང་རྐམ་འཁྱོག་པོ་བཞིན་དུ་གཏོང་། །ཐབས་ལ་མཁས་རྣམས་དགྲ་བོ་ལ་ཡང་མཉེས་གཤིན་བྱམས་པས་རྗེས་བསྐྱངས་ཤིང་། །ཟས་དང་ནོར་དང་མགོ་རྒྱུའི་འབྱོར་པས་རེ་བ་ཇི་བཞིན་ཚིམ་བྱས་ཏེ། །སྙན་པའི་ཚིག་གིས་སྤྲོ་བ་བསྐྱེད་པས་དེ་དག་མ་ལ་བུ་ཡིས་བཞིན། །རྩེ་གཅིག་གུས་པའི་ཡིད་ཀྱིས་བསྟེན་བྱས་དེ་དོན་སྒྲུབ་ལ་སྐྱོ་ངལ་མེད། །ཐོག་མ་མེད་ནས་འཁོར་བའི་གནས་འདིར་དཔུང་གཉེན་མེད་པར་འཁྱམས་གྱུར་པས། །ཤིན་ཏུ་མཛའ་བའི་གཉེན་བཤེས་དེ་ཡང་རེ་ཞིག་ཅིག་ན་སྡང་བའི་དགྲ། །ལུས་སྲོག་ལོངས་སྤྱོད་ཀུན་ལ་འཚེ་བྱེད་ནམ་ཞིག་དགྲ་བོ་དེ་ཡང་ནི། །མཉེས་གཤིན་གཅིག་ཏུ་བརྩེ་བའི་གཉེན་གྱུར་རྟག་ཏུ་བྱམས་པས་སྐྱོང་བར་བྱེད། །བར་མ་དེ་ཡང་རེ་ཞིག་སྲོག་འཕྲོག་ཤིན་ཏུ་མི་བསྲུན་དགྲར་འགྱུར་ཏེ། །སྐབས་འགར་དེ་ནི་སྟུག་པའི་བུར་འགྱུར་གཉེན་གྱི་མཆོག་རབ་ཕུལ་བྱེད་པ། །འཁོར་བ་འདི་ན་ཡིད་རྟོན་རུང་བ་རྡུལ་ཙམ་མ་མཆིས་ཐུབ་པ་སྤྱལ་མཛོད། །ཉེས་བརྒྱའི་ཚང་དུ་གྱུར་པ་མ་ཤེས་སྲིད་ཅིང་ཞེན་པས་ཀུན་ཏུ་བསླུས། །རྒྱལ་སྲས་དམ་པ་དེས་ནི་བྱམས་སྡང་གི། །སྤྲོས་པ་གཅིག་ཏུ་སྙོམས་པའི་སྙིང་གི་སྟོབས། །བསྐྱེད་དེ་སྐྱེ་རྒུ་མ་ལུས་ཀུན་དགའི་རོས། །ཚིམ་བྱས་བསོད་ནམས་ཕ་མཐའ་སུ་ཡིས་བགྲང་། །སྐྱེ་བའི་ཞིང་ལ་དགེ་སྡིག་ས་བོན་ནི། །གང་དང་གང་བཏབ་དེ་དང་དེ་ཡི་འབྲས། །ཇི་བཞིན་སྨིན་འགྱུར་འཛམ་གླིང་ལས་ཀྱི་སའི། །ཁྱད་ཆོས་འདི་ལས་བསྔོན་དུ

མེད་པའི་ཕྱིར། །མི་བདག་བྱམས་པའི་སྤྱན་གྱི་བསིལ་ཟེར་གྱིས། །སྐྱེ་རྒུའི་གདུང་བ་ཇི་ཙམ་གཞིལ་བྱས་པ། །དེ་ཙམ་བློ་ལྡན་སྐྱེ་བོ་མཐའ་དག་ཀྱང་། །རྗེ་ལ་དད་གསུམ་འགྱུར་མེད་དམ་བཅའ་བཀོད། །བྱས་ཤེས་རང་བཞིན་དྲང་བའི་ས་བདག་དང་། །ཡ་རབས་བག་ཡོད་བློན་འབངས་རབ་གུས་པ། །བསོད་ནམས་མང་དུ་བྱས་པའི་དགེ་མཚན་ལས། །འཇིག་རྟེན་རྙེད་པ་ལེགས་པར་རྙེད་པ་ཡིན། །

36. རྒྱལ་སྲས་གཞོན་ནུ་ཟླ་མེད་དང་ཡིད་འོང་མ་གཉིས་མཛོན་འདོད་གསར་པའི་དགའ་སྟོན་གྱིས་དུས་འདའ་བར་བྱས་པའི་སྐོར།

དེ་ནས་ཉིན་ཞག་བདུན་ཕྲག་གི་བར་དུ་བག་མའི་དགའ་སྟོན་གྱི་འདུ་འགོད་ཡོ་ལང་རྒྱ་ཆེན་པོའི་གཡོས་བཤམས་བྱང་ཕྱོགས་གནོད་སྦྱིན་གྱི་འཁོར་པའི་སྙིང་པོ་ལས་བྱུང་བའམ་འཆི་མེད་ལྷའི་དཔལ་འབྱོར་མཐའ་དག་གཅིག་ཏུ་སྤུངས་པ་དང་འདྲ་བ་ལ་ལོངས་སྤྱོད་ཅིང་། འབྲུའི་ཆང་དང་། སྦྲང་རྩིའི་ཆང་དང་། སྦྱང་པའི་ཆང་ལ་སོགས་པ་མྱོས་བྱེད་ཀྱི་རིམ་པ་དུ་མ་ལ་ཡང་རོལ་བར་བྱས་པ་ལས་སྐྱེས་ཕྲན་དང་། བུ་མོ་གཞོན་ནུ་མ་ལ་སོགས་པ་དེ་ཀུན་རྣམ་པར་མྱོས་པའི་མཛོན་འདོད་གསར་པའི་རྩེ་དགའ་ལ་ཡང་རབ་ཏུ་ཆགས་པར་གྱུར་ཏེ།

ཕུན་ཚོགས་ཟད་མི་ཤེས་པའི་ལོངས་སྤྱོད་ཀྱི། །འཁོར་པ་མགོ་དགུའི་སྙིང་པོའི་མཚོ་ལས་སྐྱེས། །དགའ་སྟོན་ཆར་སྤྲིན་ཀུན་ལ་སྙོམས་ཕྲབ་པའི། །བཏོག་པ་བདུད་རྩིའི་ཆར་གྱིས་ཡིད་དབང་བཀུས། །སྐབས་དེར་རིན་ཆེན་མཛེས་པའི་ཁྱིམ་ནང་དུ། །སྦྲང་རྩིའི་ཆང་གིས་མྱོས་པའི་རྣམ

འགྱུར་ཅན། །གླུ་གར་རོལ་མོས་ཕྱོགས་ཀུན་རྫོགས་བྱེད་ཅིང་། །གསར་པ་གསར་པའི་དཔལ་གྱི་མངོན་འདོད་ལ། །ཡིད་ཞུགས་སྙིག་མོ་ལང་ཚོ་ཅན་རྣམས་དང་། །བཞིན་བཟང་གཞོན་ནུའི་ཚོགས་ཀྱི་རོལ་རྩེད་གར། །མཐོ་རིས་མི་ན་ཀཿཡང་སྐྱེངས་བྱེད་པའི། །འགྱུར་བག་དུ་མས་མདུན་ས་མཛེས་པར་བྱས། །དེ་ལྟར་ཉིན་ཞག་བདུན་གྱི་ཕྲེང་བ་ལ། །བག་མའི་དགའ་སྟོན་སྤྲོ་བའི་ཁྱད་པར་གྱི། །ཚོགས་གཡེངས་ཤིང་དམ་པའི་ལམ་གནས་པས། །ངོ་ཚའི་གོས་དང་བྲལ་བར་མ་ནུས་ནས། །ཕྱོ་ཤུག་དེ་གཉིས་འདུས་པ་ཐོབ་མ་གྱུར། །དགའ་སྟོན་ཚ་ག་རྫོགས་པའི་ཉིན་བརྒྱད་པར། །ཡིད་ནི་ཤིན་ཏུ་བརྟན་པ་ལྟར་བྱས་ཀྱང་། །སྐྱེ་མང་གོམས་པའི་རོ་ལས་ཆགས་པའི་རྒྱུད། །གཡོས་པས་ལང་ཚོའི་འཁྲི་ཤིང་ཀུན་ནས་འདར། །འདོད་ཡོན་ཕུན་ཚོགས་ཀུན་གྱི་སྙིང་པོའི་བཅུད། །རེག་ན་བདེ་བའི་མཆོག་སྟེར་རྩེ་དགའི་རོ། །སྤངས་ནས་བཟའ་དང་བཏུང་བའི་དགའ་སྟོན་ལ། །སྤྱོད་པ་དེ་ནི་ཤིན་ཏུ་གནས་མིན་སྙམ། །ཉིན་ཞག་ཕྲེང་བ་རེར་ཡང་ལོའི་འཁོར་ལོའི། །འདུ་ཤེས་སྐྱེས་གྱུར་མཐའ་མའི་ཉིན་མོ་དེའི། །ཉི་མའི་ལྷག་མ་ཙུང་ཟད་དེ་ཡང་ནི། །འཛད་མེད་ཐུབ་བརྒྱ་ལྡན་པ་ལྟ་བུར་མཐོང་། །སྐབས་དེར་ལྷ་རིགས་ཉིན་མོའི་དབང་ཕྱུག་དེ། །ཟབ་ཅིང་ཕྲ་བའི་བློ་དང་ལྡན་པའི་ཕྱིར། །མཛའ་གཙུགས་ཟླུང་དེའི་རེ་བ་རྫོགས་སླད་དུ། །ཆུ་ལྷའི་ཕང་པར་དལ་བུས་མནལ་བར་གྱུར། །དབང་ཕྱོགས་ལྷུན་པོའི་གཙུག་ཏོར་མངོན་མཐོའི་རྩེར། །ཆུ་ཤེལ་དབང་པོའི་དཀྱིལ་འཁོར་རབ་འཕགས་ནས། །ལྷ་གཅིག་ཡིད་འོང་མ་དེའི་མཛེས་སྡུག་གི། །དོ་ཟླར་ཆས་པ་བཞིན་དུ་འོད་དཀར་འཕྲོས། །དེ་ཚེ་དྲི་ཞིམ་རྒྱས་པ་པད་མའི་མཆོར། །ཉེར་ཆགས་ཀུ་མུད

དགའ་མ་གསར་པའི་ཚོགས། །འདོད་པའི་འདབ་སྟོང་ཀུན་ནས་གཡོ་གྱུར་ཅིང་། །འཛུམ་དཀར་གེ་སར་རལ་པ་ཅི་ཡང་གསིག །ཚུ་ལྡན་སྙིག་མོའི་ཐུན་མཚམས་གོས་དམར་དང་། །ལྡན་པ་དེ་ཡང་ཟླ་བའི་མཛེས་པ་ལ། །རབ་ཆགས་ངོ་ཚའི་གོས་དང་བྲལ་བྱས་ནས། །རྩེ་དགའི་རོ་ལ་སྒྲུག་པ་ལྟ་བུར་གྱུར། །སྣོ་བསང་ལང་ཚོས་སྙིག་འཆང་དགའ་མ་ཡང་། །རྒྱུ་སྐར་ཕྲེང་བའི་ངོ་ཤལ་རིང་དཔྱངས་ཤིང་། །ཡིད་འཕྲོག་ཟླ་བའི་ཐ་ཆ་འཛིན་པ་ཡིས། །འདོད་པའི་དགའ་སྟོན་སྒྲུབ་ལ་ཆས་པ་ལྟར། །མཚན་མོའི་ཐུན་མཚམས་མཛེས་པ་ངོམ་པའི་ཚེ། །ཡུན་རིང་དུས་ནས་དགའ་བའི་དགའ་སྟོན་ལ། །རྩེ་གཅིག་བསམ་གཏན་གཡོ་མེད་ཁྲོ་ཤུག་ཟུང་། །དབེན་པའི་ཁང་བཟང་ཉམས་སུ་དགའ་བར་ཞུགས། །རེག་འཇམ་ལྷ་ཡི་གོས་དང་རིན་ཆེན་རྒྱན། །ཡིད་དུ་འོང་བའི་ཚོགས་ཀུན་དོར་བྱས་ནས། །ལང་ཚོ་གཅེར་བུར་ཕྱུང་ཡང་བག་ཡོད་གོས། །ལེགས་མནབས་མཛེས་སྟུག་རྒྱན་གྱིས་སྤུད་གྱུར་པས། །ཕན་ཚུན་མིག་གི་འོད་ཟེར་རབ་སྤྲོས་ཏེ། །འཛོ་སྙིག་གཟུགས་ཀྱི་སྐྱེ་མཆེད་ཊད་ཕྱུང་བ། །སྦྲིབ་གཡོགས་བྲལ་བའི་དཔལ་དེར་མིག་ཆགས་ནས། །ལྷ་བས་ངོམས་པ་མེད་པའི་དགེ་མཚན་མཐོང་། །འཇམ་མཉེན་ལག་པད་རེག་པ་གསར་པ་ཡིས། །མགྲིན་ནས་འཁྱུད་བྱས་ཡང་དག་བཅིངས་གྱུར་ཅིང་། །བིམ་པའི་མཆུ་འདབ་སྦྱོར་བའི་རྣམ་འགྱུར་གྱིས། །མཚམས་སྦྱོར་ཕོ་ཉའི་བྱ་བ་རྫོགས་པར་བྱས། །དེ་ནས་ཆུ་ཤིང་ལྟར་མཁྲང་དཀར་ཀླུམ་གྱི། །བཙ་སྔོ་ཤིན་ཏུ་ཡངས་པའི་སྐབས་སྦྱེ་ནས། །དགའ་སྐྱིད་པད་མོ་ཅན་གྱི་ཆུ་མཚོ་ལ། །གཞོན་ནུ་ངང་པའི་རྒྱལ་པོ་བདེ་བར་ཞུགས། །ལང་ཚོའི་ཀློན་པ་རབ་རྒྱས་མཚར་སྡུག་གི། །མེ་ཏོག་རྣམ་པར་བཀྲ་བའི་དགེ་མཚན་

ལ། །དགའ་མའི་ལུས་མཛེས་གསར་པའི་འཁྲི་ཤིང་གིས། །འཁྲུལ་བག་ཆགས་པས་ཡོངས་སུ་སྨྱོད་བྱར་གྱུར། །ཡིད་འོང་བཞིན་རས་གྱེན་དུ་ཕྱོགས་པ་ནི། །ཟླ་བའི་མཛེས་པ་འཕྲོག་ལ་བལྟ་བ་དང་། །མི་བདག་འཛུམ་ཞལ་དེས་ནི་བཞིན་བཟང་མའི། །མཛེས་སྡུག་བདུད་རྩི་འཐུང་བའི་རྣམ་འགྱུར་སྟོན། །ཤིན་ཏུ་བསིལ་བ་ཟླ་བའི་འོད་བསྟེན་ཀྱང་། །འགྲན་པར་ཆགས་མེས་གདུངས་པའི་རྟུལ་ཐིགས་ཅན། །ཆགས་པའི་ཆུ་རླུང་རྣམ་པར་གཡོས་གྱུར་ཀྱང་། །འདོད་སྦྱོས་བཞིན་རས་མེ་ལྟར་དམར་གསལ་རྒྱས། །གཞོན་ནུའི་ལང་ཚོ་ལྡེ་བའི་ཁུར་ཆེན་གྱིས། །ཡོངས་སུ་ངལ་བས་འཁུན་པའི་སྒྲ་འབྱིན་ཡང་། །ཅམ་པ་ཀ་འདབ་རླུང་གིས་གཡོས་པ་ལྟར། །བསྐྱོད་པ་ཡངས་པའི་གར་སྟབས་ཅི་ཡང་སྒྱུར། །འདོད་པའི་སྒྱུ་རྩལ་ཀུན་ལ་མ་སྦྱངས་པའི། །རྣམ་འགྱུར་འབུམ་ཕྲག་སྟོན་ལ་ཟླ་མེད་ཀྱང་། །ཆགས་རྒྱས་ཐིམ་བུར་བལྟ་བའི་འདྲེན་བྱེད་ཀྱི། །བསམ་གདན་བརྟུལ་ཞུགས་ལ་ནི་གཡོ་བ་མེད། །དགའ་སྐྱེད་པད་མོའི་རེག་བྱ་ལ་བསྲེས་ཀྱང་། །བདེ་དྲོད་རང་འབར་ཤུགས་ཀྱིས་གཞོན་ནུ་མཆོག །འདོད་པའི་བདེ་ཆེན་ཉམས་སུ་སྤྱོད་བའི་མཐར། །རེ་ཞིག་ལང་ཚོའི་དཔལ་ཡང་ཞུ་བར་དོགས། །དེ་ཚེ་ཡིད་ལ་རབ་དགའི་ཚོར་བ་ཡིས། །ཁྱབ་པའི་མཛེས་ལྡན་མ་དེས་རབ་སྨྲས་པ། །ཨུཏྤལ་དྲི་ངད་ལྡང་བའི་ཁ་སྔོ་ནི། །སོ་ཕྲེང་གི་སར་དགོད་པའི་འཛུམ་ལྡན་འདིར། །སྔོན་ཆད་གཞན་གྱི་རེག་པས་མ་གཙེས་ཀྱང་། །དེང་འདིར་རོ་འཛིན་བདུད་རྩིས་ཚིམ་པ་ཐོབ། །གདུ་བུའི་སྒྲས་མཛེས་འཛམ་གཉེན་ལག་པད་ཀྱིས། །ཆགས་ཕྱིར་གཞན་གྱི་ལུས་ལ་ཆ་ཤས་ཙམ། །རེག་པ་མེད་ཀྱང་དེང་འདིར་གཞོན་ནུའི་མཆོག །གང་གི་མགུལ་མགྲིན་ལ་འཁྱུད་སྐལ་བཟང་

ཕུལ། །དཀར་ཟླུམ་འདོད་པའི་སྦྱོས་བུམ་གསར་པའི་གཟུགས། །གཞན་དག་མིག་གི་ལོངས་སྤྱོད་སྐལ་པ་ཡང་། །ཐོབ་པ་མེད་མོད་དེང་འདིར་རྒྱལ་སྲས་ཀྱི། །མཛེས་སྐུའི་རིག་པ་རྨད་བྱུང་ཀུན་དགའི་དཔྱིད། །མཁྲིགས་ལྡན་བྱིན་གྱིས་ཕྲ་བ་པད་རྩ་ལྟར། །དཀར་འཇམ་བཀྲ་ཡི་བར་འདིར་སྣང་གོས་ལས། །གཞན་གྱི་རྒྱུ་བ་མེད་མོད་དེང་འདི་རུ། །གང་གི་མཛེས་སྐུ་ཞུགས་པས་རབ་དགའ་ཐོབ། །ཟག་མེད་ལྷན་སྐྱེས་བདེ་ཆེན་བསྐྱེད་པའི་གཞི། །མ་རྙིང་པད་མ་འདི་ལ་གཞན་དག་གིས། །གཅེས་མིན་དེང་འདིར་རིགས་འཛིན་རྒྱལ་པོའི་སྲས། །གང་གི་བདེ་ཆེན་བདུད་རྩིས་ཚིམ་པ་བྱིན། །ཨ་མ་མ་ལ་ཕུན་སུམ་ཚོགས་ཀུན་གྱི། །སྙིང་པོ་རིག་ན་བདེ་བའི་ཁྱད་པར་ཆོས། །འཆི་མེད་ལྷ་ལས་ལྷག་པའི་དགའ་སྟོན་དཔྱིད། །བདག་ལ་འགོག་མེད་སྩོལ་ཅིག་མིའི་བདག་པོ། །

དེ་སྐད་སྨན་པའི་ཉམས་ལྡན་ཚིག་གི་ཕྲེང་། །གཞོན་ནུའི་མགུར་གྱི་རྒྱན་དུ་སྤེལ་བྱས་ཚོ། །དེས་ཀྱང་མཆོག་ཏུ་མཛའ་བས་བཅིངས་གྱུར་པའི། །དབུགས་དབྱུང་སྨན་འཛེབས་གཏམ་འདི་རྣ་བར་བསྙད། །

པད་མའི་འཁྲི་ཤིང་དར་ལ་བབས་པའི་གཟུགས། །ཟླ་བ་རྒྱས་པའི་འཛུམ་དཀར་གཡོ་བ་ཅན། །དཀྲུས་རིང་འདྲེན་བྱེད་ཟུར་དུ་ཕྱོགས་པའི་མདངས། །བདག་སྙིང་འབིགས་པའི་བྱེད་པོ་ཁྱོད་གཅིག་གྲང་། །སྲིད་པའི་ནགས་ཀླུང་རྣམ་པར་ཡངས་པའི་ཁྱོན། །མཛེས་ལྡན་སྟོན་པའི་ཕྲེང་བས་མཚར་ཆེ་ཡང་། །ཡིད་འོང་དཔལ་གྱི་དུམ་བུའི་འཁྲི་ཤིང་མཆོག །བསྡུགས་འོས་དྲི་བཟང་རྒྱས་པ་ཁྱོད་ལས་སུ། །ལས་དབང་བཙན་པོའི་འཇུག་པ་མི་སྟོད་པས། །ལྡན་ཅིག་སྤྱོད་པའི་སྐལ་བཟང་དེ་རིང་ཐོབ། །སླར་ཡང་

མཛའ་བའི་བསམ་པ་སྨོད་གཅིག་ཏུ། །དཀར་བའི་གཡར་དམ་བཅས་ལས་ཡོངས་མི་འདའ། །ཡ་རབས་དམ་པའི་སྲོལ་གནས་ཕྱི་ཐག་ནི། །ཆུ་ཀླུང་དལ་འབབ་རྒྱུན་ལས་ཆེས་རིང་ཕྱིར། །སྐྱེ་ཞིང་སྐྱེ་བའི་ཕྲེང་རབས་དུ་མའི་བར། །རྩེ་དགའི་རོ་ལ་སྤྱོད་དོ་མཛེས་ལྡན་མ། །

ཞེས་མཛའ་བའི་གཏམ་དེ་དང་དེ་དག་བསྒྲད་པར་བྱས་ཤིང་། མངོན་འདོད་གསར་པའི་དཔལ་ལ་གཅིག་ཏུ་ཆགས་པའི་དགའ་སྟོན་གྱིས་དུས་འདའ་བར་གྱུར་པའི་མཐར་སྐྱ་རེངས་ཀྱི་ཕོ་ཉ་དེ་ཡང་དབང་ཕྱོགས་ལྷུན་པོའི་སྤོ་ལ་ལྷགས་པར་གྱུར་ཏོ། །

ཆགས་པའི་སྨོན་པ་མཐའ་གཅིག་ཏུ། །གྲུབ་པའི་སྐལ་བ་བཟང་པོའི་དཔྱིད། །ཐོབ་གྱུར་ངོ་མཚར་ལ་ཆགས་ནས། །སེམས་མེད་སྟོང་པའི་མཁའ་ཡང་འདར། །དེ་ཡི་དགའ་སྟོན་བལྟ་བའི་སླད། །དབང་པོའི་ཚོགས་ཀྱི་ཁྱུང་སྔོན་སྐྱེས། །དེ་ཡང་ནམ་མཁའི་ནོར་བུ་ནི། །འདྲེན་པའི་ཟླ་ཡིས་ལྷགས་པར་གྱུར། །དེ་ཚེ་སྲིད་པའི་སྒྲོན་མེ་ཆེ། །གཟི་བྱིན་འོད་སྟོང་རབ་འབར་བ། །སྣང་བ་དམ་པས་འཇིག་རྟེན་ཀུན། །གསལ་བར་བྱེད་ལ་ཆས་གྱུར་ཅིང་། །མཛའ་གཅུགས་དགའ་བས་བཅིངས་པའི་ཡིད། །གཡོ་མེད་བསམ་གཏན་ལ་གནས་པས། །རྟག་ཏུ་འཁྱུད་པ་ཐོབ་ཀྱི་དོགས། །མལ་ནས་སློང་བའི་ཆེད་དུ་འོངས། །སྐབས་དེར་པད་མའི་ན་ཚུང་རྣམས། །སྡུག་བསྔལ་མུན་པ་ལས་རྒྱལ་ཏེ། །དགའ་ཞིང་འཛུམ་པའི་འདབ་སྟོང་ནི། །སྐལ་བཟང་དཔྱིད་དུ་གྲོལ་བར་གྱུར། །

དེ་ལྟར་དུས་རེ་ཞིག་གི་བར་དུ་སྣང་བ་འབུམ་ལྡན་གྱི་རྒྱལ་ཁབ་ཆེན་པོ་དེ་རྒྱལ་སྲས་བཙུན་མོ་གཞོན་པོར་བཅས་པ་དགའ་བར་བྱེད། དགའ་མགུར་སྤྱོད

པར་བྱེད་ཅིང་གནས་སོ། །

37. རྒྱལ་པོ་ཉི་མའི་བློ་གྲོས་བློན་པོ་པད་མའི་སྨྲ་ཀུའི་བུ་མོ་མཛེས་སྡུག་མེ་ཏོག་མཛའ་མོར་སྤྱད་འདོད་ནས་མི་འོས་པའི་དམ་བཅའ་བགྱིས་པའི་སྐོར།

དེའི་ཚེ་དེའི་དུས་ན་གྲོང་ཁྱེར་ཆེན་པོ་པད་མ་རྒྱས་པའི་ལྗོངས་སྲིད་པའི་རྒྱན་གྱི་རྒྱལ་པོ་ཉི་མའི་བློ་གྲོས་འཁོར་དང་བཅས་པ་ཕོ་བྲང་གི་ཤར་ཕྱོགས་སྐྱེད་མོས་ཚལ་པད་མའི་ལྷིང་ཁང་ཞེས་པ་དེར་དཔྱར་དཔལ་རྣམ་པར་དར་བའི་དགེ་མཚན་ལ་བལྟ་བའི་ཕྱིར་ལྷགས་ཏེ། རྩེད་འཇོའི་རྣམ་པ་དུ་མ་བྱ་ཐི་བ་མ་བུ་ལྡིང་ཞིང་རྩེ་བ་དང་འདྲ་བས་དུས་འདའ་བར་བྱེད་པས། བཟའ་བཏུང་གི་གཡོས་ཕུན་སུམ་ཚོགས་པ་ལེགས་པར་སྦྱར་བ་ལོངས་སུ་སྤྱོད་ཅིང་། ཁྱད་པར་ཕོ་བྲང་འཁོར་བ་རྣམས་སྦྲང་རྩི་དང་སྦྱར་བའི་ཆང་གི་བཏུང་བ་བག་མེད་པར་སྤྱོད་པའི་དབང་གིས་ཆེས་ཆེར་མྱོས་པའི་གོམ་སྟབས་འཁྱོར་ཞིང་། རེས་འགའ་ནི་གླུ་དང་གར་གྱི་འགྱུར་བག་མཛེས་པ་དང་མི་མཛེས་པ་ཅི་རིགས་སུ་སྟོན་པ་དང་། རེས་འགའ་ནི་འཐབ་པ་དང་། རྩོད་པ་དང་། འཁྲིད་པར་བྱེད་པའི་བརྙས་སྤྱོད་ཀྱི་ང་རོ་ཆེས་ཆེར་སྒྲོག་པ་དང་། རེས་འགའ་ནི་ཆང་གིས་ངོ་ཚ་བཅོམ་སྟེ་ལུས་ཕྲ་མ་དག་གི་མགྲིན་པ་ནས་འཁྱུད་དེ་མཆུའི་སྦྲང་རྩི་མྱང་བར་བྱེད་པ་ལ་སོགས་པའི་རྣམ་འགྱུར་ཅི་དང་ཅི་ཡང་སྟོན་པར་བྱེད་པ་ན། ཉེ་བར་འཁོར་བའི་གྲོང་ཁྱེར་བའི་སྐྱེས་པ་དང་། བུ་མོ་གཞོན་ནུ་མ་ཐམས་ཅད་ལྟད་མོའི་ཕྱིར་ལྷགས་ཏེ་ལྗོན་ཤིང་གི་དྲ་བའི་ཕག་ནས་ཟུར་གྱིས་བལྟ་བར་བྱེད་དོ། །དེའི་ཚེ་བློན་པོ་པད་མའི་སྨྲ་ཀུ་ཞེས་བྱ་བའི་བུ་མོ་མཛེས་སྡུག་མེ་ཏོག་ཏུ་གྲགས་པ་དེ་ཉིད་ལྗོན་ཤིང་མེ་ཏོག་གཡོ་བའི་སྐྱིབས་ན་ལྗོན་པའི་ལྷ་མོ་བཞིན་དུ

མི་མངོན་པའི་ཚུལ་གྱིས་བལྟ་བ་རྒྱལ་པོས་མཐོང་ངོ་། །མཐོང་ནས་ཀྱང་ཡིད་ལ་མངོན་འདོད་ཀྱི་རི་མོ་ཅི་ཡང་བྲིས་པར་གྱུར་ཏེ་བསམས་པ། ཅི་འདི་སྔོན་པའི་སྐྱིད་མོས་ཚལ་ལ་གནས་པའི་ལྷ་མོ་ཞིག་གམ། མིའི་བུ་མོ་ཁྱད་པར་དུ་མཛེས་པ་ཞིག་ཡིན་སྙམ་ཐེ་ཚོམ་དུ་གྱུར་ནས་བློན་པོ་དག་ལ་སྨྲས་པ། རང་ཅག་གི་སྐྱིད་མོས་ཚལ་འདིའི་བཟའ་ཤིང་གི་རྩ་བའི་ཕག་ནས་མི་མངོན་པར་བལྟ་བ་འདི་ནི་ཤིང་གི་ལྷ་མོ་འམ། མིའི་བུ་མོའི་ཁྱད་པར་གང་ཡིན་མི་ཤེས་པས་བརྟག་པར་གྱིས་ལ། སུའི་རིགས་ལས་བྱུང་བ་དང་། ན་ཚོད་ཇི་ཙམ་ལོན་པ་དང་། ཁྱིམ་གྱི་འཁོར་ཀ་འཛིན་པར་བྱེད་དམ་མི་བྱེད། མིང་དུ་བསྙད་པ་ཇི་སྐད་བྱ་བ་དེ་རྣམས་དྲང་པོར་སྨྲོས་ཤིག་ཅེས་བསྒོ་ཞིག་ཅེས་གདམས་པས། བློན་པོ་དག་གིས་ཀྱང་བཀའ་བཞིན་འཚལ་ཞེས་སོང་ནས། རྒྱལ་པོས་ཇི་ལྟར་བསྒོ་བ་རྣམས་ལེགས་པར་དྲིས་པ་ན། བུ་མོ་དེ་ཡང་མཛངས་པའི་ཚུལ་གྱིས་བཞིན་འཛུམ་པ་དང་བཅས་ཏེ་སྨྲས་པ། ཁྱོད་ཅག་གིས་བདག་ལ་སྙན་ལྷང་མ་མཛད་ཅིག ཀོ་མོའི་རིགས་དང་། ན་ཚོད་དང་། མིང་གིས་ཅི་ཞིག་བྱ། སྨྲས་པ། སྙན་ལྷང་མེད་གྱིས་རྒྱལ་པོའི་བཀའ་བསྒོ་བའོ། །འོ་ན་བདེན་མོད་ཀྱི། དྲང་པོར་སྨྲ་བ་མཉན་པར་མཛོད་ཅིག ཀོ་མོ་ནི་དྲི་མ་མེད་པ་པད་དཀར་ལྟར་གཟུགས་འོས་ཀྱི་རིགས་རྒྱུད་སྣ་ཆེན་པོ་པད་མའི་ཕྲུ་གུ་ཞེས་བྱ་བ་དེའི་རིགས་ལས་བྱུང་བའོ། །མིང་དུ་བརྗོད་པ་ནི་མཛེས་སྡུག་མེ་ཏོག་ཏུ་གྲགས་སོ། །ན་ཚོད་ནི་བརྒྱད་གཉིས་བཅུ་དྲུག་གི་ལང་ཚོར་བདོ་བ་སྟེ། ཕ་མའི་ཁྱིམ་དུ་རྩེད་འཇོས་དུས་འདའ་བར་བྱེད་པ་ལས་ཁྱིམ་གྱི་འཁོར་ཀ་འཛིན་པའི་ངལ་བ་མ་མཆིས་སོ། །ཞེས་བརྗོད་པ་ན། བློན་པོ་དག་གིས་དེས་ཇི་སྐད་གླེང་བའི་ཚུལ་རྒྱལ་པོ་ལ་བསྙད་པས་སྤྲོ་བ་བརྟེགས་པར་གྱུར་ཏེ། དེ་ལྟ་ན་བདག་གིས་ངེས

པར་ཡོངས་སུ་སྤྱད་བྱར་འགྱུར་རོ་སྙམ་ནས་ཚུལ་བཞིན་མ་ཡིན་པ་ཡིད་ལ་ཤར་ཏོ། །དེའི་ཉིན་མོ་རྩེད་འཛོའི་བྱ་བ་རྫོགས་པར་བྱས་ཏེ་ས་བདག་རྒྱལ་པོའི་སྙིང་ལ་གཞོན་ནུ་མ་དེའི་གཟུགས་བརྙན་གསལ་བར་བཀོད་ནས་ལོ་ཡོའི་གོམ་པས་ཕོ་བྲང་དུ་དེངས་སོ། །ནང་པར་བློན་པོ་པད་མའི་སྨུ་གུ་དེ་ཉིད་རྒྱལ་པོའི་གམ་དུ་ཉེ་བར་འཁོད་དུ་བཅུག་སྟེ་བཞིན་འཛུམ་པའི་སྒོ་ནས་སྨྲས་པ་ཀྱེ་ཀྱེ། མདུན་ན་འདོན་པད་མའི་སྨུ་གུ་ནད་མེད་ཅིག་བདག་ལ་དོན་དུ་གཉེར་བ་ཙུང་ཟད་ཅིག་མཆིས་ན་ཁྱོད་ཀྱིས་འབྲས་བུ་དང་ལྡན་པར་གྱིས་ཤིག

རིགས་རྒྱུད་དྲི་མེད་ཉ་ཕྱིབས་ཁོག་པ་ན། །མ་སྨད་བསོད་ནམས་དྲིན་ཀྱིས་ལེགས་སྨིན་པ། །མཛེས་ཆོས་འོད་དཀར་མཚར་ཆགས་སྨུག་ཏི་ཀ། །ཆེན་པོ་ཆེན་པོའི་རྒྱན་དུ་འོས་གྱུར་པ། །གཞལ་མེད་རིན་ཆེན་དོ་ཤལ་གསར་པ་ཞིག །པད་མའི་ལྷིང་ཁང་སྐྱིད་མོས་ཚལ་ནང་ནས། །ལེགས་པར་རྙེད་འདི་ཁོ་བོའི་མགྲིན་རྒྱན་ལ། །དཔྱང་བའི་ཡི་དམ་བརྟན་པོར་བཅས་ཟིན་པས། །བློ་གྲོས་དཔུང་པ་མཐོ་བ་བློན་པོའི་ཕྱུལ། །པད་མའི་སྨུ་གུ་དར་དྲག་དགེ་མཚན་ལས། །ཤར་བའི་མཛེས་སྡུག་མེ་ཏོག་ཡིད་འོང་དེ། །བདག་ལ་མཆོད་པའི་ཕྱིན་དུ་སྤྲོ་བར་རིགས། །

ཞེས་པ་འདོད་དགོངས་སྙིང་པོ་ཅན། །རྒྱལ་པོའི་ཚིག་གི་ཉེ་ཟེར་གྱིས། །པད་མའི་སྨུ་གུ་རྒྱས་གྱུར་ཏེ། །འཛུམ་དཀར་ཟེའུ་འབྲུ་གཡོ་བཞིན་དུ། །ལྷ་ཅིག་རྒྱལ་བར་གྱུར་ཅིག་ཅེས། །བརྗོད་ནས་ཐལ་སྦྱར་འདི་སྐད་བཟླས། །

ཁོར་ཡུག་ཆེན་པོ་འཛིན་མའི་ཁྱོན། །མ་ལུས་བདེ་འཇགས་བྱ་དགའ་ལ། །འདོད་རྒུར་སྒྱུར་བའི་བྱེད་པ་པོ། །བཙེ་བས་ཚུལ་འདི་དགོངས་སུ

གསོལ། །བདག་གི་བུ་མོ་མཛེས་སྡུག་ཅན། །མི་རྟོག་མ་ནི་དོན་དང་མཐུན། །བཞིན་ལ་ཟླ་བ་བརྒྱ་ཕྲག་དང་། །མིག་ལ་ཨུཏྤལ་སྔོན་པོའི་ནགས། །ཡན་ལག་པད་མའི་རྩ་བ་སྐྱེ། །འཛུམ་ལྡན་སོ་ནི་གངས་རིའི་ཕྲེང་། །དེ་ཡི་མཛེས་སྡུག་དཔལ་ཡོན་ལ། །རྒྱལ་སྲས་གཞོན་ནུ་དོན་གཉེར་བའི། །ཡིད་འོང་གྲགས་སྙན་ཅན་དེས་ཀྱང་། །འགྲན་པའི་ནུས་པ་ཅང་ཡོད་དམ། །དེ་ཕྱིར་མི་རྗེའི་ཐུགས་ཡིད་མཚེར། །མི་རྟོག་དང་མོ་ཞུགས་གྱུར་ན། །ལུས་སྲོག་གང་གིས་དབང་གྱུར་པ། །བདག་གིས་འགོག་ཏུ་ཅི་ལ་རུང་། །འོན་ཀྱང་ཕུན་སུམ་ཚོགས་ཆེ་བ། །དེར་ནི་གེགས་ཀྱང་སྟོབས་སུ་ཆེ། །དེ་ཕྱིར་མཛའ་བ་བརྟན་པའི་སླད། །དམ་བཅའ་འདི་དག་ཐུགས་ལ་བཟུངས། །གལ་ཏེ་མཛེས་མ་ས་བདག་གི། །མཛའ་མོར་ལན་ཅིག་སྤྱོད་པའི་མཐར། །ཟ་ཆ་འཛིན་མ་ཕྲག་དོག་ཀྱང་། །མི་གཡོ་རི་བོ་ལྟར་བརྟན་མཛོད། །བཀོད་ལེགས་འོད་སྣང་མི་བདག་རིགས། །ཡིད་འོང་མ་དེ་འགྲན་ཟླ་རུ། །གྱུར་པ་མ་བཟོད་ཞེ་སྡང་ཡང་། །ཡིད་གཙུགས་འཆིང་བ་སྐྱོད་མི་རིགས། །རང་ཅག་སྣ་པོ་གཟུ་ལུམ་ཅན། །སྣང་སེམས་སོག་ལེ་ལྟར་རྩུབ་པས། །འཕྱེད་ལ་བརྩོན་པར་བྱེད་ན་ཡང་། །དེ་དག་དབང་དུ་མི་བཏང་འཚལ། །ཁྱད་པར་རྒྱལ་བུ་གཞོན་ནུ་མཆོག །མཐུ་ལྡན་བློན་པོར་བཅས་པ་ཡིས། །འཕྲུ་དམོད་ཕྲ་མས་དབྱེན་སྤྱོད་ཀྱང་། །མཛའ་བ་མི་ཕྱེད་རྡོ་རྗེར་མཛོད། །གང་གི་སྐན་དུ་སྙིག་འཆང་མས། །གསང་གྲོས་ལྷུག་པར་སླས་རྣམས་ཀུན། །ཁྱོད་ཐུགས་ཐིག་ལེའི་གུར་ཁང་དུ། །གཡེལ་མེད་རྟག་ཏུ་འདོམས་པར་མཛོད། །ཁྱད་པར་དེ་ལ་རིགས་མཆོག་གི། །སྒྱུ་གུ་ལྡན་པར་གྱུར་པ་ན། །རྒྱལ་སྲིད་དཔལ་འབྱོར་ཕུན་ཚོགས་ལ། །དབང་བསྒྱུར་

ཅོད་པན་འཆིང་བར་འཚལ། །དེ་ལྟར་དཔལ་ལྡན་ས་ཡི་བདག །ཉི་མའི་ཀློ་གྲོས་ཉིན་བྱེད་ལས། །གསལ་བའི་ཐུགས་ཀྱི་དམ་བཅའི་ཚིག །འགྱུར་མེད་ཞལ་གྱིས་འཆེས་པར་མཛོད། །

ཅེས་སྨྲས་པ་ན། རྒྱལ་པོས་བསམས་པ། བདག་གི་རེ་བ་ཇི་བཞིན་དུ་མཛེས་སྡུག་མི་ཧྲོག་གི་ལག་པ་འཛིན་པར་དབང་བ་ནི་ལེགས་མོད་ཀྱི། འོན་ཀྱང་དེས་ཅི་བསྒོ་བ་ལ་མཉན་པ་དང་། རིགས་ཀྱི་བུ་ཐུ་བོ་ཕྱུལ་དུ་བྱུང་བའི་ཡོན་ཏན་དུ་མས་སྤྲ་བ་བཏང་སྙོམས་སུ་བྱས་ནས། དེ་ལས་བྱུང་བའི་རིགས་རྒྱུད་དང་ལྡན་ན་རྒྱལ་ཚབ་ཏུ་དབང་བསྐུར་བར་བྱ་དགོས་སོ་ཞེས་པའི་གཏམ་འདི་ནི་ཤིན་ཏུ་མི་རིགས་པ་ཞིག་གོ་སྙམ་ནས་ལན་སྨྲས་པ།

ཀློ་གྲོས་པད་མའི་འདབ་ལྟར་ཡངས་པ་ལས། །བྱུང་བའི་དོན་ལྡན་ཚིག་གི་མྱུ་གུ་ནི། །ཡིད་ལ་ཀུན་དགའ་སྐྱེད་པའི་རྩ་ལག་ཏུ། །ལེགས་སོ་རེ་བ་འབྲས་བུར་སྨིན་གྱུར་ཀྱང་། །ཟླ་མེད་རྒྱལ་བའི་སྲས་མཚུངས་གཞོན་ནུའི་མཚན། །སྙིང་རྗེའི་ཚུལ་ཅན་བག་ཡོད་སྤྱོད་ཚུལ་ཤེས། །སྲིད་ན་སྙན་པར་གྲགས་པའི་རྒྱལ་ཛ་ཅན། །ཕུ་བོ་རྒྱལ་ཐབས་ཁྲི་ལ་མ་བཞག་པར། །གཞན་དག་སྲིད་ལ་དབང་བསྒྱུར་ཅོད་པན་གྱིས། །མཛེས་པར་བྱས་ཀྱང་ཡིད་བཞིན་ནོར་མཆོག་དང་། །མཆིང་བུའི་ཁྱད་པར་ཤེས་པའི་དེད་དཔོན་བཞིན། །ཀློ་དང་ལྡན་པ་སུ་ཞིག་ཚད་མར་འཛིན། །དགའ་མ་གསང་གཏམ་གྲོལ་བའི་དོན་ལྡན་ཚིག །དགེ་བར་འོས་ཀུན་ཉམས་སུ་ལེན་མོད་ཀྱང་། །ཀུན་ནས་མ་བརྟགས་བབ་ཅོལ་གྱ་གྱུའི་གཏམ། །སྨྲ་ལ་བདེན་འཛིན་བྱ་བའི་ཡུལ་མ་མཆིས། །དེ་སྐད་ཀློ་ཡི་རབ་ལས་འདས་པའི། །དམ་དུ་བཅའ་བ་དེ་དག་མ་གཏོགས་པ། །གཞན་དུ་ཁྱོད་ཀྱིས་དགེ་བར་བསྙད་པའི་དོན། །སྒྲུབ་ལ

མཆོག་ཏུ་སྨྲོ་བའི་བརྟུལ་ཞུགས་བླང་། །

ཞེས་བསྒོ་བར་བྱས་པ་ན། པད་མའི་མྱུ་གུ་ཡི་རངས་བར་མ་གྱུར་ཏེ་བཞིན་ནག་པོར་བྱས་ནས་ལན་གསོལ་པ། ཀྱེ་རྒྱལ་པོ་ཆེན་པོ་གང་དགོངས་པ་ཁྱད་པར་ཅན་གྱི་མཐའ་ནི་བདག་གིས་ལེགས་པར་རྟོགས་ཏེ་གང་ཞེ་ན། འདི་ལྟ་སྟེ། དཔེར་ན་དགོས་འདོད་ཀྱི་འབྲས་བུ་སྨིན་པའི་ནོར་བུ་རིན་པོ་ཆེ་རིན་ཐང་བྲལ་བ་རྙེད་པར་དཀའ་བ། ཡིད་བཞིན་དུ་འདོད་པ་འཇོ་བ་ནི་བདག་གིར་འཛིན་པར་འདོད་ལ། དེའི་ཆེད་དུ་རྒྱ་མཚོ་ཆེན་པོ་མཐའ་མི་མངོན་པར་བགྲོད་པར་དཀའ་བ། འཛིན་ཁྲིའི་འཇིགས་པ། སྲིན་མོའི་འཚེ་བ། མི་འདོད་པའི་རླུང་དང་ལྡན་པ་ལ་གྲུ་གཟིངས་ཀྱིས་བརྒལ་བར་མི་འདོད་པ་དེ་བཞིན་དུ། མཛེས་པ། གཡེར་བ། མཚར་སྡུག་གི་ཕུལ་དུ་ཕྱིན་པ་བུ་མོ་མཛེས་སྡུག་མེ་ཏོག་དེའི་ལག་པ་ནི་འཛིན་པར་འདོད་ལ། དེའི་སླད་དུ་དམ་བཅའ་དེ་དག་ནི་སྒྲུབ་པར་མི་བཞེད་པ་ཉིད་ཀྱི་ཕྱིར་དོན་འདི་ལས་ཕྱིར་ལྡོགས་པས། ཁོ་བོ་ནི་གང་གི་ཐན་དུ་སྤྱོད་པས་ཁྲིམས་ཀྱི་འཇིགས་པས་ཤེ་ཡང་སླ་མོད་ཀྱི་བུ་མོ་ནི་མཛེས་ཆོས་ཀྱི་ཁྱད་པར་ལ་བརྟེན་ནས་རྒྱལ་པོ་རྒྱལ་ཕྲན་སྟོབས་འབྱོར་གྱིས་བསླམས་པ་སུ་ཞིག་དང་མཇལ་བར་བྱེད་ཀྱང་དམ་བཅའ་དེ་དག་ཤུགས་ཀྱིས་འགྲུང་བས་བདག་ཅག་གི་རེ་བ་དོན་ཡོད་པ་ནི་དེ་ཡིན་ནོ། །ཞེས་མཆི་མས་མགྲིན་པ་བཙྭངས་པ་ལྟར་བྱས་ནས་ཕྱག་དང་བཅས་ཏེ་གསོལ་པས་ན། འདོད་པའི་ཤུགས་དྲག་པོས་ཡིད་ལ་འཐས་པར་གྱུར་པ་ནི་རྒྱུ་གང་གིས་ཀྱང་འགོག་ཏུ་མེད་པ་རྒྱ་མཚོའི་གྲུ་བོ་ཆེ་བཟུང་བ་བཞིན་དུ་ལས་ཀྱི་ཐ་རླབས་དབང་ཆེ་བའི་ཤུགས་ཀྱིས་འདི་སླམ་དུ་བསམས་པ། པད་མའི་མྱུ་གུས་ཇི་སྐད་སྨྲ་བ་དེ་ཡང་བདེན་དུ་ཡོད་དེ་རང་གི་ཡིད་ལ་བབས་ན་སྒྲུབ་པར་བྱེད་ལ། དེའི་ཆེད་དུ་

བྱ་བའི་ངལ་བ་རྣམས་ནི་བསྐྱེན་པར་མི་འདོད་པ་དམ་པའི་ལུགས་མ་ཡིན་ཞིང་། མཛེས་སྡུག་མེ་ཏོག་འདི་ལ་རིགས་ཀྱི་མྱུ་གུས་མཛེས་པར་འགྱུར་རམ་མི་འགྱུར་མཐའ་གཉིས་པོ་འདི་ཡང་སོམ་ཉིའི་ཡུལ་ཡིན་པས། རེ་ཞིག་བློན་པོའི་འདོད་པ་སྒྲུབ་སྙམ་ནས། དམ་བཅའ་དེ་དེ་བཞིན་དུ་བགྱིད་དོ་ཞེས་ཁས་འཆེས་སོ། །

38. བློན་པོ་རྣམས་ཀྱིས་རྒྱལ་པོ་ཚུལ་བཞིན་མ་ཡིན་པའི་བྱ་བ་ལ་མི་འཇུག་པའི་བཀོལ་བཏབ་ཀྱང་མ་གསན་པའི་སྐོར།

དེའི་ཚེ་རྒྱལ་པོས་ཚུལ་བཞིན་མ་ཡིན་པའི་བྱ་བ་དེ་ལྟ་བུ་ལ་འཇུག་པར་བྱེད་དོ་ཞེས་པའི་གཏམ་གཅིག་ནས་གཅིག་ཏུ་བརྒྱུད་པ་མདུན་ན་འདོན་རྣམས་ཀྱིས་རྟོགས་ཏེ། བློ་གྲོས་མཆོག་ཏུ་གསལ་བ་ལ་སོགས་པ་དེ་དག་སྙིང་སྡོང་ཞིང་། ཐུག་རྡུས་ཐུགས་པ་བཞིན་དུ་མི་བཟོད་པ་ཆེར་བསྐྱེད་དེ་རྒྱལ་པོ་ཉེ་མའི་བློ་གྲོས་ག་ལ་བ་དེར་སོང་ནས་ཕྱག་དང་བཅས་ཏེ་བཞིན་གྱི་དངང་བ་མི་སྟོན་ཞིང་ཞུམ་པའི་ཡིད་ཀྱིས་གསོལ་པ།

དྲེགས་ལྡན་རྒྱལ་རིགས་ནོར་བུའི་ཅོད་པན་གྱིས། །ལེགས་པར་མཆོད་འོས་ཞབས་ཀྱི་པད་མ་ལ། །ཡན་ལག་ལྔ་ལྡན་ཕྱག་གིས་ལེགས་བཏུད་ནས། །རྣམ་དག་བསམ་པའི་དབང་གྱུར་བདེན་ཚིག་གསོལ། །བསླུགས་འོས་གཙུག་ལག་ལུགས་བརྒྱའི་མདུན་ས་ཆེ། །སྲིད་པའི་རྒྱན་འདི་རྒྱལ་ཐབས་བགོ་སྐལ་དུ། །རིགས་ལྡན་བཙུན་མོ་རྣ་ཆ་འཛིན་མ་ལ། །བསོད་ནམས་བརྒྱུས་བསྐྲུན་གཞོན་ནུ་ཟླ་མེད་བལྟམས། །བུས་པ་ཉིད་ནས་རབ་འབྱམས་ཤེས་བྱའི་གནས། །སློང་དུ་ཆུབ་པས་མཁས་པའི་དབང་པོ་སྐྱེ། །ཚངས་པ

ཆེན་པོའི་བློ་དང་ལྷའི་དབང་པོའི། །གཟི་བྱིན་དཔལ་འབར་གྲགས་པའི་མྱུ་ཁྱུད་ཀྱི། །དགྲ་ཐབས་སྲིད་སྒྲུབ་སྒྱུ་རྩལ་ཀུན་རྫོགས་པའི། །དཔལ་ལྡན་མི་ཡི་ལྷ་གཅིག་འཇིགས་མེད་དེ། །དེང་དུས་སྟོབས་ལྡན་རྐོལ་བ་གཞོམ་སླད་དུ། །སྣང་བ་འབུམ་ལྡན་སྤོངས་དེར་དཔག་མེད་དཔུང་། །གཡུལ་གྱི་རོལ་པ་དང་འགྲོགས་གཤེགས་ཤུལ་དུ། །ཡབ་གཅིག་ཉེ་མའི་བློ་གྲོས་ལོག་པའི་ལམ། །མུན་པའི་གླིང་དུ་འཁྱམས་པའི་གཏམ་འགའ་ཐོས། །སྤྱི་ཡང་ཡུམ་མཆོག་རྣ་ཆ་འཛིན་མ་ལ། །རིགས་འཛིན་སྲས་ཀྱི་མྱུ་གུ་མི་ལྡན་ན། །སླར་ཡང་བཙུན་མོ་གཉིས་པ་བཟུང་འོས་ཀྱི། །རྒྱལ་སྲས་གཞོན་ནུ་འུ་ཅག་བསོད་ནམས་ཀྱི། །མགྲོན་དུ་ལས་ཀྱི་བྱེད་པོར་བཀོད་ཟིན་ན། །ཐ་ཤལ་རང་གི་འབངས་རིགས་སྨད་བུའི་གནས། །མཛེས་སྡུག་མེ་ཏོག་ཅེས་བྱ་གཡོན་མ་དེ། །གང་གི་ཁབ་ཏུ་བྱ་ཞེས་གཏམ་བདེན་ན། །ཀྱི་མ་མི་བདག་ཐུགས་ལ་ཅི་ཞིག་ཞུགས། །འཇིག་རྟེན་མི་སྙན་སྒྲོག་པའི་ཆར་འབེབས་ཤེང་། །རྒྱལ་བུ་གཞོན་ནུའི་ངལ་བ་དོན་མེད་གྱུར། །བདག་ཅག་ཡིད་ཆད་ཤེན་ཏུ་སྐྱོངས་གྱུར་པའི། །གནས་སྐབས་འདི་ལ་གཅིག་ཏུ་དགོངས་ནས་ཀྱང་། །དམ་པའི་མཚམས་ལས་མི་བདའ་བག་ཡོད་འཚལ། །

ཞེས་ལེགས་པར་སྨྲས་པས། རྒྱལ་པོ་ཡང་བཞིན་རས་ཉིན་མོའི་སྣང་བ་རྫོགས་པའི་པད་མ་ལྟར་དུད་ཅིང་ཡུལ་ཡུལ་པོར་གྱུར་ཀྱང་ཐོག་མའི་དམ་བཅའ་ལས་འགལ་དུ་མེད་ཕྱིར་མཉན་དུ་མ་འདོད་ནས་སྨྲས་པ།

བློ་གྲོས་ཅན་ཞེས་མདུན་ན་འདོན་གྱི་ཚོགས། །རྣམ་འབྱེད་ཡངས་པའི་བློ་དང་མི་ལྡན་པའི། །ཚིག་གི་ཕྲེང་བ་མང་དུ་སྤྲོས་ནའང་། །དོན་ཐལ་ཐག་ཆའི་རོལ་མོའི་སྒྲུན་ཟླ་ཉིད། །རྣ་ཆ་འཛིན་ལ་རིགས་ཀྱི་ཏོག་དམ་པ། །

ཡོན་ཏན་རྒྱ་མཚོའི་གཏེར་གཅིག་བཙས་མོད་ཀྱང་། །རྒྱལ་ཐབས་འཕྲིན་ལས་རྣམ་བཞིས་སྐྱོང་བ་ལ། །བརྒྱ་ཕྲག་གྲངས་སུ་རྫོགས་ཀྱང་མང་བ་མིན། །འཁོར་ལོས་སྒྱུར་རྒྱལ་རྣམས་ཀྱི་བསོད་ནམས་མཐུས། །སྟོབས་ཀྱི་དཔུང་པ་མངོན་པར་མཐོ་བ་ལས། །བཙུན་མོ་བདུན་འབུམ་རིགས་ཀྱི་བུ་སྟོང་སོགས། །བསྡུགས་འོས་ཕུལ་དུ་གྱུར་པ་མ་ཤེས་སམ། །བདག་ཀྱང་འདོད་པའི་ཆོས་ལ་མངོན་ཞེན་པས། །དགའ་བ་དོན་དུ་གཉེར་བ་མ་ཡིན་ཀྱང་། །སྡེ་བཞིའི་དཔལ་གྱིས་འཁྱོར་བའི་རྒྱལ་ཁབ་འདིའི། །རྒྱལ་རྒྱུད་རིགས་ཀྱི་ཐིག་ལེ་བསྐྱུན་ཕྱིར་ཏེ། །བློ་གྲོས་ནོར་གྱིས་ཕྱུག་རྣམས་འགལ་བའི་བློ། །སྤྱོངས་ལ་བདག་གིས་ཇི་ལྟར་བསྒོ་བའི་དོན། །རྣར་བཟོན་མི་བྱ་ལེགས་པར་མཉན་བྱས་ནས། །རང་རང་བགོ་སྐལ་གྱུར་པའི་ལས་སྒྲུབས་ཤིག །

ཅེས་ཙམ་གྱི་ཟློལ་ལ་བརྟེན་ནས་གཞོན་ནུ་མ་དེ་ཡང་བདག་གིར་བཟུང་བས་བློན་པོ་རྣམས་ནི་སེམས་ཁོང་དུ་ཚུད་པར་གྱུར་ཀྱང་། ཅི་ཡང་སྨྲ་བའི་སྤོབས་པ་མེད་པ་རི་མོར་བྲིས་པའི་གཟུགས་བརྙན་བཞིན་དུ་གྱུར་ཏོ། །

39. རྒྱལ་བུ་གཞོན་ནུ་ཟླ་མེད་ཀྱིས་སྣང་བ་འབུམ་ལྡན་དར་རྒྱས་སུ་སྐྱོང་བའི་བྱེད་པོར་དཔའ་བོ་སྲིད་པ་གཞོན་ནུ་དབང་བསྐུར་བའི་སྐབས།

དེའི་ཚེ་སྣང་བ་འབུམ་ལྡན་དུ་རྒྱལ་བུ་གཞོན་ནུ་ཟླ་མེད་བཙུན་མོ་བློན་པོར་བཅས་པ་ཡུལ་ཕྱོགས་དེར་འདོད་པའི་ལོངས་སྤྱོད་ཕུན་སུམ་ཚོགས་པ་ལ་སྤྱོད་པས་དུས་རེ་ཞིག་ཙམ་འདས་པའི་མཐར། ཡབ་ཡུམ་བློན་འཁོར་ཡུལ་ཁམས་ལ་སོགས་པ་དྲན་པའི་ཡོ་ཉས་བསྐུལ་བ་ལྟར་གྱུར་ཏེ་ཆས་པར་ཉེ་བ་ན། སྣང་བ་འབུམ་ལྡན་གྱི་རྒྱལ་ཁབ་དེ་ཉིད་ཆོས་དང་མཐུན་པའི་ལམ་དུ་བསྒྱུར་ཏེ།

དེ་ཡང་དར་རྒྱས་སུ་སྐྱོང་བའི་བྱེད་པོར་དཔའ་བོ་སྲིད་པ་གཞོན་ནུར་དབང་བསྐུར་ཏེ་ལེགས་པར་གདམས་པ།

གཞོན་ནུ་ལ་ནི་མེས་པོའི་སློ་འཆང་བདག་གི་རེ་བ་རྫོགས་པའི་གཉེན། །བརྩོན་འགྲུས་ནན་ཏན་ཆེན་པོ་དང་ལྡན་རིགས་པ་སྒྱུ་རྩལ་ཀུན་བྱང་ཆུབ། །སྲིད་པའི་དབང་པོ་ཀུན་གྱི་དབང་ཕྱུག་གཞོན་ནུར་གྲགས་པ་དོན་མཐུན་གྱི། །བུ་ཁྱོད་རེ་ཞིག་བདག་གི་འདོད་པ་ཇི་བཞིན་སྒྲུབས་ལ་ཁབ་འདི་ཟུངས། །བདག་ནི་ཡིད་ཀྱི་མེ་ལོང་གཙང་མའི་ངོས། །ཡབ་ཡུམ་བརྩེ་ཆེན་བཞིན་རས་རྟག་འཆར་བའི། །དྲན་པའི་ཕོ་ཉས་ཡང་ཡང་འབོད་པ་ལྟར། །ཕྱུར་པས་ཡིད་ནི་ཕྱོགས་དེར་བགྲོད་ལ་ཆགས། །པད་མ་རྒྱས་ཚལ་གྲོང་ཁྱེར་ཆེན་པོའི་ལྟོངས། །མཛེས་བྱེད་སྲིད་པའི་རྒྱན་གྱི་རྒྱལ་ཁབ་དེར། །གཅིག་ཏུ་མཉེས་གཤིན་བརྩེ་བའི་ཐུགས་རྗེའི་སྨན། །རིང་པོར་གསོ་བ་ཡབ་ཡུམ་འཛུམ་ཞལ་ལ། །ལྟ་བར་འདོད་པའི་ཀུན་རྟོག་རབ་གཡོས་ཤིང་། །སློན་འབངས་བརྩེ་ལྡན་མ་ཡིས་ལེགས་བསྐྱངས་པའི། །བུ་སྡུག་ཇི་བཞིན་དམ་པའི་རྗེ་བོ་ཡི། །དྲིན་གྱིས་བསྐྱངས་པར་བྱས་ཤེས་ལྷག་བསམ་ཅན། །གུས་པར་བལྟ་བ་དེ་རྣམས་ཐུད་ལ་རིངས། །དེ་ཕྱིར་བདག་ཅག་དཔལ་འཁོར་ཆེ་དང་བཅས། །བཞོན་པའི་ཁ་ལོ་སྒྱུར་པོར་བཟོད་བྱས་ནས། །ཡུལ་གྱི་དགེ་མཚན་ཕུན་སུམ་ཚོགས་ཆེ་བར། །ལྟ་བའི་སྐད་དུ་འདེང་ངོ་གཞོན་ནུ་ཁྱོད། །སྣང་བ་འབུམ་ལྡན་རྒྱལ་ཁབ་བདེ་བས་སྐྱོངས། །ཟླ་རྩེའི་ཟིལ་པ་ཇི་བཞིན་རྣམ་གཡོ་བའི། །སྲིད་འབྱོར་སྙིང་པོ་མེད་འདི་དོན་ལྡན་དུ། །བསྒྱུར་བའི་ཐབས་ཚུལ་སྐྱབས་འོས་མགོན་རྣམས་ལ། །བཀུར་སྟི་རིམ་གྲོས་སྒྲུར་བས་ལེགས་མཆོད་ཅིང་། །བཀྲིས་སྨོམ་ཉམ

ཐག་རིས་མེད་སྙོང་བ་པོར། །སྨིན་མང་གདུང་བ་མེད་པའི་ངང་ཚུལ་གྱིས། །སེར་སྣའི་རྒྱ་བཀྲོལ་ལོངས་སྤྱོད་གཏེར་སྒོ་དབྱེ། །ཁྲོ་གཏུམ་གཟུ་ལུམ་ཅན་གྱི་སྤྱོད་པ་ནི། །གཞན་སེམས་སྲེག་ཅིང་བདག་དོན་སྒྲུབ་པ་དང་། །འགལ་བས་ཞི་དུལ་སྙིང་རྗེའི་ཚུལ་ཅན་གྱིས། །སྐྱེ་ཀུན་དགའ་བའི་སྙིང་གི་བདུད་རྩིར་གྱིས། །འཛུམ་དཀར་མི་གཡོ་ངོ་ཟུམ་གནག་གྱུར་ཅིང་། །ཚིག་རྩུབ་གཏམ་གྱིས་གཞན་སྙིང་གཙོད་པའི་ལས། །བོར་ཏེ་བཞིན་བཟང་མཐོང་ན་རབ་དགའ་བའི། །འཇམ་སྙན་ཚིག་གིས་ཀུན་ཡིད་འཕྲོག་པར་གྱིས། །མ་རུངས་ཕྱོགས་འདིའི་སྐྱེ་བོས་ལྷར་སྣང་དུ། །ཁྱོད་ལ་དད་དང་གུས་པ་ལྷུར་ལེན་ཀྱང་། །རེ་ཞིག་སྨྲིན་པོའི་བློ་ཡིས་བག་ཟོན་དང་། །ལྡན་པར་གྱིས་ལ་ཡིད་བརྟན་འཆའ་མི་རུང་། །གཞན་སྤྱོད་གནམ་རུ་འཁྱོག་པོ་ལ་བརྟེན་ཀྱང་། །ལྷག་བསམ་དྲང་པོའི་མདའ་ནི་མ་འཁྱོགས་པས། །དགེ་དང་ཅིག་ཤོས་གཏད་སོ་མ་འཁྲུལ་བར། །མི་དགེ་སྡིག་པའི་དགྲ་བོ་རྩིག་མེད་བཅོམ། །བསྙེན་བཀུར་ཕྱོགས་སུ་ལྷུངས་པས་ཁྲིམས་ཀྱི་སྲོལ། །ཉམས་ཤིང་དེ་ལ་འཛིགས་པར་མི་བལྟ་བར། །འཁོར་འབངས་བྱམས་པའི་ཤུགས་ཀྱིས་སྙོམས་སྐྱོང་ཞིང་། །ཡིན་ལུགས་དྲང་པོས་སྤྱོད་པའི་སྲོལ་ལ་བརྟེན། །དམ་པ་ཀུན་གྱིས་ཡང་དག་སྨད་བྱའི་གནས། །ཆང་དང་མཚན་མོ་རྒྱུ་བས་ཕྱོགས་བསླད་ན། །རབ་ཅེས་སྐྱེས་བུའང་ཐ་མར་ལྷུང་ངེས་པས། །སྨྱོན་པའི་བློས་གར་རྩེ་ལ་ཆགས་པ་སྤོངས། །ཁྱད་པར་བསོད་ནམས་མ་ཡིན་དུ་མའི་ལས། །གཅིག་ཏུ་སྤུངས་འདྲའི་རྒྱལ་ཁབ་འདིར་བརྟེན་པ། །མཐའ་དག་དཀར་པོའི་དགེ་ལས་ཕྱིར་ཕྱོགས་ཏེ། །གཅིག་ཏུ་གནག་པ་མི་དགེའི་ལས་ལ་སྤྱོད། །སངས་རྒྱས་ཆོས་དང་དགེ་འདུན་མི་ཤེས་

ཞིང་། །ལས་དང་ལས་ཀྱི་འབྲས་བུར་ཡིད་འཆེས་བྲལ། །ཕ་མ་རྒན་རབས་ལ་ནི་བརྙས་བྱེད་ཅིང་། །འཐབ་དང་འཁྲིད་དང་རྩོད་ལ་དགའ་བ་དང་། །བརྡེག་དང་འཚོག་དང་སེམས་ཅན་སྲོག་འཕྲོག་པའི། །ལས་ལ་སྙིང་པོར་བྱེད་པས་ངན་སྤྱོད་དང་། །གཡོ་སྒྱུའི་རྣ་མཚོན་འཕྱུར་བས་སྲིད་གསུམ་ལས། །རྒྱལ་བར་འདོད་པའི་ལམ་སྲོལ་ངན་པ་འདི། །རྣམ་པ་དུ་མའི་སྒོ་ནས་སྨད་བྱས་ཏེ། །ཆོས་བཞིན་སྤྱོད་པའི་དཀར་ཕྱོགས་དགེ་བའི་ལམ། །བཟང་པོར་བསྒྱུར་བ་བྱ་བའི་སྙིང་པོར་ཟུངས། །དེ་ལྟར་བླང་དོར་གནས་ཀྱི་ཚུ་གཏེར་ལས། །ཟེགས་མ་ཙམ་ཞིག་འཐོར་བའི་ཐ་ཚིག་འདིས། །གཞོན་ནུ་མི་ཤེས་ཚ་གདུང་ལས་རྒྱལ་ཏེ། །བསྔགས་འོས་བསིལ་བའི་དངོས་པོར་ལོངས་སྤྱོད་འཚལ། །

ཞེས་བསྒྲོ་བ་ན། སྲིད་པ་གཞོན་ནུས་གསོལ་པ། ལྷ་བཙེ་བས་དགོངས་ཤིག བདག་ནི་ན་ཚོད་ཕྲ་ཞིང་བྱ་བ་དང་བྱ་བ་མ་ཡིན་པའི་གནས་མི་ཤེས་པས་ཁབ་འདིར་འདུག་པ་གནས་མ་ཡིན་པས་གནང་བར་མཛོད་ཅིག རྒྱལ་བུས་སྨྲས་པ། གཞོན་ནུ་མ་ཉེས་ཀྱི་སྙིང་སྟོབས་བསྐྱེད་ཅིག བདག་ཅག་མི་རིང་བར་འཕྲད་དོ། །ཞེས་བརྗོད་པས་དེས་ཀྱང་བཀའ་ལས་འགོང་པར་མ་གྱུར་ཏེ། བཀའ་བཞིན་འཚལ་ཞེས་ཁས་འཆེས་ཏེ་གནས་བཅས་སོ། །

40. རྒྱལ་བུ་གཞོན་ནུ་ཟླ་མེད་མཛའ་གཙུགས་ཟུང་བློན་འཁོར་དཔུང་ཚོགས་དང་བཅས་པ་སྲིད་པའི་རྒྱུན་དུ་ཞབས་སོར་འཁོད་པའི་སྐོར།

དེ་ནས་རྒྱལ་བུ་གཞོན་ནུ་ཟླ་མེད་མཛའ་གཙུགས་ཟུང་དང་། བློན་འཁོར་དཔུང་ཚོགས་དང་བཅས་པ་དང་། རྒྱལ་པོ་ཟླ་བའི་བློ་གྲོས། ལྷ་ལས་

ཕུལ་བྱུང་། བློན་པོ་ཚངས་པའི་བློ་ལྡན་སོགས་པས་མདུན་བདར་ཏེ་བརྒྱ་སྦྱིན་ཉེ་དབང་གི་ཚོགས་ཀྱིས་མཛེས་པའམ། ཟླ་བ་རྒྱུ་སྐར་གྱི་ཚོགས་ཀྱིས་ཀུན་ནས་མཛེས་པ་དང་འདྲ་བར་ཡུལ་འཁོར་ཆེན་པོ་ཀུན་དགའི་ཚལ་གྱི་གྲོང་ཁྱེར་པད་མ་རྒྱས་པའི་ཕྱོགས་དེར་མངོན་པར་བསྐྱོད་པ་ལ་ཕྱོགས་སོ། །སྐབས་དེར་ཕོ་བྲང་ཆེན་པོ་སྲིད་པའི་རྒྱན་དུ་སྣང་གྲགས་ཀྱི་ཛ་བོ་ཆེ་བརྡུང་ཞིང་། བཀྲ་ཤིས་ཀྱི་བ་དན་འཕྱར་བའི་སྐད་དུ་ཕོ་ཉ་རིངས་པར་མངགས་ཏེ། དེས་ཀྱང་ཇི་ལྟར་གྱུར་པའི་གཏམ་ལེགས་པར་བསྙད་པས་ཡབ་ཉེ་མའི་བློ་གྲོས་ནི། གཞོན་ནུའི་མཐུ་སྟོབས་ཀྱི་དཔལ་ལ་རྗེས་སུ་ཡི་རང་ནས་ངོ་མཚར་རྒྱ་ཆེར་གྱུར་ཏེ་དགའ་ཞིང་མགུ་ལ་རང་གི་ཚུལ་བཞིན་མ་ཡིན་པའི་སྤྱོད་པ་དེ་ལ་ནི་ཁྲེལ་ཞིང་སྔོངས་ལ། ངོ་ཚ་བས་ཡིད་བློང་བློང་པོར་གྱུར་ཏེ། དགའ་བ་དང་འགྱོད་པ་འགྲན་པ་ལྟར་གྱུར་ཏོ། །དེ་ནས་བསུ་བ་དང་དགའ་སྟོན་གྱི་ཡོ་བྱད་ཕུན་སུམ་ཚོགས་པ་བཀོད་པས་ཁྱད་པར་དུ་འཕགས་པ་མངོན་པར་འདུ་བྱ་བ་ལེགས་པར་ཟིན་ནས། རྗེ་བོ་ལ་མཉེས་གཤིན་པའི་བསམ་པ་དང་ལྡན་པ་གཡོ་དང་ཟོལ་མེད་པས་གུས་པར་བལྟ་བ། མདུན་ན་འདོན་གྱི་གཙོ་བོ་བློ་གྲོས་མཆོག་ཏུ་གསལ་བ། མཚུངས་མེད་བློ་གྲོས་ལྡན། རིག་པའི་དབང་ཕྱུག ཤེས་བྱ་ལྡན་ལ་སོགས་པ་ཕོ་བྲང་འཁོར་པ་དེ་དག་ནི་གཞོན་ནུ་དམ་པའི་འཛུམ་ཞལ་གྱི་དཀྱིལ་འཁོར་ལ་ལྟ་བར་ཆེས་ཆེར་རིངས་པ་ནི་འདི་ལྟ་སྟེ། དཔེར་ན། སོས་ཀའི་དུས་ན་ཉིན་མོར་བྱེད་པའི་སྣང་བ་མཆོག་ཏུ་འབར་བས་གདུངས་ཤིང་ལུས་རྨྱ་བར་བྱས་པ་ལག་ལྡན་གྱི་ཚོགས་དྭངས་བསིལ་རྙོག་པ་མེད་པ་པད་མའི་དྲ་བས་ཁེབས་པའི་མཚོ་ལ་འཇུག་པར་སྤྲོ་བ་དེ་བཞིན་དུ་གྱུར་ཏེ་སྲིད་པའི་རྒྱན་གྱི་རྒྱལ་ཁབ་ནས་གདུགས་འགའ་ཞིག་འདས་པའི་ཕ་རོལ་དུ་མདུན་བསུ་བ་ལ་འཚོས་པའི་ཡོ་བྱད

རྣམས་ཐོགས་ཏེ་རིམ་གྱིས་སོང་སོང་བ་ལས། རྒྱལ་སྲས་དཔུང་ཚོགས་ཆེན་པོས་ཡོངས་སུ་བསྐོར་བ་ས་གཞིའི་གཏོས་ཡོངས་སུ་གང་བ་མངོན་པར་ལྷགས་པ་མཐོང་བས་རབ་ཏུ་དགའ་བར་གྱུར་ཏེ་བཞོན་པའི་ས་ཇི་སྲིད་དུ་དེ་སྲིད་བར་བཞོན་པ་ལ་བརྟེན་ཅིང་། དེ་ནས་བཞོན་པ་ལས་བབས་ནས་གོམ་པའི་འདེགས་འཇོག་སྒྱུར་བར་བསྒྱུད་པའི་ཤུགས་ཀྱིས་གཞོན་ནུ་ཟླ་མེད་ག་ལ་བ་དེར་སོང་ནས་ཞབས་ཀྱི་པད་མོ་ལ་ཕྱག་བྱས་ཤིང་དགའ་བའི་བཞིན་གྱི་མདངས་ཕྱུངས་ཏེ་མཁྱེན་པ་གཟིངས་བསྟོད་ནས་གསོལ་པ།

ཕུལ་བྱུང་བསོད་ནམས་འོད་སྟོང་འབར་བའི་གཟིས། ། བདུད་སྡེའི་མུན་པ་མཐར་བྱེད་འཁོར་ལོ་ཅན། ། ལྟ་བས་མི་ངོམས་གཟི་བྱིན་སྣང་བའི་གཏེར། ། དཔལ་ལྡན་མི་ཡི་ཉིན་བྱེད་རྒྱལ་གྱུར་ཅིག ། སྐྱེ་བ་གཞན་དུ་གོམས་པའི་ལེགས་བྱས་མཐུས། ། གང་ཁྱོད་བལྟམས་མ་ཐག་ནས་ཡོན་ཏན་གྱི། ། ཕུང་པོ་མངོན་པར་མཐོ་བའི་དགེ་མཚན་ཀུན། ། ཉིན་བྱེད་འོད་ཀྱིས་བརྒྱན་པ་ལྟ་བུར་མཐོང་། ། རིང་མིན་ཤེས་བྱའི་དེ་བཞིན་ཉིད་གཟིགས་པས། ། མཁས་ཀུན་ཟུར་ཕུད་རྩེ་མོར་ཞབས་བཀོད་ཅིང་། ། སྲིད་པའི་དཔའ་བོ་ཀུན་གྱི་བསྙེམས་འཕྲོག་པའི། ། སྒྱུ་རྩལ་རྒྱ་མཚོའི་ཕ་རོལ་ཕྱིན་པར་གྱུར། ། ཁྱོད་ཐུགས་བྱམས་བརྩེས་བརླན་པའི་ཞི་དུལ་སྤྱོད། ། བདུད་རྩིའི་རང་བཞིན་ཉིད་དུ་བསིལ་ཐབ་ཀྱང་། ། མི་བསྲུན་གདུག་པ་གཞོམ་ལ་སྣང་བའི་ཤུགས། ། བསྐལ་མེ་འབར་བའི་དཔལ་ལྟར་ཚ་ཞིང་རྩུབ། ། སྡིག་སྤྱོད་ལོག་པའི་གཡང་སར་གར་རྩེ་བ། ། དམྱལ་བའི་གཏིང་རྡོར་ལྷུངས་རྣམས་འདྲེན་སླད་དུ། ། དྲག་པོར་སྤྱོད་ཀྱང་ཞི་བདེའི་འབྲས་བྱིན་པའི། ། ཐབས་མཁས་དཔུང་གི་སྦྱོར་བ་ལ་བརྟེན་ནས། ། མུན་གླིང་ཆོས་དཀར་སྣང་བ་དམ

པ་ཡིས། །ཁྱབ་པའི་བཞེད་པ་ཡོངས་སུ་གང་གྱུར་ནས། །ཞབས་ཟུང་འཁོར་ལོ་གསར་པའི་མཚན་རིས་ཅན། །བདག་ཅག་སྤྱི་བོར་འགོད་མཛད་ཐུགས་རྗེས་ཟུངས། །

ཞེས་བྱ་བ་ལ་སོགས་པ་དགའ་བའི་གཏམ་མང་དུ་བྱས་ནས། སླར་ཡང་ཡིད་འོང་མའི་དྲུང་དུ་སོང་ནས་གསོལ་པ།

མཚར་ཆགས་མཛེས་སྡུག་ཀུན་གྱི་སྙིང་པོའི་བཅུད། །གཅིག་ཏུ་བསྡུས་ཀྱང་སྐྱེ་མཆེད་གཙང་བའི་སྐུར། །ཆ་ཙམ་འགྲན་པར་མི་བཟོད་ཟུར་མིག་མཚོན། །སྲིད་པ་གསུམ་ལས་རྒྱལ་བའི་སྒེག་འཆང་མ། །མངོན་མཐོའི་རིགས་མཆོག་འཆི་མེད་ལྷའི་ར་བར། །བདུད་རྩིའི་སྤྲིན་ཟླར་འཁྲུངས་པ་ཡོངས་འདུའི་ཤིང་། །སྐྱེ་འབྲས་མེ་ཏོག་ལྷ་ན་སྡུག་འབར་བའི། །ལྷར་བཅས་སྐྱེ་བོའི་འདོད་འཇོ་ཁྱོད་ཁོ་ན། །གནག་སྡུམ་ཟུར་ཕུད་རྩེ་ཕྲན་རིན་ཆེན་གྱི། །ཁྱད་པར་དུ་མས་ཡོངས་སུ་སྤུད་བྱས་ཤིང་། །འདབ་རྒྱས་པད་མའི་དབྱིབས་ཅན་ནོར་བུའི་ཚོགས། །འཕྱུང་འཕྲུལ་ལྡན་པའི་རྒྱན་མང་མིག་གི་དཔྱིད། །ཟླ་བ་བརྒྱ་ཕྲག་བརྩེགས་པའི་བཞིན་དཔལ་ལ། །མཆུ་སྒྲོས་རྩ་ལག་འཚོ་ལྷར་དམར་གསལ་དབུས། །གངས་རིའི་མདངས་འཕྲོག་ཚེམས་ཕྲེང་ཚར་དངར་བའི། །འཛུམ་དཀར་སྐྱེ་བོའི་ཡིད་ཀྱི་ཆོམ་རྐུན་བཞིན། །སྨིན་དཀྱུས་འཁྲི་ཤིང་འཁྱོག་པོར་གཡོ་བ་དང་། །ཨུཏྤལ་སྔོན་པོའི་འདབ་མ་རེངས་མཚུངས་དབྱིབས། །མིག་ཟུར་མཛེས་པའི་ལྡུགས་ཀྱིས་ཆགས་ལྡན་སྙིང་། །འགུགས་པར་མ་བྱས་ཆོས་དེ་གང་ཞིག་མཆིས། །དེ་ལྟར་བརྗོད་པའི་ཡུལ་ལས་འདས་གྱུར་པ། །སྒེག་འཆང་བྱེ་བ་ཕྲག་བརྒྱས་རོལ་པ་མོ། །རྒྱལ་བུ་གཞོན་ནུའི་བཙུན་མོ་རིན་ཆེན་གྱི། །མེ་ཏོག་བགོ་སྐལ་ཐོབ་གྱུར་སྐལ

བཟང་དཔྱིད། །དེ་རིང་ཞབས་གཉིས་དཔལ་གྱི་འཁོར་ལོའི་འགྲོས། །འཁྱོར་ཞིང་རྒྱས་པ་བདེ་བ་ལྷའི་མདུན་ས། །ནོར་འཛིན་ཐིག་ལེར་ཆགས་པའི་རྒྱལ་ཁབ་ཆེར། །བསྐྱོད་པ་ཡང་བར་གཤེགས་པས་ཡིད་དབང་བརྟས། །

ཞེས་བྱ་བ་ལ་སོགས་པ་རིང་མོ་ནས་སྨོན་པར་བྱས་པའི་རེ་བ་འབྲས་བུར་སྨིན་པས་དགའ་མགུ་ཡི་རངས་བའི་གཏམ་དེ་དང་དེ་དག་བྱས་ནས་རིང་པོར་མ་ཐོགས་པར་བསྐྱོད་དེ་ཕོ་བྲང་གི་འདབས་སུ་ཇེ་ཉེར་སོན་པ་ན། ཕོ་བྲང་སྲིད་པའི་རྒྱན་དེའི་ཕྱི་དང་། ནང་དང་། ཕྱོགས་མཚམས་ཀུན་བརྒྱན་ཅིང་ཤིན་ཏུ་ཡིད་འོང་བར་བྱས་པ་ནི་འདི་ལྟ་སྟེ།

ཡིད་འོང་རྨ་བྱའི་མགྲིན་པ་ལྟར་མཛེས་པའི། །ནོར་འཛིན་དཔལ་མོ་ཡངས་པའི་རྒྱན་གྱི་ཕྱུལ། །ལོ་མ་མེ་ཏོག་འབྲས་བུའི་ཁུར་ལྡི་བ། །སྣ་ཚོགས་ལྗོན་ཤིང་ཕྲེང་བར་འཁྲིགས་པའི་དབུས། །རིན་ཆེན་སྣ་ལྔའི་བ་གམ་མཐོར་བརྩེགས་ཤིང་། །ནོར་བུའི་ཀ་སྒྲུང་བྱེ་བས་ཉེར་བཏེག་པ། །གསེར་སྦྱངས་ལྡན་པའི་ཐོག་དང་ལྡན་པའི་འོད། །ཕྱོགས་ཀྱི་འཁོར་ལོ་མ་ལུས་འགེངས་པ་བཞིན། །མདའ་ཡབ་ཤམ་བུ་དྲ་བ་དྲ་ཕྱེད་དང་། །གསེར་གྱི་སྐ་རགས་ཕྲེང་བ་རྣམ་པར་མཛེས། །བཀོད་ལེགས་ཇ་བབས་མཀྲོན་མཐོ་འདོད་རྣམས་ཀྱིས། །ཁོར་ཡུག་བརྒྱན་པར་བྱས་པ་དེའི་ཕྱི་ནང་། །དྲིལ་གཡེར་སིལ་ཁྲོལ་མུ་ཏིག་བླ་རེ་བྲེས། །དྲི་མེད་ཟླ་བ་ཀླུང་གིས་བསྐྱོད་པ་དང་། །ཇ་ཡབ་ནོར་བུའི་ཡུ་བ་ཅན་ལ་སོགས། །སྣ་ཚོགས་རྒྱན་གྱི་ཁྱད་པར་ཅི་ཡང་མཛེས། །རིན་ཐང་གཞལ་བར་མི་སྤྱོད་རིན་པོ་ཆེའི། །གདུགས་དཀར་གཡོ་བ་བླ་ན་རབ་འཁོར་ཞིང་། །ཟླ་ཕྱེད་རྡོ་རྗེ་རིན་ཆེན་གྱིས་མཛེས་པའི། །བ་དན་རྒྱལ་

མཚན་དར་དཔྱང་མཛོན་པར་བསྒྲེང་། །སྣ་ཚོགས་དར་གྱི་ལྷ་ཕྱི་རྣམ་བཀྲ་བ། །ནོར་བུའི་འཕྲེང་འཕྲུལ་ལྡན་པས་ཕྱོགས་དང་མཚམས། །ཀུན་ནས་མཛེས་པ་ཡིད་ཀྱི་རི་མོ་ཡི། །ལམ་དུའང་འགྲོ་བར་དཀའ་བའི་མཛོན་དྃ་གེར་བྱས། །

དེ་ནས་གྲོང་ཁྱེར་ཆེན་པོ་དེའི་ལམ་རྣམས་ཀྱི་རྫ་བ་དང་། བྱ་མོ་དང་། གསེག་མ་ལ་སོགས་པ་མི་གཙང་བའི་ཞིང་སར་གྱུར་པ་རྣམས་ལེགས་པར་བསལ་ཏེ། ཕྱེ་མ་སྐྱམས་པར་བརྡལ་བ་ལ་རྡུལ་ལྡང་བ་འགོག་པའི་ཕྱིར་ཙན་དན་བསིལ་བའི་ཆུ་ཆག་ལེགས་པར་བཏབ་སྟེ་སྣ་ཚོགས་པའི་མེ་ཏོག་གཙལ་དུ་བཀྲམ་པའི་དྲི་བསུང་གིས་ཁེངས་པར་བྱས་ཤིང་ལམ་གྱི་ཕན་ཚུན་དང་བཞི་མདོ་རྣམས་སུ་སྐྱེས་པ་དར་ལ་བབས་པ་དང་། གཞོན་ནུ་དང་། བུད་མེད་ལང་ཚོར་ལྡན་པ་དང་། བུ་མོ་གཞོན་ནུ་མ་ལ་སོགས་པ་རྒྱན་གོས་ཀྱི་ཁྱད་པར་རྨད་དུ་བྱུང་བས་འཚོར་སྒེག་དང་ལྡན་པ་དེ་རྣམས་ཀྱིས། བར་མ་དང་། དྲུག་སྒྲེས་དང་། འཁོར་ཉན་ལ་སོགས་པའི་ངེས་པ་བདུན་གྱི་རང་བཞིན་གླུ་དབྱངས་དང་། སྒེག་པ། དཔའ་བ། རྨད་བྱུང་ལ་སོགས་པ་གར་གྱི་ཉམས་དགུ་དང་། སྦྲོ་དང་། ཤོ་ལ་སོགས་པ་རྩེད་འཇོ་རྣམ་པ་སྣ་ཚོགས་རྩེ་བར་བྱེད་ཅིང་། གཞན་ཡང་འབུད་པར་བྱེད་པའི་དུང་དང་། ལྕགས་ཀྱི་སིལ་ཁྲོལ་དང་། ཛ་ཕྲན་དང་། པ་ཊ་ཧ་དང་། ཌི་ཏམ་ག་དང་། ཛ་མུ་ཀུཎྜ་དང་། པི་ཝང་རྒྱུད་གཅིག་པ་ནས་སྟོང་གི་བར་བསྒྲེང་བ་དང་། ཕེག་རྡོབ་དང་། སིལ་སྙན་དང་། རྒྱུད་མང་ལ་སོགས་པའི་རོལ་མོའི་བྱེ་བྲག་བསམ་གྱིས་མི་ཁྱབ་པའི་དབྱངས་ཟབ་མོ་ཡོངས་སུ་རྫོགས་པར་བྱེད་པ་ནི་དྲི་ཟའི་འཇིག་རྟེན་ས་ལ་འཕོས་པ་ལྟ་བུའི་དགེ་མཚན་གསལ་བར་བྱས་པས་མདུན་བསུས་ཏེ་ཟླ་བའི་དཀྱིལ་འཁོར་ཆ་ཤས

ཡོངས་སུ་རྫོགས་པ་བརྒྱ་ཕྲག་བརྩེགས་པའི་མཛེས་པས་ཀྱང་མཚོན་དུ་མེད་ཅིང་། ཉི་མ་འབུམ་ཕྲག་གི་སྣང་བ་གཅིག་ཏུ་བསྡུས་པའི་གཟི་བྱིན་གྱིས་ཀྱང་འགྲན་པར་མི་བཟོད་པ་དཔལ་ལྡན་སའི་འཁྱོར་འཇིགས་ཆེན་པོས་གཞོན་ནུ་ཟླ་མེད་ཐམས་ཅད་དགའ་དང་། འཇིག་རྟེན་ན་མཚར་བའི་དཔེར་བྱེད་པའི་མཛེས་སྡུག་ཀུན་གྱི་སྙིང་པོ་ལས་བྱུང་བ། བུད་མེད་རིན་པོ་ཆེའི་ཡོན་ཏན་གྱི་ཁྱད་པར་དུ་མས་སྤྲ་བ། མཆོག་ཏུ་སྙིག་ཅིང་མཛེས་པའི་ལྷ་གཅིག་ཡིད་འོང་མ་གཉིས་འཁོར་ཚོགས་རྒྱ་མཚོས་མངོན་པར་བསྐོར་ཏེ་དལ་བུས་ལྷགས་ནས། མཆོག་གི་བསྟི་གནས་དཔལ་རྣམ་པར་ལྡིང་བ་ཀུན་ནས་མཛེས་པའི་རྒྱན་གྱིས་བརྒྱན་པ་ལ་ས་ཡི་བདག་པོར་འོས་པའི་རིན་པོ་ཆེའི་ཁྲི་སྟན་མཐོ་ཞིང་ཡངས་པར་བཤམས་པ་ལ་ཡབ་ཉི་མའི་བློ་གྲོས་དང་། རྒྱལ་བུ་གཞོན་ནུ་ཟླ་མེད་ལྷུན་པོ་ལ་ཉིན་བྱེད་གྱིས་མཛེས་པ་ལྟར་འཁོད། བཙུན་མོ་རིན་ཆེན་ལ་འོས་པའི་གདན་ཁྲི་ལ་ནི་ཡུམ་རྣ་ཆ་འཛིན་དང་། ཡིད་འོང་མ་ཟླ་བ་བདེ་འབྱུང་གི་གཙུག་ན་མཛེས་པ་ལྟར་འཁོད། རྒྱལ་ཕྲན་ཟླ་བའི་བློ་གྲོས་དང་། ལྷ་ལས་ཕུལ་བྱུང་ཡང་འོས་པའི་ཁྲི་ལ་བཞུགས་ཅིང་། བློ་གྲོས་ཀྱི་དཔུང་པ་མཆོག་ཏུ་མཐོ་བ་དང་། དཔའ་ཞིང་བརྟུལ་ཕོད་པའི་བློན་པོའི་ཚོགས་དང་བཅས་པས་མདུན་ས་ཡོངས་སུ་གང་བར་བྱས་སོ། །

ཡིད་འོང་དགའ་མའི་དཔལ་ལ་རྗེས་ཆགས་པས། །རྒྱལ་སྲིད་དཔལ་འབྱོར་ཆེ་དང་བརྩེ་ལྡན་གྱི། །ཕ་མར་བཅས་པ་བཏང་ནས་གཡུལ་ངོ་ལ། །འཇུག་པའི་བློ་ནི་རེ་ཞིག་ལྡོག་མ་གྱུར། །དམ་པ་རྣམས་ནི་དྲིན་དུ་མི་གཟོ་བར། །འགལ་བ་ཁོ་ནའི་ལམ་དུ་འཕྱན་མིན་ཏེ། །སླར་ཡང་ཕ་མའི་འཇུམ་ཞལ་བསྟེན་པ་ཡིས། །བྲལ་བའི་གདུང་བ་རབ་ཏུ་ཞི་བར་གྱུར། །ཉི་མ་ཟླ་བ

དབང་ཕྱོགས་ལྷུན་པོའི་རྩེར། །འོད་སྣང་འཛུམ་ཕྲེང་དངོམ་ལ་ཆས་པའི་ཚེ། །པད་མ་ཀུ་མུད་འདབ་སྟོང་གྲོལ་གྱུར་པས། །རྩེ་དགའི་གར་ལ་ཞུགས་པ་ཇི་བཞིན་དུ། །མཛའ་བཤེས་འཁོར་འབངས་རྗེ་ལ་ཡིད་ཆགས་པའི། །བསམ་གཏན་ཁོར་ཡུག་སྤྱོད་པ་དེ་རྣམས་ནི། །སྡུག་བཟླལ་མུན་པའི་གོ་སྐབས་ཡོངས་བཏང་ནས། །བདེ་སྐྱིད་སྣང་བའི་དཔལ་ལ་ཅི་དགར་སྤྱོད། །

41. ཡབ་ཡུམ་གྱི་འཛུམ་ཞལ་མཇལ་བའི་དགའ་སྟོན་གྱི་ཚོ་ག་ཆེན་པོའི་མདུན་སར་ཡུམ་རྣ་ཆ་འཛིན་གྱིས་རྒྱལ་པོ་ཉི་མའི་བློ་གྲོས་ཀྱི་ཚུལ་མིན་གྱི་བྱ་སྤྱོད་སླས་པའི་སྐོར།

དེ་ལྟར་མཛའ་ཞིང་གདུངས་པའི་རྣམ་འགྱུར་གྱིས་གཅིག་གིས་གཅིག་ལ་ངོམས་པ་མེད་པར་བལྟ་ཞིང་། དགའ་བའི་གཏམ་མང་དུ་བྱས་པའི་མཐར་དགའ་སྟོན་གྱི་ཚོ་ག་ཆེན་པོ་ཉམས་སུ་བསྐྱར་བའི་མདུན་སར་ཡབ་ཉི་མའི་བློ་གྲོས་དགའ་བ་རྣམ་པར་རྟོག་པའི་གླིས་འདི་སྐད་ཅེས་ཆེད་དུ་བརྗོད་དོ། །

སྙིང་རྗེའི་ཚུལ་ཅན་བྱང་ཆུབ་སེམས་དཔའི་རྣམ་ཐར་འཛིན། །ཤེས་རབ་ཕུལ་བྱུང་ཐབས་ཀྱི་སྤྱོད་པས་འགྲོ་བ་འདུལ། །སྟོབས་དང་བརྩོན་འགྲུས་སྐྱེས་བུ་ཆེན་པོའི་པད་མ་ལས། །བསོད་ནམས་ཡེ་ཤེས་ཚོགས་གཉིས་བསྒྲུང་ཞིམ་ཀུན་ནས་ལྡང་། །དམ་པའི་རིགས་ཅན་བུ་ཁྱོད་འཇིགས་མེད་སྙིང་སྟོབས་ཀྱིས། །གཡུལ་ངོར་འཇུག་ལ་དཔའ་བའི་གད་རྒྱངས་ཆེར་སྒྲོགས་ཚེ། །བདག་བློས་བཟོད་པར་མ་གྱུར་རྩེ་གཅིག་བཞོལ་བཏབ་ཀྱང་། །མཐུ་རྩལ་འགོག་མེད་ཁྱོད་ནི་དཔུང་གི་གཙོ་བོར་གཤེགས། །དཔའ་བོ་ཆེན་པོའི་མཐུ་སྟོབས་མི་ལྟེ་འབར་བ་ལ། །ཉམ་ཆུང་རྒོལ་བའི་བུད་ཤིང་མང་པོས་མཐོ་

འཚམས་ཀྱང་། །རང་ཉིད་ཉམས་བྱས་སྲིག་ཟའི་དཔལ་གྱུར་གནོད་མེད་པ། །འདི་ནི་ཆོས་ཉིད་ལགས་ཕྱིར་ཁྱེད་ཀྱི་དྲེགས་པ་སྤོངས། །དེ་ལྟར་མ་རུང་གདུག་པ་ཚར་བཅད་དཀར་པོའི་ལམ། །གསལ་བར་བྱས་ནས་ཡིད་འོང་ཟླ་བ་གསར་བའི་དཔལ། །མཐོང་བ་ཙམ་གྱིས་སྙིང་གི་ཀུ་མུད་བཞད་བྱེད་པའི། །ཚ་རིགས་ལྡན་མ་བཞིན་བཟང་དེ་ནི་ལག་རྗེར་ཡོན། །བདག་ཅག་ཇི་བཞིན་རེ་བའི་དོན་ཀུན་འབད་མེད་དུ། །ལྷུན་གྱིས་གྲུབ་འདི་རྒྱ་ཆེན་བསོད་ནམས་ལེགས་སྤྲོལ་བའི། །མཐུ་ལས་བྱུང་ངོ་དེ་ནི་དགའ་མགུ་ཡི་རང་བས། །བདེ་སྐྱིད་གླུ་དང་རྩེ་དགའི་གར་ལ་རོལ་ཞིག་གྱུ། །

ཞེས་གསུངས་པས། གཞོན་ནུས་ཁྲི་སྟན་ལས་ལངས་ཏེ་གུས་པས་ཕྱག་བྱས་ཤིང་། ཕུས་མོའི་ལྷ་ང་ས་ལ་བཙུགས་ཏེ་རྒྱལ་བར་གྱུར་ཅིག་ཅེས་བརྗོད་ནས་གསོལ་པ།

བློ་གྲོས་ཆེན་པོ་བློ་ཡིས་དཔག་དཀའ་ཞིང་། །སྙིང་རྗེའི་ངང་ཚུལ་སྙིང་ལ་ལྷག་པར་འབབ། །དཔལ་ལྡན་ཡབ་གཅིག་དཔལ་འབྱོར་རྒྱ་ཆེན་པོའི། །དཀའ་སྤྱོད་མདུན་སར་དགའ་བའི་གཏམ་འདི་གསོལ། །ཞི་ཞིང་དུལ་བས་ཞི་བར་གནས་ཚེ་མ་རུང་གདུག་པའི་སེམས་འཆང་བས། །རྩོལ་བར་དཔའ་བའི་ཀོལ་བ་ངན་པ་འཇོམས་པའི་མཐུ་དང་མི་ལྡན་ན། །འཇིག་རྟེན་ལུགས་ཀྱི་རྗེས་སུ་འབྲངས་ལ་འཇིག་རྟེན་སྐྱེ་བོས་སྨད་བྱེད་པའི། །གནས་སུ་གྱུར་ཕྱིར་གནས་མིན་མ་ལགས་དགྲ་བོ་དེ་དག་རྡུལ་ལྟར་བརླགས། །དཔལ་འབྱོར་ཡོངས་སྤྱོད་ཕུན་ཚོགས་འདོད་རྒུའི་གཏེར། །ཟད་མི་ཤེས་པའི་རྒྱལ་ཁབ་རང་གིར་བྱས། །མཐོན་པོའི་རིགས་སྐྱེས་མངོན་པའི་ང་རྒྱལ་ཅན། །སྲོག་ལས་བསྐྱབས་ཏེ་བདེ་བའི་དབུགས་དབྱུང་ཞིང་། །ཉམ་ང་གསུམ་གྱི་དོ་རར

ཞུགས་པའི་ཚོ། །མཐུ་རྩལ་གྱིས་བསྐེམས་རྐོལ་བ་མང་དུ་བསྒྲལ། །གཞན་དུ་མི་ཕྱེད་མཛའ་བའི་བག་ཆགས་ཅན། །ཡིད་འོང་མཛོན་འདོད་གསར་པའི་གྲོགས་སུ་བཟུང་། །དེ་ལྟ་བུ་ཡི་བྱ་བ་རྫོགས་ཟིན་ནས། །ཡབ་ཡུམ་འཛུམ་ཞལ་ལ་སྤྱོད་སྐལ་བཟང་ཕྱུལ། །

ཞེས་བྱ་བ་ལ་སོགས་པ་ལོ་རྒྱུས་ཀྱི་གཏམ་མ་ཚང་མེད་པ་ཚང་ཞིང་སྒྲོ་འདོགས་བྲལ་བར་བརྗོད་པ་ན། ཡབ་ཉི་མའི་བློ་གྲོས་དགྱེས་འཛུམ་ལྷུག་པར་གྲོལ་བའི་སྐལ་བཟང་ཐོབ་ཅིང་། བློན་པོ་ལ་ལ་ནི་ཐལ་མོ་སྤྱི་བོར་བཀོད་དེ་གུས་པའི་ཕྱག་རྒྱ་བྱེད། ཁ་ཅིག་ནི་ངོ་མཚར་ཆེ་བའི་གཏམ་ཕན་ཚུན་དུ་གླེང་། འགའ་ཞིག་ནི་སོས་གདུང་གི་མཆི་མས་མགྲིན་པ་བཙངས་པར་གྱུར། གཞན་དག་ཀྱང་སྙིང་ལྷག་པར་དགའ་ནས་གླུ་གར་གྱི་འཁྲུར་བག་ཕུན་སུམ་ཚོགས་པ། སྣན་ཅིང་འཇེབས་པས་དྲི་ཟའི་འཇིག་རྟེན་ཀུན་དགར་བྱེད་པ་དེའི་ཚེ་ཡུམ་རྣ་ཆ་འཛིན་ནི་སྲས་དང་ཕྲད་པས་སྲོག་གི་དབང་པོ་རྙེད་པ་ལྟ་བུའི་དགའ་བས་སྙིང་སྤྲོས་ཤིང་། ཡབ་རྒྱལ་པོའི་སྤྱོད་ཚུལ་ལ་ཡིད་མ་རངས་བའི་ཕྲག་དོག་གིས་ཀུན་ནས་བསླངས་པའི་དབང་གིས་འདི་སྙམ་དུ་སེམས་ཏེ། ཨེ་མ་བདག་ལ་རྒྱལ་བའི་སྲས་པོར་མཚུངས་པ་ཀུན་གྱིས་བཀུར་བར་འོས་པའི་བུ་སྙིང་དུ་སྡུག་པ་འདི་ལྟ་བུ་བཙས་ཏེ་ཕས་ཀྱི་རྐོལ་བ་འཇོམས་ཤིང་། བློ་གྲོས་དང་། བརྩོན་འགྲུས་ཆེན་པོའི་སྙིང་སྟོབས་ཀྱིས་རྒྱལ་སྲིད་སྐྱོང་བ་ལ་ཇོ་མ་ཐོགས་ཏེ་རྒྱལ་པོ་ཉི་མའི་བློ་གྲོས་ཚུལ་མིན་གྱི་བྱ་བར་འཇུག་པ་ནི་བདག་གིས་ཇི་ལྟར་བཟོད་སྙམ་ནས་ཤུགས་རིང་ནར་ཞེས་འབྱིན་ཞིང་། གཞོན་ནུ་ཟླ་མེད་ལ་ཆེད་དུ་སྨྲས་པ།

བདག་ལུས་རྒྱ་མཚོའི་ཟབ་ཀློང་གྲོལ་བ་ལས། །རྒྱལ་སྲས་ཟླ་བ་ནོར་བུའི་དཔལ་ཡོན་ཅན། །རྨད་བྱུང་དགེ་ལ་གཞོལ་བ་བདུད་རྩིའི་གཏེར། །

གཞོན་ནུ་མཁྱེན་བརྩེའི་འོད་རིས་ཅན་ཁྱོད་བལྟམས། །སྙིང་སྟོབས་འོད་སྟོང་རྣམ་པར་བཞད་པའི་བདག །བུ་ཁྱོད་གླིང་གཞན་གདུག་པ་འཇོམས་པ་ལ། །གཤེགས་ཚེ་བདག་ཅག་སྡུག་བསྔལ་མྱུན་བཏིབས་པས། །བདེ་དགའི་སྣང་བ་ཙུང་ཟད་མེད་པར་གྱུར། །རོ་བརྒྱའི་ཟས་དང་བདུད་རྩིའི་བཏུང་བ་ལ། །སྐྱིད་ཀྱང་མགྲིན་པའི་ལམ་དུ་བགྲོད་དཀའ་ཞིང་། །འགྲམ་པ་ལག་པད་ལ་བརྟེན་སྨྲ་ངན་གྱི། །མཆི་མས་ཤུགས་རིང་གླལ་བ་དང་འགྲོགས་པས། །ཁྱོད་གཤེགས་ཕྱོགས་ཀྱི་མཁའ་ལ་བདག་གི་བུ། །ཞེས་བརྗོད་ཚོ་ངེ་གསང་པོར་བཏོན་གྱུར་ཀྱང་། །གང་གི་གཏམ་ཙམ་ཐོས་པ་འཛིན་ལམ་དུ། །མ་གྱུར་བཟོད་མེད་གདུང་བས་རིང་ཞིག་མནར། །དེང་འདིར་ཟླ་བ་སྤྲིན་ལས་གྲོལ་བ་ལྟར། །ཉེས་པའི་ཆ་ཤས་ཙམ་གྱིས་རེག་མིན་པར། །སྙིང་ལ་རེ་བའི་འདོད་འཇོ་ཁྱོད་ཀྱི་སྐུ། །མཐོང་བས་ཤི་ཡང་མི་འགྱོད་བསམ་པ་རྫོགས། །དགའ་སྟོན་ཁྱད་པར་སྤྲོ་བའི་མདུན་ས་འདིར། །མི་འདོད་གཏམ་དུ་སྨྲ་བ་རིགས་མིན་ཀྱང་། །སྙིང་གི་རྒྱུ་གཏེར་འཕོར་བའི་གཟིགས་མའི་ཚབ། །ཙུང་ཟད་འཐོར་བར་མི་བྱའི་རང་དབང་མེད། །དེ་སྐད་བདག་ནི་གདུང་བ་བརྒྱ་ཕྲག་གིས། །ཀུན་ནས་མནར་བའི་ཤིན་ཏུ་ཉམ་ཐག་པའི། །གནས་སྐབས་དེར་ཡང་ཡབ་གཅིག་གཞན་གྱིས་སྐྱོགས། །བསླད་བྱས་ཚུལ་བཞིན་མ་ཡིན་ཡིད་ཤར་བས། །རང་བློན་པད་མའི་སྨྱུ་གུའི་རིགས་སྐྱེས་མ། །མཛེས་སྡུག་མི་ཏོག་དེ་ལ་རིགས་འཛིན་བུ། །གལ་ཏེ་བཙས་པར་གྱུར་ན་རྒྱལ་ཐབས་ཁྲིར། །དབང་བསྒྱུར་ཅོད་པན་འཆིང་བའི་དམ་བཅའ་ནི། །ཡང་དག་བཀོད་པར་བྱས་ཞེས་རླུང་ལྟར་གྲགས། །ཚུལ་དེར་བརྟགས་ན་གཞོན་ནུའང་ཡབ་གཅིག་གིས། །བརྩེ་བ་སྟོང་པའི་གནས་སྐབས་མཆིས་སམ་

སྐམ། །ཡིད་གདུང་ཞེམ་ནུར་འཆིང་བ་བཅད་པར་རིགས། །

ཞེས་གསོལ་བ་ཡབ་རྒྱལ་པོས་ཐོས་ནས་ལྷག་པར་སྙིངས་ཞེང་རང་གི་ངན་སྤྱོད་ལ་ཡི་མུག་ནས་མེ་ཏོག་ལ་བ་མོ་འཕོག་པ་ལྟར་བཞིན་དུད་ཅིང་མོག་པོར་འདུག་གོ། །དེར་གཞོན་ནུས་ཡབ་ཀྱི་བཞིན་རས་ལ་ཅེར་གྱིས་བལྟས་ནས་འདི་སྐམ་དུ་བསམས་པ། ཀྱེ་མ་བདག་གི་ཡབ་གཅིག་དེ་ས་པ། དཀྱིལ་ཆེ་བ། དཔའ་ཞིང་སྲན་ཚུགས་པ་ཞིག་ཡིན་ཀྱང་སྣང་ཚུལ་དེ་ལྟ་ན་ལས་ཀྱི་ཆུ་སླུང་ཤུགས་དྲག་པོས་རང་དབང་བྲལ་བར་འཁྱེར་བ་ཞིག་སྐམ་ནས་གསོལ་པ།

ཡབ་གཅིག་སྙིང་སྟོབས་བློ་གྲོས་ལ། །ང་ཟླ་བྲལ་ཞེས་སྲིད་པ་ཡི། །དཔའ་བོ་ཀུན་གྱིས་བསྔགས་འོས་ན། །དེང་འདིར་སྙོངས་སམ་འཁྲུལ་ལམ་ཅི། །རྒྱལ་རིགས་ཡ་རབས་དམ་པ་ཡིས། །ཚུལ་མིན་དམན་པའི་སྤྱོད་པ་ལ། །ཞུགས་ན་འཇིག་རྟེན་དམོད་པའི་མཚོན། །རྣོན་པོས་འཇོམས་པར་མི་འགྱུར་རམ། །རང་རིགས་སྐྱེ་རྒུའི་གཙུག་གི་ཅོད་པན་བཞིན། །མང་པོས་བཀུར་བ་མཆོག་གི་རྒྱལ་རྒྱུད་ལ། །དམན་པ་ཕལ་པའི་རིགས་སྐྱེས་གཞོན་ནུ་མ། །བཙུན་མོར་འོས་པའི་གནས་སྐབས་ཅང་ཡོད་དམ། །ཁ་དོག་མཚར་ཞེས་དུག་གི་མེ་ཏོག་ནི། །ཟུར་ཕུད་རྒྱན་དུ་རུང་བ་མ་ཡིན་ན། །རྒྱལ་རིགས་སཱ་ལ་ཆེན་པོ་ལྷ་བུ་ཡིས། །མཛེས་ཆགས་ཐ་མལ་དགའ་མར་སྤྱོད་འདི་ཉོངས། །བསོད་ནམས་ཚེ་རིགས་མི་མཉམ་ནུ་ལྡན་མ། །མཛོན་འདོད་གསར་པའི་གྲོགས་སུ་བསྟེན་པ་ན། །ཚེ་དང་དཔལ་ཡོན་ཉམས་འགྱུར་གང་གའི་ཆུ། །རྒྱ་མཚོ་བ་ཚྭ་ཅན་དུ་འགྱུར་བ་བཞིན། །ཁྱད་པར་རིགས་ཀྱིས་མཛེས་པའི་རྣ་ཆ་འཛིན། །ཡུན་རིང་གྲོགས་སུ་བསྟེན་ལས་ཕྱིར་ཕྱོགས་ཏེ། །དམན་པའི་ཡུལ་ལ་གཟིགས་པ་ལྷུངས་གྱུར་ན། །མི་སྙན་སྒྲོག་ངན

སྲིད་འདིར་ཁྲབ་མིན་ནམ། །ལེགས་སམ་གཅིག་ཤོས་གྱུར་ཀྱང་སྔོན་འདྲིས་གྲོགས། །མི་འདོར་ར་ཡ་རབས་ཚུལ་བཟང་རྫོགས་པ་སྟེ། །བག་ཡོད་ངོ་ཚའི་རང་བཞིན་ལས་འདས་པའི། །ཡབ་གཅིག་ཐུགས་ནི་གང་གིས་བསླད་པར་བྱུས། །

ཞེས་ཞུས་པས་གཞོན་ནུའི་ཚིག་དེ་དག་སྙིང་ལ་གནད་དུ་ཕོག་པར་གྱུར་ཏེ་ཕྲག་པ་སློད། གདོང་པ་སྨད་དེ་ཙམ་མི་སྨྲ་བར་གྱུར་ཏོ། །སླར་ཡང་བསམས་པ། བདག་གིས་པད་མའི་མྱུ་གུ་དང་དམ་བཅའ་བཀོད་པ་ཕྱོག་ཏུ་མེད་ཕྱིར་སྣང་ཚུལ་གང་ཡིན་པ་དྲང་པོར་བརྗོད་པ་འཐད་སྙམ་ནས་སྙིངས་བཞིན་དུ་ལན་སྨྲས་པ།

བདེན་ནོ་རིགས་ཀྱི་བུ་པོ་གཞོན་ནུའི་མཆོག །ལས་ངན་རླུང་གི་ཤུགས་དྲག་ཕྱོག་པའི་མཐུ། །བྲལ་བས་བདག་ནི་མུན་པའི་ལམ་དུ་འཁྲམས། །འགྱོད་ཅིང་ནོངས་སོ་ཚིག་ཙམ་མ་ལགས་ཀྱང་། །སྐྱེ་གཞན་དགེ་བར་འགྲོགས་པའི་བག་ཆགས་སམ། །མི་བཟད་གདོན་གྱིས་བདག་ཉིད་བརླམས་གྱུར་རམ། །ཇི་ལྟ་ན་ཡང་ཡིད་བརྟན་ཉམས་པ་ཡིས། །རི་དྭགས་མིག་ཅན་མཛེས་སྡུག་མི་ཧྲག་དེས། །བདག་ཡིད་གཟུགས་ཅན་བཞིན་དུ་དྲངས་པར་གྱུར། །སླར་ཡང་གཞན་དབང་མི་གཏོང་དམ་བཅའི་ཚིག །རྡོ་རྗེའི་རི་མོ་བསུབ་ཏུ་མེད་པ་བཞིན། །བཀོད་པ་ཕྱོག་པར་དཀའ་འོ་རིགས་ཀྱི་བུ། །

ཞེས་སྨྲས་པ་ན། གཞོན་ནུས་བསམས་པ། བདག་གི་ཡབ་གཅིག་རྒྱལ་རིགས་དམ་པའི་མལ་ལ་གནས་པའི་མཛད་ཚུལ་དེ་དག་ནི་ཤིན་ཏུ་སྨད་པའི་གནས་སུ་ལྷུངས་ཏེ་སྐྱེ་བོ་ཀུན་གྱིས་མི་སྙན་པའི་སྒྲ་དུས་མིན་གྱི་རླུང་ལྡང་བ

བསྒྲགས་པས་ཕྱོགས་ཀུན་རྫོགས་པར་ཁྱབ་པའི་གནས་སྐབས་དེ་ནི་ཐོས་པར་མི་བཟོད་པ་ཡིན་མོད་ཀྱི། འོན་ཀྱང་སྔོན་གྱི་ལས་དབང་བཙན་པོ་རྒྱུ་གང་གིས་ཀྱང་འགོག་ཏུ་མེད་པ། སྨོང་བར་ངེས་པ། སྐྱེས་བུའི་དོན་དང་འགལ་བ་རྣམ་ཀུན་ངེས་པར་མི་གཡོ་བ་ཞིག་ཡིན་ན་བདག་གིས་འགོག་ཏུ་ཅི་ལ་ཡོད། དེ་བས་ཡུམ་རྣ་ཆ་འཛིན་མ་འདི་ཉིད་བརྩེ་བས་འདོར་བ་ནི་ཅང་མི་སྲིད་དམ་སྙམ་ནས་སླར་ཡང་གསོལ་བ། ཀྱེ། མིའི་བདག་པོ་སྐྱེ་བོ་ཀུན་གྱིས་བཀུར་ཞིང་བསྟོད་པར་བྱ་བ་བལྟ་བའི་མིག་དང་། ཡིད་ཀྱི་བརྟེན་པ་བུར་གྱུར་པ་ཡིན་ནོ་ཞེས་འཇིག་རྟེན་ན་ཡོངས་སུ་གྲགས་ཀྱང་། ད་ནི་མཛད་པ་དམན་པ་སྨད་པའི་གནས་སུ་མི་འགྱུར་གྲང་། གང་ཞེ་ན། འདི་ལྟ་སྟེ། དཔེར་ན། དགོས་འདོད་མ་ལུས་འབད་མེད་དུ་སྟེར་བའི་ཡིད་བཞིན་གྱི་ནོར་བུ་བང་མཛོད་ཀྱི་ཁྱད་ནོར་དུ་འཛིན་པ་སྤངས་ནས། ངན་པའི་ཤེལ་གྱི་གོང་བུ་ཚོན་གྱིས་ཁ་དོག་བཀྲ་བར་བྱས་པ་ནོར་གྱི་སྙིང་པོར་འདུ་ཤེས་པར་བྱས་པ་དེ་བཞིན་དུ་དྲི་མེད་པ་ལྷའི་རིགས་ལས་སྐྱེ་བས་མཐོ་བ། འབངས་འཁོར་རྣམས་ལ་མ་ལྟར་བརྩེ་བའི་ཡུལ་འཁོར་གྱི་དབང་ཕྱུག་མ། བུད་མེད་ཀྱི་མཚན་བཟང་པོ་བཅོ་བརྒྱད་དང་ལྡན་པ། ལྟ་ན་རབ་ཏུ་སྡུག་པ། རང་གི་རིགས་དང་རྗེས་སུ་མཐུན་པའི་རྣ་ཆ་འཛིན་མཆིལ་མའི་ཐལ་བ་བཞིན་སྤངས་ཏེ་ཀུན་གཞིའི་ཡོན་ཏན་གྱི་དྲི་མི་མནམ་ཡང་། བཞིན་གྱི་མཛེས་པ་ཙམ་ལ་རྗེས་སུ་ཆགས་པས་རང་གི་ཐྲན་གྱི་ཐ་ཤལ་རིགས་ལས་འཕོས་པ་རང་བཞིན་མི་དྲང་ཞིང་། གཡོ་དང་སྒྱུས་འཚོ་བ་མཛེས་སྡུག་མེ་ཏོག་བདག་གིར་འཛིན་པ་ནི་རིགས་སམ་ཅི་སྟེ་ལེགས་པར་བཀའ་སྩོལ་བར་མཛོད་ཅིག ཅེས་གསོལ་བ་ན། ཡབ་ཀྱིས་སླར་གསུངས་པ། གཞོན་ནུ་རྟོགས་པ་ངན་པས་འཆིང་བར་མ་བྱེད་ཅིག བདག་ནི་སྐྱེ་བ་གཞན་གྱི་བག་

ཆགས་ངན་པ་སྙིང་ལ་བགོས་ཆེས་པའི་དབང་གིས་མཛེས་སྡུག་མེ་ཏོག་དེ་ནི་ཉེས་བརྒྱའི་འབྱུང་གནས་སྒྲོག་ལ་རྐོལ་བའི་ཤ་ཟ་མོའི་ཞེས་གྲགས་ཀྱང་སྤྲང་བར་མི་ནུས་ལ། རིང་མོ་ནས་མཛའ་བར་འགྲོགས་པ། ཁྱད་པར་འཕགས་པའི་བུ་ཁྲིད་བསྐྱེད་པར་བྱེད་པའི་ཡུམ་དམ་པའི་རིགས་ཅན་ཀ་ཆ་འཛིན་དེ་ཡང་བདག་གིས་ཇི་ལྟར་སྤང་སྟེ། གཉིས་ཀའང་ཆེན་ཆུན་གྱི་གོ་བབས་དང་ལྡན་པར། བསྙེན་བསྐྲིང་བྲལ་བས་རྗེས་སུ་སྐྱོང་བར་བྱེད་དོ། །ཞེས་གསུངས་པས། གཞོན་ནུ་ཟླ་མེད་དེ་ནི་ཕ་མ་རྒན་རབས་ལ་གུས་ཤིང་ཡ་རབས་ཀྱི་ངང་ཚུལ་ཅན་ཡིན་པས་ཡབ་ཀྱི་ཚིག་ལས་འདའ་བ་མ་སྤྱོབས་ཀྱང་། བཙུན་མོ་དེ་གཉིས་ཆེ་ཞེ་དང་ནུ་མོའི་ཚུལ་གྱིས་མཉམ་པར་སྐྱོང་བར་བྱེད་དོ། །དེ་ནས་རིང་པོར་མ་ཐོགས་པར་མཛེས་སྡུག་མེ་ཏོག་དེ་ཡང་མངལ་གྱིས་མཛེས་པར་གྱུར་ཏེ། ཟླ་བ་རྫོགས་ནས་བུ་རིགས་གཟུགས་ཕུན་སུམ་ཚོགས་པ་ཡིད་དུ་འོང་བ་ཞིག་བཙས་སོ། །དེ་མ་ཐག་ལུས་ཀུ་ཀུང་མའི་ཆུས་བཀྲུས་ཤིང་དབང་པོ་གསལ་བའི་ཚོག་བྱུས་ནས་དར་གྱི་སྙོ་ལི་ལ་བླངས་ནས་རྒྱལ་བུ་གཞོན་ནུ་ཟླ་མེད་དེ་ནི་བརྟག་པ་རྣམ་པ་བརྒྱད་ལ་མཁས་པ་ཡིན་པས་དེ་ལ་མཚན་རྟགས་དྲི་བར་བཏང་བ་ན་གཞོན་ནུའི་ཡིད་ལ་ཡ་མཚན་རྒྱ་ཆེར་གྱུར་ནས་སྨྲས་པ།

རྨད་དུ་བྱུང་ངོ་རིགས་ཀྱི་བུ། །མཚན་བཟང་ཡོངས་སུ་རྫོགས་གྱུར་ཅིང་། །བསོད་ནམས་དཔུང་པ་མཐོ་བ་ནི། །འཁོར་ལོས་སྒྱུར་བའི་རྒྱལ་པོར་མཚུངས། །ཡབ་གཅིག་བཞེད་པ་འགྲུབ་འགྱུར་ཏེ། །བདག་ནི་དབེན་པའི་ནགས་ནང་དུ། །སྲིད་པའི་སྤྱོད་ལས་ཕྱིར་ཕྱོགས་པའི། །ཉེར་ལེན་བླ་ན་མེད་པར་གྱུར། །ལྷ་དང་དྲང་སྲོང་རིག་འཛིན་སོགས། །བདེན་ཚིག་གྲུབ་པ་ཐམས་ཅད་ཀྱིས། །བཀྲ་ཤིས་མེ་ཏོག་འཐོར་གྱུར་ཅིག །དགེ་ལེགས

སྨོན་པ་འགྲུབ་གྱུར་ཅིག །བདག་གི་རེ་བ་རྫོགས་གྱུར་ཅིག །བུ་ཕྲུད་ཚེ་རབ་བརྟན་གྱུར་ཅིག །དཔལ་འབྱོར་ལོངས་སྤྱོད་རྒྱས་གྱུར་ཅིག །རྒྱལ་ཁབ་ཆོས་བཞིན་སྐྱོང་གྱུར་ཅིག །མ་རུངས་གདུག་པ་ཞི་གྱུར་ཅིག །སྙན་གྲགས་བ་དན་བསྒྲེང་གྱུར་ཅིག །

ཅེས་སྨོན་ལམ་བརྗོད་ཅིང་། རིན་ཆེན་མེ་ཏོག་སིལ་མའི་ཆར་ཕབ་སྟེ་དེའི་མིང་ཡང་དགའ་བའི་རོལ་མཚོ་ཞེས་བྱ་བར་བཏགས་སོ། །དེ་མ་མ་ལ་གཏད་དེ་ལེགས་པར་བསྐྱེད་བསྲིངས་ཏེ་ཆུང་ངུ་ཉིད་ནས་རང་གི་རིགས་དང་མི་འགལ་བའི་རིག་པ་དང་སྒྱུ་རྩལ་གྱི་གནས་ཀུན་ལ་བརྩོན་པར་ཞུགས་པས་རིང་པོ་མ་ཐོགས་པར་བྱང་ཆུབ་པར་གྱུར་ཏོ། །དེའི་ཚེ་གྲོང་ཁྱེར་ཆེན་པོ་པད་མ་རྒྱས་པ་དེ་ནི། ཇི་ལྟར་ཉི་མའི་སྣང་བས་པད་ཚལ་རྣམས་ཀུན་ནས་རྒྱས་པར་བྱེད་པ་བཞིན། རྒྱལ་པོའི་བསོད་ནམས་ཀྱི་མཐུ་ལས་ཐོབ་པས་འབྱོར་པ་དང་། རྒྱས་པ་དང་། བདེ་བ་དང་། ལོ་ལེགས་པ་དང་། ཕན་ཚུན་རྩོད་པ་མེད་པས་བསྐལ་པ་རྫོགས་ལྡན་གྱི་དཔལ་ཡོན་མངོན་པར་དར་བ་ལ་ཁོར་མོ་ཡུག་ཏུ་སྤྱོད་པ་ན། གཞོན་ནུ་ཟླ་མེད་དེ་ཡང་ཡིད་འོང་མ་དང་ལྷན་ཅིག་དགའ་བར་བྱེད་ཅིང་། རྩེད་འཇོར་རོལ་བ་དང་། དགའ་མགུར་སྤྱོད་པ་སོགས་འདོད་པའི་དགའ་སྟོན་ཕུན་སུམ་ཚོགས་པ་ལ་ཅི་དགར་སྤྱོད་པ་ནི། ལྷ་རྣམས་ལྷའི་ལོངས་སྤྱོད་ལ་མངོན་པར་ཆགས་པ་དང་རྗེས་སུ་མཐུན་ནོ། །

42. ཡིད་འོང་མས་རྒྱལ་བུ་གཞོན་ནུ་ཟླ་མེད་ལ་གནང་བ་ཞུས་ཏེ་ཡབ་ཡུམ་མཇལ་བར་བསྐྱོད་པའི་སྐོར།

དེ་ནས་དུས་གཞན་ཞིག་ན་ཡིད་འོང་མ་དེས་ཕོ་བྲང་གི་ཁང་བཟང་བ

གམ་ཅན་གྱི་ཡང་ཐོག་ནས་བཀོད་ལེགས་འོད་སྣང་གི་ཕྱོགས་དེར་ཡུན་རིང་མོ་ཞིག་མཛོན་པར་ལྟ་བཞིན་དུ་འདུག་པ་ལས་ཇི་ཙམ་ན་ཕྱོགས་དེ་ཉིད་ནས་དོན་མཐུན་པའི་ཚོགས་རྙེད་པ་མང་པོའི་བདོག་པ་དང་ལྡན་པ་དཔལ་བྱུས་འོང་བ་མཐོང་ངོ། །མཐོང་ནས་ཀྱང་འདི་དག་ནི་བདག་གི་ཕ་མའི་ཡུལ་ནས་ལྷགས་པ་ཞིག་སྟེ། གཏམ་དུ་བྱ་བ་འགའ་ཡང་ཡོད་པར་ངེས་སོ་སྙམ་ནས་འབངས་མོ་ཞིག་གཏམ་འདྲི་བར་མངགས་སོ། །དེས་ཀྱང་མཉན་དེ་དོན་མཐུན་པ་རྣམས་ཀྱི་གམ་དུ་སོང་ནས་ཡུལ་ཕྱོགས་ཀྱི་གཏམ་ཅི་ཡང་དྲིས་པ་ན། དེ་དག་གི་ནང་ནས་རྒད་པོ་བཞིན་འཛུམ་པ་ཞིག་གིས་སྨྲས་པ།

བདག་ཅག་བཀོད་ལེགས་འོད་སྣང་རྒྱལ་ཁབ་ནས། །བདོག་པའི་
དངོས་པོ་བཙལ་ནས་ཡུལ་འཁོར་འདིར། །གཞོན་ནུ་ཟླ་མེད་ཅེས་བྱ་རྒྱལ་
པོའི་སྲས། །མཆོད་དང་རི་མོར་བྱ་བའི་ཕྱིར་འོངས་སོ། །གསལ་ལྡན་
རིགས་ཀྱི་ཐིག་ལེ་ཡིད་འོང་མ། །རླུང་གིས་བདས་པའི་མ་ལྡི་ག་བཞིན་དུ། །
གཏོལ་མེད་ག་ཤེད་ཡུལ་དུ་འཁྱམས་གྱུར་ཏེ། །སྲོག་གི་ལྷག་མ་ཙམ་ལ་བརྟེན་
བྱེད་དམ། །གཤིན་རྗེའི་ཞགས་པས་དྲངས་སམ་གཏམ་ཙམ་ཡང་། །ཐོས་
པ་སྲ་བ་གྱུར་ཅེས་ཐེ་ཚོམ་ཅན། །ཕ་མ་ཀློན་པོར་བཅས་པ་འགའ་ཞིག་ནི། །
བཟོད་མེད་མྱ་ངན་དུ༔ཁས་མནར་ཞེས་ཐོས། །

ཞེས་སྨྲས་པས། འབངས་མོ་དེ་ཡང་ཡིད་མི་དགའ་བར་གྱུར་ཏེ། ཡིད་འོང་མའི་དྲུང་དུ་རིངས་པར་སོང་ནས་རྒྱུ་མཚན་རྣམས་བརྗོད་པ་ན། དེ་ཡང་ཡབ་ཡུམ་ཟུང་མྱ་ངན་གྱིས་ནོན་པའི་གཟུགས་བརྙན་ཡིད་ཀྱི་མེ་ལོང་གཙང་མར་ཧྲལ་གྱིས་ཤར་བས་དྲན་པའི་གསལ་འདེབས་སུ་གྱུར་ཏེ་ཡིད་ཀློང་ཀློང་པོར་གྱུར་པས་གཞོན་ནུ་ཟླ་མེད་ག་ལ་བ་དེར་སོང་ནས་ཞབས་ལ་སྤྱི་བོས་བཏུད་དེ་གདོང་

མཆི་མས་ཁེངས་ཤིང་ཉམས་མི་དགའ་བཞིན་དུ་གསོལ་པ།

རྒྱལ་བའི་སྲས་མཆོག་དཔག་བསམ་འདོད་འཇོའི་དབང་། །བདུད་རྩིའི་སྤྲིན་ཟླ་ཡོངས་འདུའི་ལྗོན་པ་ཆེ། །བདག་ལ་ཐུགས་རྗེའི་གྲིབ་བསིལ་སྐྱུམ་པོ་ཡིས། །ལེགས་པར་བསྐྱངས་པའི་དྲིན་གྱིས་བདེ་ར་འཚོ་སོད། །གང་ཞིག་རང་ཉིད་བདེ་བའི་དཔྱིད་ཐོབ་པ། །དེས་ནི་གཞན་གྱི་ཡོངས་གདུང་མི་ཤེས་པ། །ཆོས་ཉིད་ཀྱིས་ན་བདག་ཀྱང་ཁྱོད་དྲིན་ལས། །མཆོག་ཏུ་བདེ་བའི་རོ་ལ་ཆགས་གྱུར་པས། །ཡབ་ཡུམ་འབངས་འཁོར་གདུང་བ་བརྒྱས་གཟིར་བའི། །སྣང་ཚུལ་ཡིད་ཀྱི་རི་མོར་མ་བྲིས་པ། །རྣམ་པ་རྟོག་མེད་དང་དུ་ཡུན་འདི་སྐྱིད། །འདས་པས་འདོད་པའི་འདམ་དུ་བྱིངས་པར་གྱུར། །དེ་ལས་སད་བྱེད་བཞིན་དུ་དོན་མཐུན་གྱི། །སྐྱོ་བོའི་ངག་གི་ལམ་ལས་འཕོས་པའི་ཚིག །གཉེན་བཤེས་ཉམ་ཐག་སྣང་ཚུལ་འགའ་ཐོས་པས། །བདག་ཡིད་བརྟན་པའི་ས་སྐབས་ཡང་དག་ཐོགས། །དེ་སྐད་ཁྱོད་ཞལ་ཟླ་བའི་དཀྱིལ་འཁོར་ལ། །རྗེས་ཆགས་ཀུ་མུད་རྣམ་ཀུན་འགྲོགས་ཐོབ་ཕྱིར། །རེ་ཞིག་ཕ་མའི་གམ་དུ་བདེར་ཕྱིན་ནས། །སླར་ཡང་དགྱེས་དགུར་སྤྱོད་པའི་བཀའ་དྲིན་སྩོལ། །

ཞེས་ཕྱག་དང་བཅས་ཏེ་གསོལ་བ་ན་གཞོན་ནུ་ཟླ་མེད་འདི་སྙམ་དུ་བསམས་པ། འཁོར་བ་ན་སྤྱོད་པ་རྣམས་ཀྱི་རང་བཞིན་ནི་འདི་ཁོ་ན་ཡིན་ཏེ། བཞིན་བཟང་མ་འདི་ཡང་ཁོ་བོ་ལ་ཆགས་པས་སྐད་ཅིག་ཙམ་ཡང་འབྲལ་བར་མི་བཟོད་པ་ཡིན་ནའང་། དེ་ཡང་ཕ་མ་གཉེན་བཤེས་དྲན་པའི་བློ་འགོག་མེད་དུ་འཆར་བ་སྐྱེ་ཐམས་ཅད་འགྱུར་ཞིང་མི་བརྟན་པའི་གཤིས་ལུགས་འདི་ལ་བཅོས་སུ་མེད་ཅིང་། ཕ་མའི་བཞིན་རས་ལ་བལྟ་བར་འདོད་པའང་བདེན་དུ

ཡོད་པས་རེ་བ་ཇི་བཞིན་སྐབས་དབྱེ་བར་བྱའོ། །བདག་ཀྱང་འཁོར་བ་གཡོན་ཅན་གྱི་མཛའ་མོའི་སློ་བྲིད་ཀྱི་དབང་དུ་གྱུར་ཏེ་བསོད་ནམས་མ་ཡིན་པའི་ལས་མཐའ་གཅིག་ཏུ་གནག་པ་དུ་མ་ཞིག་འདུ་བྱས་པ་དེའི་སྡིག་པ་བསྲབ་ཕྱིར་དམ་ཆོས་ཀྱི་བདུད་རྩི་དོན་དུ་གཉེར་རོ། །བསམས་ཏེ་ལན་སྨྲས་པ།

མཛའ་བའི་ཡིད་ཀྱི་ར་བ་ལས། །སྐད་ཅིག་ཆར་ཡང་མི་བརྐྱལ་བའི། །མངོན་འདོད་མཛའ་བའི་ཡུལ་གྱུར་མ། །ཡིད་འོང་རི་དྭགས་མིག་ཅན་གྱི། །ཁྱོད་ཀྱི་ལུས་མཛེས་སྒེག་ཆོས་དང་། །སྙིང་ལ་འབབ་པའི་རྣམ་འགྱུར་ཅན། །ཟུར་མིག་རྗེས་ཆགས་ཞགས་པ་ཡིས། །ཡིད་རབ་མ་དྲངས་སུ་ཞིག་ཡོད། །དེ་ཕྱིར་བདག་ནི་གཞོན་ནུ་ནས། །རྣམ་བརྒྱད་བརྟག་པ་སློང་དུ་ཆུབ། །དཔལ་དང་ཡོན་ཏན་རྒྱན་ལྡན་པའི། །ཁྱོད་ཀྱི་ངོ་མཚར་གསལ་བར་རྟོགས། །མཐོང་ཐོས་དྲན་རེག་རོ་ལ་ཡང་། །འཇིག་རྟེན་བདེ་བའི་སྙིང་པོ་ཅན། །ཁྱོད་འདྲ་སྐད་ཅིག་ཆར་ཡང་ནི། །འབྲལ་བཟོད་ཡིད་ལ་ཡོངས་མི་འཆར། །དེ་ལྟར་ན་ཡང་སྲིད་པའི་འཁོར་ལོ་འདིར། །འཁྲུམས་ཤིང་འཁྲུམས་གྱུར་དེ་ཡི་བདེ་བ་ལ། །དངོས་པོ་འཛིན་པས་ཞེན་ཅིང་ཆགས་པའི་སྡིག །རི་རབ་ལས་ཀྱང་ཁུར་དུ་ལྕི་བས་ནོང་། །དེ་ཕྱིར་སྒྲིབ་ཚོགས་སྤྱང་དཀའ་ཨུཏ་པའི་སྨག །ཐར་པའི་སྣང་བ་འགེབས་པ་དེ་སྤྱང་སླད། །དྲང་སྲོང་ཆེན་པོའི་རྣམ་པར་ཐར་པ་ལ། །རྗེས་སུ་སློབ་པར་བདག་ནི་ཡིད་རབ་ཕྲོགས། །ཡིད་ཀྱི་ཆོམ་རྐུན་ཁྱོད་ཀྱང་ཡབ་ཡུམ་ཞལ། །མིག་གི་བདུད་རྩིར་སྤྱོད་པའི་སྐལ་བཟང་དཔྱིད། །བྲལ་བའི་གདུང་བ་ཞི་བྱེད་ཐོབ་བྱས་ཏེ། །ཀུན་ཏུ་དམ་པའི་སྤྱོད་པས་འཚོ་བར་གྱིས། །སྡུག་བསྔལ་རླབས་འཁྲུག་འཁོར་བའི་རྒྱ་མཚོ་འདིར། །བདེ་བར་རློམ་པའང་དུཿཁའི་རང་

བཞིན་དུ། །མཐོང་བའི་སློ་མིག་འཕྲུལ་པ་མེད་གྱིས་ལ། །ཀུན་ཏུ་དོན་ཡོད་དགེ་བར་གསོལ་བར་རིགས། །

ཞེས་ཞི་བ་བདེ་བའི་གཞི་ལ་བབས་པའི་སྙིང་པོ་ཅན་གྱི་ཚིག་དེ་སྐད་ཅེས་བསྒོ་བ་ན། གཞོན་ནུ་མས་བསམས་པ། ཅི། རྒྱལ་བུ་མཆོག་འདི་བདག་ལ་རྗེས་སུ་བརྩེ་བའི་ཕྱིར་དེ་ལྟ་བུའི་ཡིད་འབྱུང་བའི་བཀའ་སྩོལ་བ་ནི་སྔོན་ཆད་མ་ཐོས་ན། དེང་ཆགས་བྲལ་གྱི་རྣམ་ཐར་ལ་དགྱེས་པའི་གསུང་འདི་ནི་བདག་ཉིད་ཕ་མའི་ཁྱིམ་དུ་བསྒྲོད་པ་འགོག་པའི་ཕྱིར་ངེས་པས་རིང་པོར་མི་ཐོགས་པར་འཛུམ་ཞལ་ལ་ཡོངས་སྤྱོད་པའི་སྐལ་བཟང་ཐོབ་པར་བྱ་ཡིས། ད་ལན་ཅི་ནས་ཀྱང་ཕ་མའི་ཞལ་བལྟ་བ་ལ་འདིང་ངོ་སྙམ་ནས་གནང་བ་སྩོལ་བ་དང་དུ་བླངས་ཏེ། ནོར་བུའི་བྱེ་བྲག་མཐའ་ཡས་པ་དང་། གོས་བཟང་པོ་དང་། རྟ་དང་། གླང་པོ་དང་། མ་ཧེ་དང་། བཟའ་བ་དང་། བཅའ་བའི་དངོས་པོ་དང་དབྱིག་གི་སྙིང་པོ་ལ་སོགས་པ་བདོག་པ་ཕུན་སུམ་ཚོགས་པའི་དཔྱ་སྐྱེས་དང་བཅས་ཏེ་ཆས་པར་ཉེ་བ་ན། འབྲལ་བས་ཉེན་པའི་མིག་མཆི་མས་གང་བཞིན་པར་གཞོན་ནུའི་ཞབས་ལ་ཕྱག་བྱས་ཏེ་འཁོར་ཚོགས་རྒྱ་མཚོས་བསྐོར་ནས་བཀོད་ལེགས་འོད་སྣང་དུ་ཕྱོགས་སོ། །

དེ་ནས་རི་དྭགས་མིག་ཅན་བུ་མོ་དེ། །པད་མ་རྒྱས་ཚལ་གྲོང་ཁྱེར་འདུས་པའི་མཐར། །ཆར་སྤྲིན་སྔོན་པོ་དང་འགྲོགས་རླུང་བསིལ་ཅན། །འདོད་པའི་གྲོགས་པོ་དཔྱིད་ཀྱི་དགའ་སྟོན་ནི། །གསར་དུ་བཞད་པས་ནོར་འཛིན་གཞོན་ནུ་མ། །མཆད་གྱོན་པས་རྣམ་པར་བསྒྲུབས་པ་བཞིན། །གེ་སར་རལ་པ་གསིལ་བའི་པད་མ་དང་། །ཀུ་མུད་ཨུཏྤལ་འདབ་བརྒྱ་གྲོལ་བ་ལ། །ཉེར་ཆགས་རྐང་དྲུག་སྒྲང་རྩེའི་དགའ་སྟོན་གྱིས། །སྨྲེས་ཤིང་རྣམ

འཕྲུལ་སྒྲ་དང་གར་དུ་བློས། །རིན་ཆེན་སྐྱེད་མོས་ཚལ་ནང་འཁྲི་ཤིང་ཚོགས། །མ་ལ་ཡ་རླུང་གིས་བསྐྱལ་མཛའ་བྲལ་ལ། །གདུང་བ་སྐྱེད་པར་བྱེད་བཞིན་ཤུགས་རིང་དང་། །གླལ་བ་ལ་བརྟེན་སྐྱོ་ལྡན་དགའ་མ་དེ། །ལུས་ནི་ཕ་མའི་གམ་དུ་ཉེར་ཕྱོགས་ཀྱང་། །ཡིད་ནི་གཞོན་ནུ་མཆོག་ལ་གཏད་པར་བྱས། །རྐང་པའི་འདེགས་འཇོག་གོམ་འགྲོས་ཡབ་ཡུམ་གྱི། །ཕྱོགས་སུ་བགོད་ཀྱང་ཡིད་ཀྱི་གོམ་པ་ནི། །རྒྱལ་སྲས་ལ་བགོད་ལུས་སེམས་མི་མཐུན་པའི། །ལེ་ལོའི་དབང་གིས་སླར་ཡང་ལྡོག་གམ་སྐམ། །དེ་ཚེ་རྒྱན་གྱི་དྲིལ་ཆུང་གཡེར་ཁས་ཀྱང་། །སྐྱོ་ཤས་སྐྱེད་བྱེད་གླུ་དག་ཉེར་བླངས་ཚེ། །གདུང་བ་མ་བཟོད་ཤེས་རབ་ཅན་མ་དེས། །གོས་ཀྱིས་བསྒྲིབས་ནས་ལྐུགས་པར་བྱེད་པ་བཞིན། །དེ་ནས་ཉིན་ཞག་འགའ་ཞིག་འདས་པའི་མཐར། །ཡིད་ཀྱི་བསམ་གཏན་རྟོག་པ་མེད་པའི་མཚོར། །གཞོན་ནུའི་ཟླ་དཀྱིལ་ཡང་ཡང་འཆར་བའི་ཚུལ། །མ་བཟོད་ལྡོག་པར་བརྩམས་ནས་སླར་བསམས་པ། །སྲིད་པ་སྣང་བྱེད་ཤར་གྱི་ཐིག་ལེའི་གཟུགས། །ཆུ་ལྷའི་ཕང་པར་ཞུགས་ཚེ་ཡིད་གདུང་གི། །མུན་པས་ཁྱབ་ཀྱང་རིང་མིན་དབང་ཕྱོགས་མཁར། །འཆར་བའི་དགའ་སྟོན་ཉམས་སུ་སྤྱོང་ཇི་བཞིན། །ཡིད་ཀྱི་བརྟན་པ་གཅིག་ཏུ་བཟོད་དཀའ་ཡང་། །དྲིན་ཅན་དྲིན་དུ་གཟོ་བྱས་སླར་ཡང་ནི། །ཕ་མའི་དྲང་དུ་བསྐྱོད་པར་བྱས་མོད་ཀྱི། །སེམས་ནི་རྒྱལ་བུའི་ཕྱོགས་སུ་གཡོ་མེད་དུ། །བགོད་ནས་བགོད་ལེགས་འོད་སྣང་ཁབ་ཏུ་སོང་། །

དེའི་ཚེ་ཕ་མའི་ཞབས་ཀྱི་པད་མ་ལ་ཕྱག་བྱས་ཤིང་། འཛུམ་པའི་བཞིན་རས་ལ་ངོམས་པར་བལྟས་ནས། མཐར་གྱིས་དགའ་བའི་གཏམ་སྦྲང་རྩི་ལྟར་རོ་མྱང་བར་འོས་པ་དག་བཤད་ནས་ཐམས་ཅད་འཛུམ་དམུལ་ཞིང་བཞད་གད

གསང་མཐོན་པོར་སྒྲོགས་པ་དང་། ཉམས་ཉེས་པའི་རྩུབ་རྣ་བ་ལ་ཚེར་མ་ལྟར་རྫུབ་པ་དག་བཤད་ནས་ཐམས་ཅད་མཆི་མ་གླུགས་ཤེང་། ཤུགས་རིང་ནར་ནར་འཕྱིན་པ། ཅི་དང་ཅི་ཡང་གླེང་བར་བྱས་པའི་མཐར་ཡབ་ཡུམ་གཉེན་བཤེས་འབངས་འཁོར་དང་བཅས་པ་རྣམས་ལ་ལྷ་དང་མིའི་དཔལ་འབྱོར་མཐའ་དག་གི་སྙིང་པོ་བསྡུས་པའི་བདོག་པ་བཟང་ཞིང་གྱ་ནོམ་པའི་དཔྱ་སྐྱེས་ཕྱུར་བུར་ཕྱུངས་པ་བསྟབས་པས་ཐམས་ཅད་ཀྱང་རེ་འདོད་ཡོངས་སུ་གང་བས་དགའ་མགུ་ཡི་རང་བར་བྱེད་ཅིང་བག་ཕེབས་པར་གནས་བཅས་སོ། །

43. རྒྱལ་བུ་གཞོན་ནུ་ཟླ་མེད་རྒྱལ་ཚབ་ཏུ་དབང་བསྐུར་བའི་སྐོར།

དེ་ནས་རྒྱལ་བུ་དགའ་བའི་རོལ་མཚོ་དེ་ཡང་བསྐྱེད་ཆེར་བསྲིང་། ཡབ་ཉི་མའི་སྣྲོ་གྲོས་ཀྱང་ན་ཚོད་སྨིན་ཆེ་བས་རྒྱལ་ཐབས་ཀྱི་བྱ་བ་ཀུན་ལ་སྐྱིད་ལུག་པར་གྱུར་ནས། ད་ནི་བདག་གི་རྒྱལ་ཚབ་ཏུ་རིགས་ཀྱི་སྲུ་གུར་དབང་བསྐུར་བར་བྱེད་པ་ལས་སུ་ཞིག་ལ་ཚོད་པན་འཆིང་བར་བྱེད་ཅེས་བློ་འཁྲུག་ལ་འཕྱང་བཞིན་པར་གནས་པ་ན། སྔ་ཆེན་པོར་གཏོགས་པ་དང་འབངས་ཕལ་མོ་ཆེས་དེའི་དོན་རྟོགས་ནས་རྒྱལ་པོ་ལ་གསོལ་པ། ལྷ་དགོངས་པར་མཛོད་ཅིག རྒྱལ་སྲིད་སྲུས་ལ་གཏད་པར་ཡབ་གཅིག་སོམ་ཉིར་མི་འཚལ་ཏེ། ཕུ་བོ་དཔལ་དང་ཡོན་ཏན་གྱིས་བརྒྱན་པ་ལྷ་དང་བཅས་པས་མཆོད་པར་འོས་པ་འདི་ཁོ་ན་ལས་གཞན་དུ་མ་དམིགས་ཏེ། དེ་ལ་ནི་སྲུས་ཀྱང་འཕྱུ་བ་དང་། སྨོད་པ་དང་། ཐྲག་དོག་པ་དང་། ཀོ་ལོང་དང་། ཟླན་ཀར་མི་ཐུང་ངོ་ཞེས་མགྲིན་གཅིག་ཏུ་གསོལ་བས་དེ་བཞིན་དུ་ཁས་བླངས་ཏེ་རྒྱལ་སྲིད་དུ་དབང་བསྐུར་བའི་སྔ་གོན་ལ་ཉེ་བ་ན། པད་མའི་སྨྲ་གུ་རྫོངས་ཤེང་མི་དགའ་ནས། བདག་གིས་དམ

བཅའི་ཐ་ཚིག་བསྒྲགས་པའི་དུས་ནི་འདི་ཡིན་ནོ་སྙམ་ནས་རྒྱལ་པོ་ལ་སྔོན་གྱི་གཡར་དམ་ཁས་འཆེས་པའི་ལོ་རྒྱུས་བསྙད་པས། རྒྱལ་པོས་སྨྲས་པ། ཀྱེ། བློན་པོ་ཆེན་པོ་ཉེས་པར་གྱིས་ཤིག བདག་ནི་རང་བཞིན་མི་དྲང་བ། ཇུན་གྱིས་སྐྱེ་བོའི་ཡིད་ལམ་མ་ཡིན་པ་ནས་དྲངས་པ། མ་ཧེ་མི་བསྲུན་པས་དྲངས་པའི་ཤིང་རྟ་ལྟར་འཁྱོག་པོར་འགྲོ་བའི་ཤུགས་དང་ལྡན་པ་མ་ཡིན་པས་དམ་བཅའ་ཉམས་པར་བྱེད་པ་ནི་གནས་མ་ཡིན་ནོ། །འོན་ཀྱང་ཀུན་གྱིས་བཀུར་ཞིང་བསྔགས་ལ་ཆེད་དུ་བརྗོད་པའི་མེ་ཏོག་འཕོར་བར་བྱས་པ་གཞོན་ནུ་ཕུ་བོ་བཏང་སྙོམས་སུ་བྱས་ནས། བློ་གྲོས་དང་། ན་ཚོད་ཆུང་ངུར་གྱུར་པ་དགའ་བའི་རོལ་མཚོ་རྒྱལ་སྲིད་ལ་བཞག་ན་བདག་ཅག་ཐམས་ཅད་ལ་མི་རུང་བས་རེ་ཞིག་བློན་འབངས་ཕལ་མོ་ཆེའི་ཡིད་ཀྱི་རེ་བ་གང་བར་བྱ་བའི་ཕྱིར་གཞོན་ནུ་ཟླ་མེད་ལ་རྒྱལ་ཚབ་ཀྱི་ཅོད་པན་འཆིང་ངོ་། །སླར་ནི་ཁྱོད་ཅག་གི་འདོད་པ་ཇི་ལྟ་བ་བཞིན་དུ་དགའ་བའི་རོལ་མཚོ་ལང་ཚོ་དར་ལ་བབས་པ་ན་རྒྱལ་སྲིད་ཀྱི་དཔལ་འབྱོར་གཏད་པར་བྱའོ། །ཞེས་གསུངས་པས། དེས་ཀྱང་བཀའ་བཞིན་འཚལ་ཞེས་མཉན་པར་བྱས་སོ། །དེ་ནས་བྲམ་ཟེ་རྣམས་ཀྱི་ཅོད་པན་དང་། གདུགས་དང་། སེང་གེའི་ཁྲི་བཤམས་པ་ལ་སོགས་པ་རྒྱལ་སྲིད་དུ་དབང་བསྐུར་བའི་ཡོ་བྱད་ཕུན་སུམ་ཚོགས་པ་མཐའ་དག་མ་ཚང་བ་མེད་པར་བྱས་ཏེ་ཡབ་ཀྱིས་རྒྱལ་བུ་གཞོན་ནུ་ཟླ་མེད་ལ་འཛུམ་པའི་བཞིན་གྱིས་མདངས་གསལ་བར་བྱས་ནས་སྨྲས་པ།

བདག་ནི་སྲིད་པའི་ཆོས་ཅན་གྱི། །ཀ་བའི་ཞགས་པས་བཅིངས་གྱུར་པས། །ཡིད་ཀྱང་དེ་ཡི་དབང་སོང་ནས། །རྫོངས་པས་རྒྱལ་སྲིད་བྱ་བའི་ཁུར། །བཟོད་པར་མ་གྱུར་དེ་ཡི་ཕྱིར། །ཚུལ་བཟང་ཡོན་ཏན་མང་པོའི་

གཏེར། །དཔལ་ལྡན་གཞོན་ནུ་དམ་པ་ཁྱོད། །རྒྱལ་སྲིད་བྱམས་པས་སྐྱོང་བར་རིགས། །

ཞེས་གསུངས་པས་གཞོན་ནུ་ཡིད་རབ་ཏུ་འཁྲུགས་ནས་བཞིན་གྱི་མདངས་མི་གསལ་བར་ཡབ་ཀྱི་ཞབས་པད་ལ་ནི་བུང་བ་བཞིན་དུ་སྤྱི་བོས་བཏུད་དེ་གསོལ་པ།

སབདག་ཡབ་གཅིག་རྒྱལ་པོ་གཟིགས་སུ་གསོལ། །མི་དགེའི་འཁོར་བས་བརྒྱན་པའི་རྒྱལ་ཁབ་འདི་ར། །སྔོན་ཀྱང་ཆགས་པས་ཤིན་ཏུ་འཕྱུང་གྱུར་ཏེ། །བཟོད་པར་དཀའ་བའི་སྡིག་པའི་ཁུར་གྱིས་དུབ། །བདག་གི་མཆེད་པོ་ཡོན་ཏན་བདུད་རྩིའི་གཏེར། །སྲིད་ལ་དབང་བའི་འཁོར་སྐྱུར་མཚར་དཔེར་ལྡན། །བསོད་ནམས་མཐུས་མཛེས་དགའ་བའི་རོལ་མཚོ་ལ། །གང་གིས་རྒྱལ་སྲིད་དཔལ་འབྱོར་གཏད་པར་འཚལ། །

ཞེས་ཞུས་པས། ཡབ་ཀྱིས་ཡང་སྨྲས་པ།

བུ་ཁྱོད་འགལ་བའི་གཏམ་འདི་བརྗོད་མི་བྱ། །རྒྱལ་སྲིད་དཔལ་འབྱོར་བདག་ལ་ཆགས་བྲལ་ན། །ཡིད་འོང་དོན་དུ་གཉེར་བའི་ངལ་བས་ཅི། །རླབས་ཆེན་དགེ་བའི་ཚོགས་ཀྱང་རྒྱལ་སྲིད་ཀྱི། །དཔལ་འབྱོར་ཆེ་ལས་དམ་པ་རྣམས་ཀྱིས་སྤྱོད། །འབངས་འཁོར་རྒྱུད་པའི་གདུང་བ་མུན་པའི་སྨག །འཛོམས་མཛད་མཐུ་ལྡན་ཉིན་མོའི་མགོན་པོ་ཁྱོད། །བོར་ནས་མཆེད་པོ་རི་བོང་འཛིན་པ་ཡི། །མུན་སེལ་རེ་བའི་གནས་ཀྱང་མ་ཡིན་པས། །བདག་གི་འཇིགས་མེད་སེང་ཁྲིར་བུ་ཁྱོད་འཛེགས། །

ཞེས་བརྗོད་པ་ན། གཞོན་ནུས་ལན་སྨྲས་པ།

ཡབ་གཅིག་དགོངས་ཤིག་དང་པོར་གང་བརྩམས་པའི། །ལས་དེ་ར་ཕྱི་

ནས་ཕྱོག་པར་རིགས་མིན་ན། །སྡིག་ལྷུང་མྱུར་པས་བར་མེད་གཏིབས་གྱུར་པ། །གཉེན་པོའི་སྣང་བས་གསལ་བའི་མཐུ་ཡོད་དམ། །བདག་ནི་མཛའ་མོ་དོན་གཉེར་དེའི་དབང་གིས། །མི་དགེ་སྡིག་པའི་རྣམ་སྨིན་བརྣག་དཀའ་བ། །སྤྱོང་བར་ངེས་ཕྱིར་དེ་ལས་གྲོལ་བའི་ཐབས། །ཞི་བ་མཐའ་མེད་བསམ་གཏན་ནགས་ནང་དུ། །སྲིད་པའི་སྤྱོད་སྤངས་དཀའ་ཐུབ་ལ་བརྟེན་ནས། །ཐར་པའི་ས་བོན་བསྐྱུན་ལ་རིངས་པར་སྣང་། །རྒྱལ་སྲིད་ཅེས་བྱ་དགེ་ཚོགས་ལས་རྒྱལ་སྲིད། །དཔལ་འབྱོར་གང་ཡིན་སྡིག་པས་ཉེར་སྦྲགས་པ། །སྦྲང་རྩིས་ཁ་བསྒྱུར་དུག་ཅན་ཟས་ཇི་བཞིན། །ནམ་ཞིག་སྡུག་བསྔལ་ཚོར་བ་དྲག་པོ་ཡིས། །མནར་བྱེད་ངན་འགྲོའི་གཡང་ས་ཆེན་པོ་འདིར། །བདག་ཡིད་ནམ་ཡང་ཆགས་པའི་སྐབས་མེད་པས། །གཏན་བདེའི་སྣང་བ་དཀར་པོར་ཡོངས་སྤྱོད་པ། །ཡབ་གཅིག་ཐུགས་རྗེའི་གཟིགས་པས་བསྐྱང་དུ་གསོལ། །

ཞེས་གསོལ་བ་ན། ཡབ་དང་སྣ་ཆེན་པོ་ལ་སོགས་པ་དེ་དག་ཡིད་མ་བདེ་ནས་གཞོན་ནུའི་བློ་ཞི་བདེ་ལས་ཕྱོག་པའི་ཆེད་དུ་དབེན་པའི་ཉེས་དམིགས་བརྗོད་དེ་ཡིད་ཕྱུང་བར་བྱའོ་སྙམ་ནས་སྨྲས་པ།

གཞོན་ནུ་དགོངས་ཤིག དང་པོར་བལྟམས་ཙམ་ཉིད་ནས་བདེ་བའི་ཁབ། །གདུགས་དཀར་ཛ་ཡབ་མཛེས་པའི་གཞལ་མེད་ཁང་། །བོར་ནས་ནགས་ཐྲུང་གཅན་གཟན་ང་རོ་ཅན། །གདུག་པའི་སྦྲུལ་དང་ཤ་སྦྲང་ཚུབ་ངུས་ཀྱང་། །འཚོ་བའི་གནས་དེར་ཁྱོད་ལུས་ཇི་ལྟར་ཆགས། །རོ་བརྒྱའི་བཅུད་དུ་ཆགས་པའི་ཁྱད་པར་ཟས། །ལེགས་པར་བྲིམས་པའི་དཔལ་ལ་སྤྱོད་སྤངས་ནས། །ལྗོན་ཤིང་པད་མའི་རྩ་ཀུ་ཙ་བ་ཡིས། །འཚོ་བར་བྱེད་པའི་

བཟའ་བ་བསྟེན་རུང་ངམ། །བདུད་རྩིའི་ཟེལ་མངར་ཅན་གྱི་བཏུང་བ་ལ། །རོལ་བ་བོར་ཏེ་རོ་དང་བྲལ་བའི་ཆབ། །འདབ་ཆགས་རི་དྭགས་རྣམས་དང་ལྷན་ཅིག་ཏུ། །ཡོངས་སུ་སྤྱོད་པའི་གདུང་བ་ཇི་ལྟར་བཟོད། །རིག་ན་འཇམ་ཞིང་ཡང་བའི་ལྷ་ཡི་གོས། །བཟང་པོ་བརྒྱུབས་ལ་སྲིད་པ་བྲལ་བྱས་ནས། །ཤིང་ཤུན་རེག་པ་རྩུབ་མོས་ལང་ཚོ་ལ། །ཟུག་རྔུ་བསྐྱེད་པར་བྱེད་དེ་གྱུར་ནམ་ཅི། །བརྩེ་ལྡན་ཕ་མ་ཡིད་འོང་མཛའ་བའི་གྲོགས། །བློ་ལྡན་བློན་པོས་མདུན་ས་བག་ཕེབས་ལ། །དགའ་བའི་གླིང་མོས་དུས་འདར་མི་ཞེན་པར། །ཟླ་མེད་སྨྲ་བཅད་གཅིག་པུར་ཇི་ལྟར་འདུག །འདི་སྣང་ཉིད་གྲགས་སྒྲུབ་ཀྱང་རྒྱལ་སྲིད་ཀྱི། །དཔལ་ལས་འབྱུང་ཞིང་རླབས་ཆེན་དགེ་ཚོགས་ཀྱང་། །རྒྱལ་ཁབ་ཆེན་པོའི་དགེ་མཚན་ལས་འབྱུང་བའི། །སྲིད་པའི་རྒྱན་འདི་བདེ་བར་བསྐྱང་འཚལ་ལོ། །ཕ་མས་བསྐོ་བ་རྣར་གཟོན་མི་བྱ་ཞིང་། །རྗེ་བོར་སྙིང་ཉེ་འབངས་དང་སྣ་བོའི་ཚོགས། །མགོན་མེད་སྐྱབས་དང་བྲལ་བ་མ་ཡན་པར། །གཞོན་ནུ་ཁྱེད་ཀྱི་ཐུགས་བསྐྱེད་ཟབ་ཏུ་གསོལ། །

ཞེས་ཐམས་ཅད་ཀྱིས་ལྗོན་ཤིང་གི་སྡོང་པོ་འགྱེལ་བ་ལྟར་ཕྱག་བྱས་ཤིང་ནན་ཏན་ཆེན་པོས་གསོལ་བ་བཏབ་པར་གཞོན་ནུས་བསམས་པ། བདག་གིས་དབེན་པའི་ནགས་སུ་ཅི་བདེར་སྤྱོད་པ་ལ་ཉེས་པ་མི་མཐུན་པ་དག་གིས་ནམ་ཡང་འཚེ་བའི་གོ་སྐབས་མེད་པར་ངེས་མོད་ཀྱི། འོན་ཀྱང་རེ་ཞིག་ཅིག་ཕ་མ་བློན་པོར་བཅས་པ་རེ་ཐག་མི་གཅོད་ཕྱིར་ཆོས་བཞིན་གྱི་རྒྱལ་སྲིད་བསྐྱང་བར་བྱའོ། །དེ་ཡང་བདག་གི་དམ་བཅའ་བརྟན་པོ་ནི་དེང་འདིར་སྒྲོགས་པར་བྱའོ་སྙམ་ནས་སོར་བཅུའི་ཐལ་སྦྱར་གཙུག་ཏོར་ནོར་བུ་བཀྱིས་ཏེ་སྨྲས་པ།

ཀྱེ་ཡབ་ཡུམ་སྔོན་པོར་བཅས་པ་ཙུང་ཟད་དགོངས་ཤིག ། ཆེན་པོ་སྔོ་ལྡན་རྣམས་ཀྱིས་བརྗོད་པའི་གནས། ། མ་ཡིན་བབ་ཅོལ་གཏམ་ནི་བག་ཡོད་ཐོས། ། འབད་པ་དུ་མས་ཉེར་བསགས་རིན་ཆེན་ཁྲི། ། སྡུག་བསྔལ་ཚེར་མ་རྣོན་པོས་གནོད་བྱེད་པ། ། དེ་ལྟ་མ་ཡིན་འཇམ་གཉེན་ཡིད་འོང་བ། ། ལོ་མའི་སྟན་དུ་ལུས་སེམས་ལྷན་ཅིག་བདེ། ། ཐར་མེད་སྲིད་པའི་བཙོན་ཁང་ར་བ་བཞིན། ། སྤོབས་ལྡན་རྒྱལ་པོའི་ཁབ་ཀྱིས་ཅི་ཞིག་བྱ། ། ལྟ་ན་ཉམས་དགའ་ལྗོན་ཤིང་མེ་ཏོག་ཅན། ། ཕྲེང་བར་འཁྲིགས་པའི་དབེན་པའི་ཚལ་དེར་སྣོན། ། བཟའ་བཏུང་དོན་ལ་སྲིད་པས་བག་ཡོད་ཉམས། ། གཡོས་སྦྱོར་ལས་ལ་བྲེལ་མིན་འབད་མེད་དུ། ། ལོངས་སུ་སྤྱོད་པ་རྩ་བ་སྨུ་གུ་དང་། ། དྲི་མེད་ཆུ་བསིལ་ལས་ལྷག་བཟའ་བཏུང་བྲལ། ། མཛེས་ཤིང་བརྗིད་ཀྱང་འབད་པ་དུ་མ་ཡིས། ། ངལ་བར་བྱས་པའི་གོས་བཟང་སྡིག་པའི་གཡོས། ། དེ་དང་མི་མཐུངས་བག་ཡོད་ཤིང་ཤུན་གྱིས། ། མཛེས་པ་ལ་ནི་གདུག་པ་རྣམས་ཀྱང་མཆོད། ། གཉེན་འཁོར་འདུས་ཀྱང་ཐ་མ་བྲལ་བའི་ཆོས། ། དགའ་བའི་གཏམ་ཞེས་ངག་ཀྱང་ཉེས་པའི་གཞི། ། ཆོས་སྨྲའི་གཏམ་དང་བསམ་གཏན་གྲོགས་བཟང་ལས། ། ཆེས་ལྷག་སྲིད་པ་འདི་ལ་ཅི་ཞིག་ཡོད། ། དེ་ལྟར་ནགས་ནང་བདེ་ཞིང་ཞི་སོད་ཀྱི། ། རྒྱལ་སྲིད་འཛིན་རྣམས་སྡིག་ལྟུང་མི་དགེའི་གཞིར། ། ངེས་མོད་དེ་ལྟ་ན་ཡང་ཡབ་གཅིག་བཀའ། ། ལྡོག་པར་མ་ནུས་རེ་ཞིག་སེང་གེའི་ཁྲིར། ། འཕགས་ནས་རྒྱལ་པོར་དབང་བསྐུར་ཅོད་པན་འཆིང་། ། དེ་ཡང་དམ་པས་ལན་བརྒྱར་བསྔགས་པའི་ལམ། ། ཆོས་བཞིན་སྤྱོད་ལས་ནམ་ཡང་མི་གཡོ་བར། ། རྒྱལ་སྲིད་ཞི་བས་སྐྱོང་བའི་ཐབས་ཚུལ་ལ། ། བརྩོན་པར་དམ་དུ་བཅས་སོ་དེ་ལས་གཞན། ། སྙིད་དང་བཀུར་སྟི

དོན་གཉེར་ཁྱེད་གྲོགས་སོགས། །མཆོག་ཚུང་འདིར་སྣང་བྱ་བའི་རྣམ་གཞག་ལ། །ཞེན་པས་མི་དགེའི་རྒྱལ་ཁབ་བཟུང་དགོས་ན། །བདག་ནི་འཇིག་རྟེན་པ་རོལ་གྱུར་སླའོ། །

ཞེས་གསུངས་པས་རྒྱལ་བློན་མ་ལུས་རེ་བ་ཡོངས་སུ་གང་བར་གྱུར་ནས། གང་གིས་རྒྱལ་སྲིད་ལ་མངོན་པར་དབང་བསྐུར་བའི་སྐབས་ཀྱང་ཉམས་སུ་མྱོང་བར་གྱུར་ན། དགེ་ཕྱོགས་ལ་ཇི་ལྟར་སྤྱོད། ལྷའི་ཕྱག་ཏུ་འཚལ་ལོ་ཞེས་བརྗོད་ནས། རྒྱལ་བུ་གཞོན་ནུ་ཟླ་མེད་ཐམས་ཅད་དགའ་དེ་ཉིད་རིན་ཆེན་སེང་གེའི་ཁྲི་ལ་བཞག་ཅིང་། རིན་པོ་ཆེའི་ཅོད་པན་བཅིངས་ནས། གྲགས་པའི་གདུགས་ཡངས་སྒྲེང་བར་བྱེད་པ་ན་བར་སྣང་ནས་མི་མ་ཡིན་རྣམས་ཀྱིས་ཀྱང་སྣན་འགྱུར་གླུ་དང་རོལ་མོའི་སྒྲ་འཁྲོལ་ཞིང་། བསུང་ཞིམ་ཅན་མེ་ཏོག་གི་གྲུ་ཆར་ངོ་མཚར་བ་བཅིལ་ནས། རྒྱལ་བར་གྱུར་ཅིག་ཅེས་ཤིས་པ་ཡོངས་སུ་བརྗོད་དོ། །དེ་ནས་ད་ནི་བདག་གིས་ཡབ་ཀྱི་རྒྱལ་སྲིད་ཐོབ་པ་འདི་ལས་དམ་པའི་ལམ་དང་ནི་མི་འགལ་བ་ཚོས་དང་མཐུན་པའི་ཁྲིམས་བཅས་ཤིང་། སྐྱེ་རྒུ་རྣམས་བདེ་ལ་རེག་པའི་ཐབས་ཚུལ་ལྟར་ལེན་པར་བྱེད་དོ་སྙམ་ནས་ཡིད་དམ་བཅས་སོ། །

44. རྒྱལ་བུ་གཞོན་ནུ་ཟླ་མེད་ཀྱིས་ས་ཆེན་པོ་རྫོགས་ལྡན་གྱི་དགའ་སྟོན་ལ་འདོད་དགུར་བསྐུར་བའི་སྐོར།

དུས་གཞན་ཞིག་ན་གཞོན་ནུ་ཟླ་མེད་འདི་སྙམ་དུ་བསམས་པ། བདག་ནི་བུས་པ་ཉིད་ནས་དགེ་བའི་ལམ་ལ་མཆོག་ཏུ་སྦྲོ་བར་ཞུགས་པ་ཞིག་ཡིན་ནའང་། འཇིག་རྟེན་ན་སྐྱེ་བོ་རིགས་མཐུནཀྱི་བྱ་བའི་རིམ་པ་སྤྲ་མས་སྤྲོལ་

བཏོད་པའི་ཕྱི་བཞིན་ཕྱི་མའང་ལམ་དེ་ཉིད་ནས་འགྲོ་བར་འགྱུར་བ་འདི་ལྟ་སྟེ། དཔེར་ན་སྦུ་ངམ་གྱི་ཐང་དུ་རི་དྭགས་སྐྱོམ་པས་གདུངས་པ་སྨྲ་མས་སྨིག་རྒྱུ་འབབ་ཆུར་འཁྲུལ་ཏེ་འཐུང་བར་འགྲོ་བའི་ཕྱི་བཞིན་རི་དྭགས་གཞན་རྣམས་ཀྱང་འགྲོ་བ་དེ་བཞིན་དུ་སྒྱུ་མའི་རྒྱལ་སྲིད་འདིས་བདག་ཉམས་པར་བྱས་ཤིང་། ལས་ཀྱི་ཤུགས་དྲག་པོ་དལ་འབབ་ཀྱི་ཆུ་རླུང་དང་འདྲ་བ་ལྡོག་དཀའ་བ་དང་། སྡིག་གྲོགས་ཀྱི་དབང་གིས་མི་དགེ་བའི་ལས་ཇམས་པོ་ཆེ་དུ་མ་ཞིག་བགྱིས་པ་དང་། བགྱིད་དུ་སྩལ་བ་དང་། བགྱིས་པ་ལ་ཡི་རང་བར་བྱས་པའི་རྣམ་པར་སྨིན་པ་བཟུག་དཀའ་བ་མང་པོ་བསགས་པ་དེ་དག་བདག་ཁོ་ནའི་ཐོག་ཏུ་སྨིན་པར་འགྱུར་ན་དེའི་སྒྲིབ་པ་སྦྱོང་བ་དང་། བདེ་བ་ནས་བདེ་བར་བགྲོད་པའི་ལམ་སྟོན་པ་པོ་དགེ་བའི་བཤེས་གཉེན་ཞིག་གང་དུ་མཆིས་ཞེས་ཕྱོགས་ཀུན་ཏུ་ཐོ་ཉ་མངགས་ཏེ་འཚོལ་དུ་བཅུག་པ་ན། ཇི་ཙམ་ན་རི་བྲག་གི་ཕྱོགས་དབེན་པའི་གནས་ཉམས་དགའ་ཞིང་ཡིད་དུ་འོང་བ་ཞིག་ན། དགེ་བའི་བཤེས་གཉེན་ཆོས་ཀྱི་དབང་ཕྱུག་ཅེས་བྱ་བ། དགྲ་བཅོམ་པའི་གནས་ཐོབ་པ། ཁམས་གསུམ་ལས་འདོད་ཆགས་དང་བྲལ་བ། རིག་པས་སྔོ་ངའི་སྦུབས་དྲལ་བར་གྱུར་ཅིང་། རིག་པ་དང་། མངོན་པར་ཤེས་པ་དང་། སོ་སོ་ཡང་དག་པ་རིག་པ་བརྙེས་པ། སྲིད་པ་དང་འདོད་པའི་རྙེད་པ་དང་། བཀུར་སྟི་ལས་རྒྱབ་ཀྱིས་ཕྱོགས་པ། གསེར་གྱི་མཆོད་སྡོང་ལྟ་བུ་ལྷམ་མེར་འདུག་པ་མཐོང་ངོ་། མཐོང་ནས་ཀྱང་ཐོ་ཉ་དགའ་ཆེས་ཏེ་གཞོན་ནུ་ག་ལ་བར་སོང་ནས་ཇི་ལྟར་གྱུར་པའི་གཏམ་བསྙད་པས། གཞོན་ནུ་ཡང་ཆར་དང་པོར་འབབ་པའི་རིག་པས་རྨ་བྱའི་ལུས་ལ་ཐོག་པའི་དགའ་བས་ཀྱང་མཚོན་དུ་མེད་པའི་སྤྲོ་བ་བརྟས་ཏེ་བློན་པོ་ཤེས་བྱ་ལྡན་ལ་བསྒོ་བ། བཞིན་བཟང་ཁྱོད་སོང་ལ་འུ་ཅག་གི་ཡུལ

འདིའི་རི་བྲག་གི་ཕྱོགས་ན་དབེན་པའི་གནས་ཉམས་དགའ་བར། དགྲ་བཅོམ་པ་ཆོས་ཀྱི་དབང་ཕྱུག་བྱ་བ་འཚོ་ཞིང་གཞེས་པར་ཐོས་ཀྱི། དེ་ལ་ཁྱོད་ཀྱིས་ཕྱག་ཕྱིས་ལ་ངའི་ཚིག་གིས་ཕོ་བྲང་དུ་སྤྱན་འདྲེན་པར་མངགས་པ་ཡིན་ན་བསམ་པ་རྫོགས་པར་མཛོད་ཅིག་ཅེས་བསྒོ་ཞིག བློན་པོས་བཀའ་བཞིན་འཚལ་ཞེས་བརྗོད་ནས་སྔར་ཀྱི་ཕོ་ཉས་ལམ་བསྟན་ཏེ་སོང་བ་ལས་དགྲ་བཅོམ་པའི་དྲུང་དུ་ཕྱིན་ནས་ཕྱག་བྱས་ཏེ་གཞོན་ནུས་བསྒོ་བའི་ཚིག་གིས་གསོལ་བ་བཏབ་པས་དེ་ཉིད་པ་དང་། བཀུར་སྟི་ལས་རྒྱབ་ཀྱིས་ཕྱོགས་པ་ཡིན་ཀྱང་གདུལ་བྱ་འདུལ་བའི་དུས་ལ་བབས་པར་མཁྱེན་ནས་དགྱེས་བཞིན་དུ་ཞལ་གྱིས་ཆེས་ནས་བློན་པོ་དང་ལྷན་ཅིག་ཏུ་སོང་བ་ན། གདུགས་དང་རྒྱལ་མཚན་དང་། བ་དན་དང་། མེ་ཏོག་ཕྲེང་བ་དང་། སིལ་སྙན་ལ་སོགས་པ་མཆོད་པའི་བྱེ་བྲག་གིས་མདུན་བསུས་ཏེ། ཕོ་བྲང་དུ་སྤྱན་དྲངས་ནས་རིན་པོ་ཆེའི་ཁྲི་ལ་བཞུགས་སུ་གསོལ། དེ་ནས་རྒྱལ་སྲས་གཞོན་ནུ་མིག་མཆི་མས་གང་བཞིན་དུ་དགེ་བའི་བཤེས་གཉེན་དེའི་ཞབས་ལ་ཕྱག་བྱས་ཏེ། ཀྱེ་མ་བདག་ནི་ལས་འབྲས་དང་དེ་ཁོ་ན་ཉིད་ལ་རྨོངས་པའི་མུན་པ་སྟུག་པོས་ཀུན་ནས་བསྒྲིབས་ཏེ་སྡིག་པའི་ལས་འདི་དང་འདི་དག་བགྱིས་ན་དེ་སྦྱོང་བའི་ཐབས་བཀའ་སྩོལ་ཅིག གཞན་ཡང་ཐར་པ་དང་ཐམས་ཅད་མཁྱེན་པའི་ལམ་མཚོན་པའི་ཆོས་ཀྱི་བདུད་རྩིའི་ཆར་ཆེན་པོ་དབབ་ཏུ་གསོལ་ཞེས་གསོལ་བ་བཏབ་པ་ན། དགེ་བའི་བཤེས་གཉེན་ཆོས་ཀྱི་དབང་ཕྱུག་དད་པར་འོས་པ། དབང་པོ་ཞི་བ། ཐུགས་མཆོག་ཏུ་དུལ་བ་དེས། བཞིན་འཛུམ་པའི་མདངས་ཕྱུང་ནས་སེམས་ཅན་ཐམས་ཅད་ཀྱི་བསམ་པ་དང་། ཁམས་དང་། དབང་པོའི་རིམ་པ་དང་འཚམ་པར་ངེས་པར་འབྱུང་བ་ལས་བརྩམས་པའི་ཆོས་ཀྱི་རྣམ་གྲངས་ཟབ་པ་དང་། རྒྱ་ཆེ་བ་འཇིགས་པ་མེད་

པ་སེང་གེའི་དབྱངས་ཀྱིས་བསྒྲད་ཅིང་། འཁོར་བའི་སྡུག་བསྔལ་ཀུན་འབྱུང་བའི་རྒྱ་མཚོ་བདེ་བར་རློམ་པའམ་སྡུག་བསྔལ་གྱི་རང་བཞིན་དུག་གི་ལོ་མ་དང་འདྲ་བ། བཀལ་བར་དཀའ་ཞིང་འཛིང་ཟབ་པ་ཡིན་པས། དེ་ལས་ཐར་བར་འདོད་པས་ནི་སྲིད་པའི་ཕུན་ཚོགས་མེ་འབར་བའི་ཁྲུང་ལྟར་མཐོང་ནས་སྦྱིན་པ་དང་། ཚུལ་ཁྲིམས་དང་། སྒོམ་པ་ལས་བྱུང་བའི་དགེ་བའི་རྩ་བ་བསྒྲུན་ཅིང་། རང་དོན་ཉེར་བཞིའི་བསམ་སྦྱོར་སྤངས་ཏེ། བྱམས་པ་དང་སྙིང་རྗེ་ཆེན་པོས་དྲངས་པའི་བླ་ན་མེད་པའི་བྱང་ཆུབ་ཀྱི་སེམས་རིན་པོ་ཆེ་རྒྱུད་ལ་བསྐྱེད་ནས་ནམ་མཁའི་མཐའ་ལྟར་ཟད་དུ་མེད་པའི་དྲིན་ཅན་གྱི་མ་སྡུག་པ། སྐྱབས་དང་མགོན་མེད་པ་རྣམས་ཀྱི་དོན་དུ་འགྱུར་ན་མནར་མེད་པའི་དམྱལ་བར་འཇུག་པའང་ལྷའི་དགའ་ཚལ་བཞིན་དུ་མཐོང་བའི་སྙིང་སྟོབས་ཀྱི་གོ་ཆ་བསྒོ་བར་བྱ་བ་དང་། དེ་ཡང་གཟོད་མ་ནས་ཞི་བ་རང་བཞིན་གྱིས་མ་གྲུབ་པ། སྐྱེ་བ་དང་འགག་པ་མེད་པ་གནས་ལུགས་ཀྱི་དོན་ཁོང་དུ་ཆུད་པར་བྱས་ཏེ་ཐབས་རྒྱ་ཆེ་བ་དང་། ཤེས་རབ་སྟོང་པ་ཉིད་འགལ་བར་མི་སྦྱོད་པ་ཉམས་སུ་བླང་བའི་རིམ་པ་དེ་དག་ལ་སོགས་པ་མྱ་ངན་ལས་འདས་པའི་གྲོང་ཁྱེར་དུ་འགྲོ་བ་རྣམས་འདྲེན་པའི་དེད་དཔོན། བསོད་ནམས་ཡེ་ཤེས་ཀྱི་དགེ་བའི་ཤིང་རྟ། ཆོས་ཕུང་བརྒྱད་ཁྲི་བཞི་སྟོང་ཀུན་འདུས་པའི་རྒྱ་མཚོ། ཞི་བ་ཚགས་ཐལ་བདུད་རྩིའི་ཆོས་ཀྱི་སྦྱིན་པ་རྒྱ་ཆེ་བྱིན་པ་ན། གཞོན་ནུ་དེ་ཡང་སྟོན་སངས་རྒྱས་ལ་དགེ་བའི་རྩ་བ་བསྐྱེད་པ། རྒྱུད་སྨིན་པ། འཆིང་བ་ཉམས་སྨད་པ། མྱང་འདས་ལ་ཕྱོགས་པ། འཁོར་བ་ལས་ཕྱིར་ཕྱོགས་པ་ཡིན་པས་དམ་པའི་ཆོས་ཀྱི་ཆར་ཆེན་པོ་ཡིད་ཀྱི་དྲི་མ་བཀྲུས་ཤིང་། ཆོས་མིག་རྣམ་པར་དག་པ་ཐོབ་བོ། །དེ་ནས་དགེ་བའི་བཤེས་གཉེན་གྱིས་གདམས་པའི་དོན་རྣམས་ཁོང་དུ་ཆུད་ཅིང་།

ཀུན་ཚུབ་པར་བྱས་ནས་དང་པོར་སྦྱིན་པ་ལས་བྱུང་བའི་དགེ་བའི་རྩ་བ་བསྔུན་པར་བྱེད་དོ་སྙམ་ནས། གྲོང་ཁྱེར་གྱི་ཁོ་ར་ཁོར་ཡུག་ཏུ་སྦྱིན་གཏོང་བཀོད་ས་ཆེན་པོ་བསྒྲུབས་ཏེ་དེ་དག་གི་མདུན་དུ་ཁྲིམས་ཀྱི་ཡི་གེ་མ་ཉམས་པ་འདི་སྐད་ཅེས་བཀོད་དོ། །

བདག་གིས་དབང་བསྒྱུར་ཆོས་ལྡན་རྒྱལ་པོའི་ཁབ། །མཚོན་གྱི་ཆད་པ་མེད་ཅིང་བདེར་སྐྱོང་བའི། །ས་ལ་སྤྱོད་པའི་མཆོག་དམན་བར་པ་ཀུན། །དམ་པའི་ཁྲིམས་ལས་འགོང་པར་མ་བྱེད་ཅིག །གང་ཞིག་ཁྲོ་ཞིང་གཏུམ་པ་གཟུ་ལུམ་ཅན། །གནག་སེམས་གནོད་སེམས་གདུག་པའི་སྤྱོད་པ་ཡིས། །འགྲོ་ལ་འཚེ་བྱེད་ཕ་མ་ཀན་རབས་རྣམས། །མི་བཀུར་མཐོ་འཚམས་གཤེ་བར་བྱེད་པ་དང་། །རྒྱལ་བ་སངས་རྒྱས་དེ་གསུང་ཚོགས་མཆོག་ལ། །སྨད་ཅིང་ཚུལ་མིན་མི་དགེའི་ལས་ལམ་ལ། །འབྱམས་སུ་ཀླས་པ་དེ་ལྟ་མཆིས་གྱུར་ན། །བདག་གི་ཁྲིམས་ནི་གཉའ་ཤིང་འཛིན་རི་ལྟར། །ལྷོ་ཞིང་བརྟན་ལ་དྲང་པོར་སྲོང་བ་ཡིས། །ཆད་པས་གཅད་པར་འོས་པ་གང་སུ་དག །ཁྲིམས་ཀྱི་ར་བ་བལྷ་བར་མི་བཟོད་པར། །སྐྱེ་འདིར་དམྱལ་བའི་སྡུག་བསྔལ་མངོན་སུམ་དུ། །མྱོང་བཞིན་མཐར་བྱེད་གཤིན་རྗེའི་ཁང་པར་འཇུག །གང་ཞིག་དགེ་སློང་བྲམ་ཟེ་ལ་སོགས་དང་། །དགེ་ལ་སྤྱོད་པའི་སྐྱེ་བོར་བཅས་ཀུན་རུང་། །ཞི་ཞིང་དུལ་བ་སྙིང་རྗེའི་རང་བཞིན་ཅན། །གཞན་ཕན་རྨད་བྱུང་ཡ་རབས་ཚུལ་བཟང་རྣམས། །བདག་གི་ལྷག་བསམ་ཡིད་དང་མཐུན་གྱུར་པས། །མཆོད་ཅིང་བཀུར་སྟི་རི་མོར་བྱ་བའི་འོས། །ཡི་དྭགས་སྲུན་ཟླར་གྱུར་པའི་ཉམ་ཐག་རྣམས། །ཕོངས་ལས་སྐྱོབ་ཕྱིར་ཚད་མེད་སྙིང་རྗེའི་གཞུ། །བདུངས་པས་སྦྱིན་པའི་མདའ་ཆར་འབེབས་པ

ཡིས། །བགྲེས་སྐྲེམ་དབུལ་བའི་གཡུལ་ལས་རྒྱལ་བར་བྱེད། །སྐྱོང་བར་འོས་པ་དེ་དག་བྱམས་བརྩེའི་སླད། །ཟས་ནོར་རྟ་གླང་སྦྱིན་པ་ཙམ་མིན་ཏེ། །དོན་དང་ལྡན་ན་བདག་གི་ལུས་དང་སྲོག །ཡན་ལག་ཉིང་ལག་ལ་སོགས་ཅི་འདོད་དངོས། །སྦྱིན་པའི་བརྟུལ་ཞུགས་ཡོངས་སུ་རྫོགས་བྱེད་ཕྱིར། །ཀུན་ཀྱང་དགའ་བའི་ཤུགས་ཀྱིས་འདིར་ལྷགས་ཤིག །དེ་ཕྱིར་བདག་གི་བཞིན་གྱི་པད་མོ་ལ། །བལྟ་བར་སློང་བའི་བུང་བ་མཆིས་གྱུར་ན། །གཏན་པ་མེད་པའི་མཆོད་སྦྱིན་སྤྲང་རྫིའི་རོས། །ཀུན་དགར་བྱེད་དོ་བདེན་པའི་ཚིག་ཉོན་ཅིག །

ཅེས་བྱ་བ་བཀོད་དེ་སྐྱེ་བོ་གདུག་པ་ཅན་དམ་པའི་ལམ་ལས་འགལ་བར་སྤྱོད་པའི་ཉེས་པ་ཅན་དག་ནི་ཁྲིམས་ཀྱི་འཇིགས་པས་ཉམས་སྨད་པར་བྱས། དགེ་སློང་དང་བྲམ་ཟེ་དང་དྲང་སྲོང་དཀའ་ཐུབ་པ་དང་འབངས་དགེ་བའི་ལས་ལམ་ལ་འཇུག་པ། ཡང་དག་པའི་བརྟུལ་ཞུགས་འཛིན་པ་རྣམས་ནི་སློང་ལ་མི་ལྟོས་པར་ཕུན་སུམ་ཚོགས་པ་སྙེད་པས་བཀུར་སྟི་བྱེད། རི་མོར་བྱེད། མཆོད་པར་བྱེད། བགྲེས་ཤིང་ཉམ་ཐག་སློང་བ་པོའི་ཚོགས་རྣམས་ནི་སློང་བ་བས་ཀྱང་ཆེར་ལྷག་པའི་སྦྱིན་པ་ལ་ཅི་དགར་སྤྱོད་པའི་ཕྱིར་རྒྱལ་པོའི་ནོར་དང་ཐུན་མོང་ལྟ་བུར་གྱུར་པས་ཕོངས་པ་ཞེས་བྱ་བའི་མིང་ཡང་མི་གྲགས་པར་གྱུར་ཏེ། ས་ཆེན་པོ་རྒྱ་མཚོའི་མཐར་ཐུག་མཚོན་གྱི་ཆད་པ་མེད་པར་ཡོངས་སུ་བསྐྱངས་ཏེ་དགེ་བ་བཅུ་ལ་རྫོགས་པར་སྤྱོད་པའི་རྫོགས་ལྡན་གྱི་དགའ་སྟོན་ལ་འདོད་དགུར་བསྒྱུར་བར་བྱས་སོ། །

45. རྒྱལ་བུ་གཞོན་ནུ་ཟླ་མེད་ཀྱིས་དགེ་བའི་ལམ་ལ་དགྲི་བའི་ཆེད་དུ་བརྗོད་པ་དང་བཅས་སྣང་བ་འབུམ་ལྡན་གྱི་རྒྱལ་ཁབ་ཕྱིར་ཕྱིན་པའི་སྐོར།

དེའི་ཚེ་རྒྱལ་པོ་ཟླ་བའི་བློ་གྲོས་དང་། ལྷ་ལས་ཕུལ་བྱུང་ཡང་འདི་སྙམ་དུ་བསམས་པ། མི་བདག་བྱང་ཆུབ་སེམས་པའི་རྣམ་ཐར་འཛིན་པ་སྦྱིན་ལ་དཔའ་བ་འདི་ནི་རང་གི་སྲོག་ལའང་མི་བལྟ་བར་སྦྱིན་པ་ལ་མངོན་པར་དགའ་བའི་དམ་བཅའ་བརྟན་པར་ངེས་ན། བདག་ཅག་གི་རྒྱལ་ཁབ་སྣང་བ་འབུམ་ལྡན་དེ་ཡང་སླར་སྤོལ་པར་མི་འགྱུར་གྲང་སྙམ་ནས། གཞོན་ནུའི་ཞབས་ལ་ཟུར་ཕུད་ཀྱིས་མངོན་པར་བཏུད་དེ་ཕྱག་དང་ཞེ་སར་བཅས་པའི་སྒོ་ནས་འདི་སྐད་ཅེས་གསོལ་ཏོ། །

མིའི་བདག་པོ་བྱང་ཆུབ་སེམས་དཔའ་སྙིང་རྗེ་ཡཧུ། ། མི་དབང་རྒྱལ་པོ་གཞོན་ནུ་ཟླ་མེད་ཐམས་ཅད་དགའ། ། ལས་དང་གྲགས་དང་ཡོན་ཏན་ཚོགས་ཀྱི་རྒྱན་ལྡན་པ། ། བྱང་ཆུབ་མཆོག་གི་སྤྱོད་ལ་གཞོལ་བའི་སྙིང་རྗེའི་གཏེར། ། མཆོག་ལ་སྒོ་གསུམ་འདུད་དོ་རེ་བ་དོན་ཡོད་འཚལ། ། གང་གིས་རྒྱལ་སྲིད་དཔལ་འབྱོར་རྒྱ་ཆེན་སློང་རྣམས་ལ། ། སྦྱིན་ལ་དཔའ་བས་ཁྱོད་འཁོར་མ་ལུས་ཐུན་མོང་བཞིན། ། སྤྱོད་པའི་གྲགས་པ་རྨད་བྱུང་དེས་ནི་གཞན་དག་གི། ། གྲགས་པ་ཉིན་བྱེད་དྲུང་ན་རྒྱུ་སྐར་འོད་བཞིན་ཞི། ། སློང་བ་ལ་ནི་གཏང་དཀའི་སྲོག་གི་དང་པོ་ཡང་། ། གཏོང་བའི་སྙིང་རྗེའི་དམ་བཅའ་བརྟན་དེས་བདག་ཅག་ནི། ། ཡིད་ལ་ངོ་མཚར་རྒྱ་ཆེར་གྱུར་པས་སེམས་དཔའ་ཁྱོད། ། དགྱེས་པ་བསྐྱེད་སྐད་རེ་བའི་དོན་འདི་བརྗོད་པར་བྱ། ། དཔལ་ལྡན་འབྱོར་ཞིང་རྒྱས་པ་ཕུན་སུམ་ཚོགས་ཆེ་བ། ། ནོར་དང་སྐྱེ་བོས་ཡོངས་སུ་གང་བ་བདག་གི་ཁབ། ། སྣང་བ་འབུམ་ལྡན་མི་ཡི་བདག་པོའི་

བརྟུལ་ཞུགས་ཀྱིས། །བདག་གིར་བཞེས་ལ་ཞེན་ཅིང་ཆགས་པར་རིགས་མིན་ཀྱང་། །རྒྱ་ཆེན་ཐབས་ཀྱི་སྤྱོད་པ་ལྟར་བཞེས་སྦྱིན་པ་ཡི། །ཕར་ཕྱིན་རྫོགས་སླད་སླར་ཡང་སྤེལ་བར་མཛོད་ཅིག་ཅེས། །དགའ་དང་གུས་པས་གསོལ་བཏབ་རེ་བ་འབྲས་ལྡན་མཛོད། །

ཅེས་ཞུས་པས། གཞོན་ནུ་མངོན་པར་དགའ་སྟེ། གཞན་གྱི་དཔལ་ལ་བདག་གིས་ལོངས་སུ་སྤྱོད་པ་ནི་ཤིན་ཏུ་གནས་མ་ཡིན་པས་ཇི་ལྟར་རེ་བ་བཞིན་དུ་འདོད་པ་འཛེ་བར་བྱ། འོན་ཀྱང་རྒྱལ་རིགས་དེ་དག་བསོད་ནམས་མ་ཡིན་པའི་ལས་མངོན་པར་འདུ་བྱ་བ་ལས་ལྡོག་སྟེ། དགེ་བའི་ལམ་ལ་དཀྲི་བའི་ཆེད་དུ་བརྗོད་པ་དང་བཅས་ཏེ་བྱིན་པར་བྱེད་དོ་སྙམ་ནས་སྨྲས་པ།

ལེགས་སོ་ལེགས་སོ་ས་ཡི་བདག་པོ་ཀྱེ། །གང་གི་རེ་འདོད་ཇི་བཞིན་བདག་གིས་འཛེ། །གཞན་འགྱུར་ཕུན་ཚོགས་དག་ལ་སྲེད་པ་ནི། །གནས་ངན་ལེན་གྱི་རྒྱུ་རུ་ངེས་པར་རྟོགས། །སྣང་བ་འབུམ་ལྡན་རྒྱལ་ཁབ་འབངས་འཁོར་བཅས། །འགྱུར་ཞིང་རྒྱས་པ་དེ་ནི་བདག་གིར་མཛོད། །གཞན་ཡང་རྟ་མཆོག་དུལ་བ་ཅང་ཤེས་རྟ། །གསེར་གྱི་དྲྭ་བས་གདོང་གཡོགས་གླང་པོ་ཆེ། །སྦྲུར་བའི་ཤིང་རྟ་རིན་ཆེན་བ་བཞོན་དང་། །ཟ་འོག་གོས་བཟང་ནོར་བུའི་ཕྲེ་ཕྲག་སོགས། །མ་ཚང་མེད་པ་བདག་གི་བང་མཛོད་ཀྱི། །དཔལ་འབྱོར་ལས་ཀྱང་ཁྱོད་ལ་མངའ་དབུལ་ལོ། །ས་བདག་ཡབ་སྲས་མི་དགེའི་ལམ་ཞུགས་ནས། །ཉེས་མེད་རང་འཁོར་ཆད་པས་ཚར་གཅོད་དང་། །བཀུར་འོས་དགེ་སྦྱོང་བྲམ་ཟེ་དག་ལ་སྨོད། །སྡིག་པའི་སྤྱོད་ཚུལ་དེ་དག་རིང་དུ་དོར། །རྫུན་དང་ཕྲག་དོག་གཡོ་སྒྱུ་ང་རྒྱལ་དང་། །གཞན་ནོར་ཆུང་མ་ལ་ཆགས་སྙིང་རྗེ་ཆུང་། །རྩུབ་ཁེངས་སྙོམ་སེམས་ཆེ་ཞིང་ཁྲོ་གཏུམ་ཅན། །མི་

དགེའི་ཀུན་སྤྱོད་ངན་པ་རྒྱང་དུ་བསྲིངས། །ཏན་རབས་ཕ་མ་དཀའ་ཐུབ་སྤྱོད་པ་ལ། །ལོག་པར་བལྟ་དང་འཁྱོག་པོའི་ཁྲིམས་ཀྱི་སྲོལ། །བརྗོད་པས་སྐྱེ་རྒུ་དུཿཁས་མནར་བྱེད་པ། །ཚུལ་མིན་ཉེས་སྤྱོད་མཐའ་དག་སྤང་བར་བྱས། །སྐྱེ་བའི་ཞིང་ལ་སྡིག་པའི་ས་བོན་ནི། །ཉུང་ངུར་བཏབ་ཀྱང་ངེས་པར་འཕེལ་ཆེ་ཞིང་། །འབྲས་བུ་འཚོལ་བ་མེད་པར་སྨིན་པ་ཡི། །ལས་འབྲས་བསླུ་མེད་དོན་ལ་ཡིད་རྟོན་མཛོད། །མི་དགེའི་ལས་ལམ་ཆེན་པོར་གང་སྤྱོད་པ། །ལྐུགས་བསྡིགས་ས་གཞིར་བསྡིགས་དང་ཚབ་རོམ་གྱི། །སྒྲུབས་སུ་ཉམ་ཐག་རྣམ་མང་མཚོན་ཆ་ཡིས། །འདེབས་སོགས་དམྱལ་བའི་རྣམ་སྨིན་སྨྱོང་འགྱུར་སྤྱོངས། །བསོད་ནམས་མ་ཡིན་བྱས་པ་འབྲིང་གི་འབྲས། །བཀྲེས་དང་སྐོམ་པ་གྲང་དང་ཚ་རེག་གི། །གདུང་བ་མི་བཟད་ཕྱི་ནང་སྒྲིབ་པ་ཅན། །ཡི་དྭགས་གནས་སུ་སྐྱེ་འགྱུར་ལས་ལ་བྱོལ། །གང་ཞིག་མི་དགེ་ཆུང་ངུར་སྤྱོད་དེ་ཡང་། །གླུན་ཅིང་གཏི་མུག་བསད་བཅད་བཀོལ་སྤྱོད་ཀྱི། །སྡུག་བསྔལ་མི་བཟད་བྱེངས་དང་ཁ་འཐོར་བའི། །དུད་འགྲོར་སྐྱེ་བ་འཛིན་ལས་ཕྱིར་ཕྱོགས་ཤིག །དེ་ཕྱིར་སྲིད་ལ་ཆགས་སྤངས་ནགས་ནང་དུ། །རྩེ་གཅིག་སྒྲུབ་ལ་གཞོལ་བར་མ་ནུས་ཀྱང་། །སྲིད་འཁོར་སྙིང་པོ་མེད་ལས་སྙིང་པོའི་དོན། །ལེན་ཕྱིར་སྐྱབས་འོས་མགོན་རྣམས་གུས་མཆོད་ཅིང་། །དབུལ་ཞིང་ཕོངས་པས་ཀུན་ཏུ་ཉམ་ཐག་པ། །ཡི་དྭགས་མཚོན་སུམ་ལྷགས་འདྲ་སློང་བའི་ཚོགས། །རེ་སྐོང་སྦྱིན་མང་གདུང་བ་མེད་པར་མཛོད། །ཆོས་ཀྱི་ལམ་ལས་ནམ་ཡང་མ་ཉམས་པའི། །བཟང་པོའི་ཁྲིམས་ཀྱིས་སྐྱེ་རྒུ་ཀུན་འཚོ་ཞིང་། །རྟག་ཏུ་ཞི་དུལ་སྙིང་རྗེའི་རང་བཞིན་གྱིས། །རང་རྒྱུད་རྩུབ་མོ་འདུལ་ལ་བརྩོན་འཚལ་ལོ། །

ཞེས་ཆོས་དང་མཐུན་པའི་གཏམ་རྒྱ་ཆེན་པོས་དབུགས་དབྱུང་བར་མཛད་པ་ན། དེ་དག་ཐམས་ཅད་དགའ་བ་དང་གུས་པས་ཡིད་སྨོས་པར་གྱུར་ཏེ། ཐལ་མོ་སྦྱར་ཞིང་མཆི་མ་ཟགས་ནས། མིའི་བདག་པོའི་བཀའ་བཞིན་འཚལ་ལོ། །སྡིག་པ་སྤང་ངོ་། །དགེ་བ་བསྒྲུབ་བོ། །ཚུལ་མིན་སྤང་ངོ་། །བག་ཡོད་པར་བགྱིད་དོ། །ཞེས་དམ་བཅས་ཤིང་དགེ་བའི་བཤེས་གཉེན་ཆོས་ཀྱི་དབང་ཕྱུག་ལས་ཀྱང་དམ་པའི་ཆོས་ཀྱི་བདུད་རྩིའི་བསྒོ་སྐལ་ཐོབ་པར་གྱུར་པས་མི་དགེ་བའི་རྒྱལ་སློན་དེ་དག་ཡིད་རྣམ་པར་དུལ་ཞིང་ཞི་བར་གྱུར་ཏེ་གཞོན་ནུས་སྨྲལ་བའི་འཁྲོར་པ་རྒྱ་ཆེ་བ་དང་བཅས་ཏེ་སྣང་བ་འབུམ་ལྡན་དུ་ཕྱིར་ལོག་པ་ལས། དུས་དེ་ནས་བཟུང་སྟེ་ཆོས་བཞིན་གྱིས་རྒྱལ་སྲིད་བསྐྱངས། འབངས་རྣམས་བདེ་ལ་བཀོད་དེ་ཆོས་སྐྱོང་བའི་རྒྱལ་པོར་གྱུར་ཏོ། །ཞེས་གྲགས་སོ། །

46. རྒྱལ་བུ་གཞོན་ནུས་རྒྱལ་སྲིད་དཔལ་འབྱོར་མངའ་རིས་དང་བཅས་པ་མཆེད་ཟླ་དགའ་བའི་རོལ་མཚོར་ཕྱིན་ནས་དཀའ་ཐུབ་ལ་མངོན་པར་ཕྱོགས་པའི་སྐོར།

དེ་ལྟར་གཞོན་ནུ་དེ་ནི་སྦྱིན་པ་ལ་མཆོག་ཏུ་དཔའ་བས་སློང་བ་པོ་མཁའ་ལ་ཆར་གྱི་སྤྲིན་སྟུག་པོ་ལངས་པའམ། ཉི་མས་གདུངས་པའི་ལག་ལྡན་གྱི་ཚོགས་པད་མཚོར་འཇུག་པ་ལ་ཅོ་འདྲིར་འོས་པའི་སློང་བ་པོ་མང་ཞིང་། འདོད་པ་ཆེ་བ་དུ་མའི་རེ་བ་ཡིད་བཞིན་ལས་ཀྱང་ལྷག་པར་རྫོགས་པར་མཛད་པ་ལས། རེ་ཞིག་ན་སྦྱིན་གཏོང་གི་བཀོད་པ་ཆེན་པོ་རྣམས་ཀྱི་ཡོ་བྱད་རིན་པོ་ཆེ་དང་། གོས་དང་། ཟས་དང་། ནོར་དང་། འབྲུའི་རིགས་དང་། རྟ་

དང་། གླང་པོ་དང་། བ་བཞོན་ལ་སོགས་པ་བྱང་ཕྱོགས་གནོད་སྦྱིན་གྱི་འདོད་དགུ་ལྟར་ཟད་མི་ཤེས་པ་དེ་ཡང་སྟོངས་པར་ཉེ། བང་མཛོད་ཡོངས་སྤྱོད་ཀྱི་གཏེར་དང་ལྡན་པ་རྣམས་ཀྱང་དབུལ་བར་ཉེ་བ་མཐོང་བས་གཞོན་ནུ་ཡིད་རབ་ཏུ་མ་དགའ་ནས། ད་ནི་སློང་བ་པོ་རྣམས་ཀྱི་རེ་བ་ཇི་ལྟར་བསྐང་སྙམ་བཞིན་གྱི་མདངས་མི་གསལ་ཞིང་བློ་འཁྲུག་ལ་འཕྱང་བཞིན་པར་གནས་པ་ན། དེའི་སྣ་ཆེན་པོ་ལ་གཏོགས་པ་པད་མའི་སྨྱུ་གུ་ལ་སོགས་པ་རང་བཞིན་གྱིས་ཞེ་སྡང་བ། བྱ་བ་དང་། བྱ་བ་མ་ཡིན་པའི་གནས་མི་ཤེས་པ་དགེ་བའི་ལས་ལ་གཅིག་ཏུ་གནག་པའི་མ་རུངས་པ་འགའ་ཞིག་མཐའ་གཅིག་ཏུ་བགྲོས་ཏེ། གཞོན་ནུའི་མཛད་པ་ལ་རྗེས་སུ་ཡི་མ་རངས་ནས། ཡབ་རྒྱལ་པོ་ཉེ་མའི་བློ་གྲོས་ག་ལ་བ་དེར་སོང་ནས་གསོལ་པ།

མི་བདག་དཔལ་གྱི་སྲས་སུ་བལྟམས་སོ་ཞེས། །ཆེན་པོའི་ཁྲི་ལ་དབང་བསྐུར་ཅོད་པན་བཅིངས། །མ་ལུས་སྐྱེ་བོའི་གཙུག་གིས་གུས་མཆོད་པ། །ས་བདག་གཞོན་ནུ་ཟླ་མེད་གྲགས་ལྡན་དེ། །ཚུལ་མིན་གདུག་པའི་འབྱུང་པོས་རྒྱུད་དཀྲུགས་སམ། །གཞན་ཚིག་གཡོ་སྒྱུའི་སྦྱོར་བས་འཁྲུལ་ཀྱང་རུང་། །མ་བརྟགས་ཀུན་སྤྱོད་ངན་པ་སྣ་ཚོགས་ཀྱིས། །གང་གི་རྒྱལ་སྲིད་བརླག་ལ་ཉེ་བ་མཐོང་། །དང་པོ་འབད་ཅིང་དོན་གཉེར་དཔུང་ཚོགས་ཀྱི། །དབང་དུ་བསྒྱུར་བ་སྣང་བ་འབུམ་ལྡན་ཁབ། །ལྷ་མིའི་འཁོར་པས་བརྒྱན་པ་དེ་ཡང་ནི། །ཀོལ་ངན་བརྒྱུད་པར་བཅས་ལ་ཅི་དགར་བྱིན། །དེ་ནི་སྙིང་རྗེའི་དབང་ཞེས་སྨྲ་ན་ཡང་། །རང་གི་འཁོར་ཚོགས་གནོད་སྦྱིན་འདོད་རྒྱུའི་གཏེར། །འཛད་པ་མེད་པའི་བང་མཛོད་མཆོག་རྣམས་ཀྱང་། །སྟོངས་ལ་ཉེ་བ་ལྷ་ཡིས་མ་གཟིགས་སམ། །

ཞེས་གསོལ་བས་དེ་དག་གིས་ཕྲ་མ་དང་། དབྱེན་སྦྱོར་བའི་ཚིག་ཏུ་བརྗོད་པ་མི་རིགས་པར་བསམ་ཞིང་། གཞོན་ནུའི་མཛད་པ་ལ་ངོ་མཚར་དུ་གྱུར་ནས་ཡབ་ཀྱིས་སྨྲས་པ།

ཨེ་མ་ཧོ་བརྩོན་འགྲུས་ནན་ཏན་ཆེ། །ཨེ་མ་ཧོ་སྙིང་རྗེ་རྩ་བ་བརྟན། །ཨེ་མ་ཧོ་ཐབས་ཆེན་སྤྱོད་པ་ཅན། །མཆོག་གི་གཞོན་ནུ་ཐམས་ཅད་དགའ། །དཔལ་དང་ཡོན་ཏན་ཚོགས་ཀྱིས་བརྒྱན། །དེ་ཡི་སྤྱོད་པ་ཐབས་པོ་ཆེ། །རྗེས་སུ་ཡི་རང་བདག་བསྟོད་དོ། །མཐོ་རིས་སྲིད་བདེ་འདོད་ཕྱིར་མིན། །སྙེད་བཀུར་གྲགས་པའི་ཕྱིར་མ་ལགས། །སྙིང་རྗེའི་དབང་གིས་གཞོན་ནུ་དེ། །སྦྱིན་ལ་མཆོག་ཏུ་དཔའ་བར་གྱུར། །དེ་ལ་འགལ་བར་མི་བལྟ་སྟེ། །བདག་གི་རྒྱལ་སྲིད་སེང་གེའི་ཁྲིར། །སྤྱོད་ལ་མི་བཞེད་ཐུགས་བསྐྱེད་ཀྱི། །དམ་བཅའ་བརྟན་པོ་དེ་ལྟར་བཀོད། །ད་ནི་དེ་ལས་ཕྱིར་ཕྱོགས་ཏེ། །ཕྲ་མེན་རིག་པ་འཛིན་རྣམས་ཀྱིས། །འགྲེད་ལ་བརྩོན་པར་བདག་མི་དགའ། །སྦྱིན་པ་ལ་ནི་རང་གི་སློག །གཏོང་ལ་ཐེ་མི་སྙམ་ཕྱིར་རོ། །

ཞེས་གསུངས་པས། སྔ་བོ་མ་རུངས་པ་དེ་དག་ཁྲོས་ཤིང་སྙིང་མི་དགའ་བར་གྱུར་ནས་སླར་ཡང་པད་མའི་སྨྱུ་གུ་དེས་ཕུས་མོ་བཙུགས་ཏེ། ལག་པ་བསྦྲེངས་ནས་དམ་བཅའི་ཐ་ཚིག་འདི་སྐད་ཅེས་བསྒྲགས་སོ། །

ལྷ་གཟིགས་སུ་གསོལ། ཆེན་པོ་མཆོག་གི་གོ་འཕང་ལ། །སྤྱོད་པའི་ས་ཡིད་བང་ཕྱུག་གི། །ཡིད་ཧོན་མི་རུང་བབ་ཅོལ་བཀའ། །སྨོལ་པར་རིགས་སམ་དགོངས་ཤིག་ཀྱི། །ས་བདག་མཆོག་ཁྱེད་དམ་བཅའ་ལས། །འགལ་བ་ལ་ནི་འཛིགས་བལྟ་ན། །བུ་མོ་མཛེས་སྡུག་མེ་ཏོག་དེས། །ཁྱོད་ཡིད་

གཟུགས་ཅན་བཞིན་དྲངས་ནས། །ཆགས་པའི་དུག་གིས་གང་གི་སྲོག །ཐྲལ་ལ་ཉེ་བ་ཐོབ་པའི་ཚེ། །དེ་ནི་བཞེད་བཞིན་དབུལ་ནས་ཀྱང་། །མི་རྟོག་དེ་ལ་རིགས་འཛིན་པའི། །སྨྲ་གུ་ལྡན་པར་གྱུར་པ་ན། །གཞོན་ནུ་ཟླ་མེད་བཏང་སྙོམས་སུ། །བྱས་ནས་མཆེད་པོ་རྒྱལ་སྲིད་ལ། །དབང་བསྒྱུར་དམ་བཅའ་མི་དྲན་ནམ། །

ཞེས་སོགས་མིའི་བདག་པོ་ལ་རྣམ་པ་དུ་མས་སྨྲས་ཤིང་། རང་གི་བུ་མོ་མཛེས་སྡུག་མི་རྟོག་དེ་ལ་ཡང་ཡབ་སྲས་དབྱེན་འབྱེད་ལ་བརྩོན་པར་གྱིས་ཤིག་པའི་ཚིག་གིས་བསྐུལ་ལོ། །དེའི་ཚེ་བུ་མོ་དེ་ནི་གཞོན་ནུའི་མཛེས་པ་ལ་རྗེས་སུ་ཆགས་པའི་ཕྱིར་འདི་སྙམ་དུ་བསམས་པ། ལྷ་གཞོན་ནུ་འདིས་བདག་ཡིད་འོང་མ་ལ་ཇི་ལྟར་བྱ་བ་བཞིན་དུ་མཛའ་བས་སྙིང་ཉེ་བར་བྱེད་ན་ནི་འབྱེད་པར་མི་བྱེད་ལ། གལ་ཏེ་དེ་ལྟ་མིན་ན་ཡབ་སྲས་གཉིས་ཀྱི་བར་དུ་ཕྲ་མ་འཇུག་གོ་སྙམ་ནས་བརྟག་པའི་ཕྱིར་ནུབ་གཅིག་ཡབ་རྒྱལ་པོ་མནལ་བའི་སྒྲ་ངར་ངར་པོ་སྒྲོག་པའི་ཚེ་བུ་མོ་དེས་མི་མངོན་པར་ཡོང་སྟེ་གཞོན་ནུའི་བསྟི་གནས་དཔལ་མངོན་པར་ལྡིང་བ་ལ་སོང་བ་ལས། གཞོན་ནུ་བསམ་གཏན་ལ་གནས་པས་མཐོང་ནས་འཇིགས་ཤིང་རབ་སྟེ། བདག་གི་ཡབ་གཅིག་ཐུགས་བདེའམ་ཞེས་བརྗོད་པས། སྨྲས་པ། བདེ་ལགས་སོ། །འོ་ན་བུ་མོ་ཁྱོད་དོན་ཅི་གཉེར། དེས་ངོ་ཚ་དང་ཁྲེལ་ཡོད་ཀྱི་ཚུལ་ལས་འདས་ཏེ་འདོད་པས་གདུང་བའི་ལུས་ལྟུ་ཏའི་འཁྲི་ཤིང་རླུང་གིས་བསྐྱོད་པ་ལྟར་འདར་ཞིང་གཡོ་ལ་ཆགས་པའི་རྣམ་འགྱུར་གསལ་བར་བྱས་པའི་སྒོ་ནས་གསོལ་པ། ཀྱེ་བདག་ནི་གང་གི་མཛེས་པ་ལ་ཆགས་པས་གཞོན་ནུ་མཆོག་དོན་དུ་གཉེར་བ་ལགས་ན་དགའ་བའི་དགའ་སྟོན་གྱིས་ཚིམ་པར་མཛོད་ཅིག ཅེས་སྤྱི་བརྟོལ་བསྐྱེད་དེ་སྨྲས་པ་ལ། གཞོན་

ཉ་ཤིན་ཏུ་རྩོངས་ཤིང་ཡིད་ཆད་ནས་ཀྱི། ཀྱེ་མ་བུད་མེད་ངན་པའི་སྤྱོད་པ་ནི་གཡོ་ཞིང་མི་བརྟན་པ་རྫུན་ཆེ་བ། བསམས་པ་ཐམས་ཅད་གཡོ་དང་སྒྱུས་གང་བ་ཞིག་སྟེ། བདག་གི་ཡབ་དམ་པ་དང་འགྲོགས་བཞིན་སྤྱོད་བཞིན་དུ་བོར་ནས་ཁོ་བོ་ལ་ཆགས་པས་འདུད་པར་བྱེད་དོ། །བདག་གི་དགའ་མ་ཡིད་འོང་མ་ཡང་བརྟན་པ་ལྟར་སྣང་ཡང་། འདི་དང་འདྲ་སྟེ་སྤྱོད་ཚུལ་ཤིན་ཏུ་སྨད་དོ། །བག་ཡོད་ལས་ཉམས་སོ། །ཡིད་ཆགས་པ་ལས་ལྡོག་གོ་སྙམ་ནས་རྩུབ་མོས་སྨྲས་པ།

ཀྱེ་རྟུད་གཞན་དུའང་འདི་ལྟར་ཚུལ་མིན་གྱི། །སྤྱོད་པའི་ཤུགས་ལས་དམན་པའི་ལང་ཚོ་ལྡན། །སྨད་དོ་སྤྱོས་སོ་གཡོན་ཅན་ཁྱོད་ལ་ནི། །བདག་སྙིང་མི་ཆགས་ཁྲེལ་ཞིང་གཏིང་ནས་རྐོལ། །ཡབ་གཅིག་མི་ཡི་བདག་པོ་མཛའ་གྲོགས་ལ། །ཡོངས་སུ་སྤྱོད་ཀྱང་གནས་མིན་བདག་ལ་ནི། །ཆགས་པར་བྱེད་མཚུངས་དགེ་སྦྱོང་བྲན་ལ་སོགས། །མཛེས་པར་ལྡན་ན་དེ་དག་ལ་ཡང་ཆགས། །འདོད་པའི་དབང་གིས་བསྐལ་མང་འཁོར་བ་ལ། །འཁོར་ཞིང་སྐྱེ་ར་ན་དང་འཆི་བ་ཡི། །སྡུག་བསྔལ་མི་བཟད་ཉམས་སུ་མྱོང་ན་ཡང་། །ད་དུང་འདོད་ལ་ཞེན་འདིས་ལན་མང་བསླུས། །ཁྱོད་ནི་ཚུལ་མིན་སྤྱོད་པའི་རྣམ་སྨིན་གྱི། །འབྲས་བུར་འཇིག་རྟེན་ཕ་རོལ་གྱུར་མ་ཐག །འཇིགས་ཤིང་སྐྱེ་གཡང་དམྱལ་བའི་ཚལ་ཆེན་པོ། །ཞུར་ཞུར་མེ་སྟག་འཕྲོ་བའི་དོ་ར་ན། །གཤིན་རྗེའི་ལས་མཁན་གདུམ་པོ་དེ་དག་ཀྱང་། །རང་གི་ཁྲོ་བོ་ལ་འཕྲུལ་གན་སོང་ཚེ། །བཟུང་སྟེ་ཐོ་ལུམ་འབར་བས་སྐྱེ་བའི་གནས། །བསྲེག་ཅིང་ཁྲོ་ཆུ་འཁོལ་མ་ལྟུགས་བྱེད་ཚེ། །བདག་ལ་སྐྱབ་པའི་ནུས་པ་མ་མཆིས་པས། །འདི་ལས་གཞན་དུ་ཁྱོད་ཀྱི་གནས་ཚོལ་ཅིག །ཅེས་གསུངས་

པས། བུ་མོ་དེ་ནི་སྙིང་ནས་ཤེང་ངོ་ཚས་ལྷག་པར་ཉམས་སྨད་དེ་ལུས་རྟུལ་ཞིང་ཤུགས་རིང་ནར་ནར་བྱུང་ནས་བཞིན་དུད་དེ་སླར་ཡང་ཡབ་ཀྱི་གན་དུ་སོང་ནས་བསམས་པ། བདག་གིས་རྣམ་པར་མ་བརྟགས་པའི་ཀུན་སྤྱོད་ངན་པ་འདོད་པས་སྨྱོ་ཧླ་ཅན་དུ་གྱུར་པའི་ཚུལ་གཞོན་ནུས་གཞན་དག་ལ་སྨྲས་ན་གཅིག་ཏུ་བདག་ཉིད་སྨད་པའི་གནས་སུ་ཡང་འགྱུར། གཉིས་སུ་ན་དགའ་བའི་རོལ་མཚོ་རྒྱལ་སྲིད་ལ་དབང་བསྒྱུར་དུ་མི་སྟེར་བ་ཡང་འདི་ཕོ་ནའི་བྱེད་པ་ལ་རག་ལས་པ་ཡིན་ན་མི་རིང་བར་ཡུལ་གཞན་དུ་སྤྱུགས་པར་བསྐུལ་ལོ་སྙམ་ནས། ཡབ་མནལ་བ་ལས་སད་དེ་གདོང་མཆི་མས་ཁེངས་པར་མི་དགའ་བཞིན་དུ་རྨི་ལམ་ངན་པ་མཐོང་བར་སྒྲོ་བཏགས་ཏེ་སྨྲས་པ།

ལྷ་གཅིག་བདག་ནི་མནལ་བ་ཡི། །རྨི་ལམ་མཚན་མ་ངན་གྱུར་ཏེ། །
མངོན་སུམ་བཞིན་དུ་དུཿཁ་ཡི། །སྙིང་ནི་བདེ་མེད་རྣམ་པར་གཡོས། །ཕུ་
བོ་སྲིད་འཕྲོར་ཐོབ་པ་འདི། །ཕྲག་དོག་གདུག་པའི་ཤུགས་འཆང་བས། །
བདག་དང་ས་ཡི་དབང་ཕྱུག་ཁྱོད། །དགྲ་ལ་སྤྱུགས་ནས་མཆེད་པོ་ནི། །
དགའ་བའི་རོལ་མཚོ་བཤན་པའི་ཚོགས། །ལག་ན་ཞགས་ནག་ཐོགས་པ་
ཡིས། །མགུལ་པ་ཡན་ལག་རྣམས་བཅིངས་ཏེ། །ཁྲིམས་ཀྱི་ལས་ལ་སྦྱར་བ་
རྨིས། །ལུས་འདར་སེམས་ཞུམ་རབ་འཇིགས་པས། །བ་སྤུ་ཟིང་ཞེས་བྱེད་
པ་དང་། །ལུས་ནི་རྟུལ་གྱིས་བྱུགས་པར་གྱུར། །གཞོན་ནུས་རྒྱལ་ཁབ་
འཛིན་འཚལ་ན། །བདག་ནི་གཞན་དུ་གནང་བ་སྩོལ། །དགའ་བའི་རོལ་
མཚོ་དབེན་པའི་ཡུལ། །གཞན་དུ་བསྐྲུང་བར་མཛད་རིགས་སོ། །དེ་ལྟ་
མིན་ན་མི་བདག་ཆེན་པོའི་བཀའ། །དྲི་མེད་ཟླ་བ་དག་པ་ལས་བྱུང་བའི། །
དམ་བཅའི་བསིལ་ཟེར་བྱེ་བ་འཇུམ་པ་ཡིས། །བདག་ཡིད་ཀུ་མུད་ཀུན་

དགར་བྱེད་པའི་དོན། །གཞོན་ནུ་ཟླ་མེད་ཆོས་ཕྱིར་བློ་གཞོལ་བ། །ཉམས་དགའི་ནགས་ནང་གཤེགས་པར་གསོལ་ནས་ཀྱང་། །བསོད་ནམས་ཆེན་པོའི་དཔལ་འབར་མཆེད་པོ་ལ། །གང་གི་རྒྱལ་སྲིད་གཏད་པར་མི་རིགས་སམ། །

ཞེས་སྙིང་རྗེ་རྗེ་སྐད་དུ་མིག་མཆི་མས་བརྣངས་ཏེ་གསོལ་བས། རྒྱལ་པོས་བསམས་པ། བུད་མེད་ནི་ཤེས་རབ་ཀྱི་རང་བཞིན་ཏེ། རྨི་ལམ་དང་། ཉམས་ཀྱི་སྣང་བ་དཔག་པར་དཀའ་བ་དག་འབྱུང་བར་རིགས་པས་རྨི་ལམ་དེ་ནི་ལྟགས་ངན་པར་མི་འགྱུར་གྲང་། ཨོན་ཀྱང་གཞོན་ནུ་མཆོག་དེ་སྤྱུགས་པར་ནི་མི་བཟོད། སྔོན་གྱི་དམ་བཅའ་དག་ལས་ཀྱང་འགལ་དུ་ནི་མི་འདོད་དེ། བྱ་བ་འདི་ནི་བསྒྲུབ་པར་དཀའ་བ་ཞིག་གོ་སྙམ་ནས་བློ་རྫོངས་ཤིང་ཡི་ཆད་ལ། སྤྲོབས་པ་མེད་པ། འདམ་བུ་སྔོན་པོར་བཏས་པ་སྙིད་པ་ལྟར་དུ་སེམས་ཁོང་དུ་ཆུད་ནས་ལུས་ཀྱི་གཟི་བརྗིད་དང་མདངས་ནི་ཉམས། མིག་ནི་གཡོ་བ་མེད་པར་ཧད་ཀྱིས་ལྷུ། ལུས་ཀྱི་ཤ་ནི་བྲི་ཞིང་སྐྲབ་མོར་གྱུར། མཆུ་སྐྲོས་ནི་སྨོག་སྨོག་པོར་སོང་སྟེ། དགའ་བའི་འཛུམ་ཡང་མི་གཡོ་བར་གྱུར་ཏོ། །

དེ་ཡང་། བུད་མེད་རྣམས་ནི་རང་བཞིན་མི་བྲང་བས། །མིང་ཡང་གཡོན་ཅན་ཞེས་བྱ་དེ་ཡིས་ནི། །ཡབ་གཅིག་རྒྱལ་པོ་འཁྲུལ་བར་བྱས་པ་ལས། །བཟོད་མེད་སྨྱ་ངན་ཚོར་བ་ཉམས་སུ་སྨྱོང་། །དེ་ལྟར་རྒྱལ་པོ་ཉི་མའི་བློ་གྲོས་ལྷག་པར་རྫོངས་ཏེ་གཟི་བརྗིད་ཀྱི་བརྟན་པ་ཉམས་པ་རྒྱལ་བུ་གཞོན་ནུས་མཐོང་ངོ་། །མཐོང་ནས་ཀྱང་སྙིང་ལྷག་པར་མ་བདེ་ནས་ཡབ་ཀྱི་དྲུང་དུ་ཐལ་མོ་སྦྱར་ནས་གསོལ་པ།

ཡབ་གཅིག་བརྟན་པའི་གཏེར་གྱུར་བློ་ཆེན་གྱི། །སྤྱོད་མཆོག་སྤྱོད་ལ

བཞུགས་ཁྱོད་མི་དགྱེས་པའི། །རྣམ་པ་ཅི་ཞིག་ཉམས་སུ་སྨྱོང་གྱུར་ཏམ། །བརྗོད་པའི་སྐུ་ནི་བལྟ་ན་ཉམས་མི་དགའ། །སྙན་འཇེབས་གསུང་གི་རོལ་མོའི་སྒྲ་ཡང་ཉམས། །ཟབ་གསལ་བསླིང་བའི་ཐུགས་ནི་རླུང་ལྟར་གཡོས། །གཟི་ལྡན་སྤྱན་ཟུང་གཡོ་མེད་ཏད་ཀྱིས་བཙའ། །རབ་དམར་མཆུ་སྒྲོས་འཛུམ་པའི་མདངས་མི་གསལ། །ཅི་འདི་བདག་གིས་ནོངས་པར་གྱུར་པ་འམ། །འོན་ཏེ་སློན་པོས་ཉེས་ན་ཚར་བཅད་རིགས། །ཡང་ན་འབྱུང་བཞི་མི་མཐུན་གཅིག་ཚོགས་པ། །གཅན་གཟན་རི་དྭགས་ལྷན་ཅིག་སྤྱོད་འདྲ་བའི། །རྐྱེན་གྱིས་ཟུག་རྒྱའི་རིག་པས་མ་གཙོས་སམ། །གང་གི་སྨྲ་བཅད་འདི་ཡང་མི་རིགས་པས། །གསང་ཞིང་ཟོལ་ལ་བརྟེན་པ་མ་ཡིན་པར། །གསལ་པོར་གསུངས་ཤིག་བདག་གི་ཞེས་བསྙོན་གྱིས། །བཞེད་པའི་དོན་ནི་ཇི་བཞིན་སྒྲུབ་ལ་སྤྲོ། །

ཞེས་ཞུས་པས་ཡབ་སྐྱིངས་བཞིན་དུ་ལན་སྨྲས་པ། བུ་བུ་ལེགས་སོ་ཕ་མ་གུས་བསྙེན་པ། །དམ་པའི་ཚུལ་བཟང་ཁྱོད་ལ་ཅིས་མི་སྨྲ། །བདག་ལས་གཟི་སྦྱིན་བརྟན་པ་ཉམས་གྱུར་པས། །ལྟ་ན་མི་སྡུག་འཛུམ་མདངས་བྲལ་བ་འདི། །འབྱུང་འཁྲུགས་ནད་ཀྱིས་བཏབ་པ་མ་ཡིན་ཞིང་། །བློན་འཁོར་ཚུལ་མིན་སྤྱོད་པས་ཉེས་པའང་མིན། །བདག་གི་དཔལ་ཉམས་འདི་ནི་མཆོག་གི་བུ། །ཡོན་ཏན་བདུད་རྩིའི་གཏེར་གྱུར་ཁྱོད་མཐུ་དང་། །བདག་བློ་ཀུན་རྫོངས་མུན་པས་ཆེར་གཏིབས་ཤིང་། །རང་བཞིན་མི་བརྟན་རླུང་ལྟར་གཡོ་བས་གནོད། །ཅི་ཕྱིར་ཞེ་ན་འདོད་པའི་ཡོན་ཏན་ལ། །རྗེས་ཆགས་མཛེས་སྡུག་མེ་ཏོག་དོན་གཉེར་ཚེ། །པད་མའི་སྦྲུ་གུས་མི་མཛོན་སྦྲུ་ཐབས་ཀྱིས། །གཡར་དམ་བཅས་པར་ཁས་བླང་ཚིག་འགག་ཐལ། །གྲགས་པའི་མེ་ཏོག

བསོད་ནམས་དྲི་བཟང་གིས། །རྣམ་པར་མཛེས་པ་ཡོངས་འདུའི་དབང་པོ་
ཁྱོད། །ཞི་བའི་ནགས་སུ་ཆོས་ཀྱི་འདབ་སྟོང་ནི། །གཡུར་དུ་ཟ་བར་བྱེད་
ཕྱིར་སྨྱུགས་ནས་ཀྱང་། །མཆེད་པོ་སྔོན་ཤིང་ཕལ་པས་རྒྱལ་པོའི་སྲིད། །
མཐོ་རིས་མདུན་ས་མཛེས་པར་བྱེད་དོ་ཞེས། །རང་གི་ཚིག་ཏུ་བརྗོད་ལས
འགལ་བ་ལ། །འཛིགས་ཤིང་དཔལ་དང་ཡོན་ཏན་ཚོགས་ཀྱི་གཏེར། །
ཁྱོད་འདྲ་བརྒྱ་ཕྲག་བསྐལ་པར་མིག་སྟོང་ཅན། །ནོར་བུའི་སྒྲོན་མེ་བཏེག
ནས་སྲིད་པ་འདིར། །བཙལ་ཡང་རྙེད་པར་དཀའ་བའི་ཚུལ་བསམ་ན། །
ནགས་མཐར་སྨྱུགས་པ་ལྟ་ཅི་སྨད་ཅིག་ཀྱང་། །འཕྲལ་བར་མི་བཟོད་གདུང་
བ་ཆེན་པོ་ཡིས། །བདག་ནི་དཔལ་ཉམས་གཟི་སྦྲིན་ཉམས་པར་གྱུར། །
ཞེས་རབ་ནན་ཏན་བརྩོན་འགྲུས་ཅན་ཁྱོད་ཀྱིས། །ཡིད་ཀྱི་གདུང་བ་འདི་
ཡང་ཞི་བ་དང་། །དམ་བཅའི་ཐ་ཚིག་ལས་ཀྱང་མི་འགལ་བར། །སྲིད་པའི་
ཐབས་ཚུལ་མཆིས་སམ་ཕེབས་པར་སློས། །

ཞེས་ཅི་བྱའི་གཏོལ་དང་བྲལ་བར་གྱུར་ཏེ་གཞོན་ནུ་ལ་བློ་གྲོས་འདོན་པར་བསྐུལ་བ་ན། གཞོན་ནུ་ཟླ་མེད་འདི་སྐད་དུ། འཇིག་རྟེན་ན་སྒྱུ་མ་བྱེད་པ་རྣམས་ཀྱི་ནང་ནས་བུད་མེད་ཀྱི་སྒྱུ་མ་ནི་སྒྱུ་མའི་ཡང་རྩེ། སྒྱུ་མའི་སྙིང་པོ་ཡིན་པས། མཛེས་སྡུག་མེ་ཏོག་གི་སྒྱུ་མས་ཡབ་ཀྱི་ཕྱོགས་བསླད་པར་ངེས་ཀྱང་། ཨེམ་བདག་གི་དགེ་བའི་བཤེས་གཉེན་ཆོས་ཀྱི་དབང་ཕྱུག་དེའི་སེང་གེའི་ང་རོས་དབྱངས་བསྒྲགས་པའི་དོན་ཁོང་དུ་ཚུད་པར་བྱས་ཏེ་སྦྱིན་པ་ལས་བྱུང་བའི་བསོད་ནམས་ནི་མང་དུ་བསགས་ཟིན་ཀྱི་ད་ནི་ཚུལ་ཁྲིམས་ལས་བྱུང་བ་དང་སྒོམ་པ་ལས་བྱུང་བའི་དགེ་རྩ་སྒྲུབ་པའི་དུས་ལ་མངོན་པར་ཉེ་བ་འདི་ནི་བདག་གིས་རྙེད་པའོ་སྙམ་ནས། བཞིན་རས་མངོན་པར་དགའ་བའི་མདངས་གསལ་

བའི་སྒོ་ནས་ཡབ་ཀྱི་ཞབས་ལ་སྤྱི་བོས་བཏུད་དེ་གསོལ་པ།

ཨ་མ་ཧོ་མཚར་ཆེ། རང་ཉིད་བརླག་ལ་ཉེ་ཡང་མི་འགྱོད་པར། །བུ་ལ་གཅིག་ཏུ་བརྩེ་ལྡན་བསྐྱེད་བདག་ནི། །སྲིད་འདིར་ཨུ་དུམ་ཝ་རའི་མེ་ཏོག་བཞིན། །མཆོག་ཏུ་དཀོན་མོད་དམ་པའི་རང་བཞིན་ཡིན། །ལུས་ཅན་རྣམས་ནི་བཙས་མ་ཐག་པ་ནས། །མི་རྟག་པ་ཡི་སྙིང་དུ་སྡུག་པར་གྱུར། །དེ་ཕྱིར་སྐྱེ་བའི་མཐའ་ནི་འཆི་བ་སྟེ། །བསགས་པའི་མཐའ་འཛད་འདུས་པར་གྱུར་པའི་མཐར། །འབྲལ་ལ་སྲིད་པས་བྱས་པའི་ཆོས་ཉིད་ལ། །ཡབ་ཀྱི་གདུང་བར་མཛད་པའི་གནས་མཆིས་སམ། །འཇིག་རྟེན་འདི་ནི་མི་རྟག་འགྱུར་བར་འགྲོ། །གློག་འགྱུ་རི་གཟར་འབབ་ཆུའི་རྒྱུན་ཇི་བཞིན། །སྐད་ཅིག་གཡོ་བའི་བདེ་ལ་མི་ཆགས་པར། །ཡུན་རིང་ངོས་དྲག་སྡུག་བསྔལ་བྱེ་བ་བརྒྱས། །གཟིར་བའི་སྣང་ཚུལ་བསམས་ན་བསྲན་བཟོད་སྙིང་། །རྡོ་རྗེའི་རང་བཞིན་ཐོབ་ཀྱང་ཅིས་མི་འགས། །བདེ་འགྲོའི་མི་ཡི་རྟེན་བཟང་རྙེད་གྱུར་ཀྱང་། །མངལ་གནས་དམྱལ་བ་ལྟ་བུ་དེར་ཞུགས་ནས། །བཤང་གཅི་སྲིན་བུ་ཁྲེ་བ་ཁྲག་གི་གློང་། །མི་གཙང་དྲི་ང་བ་དེར་བརྟག་དཀའ་བའི། །དུཿཁ་མི་བཟད་ཉམས་སུ་མྱོང་བའི་མཐར། །ཏི་ལ་མར་འཚེར་ལྟར་མངལ་སྒོ་ལས་འགྲིམས་ཤིང་། །བདེ་མེད་ཟུག་རྔུ་དག་གིས་ཆེས་མནར་ཡང་། །སྨྲ་མི་ཤེས་ཕྱིར་འགྲེ་ཞིང་ངུ་བའི་ལས། །སྡུག་བསྔལ་སྤང་བའི་ཐབས་ནི་ཡོངས་མི་ཤེས། །མ་ཡིས་ནུ་ཞོས་བསྐྱངས་ཤིང་བསྐྱེད་བསྲིངས་ནས། །དར་དྲག་ལང་ཚོ་བདོ་བའི་སྣང་ངོར་ལ། །འཇུག་ལྡོག་ཤེས་ཀྱང་བདག་ནི་བདེ་འདོད་པས། །གཞན་གྱི་སྡུག་བསྔལ་ཟིལ་གནོན་དུག་གསུམ་ཤུགས། །དྲག་པོས་རང་གི་བདེ་ཡང་དགྲ་ལྟར་དུ། །འཇོམས་པའི་ཚུལ་མིན་སྤྱོད་ལ་འབྱམས

གླུས་པས། །དལ་འབྱོར་དོན་མེད་ཡེངས་པའི་ལམ་ཁོ་ནར། །ཚེ་ནི་མི་བརྟན་དགོང་ཁའི་གྲིབ་སོ་ལྟར། །ཡུད་ཡུད་སོང་ནས་རྒ་བས་ཟིན་གྱུར་ཏེ། །ལུས་དུད་འཁར་བ་ལ་བརྟེན་མགོ་སྐྱེས་ཚོགས། །ཟླ་ཐིག་ལྟུང་འདྲ་བཞིན་རས་ཨུཏྲ་ལ། །རྙིང་པའི་རང་མདངས་མཚོན་པ་གཉེར་མས་བཅིངས། །ཁ་སྔོའི་སོ་དེངས་དགའ་བའི་འཛུམ་བསྟན་ཀྱང་། །མི་སྡུག་བུ་ག་ལྟ་བུར་ཡིད་མི་འོང་། །འདོད་པའི་ཡོན་ཏན་ཕུན་སུམ་ཚོགས་གྱུར་ཀྱང་། །དེ་ལ་ལོངས་སུ་སྤྱོད་པའི་ཚེ་དང་མཐུ། །སྟོབས་དབང་ལང་ཚོ་ཉམས་པའི་སྡུག་བསྔལ་གྱི། །འཆིང་བ་དུ་མས་ཡིད་ལུས་ལྷན་ཅིག་བཅིངས། །གང་ཞིག་ཕྱི་ནང་རྐྱེན་གྱི་ཟུག་རྔུའི་ནད། །བདེ་མེད་བརྟག་པར་དཀའ་བས་ལུས་དུབ་སྟེ། །བསྐྱོད་པར་མི་ནུས་མལ་གྱི་གློང་དུ་བརྟེན། །རྩ་དང་ཆུ་ཡང་རང་དགར་འདོར་བྱེད་ལ། །རོ་བརྒྱའི་བཅུད་དུ་སྨིན་པའི་ཡིད་འོང་ཟས། །ལེགས་པར་བྲིམས་ཀྱང་ཡི་གར་མི་འོང་བས། །མིག་གིས་བཙའ་བ་ཙམ་ལས་ལོངས་མི་སྤྱོད། །བདག་ཉིད་དར་བབ་ལང་ཚོར་ལྡན་པའི་དུས། །མི་མཐུན་ནད་ཀྱིས་གཙེས་མིན་གང་གི་ཚེ། །རིག་པའི་གནས་དང་སྒྱུ་རྩལ་བྱེ་བྲག་ལ། །འདི་དང་འདི་དག་མཁས་ཞེས་གནའ་རབས་ཀྱི། །ལོ་རྒྱུས་སྨྲ་བ་ཙམ་གྱི་ཟློལ་ལ་བརྟེན། །སྐབས་དེར་ཚེ་ཡི་རིག་བྱེད་སྨྲ་བ་དང་། །ཉེ་དུ་འཁོར་གཡོག་ཀུན་གྱིས་ཡོངས་བསྐོར་ཡང་། །ཕན་པར་བྱ་བའི་ཐབས་ཀྱིས་ཕོངས་གྱུར་ཏེ། །རེ་མོར་བྲིས་མཚུངས་མིག་གིས་ལྟ་བའི་ཚེ། །སྙིང་དུ་སྡུག་པའི་གཉེན་བཤེས་འཁོར་འབངས་དང་། །ཟད་མི་ཤེས་པའི་དཔལ་འབྱོར་ཀུན་སྤངས་ཏེ། །བདག་ཉིད་གཅིག་པུ་ཕྲུ་ནས་ཡར་བ་བཞིན། །འཆི་བ་ཞེས་བྱ་བཟོད་དཀའི་སྒྲ་ཆེན་པོ། །ཉམས་སུ་མྱོང་བར་

འགྱུར་སྣམ་འདེར་སྣང་གི། །བདེ་ལ་སྤྱོད་ཅིང་མི་དགེའི་ལས་སྤྱོད་པ། །གང་ཡིན་དྲན་པའི་ཡུལ་གྱུར་འགྱོད་པའི་བློ། །བཟོད་དུ་མེད་ཅིང་འཇིག་རྟེན་ཕ་རོལ་གྱི། །དམྱལ་བ་ཡི་དྭགས་དུད་འགྲོའི་སྡུག་བསྔལ་གྱིས། །གཟིར་ལ་སྦྱོགས་པའི་གདུང་བས་མནར་བཞིན་དུ། །ཚེ་ཡི་འདུ་བྱེད་རྫོགས་པར་བྱེད་པ་སྟེ། །བརྒྱལ་དཀའ་འཁོར་བའི་ཆུ་གཏེར་ཟབ་མོའི་ཀློང་། །སྐྱེ་རྒ་ན་འཆིའི་རླབས་ཕྲེང་སྟོང་གཉེར་བ། །སྒྲོལ་བྱེད་གྲུ་ཆེན་སྤྱོད་པའི་གྲུ་གཟིངས་ལ། །བརྟེན་ནས་ཐར་མཆོག་རིན་ཆེན་གླིང་ཡངས་པོར། །སྤྱོད་པའི་ཐབས་ཚུལ་དཔེན་པའི་ནགས་ཀྱི་ཚལ། །ཕོ་མ་འབྲས་བུའི་ཁུར་གྱིས་དུད་པ་ཡི། །རིན་ཆེན་འཁྲི་ཤིང་ཕྲེང་བར་འཁྲིག་པའི་རྩེར། །འདབ་ཆགས་སྐད་པའི་དབྱངས་ཀྱི་འགྱུར་བག་གིས། །ཀུན་རྨོངས་གཉིད་ལས་སློང་བའི་གཏེར་གྱུར་ཅིང་། །གཅན་གཟན་གདུག་པ་རྣམས་ཀྱང་ཆོས་སྒྲ་ལ། །མི་སྣང་ཞི་བའི་སེམས་ཀྱིས་བཀུར་བསྟིར་བྱེད། །མེ་ཏོག་པད་མ་ཨུཏྤལ་ས་མོས་གཉེན། །མགོ་ལྟོག་ལྷེམ་ཞིང་ཟེའུ་འབྲུ་རབ་རྒྱས་རྩེར། །བུང་བ་གཞོན་ནུ་འཕུར་ལྡིང་ཀློས་གར་གྱིས། །བསམ་གཏན་སྤྱོད་ལ་གུས་པ་མཚོན་པ་བཞིན། །མཆད་ཁྲུ་བས་བརྟན་བྱས་ནེའུ་གསིང་ཚལ། །ཡིད་འོང་ལྷ་ནམས་དགའི་འཇུག་ངོགས་ལ། །ཆུ་ཀླུང་ཆབ་སྒྲ་སྙན་སྒྲོག་གྱི་གྱུར་འབབ། །འདུས་བྱས་གཡོ་བའི་ངང་ཚུལ་སྟོན་པ་བཞིན། །ལྗོན་ཤིང་ལོ་མའི་སྟན་དང་ཤུན་པའི་གོས། །རོ་ལྡན་རྩ་བ་མྱུ་གུ་ཕུན་སུམ་ཚོགས། །དྲི་མེད་ཆུ་བསིལ་བཏུང་བ་ཟིལ་དངར་ཅན། །རྩྭ་དང་ལོ་མ་སྟུམ་པོའི་བསྟི་གནས་རྣམས། །བསྟེན་ཅིང་ཞི་བ་མཐའ་མེད་བསམ་གཏན་དང་། །ཤེས་རབ་ཕ་རོལ་ཕྱིན་པའི་སྤྱོད་པ་གཉིས། །འགྲན་པ་བཞིན་དུ་དཀའ་ཐུབ་

ནགས་ནང་དེར། །མ་བསླུ་ན་ཡང་འཇུག་ལ་ཆེས་རིངས་ན། །ཡབ་གཅིག་མཐའ་གཉིས་དཔྱད་དཀའི་ཡིད་གདུང་ལས། །གྲོལ་སླད་རྒྱལ་སྲིད་དཔལ་འབྱོར་རྩྭ་ལྟར་དུ། །འདོར་བར་བྱེད་དོ་འཇིགས་མེད་སེང་གེའི་ཁྲི། །བཀོད་ལེགས་རིན་ཆེན་ཕྲ་ཚོམ་མཛེས་པ་འདིར། །དགའ་བའི་རོལ་མཚོའི་ཞབས་སོར་རབ་བཀོད་ནས། །དགེ་བཅུ་མ་ཉམས་ཁྲིམས་ཀྱི་སྲོལ་བཟང་པོས། །སྐྱེ་རྒུ་ཕན་བདེའི་ལམ་ལ་དགྲི་བྱེད་པ། །ད་ནི་ཡབ་གཅིག་གདུང་བ་ཡོངས་ཞི་ཞིང་། །དམ་དུ་བཅས་པ་ལས་ཀྱང་མི་འགལ་བ། །དོན་གཉིས་ལྷུན་གྱིས་གྲུབ་པའི་ཐབས་ཀྱི་ཕུལ། །བློ་གྲོས་ཟབ་མོ་འདིར་ནི་ཉེར་དགོངས་ཤིག །

ཅེས་འཁོར་བ་ལ་སྐྱོ་བའི་ཤུགས་མི་ཐུབ་པས་གདོང་མཆི་མས་ཁེངས་བཞིན་དུ་གསོལ་བ་ན། ཡབ་ཉི་མའི་བློ་གྲོས་འདི་སྙམ་དུ་གཞོན་ནུས་བདག་གདུང་བ་ལས་གྲོལ་བའི་ཐབས་འདི་ལྟར་སྨྲ་བཞིན་དུ། ཕྱིར་ཞིང་འཁྲུལ་བའི་གདུང་བ་ནི་ལྷག་པོར་གྱུར་སོད། འོན་ཀྱང་འཁོར་བའི་སྣང་ཚུལ་གཉེན་སྡུག་པ་དང་བྲལ་བ། དགྲ་སྡང་བ་དང་ཕྲད་པ། འདོད་པ་བཙལ་གྱིས་མི་རྙེད་པ། མི་འདོད་པ་ཐོག་ཏུ་འབབ་པ། ཟག་བཅས་ཉེར་ལེན་གྱི་ཕུང་པོ་དང་བཅས་པ་སྡུག་བསྔལ་གྱི་རང་བཞིན་ཅན་ཀོ་ན་ཡིན་ཕྱིར་བཅོས་སུ་མེད་པས་གཞོན་ནུ་གཏན་བདེའི་འདུན་མ་སྒྲུབ་པར་བྱེད་ན་འགོག་ཏུ་མེད་དེ་རྗེས་སུ་ཡི་རང་བར་བྱའོ་སྙམ་ནས་སྨྲས་པ།

བདེན་ནོ་འཁོར་བ་སྙིང་པོ་མེད་པའི་གཤིས། །མི་རྟག་སྡུག་པའི་ཆུ་བོ་ལས་སྐྱེས་པའི། །ལུས་ཅན་ཚེ་ནི་དབུ་བའི་ཕྲེང་བ་བཞིན། །ལང་ཚོའི་དཔལ་ཡོན་དབང་པོའི་གཞུ་རིས་བཀྲ། །འདིར་སྣང་བདེ་བ་སྤྲིན་གྱི་འདུ

འགོད་རྩོམ། །དཔལ་འབྱོར་རྩྭ་རྩེའི་ཟིལ་ལྟར་མི་བརྟན་པ། །འདུས་བྱས་གཡོ་བའི་རང་མཚང་རིག་གྱུར་པས། །ཞི་བདེ་སྒྲུབ་ལ་བདག་གིས་གེགས་བྱར་མེད། །རྣམ་པར་མ་གྲོལ་དེ་སྲིད་དབེན་པའི་ཚལ། །དགའ་ཐུབ་སྣང་དུ་བསྟེན་མཛོད་གྲོལ་བའི་ལམ། །ཐོབ་ནས་བདག་ཅག་ཕྱིག་སྤྱོད་འདྲེན་སྣང་དུ། །རྒྱལ་ཁབ་འདིར་གཤེགས་ཚོས་ཆར་དབབ་ཏུ་གསོལ། །

ཞེས་འཕྲལ་བས་ཉེན་པའི་མིག་གིས་ལྟ་ཞིང་། ཤུགས་རིང་འབྱིན་བཞིན་པར་སྨྲས་པ་ན། གཞོན་ནུས་ཀྱང་བཀའ་བཞིན་འཚལ་ཞེས་བརྗོད་ཅིང་ཡིད་དགའ་བ་དང་བདེ་བའི་རོས་ཁྱབ་བོ། །དེ་ནས་རྒྱལ་བུ་གཞོན་ནུ་ཟླ་མེད་རྒྱལ་སྲིད་ཀྱི་དཔལ་འབྱོར་བཏང་སྟེ་དབེན་པའི་གནས་སུ་གཤེགས་པར་ཕྱོགས་སོ་ཞེས་གཅིག་ནས་གཅིག་ཏུ་བརྒྱུད་པའི་གཏམ་ཕྱོགས་ཀུན་ཏུ་གྲགས་པས་ཡུམ་རྣ་ཆ་འཛིན་དང་། འབངས་བློན་རྗེ་བོ་ལ་སྙིང་ཉེ་ཞིང་། གུས་པར་བལྟ་བ་རྣམས་སྡུག་བསྔལ་གྱི་ཚོར་བ་དྲག་པོ་ཉམས་སུ་མྱོང་ངོ་། །དེ་ནས་རྒྱལ་བུ་གཞོན་ནུས་རྒྱལ་སྲིད་ཀྱི་དཔལ་འབྱོར་མངའ་རིས་དང་བཅས་པ་མཆེད་ཟླ་དགའ་བའི་རོལ་མཚོ་ལ་ཕྱིན་ནས་དགའ་ཐུབ་ལ་མངོན་པར་ཕྱོགས་པ་ན་ཡུམ་རྣ་ཆ་འཛིན་ལ་ཕྱི་ཕྱག་འབུལ་བར་དོང་ནས་གསོལ་བ།

ཐོག་མ་མེད་ནས་སྐྱེ་ཞིང་སྐྱེ་བའི་རབས། །ཟད་མཐའ་མེད་ཕྱིར་འགྲོ་ཀུན་ཕ་དང་མར། །མ་གྱུར་མེད་མོད་སྐྱེ་བའི་རིམ་པ་འདིར། །དལ་འབྱོར་དོན་ཡོད་རྟེན་བཟང་བསྐྱེད་པའི་མ། །དྲིན་དུ་གཟོ་བའི་བྱ་བ་ད་བསྒྲུབ་བོ། །སྲིད་འབྱོར་ཕུན་སུམ་ཚོགས་ཀུན་མཆོད་སྦྱིན་ལ། །སྤྱད་ཀྱང་བདག་ནི་གྲོལ་བར་མ་མཐོང་ནས། །ནགས་མཐར་དགའ་ཐུབ་བསམ་གཏན་བསྟེན་བྱས་ཏེ། །ལན་མང་དྲིན་གྱིས་བསྐྱངས་པའི་མཐའ་ཡས་འགྲོ། །སྒྲོལ་བའི་

ལྷག་བསམ་དམ་བཅའ་རྫོགས་ཟིན་པས། །ཡུམ་གྱི་འབྲལ་བའི་འཇིགས་པས་མི་བཟི་བར། །བྱང་ཆེན་སྤྱོད་མཆོག་སྤྱོད་ལ་ཡི་རང་བྱོས། །

ཞེས་གསུངས་པས། གཞོན་ནུ་དམ་པ་བྱང་ཆུབ་ཀྱི་སྤྱོད་པ་སྤྱོད་པའི་རྣམ་ཐར་ལ་རྗེས་སུ་ཡི་རང་ཡང་བུ་སྡུག་པ་གཅིག་པུ་དང་འབྲལ་བའི་གདུང་བས་ཤིན་ཏུ་སྨོངས་ནས་དེའི་བཞིན་ལ་མིག་གཡོ་བ་མེད་པར་ལྟ་ཞིང་མཆི་མས་བཞིན་རས་གཤེར་བར་བྱས་ཏེ། སྙིང་རྗེ་རྗེ་སྐད་དུ་སྨྲས་པ།

བརྩེ་ཆེན་བརྩེ་མེད་ཁྱོད་ནི་རླབས་ཆེན་སྤྱོད། །རྒྱལ་སྲས་ལམ་ལ་ཞུགས་པར་སྨྲོན་ཡང་། །ལང་ཚོའི་ཉི་མ་འཆི་བདག་ནུབ་རིའི་ཁར། །ལྷུང་བར་ཉེ་བའི་མ་དང་འབྲལ་ཕོད་དམ། །ཉོན་མོངས་བུད་ཤིང་སྲེག་པ་མཛད་བཟང་མེས། །བདག་ཅག་དགའ་བའི་སྙིང་ཡང་ལྷན་ཅིག་སྲེག །ཡིད་ཀྱི་བརྟེན་པ་སྙིང་སྡུག་ཡིད་འོང་མ། །བྲལ་བའི་མ་ནི་ཡུན་རིང་འཚོ་མིན་ཞེས། །སྔོན་རབས་གཏམ་དུ་སྨྲ་འདི་ཁྱོད་ཉིད་ཀྱི། །རྣམ་དཔྱོད་ཟབ་མོའི་ཀློང་དུ་མ་གྱུར་ཏམ། །ཉེ་དུ་འཁོར་འབངས་མངོན་སུམ་སྡུག་བསྔལ་གྱིས། །མནར་ལ་སྙིང་རྗེའི་ཡུལ་རྣམས་བོར་བཞིན་དུ། །མཐའ་ཡས་འགྲོ་དོན་སྤྱོད་ཅེས་ནགས་ཀླུང་དུ། །གཤེགས་བཞེད་ཐུགས་ནི་འགལ་བར་མ་གྱུར་གྲང་། །

ཞེས་གསོལ་བ་ན། གཞོན་ནུ་ཡང་བྲལ་བར་མི་བཟོད་པའི་གདུང་བའི་གཟུགས་བརྙན་ཡིད་ཀྱི་མེ་ལོང་དུ་ཡང་ཡང་འཆར་ཡང་། འཁོར་བ་སྡུག་བསྔལ་གྱི་རང་མཚང་དུ་རིག་པའི་བློ་ལྡོག་ཏུ་མེད་ཕྱིར་ཡང་གསོལ་པ།

བདག་ཉིད་མངལ་དུ་ཉིང་མཚམས་སྦྱར་ཙམ་ནས། །ཚད་མེད་དྲིན་གྱིས་ཡོངས་སུ་བསྐྱངས་པའི་མར། །བརྩེ་བའི་ལྷག་བསམ་བཟང་པོ་ཉེར

བཏང་ནས། །བདག་ཉིད་ཞི་བདེར་ཞུགས་པ་མ་ཡིན་ཏེ། །ཡུམ་གཅིག་ཚེ་འདིར་དྲིན་དུ་ཆེ་བ་བཞིན། །མཁའ་ཁྱབ་མར་གྱུར་འགྲོ་ཀུན་དེ་འདྲ་བར། །མཐོང་ནས་དེ་རྣམས་དྲིན་དུ་གཟོ་བ་ལ། །རང་གཞན་དོན་གཉིས་ལྷུན་འགྲུབ་རྒྱལ་སྲས་སྤྱོད། །ཐབས་ཆེན་སྨོན་འཇུག་བྱང་ཆུབ་སེམས་བསྐྱེད་དེ། །ཉེས་སྤྱོད་སྡོམ་དང་དགེ་བའི་ཆོས་རྣམས་སྡུད། །མཐའ་ཡས་སེམས་ཅན་དོན་སྤྱོད་ཚུལ་ཁྲིམས་གསུམ། །ལེགས་པར་རྒྱུད་ལ་སྐྱེ་བས་ཉམ་ཐག་འགྲོ། །སྡུག་བསྔལ་རྣམ་པ་གསུམ་ལས་གྲོལ་བྱས་ཏེ། །རྣམ་ཀུན་ཕན་བདེའི་དཔལ་ལ་སྤྱོར་བཟོད་པའི། །སྙིང་སྟོབས་ཀོ་ཆ་བཙན་པོ་འདི་བགོས་ན། །མ་རྣམས་གཅིག་ཏུ་ཡི་རང་བྱ་བར་འོས། །དེ་ཕྱིར་སྡུག་བསྔལ་ཕྲ་མོ་མི་བཟོད་པར། །བྱང་ཆེན་སྤྱོད་པའི་གོགས་གྱུར་མི་རིགས་པས། །དཔལ་དང་གྲགས་དང་སྲིད་ལ་ཆགས་སྤངས་ནས། །ལུས་ཅན་འཁོར་མཚོ་ལས་སྒྲོལ་དམ་བཅའ་འོ། །

ཞེས་སྨྲས་ཏེ་ཡུམ་གྱི་ཚིག་ལན་སྨྲ་བ་ལ་ཉན་ནའང་བདག་བྱང་ཆུབ་སྒྲུབ་པའི་གེགས་སུ་འགྱུར་རོ་སྙམ་ནས་ཕྱི་ཕྱག་ལན་གསུམ་བྱས་པས་ཡུམ་གྱིས་བསྔོ་བརྣར་གཟོན་པར་ཤེས་ནས་སློ་ཞིང་ཚེ་ངེ་གསང་པོར་བརྟོན་ཏེ་བརྒྱལ་བ་ལ་ཞུགས་ཀྱང་དེ་ལའང་མ་ཆགས་པར་མི་དགའ་བཞིན་དུ་ཕྱི་རོལ་དུ་དོང་བར་ཆས་སོ། །དེའི་ཚེ་མཆེད་ཟླ་དགའ་བའི་རོལ་མཚོ་ནི། རྒྱལ་སྲིད་ཀྱི་དཔལ་འབྱོར་ཐོབ་པ་ལའང་མི་དགའ་བར་ཕུ་བོ་ཞི་བདེར་གཤེགས་ན་བདག་ཀྱང་རྗེས་སུ་འཇུག་གོ་ཞེས་ངུ་ཞིང་འགྲེ་བར་བྱེད་ཅིང་གསོལ་པ།

ཕུ་བོ་སྐྱེ་རྒྱའི་རེ་འབྲས་པད་མོའི་ཚལ། །རྒྱས་མཛད་སྣང་བའི་བདག་པོ་ཞི་བདེའི་ཕྱིར། །ནགས་ཀླུང་ཚུ་ལྷའི་ཕང་པར་ཞུགས་གྱུར་ན། །འཛིག་

རྗེན་ཉམ་ཐག་སྡུག་བསྔལ་མུན་ཆེན་གྱིས། །གཉིབས་ལ་བློ་དང་སྙིང་སྟོབས
སྣང་བའི་གཏེར། །ཀྱ་ཀྱུ་སྙོངས་པ་སྲིན་བུ་མེ་ཕྱིར་བདག །ཆེན་པོར་སྒྲོ
བཏགས་རྒྱལ་ཐབས་ཁྲིར་འཁྱིང་ཡང་། །རྒྱུད་པའི་མུན་ནུམ་འཛོམས་བྱེད
མཐུ་མི་མངའ། །ས་བདག་བདུད་རྩིའི་འབྱུང་གནས་ཁྱོད་མེད་ན། །ཆབ
འབངས་ཚ་གདུང་གདུང་བ་སུ་ཡིས་སྐྱོབ། །བརྩེ་ཆེན་ཡིད་བཞིན་ནོར་གྱིས
བདག་འདོར་ན། །སྐྱོང་བའི་དགོས་འདོད་རེ་ཆར་སུ་ཡིས་འབེབས། །གལ
ཏེ་མགོན་ཁྱོད་ངེས་པར་གཤེགས་བཞེད་ན། །བདག་ཀྱང་ཞམ་རིང་སྒྲུབ་ལ
དམ་བཅའ་ཞིང་། །དེར་མ་ཟད་དེ་ཁྱོད་ནི་དག་པའི་ཞིང་། །རིན་ཆེན་པད
མའི་སྒྲུབས་ལས་སྐྱོལ་བ་ཡིས། །གོ་འཕང་མངོན་དུ་མཛད་པ་དེ་ཚེ་ཡང་། །
འཁོར་གྱི་ཐོག་མར་སྐྱེ་བར་གྱུར་ཅིག་ཅེས། །ཆབས་ཆེན་སྨོན་ལམ་དག་པས
མཚམས་སྦྱོར་ན། །ཐུགས་རྗེའི་དཔྱང་ཐག་སྲ་བས་མི་སྙོད་འཚལ། །

ཞེས་ཞབས་ཀྱི་པད་མ་ལ་ལག་པའི་འཁྲི་ཤིང་གིས་དམ་དུ་འཁྱུད་དེ་རྩེ་གཅིག་གུས་པས་གསོལ་བ་ན། གཞོན་ནུ་དམ་པ་ཡང་རྗེས་སུ་ཆགས་པས་སྙིང་ལྷག་པར་བརྩེ་བར་གྱུར་ཀྱང་། རྒྱལ་སྲིད་སྤངས་ཏེ་བདག་གི་རྗེས་སུ་འཇུག་པ་ནི་ཅི་ནས་ཀྱང་རུང་བ་མ་ཡིན་ནོ་སྙམ་ནས་ཕྱུག་སྣང་པོའི་སྣ་ཞགས་ལྟར་བརྒྱངས་པ་དགའ་བའི་རོལ་མཚོའི་སྐྱི་བོར་བཀོད་དེ་གསུངས་པ།

ཨེམ་མ་ལ་ཡིད་འོང་མཆེད། །སྙིང་གི་དཔྱིད་ཁྱོད་གདུང་བའི
ཚིག །མ་བཅོས་མ་བསླད་གང་སྨྲས་པ། །བདག་ཡིད་ཐིག་ལེར་འཁྱིལ་གྱུར
མོད། །འོན་ཏང་རྒྱལ་ཚབ་སེང་ཁྲིར་དབང་བསྐུར་བའི། །ཚེ་ག་རྫོགས
པར་བྱས་པ་བསོད་ནམས་ཀྱི། །བགོ་སྐལ་དར་ལ་དྲག་ཁྱོད་བས་མཐའི
ནགས། །ཚང་ཚིང་སྡུག་པོས་འཁྲིག་དེར་བགྲོད་མི་རིགས། །ན་ཚོད་ཡོངས

སྨུ་མ་སྨིན་གཞོན་ནུའི་ལུས། །དགའ་ཐུབ་གདུང་བའི་ཁུར་ཆེན་བཟོད་དཀའ་ཞིང་། །བསྐྱེད་བདག་བཅོ་བའི་གཏེར་རྣམས་པོར་ནས་ནི། །བདག་གི་རྗེས་སུ་འཇུག་པ་གནས་མ་ཡིན། །ཡབ་གཅིག་མི་ཡི་བདག་པོའི་སྲིད་འདི་བྲུངས། །རྣམ་སྨིན་འབྲས་བུ་ནག་པོར་སྨིན་བྱེད་པའི། །སྡིག་པའི་ལས་ལ་གཞོལ་བ་མ་ཡིན་པར། །བདག་གིས་དགེ་བའི་ལམ་བཟང་སྲོལ་བཏོད་པའི། །རྗེས་ཞུགས་དམ་པའི་ཀུན་སྤྱོད་རྣམ་ཐར་གྱིས། །རྒྱལ་ཁབ་ཆེན་པོ་འདི་ནི་ཆོས་བཞིན་སྐྱོངས། །མཐོན་པོའི་རིགས་མཆོག་ཀུན་གྱིས་སྣར་མཆོད་ཀྱང་། །སྙོམ་སེམས་ང་རྒྱལ་དྲེགས་པས་མི་འགྱིང་བར། །སྐྱབས་འོས་དྲན་དབང་ཚོགས་དང་ཕ་མ་རྣམས། །རྟག་ཏུ་གུས་མཆོད་སྒྲི་ཞུས་བསྙེན་པར་མཛོད། །གཞོན་ནུའི་ཚེ་ན་སྡིག་ལྟུང་གཏམ་ངན་ཀུན། །ཁྱད་དུ་བསད་དེ་ཕ་མས་རྗེས་བསྐྱངས་ཀྱང་། །ལང་ཚོ་བདོ་ནས་བརྟས་ཤིང་མཐོ་འཚམ་པའི། །མ་རབས་གདོལ་པའི་ངང་ཚུལ་རིང་དུ་དོར། །བསྙེན་བསྐྲིང་སྤྲང་ས་པ་བཙན་བཟེད་ཁྲིམས་ཀྱི་སྲོལ། །ཉིན་བྱེད་སྣང་བ་ཇི་བཞིན་སྙོམས་ཁྱབ་ཅིང་། །རྒྱ་མཚོའི་མཐར་ཐུག་མཚོན་གྱིས་ཚད་མེད་པར། །འབངས་འཁོར་ཕན་དང་བདེ་བའི་གཞི་ལ་སྤྱོར། །དཔུང་པ་གཏུམ་པོ་དཔའ་བོའི་གད་རྒྱངས་ཅན། །རྩོལ་བའི་གཏམ་ཙམ་ཐོས་ཀྱང་འཇིགས་ཐོབ་ཅིང་། །ཉེ་དུ་འབངས་འཁོར་གམ་དུ་སྤྱོད་རྣམས་ལ། །གཤེ་ཞིང་འཚེ་བྱེད་ཚེར་མའི་བརྟུལ་ཞུགས་སྤོངས། །མཛངས་ཤིང་དེས་པ་སྨྲ་མཁས་གཡོ་སྒྱུ་ཆུང་། །དཔའ་ཞིང་སྙན་ཚུགས་བཞིན་བཟང་འཛུམ་མདངས་ཀྱིས། །སྣང་བ་དཀར་པོར་འགྲོ་བས་ཕས་རྩོལ་ཚོགས། །སྡང་སེམས་མུན་པ་གཞིལ་ལ་མཁས་པར་མཛོད། །མཐོང་ན་མི་དགའ་ངོ་ཟུམ་མུན་ལྟར་གནག །རང་གཞན་རྒྱུད་

སྲེག་རྩུབ་ཚིག་མི་ལྡེ་འབར། །རང་བཞིན་མི་དྲང་གཡོ་དང་སྒྱུས་འཚོ་བའི། །སྤྱོད་ཚུལ་ལམ་དུ་སོང་ཡང་དེར་མ་འཇུག །ཡོངས་སུ་བཟུང་བ་ཡངས་ཤིང་རྒྱ་ཆེ་བ། །མཐོ་རིས་དཔལ་འབྱོར་ཐོབ་ཀྱང་མི་བསྙེམས་ཤིང་། །ཟོལ་གྱིས་བསྟོད་ཅིང་སྙན་པར་སྨྲ་བ་ལའང་། །རང་བཞིན་གཤིས་ལས་མི་འགལ་དཔྱད་པར་རིགས། །ཉམས་ཉེས་གྱུར་ན་དམན་ལའང་གུས་འདུད་ཅིང་། །མཐོན་པོར་འཕགས་ན་རྗེ་ལའང་མིག་མི་གཡོ། །ཅུང་ཟད་ཙམ་ལའང་དགའ་དང་ཅིག་ཤོས་ཀྱི། །རྣམ་འགྱུར་སྲང་མདའི་མཐོ་དམན་བྱར་མི་འོས། །གང་ཞིག་ས་བདག་ཉིག་ལ་མངོན་དགའ་ན། །གཞན་ཡང་དེ་ཡི་རྗེས་སུ་འཇུག་བྱེད་ལ། །དགེ་ལ་སྤྲོན་དེ་བཞིན་སྤྱོད་བྱེད་པས། །དགེ་སྡིག་ལས་ལ་སྤང་བླང་ཞིབ་མོར་དཔྱོད། །བདག་ཉིད་རང་བཞིན་ཉིད་ཀྱིས་ཞི་སྡང་བས། །དགེ་ལ་ལོག་པར་བལྟ་བ་ལྟ་ཅི་སྨོས། །གཞན་ཡང་སྡིག་ལ་བསྐུལ་ཞིང་ཡི་རང་བར། །བྱེད་པས་ངན་སོང་སྒྲུབ་ལས་ཕྱིར་ཕྱོགས་ཤིག །གང་ཞིག་སྦྱིན་ལ་སྤྱོད་དེ་དབུལ་མིན་ལ། །སྦྲང་རྩི་ཇི་བཞིན་བསགས་ཀྱང་ཁྱད་འབྱོར་ཐལ། །ལག་པ་སྦྱིན་པའི་དཔལ་ལ་ཡངས་པ་ཡིས། །སློང་ལ་གཉེན་བཞིན་བྱམས་པས་རྟག་ཏུ་སྐྱོངས། །འདོད་སྲེད་དབང་གིས་རང་གི་ལོངས་སྤྱོད་ལས། །ཏིལ་ཙམ་སྦྱིན་པར་བྱ་བ་མི་ནུས་ཤིང་། །གཞན་འབྱོར་ཕུན་ཚོགས་མཐོང་ན་བརྟབ་སེམས་ཀྱིས། །བདག་གིར་འཛིན་པ་སེར་སྣའི་མདུད་པ་ཁྲོལ། །འཇིག་རྟེན་འཇིག་རྟེན་འདས་པའི་ཡོན་ཏན་ཀུན། །འབྱུང་གནས་དགེ་བའི་བཤེས་གཉེན་བརྟེན་བྱས་ནས། །དེ་ཡིས་གདམས་པའི་ཟབ་ཆོས་བདུད་རྩིའི་ཆར། །གཤིན་པོས་རང་རྒྱུད་ས་གུ་སྨིན་པར་མཛོད། །ལོག་སྨྲའི་ཚིག་གི་མུན་པས་ཐར་ལམ་གྱི། །སྣང་བ་ཡོངས་བཀག

ངན་འགྲོའི་སྒོ་འཕར་སྟོང་། །འབྱེད་བྱེད་མི་དགེའི་བཤེས་དང་སྡིག་གྲོགས་ཀྱི། །དབང་དུ་སྐད་ཅིག་མི་གཏོང་དམ་བཅའ་བྲུངས། །རྒྱལ་རིགས་མཐོན་པོའི་ཁྲི་ལ་བསྟི་བ་རྣམས། །ཕལ་ཆེར་འདོད་པའི་དོན་དུ་ཉམས་མཐོང་ཕྱིར། །བུད་མེད་རིན་ཆེན་ཡོན་ཏན་རྣམ་བརྒྱད་ལྡན། །སྐྱོན་ལྔ་སྤངས་པ་ཟག་མེད་བདེ་སྟེར་བསྟེན། །ཚངས་པར་སྤྱོད་པའི་བརྟུལ་ཞུགས་ལས་ཉམས་ནས། །མཛེས་ཆོས་དོན་དུ་གཉེར་བས་ཡོག་གཡེམ་མ། །མངོན་པར་ཆགས་གང་ཆེ་དང་དཔལ་ཉམས་ཤིང་། །མི་དགེའི་རྣམ་སྨིན་བརྟག་དཀའ་སྤྱོང་འགྱུར་སྲོངས། །གུར་གུམ་བསྲུང་ལྡན་ཁྱུ་བའི་བཏུང་བ་དང་། །ཀུ་མུད་ཟླ་འོད་མདངས་ཆགས་འོ་རྒྱུན་དང་། །ཞོ་དར་དམ་པ་རྣམས་ཀྱིས་ཡོངས་བསྟེན་པའི། །བཏུང་བ་མཆོག་གི་བདུད་རྩིར་རོལ་བར་མཛོད། །གང་ཞིག་བཏུངས་ན་བག་ཡོད་ཞི་དུལ་སེམས། །རྣལ་དུ་མི་གནས་སྨྱོན་པའི་གར་དུ་གཡོས། །གྲགས་ཉམས་བློ་རྨོངས་ཕ་མ་ལ་ཡང་རྒོལ། །སྨྱོས་བྱེད་ཆང་གི་བཏུང་བར་སྤྱད་མི་བྱ། །ཆོས་དང་མཁས་པའི་གཏམ་གྱིས་བློ་ལྡན་དང་། །འཁོར་འདུས་སྙིང་ལ་ལེགས་བཤད་འདོད་འཇོའི་གཏེར། །བབ་ཅོལ་ཚལ་བར་སྒྲོག་དང་རྫུན་ཟོལ་གྱིས། །རང་ཚུལ་རྗེན་པར་སྟོན་ལས་མ་འདས་ཕྱིར། །ངག་གི་ཉེས་བསྐྱེད་སྨྲ་བ་བག་ཡོད་བྱོས། །ཆེན་པོའི་གོ་འཕང་འཇིགས་མེད་སེང་གེའི་ཁྲི། །བགྲང་ཡས་ས་སྐྱོང་སྤྱི་བོས་མངོན་མཆོད་པ། །གཙུག་རྒྱན་ནོར་བུའི་སྣང་བས་མཛེས་པ་དེར། །མི་གཡོ་རྟག་ཏུ་བརྟན་པར་ཞབས་འཁོད་ཅིག །ཕྱིར་རོལ་ཡུལ་ལ་མངོན་པར་ཞེན་པའི་བློ། །གྲོང་དང་གྲོང་ཁྱེར་སྤང་མདོར་རབ་རྒྱུ་ཞིང་། །བག་མེད་སྤྱོད་པའི་རྣམ་འགྱུར་གསལ་བྱེད་པ། །གྲགས་པ་ཉམས་འགྱུར་གནས་ཀུན་བཙོན་པས

སྤྱོངས། །དེ་ལྟར་ཆོས་དང་མཐུན་པར་འཇིག་རྟེན་གྱི། །རྣམ་གཞག་དགེ་བའི་ལམ་དུ་དཀྲི་བྱེད་པ། །གཙུག་ལག་ལུགས་གཉིས་སྐྱོང་བའི་ཚུལ་ཙམ་ཞིག །དང་པོའི་ལས་ཅན་ཁྱོད་ལ་སླུས་མོད་ཀྱི། །གཞན་དུ་སྲིད་འཁོར་ཕུན་སུམ་ཚོགས་པ་ལ། །བརྒྱ་ཕྲག་བསྐལ་པར་སྤྱོད་པའི་མཐུ་ཐོབ་ཀྱང་། །མི་བརྟན་གཡོ་བ་བསླུ་བའི་ཆོས་ཅན་ཏེ། །མཁས་པ་སུ་ཞིག་འདི་ལ་དགའ་བར་འཛིན། །ལས་དང་ཉོན་མོངས་དྲི་མ་མ་སྤྱངས་པར། །དེ་སྲིད་སྲིད་པའི་རྩེ་ནས་མནར་མེད་བར། །ཁྱབ་པ་འདུ་བྱེད་སྡུག་བསྔལ་རང་བཞིན་ལས། །མ་འདས་དེ་ཚུལ་ངེས་པར་བསམ་པར་རིགས། །དགའ་བའི་རོལ་མཚོ་འཇིག་རྟེན་ལུགས་ཞུགས་སྐྱེ་བཞིའི་དཔལ་ལྡན་མཆོག་གི་རྒྱལ་ཁབ་འདི། །ཆོས་ཀྱི་ལམ་ལས་ཉམས་པ་མེད་པར་ཡོངས་སུ་བསྐྱངས་ཏེ་ཁོར་ཡུག་ཡུལ་ཁམས་ཀུན། །གཏན་བདེའི་དཔལ་ལ་འདོད་དགུར་བསྒྱུར་བའི་བྱ་དགས་འཚོ་བར་བྱས་ཏེ་སྐར་ཡང་ནི། །རྒྱལ་སྲིད་ཁོ་ནར་གཅིག་ཏུ་ཆགས་སྤྱོངས་མཐར་གྱི་བྱང་ཆེན་སྤྱོད་ལའང་གཞོལ་བར་མཛོད། །

ཅེས་གསུངས་ཏེ་དགའ་བའི་རོལ་མཚོ་མི་དགའ་ཞིང་དུ་བར་བྱེད་པ་དེ་ཡང་བོར་ཏེ། གྲོང་ཁྱེར་གྱི་ཕྱི་རོལ་དུ་ཆས་པ་ན། སྤར་གདུགས་དང་བསིལ་ཡབ་དང་། ཟ་ཡབ་ནོར་བུའི་ཡུ་བ་ཅན་གྱིས་ཕན་ཚུན་ནས་གཡོབ་པར་བྱེད་པའང་བོར། རང་གི་གྲིབ་མ་ཙམ་ལས་ཕྱི་བཞིན་མི་འབྲང་། རྟ་སྟོང་དང་སྦྱར་བའི་ཤིང་རྟ་དང་། གླང་པོ་ཆེ་གསེར་གྱི་དྲ་བས་གདོང་གཡོགས་པ་དང་། རྟ་དུལ་བ་རིན་པོ་ཆེའི་སྒ་སྲབ་ཀྱིས་སྤྲས་པ་ལ་བཞོན་ནས་བག་ཡངས་སུ་རྒྱུ་བ་ཡང་མ་མཆིས་པར། རང་ཉིད་ཀྱི་རྐང་པས་འགྲོ་བར་བྱས། བློན་པོ་དང་། ཉེ་བའི་མདུན་ན་འདོན་དང་། འཁོར་འབངས་དུ་མས་ཀུན་ནས་བསྐོར་བར

བྱེད་པའང་མེད་པར་རང་ཉིད་གཅིག་པུ་ཉིན་བྱེད་མཁའ་ལ་རྒྱུ་བ་ལྟར་གཤེགས་སོ། །དེའི་ཚེ་སྔོན་པོ་དང་ཕོ་བྲང་འཁོར་པ་རྗེ་བོ་ལ་སྙིང་ཉེ་ཞིང་། གུས་པར་བསྙེ་བ་རྣམས་དུས་གཅིག་ཏུ་ལྷགས་ནས། ཕྱ་ཁྱི་ཏ་ནག་པོ་སྐད་ངན་འབྱིན་པ་དང་འདྲ་བའི་ཚེ་ངེ་གསང་མཐོན་པོར་སྒྲོག་ཅིང་། མིག་མཆི་མས་གང་བ་དེ་དག་ལ་ལ་ནི་རྒྱལ་སྲས་ལ་འཁྲུད་དེ། རྒྱལ་ཁབ་ནི་བདེ་བ་དང་། འབྱོར་པའི་དཔལ་དང་ལྡན་པ་ཡིན་ལ། ནགས་ཚལ་ནི་འཇིགས་ཤིང་སྐྱི་གཡའ་བ། གཅན་གཟན་དང་། སྦྲུལ་གདུག་པ་དང་། སྦྲང་བུ་སྦྲ་མོས་ཀྱང་འཚེ་བར་འགྱུར་བའི་གནས་ཡོད་དོ། །ཞེས་བསྒྲིགས་པར་བྱེད། ལ་ལ་ནི་ཞབས་ལ་འཇུས་ཏེ་དྲིན་དུ་གཟོ་བར་དཀའ་བ་ཕ་མ་ཉེ་དུ་དང་། གྲོ་བ་ཉེ་བ་འབངས་འཁོར་རྣམས་བོར་ཏེ་ངོང་བ་བདག་ཅག་སྙིང་རྗེར་མི་འཚལ་ལམ། བྱང་ཆུབ་སེམས་དཔའི་ཚུལ་དུ་ནུང་ངམ་ཞེས་སྨྲ། ཁ་ཅིག་ནི། གཞོན་ནུའི་ཕྱུག་སྐྱི་བོར་བཀོད་དེ། ནགས་ཀྱི་ནང་དུ་དཀའ་ཐུབ་སྤྱོད་པ་བས་རྒྱལ་སྲིད་ཀྱི་འབྱོར་པས་སྐྱོང་བ་ཚིམ་པར་བྱས་ན་བསོད་ནམས་ཀྱི་ནང་ནས་སྦྱིན་པ་ལས་བྱུང་བའི་བསོད་ནམས་ཁྱད་པར་འཕགས་པ་ཡིན་པས་དེ་བཞིན་དུ་མཛོད་ཅིག་ཅེས་གླེང་། འགའ་ཞིག་གིས་ནི་གོས་ཀྱི་ཚ་ཤས་ནས་བཟུང་སྟེ་བདག་ཅག་གིས་ཉེས་པར་གྱུར་པའི་ལས་འགའ་ཡང་མ་མཆིས་ན་ལྷ་གཞོན་ནུ་བདག་ཅག་སྤངས་ཏེ་གཤེགས་པའི་རྒྱུ་མ་མཆིས་སོ་ཞེས་ལམ་དག་འགག་པར་བྱེད། ཁ་ཅིག་ནི་གཞོན་ནུ་ཟླ་མེད་གཅིག་པོར་གཤེགས་པ་འདི་ལྟ་ན་ནགས་ཚལ་གྱི་ཀླུངས་ཆེན་པོར་འཇུག་པ་ལྟ་ཞོག ལམ་ཀྱང་མི་བཟོད་ལ་ཏེ། མི་རྒོད་དང་། གཅན་གཟན་ལ་སོགས་པས་ཀྱང་འཇོམས་པར་ངེས་སོ་ཞེས་རང་རང་གི་བསམ་པའི་བྱེ་བྲག་ཐ་དད་པའི་གཏམ་དེ་དང་དེ་དག་ཙོ་ལྷིར་དུ་སྨྲ་བར་བྱེད་པས་ས་གཞི་ཁེངས་ཏེ་

རྒྱུ་བའི་ལམ་ཡང་མི་སྣང་བར་བྱས་སོ། །དེའི་ཚེ་གཞོན་ནུ་ཟླ་མེད་ཡིད་འབྱུང་ལྷག་པར་རྒྱས་པའི་གྲོགས་སུ་སོང་ནས་འདི་སྙམ་དུ་བསམས་པ།

ཀྱེ་མ་འཇིག་རྟེན་གནས་པ་ནི། །ཕལ་ཆེར་དགེ་ལས་ཕྱིར་ཕྱོགས་ཏེ། །ཉི་ཚེའི་འཆིང་བས་བདག་ཉིད་ལ། །འཆིང་བར་བྱེད་པ་འདི་ལ་ལྟོས། །ཆོས་ལ་སྤྱོད་པར་མངོན་ཕྱོགས་ཚེ། །གེགས་ཀྱི་སྣ་གོན་ཅིག་ཅར་ཇོམ། །གཤེ་ཞིང་བསྡིགས་དང་སྨྲོ་བ་དང་། །སྨྱུ་ངན་བཅས་པའི་རྣམ་འགྱུར་སྟོན། །བདག་ནི་མི་བཟད་དམྱལ་བའི་གནས། །ལྕགས་བསྲེགས་ས་གཞི་བསྲེག་པ་དང་། །འཁྲུག་སྤྲུབས་གཙོང་རོང་ལ་འདྲེན་པའི། །ལས་ངན་བསགས་ཕྱིར་ཕ་རོལ་དུ། །འཇོམས་ལ་བགྲོད་ཚེ་འདི་ལྟ་བུས། །འགོག་པར་བྱེད་པ་ཡོངས་མ་མཐོང་། །ཕལ་ཆེར་སྡིག་པའི་གྲོགས་པོ་སྟེ། །དགྲ་སྟེ་འཇོམས་ལ་འཇུག་པའི་ཚེ། །བྱེ་བ་ཕྲག་ཁྲིག་ཡན་ལག་བཞིའི། །དཔུང་ཚོགས་སྟོབས་ལྡན་གཙོ་བོ་བྱས། །དེ་རིང་ཆོས་ཕྱིར་བགྲོད་པ་ལ། །ཤིང་རྟ་གླང་ཆེན་རྟ་མེད་ཅིང་། །དཔུང་བུ་ཆུང་དང་བློན་པོའང་མེད། །སྙམ་ཏུ་བསམས་ནས་གཞོན་ནུ་དེས། །ཆར་སྤྲིན་འབྲུག་སྒྲ་ཟབ་མོ་དང་། །ཚངས་པའི་དབྱངས་ཀྱང་ཟིལ་གནོན་པའི། །གསུང་གསང་ཟབ་མོས་འདི་སྐད་བརྗོད། །

སྲིད་པའི་ནགས་ཚལ་འཇིགས་རུང་ན། །སྡུག་བསྔལ་མེ་འོབས་ཀྱིས་བསྐོར་བ། །གཞན་དུ་ཐར་བའི་གནས་མེད་ལ། །བླུན་པོ་རྣམས་ནི་མི་འཇིགས་ན། །བདག་ནི་ཞི་བའི་ནགས་ཀྱི་ཚལ། །དབེན་ཞིང་ཉམས་དགའི་ཚལ་ནང་དུ། །བྱང་སེམས་གྲོགས་དང་གྲོགས་སྤྱོད་པས། །གཅན་གཟན་མ་རུངས་རྣམས་ལྷགས་ཀྱང་། །ལུས་སྲིན་ལས་ལྷག་འཇིགས་པ་མེད། །སྟོབས

ལྡན་རྒྱལ་པོའི་ཁབ་ལ་རྗོད་པའི་དགྲ། །ཡན་ལག་བཞི་དང་ལྡན་པས་རྒོལ་བྱེད་ཀྱང་། །སྙིང་སྟོབས་ལྡན་པས་ཅིག་ཅར་འཇོམས་ནུས་ཀྱིས། །འཆི་བདག་མི་ཐུབ་བདག་ནི་དེ་ལ་འཇིགས། །དབེན་པར་བགྲོད་པའི་ཤུལ་ལམ་ཉམ་ང་བར། །ཆོམ་རྐུན་མི་རྒོད་དག་གིས་འཚེ་བྱེད་ཀྱང་། །ནོར་ཐོབ་པས་ནི་དེ་དག་ཚིམ་འགྱུར་ལ། །འཆི་བདག་ནོར་གྱིས་མི་མགུ་དེ་ལ་འཇིགས། །ནགས་ཀྱི་དུག་སྦྲུལ་གཅན་གཟན་གདུག་པ་ཅན། །མཆེ་གཙིགས་ངར་བའི་སྒྲ་སྐད་སྒྲོགས་པ་ཡང་། །འགའ་ཞིག་འཇོམས་ནུས་རེས་འགའ་བྲོས་པས་ཐར། །འཆི་བདག་དེ་ལྟ་མིན་ཕྱིར་བདག་ནི་འཇིགས། །བློན་པོ་གདུག་པ་ས་བདག་ཁྲིམས་ཀྱིས་བཟློག །མི་དབང་ཁྲོ་ཡང་ནོངས་པ་གསོལ་བ་སོགས། །ཞི་བའི་ཐབས་ཀྱིས་སླར་ཡང་བཟློག་པར་ནུས། །འཆི་བདག་བཟློག་མེད་བདག་ནི་དེ་ལ་འཇིགས། །རིག་སྔགས་གདུག་པ་ལ་ནི་གཉེན་པོའི་ཐབས། །ཟབ་མོས་སྲུང་ནུས་མཚོན་ཆ་འདེབས་པ་ཡང་། །འཚེ་བར་བྱེད་པ་ནོར་གྱིས་བསླུ་བ་འམ། །སྨྲ་མཁས་གཏམ་གྱིས་བྲིད་པར་བྱེད་ནུས་ཀྱི། །འཆི་བདག་དེ་ལྟར་མིན་སླད་རབ་ཏུ་འཇིགས། །ཚོངས་པ་རྣམས་ནི་ལམ་དང་ནགས་ཚལ་དང་། །ཆོས་སྤྱོད་དབེན་པའི་གནས་རྣམས་འཇིགས་སྣ་ལ། །བདེ་མེད་ཞི་མེད་སྲིད་པའི་ཁྱིམ་ཁོ་ན། །འཇིགས་པ་མེད་པར་རློམ་རྣམས་ཆེས་ཆེར་འཁྲུལ། །སློབ་འབངས་ཆོས་མིག་སྟོངས་པའི་དམུས་ལོང་རྣམས། །བདག་ཉིད་ཆོས་དོན་གཉེར་བ་ཅི་ཕྱིར་འགོག །ལེགས་པར་བརྟགས་ན་མི་དགེ་སྤྱོད་པ་རྣམས། །ནན་ཏན་ཆེན་པོས་སྤངས་ཤིག་བསོད་ནམས་ཐོབ། །མཛའ་བའི་བཤེས་དང་ཉེ་དུ་འཁོར་འབངས་ལ། །བརྩེ་མེད་སྤྱོད་སྤངས་བརྩེ་བའི་བརྟུལ་ཞུགས་ཀྱིས། །ཐབས་ཆེན་བྱང་ཆུབ་སྤྱོད་པ་སྤྱོད

ཞུགས་ནས། །མ་ལུས་དོན་ཆེན་སྒྲུབ་ལ་རྩེ་གཅིག་གཞོལ། །དེ་སྐད་བདག་ལ་ཆགས་པར་མི་རིགས་པས། །ཁྱོད་ཅག་བླང་དོར་འཇུག་ལྡོག་ཤེས་བྱས་ནས། །རྗེ་ལ་སྙིང་ཉེ་མཁས་ཤིང་མཛངས་པ་དང་། །དུལ་ཞིང་ཐབས་མཁས་བཀའ་ཉན་གཡོ་སྒྱུ་མེད། །རང་བཞིན་བཟང་ཞིང་བརྟན་ལྡན་བློ་ཆེན་གྱི། །སྤྱོད་པས་ཆོས་ལྡན་རྒྱལ་ཐབས་སྐྱོང་བར་གྱིས། །བཙས་མ་ཐག་ནས་ལུས་ཅན་མ་ལུས་པ། །བདེ་ལ་སྲེད་ཅིང་སྡུག་བསྔལ་སྡང་བའི་ཐབས། །ཕོ་ན་སྙིང་ལ་ཞེན་པར་མཚུངས་པའི་ཕྱིར། །གཞན་ཕན་ལྷག་བསམ་བསྐྱེད་ལ་བརྩོན་པར་ཞུགས། །མཚན་མོ་མུན་སྨག་གིས་གཏིབས་སྤྲིན་ཏུམ་ནས། །སྐད་གཅིག་གློག་འོད་འགྱུ་བཞིན་ངན་སོང་ལས། །དལ་འབྱོར་རྟེན་བཟང་ལན་གཅིག་རྙེད་གྱུར་པ། །དོན་ལྡན་སྙིང་པོ་ལེན་ལ་སྤྲོ་བར་གྱིས། །

གཞན་ཡང་ཉོན་ཅིག ཨུ་བུ་ཅག་སྒྱུ་མའི་ཉེར་ལེན་གྱི་ཕུང་ཁམས་འདི་ཡང་རང་དབང་མ་ཡིན་པ་སྣ་ཚོགས་པ་ནི་ཕྱི་དྲོའི་གྲིབ་མ་བཞིན་དུ་ཉེ་བར་འོང་བ། དེ་ལ་བཟློག་མི་ཤེས་པ་དང་། ནམ་མཇུག་ཇོགས་པའི་མེ་ཏོག་དང་འདྲ་བར་ཡར་བསྐྱེད་ཀྱི་བཅོས་སུ་མེད་པ་དང་། ན་བ་གང་ཡིན་གྱི་རླུང་ལྡང་བ་བཞིན་དུ་ནམ་འོང་ཆ་མ་མཆིས་ཤིང་དེ་ཡང་འཆི་བའི་རྐྱེན་ནི་ཆེས་མང་ཞིང་། འཚོ་བའི་རྐྱེན་རྣམས་ཀྱང་འཆི་རྐྱེན་དུ་མ་གྱུར་པ་མེད་པས་འཚོ་ཀྱིན་ཉུང་བ་དང་། རྒྱུ་དེས་འཆི་བ་དང་ཉེ་བར་འགྲོ་བ་འབབ་ཆུའི་རྒྱུན་གྱིས་འཕྱིར་བའི་མེ་ཏོག་དང་འདྲ་བ། སྲོག་ནི་ཆུའི་ཆུ་བུར་དང་འདྲ་བ་སྐད་ཅིག་གིས་འཇིགས་པའི་ཆོས་ཅན་ཡིན་ན་དེ་གའི་ཚུལ་ལེགས་པར་བསམས་ནས་ཆོས་བཞིན་སྤྱོད་པ་ལ་གཞོལ་བར་བྱའོ། །དེ་ཡང་ནི་འདི་ལྟ་སྟེ།

ཆོས་རྣམས་སྒྱུ་མའི་རང་བཞིན་མེད་དང་གཟུགས། །རྣམ་པར་མ

བརྟགས་མིང་རྐྱང་བཏགས་ཡོད་ཙམ། །ལ་བརྟེན་ཐ་སྙད་རྟེན་འབྲེལ་མི་བསླུ་ཞིང་། །དཔྱད་ན་རང་བཞིན་ཉིད་ཀྱི་སྟོང་བའི་ཚུལ། །གཞི་གཅིག་སྟེང་དུ་འང་འགལ་མེད་འཛོག་མཁས་པ། །ཐབས་དང་ཤེས་རབ་ཟུང་དུ་འཇུག་པའི་ལམ། །དམ་པའི་ཞལ་གྱི་བདུད་རྩིར་ལོངས་སྤྱད་ནས། །ཀུན་ཏུ་དོན་ཡོད་སྤྱོད་ལ་བརྩོན་པར་གྱིས། །

ཞེས་ཚོས་དང་མཐུན་པའི་གདམས་པ་ཟབ་མོ་ཕྱིན་ཏེ་ཡིད་མགུ་བར་བྱས་ནས། ཚམ་ཚོམ་མེད་པར་གཤེགས་པ་ན་དེ་དག་གིས་ནི་ལམ་འགོག་པར་ཡང་མ་བཏུབ་ལ་གཞོན་ནུ་གཤེགས་པའི་གདུང་བ་ནི་བཟོད་དཀའ་བར་གྱུར་ཏེ་མྱ་ངན་གྱིས་མནར་བའི་ཚེ་ངེ་དྲག་པོ་འདི་སྐད་ཅེས་སྨྲས་སོ། །

ཀྱེ་རྟུད་འགྲོ་ལ་བརྩེ་བའི་གཏེར། །སྙིང་རྗེའི་ཚུལ་ཅན་མི་ཡི་བདག །དཔལ་ལྡན་གཞོན་ནུ་ཟླ་མེད་དེ། །གང་དུ་གཤེགས་སམ་བདག་ཅག་སྐྱོངས། །འགྲོ་བའི་སྒྲོན་མེ་དེ་མེད་ན། །སྡུག་བསྔལ་མུན་པ་སུ་ཡིས་འཇོམས། །ཡིད་བཞིན་ནོར་གྱིས་ཡོངས་བཏང་ན། །དགོས་འདོད་རེ་བ་སྐོང་ནུས་སུ། །བརྩེ་བའི་མ་དང་བྲལ་བའི་བུ། །ཇི་བཞིན་བདག་ཅག་ཉམ་ཐག་གྱུར། །རྗེ་དང་བྲལ་བའི་འབངས་འཁོར་རྣམས། །ད་ནི་སུ་ཞིག་བཞིན་ལ་བལྟ། །ཉི་མའི་སྣ་གྲོས་བརྩེ་མེད་རྒྱལ། །དེ་ཡིས་འབངས་རྣམས་དོན་མེད་དུ། །སྡུག་བསྔལ་གཞི་ལ་སྦྱོར་བ་འདི། །ཁྲིམས་ལས་འདས་པའི་ཉེས་པ་འམ། །ཅི་སྟེ་རིགས་འཛིན་རྒྱལ་བའི་སྲས། །འགྲོ་བའི་མཛའ་བཤེས་གཅིག་པུ་དེར། །རྗེས་སུ་ཆགས་པ་མི་མངའ་ཡང་། །བདག་ཅག་འདི་ལྟར་ཅི་ཕྱིར་གདུང་། །ཡང་ན་གཞན་དུ་མི་དགེ་བའི། །ལས་ཀྱི་རྣམ་པར་སྨིན་པ་ནི། །དེ་རིང་ཐོག་ཏུ་འབབ་པ་བཞིན། །མི་འདོད་ཉེས་ཀུན་

གཅིག་ཏུ་སྤྱུངས། །ཀྱེ་མ་བརྩེ་མེད་ཡབ་དང་ནི། །རྒྱལ་བུ་གཞོན་ནུར་བཅས་པ་ཡིས། །ཉེས་མེད་བདག་ཅག་འབངས་ཀྱི་ཚོགས། །བདེ་མེད་དུཿཁས་འཆིང་འདི་ཅི། །

ཞེས་པ་ལ་སོགས་པ་མྱ་ངན་གྱི་ཚིག་ངེ་དེ་དང་དེ་དག་འདོན་བཞིན་པར་གྲོང་ཁྱེར་གྱི་གཞི་མདོ་དེར་མཆིས་སོ། །

47. དཔའ་བོ་སྲིད་པ་གཞོན་ནུས་གཞོན་ནུ་ཟླ་མེད་ཀྱི་བཀའ་བཞིན་སྣང་བ་འཇམ་ལྡན་ཅེན་ནས་ཕྱིར་ལྡོག་པ་ན་རྒྱལ་བུ་གཅིག་པུར་དབེན་པའི་ནགས་མཐར་གཤེགས་པ་ཤེས་ནས་ཞབས་འབྲིང་དུ་ཕྱི་རྗེས་སུ་སྙེགས་པའི་སྐོར།

དེའི་ཚེ་དཔའ་བོ་སྲིད་པ་གཞོན་ནུ་དེས་སྣང་བ་འཇམ་ལྡན་གྱི་དཔལ་འབྱོར་ཕུན་སུམ་ཚོགས་པ་རྒྱལ་པོ་ཟླ་བའི་བློ་གྲོས་ཡབ་སྲས་ལ་གཞོན་ནུ་ཟླ་མེད་ཀྱི་བཀའ་བཞིན་ཅེན་ནས་ཕྱིར་ལྡོག་པ་ན། བློན་འབངས་གནས་པའི་ཕྱོགས་དེར་ངུད་མོའི་སྒྲ་ཆེན་པོ་དང་རྒྱལ་བུ་གཞོན་ནུ། རྒྱལ་བུ་གཞོན་ནུ་ཞེས་ལྷང་ལྷང་ཐོས་པས་འཇིགས་ཤིང་ཧབ་ཧབ་པོར་གྱུར་པར་དེ་དག་གི་གམ་དུ་སོང་ནས་བརྟགས་པས་ཐམས་ཅད་མི་དགའ་ཞིང་མྱ་ངན་གྱིས་གདུངས་པ་ཤ་སྟག་མཐོང་བས། ཀྱེ་མ་བདག་གི་སྐྱབས་དང་། མགོན་དང་། དཔུང་གཉེན་དུ་གྱུར་པ། བསོད་ནམས་ཀྱི་བགོ་སྐལ་དུ་ཐོབ་པའི་རྒྱལ་བུ་གཞོན་ནུ་ཟླ་མེད་ཐམས་ཅད་དགའ་དེ་ཉིད་ཉེས་ཉེས་པར་གྱུར་ཏོ་སྙམ་ནས་མྱ་ངན་གྱི་ཚོར་བ་དྲག་པོས་སྙིང་དུམ་བུར་བཀས་པ་ལྟར་གྱུར་ཏེ། བཞོན་པའི་སྟེང་ནས་ལུས་བེམ་པོ་བཞིན་དུ་ཤུགས་ཀྱིས་ས་ལ་ལྷུངས་ཏེ་བརྒྱལ་བར་གྱུར་ཏོ། །དེ་ནས་བློན་པོ་དང་། འབངས་རྣམས་ཀྱིས་ལུས་ལ་ཆུ་བསིལ་སྦྲན་ཅིང་རླུང་གཡབ

ཀྱིས་གཡོབ་པར་བྱས་པས་དལ་གྱིས་འདུ་ཤེས་རྙེད་དེ། འགྲམ་པ་ལག་པ་ལ་བརྟེན་ནས་མྱ་ངན་གྱི་སྐད་འཛེར་བཞིན་དུ་དེ་དག་ལ་སྨྲས་པ། ཀྱེ་བདག་གི་སྐྱབས་གཅིག་པུ་རྒྱལ་བུ་གཞོན་ནུ་ཅི་ལྟར་ཉམས་ཉེས་པར་གྱུར་ཅེས་བརྗོད་པས། སྨྲས་པ། རྒྱལ་པོ་ཉི་མའི་སློ་གྲོས་གཞན་གྱིས་ཕྱོགས་བསླད་པར་བྱས་པས་སོ། །ཅི་ག་གཞན་གྱིས་བསླད་པ་ལས་གཞོན་ནུ་མ་རུང་བར་བྱས་སམ། ལན་སྨྲས་པ། དེ་ལྟ་མ་ཡིན་ཏེ། ཞི་བ་མཐའ་མེད་ཀྱི་ནགས་ཀླུང་དུ་གཤེགས་སོ། །ཞེས་རྒྱུ་མཚན་རྣམས་བསྙད་པས་རྒྱལ་བུ་གཞོན་ནུ་འཇིག་རྟེན་ཕ་རོལ་ཏུ་གྱུར་པའི་དོགས་པ་ལས་གྲོལ་བས་ཅུང་ཟད་སྤྲོ་བ་ཡང་བསྐྱེས་རྒྱལ་ཁབ་ཏུ་མ་མཆིས་པར་དེའི་ཕྱིར་ཡིད་ལྷག་པར་ཡང་སྐྱོ་བར་གྱུར་ཏེ་སྨྲས་པ། ཀཱ་ཡེ་མདུན་ན་འདོན་རྣམས་འདི་ཁོན་ལ་མཚང་བ་མེད་པ་འཚལ་ན། རྒྱལ་བུ་གཞོན་ནུའི་ཞམ་རིང་དུ་སུ་ཞིག་དོང་། དེ་དག་ན་རེ། ཐན་མ་མཆིས་ཏེ་ཟླ་མེད་དུ་གཤེགས་སོ་ཞེས་ཐོས་པས་ཡིད་ལྷག་པར་མ་རངས་ནས་དེ་དག་གི་བཞིན་ལ་ཐུ་ལུད་བཏབ་ནས་འདི་སྐད་ཅེས། ཁྱོད་རྣམས་སྙིང་རིང་། ཤིན་ཏུ་མི་རིགས་པར་སྤྱོད་པ་སྟེ། དཔལ་ལྡན་མི་བདག་དེ་ལྟ་བུ་ཟླ་མེད་གཤེགས་པ་ལ་ཇི་མི་སྙམ་པར་ཞབས་འབྲིང་དུ་འབྲེང་བའི་བློ་ཡང་མེད་ན། ས་འདིར་ཏྲ་ཞིང་སྡྲི་བའི་མྱ་ངན་བཅོས་མ་དེས་ཅི་ཞིག་བྱ།

གང་ཞིག་ཁབ་འདིར་མངའ་དབང་མཛད་པའི་ཚེ། །སྟོབས་འབྱོར་དཔལ་ལྡན་མདུན་ན་འདོན་ཚོགས་ཀྱིས། །ཚ་ཟེར་ཟླ་བའི་དྲུང་ན་རྒྱུ་སྐར་བཞིན། །མངོན་པར་མཛེས་བྱས་དགེ་མཚན་གསལ་མོད་ཀྱང་། །བགྲོད་དཀའི་ཤུལ་ལམ་ལ་ཞུགས་གཅིག་གཅིག་པུར། །ནགས་ཚལ་བསྟེན་ལ་དེ་རིང་གཤེགས་པའི་ཚེ། །ཞབས་རྡུལ་སྙིག་ལ་སྤྲོ་བ་གཅིག་ཉིད་ཀྱང་། །མ་མཆིས

ཁྱོད་སྙིང་རྡོ་རྗེར་གྱུར་ཏམ་ཅི། །ཀྱེ་ཧུད་བག་ཡོད་ངོ་ཚའི་གོས་བྲལ་བ། །ཁྲེལ་འདས་གཅེར་བུར་རྒྱུ་བའི་སྨོན་འབངས་ཀུན། །གཞོན་ནུ་བྲལ་བས་ཉོངས་ཞེས་སྨྲ་ཞིང་ངུ། །མྱ་ངན་བཅས་ཀྱང་བཅོས་མའི་རྣམ་ཐར་ཡིན། །དཔལ་འབྱོར་ཡོན་ཏན་རྒྱ་མཚོ་སྙིང་རྗེའི་གཏེར། །ས་བདག་རྒྱལ་བའི་སྲས་པོ་འབྱོར་པའི་ཚེ། །སྨོན་འབངས་བགྲང་དཀའི་སྐྱོ་བོས་འདུད་པ་སྟེ། །དེ་རིང་ཟླ་མེད་གཅིག་པུར་གཤེགས་ལ་ལྟོས། །བདག་ལུས་ནགས་ཚལ་གཅན་གཟན་གདུག་པ་ཡི། །མཆེ་བའི་དབལ་གྱིས་བཟུང་སྟེ་ཤ་ཡང་སྨྲ། །ཞབས་རྗེས་སྙེག་གོ་འབྱོར་ཚེ་གུས་བྱེད་ལ། །རྒུད་ཚེ་འདོར་བའི་བྲན་གྱིས་ཅི་ཞིག་བཏུབ། །

ཅེས་སྨྲས་ཏེ་རང་གི་ཁྱིམ་དང་ཕ་མ་དང་མཛའ་གྲོགས་འཁོར་གཡོག་གང་ལའང་ཡིད་མི་ཆགས་པར་གནས་དེ་ཉིད་ནས་རྒྱལ་བུ་གཞོན་ནུ་གཤེགས་པའི་ཕྱི་རྗེས་སྙེག་བཞིན་དུ་སོང་ངོ་། །དེའི་ཚེ་གྲོང་ཁྱེར་དང་། གྲོང་རྡལ་འགའ་ཞིག་འདས་པའི་ཕ་རོལ་གྱི་ལྗོངས་ཡངས་པོ་ཞིག་ན་གཞོན་ནུ་རི་དྭགས་ཁྱུ་ལས་ཡར་བ་བཞིན་དུ་ཟླ་མེད་གཅིག་པུར་གཟི་བྱིན་གྱི་སྣང་བ་འབར་བཞིན་པར་གཤེགས་པར་མཐོང་ནས་ཀྱང་མྱ་ངན་གྱི་མཆི་མ་མུ་ཏིག་གི་དོག་པ་ལྟར་ལྷུངས་ཏེ། ཀྱེ་མ་བདག་གི་རྗེ་བོ་འཁོར་མེད་ཅིང་། བཞོན་པ་དང་བྲལ་བ། ལོངས་སྤྱོད་ཀྱིས་ཕོངས་པ། མྱ་ངམ་གྱི་ཐང་ལ་ངལ་ངལ་ལྟར་གཅིག་པུར་གཤེགས་པ་འདི་ནི་བདག་གིས་ཅི་ལྟར་བཟོད་སྙམ་ནས་རིངས་པར་སོང་སྟེ་གཞོན་ནུའི་ཞབས་ལ་འཇུས་ནས་སྨྲས་པ།

ཨེ་མ་མགོན་ཁྱོད་ཐབས་ཆེན་སྤྱོད་ལ་དགྱེས། །སྲིད་པའི་ཕུན་ཚོགས་དམྱལ་མེ་ལྟར་གཟིགས་ཀྱང་། །ཏ་ཅང་ཐབས་ཆེན་འཁོར་ནོར་ཡོངས་སྤངས

ནས། །ལྷ་མེད་གཤེགས་ལ་ཐུགས་ཀྱིས་བཟོད་དམ་ཅི། །

ཞེས་གསོལ་བས། གཞོན་ནུ་འཇམ་པའི་བཞིན་གྱི་མདངས་གསལ་བར་བྱས་ཏེ་སྨྲས་པ།

བུ་ཕྱོད་ཕྱི་བཞིན་འཕྲང་བ་ངོ་མཚར་ཆེ། །ལྷ་མེད་གྲོགས་སུ་འོས་པ་ལེགས་མོད་ཀྱང་། །འཇིག་རྟེན་འདིར་ནི་རང་ཉིད་ཅི་བདེ་ཏུ། །རྒྱུ་བར་བྱེད་ལ་ཐན་དང་ཐལ་ཀྱང་སླ། །འཇིགས་རུང་གཤིན་རྗེའི་ཚལ་དུ་འདོང་བའི་ཚེ། །ཆོས་ལས་གཞན་པའི་གྲོགས་ནི་ཡོངས་མི་ཐར། །སྲིད་པ་གཞོན་ནུ་བདག་གི་ཕྱིར་མ་འབྲེང་། །ནགས་ཚལ་གནས་ན་གཅན་གཟན་གདུག་པས་འཚོ། །བཟའ་བཏུང་གིས་ཕོངས་མནབ་བྱའི་གོས་དང་བྲལ། །མཛའ་བའི་གྲོགས་མེད་དགའ་མ་མཐོང་བྱར་བྲལ། །ཉེ་དུའི་ཁྱིམ་དང་ཐག་ཀྱང་རིང་པོར་བསྐལ། །དེ་ལྟར་བྱང་ཆེན་སྤྱོད་པ་སྤྱོད་རྣམས་ཀྱི། །ལྷབས་ཆེན་སྨོན་ལམ་ཟབ་མོས་མཚམས་འབྲེལ་བ། །ལས་གཞན་སོ་སྐྱེ་ཕལ་གྱིས་སྤྱོད་ཡུལ་མིན། །བདག་ཕྱིར་མ་འབྲེང་སྲིད་པའི་རྒྱུན་སོང་ལ། །དགའ་བའི་རོལ་མཚོ་རྒྱལ་ཐབས་ཁྲིར་དབང་བ། །བདག་དང་རྣམ་དབྱེར་མ་མཆིས་གུས་པས་བསྟེན། །དམ་པའི་ལུགས་བཟང་ལྷ་ལྟར་སྤྱིལ་ལ་ཞུགས། །རང་བཞིན་ངན་ཅིང་ཤིང་བལ་ལྟར་གཡོ་བའི། །གྲོགས་དེ་དང་པོར་གཉེན་ལྟར་སྣང་ན་ཡང་། །ནམ་ཞིག་ངན་པའི་གཤིས་ལུགས་མངོན་གྱུར་པས། །མི་དགེ་སྡིག་གྲོགས་ཀུན་ནས་སྤང་བར་གྱིས། །འཇིག་རྟེན་འདི་ན་བདེ་བ་ལྟར་སྣང་བ། །དེ་དག་ཀུན་ཀྱང་ལས་ཉོན་གྱིས་བསྐྱེད་པས། །སྡུག་བསྔལ་ཉག་གཅིག་རང་བཞིན་རྟོགས་པའི་བློས། །ཆོས་བཞིན་སྤྱོད་ལ་སྙིང་སྟོབས་གོ་ཆ་གྱོན། །རང་ཁྱིམ་པ་མ་ཉེ་དུ་ཕྱོད་བྲལ་གྱི། །གདུང་བས་ཉེན་རྣམས་རབ

དགའ་བསྐྱེད་གྱིས་ལ། །བདག་ནི་གང་དུ་སྤྱོད་པའི་ཞིང་ཁམས་དེར། །འཁོར་དུ་སྐྱེ་སྲིད་འཛིན་པར་སྨོན་པ་བཟུང་། །

ཞེས་བརྗོད་པ་ན། བདག་གི་རྗེ་བོ་བརྩེ་བ་ཅན་འདི་བོར་ནས་སུ་ཞིག་གི་བཞིན་ལ་བལྟ་བར་བྱ་སྙམ་སྙར་ཡང་ཕྱག་འཚལ་ཞིང་ཞབས་སྤྱི་བོར་བླངས་ནས་གསོལ་པ།

སྙིང་རྗེའི་རྩ་བ་བརྟན་པོར་ཆུགས། །གྲགས་པའི་དྲི་བསུང་སྲིད་རྩེར་གཡོ། །སྨིན་པ་འབྲས་བུའི་ཁུར་དུད་པའི། །དཔག་བསམ་ཡོངས་འདུའི་དབང་པོ་ཁྱོད། །ནགས་ཚལ་རྒྱན་དུ་གཤེགས་ལགས་ན། །དད་པའི་ཡལ་ག་རབ་རྒྱས་ཤིང་། །ཤེས་རབ་མེ་ཏོག་རྣམ་བཀྲ་བའི། །འཁྲི་ཤིང་གཞོན་ནུ་བདག་ཀྱང་ནི། །གང་གི་དཔལ་ལ་བརྟེན་ཏེ་འདོང་། །རྒྱལ་རིགས་གང་དུ་གཤེགས་པ་དེར། །འཛིགས་པས་ཉམས་ཉེས་གྱུར་པ་འམ། །བཟའ་བཏུང་མ་མཆིས་གོས་བྲལ་བས། །བཀྲེས་སྐོམ་གྲང་རེག་གིས་གཙེས་ཏེ། །དམན་པ་བདག་ནི་ཤི་ཡང་སླ། །སྲིད་པའི་རྒྱུན་གྱི་གཞལ་མེད་ཁང་། །མཛེས་པའི་རྒྱན་གཅིག་ཁྱོད་མེད་ན། །སུ་ཞིག་བཞིན་ལ་བལྟས་ནས་ནི། །ངག་ཏུ་ཟེ་སྐད་གཏམ་དག་གླེང་། །དགོས་འདོད་རེ་བའི་འདོད་འཇོ་དཔག་བསམ་དབང་། །ཅི་དགར་བོར་ནས་མྱ་ངན་མེད་པའི་ཞིང་། །ཟད་བྱུང་ཡོན་ཏན་ལྡན་ཞེས་སྨྲ་ན་ཡང་། །བདག་ཉིད་ཆགས་པར་བྱེད་པའི་གནས་མ་ཡིན། །ཡབ་གཅིག་ས་བདག་བརྩེ་བའི་སྲས་གཅིག་པུ། །གང་ལའང་བརྩེ་མེད་དེ་ལ་ཉེར་བརྟེན་ན། །བདག་ལྟ་བུ་ནི་འགལ་བའི་ཆ་ཙམ་ལ། །འཇིགས་རུང་ཁྲིམས་ལ་སྦྱོར་སྙམ་ཡི་མ་རངས། །གཞོན་ནུ་གཞན་སྡེ་གནོམ་པར་གཤེགས་ཚེ་ཡང་། །ཁྱོད་ཞབས་བསྙེན་ནོ་ད་ནི་ཆོས་ཀྱི་ཕྱིར། །དཔེན་པའི་ནགས

ཀླུང་སྡུག་པོར་དགྲེས་སྤྱོད་ན། །བདག་ཀུང་ཐིག་ལྟུང་མི་བཟད་ཁུར་ཆེན་པོ། །སྐྱེ་བ་འདི་ཡང་གང་ལ་ཞེར་བརྟེན་ནས། །སྒྲིབ་སྦྱུང་ཚོགས་གཉིས་སྤེལ་ལ་ཡིད་སྤྲོ་བས། །འགྲོ་བ་སྒྲོལ་ལ་རྗེས་ཆགས་ཐུགས་རྗེའི་སྤྱན། །རིང་པོར་གཡོ་བས་བདག་ལ་རྗེས་སུ་ཟུངས། །

ཞེས་གསོལ་བས་དེའི་བློའི་བརྟན་པ་མཁྱེན་ནས་དཔའ་བོ་སྒྲིད་པ་གཞོན་ནུ་ཕྱི་བཞིན་འཁྲིད་པར་ཞལ་གྱིས་བཞེས་ཤིང་དཀའ་ཐུབ་ཀྱི་ནགས་སུ་རིམ་པར་སོང་སོང་བ་ལས་རྒྱལ་བུ་གཞོན་ནུ་ནི་འཁོར་བའི་ཕུན་ཚོགས་མཐའ་དག་མི་འབར་བའི་ཀླུངས་ལྟར་མཐོང་བས་གང་ལ་ཡང་ཆགས་པ་མི་མངའ་ཡང་། ཡིད་འོང་མ་དེ་ལ་ནི་ལས་ཀྱི་བག་ཆགས་བགོས་ཆེ་བས་ཆགས་སེམས་ཀྱི་ལྷག་ཅུང་ཟད་མ་ལྡོག་པར་མཆིས་པ་ལས། སྐབས་ཤིག་ན་ནགས་ཚལ་དང་ཉེ་བའི་འདབས་རོལ་ཞིག་ཏུ་བུ་མོ་གཞོན་ནུ་མ་ལམ་གོལ་པར་འཁྱམས་པ་གཅན་གཟན་གཏུམ་པོ་དག་གིས་གཙེས་ཏེ་ལུས་སྲོག་བྲལ་མ་ཐག་པ་ཞིག་མདུན་དུ་མཐོང་ངོ་། །དེ་ལ་འཇིགས་ཤིང་སྙིང་མི་དགའ་བར་གྱུར་ནས་དཔའ་བོ་སྒྲིད་པ་གཞོན་ནུ་ལ་སྨྲས་པ། ཀྱེ་མ་འདུས་བྱས་ཀྱི་ཆོས་ཐམས་ཅད་མི་རྟག་པའི་རང་དབང་དུ་མ་གྱུར་པ་ནི་འགའ་ཡང་མེད་དེ། བདག་ཡིད་ཀྱི་བརྟན་པ་འཕྲོག་པའི་མཛེས་མ་ཡིད་འོང་མ་དེ་ཡང་མཐར་གྱིས་འདི་དང་འདྲ་བར་ཉམས་ཉེས་པར་འགྱུར་བ་གདོན་མི་ཟའོ། །

འཇིག་རྟེན་གནས་པ་ཕལ་ཆེར་འདི་འདྲ་སྟེ། །ལུས་སེམས་ཐ་དད་སྣང་མིན་ལང་ཚོའི་དཔལ། །དར་བབས་གཞོན་ནུ་མ་འདི་མཚར་ཆགས་ཀྱང་། །དེ་རིང་སྲོག་གི་དབང་པོས་མ་བཟུང་བའི། །བམ་རོར་གྱུར་ཚེ་གཉེན་ཡང་ཆགས་བྲལ་བས། །མཐོང་ན་མི་དགའ་རིང་དུ་འབྲོས་པར་

གྱུར། །མ་སྙིགས་མི་ཧྲག་ཅོད་པན་གྱིས་སྤྲས་ཤིང་། །རིན་ཆེན་རྩེ་ཕྲན་དག་གིས་མཛེས་བྱེད་པ། །གནག་སྨུམ་ལི་བའི་སྐྲ་ཡི་ཟར་བུ་ནི། །རླུང་གིས་གཡེངས་ཤིང་ཛ་ཡབ་བཞིན་དུ་གཡོབ། །དཀྱུས་རིང་ཨུཏྤལ་དཔལ་འཛིན་མིག་ཟེར་གྱིས། །ཆགས་ཅན་ཡིད་ལ་ཀུན་དགའི་དཔྱིད་འཇོ་བ། །ཁ་དང་བྱ་རྒོད་མཆུ་ཡིས་འཚོག་བྱས་པས། །ཁྲག་སྨྲགས་ཀིང་བུ་ལྟ་བུར་ཡིད་མི་འོང་། །རབ་དམར་མཆུ་སྒྲོས་དམར་གསལ་འཛུམ་བར་ནས། །ནད་མེད་མུ་ཏིག་སོ་ཕྲེང་མཚར་བཞད་པ། །འཛུམ་མེད་གདངས་ཤིང་མཆེ་གཙིགས་ཁྲོས་པ་བཞིན། །ལྕེ་ཕྲུང་དེ་ནི་བལྟ་ན་ཉམས་མི་དགའ། །དཀར་ཀླུམ་འདོད་པའི་སྐྱོས་བུམ་ཆགས་ལྡན་གྱི། །ལག་པད་གསར་པས་ཉེ་བར་བརྟེན་འོས་པ། །བྱ་ཚོགས་མཆུ་ཕྲེར་རྗེན་པོས་དྲག་བཏབ་སྐྲ། །ཁྲག་ཟགས་མི་སྡུག་འདོད་པ་འགོག་བྱེད་གྱུར། །རིན་ཆེན་གདུ་བུའི་རྒྱན་གྱིས་བརྒྱན་བྱེད་པ། །འཇམ་གཉེན་གཞོན་ཤ་ཆགས་པའི་ཡན་ལག་རྣམས། །ཕ་དང་ལྕེ་སྤྱང་ལ་སོགས་གཅན་གཟན་གྱིས། །འདྲུད་ཅིང་ཟ་བའི་སྟོང་དུམ་ཇི་བཞིན་གྱུར། །ཟག་མེད་བདེ་ཆེན་བསྐྱོད་དང་རེག་བྱ་ཡི། །འདོད་ཡོན་ཕུན་ཚོགས་ཀུན་གྱི་སྙིང་པོའི་བཅུད། །སྙེར་བྱེད་པད་མ་གསར་པ་གཅན་གཟན་དང་། །ཤ་སྤྲང་བྱ་ཚོགས་འདུས་པས་ཡོངས་སྤྱོད་བྱེད། །ཆགས་བཅས་སྐྱེ་བོའི་ཡིད་ཀྱི་བརྟན་འཕྲོག་མ། །མཛེས་སྡུག་བུ་མོ་གཞོན་ནུའི་ལང་ཚོ་དེ། །མི་གཙང་དྲི་ང་སྣ་དགུ་འདོད་པ་ཅན། །རྣག་ཁྲག་ཆལ་ཆིལ་འབབ་པ་བལྟར་མི་བཟོད། །གསོན་གྱུར་གཞོན་ནུའི་ཚེ་ན་དགའ་བྱེད་ཀྱང་། །སྲོག་བྲལ་གྱུར་ནས་འདི་ལྟར་མི་སྡུག་པས། །ཀུན་ནས་ཆགས་པར་བྱེད་པ་ལྟ་ཅི་སྨོས། །དྲན་པའི་ལམ་དུ་གྱུར་ཀྱང་སྐྱུག་ཏུ་ཉེ། །འདོད་པ་ཞེས་བྱ་མ་རུང་འདིས

བདག་ཀྱང་། །དམྱལ་བའི་གནས་སུ་འཁྲིད་པར་སྐད་ཅིག་ཟད། །ད་ནི་སྙིག་འཚང་མཛེས་སྟུག་ཡིད་འོང་མ། །ལས་ལྷག་འབུམ་ཕྲག་མཛེས་པ་གཅིག་བསྡུས་པས། །འདོད་པའི་སྒྱུ་རྩལ་བྱེད་པ་རྙེད་བྱེད་ཀྱང་། །བདག་ནི་སྐད་ཅིག་ཡིད་གཡོ་མི་འགྱུར་རོ། །

ཞེས་སླས་ཤིང་། དེ་ནས་དགའ་མ་ཡིད་འོང་མ་དེ་ལ་ཆགས་པའི་བློ་སྐད་ཅིག་ཀྱང་མེད་པར་ལམ་དུ་དལ་བུས་དོང་དོང་ངོ་། །

48. ཡིད་འོང་མས་རྒྱལ་བུ་གཞོན་ནུ་སྐྱབས་སུ་བསྟེན་ཕྱིར་དེ་ཡི་རྗེས་སུ་སྙེགས་པའི་སྐོར།

དེའི་ཚེ་ཡིད་འོང་མ་ནི་བཀོད་ལེགས་འོད་སྟང་དུ་ཡིད་དགའ་བའི་རོས་མྱོས་བཞིན་དུ་མཆིས་པ་ལས་རྒྱལ་བུ་གཞོན་ནུ་བླ་མེད་ཡབ་ཀྱི་ཁྲིར་འཕགས་ཏེ་རྒྱལ་སྲིད་ཆོས་བཞིན་དུ་སྐྱོང་བའི་སྐལ་བཟང་ལ་སྤྱོད་དོ་ཞེས་ཐོས་པས་དགའ་ཆེས་ཏེ་རིངས་རིངས་ལྷར་དུ་སྲིད་པའི་རྒྱན་དུ་མངོན་པར་ཕྱོགས་སོ། །དེ་ནས་པད་མ་རྒྱས་པའི་གྲོང་ཁྱེར་ལྷ་ན་སྡུག་པ་དེར་ལྷགས་པ་ན། གྲོང་ཁྱེར་དེ་ཡང་མདངས་ཉམས་པ་སྐྱ་སེང་པོ་སྐྱེས་པ་དང་བུད་མེད་ཀྱང་ཆེས་ཉུང་ངུར་གྱུར་པ་དང་། གང་མཆིས་པ་རྣམས་ཀྱང་སྐྱོ་ཤས་ཀྱི་རྣམ་པ་ཅན་དུ་གྱུར་པ་མཐོང་བས་མི་དགེ་བའི་མཚན་མ་འདི་ལྟ་བུ་ཅི་ལས་བྱུང་སྙམ་དུ་དོགས་པ་དང་ལྡན་པར་གྱུར་ཀྱང་། གྲོང་ཁྱེར་གྱི་སྐྱེས་པ་དང་བུད་མེད་རྣམས་ཀྱིས་ནི་གཞོན་ནུ་དམ་པ་དང་། ཡིད་འོང་མ་མཆོག་ཏུ་མཛའ་བ་དེའི་ཕྱིར་དང་ཚུལ་ཇི་བཞིན་སུས་ཀྱང་སླ་བར་མ་སྤྱོབས་སོ། །དེ་ནས་ཀྱང་སོང་བ་ལས་མཛེས་པར་དགའ་བ་དབྱར་གྱི་སྐྱེད་མོས་ཚལ་ལྗོན་པ་དང་འཁྲི་ཤིང་ཚར་དུ་དངར་བ་རྣམས་ནི

སྟོན་གྱི་དུས་ལྟར་འདབ་མ་རྣམས་རྙིངས་ཤིང་མེ་ཏོག་ཀྱང་ལྷུངས་ལ། ཀོ་ཀི་ལ་སོགས་འདབ་ཆགས་མགྲིན་པ་ནས་སྙན་འགྱུར་བཀྱེ་བ་དེ་རྣམས་ཀྱང་ལྐུགས་པ་བཞིན་དུ་སྒྲ་མི་འབྱིན་པར་སྣང་ངོ་། །དེ་ནས་ཀྱང་མི་དགའ་བཞིན་དུ་སོང་བ་ལས་ཕོ་བྲང་སྲིད་པའི་རྒྱན་བརྗིད་ཅིང་དཔལ་དང་ལྡན་པ་ཉམས་དགའ་ཞིང་བདེ་སྐྱིད་ལྡན་པ་དེ་ཡང་ཕྱི་ནང་ཀུན་ཐལ་རྡུལ་གྱིས་ཀུན་ནས་དཀྲིགས་ཤིང་། རིན་པོ་ཆེའི་རྒྱ་ཕུབ་དང་། བྱ་འདབ་དང་། མདའ་ཡབ། ཤམ་བུ་ལ་སོགས་པ་བཀྲག་མི་འབྱིན་ཞིང་། དྲ་བ་དང་དྲ་ཕྱེད་ཀྱི་གཡེར་དྲིལ་ལ་སོགས་པ་རླུང་གིས་ཉེ་བར་བསྐྱོད་ཀྱང་སྙན་པའི་དབྱངས་དང་བྲལ་བ་ལྟ་ན་ཉམས་མི་དགའ་བ་དེ་ར་སོང་བ་ལས་གློན་འབབས་དེ་དག་ཀྱང་སྙིང་མི་དགའ་བའི་མྱ་ངན་གྱིས་ཟིན་ཏེ། བཞིན་གྱི་མདངས་ནི་ཉམས། ཤ་ཡང་བྲི་ཞིང་སྲབ་མོར་གྱུར། ངོ་ཟུམ་གནག་ཅིང་མཆི་རིས་ཅན་དེ་རྣམས་མཐོང་ནས་གཏམ་འདྲི་བར་བརྩམས་པ་ན་ཡང་དེ་དག་རི་དྭགས་བཞིན་དུ་རྒྱང་རིང་དུ་བྱོལ་ཐབས་ཀྱིས་འགྲོ་བ་ཤ་སྟག་མཐོང་བས་ཡིད་རབ་ཏུ་མ་དགའ་ནས། ཅི་ག་དཔལ་ལྡན་མི་བདག་གཞོན་ནུ་མ་རུང་བར་མ་གྱུར་གྲང་སྙམ་ནས། ཏབ་ཏབ་པོར་ཕོ་བྲང་གི་སྟེང་ཤོད་དག་ཏུ་འཐོད་པའི་སྒྲ་དང་བཅས་སོང་ཡང་ལན་དུ་སྒྲ་བ་མ་ཐོས། དེ་ནས་གཞོན་ནུ་མཆོག་གི་གཟིམ་གནས་དཔལ་མཛོན་པར་འཕྱིང་བ་ལ་ངེས་པར་འཆིས་སོ་སྙམ་ནས་དེར་སོང་བས་ཀྱང་ཁང་བཟང་ཉམས་སུ་དགའ་བ་དེ་ཡང་ས་རྡུལ་གྱིས་གཡོགས་ཤིང་། འདབ་ཆགས་ངང་པའི་ཕྲུ་ཚོགས་དུས་གཅིག་ཏུ་ཕུར་ཤུལ་གྱི་མཚོ་དང་འདྲ་བ། རྒྱལ་སྲས་དམ་པ་ངེས་པར་གདོན་མི་ཟ་བར་མ་རུང་བར་གྱུར་ཏོ་སྙམ་ནས་རྨོངས་ཤིང་ཡིད་ཆད་དེ་རི་དྭགས་མོར་དུག་མདའ་ཕོག་པ་བཞིན་དུ་གློ་བུར་དུ་རྒྱུགས་ཤིང་ང་ལ་མཐར་གྱིས་ཟློན་ཤིང་རྩ་བ་ནས་ཕྱུང་བ

བཞིན་སྔོ་ཁང་གི་འགྲམ་དེ་ཁོ་ནར་འགྲེལ་ལོ། །དེར་ཡུམ་ཇ་ཆ་འཛིན་གྱིས་ཐོས་པས་མྱུར་བར་ལྷགས་ནས་ཐ་ཡབ་བསིལ་བ་ལ་སོགས་པའི་ཚོགས་འདུ་ཤེས་རྙེད་དོ། །སྐྲ་འབལ་ཞིང་རྒྱན་རྣམས་ཀུང་བཀྲོལ་ནས་ས་ལ་རྗེབ་པ་སྨྲོ་བླ་ཅན་དུ་གྱུར་པས་ཡུམ་གྱི་བཞིན་ལ་མིག་གཡོ་བ་མེད་པར་ལྟ་བ་ལས་རེ་ཞིག་གཏམ་འདྲི་བའི་འདུ་ཤེས་ཀུང་བྱུང་བར་མ་གྱུར་ཏོ། །དེར་ཡུམ་ཀུང་མཆི་མས་བརྡངས་བཞིན་དུ་དེ་ལ་སྨྲས་པ། ཀྱེ་གཞོན་ནུ་མ་གདུང་བར་མ་བྱེད་ཅིག་རྒྱལ་བུ་གཞོན་ནུ་ནི་འབྱུང་བཞིའི་མི་མཐུན་པའི་དབང་གིས་ཕྲོ་འཚལ་ཏེ་མ་ཉུང་བར་གྱུར་པ་ཡང་མ་མཆིས། རྐོལ་བ་དག་གིས་གླགས་རྙེད་དེ་མ་ཉུང་བར་ཡང་མ་གྱུར། སྒྱུ་རྩལ་གྱི་ཕྱིར་གླང་པོ་དང་རྟ་ལ་སོགས་པའི་སྟེང་ནས་ལྷུངས་ཏེ་ཉམས་ཉེས་པར་ཡང་མ་གྱུར་མོད་ཀྱི་དེ་ནི་འཁོར་བ་ལ་རྒྱབ་ཀྱིས་ཕྱོགས་ཏེ། རྒྱལ་སྲིད་ཀྱི་དཔལ་ཕུན་སུམ་ཚོགས་པ་འདི་ཡང་དམྱལ་མེའི་ཁྲུངས་ལྟར་མཐོང་བས་ཉེ་དུ་བློན་འབངས་དང་བཅས་པ་མཆིལ་མའི་ཐལ་བ་བཞིན་དུ་དོར་ནས་དབེན་པའི་ནགས་ཚལ་བསྟེན་པ་ལ་གཤེགས་པར་གདོན་མི་ཟ་བ་ཡིན་ན་ཡིད་དང་བར་གྱིས་ལ་སྨྲོ་བླ་ཅན་གྱི་སྤྱོད་ཚུལ་འདི་ལྟ་བུ་སྤང་བར་ཕྱོས་ཤིག་ཅེས་ལོ་རྒྱུས་རྣམས་བཤད་པས་གཞོན་ནུ་འཛིག་རྟེན་ཕ་རོལ་དུ་གཤེགས་པར་དོགས་པའི་གདུང་བ་ལས་གྲོལ་ཀུང་། ཐལ་བའི་མྱུ་ངན་གྱིས་གདུངས་པས་ငུ་མོའི་སྒྲ་དང་བཅས་ཏེ། གཞོན་ནུའི་མིང་ནས་འབོད་ཅིང་ཤུགས་རིང་གླལ་པ་ལ་བརྟེན་ཏེ་ཐེམ་པ་ལ་ཐུས་གཏད་ནས་བྱ་ཐི་བ་ལ་རྗེ་ཐོག་པ་ལྟར་ལྟང་མི་འདོད་པར་ཉམ་ཆུང་ཞིང་ཡུམ་ལ་ལག་པ་འཇུས་ནས་སྨྲས་པ།

ལུས་འདི་བསྐྱེད་པ་ལས་ལྷག་བརྩེ་ཆེན་གྱིས། །རྗེས་བསྐྱངས་ཡུམ་མཆོག་ཇ་ཆ་འཛིན་མ་ཀྱེ། །འདི་ལྟར་གདུང་བའི་གནས་སྐབས་བདག་གིས

རྟོགས། །ལྷུས་ངན་དུ་མས་སྙིང་ནི་མངོན་པར་འཁྲུགས། །པད་མ་རྒྱས་པ་མཆོག་གི་གྲོང་ཁྱེར་རྣམས། །སྨུམ་བག་གཟི་བྲལ་ཡི་དྭགས་གྲོང་བཞིན་གྱུར། །རབ་བརྗིད་སྐབས་གསུམ་ཚལ་འདྲའི་ཕོ་བྲང་ཡང་། །ས་རྡུལ་གྱིས་ཁེབས་ལྷ་ན་ཉམས་མི་དགའ། །འཇུམ་ལྡན་སློན་པོ་སྨྲ་མཁས་དེ་རྣམས་ཀྱང་། །ངོ་ཟུམ་གནག་ཀྱང་བརྗོད་པ་ཡོངས་མི་སྨྲ། །སྐྱིད་ཚལ་ལྗོན་ཤིང་ཕྲེང་བའི་ལོ་འདབ་དང་། །མེ་ཏོག་རྣམས་ཉེངས་འདབ་ཆགས་སྒྲ་མི་འབྱིན། །ཕྱོགས་ཀྱང་འཁྲུགས་མཚུངས་བདག་གི་སྙིང་གས་བཞིན། །སྨྱ་ངན་ཡིད་ཅན་ལུས་ནི་ཞིག་དང་མཚུངས། །རྒྱ་ཆེན་ཡོན་ཏན་ཀུན་གྱི་ཕུང་པོའི་མཛོད། །འགྲོ་ལ་མཉེས་གཤེན་བྱམས་པའི་གཏེར་གཅིག་པུ། །ཀུན་རྟོག་པིར་གྱིས་བྲིས་ཀྱང་མཚུངས་མེད་པའི། །ཡིད་འཕྲོག་སྐྱེ་མཆེད་ཅན་དེ་གང་དུ་གཤེགས། །ཆར་སྤྲིན་ནང་གི་འབྲུག་སྒྲ་ཟབ་མོ་དང་། །ཚངས་པའི་དབྱངས་ཀྱིས་ཆར་ཡང་མི་བསྒྲུན་པའི། །གསུང་དབྱངས་དབྱངས་ཀྱི་ཁོ་ལག་ཡོངས་རྫོགས་པ། །སྙན་འཇེབས་ཆོས་སྤྲིན་སྟོལ་དེ་གང་དུ་གཤེགས། །ཟབ་ཅིང་གཏིང་དཔག་དཀའ་བའི་ཆུ་གཏེར་བཞིན། །བྱང་ཆེན་སྤྱོད་པའི་རླབས་ཕྲེང་སྟོང་གཉེར་ཞིང་། །ཀུན་ལ་བྱམས་བརྩེས་བརླན་པའི་ཐུགས་མངའ་བ། །རྒྱལ་སྲས་སེམས་དཔའ་ཆེ་དེ་གང་དུ་གཤེགས། །རབ་དྲག་རླུང་གིས་བསྐྱོད་པའི་བྱ་སྤུ་ལྟར། །འདི་བྱའི་གཏོལ་དང་བྲལ་བའི་སྐལ་ངན་བདག །བསྟི་བའི་གནས་མེད་བལྟ་བའི་ཡུལ་ཡང་མེད། །གསང་གཏམ་སྨྲ་བའི་གྲོགས་མེད་སྐབས་མེད་པ། །རྒྱལ་ཁབ་སྟོང་བའི་གནས་འདིར་ཅི་ཕྱིར་འདུག །སྔོན་གོམས་བག་ཆགས་སད་པ་རྒྱལ་བའི་སྲས། །རླབས་ཆེན་སྤྱོད་ལ་ཞུགས་པ་རྗེས་ཡི་རང་། །འདོད་པའི་སྐྱོན་མང་གཟིགས་པའི་གཞོན་ནུ་དེར། །

བདག་ནི་གྲོགས་ཀྱི་འདུ་ཤེས་ཡོངས་མི་བྱེད། །གཙུག་ཏུ་མཆོད་འོས་སྐྱབས་སུ་ཉེར་བསྟེན་ཕྱིར། །ལུས་སྲོག་འཇིག་ཀྱང་དེ་ཡི་རྗེས་སུ་འཇུག །ཡུམ་གཅིག་ཚེ་ཡི་སྣང་བ་ནུབ་ཀྱི་བར། །ལྷན་ཅིག་སྤྱོད་པའི་སྐལ་བཟང་མ་ཐོབ་ཀྱང་། །ཕྱི་མའི་མཐར་ཡང་དག་པའི་ཞིང་ཀྱི་མཆོར། །ངོ་ཤེས་ཇི་བཞིན་འཕྲད་ལ་སྨོན་པར་འཚལ། །

ཞེས་མྱུ་ངན་གྱི་ཚེ་ངེ་གསང་པོར་འདོན་པ་རྒྱལ་བློན་རྣམས་ཀྱིས་ཐོས་ནས་ཡིད་ཀྱིས་མ་བཟོད་པར་ཡིད་འོང་མའི་དྲུང་དུ་ལྷགས་ཏེ་སྨྲས་པ། ལྷ་གཞོན་ནུ་མ་མཁྱེན་པར་མཛོད་ཅིག གང་གི་སྐྱབས་གཅིག་རྒྱལ་བུ་གཞོན་ནུ་ཟླ་མེད་ནི་འཁོར་བ་ལས་ཡིད་འབྱུང་སྟེ། འགྲོ་བ་སྒྲོལ་བའི་དམ་བཅའ་བཀོད་ནས་ནགས་ཚལ་དུ་གཤེགས་ཏེ་ཡུན་ཀྱང་རིང་། རབས་བསྐལ་ཕྱིད་ཀྱང་དེའི་རྗེས་སུ་འཇུག་པ་ལ་སྒྲོ་ན་ལམ་ཡང་མི་ཤེས་ཤིང་། ཆོམ་རྐུན་དང་། གཅན་གཟན་ལ་སོགས་པའི་འཇིགས་པས་འགུམ་པར་གདོན་མི་ཟའོ། །དེ་བས་ན་གཞོན་ནུ་དམ་པ་དང་སྲོག་གཅིག་པ་དང་། ལང་ཚོ་གཅིག་པ་ལྟ་བུར་གྱུར་པ་དགའ་བའི་རོལ་མཚོ་རིགས་གཟུགས་ཕུན་སུམ་ཚོགས་པ་འདིའི་བཙུན་མོ་དམ་པ་ལ་དབང་བསྐུར་བར་བྱེད་ན་མྱ་ངན་གྱི་གནས་སྐབས་ཐོངས་ལ་དགའ་བར་གྱིས་ཤིག ཅེས་སྨྲས་པས། ཚིག་དེ་དག་ལ་རབ་ཏུ་མ་དགའ་བས་འདི་སྙམ་དུ་བསམས་པ། རྗེ་བློན་མ་རུངས་པ་འདི་རྣམས་ཀྱིས་རྒྱལ་བུ་གཞོན་ནུ་ཟླ་མེད་དཔལ་དང་ཡོན་ཏན་གྱི་བདག་ཉིད་ཅན་དེ་རང་བཞིན་གྱིས་སྤངས་ནས། མཆེད་ཟླ་རྒྱལ་ཁབ་ཏུ་དབང་བསྐུར་བར་མ་ཟད་ཀྱི། བདག་ཡིད་མྱུ་ངན་གྱིས་རྣམ་པར་གནོན་པ་འདི་ལ་ཡང་རྗེས་སུ་མི་བརྩེ་བར། གཞོན་ནུའི་རྗེས་སུ་དོང་གིས་དོགས་ནས་འགོག་པར་བྱེད་ནའང་། རི་དྭགས་གཞོན་ནུ་རྩ་ལྡང་མྱུ་གུ

དོན་དུ་གཉེར་བ་ལ། ཤ་ཁྲག་གི་ལོངས་སྤྱོད་མདུན་སར་བྲིམས་པ་ལྟར་དགའ་བའི་རོལ་མཚོ་རྒྱལ་སྲིད་དང་བཅས་པ་གང་ལའང་ཆགས་པར་བྱ་བའི་གནས་རྡུལ་ཙམ་མེད་དོ་སྙམ་ནས་སྨྲས་པ།

མི་བདག་བློན་པོར་བཅས་པས་བདག་ཉིད་ལ། །བརྩེ་བས་ཕན་ལན་འདོམས་པ་ལྟར་སྣང་ཡང་། །འཕྲོག་པོའི་ཚིག་གི་མེ་ལྕེ་དྲག་འབར་བས། །ཡིད་བསྲེགས་སྨྱ་ངན་ཚ་གདུང་སྣར་བསྐྱེད་གྱུར། །མཁའ་ལ་འོད་ལྡན་མང་དུ་མཆིས་ན་ཡང་། །ཉིན་མོའི་དབང་ཕྱུག་དཔེར་མཚུངས་སྲིད་ན་མེད། །འཛིག་རྟེན་མི་བདག་རྒྱལ་པོས་གང་གྱུར་ཀྱང་། །གཞོན་ནུ་ཟླ་མེད་དཔལ་མཚུངས་སུ་ཞིག་ཡོད། །རིགས་མཆོག་དྲི་མེད་མཐོ་རིས་དགའ་ཚལ་ན། །དཔལ་ལྡན་གྲགས་དང་ཡོན་ཏན་འདབ་སྟོང་ཅན། །བསོད་ནམས་དྲི་བཟང་སྲིད་གསུམ་འཚོ་བའི་དཔྱིད། །གཞོན་ནུ་ཡོངས་འདུའི་ལྗོན་པ་དེ་མེད་ན། །རྒྱལ་ཕྲན་ཀུ་ཤའི་འདབ་ལྟར་མང་པོ་ཡིས། །སྲིད་པའི་ནགས་ཀླུང་ཁེབས་པར་གྱུར་ན་ཡང་། །བདག་ཡིད་དགའ་བར་བྱེད་པའི་ཡུལ་མིན་པས། །དགའ་བའི་རོལ་མཚོ་དེས་ཀྱང་ཅི་ཞིག་བྱ། །དཔལ་ལྡན་ས་ཡི་དབང་ཕྱུག་དེ་མེད་པས། །རྒྱལ་ཁབ་འདི་ཡང་སྟོང་པའི་བྱ་ལམ་བཞིན། །བདེ་སྐྱིད་ཕུན་སུམ་ཚོགས་པའི་དཔལ་རྣམས་ཀྱང་། །ཟླ་རྗེས་ཟླ་འོད་འབྲང་བཞིན་དེ་རྗེས་སོང་། །དེ་ནི་གནོད་སྦྱིན་འཁོར་ལྡན་རྒྱལ་སྲིད་ལ། །མཆོད་སྦྱིན་བརྒྱ་པ་གྲོགས་སུ་ཐོབ་ཅེས་ཀྱང་། །སྐྱབས་འོས་རྒྱལ་སྲས་གཞོན་ནུ་དེ་མེད་ན། །སུ་ཞིག་ལ་ཡང་དགའ་བའི་ཚོར་བ་སྐྱེད། །བདག་ལ་ཟས་ཀྱིས་ཅི། །བྱ་སྐོམ་གྱིས་ཅི། །རྒྱལ་སྲིད་འཁོར་པས་ཅི་བྱ་གྲོགས་ཀྱིས་ཅི། །གོས་དང་རིན་ཆེན་རྒྱན་གྱིས་ཅི་ཞིག་བྱ། །སྲིད་པའི་ཕུན་ཚོགས་གང་ལའང་ཆགས

བྲལ་བས། །རྒྱལ་སྲས་གང་དུ་གཤེགས་དེར་གདོང་ཕྱོགས་ནས། །ནགས་ཀླུང་སྟུག་པོར་འཇུག་གོ་གཅན་གཟན་དང་། །སྦྲུལ་གདུག་མཆེ་བའི་དབལ་དུ་ཚུད་ཀྱང་སླ། །རེ་བ་ཡོངས་སུ་རྫོགས་སྐད་བདག་འདིང་ངོ་། །

ཞེས་སྨྲས་ཏེ། ཡོ་བྱད་ཅུང་ཟད་ཙམ་དང་འབངས་མོ་ཟུང་གཅིག་བཅས་གྲོང་ཁྱེར་མཆོག་གི་ཕྱི་རོལ་དུ་བྱུང་ནས། གཞོན་ནུ་གང་དུ་གཤེགས་པའི་ཕྱོགས་ལ་རྐང་པའི་འདེགས་འཇོག་བསྐྱོད་དེ། མདུན་དུ་སུ་དང་སུ་ལྷགས་པ་དུད་འགྲོ་ལ་ཡང་གཏམ་དག་འདྲི་བཞིན་པར་སོང་ངོ་། །

ཚུལ་བཟང་ཡོངས་རྫོགས་མཛེས་པའི་ཕྲུལ་གྱུར་ཏེ། །རྒྱལ་སྲིད་དཔལ་འབྱོར་ཆེ་དང་མི་བདག་སྲས། །དགའ་བའི་རོལ་མཚོ་འཇོ་སྒེག་དཔལ་ལྡན་པ། །དེར་ཡང་མིག་ཙམ་གཡོ་ལ་མ་ཆགས་པར། །ཡིད་ཀྱི་བརྟེན་པ་རྒྱལ་བུ་གཞོན་ནུ་ལ། །མངོན་པར་དང་བས་ལམ་དང་ནགས་ཚལ་གྱི། །དཀའ་བ་ཁྱད་བསད་བརྩོན་པས་རྗེས་ཞུགས་ཀྱང་། །གཞོན་ནུའི་གཏམ་ཙམ་ཐོས་པར་མ་གྱུར་ནས། །ལུས་དུབ་སེམས་འཁྲུགས་མཆོག་ཏུ་སྒེག་མ་དེ། །མཛེས་པའི་དཔལ་ཉམས་བཞིན་རས་མཆི་རིས་ཅན། །ཡན་ལག་ཕྲ་གྱུར་མཁྲིག་མའི་གདུ་བུ་ཡང་། །དཔུང་པའི་བར་དུ་དོག་པ་མེད་པར་རྒྱུ། །སྨིན་མ་མི་གཡོ་ཟླ་མ་མངོན་པར་འཁྲུགས། །ཟུར་མིག་རྣམ་འགྱུར་མིག་འབུར་མཐོ་བས་བསྒྲིབས། །རབ་དམར་མཆུ་སྐྲོས་མཁུར་བ་མོག་པོར་གྱུར། །མགྲིན་སྔན་ཅན་དེ་གྲེ་འཛེར་འོ་དོད་འབོད། །འཇོ་སྒེག་ལུས་ཀྱང་ཤིན་ཏུ་རིད་གྱུར་པས། །བརྗོད་མེད་མཛེས་པའི་ཕ་རོལ་ཕྱིན་པ་དེ། །རེ་ཞིག་མི་མོ་མཛེས་པ་ཕལ་པར་མཚུངས། །འཇིག་རྟེན་གནས་པ་ཕལ་ཆེར་འདོད་པ་ཡིས། །མི་ངོམས་སྟོན་མའི་འདུས་བྱས་མཐའ་རྟོགས་ཀྱང་། །སྒོམ་པས་བ་སྤུའི་ཚུ་ལ

སྐྱིད་པ་བཞིན། །སླར་ཡང་ཕྱི་མའི་འདོད་པར་བག་མེད་སྤྱོད། །ཁྱད་པར་བྱད་མེད་ཕལ་གྱི་སྤྱོད་པའི་མཐའ། །བདག་པོ་བརྒྱ་ཕྲག་བཀལ་ཡང་ད་དུང་དེ། །ནམ་ཡང་འདོད་པས་ངོམས་པའི་མཐའ་མེད་པ། །རྒྱ་མཚོར་ཆུ་ཀླུང་ཀུན་སྤུད་དེ་འདྲ་ཡང་། །སྔོན་གྱི་སྐྱེ་རབས་སྨུ་ཏིག་ཚར་དངར་བར། །བག་ཡོད་སྤྱོད་པའི་སྣང་བ་བཞད་པ་དེར། །རྒྱལ་སྲས་དམ་པ་འདི་ལས་མཛའ་གྲོགས་གཞན། །རྨི་ལམ་དུ་ཡང་མི་འདོད་ཚུལ་དེ་མཚར། །

49. ཡིད་འོང་མས་ཕྱོགས་ཐམས་ཅད་དུ་བཅལ་ཀྱང་གཞོན་ནུ་བཞུགས་པའི་གནས་མ་རྙེད་པར་ལུས་སེམས་རྣམ་པར་ངལ་ཏེ་བརྒྱལ་བར་གྱུར་པའི་སྐོར།

དེ་ཙམ་ན་རྒྱལ་བུ་གཞོན་ནུ་ཟླ་མེད་དང་དཔའ་བོ་སྲིད་པ་གཞོན་ནུ་ནི་ནགས་ཚལ་གྱི་ལྗོང་ཟབ་མོར་ཡུན་རིང་མོ་ཞིག་གི་བར་དུ་སོང་སོང་བ་ལས། །མཐར་གྱིས་ནགས་ཚལ་དེའི་ཕྱོགས་ཤིག་ན་དབེན་པའི་གནས་སུ་རུང་བ། ཙྭ་ལྗང་ནེ་ཙོའི་འདབ་གཤོག་བརྐྱངས་པ་ལྟ་བུས་ས་གཞི་ཁེབས་པ། ལྗོན་ཤིང་ཆེན་པོ་དང་། འཕྲི་ཤིང་གི་ར་བ་ཚར་དུ་བཀོད་པ་ལྟ་བུ་ལོ་མ་མེ་ཏོག་དང་འབྲས་བུ་ཕུན་སུམ་ཚོགས་པ་བཟར་རུང་བ་དུ་མས་མགོ་བོ་དུད་པ། ཤིང་ཤུན་རེག་པ་འཇམ་ཞིང་རྒྱ་ཆེ་ལ་སྲབ་ཅིང་ཡང་བས་སྣག་དང་གྲོན་པར་རུང་བ་རྣམས་ཀྱི་ཡལ་ག་ལ་ཆགས་པའི་འདབ་ཆགས་ཀོ་ཀི་ལ་དང་། ཀ་ལ་པིང་ཀ་དང་། ཤང་ཤང་ཏེའུ་དང་། ཙ་ཀོ་ར་དང་ནེ་ཙོ་ལ་སོགས་པ་བརྒྱ་སྟོང་མང་པོ་མགྲིན་སྙན་སྒྲོག་ཅིང་། མཛེས་པའི་གར་གྱིས་རོལ་བ། སྐྱེ་བོ་རྒྱུ་བའི་འགྲུལ་ཚད་ཅིང་། ཤ་ར་བྷ་དང་རུ་རུ་དང་། ལག་ལྡན་གྱི་ཚོགས་བག་ཕེབས་པ་མངོན་པར་རྒྱ་བ། འཇུག་ངོགས་དག་ཏུ་དྲི་མ་མེད་ཅིང་གཙང་བའི་ཆུ་ཀླུང་གི

ཆབ་སྒྲ་ཨླུང་ཨླུང་སྙན་པར་སྒྲོག་པ། ཁོ་ར་ཁོར་ཡུག་མཆོག་ཏུ་ཡངས་ཤིང་། འཛིང་ཟབ་མོ་དང་ལྡན་པ་མཚོ་དྲི་བསུང་ཅན་ཞེས་བྱ་བ་ཡིད་དུ་འོང་བ་པད་མ་དང་། ཨུཏྤལ་དང་། ཀུ་མུད་དང་། པད་མ་དཀར་པོ་ལ་སོགས་པ་དྲི་བསུང་ཞིམ་པོ་ཐུང་བསིལ་བུར་ལྡང་བས་ཀུན་ནས་བསྐྱོད་པར་བྱེད་པ་ལས། བུང་བ་གཞོན་ནུ་རྣམས་སྙན་པའི་སྒྲ་ཆུང་ངུར་དར་དེར་དུ་སྒྲོག་པ། བྱ་ངང་པ་དང་། ངུར་པ་དང་། ཆུ་སྐྱར་དང་། བཞད་དང་། མཐིང་རིལ་ལ་སོགས་པ་བག་ཡངས་སུ་རྒྱུ་བས་མཛེས་པར་བྱས་པ། དབེན་པའི་གནས་དེར་ལོ་མ་གསར་པའི་ཁང་བུ་ཉམས་སུ་བདེ་བ་བཀོད་ནས་དཀའ་ཐུབ་དང་བསམ་གཏན་གྱི་སྦྱོར་བ་ལ་རྩེ་གཅིག་ཏུ་གཞོལ་བར་བྱེད་དོ། །དེར་ཡིད་འོང་མ་འབབས་མོར་བཅས་པས་ནགས་ཀླུང་དེར་ཞུགས་ཏེ་སྲིད་པ་བར་དོའི་སེམས་ཅན་སྐྱེ་བའི་གནས་མ་རྙེད་པར་ཀུན་ཏུ་འཁྱམས་པ་བཞིན་དུ་ཕྱོགས་ཐམས་ཅད་དུ་བཙལ་ཡང་། གཞོན་ནུ་བཞུགས་པའི་གནས་མ་རྙེད་དེ། ལུས་དང་སེམས་ནི་རྣམ་པར་དུབ། སྨྲེ་ངན་གྱི་མཆི་མས་གདོང་ནི་ཁེབས། ལུས་ཀྱི་ཤ་ནི་ཉམས་ཤིང་མདངས་བཟང་པོ་དང་བྲལ། འཚོ་བའི་ཡོ་བྱད་དག་ཀྱང་ཕལ་ཆེར་ཟད་དེ། ལུས་སེམས་རྣམ་པར་ངལ་བས་དེའི་རྗེ་ལེབ་གཅིག་གི་སྟེང་དུ་ཁ་བུབ་ཏུ་ཉལ། འགྲམ་པ་ལག་པ་ལ་བརྟེན་ཏེ་སྙིང་རྗེ་རྗེའི་སྐད་དུ་སྨྲེ་ངག་འདི་སྐད་བརྗོད་དོ། །

དཔལ་ལྡན་ས་ཡི་དབང་ཕྱུག་ཐམས་ཅད་དགའ། །རྒྱལ་བུ་གཞོན་ནུ་ཟླ་མེད་བརྩེ་ལྡན་དེས། །སྙིང་རྗེའི་ཡུལ་གྱུར་སྐལ་ངན་བདག་དོར་ཏེ། །ནགས་ཚལ་དཀའ་ཐུབ་སླད་དུ་ཕྱིན་ཞེས་ཐོས། །བདག་ལ་གཞན་གྱིས་མགོ་བོ་རྫོངས་བྱས་སམ། །ཡང་ན་གཅན་གཟན་ཁྲོ་བོས་གཅོས་པར་ངེས། །

སྡུག་བསྔལ་བྱེ་བས་མནར་ཡང་ད་དུང་བདག ། འཆི་བར་མི་འགྱུར་སྲོག་འདི་གང་གིས་བཟུང་། ། ཡུན་རིང་ནགས་མཐར་འཁྱམས་ཏེ་གཞོན་ནུ་མཚོག ། བཙལ་བས་མ་རྙེད་ཅི་བྱའི་གཏོལ་མེད་པ། ། ཉམ་ཐག་བདག་ལ་སྐྱབས་དང་མགོན་མེད་ན། ། ཀྱེ་མ་ཀྱེ་ཧུད་ཆོས་ཀྱི་དབྱིངས་ནས་གཟིགས། །

ཞེས་སྨྲེ་ངག་དེ་དག་བརྗོད་དེ་བརྒྱལ་བར་གྱུར་ཏོ། ། དེའི་ཚེ་འབངས་མོ་དག་ནི་ཚུལ་བཞིན་མ་ཡིན་པའི་ལོག་སེམས་སྐྱེས་ཏེ་འདི་སྙམ་དུ་ད་ནི་བདག་ཅག་གི་འཚོ་བའི་ཡོ་བྱད་ཀྱང་ཟད་པར་ཉེ་ན་བཟའ་བཏུང་དང་བྲལ་བའི་མི་འདི་ཇི་ལྟར་འཚོ། འཇིགས་པའི་ནགས་སུ་དོང་ཡང་གཞོན་ནུ་གར་མཆིས་ཀྱི་ངེས་པ་ནི་མེད། དེ་དག་གི་བར་དུ་གཅན་གཟན་གདུག་པོ་རྣམས་ཀྱིས་སྲོག་ལ་རྒོལ་བ་ཡང་གདོན་མི་ཟ་ན། ད་ནི་རང་གི་ཡུལ་དུ་ལྡོག་པའི་སྐབས་ནི་འདི་ཡིན་ནོ་སྙམ་ནས། ཇོ་མོ་བརྒྱལ་བར་གྱུར་པ་དེ་བོར་ནས་རང་རང་གི་ཡུལ་དུ་གདོང་ཕྱོགས་ཏེ་ནགས་ལྗོང་སྟུག་པོ་དེར་སོང་སོང་བ་ལས། བསམ་པ་མ་རུངས་པའི་ལེ་ལན་བཞིན་དུ་ལམ་མ་བརྙོལ་བར་གཅན་གཟན་གདུག་པོས་སྲོག་ལ་རྒོལ་ཏེ་ཤ་ཁྲག་ལ་ལོངས་སྤྱོད་པར་བྱས་སོ། །

ནང་གི་བསམ་པའི་ཁྱད་པར་བཟང་ངན་ཆོས། ། མ་འདྲེས་སོ་སོར་གསལ་བའི་འབྲས་བུ་ནི། ། དེ་དང་དེར་སྨིན་ནམ་ཡང་མི་བསླུ་བའི། ། རྒྱུ་འབྲས་མངོན་སུམ་སྟོང་གྱུར་མཚར་དུ་ཆེ། ། ནག་པོ་བརྩེགས་པ་ཇི་བཞིན་ལྟར་སྣང་དུ། ། རྣམ་འགྱུར་མཛེས་པའི་མེ་ཏོག་གསལ་འབར་ཡང་། ། གང་དང་ཉེ་བར་གདུང་བ་ཀུན་བསྐྱེད་པའི། ། མ་རབས་སྤྱོད་པའི་མཐའ་ནི་དེ་འདྲའོ། ། ལོག་པའི་བསམ་པས་རྒྱུད་གང་བུད་མེད་ཟུང་། ། གཡོ་སྒྱུ་སྤྱོད་ལ་ནགས་ཀྱི་གཅན་གཟན་ཡང་། ། ལྷག་པར་ཁྲེལ་བ་བཞིན་དུ་ཚར་བཅད

ནས། །ལུས་ནི་དུམ་བུར་དྲས་བྱས་ཟློས་གྱུར་པ། །དེ་ཚེ་ཚལ་དེའི་ལྗོན་པའི་ལྷ་ཡིས་ཀྱང་། །ངན་གཡོའི་བསམ་པས་གཞན་ལ་གནོད་སེམས་ཀྱང་། །མཁའ་ལ་དྲི་ངན་འཐོར་བ་ཇི་བཞིན་དུ། །རང་ཐོག་ལྷུངས་པ་ཡ་མཚན་འདི་ལ་ལྟོས། །

ཞེས་སྨྲས་པར་བྱས་སོ། །དེའི་ཚེ་ལྷོ་ཕྱོགས་ཀྱི་རླུང་བསིལ་པོ་ལྷང་བས་འཁྲི་ཤིང་གི་འདབ་མར་ཆགས་པའི་ཟིལ་པ་བཙུབས་པའི་ཆུ་ཐིགས་ཀྱིས་ཡིད་འོང་མ་འདུ་ཤེས་དང་བྲལ་བ་དེའི་ལུས་ལ་ཐོག་པས་བརྒྱལ་བ་ལས་སངས་སོ། །

སྲིད་པའི་མཛེས་སྡུག་ཀུན་གྱི་སྙིང་པོའི་དཔྱིད། །གཞོན་ནུ་ལང་ཚོའི་དཔལ་གྱིས་སྙིག་འཚང་མར། །ཤེས་ལྡན་སྐྱེ་བོ་ཆགས་པ་ལྟ་ཅི་སྨོས། །སེམས་མེད་རྣམས་ཀྱང་དང་བར་བྱེད་པ་བཞིན། །མྱུ་ངན་དབང་གིས་འཛིག་རྟེན་ཕ་རོལ་ཏུ། །ཕྱོགས་ཚེ་འཁྲི་ཤིང་རྣམས་ཀྱང་མ་བཟོད་པར། །མི་བརྟན་འདར་ཞིང་གཡོ་ལ་འདབ་མའི་མིག །ཟིལ་པའི་མཆི་མས་ཡོངས་སུ་གང་བ་ནི། །ཤུགས་རིང་མཐུན་ཕྱོགས་ལྷོ་ཕྱོགས་དྲི་བཞོན་དང་། །འགྲོགས་པའི་ཐིགས་པས་དགའ་མའི་ལུས་བསིལ་ཞིང་། །ཡལ་ག་གཡོ་བའི་ལག་པས་མགོ་སྐྱེས་ནས། །བཟུང་སྟེ་ལྷང་བར་བསྐུལ་ལ་བརྩོན་པ་བཞིན། །

50. ཡིད་འོང་མ་བརྒྱལ་བ་ལས་སངས་ཏེ་སྨོན་ལམ་དུ་བྱ་བའི་ཚིག་སྨྲས་པ་དཔའ་བོ་སྲིད་པ་གནོན་ནུས་ཐོས་ནས་ཡིད་འོང་མ་ཡིན་པར་ཤེས་ཏེ་རྒྱལ་སྲས་དམ་པ་གང་དུ་བཞུགས་པའི་གནས་སུ་ཁྲིད་དེ་རྒྱལ་སྲས་དམ་པས་རྗེས་སུ་བཟུང་བའི་སྐོར།

དེ་ནས་ཡིད་འོང་མ་འདུ་ཤེས་དལ་གྱིས་རྙེད་ནས་ཕྱོགས་ཀུན་ཏུ་བལྟས་པ་ན། དྲུང་ན་འཁོད་པའི་འབངས་མོ་གཉིས་མི་སྣང་བ་མཐོང་བས་འཇིགས་ཤིང་སྤྲུ་ཟིང་ཞེས་བྱེད་པར་གྱུར་ནས་ཀྱེ་མ་གཅན་གཟན་ཁྲོ་བོ་རྣམས་ཀྱིས་དེ་གཉིས་གཅོས་སམ། འོན་ཏེ་བདག་བརྒྱལ་བ་ལས་སད་པའི་རྒྱུ་འཚོལ་བར་ཕྱིན་ཏམ། ཡང་ན་ཁོ་མོ་མ་རུང་བར་གྱུར་ཏོ་ཞེས་དུར་ཁྲོད་བཙལ་ཕྱིར་སོང་བ་ཞིག་གོ་སྙམ་ནས་དེ་གཉིས་ལ་རྗེས་སུ་བརྩེ་བའི་དབང་གིས་ནགས་ཚལ་གཅན་གཟན་གྱི་འཇིགས་པ་ལའང་མི་བལྟ་བར་ཕྱོགས་ཀུན་ཏུ་གྲོགས་མོ་ཞེས་འབོད་པའི་སྒྲ་དང་བཅས་འཁྲམས་ཏེ་བཙལ་ཡང་མ་རྙེད་པས་ཡིད་ལུས་ནི་དུབ། ཉིན་མོར་བྱེད་པ་ནི་ནུབ་ཕྱོགས་ཆུ་ལྷའི་ཕང་པར་ལྷུང་བར་ཏེ། ལྗོན་ཤིང་གི་གྲིབ་མ་རྣམས་ཀྱང་རང་གི་ཚུལ་ཙམ་དུ་ཤར་ཕྱོགས་སུ་གུག ཚ་བའི་གདུགས་ཀྱང་ཅུང་ཟད་ཞི་བའི་བསིལ་ངད་ནི་ལྡང་། བྱ་རྣམས་ཀྱང་སྒྲ་མི་བསྒྲགས་པར་ཚང་མལ་དུ་སོང་བར་ཉེ་བ་ན། འབངས་མོ་དང་བྲལ་བས་ཟླ་ནི་མེད། གཅན་གཟན་གླལ་བའི་བར་ནས་མཆེ་བ་གཙིགས་ཤིང་ངུར་བའི་སྒྲ་སྒྲོག་པ་དུ་མའི་རྒྱུ་བ་བསྲུང་བར་ནི་མི་ནུས། ནགས་ཀྱི་ཕྱིར་ཕྱུངས་ཏེ་བགྲོད་པའི་མཐུ་ནི་མེད། ད་ནི་འཆི་བ་ཉམས་སུ་མྱོང་བ་ཁོ་ན་སྡུག་ཅིང་སྡོད་པ་ལས་མ་འདས་ཀྱང་། ལུས་འདིས་གཅན་གཟན་དང་། བྱ་དང་། ཤ་སྤྱང་གི་ཚོགས་ཚིམ་པར་བྱས་པའི་བསོད་ནམས་དེས་འཇིག་རྟེན་གཞན་དུ་རྒྱལ་བུ་གཞོན་ནུ་ཟླ་མེད་

ཀྱིས་རྗེས་སུ་འཛིན་པར་སྨོན་ལམ་ཟབ་མོས་མཚམས་སྦྱོར་བར་བྱེད་དོ་སྙམ་ནས་ཕྱར་གྱི་རྗོ་ཡིབ་དེའི་སྟེང་དུ་འདུག་ནས་མཆི་མ་འཁྲུག་བཞིན་དུ་ཐལ་མོ་སྦྱར་ནས་ཚིགས་སུ་བཅད་པ་འདི་སྐད་ཅེས་ཆེད་དུ་བརྗོད་དོ། །

འདྲེན་པ་སངས་རྒྱས་རྣམས་ལ་ཕྱག་འཚལ་ལོ། །དེ་གསུང་ཆོས་དང་ཚོགས་མཆོག་སྤྱི་བོས་མཆོད། །འགྲོ་ལ་ཐུགས་རྗེའི་སྤྱན་གྱིས་དུས་དྲུག་ཏུ། །གཡེལ་མེད་གཟིགས་པའི་དམ་བཅའ་ཡོངས་མ་འདོར། །བདེ་གཤེགས་སྙིང་པོ་ཅན་གྱི་ཡིད་བཞིན་ནོར། །རྟེན་བཟང་མཆོག་གི་མ་རིག་པས་སྤྲུལ་པའི། །འཁོར་མཚོར་ལྷུང་བ་བཤེས་གཉེན་དེད་དཔོན་ཆེར། །བརྟེན་ནས་ཐར་མཆོག་རྒྱལ་མཚན་རྩེར་མཆོད་ཤོག །སྲིད་དགའ་འཇིག་པར་སླ་བའི་དལ་འབྱོར་ལུས། །གཟུང་འཛིན་འཁྲི་བའི་ལྕགས་སྒྲོག་གིས་བཅིངས་པས། །བདེ་ཆེན་ཐར་པར་བགྲོད་ལས་ཕྱིར་ཕྱོགས་པ། །བདག་ནི་ཕྱོགས་བཅུའི་རྒྱལ་བས་སྐྱོབ་ཏུ་གསོལ། །འདི་ལྟར་བདག་གིས་དཀའ་སྤྱད་དྲག་པོ་ཡིས། །རྒྱལ་སྲས་གཞོན་ནུའི་ཞབས་རྟུལ་སྙིག་བྱས་ཀྱང་། །ཇི་བཞིན་བསམ་པའི་འབྲས་བུ་མ་སྙེད་པས། །འཇིག་རྟེན་གཞན་དུ་ལྷན་ཅིག་སྤྱོད་པར་ཤོག །ཆགས་སྡོངས་སྤང་བའི་དུཿཁ་སྐྱེད་བྱེད་པའི། །དམན་པ་བུད་མེད་ལུས་འདི་བོར་ནས་ཀྱང་། །བཀའ་བཞིན་སྒྲུབ་ཅིང་རྩེ་གཅིག་གུས་བསྙེན་པའི། །དགེ་བའི་གྲོགས་སམ་འཁོར་གྱི་ཐོག་མར་ཤོག །ཆོས་བཞིན་སྤྱོད་པའི་གེགས་གྱུར་དམན་པའི་ལུས། །མཚར་དུ་སྡུག་ཀྱང་རི་མོའི་གཟུགས་བརྙན་བཞིན། །གཅན་གཟན་བྱ་དང་ཤ་སྦྲང་ལོངས་སྤྱོད་ལ། །སྨིན་པས་ཚོགས་གཉིས་ཡོངས་སུ་རྫོགས་པར་ཤོག །ལུས་ནི་སྤངས་པའི་ཚེ་རབས་ཕྲེང་བར་ཡང་། །འགྲོ་ལ་འཁོར་བའི་དངོས་པོ་སྦྱིན་ནུས་དང་། །སྙན་སྨྲ་འཇིག

ཧེན་དོན་མཐུན་གདུལ་བྱའི་དོན། །སྤྱོད་པའི་བསྡུ་བཞིའི་དཔལ་འབྱོར་ལྡན་རྫོགས་ཤོག །སྦྱིན་ལ་སྤྲོ་ཞིང་ཚུལ་ཁྲིམས་བརྟུལ་ཞུགས་རྫོགས། །བཟོད་པའི་གོ་བགོས་མི་བཟློག་བརྩོན་འགྲུས་བརྩམས། །གཡོ་མེད་བསམ་གཏན་ཤེས་རབ་ཟབ་མོའི་མིག །ཐོབ་པས་ཕ་རོལ་ཕྱིན་དྲུག་ཡོངས་རྫོགས་ཤོག །དེ་ལྟར་ཕྱུལ་བྱུང་སྤྱོད་མཆོག་སྤྱད་ནས་ཀྱང་། །ཐབས་ཆེན་འགྲོ་བའི་དོན་ལ་མ་ཞུམ་པ། །རྒྱལ་སྲས་དམ་པ་དེ་ཡི་རྗེས་ཞུགས་ཏེ། །བྱང་ཆུབ་སྙིང་པོའི་ས་ལ་རེག་གྱུར་ཅིག །

ཅེས་ཚིགས་སུ་བཅད་པ་དེ་དང་དེ་དག་བརྗོད་ཅིང་། ཕྱོགས་བཅུའི་ཞིང་རབ་འབྱམས་ཀུན་ཏུ་བཞུགས་པའི་རྒྱལ་བ་སྲས་དང་བཅས་པ་ལ་དམིགས་ནས་ཕྱག་འཚལ་ཞིང་སྨོན་ལམ་རྒྱ་ཆེན་པོ་འདེབས་པ་ལ་བརྩོན་པས་མཚན་དེ་འདས་པར་བྱས་སོ། །དེའི་ནང་པར་ཡང་སྨོན་ལམ་དུ་བྱ་བའི་ཚིག་དོན་བཟང་པོ་བྱ་ཁྲ་ཐྭུག་གི་ཀུ་ཧུའི་སྒྲ་དབྱངས་རིང་པོ་བརྗོད་པ་ལྟར་སྒྲ་དབྱངས་ལྷང་ལྷང་འདོན་བཞིན་པར་མཆིས་པ་ན། དཔའ་བོ་སྲིད་པ་གཞོན་ནུ་དེ་ཉིད་ཚ་བ་དང་སྨུ་ཀུ་འགའ་ཞིག་བཙལ་ཏེ་འོང་བའི་ཞར་ལ་དབྱངས་སྙན་པ། ཚིག་འབྲུ་བཟང་པོ། དོན་བཟང་པོ། མ་འདྲེས་པ། མ་སྦྲགས་པ་ཡོངས་སུ་རྫོགས་པ་དེ་ཐོས་སོ། །ཐོས་ནས་ཀྱང་ཡིད་འོང་མའི་ངག་གི་འགྱུར་ཁུག་འདྲ་བ་ཤེས་ནས་ཕྱོགས་དེར་སོང་སྟེ། ལྗོན་ཤིང་གི་ཕག་ནས་དལ་བུས་བལྟས་པ་ན། ཡིད་འོང་མས་ཀྱང་ཡུད་ཀྱིས་མཐོང་ནས་དགའ་ཆེས་ཏེ། གཡང་ས་ཉམ་ང་བར་ལྷུང་བ་དཔུང་ཐག་གིས་བཟུང་བའམ་གཉེན་རྗེའི་ཁ་ལས་སྐྱོབ་པའི་འདྲེན་པ་དང་ཕྲད་པ་བཞིན་དུ། རབ་ཏུ་དགའ་ཞིང་དགའ་བས་ལུས་ཀྱི་སྤུ་ལོང་ཟིང་ཞེས་བྱེད་ཅིང་། མཆི་མས་ཁྲག་པར་གྱུར་ནས་མྱུར་བར་རྒྱུགས་ཏེ་དེ་ལ་འཇུས

ནས། ཀྱེ་མ་གཞོན་ནུ་འཚོ་ཞིང་གཞེས་སམ། ཉམ་ང་བ་ཉུང་ངམ། དེ་གང་དུ་བཞུགས་པའི་གནས་སུ་བདག་འཁྲིད་པར་མཛོད་ཅིག ཅེས་བརྗོད་པས། ཟླ་མེད་པར་གཞོན་ནུ་མ་ནགས་སུ་བཏོལ་བས་ཡིད་ལ་ངོ་མཚར་རྒྱ་ཆེར་གྱུར་ཀྱང་ལན་དུ་སྨྲ་བ་ཆེར་མ་སྤྱོབས་པར། རྒྱལ་སྲས་དམ་པ་ལ་གནང་བ་ཞུ་བར་བྱའོ་ཞེས་སོང་ནས་གསོལ་པ། ལྷ་མཁྱེན་པར་མཛོད་ཅིག གང་གི་མཛའ་ན་མོ་མཆོག་དེ་ཡང་ནགས་ཚལ་གྱི་འཇིགས་པ་ཁྲིད་དུ་བསད་དེ་འདིར་ཟླ་མེད་དུ་ལྷགས་མཆིས་ན་ཕྱག་བྱ་བར་འོང་བ་ལ་གནང་བ་སྩོལ་ཅིག ཅེས་གསོལ་པས། གཞོན་ནུ་འདི་སྙམ་དུ་བསམས་པ། བུད་མེད་རྣམས་ནི་གཡོ་ཅན་ཞེས་གྲགས་པ་གདོན་མི་ཟ་བར་བདག་གི་ཚུལ་ཁྲིམས་འཇིག་པ་དང་། བསམ་གཏན་འཇིག་པ་དང་། དཀའ་ཐུབ་འཇིག་པའི་ཕྱིར་འདིར་ལྷགས་ཏེ་འདོད་པ་དོན་དུ་གཉེར་བ་མིན་ནམ་སྙམ་དུ་དོགས་པ་དང་ལྡན་པར་གྱུར་ཅིང་དེ་ལྟ་ནའང་བདག་གི་ཡིད་ནི་གང་གིས་ཀྱང་གཡོ་བར་མི་ནུས་པའི་བརྟན་པ་ཐོབ་ན་བུད་མེད་ཀྱི་སྒྱུ་མ་བརྒྱ་སྟོང་བྱེ་བ་སྙེད་ཕྱོགས་གཅིག་ཏུ་སྤུངས་ཀྱང་ཅི་བགྱིར་མཆི། དེ་ཇི་ལྟར་རེ་བ་བཞིན་དུ་ཅི་དགའ་བར་ཐོངས་ཤིག ཅེས་གནང་བ་བྱིན་པས་དཔའ་བོ་སྲིད་པ་གཞོན་ནུས་ལམ་མཚོན་པར་བྱས་ཏེ། རྒྱལ་སྲས་དམ་པ་ག་ལ་བ་དེར་ལྷགས་སོ། །དེར་གཞོན་ནུ་མ་ངལ་ཞིང་དུབ་ལ་ལུས་རིད་པ་དེ་ཆུ་ཤིང་ཀླུང་དམར་གྱིས་བསྐྱོད་པ་བཞིན་དུ་འདར་ཞིང་འཁྱོར་བས། གཞོན་ནུའི་ཞབས་ལ་འཇུས་ནས་གསོལ་པ།

རྒྱལ་བའི་སྲས་པོ་བྱང་ཆུབ་སེམས་དཔའ་ཆེ། །མ་ལུས་དྲི་མེད་འགྲོ་ལ་བརྩེ་བའི་གཏེར། །ཟླ་མེད་བྱང་ཆུབ་སྤྱོད་ལ་མངོན་དགྱེས་པས། །དེ་རིང་དབེན་པའི་ནགས་འདིར་འཚོ་ཞིང་གཞེས། །གཞོན་ནུ་མཆོག་ཀྱང་སྐྱལ་

དམན་བདག་སྣད་དུ། །ངལ་བརྒྱའི་དཀའ་སྤྱད་དྲག་པོ་ལྷུར་བཞེས་མོད། །
བདག་ཀྱང་ཁྱོད་ལས་གཞན་དུ་མི་སེམས་པའི། །གདུང་བས་ཡང་ཚེ་འདི་
ལྟར་སྐལ་ངན་གྱུར། །མགོན་པོ་ཁྱོད་སྔོན་བརྩེ་ཆེན་ཐུགས་རྗེའི་སྤྱན། །
གཡོ་ཞིང་དགྱེས་འཛུམ་ལྷུག་པར་གྲོལ་བྱེད་ཀྱང་། །དེང་འདིར་འཛུམ་དཀར
མི་གཡོ་དགྱེས་བྲལ་ཉམས། །བཞིན་མདངས་མི་གསལ་བརྩེ་བའི་གསུང་མི་
བསྒྲགས། །བདག་གིས་ཉེས་པའི་གནས་སྐབས་འགའ་གཟིགས་སམ། །
གཡོ་སྒྱུས་འབྱེད་ལ་བརྩོན་པས་ཁྱོད་ཐུགས་དཀྲུགས། །ཇི་ལྟར་གྱུར་པའི་ངང་
ཚུལ་གསལ་བར་གསུངས། །རྒྱལ་རིགས་ནོར་བུའི་གདུགས་དཀར་ཁྱོད་
གཤེགས་པས། །བདག་ནི་སྡུག་བསྔལ་ཚ་གདུང་དྲག་པོས་ཉེན། །འཛུམ་
ཞལ་བདུད་རྩིའི་དཀྱིལ་འཁོར་མ་མཐོང་བས། །སྙིང་གི་ཀུ་མུད་མྱ་ངན་མུན
པས་ཁྲིབ། །ཁྲོ་བྲལ་དང་མོའི་གདུང་བས་མི་མཆོན་པའི། །བདག་ལུས
དཔལ་ཉམས་འདི་ནི་གཟིགས་ནས་ཀྱང་། །སྙིང་རྗེའི་དབང་གིས་དགྱེས་པར
མི་འཚལ་ན། །གང་གིས་འགྲོ་དོན་སྤྱོད་བཞེད་གཏམ་དུ་ཟད། །

ཅེས་ཉམ་ཐག་ཅིང་ཡུས་པའི་ཚིག་གིས་དེ་སྐད་ཅེས་གསོལ་བ་ན། གཞོན་ནུ་ཡང་དེ་ལ་བརྩེ་བའི་ཤུགས་མི་འགོག་པར་གྱུར་ཀྱང་། བསམ་གཏན་དང་། ཏིང་ངེ་འཛིན་གྱི་གེགས་སུ་གྱུར་ན་མི་རུང་ངོ་སྙམ་ནས་འདོད་པ་ལས་རྒྱབ་ཀྱིས་ཕྱོགས་པའི་ལུས་དྲང་པོར་བསྲངས་ཤིང་དྲན་པ་མངོན་དུ་ཉེ་བར་བཞག་ནས་སྨྲས་པ།

འཁོར་བ་ཐོག་མ་མེད་ནས་འདོད་ལ་མངོན་ཞེན་པས། །སྐྱེ་ཀ་ན་
འཆིའི་ཐ་རླབས་གཡོ་བའི་ཆུ་གཏེར་གྱི། །གློང་དུ་འཁྱམས་གྱུར་མི་བཟད་
སྡུག་བསྔལ་རྣམ་མང་གིས། །གདུང་བར་བྱེད་པ་འདི་ནི་ཁྱོད་འདྲར་བསྟེན

ནས་ཕྱུང་། །རང་བཞིན་མི་དྲང་སྐྱེ་བོ་མ་ལུས་ལོག་ལམ་ལ། །ལྷུང་བར་བྱེད་ཕྱིར་བུད་མེད་སྨྲ་མའི་ཐབས་ཆེན་པོ། །བསླུ་བའི་སྤྱོད་ཚུལ་མཛེས་སྡུག་མི་རྟོག་དེས་བདག་ལ། །བདག་ཅག་སྤྱོད་ཚུལ་འདི་དང་འདྲ་ཞེས་གསལ་བར་མཚོན། །འདོད་པའི་སྐྱོན་ནི་བདག་གིས་མངོན་སུམ་མཐའ་ཡས་རིག །ཆགས་དང་སྡང་བའི་འཐབ་མོ་འཁོན་བསྐྱེད་འཕྲུང་དཀྲོལ་གཞི། །རལ་གྲིའི་སོ་ལྟར་རེག་ན་བདེ་སྤྱོད་མྱ་ངན་དང་། །སྡུག་བསྔལ་ཀུན་བསྐྱེད་རྩ་བར་གྱུར་པའི་ངང་ཚུལ་རིག །དེ་ཕྱིར་འཆི་མེད་མཛེས་མའི་ཕུལ་གྱུར་མ་ལུས་དང་། །བདུད་ཀྱི་བུ་མོའི་བསླུ་བྲིད་བྱེ་བ་སྙེད་བརྩམས་ཀྱང་། །མི་རྟོག་མདའ་ཡིས་སྙིང་ལ་རྨས་པའི་འདོད་ཆགས་སེམས། །རྨི་ལམ་དུ་ཡང་འབྱུང་བ་མེད་ན་གཞན་ཅི་སྨོས། །དེ་སྐད་ཁྱོད་ནི་འཇིགས་རུང་ནགས་ནང་འདིར་འདུག་ནས། །བདག་ལ་རྗེས་ཆགས་བློ་གྲོས་འདི་ནི་ཆེས་འཁྲུལ་བས། །འདོད་པའི་ལོངས་སྤྱོད་ཕུན་སུམ་ཚོགས་པའི་གནས་འཚོལ་ལ། །ཅི་བདེར་ཕྱོས་ཤིག་ཁྱོད་ཀྱི་རེ་བ་འགྲུབ་གྱུར་ཅིག །

ཅེས་བརྗོད་པས་ལྷག་པར་སྡུག་བསྔལ་བར་གྱུར་ནས་ད་ནི་གཞོན་ནུ་མཆོག་འདིས་ཀྱང་བདག་བུད་ཤིང་བསྲེགས་པའི་སོལ་བ་བཞིན་དུ་ངེས་པར་འདོར་བ་ཞིག་གོ་སྙམ་ནས་མྱ་ངན་གྱིས་ཡིད་གདུངས་ཤིང་། དཀའ་སྤྱོད་དྲག་པོས་ཡུལ་ཧེ་བྷ་ཏུར་པ་དཀར་པོ་རྙིས་ཟིན་པ་དང་འདྲ་བས་ངུད་མོའི་སྒྲ་དང་བཅས་ཏེ་གསོལ་པ།

སྙིང་རྗེའི་གཏེར་གྱུར་སེམས་དཔའ་ཆེན་པོ་ཞེས། །གྲགས་ཀྱང་བརྩེ་མེད་གསུང་ནི་དེ་རིང་ཐོས། །བདག་གི་གདུང་བའི་ཚ་ཙམ་མགོན་ཁྱོད་ཀྱིས། །སྙིང་རྗེར་གྱུར་ན་བརྩེ་བས་འདོར་བཟོད་དམ། །དམ་པའི་སྤྱོད་ལ

ཞུགས་རྣམས་རང་ཉམས་ལ། །དཔགས་ནས་འགྲོ་བ་སྒྲོལ་བའི་ཁུར་འཁྱེར་བས། །སེམས་ཅན་གཅིག་ཅིག་འདོར་ཡང་བྱང་སེམས་ཀྱི། །རླབས་ཆེན་སྤྱོད་པའི་ཚུལ་དུ་མི་རུང་ན། །བདག་ནི་བཙོ་བསྲེག་དམྱལ་བའི་སྡུག་བསྔལ་ལས། །ཆེས་ལྷག་གདུང་བ་མངོན་སུམ་མཁྱེན་བཞིན་དུ། །སྐྱབ་པར་མི་མཛད་མཐའ་ཡས་འགྲོ་བའི་དོན། །སྤྱོད་བཞེད་ཐུགས་བསྐྱེད་དམ་བཅའ་ཅི་ཞིག་འདྲ། །ཚུལ་བཞིན་སྤྱོད་དང་ལོག་པའི་ལམ་ཞུགས་པའི། །ཁྱད་པར་དཔག་པར་དཀའ་བ་ཉིད་ཀྱི་ཕྱིར། །བུད་མེད་སྨད་བྱའི་གནས་སུ་སྒྲོ་འདོགས་ཀྱང་། །དམན་པ་ཉག་གཅིག་གྱུར་པ་སྲིད་མ་ཡིན། །མ་རུངས་ལོག་པར་སྤྱོད་པ་གཅིག་ལྟ་བུར། །ཀུན་ཀྱང་དེ་དང་མཚུངས་ཞེས་སྨྲ་བྱེད་ན། །ཟླ་མེད་རྒྱལ་སྲས་བསྔགས་འོས་ཡོན་ཏན་གཏེར། །མཆོག་ཀྱང་འབངས་ཁོལ་དེ་དང་མཚུངས་སམ་ཅི། །སྒྱུ་མ་ཆེན་པོའི་བདག་ཉིད་བུད་མེད་ཅེས། །ཀུན་ལ་འཐིང་སྣད་བསྟིང་ཚིག་གིས་སྨད་དེ། །ལོག་པར་གཟིགས་པའི་གནས་སྐབས་བཏང་བྱས་ནས། །གདུལ་བྱའི་ཞིང་དུ་བྱུང་གང་རྗེས་སྐྱོང་འཚལ། །

ཞེས་གསོལ་བས། བུད་མེད་རྣམས་ནི་འགལ་བ་ཁོ་ན་སྨྲ་བས་ཡིད་བརྟན་བྱ་བར་མ་འོས་སོ་སྙམ་ནས་ཡང་སླས་པ། མཛེས་མ་མཉན་གྱིས་ཆོས་སྤྱོད་གེགས་མ་བྱེད། །ནགས་ནང་འདི་ནི་ཁྱོད་ཆགས་གནས་མ་ཡིན། །བུད་མེད་རྣམས་ནི་འདོད་པ་དོན་དུ་གཉེར། །བདག་ནི་ཆགས་ལས་ཕྱིར་ཕྱོགས་ཞི་ལམ་བསྟེན། །ནགས་ཀླུང་འཇིགས་ཤིང་གཅན་གཟན་ཁྲོ་བོས་འཚེ། །རྩ་བ་སྨྱུ་གུའི་ཟས་དང་ཆུ་གཙང་གི། །སྒོམ་ལ་བརྟེན་པ་ཙམ་ལས་ལོངས་སྤྱོད་བྲལ། །རིག་འཛམ་གྲང་རིག་སྐྱབ་པའི་ཁྱད་པར་གོས། །མ

མཆིས་ཤིང་ཤུན་ཀྱོན་པ་ལ་བརྟེན་ནས། །རྟག་ཏུ་སྒྲ་བཅད་བསམ་གཏན་ཁོ་ན་ལ། །མཉམ་པར་འཇོག་པ་ཁྱོད་ཀྱིས་ཇི་ལྟར་ནུས། །རྒྱལ་སྲིད་ཕུན་ཚོགས་རིན་ཆེན་གཞལ་མེད་ཁང་། །ཉེ་དུ་འབངས་འཁོར་མཛའ་བས་བཀུར་སྟིར་བྱེད། །ལྷ་ཡི་དཔལ་མཚུངས་ལོངས་སྤྱོད་ལ་རོལ་ཕྱིར། །སླར་ཡང་རྩེ་དགའི་ཚལ་དེར་དོང་བར་གྱིས། །འདོད་ལ་བརྐམ་པས་མཐའ་མེད་འཁོར་བར་ལྟུང་། །ངན་འགྲོའི་ལམ་དུ་འཁྲིད་པའི་ས་མཁན་བཞིན། །ཁྱད་པར་ཏིང་འཛིན་འཇིག་པའི་མི་དགེའི་ལས། །ཡིད་འཕྲོག་བུ་མོ་ཁྱོད་ཀྱིས་མི་སྒྲུབ་འཚལ། །ད་ལྟའི་འདོད་པའི་ཡོན་ཏན་རྣམ་ལྔ་ལས། །འབྲལ་བར་མི་བཟོད་མ་འོངས་ལེན་པ་ལ། །མངོན་པར་ཆགས་པའི་འདོད་ཆགས་རྩ་བ་ནི། །བུད་མེད་ལས་བྱུང་དེ་ཕྱིར་ཉེ་མི་རུང་། །དགའ་མའི་དོན་སླད་ཁྲིམས་འཁྲུགས་ཉམས་གྱུར་ཏེ། །གཞན་ལ་གནོད་ཅིང་འཚེ་བྱེད་གནག་སེམས་ཅན། །ཞེ་སྡང་དྲག་པོས་སྙིང་མྱོས་ཉེས་སྤྱོད་ཀྱི། །བྱེད་པ་བུད་མེད་དག་ལ་བརྟེན་ནས་འབྱུང་། །མང་དུ་སྤྱད་པས་དབང་པོ་རྣམས་ཉམས་ཏེ། །ལས་འབྲས་བདེན་པ་རྒྱལ་བ་དེ་ཡིས་གསུང་། །ཚོགས་མཆོག་ཡོན་ཏན་ལ་ནི་སེམས་སྡོངས་པའི། །གཏི་མུག་ཀུང་ནི་བུད་མེད་ཉིད་ལས་བྱུང་། །མཛེས་པའི་རང་བཞིན་ཡིད་འཕྲོག་ནུ་རྒྱས་མ། །དགའ་མར་ཐོབ་པ་ལ་བརྟེན་སེམས་རློམ་ཞིང་། །ཁེངས་པར་གྱུར་པའི་ང་རྒྱལ་ཆེན་པོ་སྐྱེ། །དེ་ཡང་བུད་མེད་ལས་བྱུང་ཉོན་མོངས་པའི། །གཞི་དང་རྩ་བར་གྱུར་པ་གྲོགས་སྤྱད་ན། །འཁོར་བའི་གཙོང་རོང་ལྟུང་བའི་གཏིང་ཇོར་འགྱུར། །བདག་ལ་མ་ཆགས་ཡིད་འོང་མཛེས་པའི་ལུས། །སྲིད་ལྡན་མངོན་འདོད་སྐྱེད་བྱེད་འདི་མཆིས་ན། །བདག་ལས་ཆེས་ལྷག་ལྷ་དང་མཚུངས་པའི་གྲོགས། །འཇིག

རྟེན་འདིར་མཆིས་དེ་དག་ལ་བརྟེན་ཏེ། །འདོད་པའི་རེ་བ་ཐོབ་པར་ངེས
ཉེད་པས། །གང་གི་ཁམས་དང་མོས་པ་རབ་མཐུན་པའི། །གྲོགས་དང་
ལྷན་ཅིག་བརྩེ་བས་རབ་འགྲོགས་ཏེ། །ཅི་དགའི་འདོད་ཡོན་ལོངས་སྤྱོད་ལ་
རོལ་ཞིང་། །གཉེན་དང་འཁོར་ཚོགས་རྒྱ་མཚོའི་དབུས་རོལ་དུ། །བག་
ཕེབས་བདེ་བར་རྟེན་ཅིག་ཡིད་འོང་མ། །

ཞེས་རང་ཉིད་འཁོར་བར་ཡིད་སྨུང་ཞིང་། གཏན་གྱི་གྲོགས་ཡིད་འོང་མར་ཡང་འཁྲི་བ་ཡོངས་སུ་ཆོད་པའི་རྣམ་པ་ཆེས་ཆེར་གསལ་བའི་གསུང་འབའ་ཞིག་གིས་བསྐྲུས་པ་ན། ཡིད་འོང་མ་དེའི་བསམ་པར་བདག་ལ་བསམ་རྒྱུ་ནི་གཞོན་ནུ་མཆོག་ཉིད་ལས་མེད་ཅིང་། སྔར་རང་ཉིད་ལ་ལས་ཀྱི་མེ་ཏོག་འཐོར་བས་གཞོན་ནུ་མཆོག་འདིའི་དོན་དུ་རང་གིས་སྡུག་བསྔལ་ཇི་སྙེད་ཅིག་མྱོང་བ་སྨྲས་ཅི་གཞོན་ནུ་དམ་པ་ཉིད་སྲིད་པའི་འདུ་ཛཱི་ཡོངས་སུ་དོར་ཏེ་ཞི་བའི་ནགས་སུ་གཤེགས་པའི་སྣང་ཚུལ་རྟོགས་གཤིས་ཀྱི་ཤུག་ཏུ་རེ་བའི་འདུན་པ་ནི་རང་ཉིད་ཀྱིས་ཀྱང་བཏང་ཟིན་རུང་། ཚེ་འདིའི་འདུ་བྱེད་མ་སྤོངས་བར་གང་གི་ཞལ་གྱི་དཀྱིལ་འཁོར་བསྟེན་པའི་སྐལ་པ་ཞིག་ཐོབ་པ་དང་། སྐྱེ་བོ་དམ་པའི་ཕྱག་ཕྱིར་ཞུགས་ན་ལས་ངན་འབའ་ཞིག་གསོག་པའི་ལུས་ངན་འདི་ཐོག་ནས་ངན་འགྲོའི་གཡང་ས་ལས་གྲོལ་ཐུབ་པ་ཞིག་ཡོང་དུ་རེ་བས་བགྲོད་པར་དཀའ་བའི་ཤུལ་རིང་ལམ་དུ་འཕྱན་ནས་བཀྲེས་སྐོམ་དང་ངལ་དུབ། གཅན་གཟན་གྱི་འཇིགས་པ་གང་ལའང་ཇི་མི་སྙམ་པར་སེམས་རྩེ་གཅིག་ཏུ་ཞབས་རྟུལ་བསྙེགས་མོད་ཀྱང་། རྗེས་སུ་བརྩེ་བའི་འཆིང་བ་ངེས་པར་ལྷོད་པ་ཞིག་གོ་སྙམ་སྟེ་བཟོད་གླགས་བྲལ་བའི་སྡུག་བསྔལ་གྱིས་རབ་ཏུ་གདུངས་ནས་ལུས་སྐལ་བ་ངན་པ་ནི་ཁ་བུབ་ཏུ་འགྱེལ། སྐྲའི་ཟུར་ཕུད་ཟིང་ཟིང་པོར་གྲོལ་བ་ནི་ཕྲག་པ་

ལ་བྱ་རོག་བབ་པ་ལྟར་བསྐལ། ཤུགས་རིང་དང་འཁྲོགས་པའི་མཆི་མ་ནི་སྟུག་པོར་འབབ། འཆི་བ་ལ་མངོན་དུ་ཕྱོགས་པ་ལྟ་བུའི་མིག་ནི་རིལ་རིལ་པོར་གྱུར། རྡུལ་བའི་ཆུས་ལུས་ནི་ཀུན་ནས་གཤེར་བར་བྱས། མྱ་ངན་གྱི་དབང་གིས་དབུགས་འབྱུང་འཇུག་ཀྱང་དཀའ་བ་ལྟར་གྱུར་ཏེ་སྐད་ཡང་ཕྱུག་བྱས་ནས་སྒྲ་གཅོམ་ཆུང་ངུས་གསོལ་པ།

འདོད་ཅེས་བྱ་བས་ཕལ་ཆེར་འགྲོ། །ལོག་ལམ་ལྷུང་བ་ཚད་མའི་བཀའ། །ཁྱོད་ཐུགས་མད་དོ་བདག་ཉིད་ནི། །ཆོས་སྤྱོད་གེགས་བྱེད་བྱར་མི་སྲིད། །འདི་ལྟར་ཁྱོད་ཞབས་པད་མ་ལ། །བདག་ཉིད་བུང་བ་ཉེར་བརྟེན་པ། །འདོད་ཆགས་ཕྱིར་མིན་བསླུ་ཕྱིར་མིན། །གྲགས་ཕྱིར་མ་ལགས་དཀའ་ཐུབ་ནི། །འཇིག་པར་བྱེད་པ་ཅང་སྲིད་དམ། །དཀའ་སྤྱད་དྲག་པོས་རྒྱལ་སྲས་ཀྱི། །ཞབས་རྡུལ་སྙེགས་འདི་ཆོས་བཞིན་དུ། །སྤྱོད་ལ་བདག་ཀྱང་སྒྲོ་གྱུར་ཞིང་། །གང་གི་དཔལ་དང་ཡོན་ཏན་ལ། །མོས་པའི་དབང་གིས་འདིར་ལྷགས་སོད། །འདོད་པ་ཞེས་བྱ་མ་རུངས་འདིས། །སྐལ་ངན་བདག་ནི་ལན་མང་དུ། །མི་ཟད་དུཿཁ་ལ་སྦྱར་བས། །ད་ནི་དེ་དོན་ཅི་ཕྱིར་གཉེར། །མགོན་ཁྱོད་ཞི་བའི་ནགས་ཀླུང་འདིར། །འགྲོ་དོན་སྤྱོད་པར་དམ་བཅས་ནས། །བདག་ནི་སྤྱོས་པ་བརྒྱུས་སྤྱོས་ཏེ། །བརྩེ་མེད་སྙིང་རྗེར་མི་འཚལ་ན། །ས་འདི་ལ་ནི་ཕྱི་རོལ་དུ། །གོམ་པ་འདོར་ལས་ཤི་བ་སླ། །དུག་བསྐྱེད་ས་གཞི་ལྟ་བུའི་སྡིག །ཁྲར་དུ་ལྟེ་བའི་རྩ་ལག་ནི། །ལས་དམན་བདག་གི་བགོ་སྐལ་དུ། །བབ་ཕྱིར་འཁྱོད་ཅིང་གདུང་བས་བཅོམ། །ད་ནི་འཆིང་བྱེད་ཞགས་པ་ཡིས། །བཅིངས་ཏེ་འཁྲིད་པར་བཟས་ན་ཡང་། །མདུན་ས་འདི་ལ་ཚེའི་འདུ་བྱེད། །ཇོགས་པར་བྱེད་པའི་དམ་བཅའ་

བཀོད། །རྒྱལ་སྲས་དགྱེས་པའི་འཛུམ་ཞལ་མི་སྟོན་ཡང་། །བདག་ནི་དམ་པའི་ལམ་ལས་འདོར་མི་ནུས། །གང་ཁྱོད་རྒྱ་མཚོའི་མཐར་ཐུག་འཛིན་མའི་ཁྱོན། །དབང་ཕྱུག་ཕྱུག་རྒྱས་ཉེར་འབྱུད་མིའི་བདག་པོར། །གྱུར་ཚེ་བཙུན་མོ་རིན་ཆེན་དབང་བསྒྱུར་ཐོབ། །སྐབས་དེར་མི་ཕྱིད་དད་དང་གདུང་བ་ཡིས། །ཉེར་བཏུད་རྟེན་དང་བཀུར་སྟིས་མངོན་མཆོད་ནས། །མཆོག་ཏུ་མཛའ་བའི་དགའ་བ་ཉམས་མྱོང་མཐར། །ད་ནི་ཀུན་སྤངས་རྣམ་པར་ཐོངས་པའི་ཚུལ། །ཟླ་མེད་འཇིགས་རུང་ནགས་སུ་བསེ་རུ་ལྟར། །གཅིག་པུར་བཟའ་བཅའ་ན་བཟའ་མ་མཆིས་པར། །བཞུགས་ཁྱོད་སྤངས་ནས་བདག་ནི་གང་དུ་འགྲོ། །སྲོག་གི་དབང་པོ་འདོར་ཡང་མདུན་ས་འདིར། །སྤྱོད་དོ་འཚོ་ཡང་དེ་ལས་གཞན་སེམས་བྲལ། །རྒྱལ་སྲས་ཐུགས་རྗེའི་འཇུག་པས་སྐྱོང་བྱེད་དམ། །འདོར་ཡང་ལས་མཐུར་ངེས་སོ་འགྱོད་གདུང་མེད། །

ཅེས་སྨྲེ་སྔགས་དེ་དག་འདོན་པ་ན། དཔའ་བོ་སྙིད་པ་གཞོན་ནུ་དེ་ཡང་སྙིང་རྗེའི་བསམ་པ་ཤུགས་དྲག་པོས་བསྐྱེད་དེ་མ་བཟོད་པར་འདི་སྐད་ཅེས་སོ། ལྷ་གཟིགས་སུ་གསོལ། མཛེས་མ་ཡིད་འོང་མ་འདི་ནི་འདོད་པའི་སྐྱོན་མང་མཐོང་བས་སྐྱོ་སྟེ་དེའི་ཆེད་དུ་མ་ཡིན་པར། གཞོན་ནུ་མཆོག་གི་དཔལ་དང་ཡོན་ཏན་དང་། རླབས་པོ་ཆེའི་སྤྱོད་པ་ལ་ཡི་རང་བར་གྱུར་ཏེ། འདིར་ལྷགས་པ་ལགས་ན། གཞོན་ནུ་མཆོག་ལས་གཞན་དུ་ཕྱོགས་པའི་སེམས་སྐད་ཅིག་ཀྱང་མི་འབྱུང་སྟེ། བུད་མེད་ཕལ་པའི་རྣམ་ཐར་གྱིས་གཞལ་དུ་ག་ལ་ཡོད་དེ་གཞན་ལས་ཁྱད་པར་འཕགས་པའི་དགེ་མཚན་དང་ལྡན་པ། སྙིང་སྟོབས་དང་། བརྩོན་འགྲུས་ཕུལ་དུ་བྱུང་བ། ཆོས་བཞིན་སྤྱོད་པ་ལ་སྤྲོ་བ་བརྟས་པ་ཞིག་ལགས་ན་ད་ནི་ངེས་པར་རྗེས་སུ་འཛིན་པར་རིགས་སོ། །ཞེས་གསོལ་བས།

རྒྱལ་བུ་གཞོན་ནུ་ཟླ་མེད་ཉིད་ཀྱིས་ཀྱང་ཡིད་འོང་མ་བརྟག་པར་དགོངས་ནས་སླར་དབུགས་དབྱུང་བའི་ཕྱིར་བཞིན་མཛོན་པར་འཛུམ་པའི་མདངས་ཕྱུངས་ཞིང་ཚངས་པའི་སྒྲ་དབྱངས་ཟབ་མོ་དང་ལྡན་པའི་ང་རོས་འདི་སྐད་ཅེས།

ལེགས་སོ་ལེགས་སོ་རིགས་ལྡན་མ། །ལྷག་བསམ་རྩ་བ་བརྟན་པོ་ཚུགས། །བརྩོན་འགྲུས་ཡལ་ག་རྣམ་པར་རྒྱས། །སྙིང་རྗེའི་མེ་ཏོག་རྣམ་བཀྲ་བའི། །དཔག་བསམ་འདོད་འཇོའི་མཚན་ཉིད་རྫོགས། །དམན་པ་བྱད་མེད་དག་ལ་ནི། །སྙིང་སྟོབས་འདི་ལྡན་ངོ་མཚར་ཆེ། །དཀའ་ཐུབ་བསམ་གཏན་སྒྲུབ་པ་ལ། །ཁྱོད་ཀྱང་ཡིད་དབང་ཕྱོགས་གྱུར་ན། །དབེན་པའི་ནགས་འདིར་བག་ཕབ་སྡོ། །དབང་པོར་འཚམས་པའི་དམ་ཆོས་ཀྱི། །བདུད་རྩིར་ཡོངས་སྦྱོང་བསམ་སྒོམ་གྱིས། །ཉམས་སུ་ལེན་ལ་གཞོལ་བྱས་ཏེ། །སྲིད་པའི་དགྲ་ལས་རྣམ་རྒྱལ་བའི། །ཏུ་མཆོན་ཐུབ་པ་མེད་པར་སྒྲིངས། །ཡིད་བཞིན་ནོར་གྱིས་ཆར་ཡང་ནི། །བསྒྲུན་པར་མི་བཟོད་དལ་བའི་རྟེན། །འདི་འདྲ་བརྒྱ་ཕྲག་བསྐལ་པར་ཡང་། །རྙེད་པར་དཀའ་བའི་མཆོག་ཅིག་ཡིན། །དེས་ནི་ཆེད་དུ་བྱ་བའི་དོན། །མར་གྱུར་ལུས་ཅན་ལ་དམིགས་ནས། །ཕར་ཕྱིན་དྲུག་དང་བསྡུ་བ་བཞིའི། །ཉམས་ལེན་གནད་ལ་མཁས་པ་ཡིས། །ཐོབ་བྱ་མཐར་ཐུག་རྫོགས་བྱང་གི། །གོ་འཕང་བདེ་བླག་སྙེར་ནུས་ན། །དོན་ལྡན་སྙིང་པོ་ལེན་པར་རིགས། །དེ་ཡང་ཡུན་དུ་མི་གནས་ཏེ། །ཤེས་ལྡན་འཇིགས་པ་འཇོམས་པ་དཔའ། །ཆེས་མཐོ་སྲིད་པའི་ལྷ་གནས་ནས། །མནར་མེད་དམྱལ་བའི་ཁམས་ཡན་ཆད། །ལས་ཉོན་དབང་གིས་གང་བསྐྱེད་པ། །འཆི་བདག་དབང་དུ་མ་གྱུར་མེད། །དེ་ཡང་རང་གིས་བསགས་པའི་ལས། །དགེ་སྡིག་འབྲས་བུ་བདེ་སྡུག་ནི། །འཚོལ་

མེད་སོ་སོར་སྨིན་པ་ལས། །གཤིན་རྗེའི་རྒྱལ་པོར་སྐྱབས་གསོལ་ཡང་། །སྡིག་ལ་དགེ་འབྲས་སྟེར་བ་མེད། །རྫུན་སྨྲ་གཡོ་སྒྱུས་བསླུ་ནུས་མིན། །མཐུ་སྟོབས་ལྡན་པས་རྩོལ་མི་ནུས། །འབྱོར་ལྡན་ནོར་གྱིས་རིན་བྱིན་ཡང་། །འཆི་བདག་ཁ་ལས་བཟློག་ཏུ་མེད། །མ་རིག་པས་སྤྲུལ་འཁོར་བར་སྐྱེས་ཀྱི་གར། །ཟློས་པ་དེར་ནི་ངེས་པར་འཆི་བདག་གི། །ཞགས་པས་རྒན་གཞོན་བར་མའི་གོ་རིམ་དང་། །བྲལ་བར་ལས་ཀྱི་རྗེས་སུ་ངེས་པར་འདྲེན། །དེ་ཚེ་ཕན་པར་བྱ་བའི་ཐབས་ཀྱི་ཕུལ། །དམ་པའི་ཆོས་ཀྱི་གྲོགས་ཙམ་རྗེས་འབྲེང་བ། །དེ་ལས་གཞན་གྱི་ཐབས་ཡོད་མ་གྱུར་ཕྱིར། །དེ་ནས་སྐབས་ཆེན་བརྩོན་འགྲུས་རྩོམ་པར་རིགས། །དེ་ཕྱིར་ཡན་ལག་བཞི་ལྡན་དཔུང་ཚོགས་ཅན། །རིན་ཆེན་བདུན་གྱིས་སྤྲ་བ་གླིང་བཞི་ལ། །དབང་བསྒྱུར་འཁོར་ལོས་སྒྱུར་བའི་གནས་ཐོབ་ཀྱང་། །འཆི་བདག་གདུག་པའི་རང་དབང་ཉིད་ཡིན་ན། །སྟོབས་ལྡན་རྒྱལ་པོའི་ཁབ་དང་འཛད་མེད་ནོར། །གཉེན་བཤེས་འཁོར་འབངས་དཔག་ཡས་མཛའ་བའི་གྲོགས། །རྨི་ལམ་བདེ་བ་མྱོང་འདྲ་སྡུག་བསྔལ་གྱི། །རང་བཞིན་དེ་ལ་སྤྱོད་ལྡན་སུ་ཞིག་ཆགས། །རྒྱལ་སྲིད་བྱ་བྱེད་བརྒྱ་ཕྲག་བསྐལ་པ་ལ། །བསྐྱབས་ཀྱང་ཟིན་པའི་མཐའ་ནི་མ་མཆིས་སོ། །ཞི་བའི་ནགས་ཚལ་འདུ་འཛིའི་གཡེང་བྲལ་བ། །འདི་ལ་ཆོས་དོན་གཉེར་ལ་སུ་མི་གུས། །མཛེས་མ་མྱ་ངན་འཆིང་བ་རབ་དོར་ནས། །དགའ་བའི་སྐྱུ་ལོང་ཀུན་ནས་ལྡང་གྱིས་ལ། །ལན་གཅིག་སྙེད་པའི་རྟེན་འདི་རང་གཞན་གྱི། །དོན་གཉིས་ཕུན་ཚོགས་སྒྲུབ་ལ་གཞོལ་བར་བྱའོ། །

ཞེས་གསུངས་པས། ད་ནི་བདག་གི་རེ་བ་ཡིད་བཞིན་དུ་འགྲུབ་པོ་སྙམ་ནས་ཡིད་འོང་མ་རབ་ཏུ་དགའ་བའི་སྐྱུ་ལོང་དཀར་པོས་ལུས་གཡོགས་པར་གྱུར

ཅིང་དཀའ་སྤྱད་ཀྱི་ངལ་དུབ་དང་། སྨྲ་ངན་གྱི་དབང་གིས་ཉམ་ཆུང་དུར་གྱུར་པའི་ལུས་འཕྲོར་པོར་ལངས་ནས་ཕྱག་ཀྱང་བྱས་སོ། །

དེ་ལྟར་ བསམ་ གཏན་ སྤྱོད་ པ་ དབེན་ པའི་ གནས། ། སྤོ་ ལྷོང་ ནེའུ་གསིང་ རྩ་ བྱའི་ མགྲིན་ པ་ ལྟར། །ཡིད་ དུ་ འོང་ བས་ མངོན་ པར་ ཁེབས་ པ་ཅན། །ལོ་མ་འབྲས་བུའི་ཁུར་གྱིས་རྣམ་དུད་པའི། །རིན་ཆེན་འཁྲི་ཤིང་མེ་ཏོག་གཡོ་བས་མཛེས། །ཁྲ་ཐྱུག་ངང་ཧུར་ལ་སོགས་གཉིས་སྐྱེས་ཚོགས། །བག་ཕེབས་སྙན་པའི་ངག་གི་རོལ་མོ་ཡིས། །སྨྲ་ངན་མེད་པའི་རྩེ་དགའ་ཁོང་ནས་དགོད། །མདོངས་མཐའ་ཅན་རྣམས་ཅོང་ཅོང་གླུ་དབྱངས་དང་། །ལྷན་ཅིག་སྒྲོ་གདུགས་གཡོ་བའི་གར་ལ་ཞུགས། །བསིལ་དྭངས་རྙོག་མེད་ཆབ་སྒྲ་སྙན་སྒྲོག་པ། །འཛུམ་དཀར་ལྦུ་ཕྲེང་བཞད་པའི་ཆུ་རྒྱུན་རིང་། །རྒྱ་ཆེན་མཐའ་དབུས་མི་མངོན་མེ་ལོང་ན། །ནམ་མཁའི་གཟུགས་བརྙན་མ་ལུས་ཤར་བ་བཞིན། །ཕ་མཐའ་མི་མངོན་རིན་ཆེན་འབྱུང་བའི་མཛོད། །ཆུ་གཏེར་དབང་པོ་ཇི་མཚར་དྲི་བསུང་ལྡན། །དབང་སྔོན་ཞུན་མར་འཁྱིལ་འདྲས་ཁོར་ཡུག་མཛེས། །སྣ་ཚོགས་ཁ་དོག་བཀྲ་བའི་འདབ་བརྒྱའི་དཔལ། །བཞད་པའི་ རྩེ་ མོར་ བུང་ བའི་ ན་ ཆུང་ རྣམས། །སྦྲང་ རྩིས་ མྱོས་ པའི་ རྣམ་ འཕྲུལ་ཡོངས་སྤྱོད་ལྡན། །ངང་ པའི་ རྒྱལ་ པོ་ ལ་ སོགས་ འདབ་ ཆགས་ ཚོགས། །མགྲིན་ པའི་ ཟླ་ ཛ་ བརྡུང་ ཞིང་ འཕུར་ ལྡིང་ གཡོ། །རྩོལ་ འཚེའི་ འཇིགས་ ལས་གྲོལ་ བའི་ རི་ དྭགས་ རྣམས། །བག་ ཡངས་ སྙོད་ པོར་ རྒྱུ་ བའི་ སྤྱོད་ ཚུལ་ཤེས། །ཁྲོ་གཏུམ་མཆེ་བ་གཙིགས་པའི་གཅན་གཟན་ཡང་། །གདུག་སེམས་ཉེར་ཞི་དུལ་བའི་ངང་ཚུལ་སྟོན། །དེ་ལྟར་བསྔགས་འོས་དགེ་ མཚན་ རྒྱ་ ཆེ་ག །དབེན་གསུམ་བདུད་རྩིས་བརླན་པའི་ནགས་ནང་དེར། །འདོད་སྲེད་

ཀླུང་གིས་མི་གཡོ་བསམ་གཏན་གྱི། །བརྟུལ་ཞུགས་སྐྱོང་གནས་ལོ་མའི་ཁང་བུ་ཆུང་། །ཉམས་སུ་བདེ་བར་ཐར་འདོད་འཇིག་རྟེན་གྱི། །འཆིང་བ་ཀུན་ལས་གྲོལ་བ་རྣམ་གསུམ་དེ། །འཁོར་བའི་རང་བཞིན་ཤེས་པའི་ངེས་འབྱུང་དང་། །འགྲོ་ཀུན་སྒྲོལ་བའི་ཁུར་ཁྱེར་བྱང་ཆུབ་སེམས། །རྟག་ཆད་མཐའ་ཡས་གྲོལ་བའི་གནས་ལུགས་དོན། །ཉམས་མྱོང་སྐལ་བ་བཟང་པོའི་ཏིང་འཛིན་སྒོ། །བྱེ་བ་ཕྲག་བརྒྱའི་རོལ་པར་འབྱམས་སུ་གླུས། །

51. རྒྱལ་སྲས་གཞོན་ནུ་ཟླ་མེད་ཕ་མ་དང་ཉེ་དུ་འབངས་འཁོར་མཛའ་བཤེས་སོགས་ལ་དམ་པའི་ཆོས་སྟོན་པའི་དོན་དུ་ཕྱིད་པའི་རྒྱན་དུ་མངོན་པར་ཕྱུགས་པའི་སྐོར།

དེ་ལྟར་རབ་ཏུ་དབེན་པའི་གནས་དེ་ཉིད་དུ་དཀའ་ཐུབ་ཀྱི་སྤྱོད་པ་དང་བསམ་གཏན་བཞི་དང་ཚངས་པའི་གནས་བཞི་ལ་སོགས་པ་ལ་རྩེ་གཅིག་ཏུ་བརྩོན་པ་ལས་མཐར་གྱིས་མངོན་པར་ཤེས་པ་ལྔ་ཡང་ཐོབ་སྟེ་དེ་ཡང་ལྷའི་མིག་གིས་ནི་སེམས་ཅན་སྐྱེ་བ་དང་འཆི་འཕོ་བ་ཤེས། ལྷའི་རྣ་བས་ནི་གཞན་གྱི་སྒྲ་ཆེ་ཆུང་ངོ་ན་སྒྲ་བ་དང་། སྐད་གྲུར་སྒྲ་བ་ལ་སོགས་པ་ཇི་བཞིན་ཐོས་ཤིང་རྟོགས། གཞན་སེམས་ཤེས་པ་ནི་སེམས་ཅན་ཐམས་ཅད་ཀྱི་དུག་གསུམ་དང་བཅས་པ་དང་བྲལ་བ་ཤེས། སྔོན་གནས་རྗེས་དྲན་པ་ནི་རང་དང་གཞན་གྱི་དགེ་མི་དགེའི་བག་ཆགས་ཀྱི་འབྲས་བུ་བཟང་བ་དང་ངན་པ་ཇི་ལྟ་བུ་འབྱུང་བ་ནི་རྟོགས། རྫུ་འཕྲུལ་གྱི་མངོན་ཤེས་ནི། སྟོད་ནས་མེ་འབར། སྨད་ནས་ཆུ་འབྲུབ་པ་ལ་སོགས་པའི་མངོན་པར་ཤེས་པ་ལྔ་ལ་དབང་འབྱོར་བར་གྱུར་མོད་ཀྱི། དེ་ལྟ་ན་ཡང་སྣང་ཕྱོགས་ཐབས་ཀྱི་ཆའི་དགེ་བ་རྣམས་ལ་ཇི་ཙམ་འབད་

པར་བྱས་པ་དང་། ཇི་ཙམ་བསྒོམ་བར་བྱས་ཀྱང་། ལས་དང་ཉོན་མོངས་པའི་སྣང་ཞེན་གོ་ཆ་ལྟར་བསྒྲ་བས་ཡང་ནས་ཡང་དུ་ཉིང་མཚམས་སྦྱོར་བའི་འཁོར་བ་ལས་གྲོལ་བར་མི་འགྱུར་ན། ཐུན་མོང་བའི་ལམ་འཇིག་རྟེན་པའི་དངོས་གཞིའི་སྙོམས་འཇུག་དང་། སྤྱན་ལྔ་དང་མངོན་ཤེས་ལྔ་ལ་སོགས་པས་ནི་ལྷ་སྨོས་ཀྱང་ཅི་དགོས་སྙམ་དུ་བསམས་ནས་འཁོར་བའི་གནས་འདིར་ཀུན་ནས་འཆིང་བར་བྱེད་པའི་རྩ་བ་དང་གཞིར་གྱུར་པ་ནི་བདག་ཏུ་འཛིན་པ་ཡིན་ཅིང་། དེ་སྤང་བར་བྱ་བ་ལ་དམིགས་པའི་གནད་གཅིག་ལ་བརྟེན་ནས་འཛིན་སྟངས་དངོས་འགལ་དུ་ཞུགས་པའི་ལམ་མངོན་དུ་བྱ་བར་མ་ནུས་ན། སྲིད་པ་འཁོར་བའི་སྡུག་བསྔལ་མ་ལུས་པའི་རྩ་བ་བདག་འཛིན་མ་རིག་པའི་ཞེན་ཡུལ་དྲུངས་ནས་འབྱིན་མི་ནུས་པར་རྟོགས་ཤིང་། དེ་ཡང་རང་བཞིན་དང་བྲལ་བའི་གནས་ལུགས་ཁོ་ན་ཉིད་དང་རང་གི་རྒྱུ་དང་རྐྱེན་ནམ། རང་གི་ཆ་ཤས་ལ་ལྟོས་ནས་གྲུབ་པའི་རྟེན་ཅིང་འབྲེལ་པར་འབྱུང་བའི་ལམ་གཉིས་མི་འགལ་བར་འཛོག་པ་དང་། རྟག་པ་དང་། ཆད་པའི་མཐའ་ལས་འདས་པ། དགག་བྱ་རང་བཞིན་མེད་པར་རྟོགས་པའི་ངེས་ཤེས་ཀྱི། མིང་རྐྱང་བཏགས་ཡོད་ཙམ་གྱི་རྟེན་འབྲེལ་བསླུ་བ་མེད་པའི་དོན་ལ་ངེས་པ་ཐུབ་པ་འདི་ནི་བསམ་པ་དང་། བསྒོམ་པ་དང་། མངོན་དུ་བྱ་བའི་མཆོག་རབ་ཏུ་གཙོ་བོར་གྱུར་པའོ། །ཞེས་ཡིད་འོང་མ་དང་། སྲིད་པ་གཞོན་ནུ་ལ་ཡང་ཚངས་པའི་དབྱངས་ཀྱིས་བསྐད་ཅིང་། རང་ཉིད་འདོད་པའི་ཡོན་ཏན་ལ་ཡིད་མི་བརྟན་ཏེ། རྣམ་གཡེང་དང་ལེ་ལོས་ཡིད་འབྱུང་སྐྱེ་ལམ་ཐུལ་དུ་གྱུར་པ་དེ་ལ་ནན་ཏན་དུ་བྱས་པས། སྤྱོད་ཡུལ་ཀུན་ཏུ་དེའི་ཡིད་ལ་འདུ་འཛི་གཡེང་བའི་བག་ལ་ཉལ་བ་ཅི་ཡང་མ་བྱུང་བར། གནས་ལུགས་དེ་ཁོ་ན་ཉིད་མངོན་དུ་གྱུར་ཏེ། མྱ་ངན་ལས་འདས་པའི་

གྲོང་ཁྱེར་དུ་འགྲོ་བ་འདྲེན་པའི་དེད་དཔོན་དུ་ནི་གྱུར། ལས་དང་ཉོན་མོངས་པས་བསྐྱེད་པའི་སྐྱེ་བའི་མཐའ་ནི་ཟད། སེམས་རྣམ་པར་གྲོལ་བའི་ཡེ་ཤེས་ཀྱི་བདུད་རྩིར་ལོངས་སྤྱོད་པ་ཐོབ་པས་ད་ནི་འགྲོ་བ་མ་གྲོལ་བ་རྣམས་གྲོལ་བར་བྱ་བའི་སྤྱོད་པ་རླབས་པོ་ཆེ་ལ་འཇུག་གོ་སྙམ་སྟེ་ནགས་ནང་དེ་ཉིད་དུ་འཇུག་གོ། །དེ་ནས་ཇི་ཞིག་ན་རྒྱལ་བུས་སྔོན་གྱི་དམ་བཅའ་དྲན་ཏེ། ད་ནི་བདག་རྣམ་པར་གྲོལ་བ་ལ་རྟོགས་པས། ཕ་དང་། མ་དང་། ཉེ་དུ་དང་། འབངས་འཁོར་དང་། མཛའ་བཤེས་ལ་སོགས་པ་མཐའ་ཀླས་པའི་སེམས་ཅན་རྣམས་ངན་འགྲོར་ལྟུང་བའི་སྤྱོད་པ་ལས་ལྡོག་སྟེ་ཁམས་དང་། བསམ་པ་དང་། བག་ལ་ཉལ་གྱི་རིམ་པ་དང་། འཚམས་པར་དམ་པའི་ཆོས་སྟོན་པའི་དོན་དུ་སྲིད་པའི་རྒྱན་དུ་འགྲོའོ། །ཞེས་སྨྲས་པ་ན་ཡིད་འོང་མ་དང་། དཔའ་བོ་སྲིད་པ་གཞོན་ནུ་ཐེ་ཚོམ་དུ་གྱུར་ནས་གསོལ་པ། རྒྱལ་བའི་སྲས་པོ་མཁྱེན་པར་མཛོད་ཅིག རྒྱལ་སྲིད་ཅེས་བྱ་བ་དེས་ནི་སྔོན་ཡང་རྣམ་པ་དུ་མའི་སྒོ་ནས་ཉམས་ཉེས་པར་གྱུར་ན་ད་ནི་དེར་ཅི་ཞིག་འཚལ། དཀའ་ཐུབ་ཀྱི་ནགས་ཚལ་འདི་ནི་ལྷན་ཉམས་དགའ་བ་འདུ་འཛིའི་གཡེང་བས་མ་འགོས་པ། རྩ་བ་དང་། འབྲས་བུ་དང་། ལྕུམ་པོ་དང་། ཆུ་བསིལ་དང་། ལོ་མ་དང་། ཤུན་པ་ལ་སོགས་པའི་བཟའ་བཏུང་དང་ཀྱོན་པ་རྩོལ་མེད་པར་ཤུགས་ཀྱིས་འབྱུང་བ། བག་ཕེབས་ཤིང་། བསམ་གཏན་ལ་ཁོར་ཡུག་ཏུ་སྤྱོད་པའི་དབེན་པ་འདི་སྤངས་ནས། རྒྱལ་སྲིད་མི་དགེ་བ་སྡིག་པའི་རང་བཞིན། ཁེངས་པ་དང་། ང་རྒྱལ་དང་། རྩུབ་པ་དང་། ཁྲོ་བ་དང་། གཟུ་ལུམ་གྱི་སྤྱོད་པ་སྐྱོང་བ། བདེ་མེད་ཞི་མེད་སྲིད་པའི་བཙོན་ཁང་ལྟ་བུ་དེར་ཅིས་ཀྱང་གཤེགས་པར་མི་རིགས་སོ། །ཞེས་གསོལ་བ་ན། གཞོན་ནུ་གཞན་དོན་ལ་སྤྲོ་བས་དྲང་པའི་

ཚིག་གིས་ཡང་སླས་པ།

མ་གྲོལ་དེ་ཉིད་རྒྱལ་ཁབ་དཔལ་འབྱོར་ལ། །ལོངས་སྤྱོད་པར་ནི་མི་དགེ་སྡིག་པའི་གཞི། །སླ་བ་བདེན་མོད་ད་ནི་རྣམ་གྲོལ་བས། །སྲིད་པའི་གདུང་བས་མནར་ལས་ཕྱིར་ཕྱོགས་ན། །ཡིད་གཉིས་འཆིང་བའི་ཀུན་རྟོག་བྱར་མི་འོས། །བདག་ནི་ཡབ་ཡུམ་གུས་བསྙེན་མཐའ་ཡས་འགྲོའི། །དོན་ཆེན་སྤྱོད་ལ་འཇུག་པར་མི་ནུས་ན། །བརྩེ་བར་བསྐྱངས་པའི་དྲིན་དུ་ཇི་ལྟར་གཟོ། །སྡུག་བསྔལ་མེ་འོབས་འབར་བའི་རྒྱལ་ཁབ་དེ། །བྱང་ཆུབ་སྤྱོད་པའི་ཆུ་བོས་བསིལ་བྱེད་མོད། །འཇིག་རྟེན་འཁོར་བའི་དོན་བརྩོན་ཨེ་རནྣའི། །རང་བཞིན་ཡ་མ་བརྣ་དེར་སུ་ཞིག་འཇུག །ཆོས་དང་མཐུན་པ་ཆོས་སྲའི་གཏམ་སྙན་པོ། །ཉོན་མོངས་དུག་གསུམ་ཀུན་ནས་གཞིལ་བྱས་ཏེ། །རྣམ་པར་གྲོལ་བའི་དཔལ་ལ་ལོངས་སྤྱོད་པའི། །ལེགས་བཤད་རིན་ཆེན་ཕུང་པོ་བསྐྱིལ་བར་བྱ། །

ཞེས་གསུངས་པས་དེ་གཉིས་བཀའ་ལས་འགོང་བའི་མཐུ་མེད་པས་གཞོན་ནུ་གང་དུ་གཤེགས་པའི་ཕྱི་བཞིན་དུ་འབྲངས་སོ། །དེ་ལྟར་བསམ་གཏན་སྒྲུབ་པའི་གནས་དེ་ནས་སོང་སོང་བ་ལས་ནགས་ཀླུང་སྟུག་པོའི་ལམ་ཕྱེད་ཙམ་དུ་བརྟོལ་བའི་ཚེ། ལམ་རྒྱུགས་དང་བཅས་པའི་འཚོ་བ་བཅལ་བའི་སྐད་དུ་ཕྱོགས་དེ་དང་ཉེ་བའི་ལོགས་ཤིག་ན་འབྲས་ལྡན་གྱི་ལྗོན་ཤིང་སྟུམ་ཞིང་ཡལ་ག་སྟུག་པ། རྩ་བ་བརྟན་ཅིང་རྩེ་མོ་མངོན་པར་མཐོ་བ་ཞིག་མཐོང་ནས་འདོད་པས་མངོན་པར་དྲངས་ཏེ་ཤིང་དེའི་རྩེ་མོར་སྲིད་པ་གཞོན་ནུས་འཛེགས་ནས། ཁ་དོག་དྲི་རོ་ཕུན་སུམ་ཚོགས་པའི་འབྲས་བུ་བླངས་ཏེ་སྐར་ཐོན་པ་དེ་ལས་བབས་པའི་ཚེ། ཤིང་དེའི་ཡལ་ག་ཉེ་མའི་ཚ་ཟེར་གྱིས་སྙིངས་ཤིང་ཆར་ཆུས

ངར་དང་ལྡན་པར་བྱས་པ་བཞིན་ཕྱིད་གཤགས་རྩེ་མོ་ཁབ་རྩེ་ལྟར་རྣོ་བ། སྤྱི་གྲིའི་དབལ་དང་ལྡན་པ་ལས་ཀྱི་བྱེད་པོས་ཆེད་དུ་བཟོས་པ་དང་འདྲ་བ་ཞིག་གི་རྩེ་མོར་གྱུར་པའི་ཤུགས་ཀྱིས་བབས་པ་ལས་རྐང་པ་ཆེས་ཆེར་རྨས་ཏེ་ཐོན་པ་དེ་ལས་ཤིང་ཏོག་སྨིན་པ་བཞིན་དུ་ལྷུང་བར་གྱུར་ཏོ། །དེར་ཟླུག་རྫུ་དྲག་པོས་གདུངས་པས་ས་ལ་འགྲེ་ཞིང་ལུས་རྣམས་རྡུལ་ནས་བཞིན་བརྡུས། མིག་གཡོ་བ་མེད་པར་གྱུར་ཏེ་ས་གཞི་ཁྲག་གིས་དམར་ཚག་ཚག་བཏབ་བོ། །དེར་སྲིད་པ་གཞོན་ནུ་ཟླུག་རྫུ་བཟོད་པར་དཀའ་ཞིང་། སྙིང་རྗེ་རྗེ་ལྟར་དུ་འདུག་པ་རྒྱལ་བུ་གཞོན་ནུ་དང་། ཡིད་འོང་མ་གཉིས་ཀྱིས་མཐོང་སྟེ་རབ་ཏུ་འཇིགས་ཤིང་སྐྱི་གཡའ་བར་གྱུར་ནས། དེའི་དྲུང་དུ་རི་མོར་བྲིས་པའི་རྣམ་པ་འདྲ་བའི་མིག་གིས་ལྟ་ཞིང་ཐབས་ལ་རྨོངས་པས་འདི་སྙམ་དུ་བསམས་པ། ཀྱི་མ་སྙིང་ཉེ་ཞིང་གུས་པར་བལྟ་བའི་གྲོགས་འདི་ལྟར་ཉམས་ཉེས་སུ་གྱུར་པ་སྤང་དུ་ནི་མ་མཆིས། དཀའ་ཐུབ་ཀྱི་གནས་སམ་སྲིད་པའི་རྒྱན་དུ་བགྱིད་པའི་མཐུ་ནི་མེད། འདི་ལ་གསོ་བར་མཁས་པའི་སྨན་པ་དག་ཀྱང་མ་མཆིས་ན་སྲིད་པ་གཞོན་ནུ་འཆི་བདག་གི་ཞགས་པས་ཟིན་པར་མ་གྱུར་གྲང་། འདིའི་ཟླུག་རྫུ་ལས་སྐྱོབ་པའི་ཐབས་གཞན་ནི་འགའ་ཡང་མ་མཆིས་སྙམ་ན། ཐམས་ཅད་སྡུག་བསྔལ་ཞིང་སྙིང་མི་དགའ་བར་དེའི་ནུབ་མོ་ཤིང་ཐོན་པ་དེ་ཁོ་ནའི་དྲུང་དུ་གནས་སོ། །ནང་པར་ད་ནི་ཐབས་ཅི་ཞིག་འཚལ་ཞེས་ཕན་ཚུན་གཏམ་དུ་སྨྲ་བའི་ཚེ་ཡིད་འོང་མ་རྨོངས་པས་བསྒྲིབས་ཏེ་དོགས་པ་མེད་པ་ཁོ་ནར་འདི་སྐད་ཅེས། བདག་གི་རྨི་ལམ་ལ་ནི་བྱང་ཆུབ་སེམས་པའི་རྐང་མར་བསྐུས་པས་དེ་ནད་ལས་གྲོལ་བར་འགྱུར་རོ་ཞེས་རྨིས་མོད་ཀྱི་དེ་ནི་དོན་མ་མཆིས་ཏེ། བྱང་ཆུབ་སེམས་པའི་རྐང་མར་ནི་བཙལ་དུ་མེད་པའི་ཕྱིར་རོ། །ཞེས་གསོལ་བས། རྒྱལ་བུ

གཞོན་ནུ་ཡེ་ཤེས་ཀྱི་བདུད་རྩི་རྙེད་པ་ལྷ་བུའི་དགའ་བདེ་ལ་རེག་པར་གྱུར་ནས་འདི་སྐམ་དུ། བྱང་ཆུབ་སེམས་ཞེས་བྱ་བ་བདག་བས་གཞན་གཅེས་པར་འཛིན་པ་ཡིན་ཏེ། དེ་ལྟ་བུའི་བྱམས་པ་དང་སྙིང་རྗེས་དྲངས་པའི་བསམ་པ་ནི་བདག་གིས་སྐྱེ་བ་མང་པོར་གོམས་པར་བྱས། འདྲིས་པར་བྱས། ཀུན་ཆུབ་པར་བྱས་པས། ངའི་ཐང་མར་གྱིས་དེ་ལ་སློག་ཕྱིན་པར་བྱའོ་སྙམ་དུ་བསམས་ནས་སྨྲས་པ།

ལེགས་སོ་ཤེས་རབ་བདག་ཉིད་ཅན། །གཞོན་ནུ་མ་ཕྱོད་སྨི་ལམ་བཟང་། །བདག་བས་གཞན་གཅེས་བྱང་ཆུབ་སེམས། །སྙིང་རྗེའི་རྩ་བ་རབ་ཏུ་བརྟན། །བདག་གིས་ཐང་མར་ཕྱུང་ནས་ཀྱང་། །ཟླ་གྲོགས་འཚེ་ལས་རྒྱལ་བར་བྱ། །ཐོགས་མེད་དུས་ནས་འདི་ལྟའི་ལུས། །ཡང་ཡང་བླངས་ཀྱང་དོན་འགྱུར་བ། །ཆ་ཙམ་མེད་པར་མ་ནུང་གྱུར། །དེ་རིང་འདིར་ནི་དོན་ལྡན་གྱི། །སྙིང་པོ་བླང་ལ་བརྩོན་པར་བྱ། །

ཞེས་གསུངས་ཏེ་ཞབས་ལ་བརྗེག་པའི་རྗེ་བ་དག་ཡོངས་ཞེས་བསྒོ་བ་ན། ཡིད་འོང་མ་འཇིགས་ཤིང་འདར་བར་གྱུར་ནས་གསོལ་པ།

དཔལ་ལྡན་བྱང་ཆེན་སྤྱོད་པའི་དབང་པོ་ཀྱི། །མ་བརྟགས་འགལ་བའི་ལས་འདི་བསྲུབས་མི་འཚལ། །བདག་ལྟའི་ཉིང་འཁྲུལ་ཚད་མར་གྱུར་པ་མིན། །སྒྱུ་མ་སྨི་ལམ་ཞེས་བྱ་ཇུན་པའི་ཆོས། །བདེན་མེད་བསླུ་བའི་རང་བཞིན་དཔེར་ཡང་གྲགས། །མགོན་ཁྱོད་རླབས་ཆེན་སྤྱོད་ལ་བདུད་ཀྱི་སྡེས། །མ་བཟོད་གླགས་བལྟའི་ཆེད་དུ་བདག་གི་རྒྱུད། །བརླམས་པའི་འཁྲུལ་སྣང་ཉིད་དུ་གདོན་མི་ཟ། །གལ་ཏེ་ངེས་པར་ཕན་བྱར་གྱུར་ན་ཡང་། །གང་ཞིག་ཐན་འདི་ཉམས་ཉེས་གྱུར་པས་ཀྱང་། །འདི་ལྟར་གདུང

བས་བཙོམ་ན་མགོན་ཁྱོད་ཞབས། །དུམ་པོར་གྱུར་པ་བདག་ཅག་ཇི་ལྟར་བཟོད། །ལུས་རྣམས་གང་ལ་བྱང་སེམས་རྐང་མར་གྱིས། །ཕན་ཞེས་རིག་བྱེད་གཞུང་ལས་མ་མཐོང་ཞིང་། །སྔོན་རབས་མཁས་དང་རྒན་པོའི་ངག་བསྒྲོས་ཀྱང་། །མ་ཐོས་དེ་ཕྱིར་ཐྱི་ལམ་འཁྲུལ་པའི་ཆོས། །འདི་འདྲར་སུ་ཞིག་ཡིད་རྟོན་རུང་བ་ཡིན། །

ཞེས་གསོལ་ཡང་ཡོག་ཏུ་མེད་པའི་སྙིང་སྟོབས་ཀྱི་དམ་བཅའ་བཀོད་ནས་ཡང་གསུངས་པ།

འཇིག་རྟེན་ན་ནི་ཐྱི་ལམ་དང་། །སྒྱུ་མ་ཞེས་བྱ་བདེན་མེད་ཀྱི། །གཏམ་དུ་སྔོན་རབས་གླེང་མེད་ཀྱང་། །ཕན་བྱའི་ཐབས་ནི་རྒྱལ་བའི་མཐུ། །བདག་གིས་ལྷག་བསམ་སྟོབས་དང་ནི། །སྲིད་པ་གཞོན་ནུའི་མོས་གདུང་ཤུགས། །ལྷན་ཅིག་སྦྱོད་པའི་དམ་ཚིག་གིས། །ནད་ལས་རྒྱལ་བར་ངེས་རབ་ཞུགས། །སྔོན་ནི་བུ་འདིས་ཆོས་སྲིད་ལུགས་ཀྱི་བྱ་བ་ཀུན་ལ་ཟོལ་མེད་པའི། །སྙིང་སྟོབས་ཆེན་པོས་རང་གི་སྲོག་ལའང་ཕངས་པའི་རྣམ་འགྱུར་མ་མཆིས་པས། །བདག་དོན་སྒྲུབ་ལ་སྐྱོ་བ་མེད་མོད་དེ་ནི་འདི་ལྟར་ཉམས་ཉེས་ཚེ། །དེ་ལ་ཕན་པར་བྱ་བའི་སླད་དུ་བདག་གིས་ཡན་ལག་ཐ་མ་ཙམ། །གཅོད་པར་མ་ནུས་བཏང་སྙོམས་བགྱིས་ན་དམ་པའི་ལམ་ལས་ངེས་པར་འདས། །བྱས་ཤེས་དྲིན་གཟོའི་བློ་མཐུ་ཉམས་པ་ཁྲེལ་མེད་དེ་ནི་སྐྱེ་གཞན་དུ། །རྒྱུ་འབྲས་བསླུ་མེད་ཆོས་ཀྱི་རྗེས་འབྲངས་ངན་སོང་གསུམ་གྱི་ལམ་དུ་གོལ། །མཛེས་མ་ཁྱོད་ཀྱིས་བདག་ཉིད་ཆླབས་ཆེན་སྤྱད་པ་སྤྱོད་ལ་འཇུག་པ་ན། །གེགས་གྱུར་མི་བྱ་ཡང་དག་ཆོས་ཀྱི་དོན་དུ་གཉེར་བའི་ཕྱིར་ལགས་ཞེས། །གཡར་དམ་བཅས་པའི་འགྱུར་མེད་ཚིག་ནི་དེ་རིང་འདི་ལ་དྲན་གྱིས

ལ། །སྨིན་ལེགས་ཀྱི་མ་དགེ་བའི་ལས་ཀྱི་བར་དུ་གཅོད་པ་མི་ནུང་ངོ་། །

ཞེས་གསུངས་པས་ཀྱང་ཐེ་ཚོམ་མ་བཟློག་པར་ཡིད་འོང་མ་དེས་རྗེ་བ་བཙལ་བ་ལྟ་ཅི་སྨོས། རྒྱལ་བུ་གཞོན་ནུས་ཞབས་མ་ནུང་པར་མཛད་ཀྱིས་རྟོགས་ནས་དེ་གང་དུ་གཤེགས་པའི་ཕྱི་བཞིན་དུ་སྐད་ཅིག་ཀྱང་མི་ཡེངས་བར་འབྲེང་བར་བྱེད་དོ། །དེར་སྲིད་པ་གཞོན་ནུ་ལ་ཕན་པར་བྱ་བའི་བློ་ནི་འགོག་ཏུ་མེད། ཡིད་འོང་མས་གེགས་བྱེད་པ་ལ་ཐབས་གཞན་ནི་མ་རྙེད་ནས་རེ་ཞིག་ན་རྩེད་འཛོའི་ཐྲོལ་ལ་བསླད་ནས་ལྗོན་ཤིང་གི་ལྕུག་མ་སྲ་ཞིང་སྲ་བ་དག་གིས་ཡིད་འོང་མ་འཁྲི་ཤིང་ལ་བཅིངས་ཏེ་གཡོ་མི་ནུས་པར་བྱས་ནས། རྒྱལ་སྲས་དམ་པས་སྲིད་པ་གཞོན་ནུའི་གན་དུ་དོང་སྟེ། དེར་འཁྲི་ཤིང་སྡོམ་ལ་མཁྲང་བ་བར་ཐག་འཚམས་པ་གཉིས་ཀྱི་བར་དུ་ཞབས་བཙུག་སྟེ་སྐད་ཅིག་གིས་གཅོག་པར་བརྩམས་པ་ན། སྲིད་པ་གཞོན་ནུས་མ་བཟོད་དེ་ལུས་རྒྱས་པ་ལ་འཕྱེ་བོ་ལྟར་དྲུད་བཞིན་པར་ལག་པ་གཉིས་བཙུགས་ནས་མྱུར་བར་འོངས་ཏེ་རྒྱལ་བུ་གཞོན་ནུའི་སྐུ་ལ་འཇུས་ནས་གསོལ་པ། ཀྱཻ། བདག་དམྱལ་བར་ལྟུང་བའི་གང་གི་མཛད་པ་འདི་ནི་ཧ་ཅང་རླབས་ཆེ་བས་ངེས་པར་སྤྱང་བར་འཚལ་ལོ། །

གང་གི་སྐུ་ནི་དཔལ་དང་ཡོན་ཏན་གཏེར། །དེ་ལ་རེག་པའི་དྲི་བཞོན་གྱིས་ཁྱབ་ཀྱང་། །ལུས་ཅན་རྣམ་གྲོལ་བདེ་ལ་སྦྱོར་བ་འདི། །མ་ནུང་གྱུར་བྱས་དམན་པ་བདག་དོན་དུ། །གཏོང་གཞེད་ཐུགས་བསྐྱེད་དམ་བཅའ་ངོ་མཚར་བ། །སྨྲ་བསམ་བརྗོད་པའི་ཡུལ་ལས་འདས་གྱུར་ཀྱང་། །འགྲོ་ལ་བརྩེ་ཕྱིར་ཚུལ་འདི་རིགས་པ་མིན། །བདག་ཉིད་གཅིག་པུའི་དོན་ཕྱིར་མཐའ་ཡས་འགྲོ། །མགོན་མེད་སྐྱབས་དང་བྲལ་བར་བྱ་འོས་སམ། །ཁྱོད་ཞབས

པད་ཙ་ལྟར་དཀར་མཁྱེགས་ཤིང་ཉུམ། །ཞབས་མཐིལ་ཆ་སྒོམས་འཁོར་ལོའི་མཚན་རིས་ཅན། །བརྣག་བྱས་སྔོང་དུམ་དང་མཚུངས་བདག་གི་རྐང་། །རྣལ་དུ་གནས་པར་གྱུར་པས་ཅི་ཞིག་བཏུབ། །བདག་ཉིད་སྡུག་བསྔལ་གྱུར་ལ་ཐུགས་བརྩེ་ནས། །ཁྱོད་ཞབས་དཔལ་དང་ལྡན་འདི་མེད་གྱུར་ཆེ། །ཁོ་བོ་ཟླུག་ཧྲུ་ལས་གྲོལ་གསོན་ན་ཡང་། །མྱ་ངན་གདུང་བས་ཤི་དང་ལྷག་པར་མཉམ། །གང་གི་སྐུ་ལ་ཁབ་རྩེ་འཛུགས་པ་ཙམ། །བགྱིད་འཚལ་ན་ཡང་དེ་ཡི་རྣམ་སྨིན་གྱིས། །ངན་སོང་གནས་སུ་ལྟུང་བར་གདོན་མི་འཚལ། །སྲིད་པའི་མཁའ་ལམ་ཡངས་པོར་ཐལ་པའི་ལུས། །རྒྱ་སྐར་ཕྲེང་བ་ཇི་བཞིན་རྣམ་མང་ཡང་། །སྐྱེ་རྒུའི་གདུང་སེལ་རྒྱལ་སྲས་མིའི་ཉི་མ། །ཁྱོད་ལྟ་བུ་ནི་གཉིས་པ་འབྱུང་མ་ཡིན། །དེ་ཕྱིར་ལས་དབང་སྨྱོང་བྱ་བཟློག་དཀའ་བས། །དམན་པ་བདག་འདྲ་ཤི་ཡང་དུད་འགྲོར་མཚུངས། །འགྲོ་བའི་འདྲེན་པ་བྱང་ཆུབ་སེམས་དཔའ་ཁྱོད། །བསྐལ་བརྒྱར་འཚོ་ཞིང་གཞིས་ཕྱིར་བདག་འཆི་འོ། །

ཞེས་ཚིག་ཙམ་མ་ཡིན་པས་གསོལ་བ་བཏབ་ཀྱང་། བསྒོ་བ་རྣར་གཟོན་ཏེ་གཞན་ཕན་གྱི་ལྷག་བསམ་ཤུགས་དྲག་པོས་ཀུན་ནས་བསླངས་ཏེ་ཞབས་གཡས་པད་མའི་ཙ་བ་ལྟར་དཀར་ཞིང་འཇམ་ལ་མཁྱེགས་ཤིང་ཉུམ་པ། ཕྱིན་གྱིས་ཕྲ་བ། ངང་པའི་འགྲོས་ཀྱིས་གཤེགས་པར་བྱེད་པ་གཞོན་ནུ་མ་རྣམས་ཀྱིས་མཐོང་བ་ཙམ་གྱིས་འདོད་པས་དྲན་པ་སྐྱོར་བར་བྱེད་པ་ལྟ་བུ་དེ་འཕྲི་ཤིང་དེ་དག་གི་བར་དུ་བཙུག་ནས་ཤུགས་དྲག་གིས་ལུས་བསྐྱོད་དེ་དུམ་བུར་བྱས་སོ། །

དེ་ལྟར་བྱང་སེམས་དགེ་བའི་སྤྱོད་ཚུལ་མཆོག །བདག་ཉིད་གཅེས་

པར་མི་འཛིན་གཞན་དོན་གྱི། །སྤྲོས་པ་རྨད་དུ་བྱུང་དེར་གནམ་དང་ས། །རི་བོ་འཁྲི་ཤིང་དག་ཀྱང་ངོ་མཚར་ནས། །ས་ཆེན་རིར་བཅས་རྒྱ་མཚོའི་ཀློང་གི་གྲུ། །བསྐྱོད་པ་བཞིན་དུ་ཤིག་ཤིག་གཡོས་པར་གྱུར། །ཉིན་མོར་བྱེད་པས་མཚན་གྱི་ཆ་ལ་ཡང་། །སྣང་བ་དཀར་པོས་ཁྱབ་པར་བྱེད་པ་བཞིན། །དྲི་མེད་སྟོན་ཀའི་ཟླ་བ་རབ་གསལ་གྱིས། །ཉིན་དང་མཚུངས་པའི་འོད་ཟེར་རབ་ཏུ་བཀྱེ། །སྤྲིན་བྲལ་མཁའ་ལས་མན་དྣ་ར་བའི་ཆར། །བཅིལ་བས་ས་གཞི་མ་ལུས་ཁེབས་པར་བྱས། །རིན་ཆེན་འཁྲི་ཤིང་རྣམས་ཀྱང་ལུས་འདར་ཞིང་། །མི་ཕྱེད་དད་པའི་མེ་ཏོག་མཚར་དུ་དགོད། །ཡལ་གའི་ལག་པ་ཐལ་སྦྱར་བྱང་སེམས་ལ། །ཡང་ཡང་མགོ་བོ་འདུད་པས་ཕྱག་དག་མཆོད། །བར་སྣང་སྟོང་པའི་ཁམས་ཀྱང་ལྷ་ཡི་གོས། །འཛིན་པའི་འཆི་མེད་བུ་མོ་འཇོ་སྒེག་གིས། །རྣམ་རོལ་མཆོད་པའི་གླུ་གར་འགྱུར་བག་སྟོང་། །རྣ་བ་བདུད་རྩིའི་བང་མཛོད་འཛིན་པས་ཐྲེལ། །དྲི་ལྡན་པད་མའི་མཚོ་ལས་འདབ་བརྒྱའི་ཕྲེང་། །གེ་སར་རྡུལ་མང་སྐྱུག་དང་ཆབས་ཅིག་པར། །བསུང་ཞིམ་ཞིང་ཁམས་ཀུན་ཏུ་ཁྱབ་པའི་དྲིས། །མ་ལུས་སྣ་དབང་ཚིམ་པའི་དཔྱིད་ཀྱི་མཚོ། །ཆུ་ཀླུང་བུ་མོ་ཀྱུ་ཀྱུར་འབབ་ལྡན་མ། །རབ་དཀར་དབུ་བའི་དོ་ཤལ་ཚར་དངར་ཞིང་། །ཆུ་རླབས་ཟེགས་མ་འཐོར་བའི་ཞབས་བསིལ་གྱི། །མཆོད་ཕྱིན་ཀུན་ནས་དྲངས་བས་སྤྲོ་བ་བཞིན། །འཆི་མེད་དབང་པོའི་གཞུ་རིས་རབ་བཀྲ་བའི། །གུར་ཁང་སྣང་ལ་རང་བཞིན་མེད་པའི་གཟུགས། །རྒྱལ་སྲས་དམ་པའི་སྒྱུ་མའི་ཏིང་འཛིན་གྱི། །དཔེ་ཟླར་ཆས་པ་བཞིན་དུ་མངོན་པར་གསལ། །

དེ་ལྟར་ཡ་མཚན་པའི་ལྟས་དང་ཆོ་འཕྲུལ་ཁྱད་པར་ཅན་དུ་མ་མངོན་དུ

གྱུར་པས་ཡིད་འོང་མ་ནི་སེམས་ལྷག་པར་འཁྲུགས་ནས་ཀྱེ་མ་འདི་ལྟ་བུའི་ལྟས་མཐོང་བ་ནི་ལྷ་རྣམས་ངོ་མཚར་བར་གྱུར་པ་སྟེ་རྒྱལ་བུ་གཞོན་ནུ་དེས་ཞབས་མ་རུང་བར་བྱས་ངེས་སོ་སྙམ་ནས་འཇིགས་སྐྲག་གིས་ཉེན་པས་ལུས་ཤུགས་དྲག་ཏུ་བསྐྱོད་པ་ལས་འཁྲི་ཤིང་ལ་བཅིངས་པའི་ལྕུག་མ་ཆད་དོ། །དེར་ཧབ་ཧབ་པོར་རྒྱལ་བུ་གཞོན་ནུ་ནི་མཛེས་པའི་ཞབས་སྟོང་དུམ་བཞིན་དུ་དུམ་བུར་བྱས་ཏེ་དེ་ལ་འཁྱུད་པ་དང་མི་དགའ་བ་མེད་པར་ཧང་མར་འདོན་བཞིན་པར་གནས་པ་མཐོང་ངོ། །དེར་ཡིད་ལ་ངོ་མཚར་དང་སྡུག་བསྔལ་ལྡན་ཅིག་འཁྲན་པ་ལྟར་གྱུར་ནས་མྱ་ངན་གྱི་སྐད་འཛེར་འཛེར་པོས་གསོལ་པ།

ལྟ་བས་མི་ངོམས་ལྷུན་སྡུག་གི་ལ་ཤའི། །ལྷུན་པོ་ཉི་མ་འབུམ་སྡེའི་སྣང་མཛོད་ཅན། །ངོ་མཚར་མཚན་དཔེའི་གཟི་བྱིན་ལྷམ་མེ་བ། །བྱང་ཆུབ་སེམས་དཔའ་མི་བདག་གཞོན་ནུའི་དཔལ། །གང་ཁྱོད་ཞབས་གཉིས་པད་ཚ་གསར་པ་ལྟར། །རབ་དཀར་མཁྲིགས་ཤིང་ཟླུམ་པ་ཟློགས་གཅིག་ནི། །དུམ་བུར་བྱས་ཏེ་ཤ་ཁྲག་ཡོངས་སྦྱོད་ཅན། །འདི་ལྟ་ཡིད་ཀྱི་ཡུལ་དུ་འང་དྲན་བཟོད་དམ། །མ་ལ་ཁྱོད་ཞབས་འདི་ལྟར་ཉམས་ཉེས་པས། །འགྲོ་ཀུན་ཐར་པ་བསྒྲོད་པའི་རྒྱུ་བྱེད་ཀུན། །དུས་གཅིག་མཚོན་གྱིས་བཅད་པ་ཇི་བཞིན་གྱུར། །མགོན་པོ་ཁྱོད་ཞབས་དཔལ་གྱི་འཁོར་ལོ་ཅན། །ཉམས་པ་དེའི་ཕྱིར་གང་གི་སྐུ་སྲོག་ཀྱང་། །འཚོ་བའི་ཐབས་ཡོད་གྱུར་པ་མ་ཡིན་པས། །འགྲོ་རྣམས་སྐྱབས་བྲལ་མུན་པའི་གླིང་དུ་འཁྱམས། །ཁྱོད་ནི་གཞན་ཕྱིར་སྐུ་ལུས་གཏོང་བར་ཡང་། །མ་ཞུམ་དགྱེས་པ་སྐྱེ་བ་འདི་ལྟ་བུ། །ལུས་ཅན་གཞན་དག་སྲོག་དང་བྲལ་བའི་མཐར། །འཚོ་བ་ཐོབ་ཀྱང་དེ་ཙམ་དགའ་བ་མེད། །གང་གི་རླབས་ཆེན་བྱང་ཆུབ་སྤྱོད་མཆོག་གིས། །སྐལ་

དམན་བདག་ནི་མྱ་ངན་ཁང་བུར་བཅུག །ཇི་ལྟར་བསམ་ཀུན་དོན་མེད་དོན་ཡོག་གི། །སྡུག་བསྔལ་ཟད་མི་ཤེས་པ་བརྒྱུད་མར་བབས། །ནམ་ཡང་བདེ་བའི་གོ་སྐབས་དང་བྲལ་བ། །ཚེ་སྔོན་མི་དགེའི་ལས་མང་ཇི་ལྟར་བསྒྲུབས། །

ཞེས་སྡུག་བསྔལ་གྱི་ཚིག་ངེ་གསང་པོར་འདོན་པ་ན། གཞོན་ནུ་དམ་པ་ནི་ཟུག་རྔུ་བཟོད་པར་དཀའ་ཡང་། དེའི་གདུང་བ་ཞི་སླད་དགྱེས་པའི་འཛུམ་དཀར་གྱི་སྣང་བ་བདུད་རྩིའི་ཟེར་ཕྲེང་ཅན་གྱི་མདངས་མངོན་པར་གསལ་བས་སྨྲས་པ།

གདུང་བར་མ་བྱེད་གཞོན་ནུ་མ། །ལྷག་བསམ་ལ་ནི་ཡི་རང་གྱིས། །བདག་གིས་འདི་ལྟར་འབད་པ་ནི། །གྲགས་པ་འདོད་དང་མཐོ་རིས་དང་། །རྒྱལ་སྲིད་རྙེད་བཀུར་ཐོབ་ཕྱིར་དང་། །བདག་ཉིད་བདེ་བ་འདོད་ཕྱིར་མིན། །རྗེ་ལ་སྙིང་ཉེ་གུས་པར་བལྟ། །རང་བཞིན་བཟང་ཞིང་དང་ཚུལ་ཤེས། །སྲིད་པ་གཞོན་ནུ་མི་ཟད་པ། །ཟུག་རྔུ་ལས་ནི་རྒྱལ་ཕྱིར་དང་། །བྱང་ཆུབ་སྤྱོད་པའི་གྲུ་གཟིངས་ལ། །བརྟེན་ནས་མཐའ་ཡས་འགྲོ་བ་རྣམས། །འཁོར་བའི་རྒྱ་མཚོ་ལས་བསྒྲལ་ཏེ། །ཐར་པ་རིན་ཆེན་གླིང་ཡངས་པོར། །ཅི་དགར་ལོངས་སུ་སྤྱོད་པའི་ཐབས། །བདག་གི་ལུས་སྲོག་ལོངས་སྤྱོད་ཀུན། །སྦྱིན་ལ་གདུང་བ་མེད་པའི་ཕྱིར། །འབད་པ་ཆུང་ངུས་རླབས་ཆེན་རྫོགས། །སྟུད་པའི་རྗེས་སུ་ཡིད་རང་གྱིས། །

ཞེས་བརྗོད་ནས་ཞབས་ངར་གྱི་རྐང་བ་ནས་དཔའ་བོ་སྲིད་པ་གཞོན་ནུའི་རྐང་པ་ལ་རྩ་སྒྲོལ་ཆེན་པོས་གནད་པ། པད་མ་ཆེན་པོ་ལྟར་གས་པ། ཐྲ སྒོམ་གྱི་སྐབས་མི་ཕྱེད་པར་ཤིང་རྟུལ་ལྟར་ཀུན་ནས་སྒྲངས་པ་དེ་ལ་ལེགས་པར་

བསྐུས་ཏེ་ལྷག་བསམ་རྣམ་པར་དག་པའི་སྨོན་ལམ་རྒྱ་ཆེན་པོས་མཚམས་སྦྱར་བ་ལས་ཉིན་ཞག་གསུམ་འདས་པ་ན་དེའི་ཁང་པ་ལ་ཟུག་རྔུའི་ཆ་ཤས་ཙམ་ཡང་མེད་པར་རྣལ་དུ་གནས་པས་ལྷག་པར་བདེ་བར་གྱུར་ཏོ། །

ཕྱི་ནང་དབུགས་ཀྱི་རྒྱུ་བ་ཕྲ་མོ་ཙམ་ཡང་ནི། །འགྲོ་ལ་སྨན་སླད་དཔག་མེད་བསྐལ་པའི་སྔ་རོལ་ནས། །ཐུགས་བསྐྱེད་དམ་དུ་བཅས་པ་ཇི་བཞིན་གཞན་དོན་ལ། །སྐྱོ་བ་མེད་པ་བདག་ཉིད་ཆེན་པོའི་རྣམ་ཐར་ཡིན། །སེམས་དཔའ་ཆེ་རྣམས་བཞེད་ན་ཆུ་ཡང་སྐམ་པར་འགྱུར། །སྐམ་པ་དེ་ཡང་བརླན་ཞིང་གཤེར་བའི་རང་བཞིན་དུ། །འགྱུར་བ་ཉིད་ཕྱིར་འདིར་ཡང་བྱང་ཆུབ་སེམས་དཔའི་མཐུས། །དཀོས་ཐག་འཚོ་བའི་ཐབས་བྲལ་དེ་ཡང་བདེ་བར་བྱས། །

དེ་ནས་དེའི་ཟུག་རྔུ་ནི་རྒྱལ་བུ་གཞོན་ནུ་ལ་འཕོས་པ་བཞིན་དུ་བཟོད་གླགས་བྲལ་བའི་ཟུག་རྔུ་དྲག་པོ་ལྡང་ན་ཡང་། སྲིད་པ་གཞོན་ནུ་ནད་ལས་གྲོལ་ཞིང་བྱང་ཆུབ་ཀྱི་སྤྱོད་པ་གེགས་མེད་པར་འགྲུབ་པས་རང་ཉིད་ཀྱི་སྡུག་བསྔལ་ལ་སྙིང་མི་དགའ་བ་མེད་པར། དགའ་བའི་གཏམ་ཆོས་ཀྱི་ལམ་དང་འབྲེལ་བ། ངེས་པར་བྱུང་བ་ལས་བརྩམས་པ། དལ་བའི་རྟེན་རྙེད་པར་དཀའ་བ། འཇིགས་པར་སླ་བ། དོན་ཆེན་པོ་དང་ལྡན་པ་འདི་ལན་གཅིག་རྙེད་པ་ལ་སྙིང་པོ་བླང་དགོས་པ་སོགས་ཆོས་ཀྱི་རྣམ་གྲངས་ཇི་སྙེད་ཅིག་བཤད་དེ་འཁོར་གཉིས་ཡིད་དང་བར་བྱེད་ཅིང་གནས་སོ། །དེ་ནས་ཡུན་རིང་བར་ནགས་ཀླུང་དེ་ཁོ་ན་ལ་གནས་པ་ལས་འབྲས་བུ་དང་། རྩ་བ་དང་། སྨྱུ་གུ་ལ་སོགས་པས་གཞོན་ནུ་ཟླ་མེད་མངོན་པར་མཆོད་ཀྱང་ཟུག་རྔུའི་དབང་གིས་ཟས་མི་འདོད་པ་མཛེས་ཤིང་ཡིད་དུ་འོང་བའི་ལང་ཚོའི་གཟི་མདངས་ནི་ཆེས་ཆེར་ཉམས། སྤྱན་

དཀྱུས་རིང་ཞིང་མཛེས་པ་དཀར་དམར་ཕྱེད་པ་དེ་ཡང་ཨུཏྤལའི་འདབ་མ་བ་སོས་རིག་པ་ལྟར་སྔོ་ཙེ་རེ་བར་གྱུར། ཞབས་དུམ་བུར་གྱུར་པའི་རྨ་སྒྲོལ་ཆེར་ངོད་པ་ནས་རྣག་དང་། ཁྲག་དང་། ཆུ་སེར་གྱི་རྒྱུན་ནི་ཕུ་ཆུ་སྦྲུབས་པ་ལྟར་འབབ། ཟུག་རྔུ་ནི་ཉིན་རེ་བཞིན་ཇེ་མཐུར་གྱུར་པས་འཚོ་ཞིང་གཞིས་པའི་ཐབས་ནི་ཅི་ཡང་མ་མཆིས་སོ་སྙམ་ནས། ཡིད་འོང་མ་དང་། སྲིད་པ་གཞོན་ནུ་ནི་རང་ཉིད་འཆི་བ་ལས་ལྷག་པའི་སྡུག་བསྔལ་གྱི་ཚོར་བ་དྲག་པོས་གདུངས་ཏེ། འཁོར་བའི་རང་བཞིན་སྡུག་བསྔལ་གྱི་མཐའ་མ་རྟོགས་ཤིང་། བྱང་ཆུབ་སེམས་དཔའ་རྣམས་ནི་གདུལ་བྱ་བདག་ཏུ་འཛིན་པ་དང་། སེམས་ཅན་དུ་འཛིན་པའི་བར་གྱི་ངར་འཛིན་དང་། རྟག་འཛིན་ཅན་རྣམས་ཀྱི་སྣང་ངོར་མྱ་ངན་ལས་འདས་པའི་རྣམ་ཐར་སྟོན་པ་ཡིན་ན་དེའི་དུས་ལ་བབ་པར་གྱུར་པ་མ་ཡིན་ཀྱང་ སྙམ་དུ་བཞིན་དུད་ཅེང་ཅང་མི་སྨྲ་བར་སེམས་ཁོང་དུ་ཆུད་ཅིང་གནས་སོ། །དེའི་ཚེ་རྒྱལ་བུ་གཞོན་ནུས་བསམས་པ། བདག་ཉིད་ནི་ནགས་ཚལ་འདི་ལ་བྱང་ཆུབ་ཀྱི་སྤྱོད་པ་ཡོངས་སུ་རྫོགས་པར་བྱས་ཏེ་ལུས་སྲོག་གི་སྦྱིན་པ་རྣམ་སྨིན་དང་། ལན་ལ་རེ་བ་མ་ཡིན་པ། འཁོར་གསུམ་ཡོངས་སུ་དག་པ་ཅིག་བྱིན་ཟིན་པས། ད་ཀོ་གསོན་དུ་རེ་བ་ནི་མེད། གྲོགས་འདི་གཉིས་ལ་བདག་གིས་ལམ་ལེགས་པར་མ་བསྟན་ན་བདག་ཤི་བའི་འོག་ཏུ་ཡང་ལམ་གོལ་བར་འཁྱུན་ཏེ་ནགས་ཚལ་གྱི་གཅན་གཟན་གཏུམ་པོས་ངེས་པར་འཚེ་བར་འགྱུར་བསད་ལྟ་ཉེ་ཞོ་མེད་པ་འདི་ངའི་བྱང་ཆུབ་ཀྱི་སེམས་ཀྱི་གྲིབ་བསིལ་དུ་འཚོ་བ་ཡིན་པས། ད་ནི་ཁོ་བོ་ལ་ཆགས་ནས་ནགས་ཚལ་འདིར་འདུག་པ་མི་རུང་བས་གྲོང་ཁྱེར་དུ་བཏང་བར་བྱའོ་སྙམ་ནས་སྨྲས་པ།

ཕྱོགས་བཅུའི་སངས་རྒྱས་སྲས་བཅས་ཐུགས་རྗེའི་བྱིན། །གཡོས་པས

ཁྱོད་ལ་རྟག་ཏུ་སྲུང་གྱུར་ཅིག ། བདག་གིས་འཁོར་བ་འདི་ལ་ལས་ཉོན་གྱིས། ། བསྐྱེད་པའི་ལུས་རྟེན་བླངས་ཤིང་དོར་བྱས་པ། ། རེ་རེའི་རུས་པའི་ཕུང་པོ་ཕྱོགས་གཅིག་ཏུ། ། སྤུངས་ན་ལྷུན་པོ་ལས་བརྒལ་ཁྲག་གི་རྒྱུན། ། བསགས་ན་རྒྱ་མཚོའང་སྣོད་དུ་ཆུང་གྱུར་པ། ། ཇི་སྙེད་བླངས་ཀྱང་དོན་མེད་སྟོང་ལོག་གི། ། ཆུད་དུ་ཟོས་གྱུར་འབྲས་བུ་མ་ཐོབ་ཀྱང་། ། དེང་འདིར་སྙིང་པོ་མེད་པའི་ལང་ཚོ་ལས། ། སྙིང་པོ་བྱང་ཆུབ་སྤྱོད་མཆོག་རྫོགས་པར་བྱས། ། འདི་ལ་འཁྲུད་དང་གདུང་བ་བག་ཙམ་ཡང་། ། མ་མཆིས་ད་ནི་ཞི་དབྱིངས་མནལ་བར་བྱེད། ། བཞིན་བཟང་ཤེས་པར་གྱིས་ཤིག་ཁྱོད་གཉིས་ནི། ། བདག་གི་གམ་དུ་སྤྱོད་ལས་ཕྱིར་ཕྱོགས་ཤིག ། ནགས་ཁྲོད་འདི་ནི་སྡུག་ཅིང་མཐའ་མི་མངོན། ། གཅན་གཟན་ཁྲོ་གཏུམ་མཆེ་བའི་དཔལ་འབར་ཞིང་། ། སྦྲུལ་གདུག་དུག་གི་ཁ་རླངས་སྤྲིན་ལྟར་འཁྲུག ། ཤ་ཁྲག་ཟས་ལ་ཇམ་པའི་སྲོག་ཆགས་ཀུན། ། གཞོམ་པའི་ཞེ་སྡང་དྲག་པོ་མེ་ལྟར་འབར། ། འདི་འདྲའི་གནས་སུ་ད་ལྟ་བདེར་སྤྱོད་པ། ། བདག་གི་བྱང་ཆུབ་སེམས་མཆོག་རིན་པོ་ཆེའི། ། མཐུ་ཡིས་བསྐྱབས་སོ་ཤི་འཕོས་གྱུར་མ་ཐག ། ཁྱོད་ཅག་མགོན་མེད་སྐྱབས་བྲལ་ཉམ་ཆུང་བ། ། ཆུ་སྲིན་ཁ་རུ་ཆུད་པའི་སྲོག་ཆགས་བཞིན། ། གནས་འདིར་ངེས་པར་ཉམས་པ་ཉིད་ངེས་ན། ། བདག་ལ་ཆགས་སྤངས་ཅི་བདེར་ཕྱིར་དེངས་ལ། ། ཆོས་བཞིན་སྤྱོད་པའི་ལྷ་བ་མ་ཉམས་པར། ། ཕ་མར་བཅས་པའི་ལུས་ཅན་བསྒྲལ་སླད་དུ། ། རླབས་ཆེན་སྤྱོད་པའི་ཕ་རོལ་ཕྱིན་པར་གྱིས། ། ཚེ་འདིར་ལྷན་ཅིག་འགྲོགས་པའི་དུས་ཀྱི་མཐའ། ། དེ་རིང་གྱིས་ལ་ཕྱི་མར་ལས་ཉོན་ལས། ། གྲོལ་བའི་དག་པའི་ཞིང་མཆོག་ཉམས་དགའ་བར། ། མཉམ་སྤྱོད་སྐལ་བཟང་ཉམས་མྱོང་སྨོན་ལམ་

ཅི། །ཁྱོད་གཉིས་གང་དུ་འགྲོ་བའི་ལམ་དུ་ཡང་། །ལྷ་ཀླུ་གནོད་སྦྱིན་མང་པོས་སྲུང་བ་དང་། །དོན་ཡང་འགྲུབ་ཅིང་བདེ་ལེགས་དང་ལྡན་པར། །ཤིས་པ་བརྗོད་པས་ཀུན་ཏུ་ཤིས་གྱུར་ཅིག །

ཅེས་ལམ་མཚོན་པར་བྱས་ཏེ་རང་གི་ཡུལ་དུ་བསྐྱོད་པར་བསྐུལ་བས་དེ་གཉིས་སྙིང་རབ་ཏུ་མ་དགའ་ནས་ད་ནི་རྒྱལ་སྲས་དམ་པ་མ་རུང་བར་གྱུར་ཏོ་སྙམ་ནས་ཟ་བྱ་རྙི་ནང་དུ་ཚུད་པ་དང་འདྲ་བའི་ཚེ་ངེ་འདོན་ཞིང་། མིག་ཆུའི་ཐ་རླབས་འཁྲུག་བཞིན་པར་སླར་ཡང་ཞབས་ལ་སྤྱི་བོས་བཏུད་དེ་གསོལ་པ། ཀྱེ། ལྷ་གཞོན་ནུ་གཟིགས་ཤིག རང་དང་གཞན་གྱི་དོན་གཉིས་ཕུན་སུམ་ཚོགས་པ་བདེ་བླག་ཏུ་རྩོལ་བའི་འདྲེན་པ་མི་བདག་སེམས་དཔའ་ཆེན་པོ་ཁྱོད་ལྷ་བུ་ཇི་མི་སྙམ་པར་བཏང་ནས། བདག་ཅག་ཡུལ་དང་། གནས་དང་། ཡིད་ཀྱི་རྟེན་འཆར་བའི་འདྲེན་པ་གང་དུ་འཚོལ། གལ་ཏེ་བདག་ཉིད་ཆེན་པོ་ཁྱོད་ཞི་དབྱིངས་སུ་མནལ་བའི་འོག་ཏུ་ཡང་བདག་ཅག་ནི་མདུན་ས་འདི་ཁོ་ན་ལ་ཚེའི་འདུ་བྱེད་རྫོགས་པར་བྱེད་དོ། །གཞན་ཡང་དགོངས་ཤིག་རྗེ་བོ་མི་རིགས་པའི་བཀའ་འདི་ལྟར་སྩོལ་པ་ནི་བདག་ཅག་གི་སྐད་དུ་གང་གི་སྐྱུ་ཉམས་ཉེས་པ་ལ་དགྱེས་པ་དང་བྲལ་བས་བརྩེ་བའི་ཐུགས་འཁྲུག་པར་མ་གྱུར་རམ། ཞེས་གསོལ་བས། དེར་གཞོན་ནུ་རང་གི་སྙིང་སྟོབས་དང་། ཆོས་ཀྱི་བདེན་པའི་སྟོབས་གསལ་བའི་ཕྱིར་བྱང་ཆུབ་སེམས་དཔའི་སྤྱོད་པ་རྨད་དུ་བྱུང་བའི་ཆེ་བ་འབྱིན་པའི་དུས་ནི་འདི་ཡིན་ནོ་སྙམ་ནས་ལུས་དྲང་པོར་བསྲངས་ཏེ་ཚངས་པའི་སྒྲ་དབྱངས་ཟབ་མོ་ཟིལ་ལ་འགོད་པའི་གསུང་གི་གསང་བ་བསམ་གྱིས་མི་ཁྱབ་པས་སྨོན་ལམ་རྒྱ་ཆེན་ཡོངས་སུ་རྫོགས་པ་འདི་སྐད་ཆེད་དུ་བརྗོད་དོ། །

བདག་ཉིད་ཆེན་པོའི་རྨད་བྱུང་སྤྱོད་ཚུལ་ལ། །སྙིང་སྟོབས་ཆུང་དུས

རྗེས་སུ་ཡི་རང་བར། །བྱ་བ་ཙམ་ཡང་ནུས་པ་མ་ཡིན་ཞེས། །གྲགས་པའི་གཏམ་འདི་ངེས་པར་ཚད་མས་གྲུབ། །དེ་ཕྱིར་ལོག་ལྟ་ཡིད་གཉིས་རྣམ་སྤངས་ནས། །བདག་གི་བདེན་ཚིག་སྒྲ་དབྱངས་མཉམ་པར་གྱིས། །རབ་འབྱམས་ཕྱོགས་བཅུའི་ཞིང་ཁམས་ཀུ་མེད་ན། །འཚོ་གཞེས་རྒྱལ་བ་སྲས་བཅས་བྱིན་ཆེན་དང་། །ལྷ་དང་དྲང་སྲོང་བདེན་ཚིག་གྲུབ་པའི་མཐུ། །བདག་གི་ལྷག་བསམ་རྣམ་པར་དག་པའི་སྟོབས། །ལྷན་ཅིག་འགྲན་པ་བཞིན་གྱུར་སྨོན་པའི་གནས། །མ་ལུས་འབད་མེད་ལྷུན་གྱིས་གྲུབ་གྱུར་ཅིག །འདི་ལྟར་བདག་གི་འབད་པ་དྲག་པོ་ནི། །ཚངས་པ་བརྒྱ་བྱིན་འཁོར་ལོར་སྒྱུར་རྒྱལ་དང་། །མཐོ་རིས་སྲིད་བདེ་རྟེད་གྲགས་ཐོབ་ཕྱིར་མིན། །ལས་ཉོན་སྡུག་པོས་ཁེབས་པ་སྲིད་པའི་ནགས། །སྡུག་བསྔལ་ཚང་ཚིང་འཁྲིག་པའི་ཕྲུངས་ཟབ་མོར། །ཐོག་མ་མེད་ནས་འཁྱམས་པའི་མཁའ་མཉམ་འགྲོ། །ཡང་སྲིད་མེད་པར་ཐར་པའི་སྒོ་འཕང་ལ། །བདེ་བླག་འགོད་པའི་དམ་བཅའ་རྫོགས་ཕྱིར་དང་། །ཆོས་ཕྱིར་མི་ཕྱོག་བརྟན་པའི་བརྩོན་འགྲུས་ཀྱི། །གོ་ཆ་བཙན་པོར་བགོ་བའི་ཆེད་དུ་ཡིན། །ཡིད་བཞིན་ནོར་མཆོག་ལས་ལྷག་བདག་གི་ལུས། །ཡོན་ཏན་ཁྱད་པར་རྒྱ་ཆེའི་དཔལ་ཡོན་ཅན། །གཞན་ཕན་སླད་དུ་ཡན་ལག་དུམ་པོར་བྱས། །དཔའ་བོ་སྲིད་པ་གཞོན་ནུ་སྨན་གྱུར་པས། །དེ་ལ་བདག་ནི་དགའ་ཞིང་ཡི་རང་བ། །ལས་གཞན་འགྱོད་དང་སྡུག་བསྔལ་མ་གྱུར་ཅིང་། །འཕངས་པའི་འདུ་ཤེས་ཆ་ཙམ་སྐྱེས་མིན་པ། །བདེན་པ་དེས་ནི་ཆོས་པའི་ཆེ་བའི་ཕྱིར། །ཧང་པ་རྣལ་གནས་སྔར་བས་ལྷག་ཐོབ་ཤོག །

ཅེས་བདེན་པའི་ཚིག་དེ་ལྟར་བསྒྲགས་མ་ཐག་ཆུ་ལ་རལ་གྲི་བསྣུན་པ

སྐར་ཡང་དཔྱེར་མེད་དུ་འདྲེས་པ་བཞིན། བདེན་པ་ཆེན་པོའི་མཐུས་དེའི་ཞབས་མཛེས་ཤིང་ཡིད་དུ་འོང་བ་སྤར་བས་ལྷག་པ་སྲ་ཞིང་ཐང་བ་ཟུག་རྔུ་མེད་པ་རྣལ་དུ་གནས་པ་སྒྱུ་མའི་འཕྲུལ་འཁོར་སྟོན་པ་བཞིན་གྱུར་པ་ན། བར་སྣང་ནས་དཀར་པོའི་ཕྱོགས་ལ་མངོན་པར་དགའ་བའི་ལྷ་ལ་སོགས་པ་དེ་དག་ཀྱང་ངོ་མཚར་ནས་ཅ་ཅོ་དང་ག་ཞའི་སྒྲ་ཆེན་པོ་བྱུང་བར་གྱུར་ཏོ། །དེའི་ཚེ་སྲིད་པ་གཞོན་ནུ་དང་ཡིད་འོང་མ་ནི་འདི་ལྟ་བུ་དགའ་བའི་རྒྱ་ལམ་མིན་ན་ཉུང་སྐམ་དུ་ཡིད་དགའ་བ་དང་། བདེ་བའི་རོ་ཟད་མི་ཤེས་པས་མྱོས་པར་གྱུར་ཏེ་སྐེམ་པ་འཆར་ཀའི་པད་འདབ་འཛུམ་པ་ལྟར་སྤྲོ་བོར་བཀོད་ནས་དང་བ་དང་། དད་པ་དང་། ཡིད་ཆེས་པ་གསུམ་གྱི་སྒོ་ནས་བསྟོད་པ།

ཨེ་མ་ཧོ་མཐུ་ཆེན་བརྩོན་འགྲུས་ཆེ། །སྙིང་རྗེའི་རྩ་བ་རབ་བརྟན་ཅིང་། །སྤྲིན་འཐྲས་ཁྲུར་གྱིས་རྣམ་དུད་པའི། །དཔག་བསམ་འདོད་འཇོའི་མགོན་ལ་བསྟོད། །ཕལ་ཆེར་འདོད་ལ་བརྐམས་པ་ཡིས། །རྣམ་ཐོས་བུ་ཡི་ནོར་ལྡན་ཡང་། །ད་དུང་གསོག་ཅིང་སྲུང་བ་ལས། །ཏིལ་ཙམ་བྱིན་པར་བྱ་མི་ནུས། །གལ་ཏེ་ཟས་ནོར་ལོངས་སྤྱོད་ཀྱི། །ཆ་ཤས་ཉུང་ཟད་ཙམ་བྱིན་ཡང་། །དེ་ལ་མཚར་དུ་བརྩི་བྱེད་ན། །མི་ཡི་བདག་པོ་རྒྱལ་སྲིད་ཀྱི། །དཔལ་འབྱོར་ལ་ཡང་ཆགས་སྤངས་ནས། །རྟ་མཆོག་གླང་པོ་ཤིང་རྟ་དང་། །ཟས་གོས་འབྲས་བུའི་བང་མཛོད་ཀུན། །སྔོང་བ་ཐུན་མོང་བཞིན་དུ་སྤྱད། །རྒྱལ་ཁབ་མི་དགེའི་རང་བཞིན་གྱི། །ལོངས་སྤྱོད་ལ་ནི་སྨོས་ཅི་འཚལ། །ཤིན་ཏུ་བཏང་དཀའི་ལུས་སྲོག་ཀྱང་། །བྱིན་མཛད་སྤྱོད་པ་ལྷབས་སུ་ཆེ། །སྡུག་བསྔལ་གྱིས་གཟིར་ཉམ་ཐག་འགྲོ། །གང་གི་མངོན་དུ་གྱུར་ན་ནི། །བདག་ཉིད་ཉམས་ཉེས་ལས་ལྷག་པའི། །གདུང་བ་མི་ལོང

གཟུགས་བཞིན་འཕོ། །གཞན་ཕྱིར་གང་གི་གཅེས་པའི་སྲོག །བཏང་བས་ལྷག་པར་དགྱེས་གྱུར་པའི། །རྣམ་པ་གཟུགས་ཅན་དུ་གྲུབ་ན། །སྲིད་པ་འདི་ཡང་སྟོང་དུ་ཆུད། །ཨེ་མ་ཧོ་རྨད་བྱུང་སྤྱོད་པའི་ཚུལ། །རླབས་ཆེན་འདི་ལྟ་བློ་དམན་གྱིས། །ཡི་རང་བྱར་ཡང་མི་ནུས་པ། །དེ་རིང་སྤྱན་སྔར་མཐོལ་ཞིང་གཤགས། །འཇིག་རྟེན་འདི་དང་ཕ་རོལ་གྱི། །འདྲེན་པ་གཞན་ལས་ཕུལ་བྱུང་མགོན། །བདག་ཅག་བསོད་ནམས་བགོ་སྐལ་དུ། །ལེགས་བྱས་ཟློང་གིས་བསྐྱབས་བཞིན་ཉེད། །ཨེ་མ་ཧོ་མགོན་ཁྱོད་མཐོང་དང་ཐོས། །དྲན་རེག་ཙམ་གྱི་རོ་ལ་ཡང་། །མྱང་འདས་བདུད་རྩིའི་དཔྱིད་ཚགས་པས། །སྐལ་བཟང་འགྲོ་ཀུན་ཚིམ་པར་མཛོད། །

ཅེས་གསོལ་བས་དགྱེས་འཛུམ་མུ་ཏིག་འབར་བའི་སྣང་བ་གསལ་བཞིན་པར་འདི་སྐད་ཅེས། བཞིན་བཟང་དག དེ་དེ་བཞིན་ནོ། །བསྐལ་པ་བརྒྱ་ཕྲག་མང་པོར་གོམས་པར་བྱས་ཀྱང་ཉེད་པར་དཀའ་བའི་བྱང་ཆུབ་ཀྱི་སེམས་རིན་པོ་ཆེ་ནི། ལྷ་དང་མིས་ཕྱག་བྱ་བའི་གནས་ཕྱོགས་བཅུ་སྟོང་གི་འདྲེན་པ་རྒྱ་མཚོས་ཀྱང་འཁོར་རྒྱ་མཚོའི་དབུས་སུ་བསྔོད་དབྱངས་རྒྱ་མཚོས་བསྔོད་པ་འཁོར་བའི་བཙོན་རར་ཉམ་ཐག་བཞིན་པ་ཞིག་ཡིན་ནའང་སེམས་རིན་ཆེན་དེ་རྒྱུད་ལ་ནམ་སྐྱེས་པ་ན་བདེ་བར་གཤེགས་པ་རྣམས་ཀྱི་སྲས་ཞེས་བྱ་བར་བསྔགས་པ་དེའི་ཡོན་ཏན་བསོད་ནམས་ཀྱི་མཐའ་ནི་སྲུས་ཀྱང་གཞལ་བར་མི་སྤོབས་སོ། །ཞེས་བརྗོད་ནས་མི་རིང་བར་རྒྱལ་བུ་གཞོན་ནུ་ཟླ་མེད་འཁོར་གཉིས་པོ་དང་བཅས་པ་ནགས་ཀླུང་སྟུག་པོ་ཉི་ཟླའི་སྣང་བ་ཡང་སྒྲིབ་པར་བྱེད་པ། གཅན་གཟན་དང་། སྦྲུལ་གདུག་པའི་འཇིགས་པ་དང་ལྡན་པ་དེ་ཡང་དཀའ་བ་མེད་ཅིང་ཉེ་ཉོ་མེད་པར་བསྒྲལ་ནས་སྲིད་པའི་རྒྱན་དུ་ཕྱོགས་སོ། །

52. རྒྱལ་སྲས་གཞོན་ནུ་ཟླ་མེད་ཀྱིས་ཆོས་ཀྱི་རྣམ་གྲངས་མཐའ་ཡས་པའི་ཆར་ཆེན་པོ་དབབ་པར་མཛད་པའི་སྐོར།

དེ་ནས་རིམ་གྱིས་དོང་དོང་བ་ལས་གྲོང་ཁྱེར་ཆེན་པོ་པད་མ་རྒྱས་པ་དེ་ཡང་འགྲོར་ཞིང་རྒྱས་པ། བདེ་བ། ལོ་ལེགས་པ་སྡར་བཞིན་འདུག་པ་མཐོང་བསཡིད་རབ་ཏུ་དགའ་བར་གྱུར་ཅིང་དེ་ཡང་སྔར་ནི་རྒྱལ་བུ་བཙུན་མོ་དང་བཅསཔ་ལྷའི་གོསབཟང་པོར་བསླུབས་ཤིང་། རིན་པོ་ཆེའི་རྒྱན་གྱིས་བརྒྱན་པའི་འཛོ་སྣེག་དང་ལྡན་པར་གཤེགས་ཤིང་། གདུགསདང་རྔ་ཡབ་དང་། བ་དན་ཐོགས་པས་མདུན་བསུ་བྱེད་པ་ལས། འདིར་ནི་ཤིང་ཤུན་དང་བཅས་པའི་གོསངན་ངོན་ཙམ་གྱིས་གཡོགས་ཤིང་། མཛེས་པའི་རྒྱན་དང་མི་ལྡན་པ། སྨུ་ཏོ་བ་གྲོང་མཐར་འཁྱམས་པ་འདྲ་བ་རྣམ་གསུམ་ལྷགས་པ་ན། གྲོང་ཁྱེར་བའི་སྐྱེ་བོསཀུང་དེའི་གནས་སྐབས་ཅི་ཡིན་མ་འཚལ་ནས། ཡབ་ཡུམ་ལ་བརྡ་སྤྲོར་བ་ཡང་མ་བྱུང་བར་ཡུད་ཙམ་གྱིས་ཕོ་བྲང་དཔལ་དང་ལྡན་པར་སོང་བར་གྱུར་ཏོ། །དེར་ཡབ་ཡུམ་དང་། མཆེད་ཟླ་དང་། སྣ་ཆེན་པོ་ལ་སོགས་པ་དེ་དག་ཐམས་ཅད་འདུས་ཏེ་འབངས་རྣམས་ལས་དབྱུ་ཁྲལ་དང་། ཤོ་གམ་ལ་སོགས་པ་བསྡུ་བའི་ཕྱིར་གཡེང་གིས་རྣམ་པར་བྲེལ་བཞིན་པར་བསྡི་གནས་དཔལ་རྣམ་པར་ལྡིང་བ་ལ་མཆིས་པ་དེར་གཤེགས་པ་ན། རྒྱལ་བློན་ཐམས་ཅད་སྐབས་ཅིག་ཏུ་སྟན་ལས་ལངས་ཤིང་། མདུན་གྱི་ཡོ་བྱད་རྣམས་ཅི་དགའ་བར་བོར་ནས། མིག་རིག་རིག་པོར་ལྟ་ཞིང་། འདི་ནི་མངོན་སུམ་སྣང་བའམ། རྨི་ལམ་མམ། སྒྱུ་མའི་འཕྲུལ་འཁོར་རམ། མིག་ཤེས་འཁྲུལ་བ་གང་ལས་བྱུང་སྙམ་དུ་རྟོག་པར་བྱེད་པ་ལས་མངོན་སུམ་གྱི་དགའ་བ་ཉམས་སུ་མྱོང་བར་རིག་ནསཡིད་ལ་ངོ་མཚར་རྒྱ་ཆེར་གྱུར་ནས་མཆི་མས་མགྲིན་པ་བནྡངས་པར་གྱུར་

ཏེ། ངོམས་པ་མེད་པའི་མིག་གིས་མངོན་པར་ལྟ་ཞིང་མཐར་གྱིས་ལ་ལ་ནི་མགུལ་པ་ལ་འཁྱུད། ལ་ལ་ནི་ཕྱག་ཞབས་ལ་སོགས་པ་འཇུ་ལ། ལ་ལ་ནི་གོས་ཀྱི་ཚ་ཤས་དག་ཀྱང་འཛིན་པར་བྱེད་ཅིང་། དགའ་བ་དང་ཡིད་བདེ་བ་ལས་བྱུང་བའི་ཅ་ཅོའི་སྒྲ་ཆེན་པོས་ཁོར་ཡུག་ཀུན་ཁྱབ་པར་བྱེད་དོ། །དེ་ནས་རྒྱལ་བུ་གཞོན་ནུ་བཙུན་མོ་བློན་པོ་དང་བཅས་པ་བདེ་བའི་སྟན་ལ་བཀོད་ནས་རྒྱལ་བློན་རྣམས་མགྲིན་གཅིག་པའི་དབྱངས་ཀྱིས་གསོལ་པ། ཀྱེ། གཞོན་ནུ་བདག་ཉིད་ཆེན་པོ་མཁྱེན་པར་མཛོད་ཅིག རྒྱལ་སྲིད་ཀྱི་དཔལ་འབྱོར་ཕུན་སུམ་ཚོགས་པ་འདི་ལྟ་བུ་ལའང་རྗེས་སུ་ཆགས་པ་མི་མངའ་བར། མཆིལ་མའི་ཐལ་བ་བཞིན་དུ་སྤངས་ནས་འཇིགས་པའི་ནགས་ཀླུང་གཅན་གཟན་གཏུམ་པོ་དང་། སྦྲུལ་གདུག་པས་གང་བ། གནོད་པ་དང་རྗེས་སུ་འབྲེལ་བ་དེར་ལྟའི་གཞལ་མེད་ཁང་དུ་འཇུག་པས་ཀྱང་མི་མཚོན་པའི་སྤྲོ་བ་ཆེན་པོས་གཤེགས་ན། ཤུལ་ལམ་བགྲོད་ཐག་རིང་བ། ངམ་གྲོག་དང་། མྱ་ངམ་གྱི་ཐང་དང་། འབབ་ཆུ་གནོད་པ་ཅན་ལ་སོགས་པ་བགྲོད་པར་དཀའ་བ་དུ་མས་ཉམས་ཉེས་པར་མ་གྱུར་རམ། ཉམ་ང་བ་ཉུང་ངམ། བསྐྱོད་པ་ཡང་ངམ། འཚོ་བ་བདེའམ། ཡུལ་ལ་མངོན་པར་ཞེན་པས་ཐུགས་ཕྱུངས་པར་མ་གྱུར་ཏམ། ཡང་དག་པའི་ལམ་ལ་བརྟེན་ནས་གྲོལ་བ་བརྙེས་སམ། ཞེས་གསོལ་པ་ན། རྒྱལ་བུ་གཞོན་ནུ་ཟབ་པ་དང་རྒྱ་ཆེ་བའི་ཆོས་ཕུང་རྒྱ་མཚོ་ཁོང་དུ་ཆུད་ཅིང་། ལེགས་པར་འདོམས་པ་ལ་འཇིགས་པ་མེད་པ་ཁྱུ་མཆོག་རླབས་པོ་ཆེའི་གནས་ཐོབ་པ་དེས་ཆར་སྤྲིན་འབྲུག་སྒྲ་ཟབ་མོའི་དབྱངས་ཀྱིས་འདི་སྐད་ཅེས་བརྗོད་དོ། །

འཇིག་རྟེན་འདི་ན་དགྲ་དང་གཉེན་བཤེས་ཞེས། །རིགས་སུ་ཆད་པའི་བྱམས་སྡང་ཕྱོགས་འཛིན་གྱིས། །ཉོན་མོངས་དུག་གསུམ་བསྐྱེད་བྱས

འཁོར་བ་འདི་ར། །འཆིང་བ་དམ་པོས་བཅིངས་པའི་ཚུལ་རིག་ཕྱིར། །བདག་ལ་ཆགས་དང་སྡང་བའི་ཡུལ་འདི་ཞེས། །རྣམ་དབྱེར་འབྱེད་ཆོས་མ་མཆིས་མཁའ་ཁྱབ་འགྲོ། །ཀུན་ལ་མཉེས་གཤེན་བྱམས་པའི་ལྷག་བསམ་གྱིས། །སྲིད་མཚོ་ཉམ་ང་ལས་སྒྲོལ་ཁུར་ཁྱེར་ཞིང་། །ཁྱད་པར་སྐྱེ་འདིར་མཆོག་གི་རྟེན་བཟང་པོ། །བསྐྱེད་བདག་ཡབ་ཡུམ་དྲིན་དུ་གཟོ་བ་ནི། །ཆོས་བཞིན་སྤྱད་པས་ལྷག་པ་གཞན་མེད་ཕྱིར། །བདག་ཉིད་རྣམ་པར་གྲོལ་བའི་གནས་ཐོབ་ནས། །སྔོན་གྱི་དམ་བཅའི་ཐ་ནི་མི་འགལ་བར། །ཡང་དག་ཆོས་ཀྱི་སྦྱིན་པས་དབུགས་དབྱུང་སླད། །སྙིང་སྟོབས་གོ་ཆ་བགོས་ནས་འདིར་ལྷགས་སོ། །རིང་པོའི་ཤུལ་ལམ་བགྲོད་དཀའ་ནགས་ཚལ་གྱི། །འཇིགས་པ་ཉམ་ངའི་གནས་ཞེས་སྨྲ་བྱེད་ཀྱང་། །དེ་ནི་ཇི་ཙམ་འཇིགས་ནའང་ཚེ་འདིའི་སྲོག །འཇོམས་པ་ཙམ་ལས་གཞན་གྱི་མཐུ་མི་མངའ། །བདག་འཛིན་དགྲ་ལས་བསྐྱེད་པའི་ཉོན་མོངས་པས། །འཁོར་བ་ཐོག་མ་མེད་ནས་ད་ལྟའི་བར། །སྡུག་བསྔལ་ཉེས་བརྒྱ་བསྐྱེད་པས་བཅོམ་བྱས་ཤིང་། །སླར་ཡང་སྐྱེ་བའི་མཐར་ཐུག་འཇོམས་ངེས་ཕྱིར། །དེ་ལས་རྒྱལ་བར་བྱེད་པའི་ཐབས་ཀྱི་ཕུལ། །རྒྱ་ཆེན་བྱང་ཆུབ་སྤྱོད་དང་གནས་ལུགས་ཀྱི། །དོན་ལ་དཔྱོད་པའི་ཤེས་རབ་སྟོང་པ་ཉིད། །ཟུང་འཇུག་སྐྱེ་མེད་རོ་གཅིག་དོན་རྟོགས་པས། །ལས་དང་ཉོན་མོངས་དགྲས་ཀྱང་མི་བརྫི་བའི། །ཡིད་བརྟན་ཐོབ་ན་ལྷར་སྣང་ལམ་དང་ནགས། །འཇིགས་པས་བདག་ལ་བསྙོ་བའི་གོ་སྐབས་ཅི། །བདག་ཉིད་གྲོལ་ཞེས་རང་གི་སྡུག་བསྔལ་ཁུར། །སྤང་བའི་ཆེད་དུ་མ་ཡིན་རང་ཉམས་ལ། །དཔགས་ནས་མཁའ་ཁྱབ་མ་གྱུར་ལུས་ཅན་ཀུན། །བསྒྲལ་སླད་འབད་པ་འདི་ནི་དོན་ལྡན་གྱུར། །གལ་ཏེ་བདག་ནི་

ཕུན་སུམ་ཚོགས་ཀུན་གྱིས། །འགྱུར་ཞེས་རྒྱལ་ཁབ་འདི་ལ་རྗེས་ཆགས་ན། །རིག་སྤྱོད་ལས་ཀྱི་རྣམ་པར་སྨིན་པའི་འབྲས། །བརྟག་དཀའ་ཡུན་རིང་ཉམས་སུ་སྤྱོང་ངེས་པས། །འཇིག་རྟེན་འདི་ནས་ཕ་རོལ་གྱུར་མ་ཐག །རྒྱབ་སོད་འཇིགས་པའི་སྒྲ་ཆེན་འབྲུག་སྟོང་ལྟར། །ལྷིར་ཞིང་མཆེ་བ་རབ་གཙིགས་ཁྲོ་གཉེར་ཅན། །མཐོང་ན་མི་སྡུག་གཤིན་རྗེའི་ཚོགས་རྣམས་ཀྱིས། །མདུན་བསུས་བཙོ་བསྲེག་གཅོད་པ་དུཿཁའི་མཛོད། །དམྱལ་བའི་གནས་སུ་འཁྲིད་པར་སྐད་ཅིག་ཟད། །དེར་ནི་འཛིགས་ཐབ་ཉམས་དགའ་དབེན་པའི་ཚལ། །ལྗོན་པ་མེ་ཏོག་བུང་བ་གཡོ་བ་ཅན། །འབྲས་བུའི་ཁུར་གྱིས་དུད་པས་ཕྲེང་བར་ལྡན། །སྒོ་རླུང་བསིལ་བའི་རེག་བྱ་ཉེར་བསྐྱོད་པའི། །ལྕུག་ཕྲན་ཀློས་གར་སྟེད་འཛོམ་རོལ་བ་བཞིན། །བསམ་གཏན་ཚེར་མར་གྱུར་དོགས་ཆུ་ཀླུང་ཡང་། །ལྷུང་ལྷུང་དལ་བུར་འབབ་ཅིང་འདབ་ཆགས་རྣམས། །མགྲིན་པ་མཐོར་བཏེག་ལྷ་ཡི་བསིལ་སྙན་བཞིན། །དབྱངས་ཀྱི་རོལ་མོ་རྣ་བའི་བདུད་རྩིར་ཆགས། །དེར་ནི་བསྐལ་བརྒྱར་བཙལ་ཡང་རྙེད་དཀའ་བའི། །བསམ་གཏན་ཁང་བུར་ཟབ་ཞི་སྤྲོས་ཀུན་དང་། །བྲལ་བའི་ཏིང་འཛིན་བྱེ་བ་བསམ་ཡས་ལ། །རོལ་བའི་དགའ་སྟོན་ཆེན་པོར་ལོངས་སྤྱོད་པས། །གནས་ངན་སྐྱེ་བའི་མཐའ་ལས་རྒྱལ་བར་གྱུར། །འབངས་རྣམས་འབད་པ་བརྒྱ་ཕྲག་གིས་བསགས་ནས། །རང་རང་ལོངས་སུ་སྤྱོད་པར་མི་ནུས་ཤིང་། །གསོག་དང་སྲུང་བའི་གདུང་བ་ཆེ་བཞིན་པར། །དཔྱ་ཁྲལ་དུ་མས་ཏིལ་ལྟར་འཚིར་བྱས་ན། །བདག་ནི་འཇིག་རྟེན་གཞན་དུ་བཀྲེས་སྐོམ་གྱི། །གདུང་བས་ཉམ་ཐག་མདོག་སྐྱ་མིག་ཙ་ཞན། །ཡན་ལག་ཕྲ་རིང་ལྟོ་བ་རི་ཡི་གཏོས། །དང་མཚུངས་ཡི་དྭགས་གནས་སུ་ལྷུང་བར་

ངེས། །དེ་ཕྱིར་འབད་མེད་རྟེད་པར་སླ་བའི་ཟབ། །རོ་བདའ་ཙ་བ་སྨྱུ་གུ་སྣ་མང་ཞིང་། །རྣམ་དག་ཆུ་བསིལ་བཏུང་བས་ཚིམ་གྱུར་པས། །ཟག་མེད་ཡེ་ཤེས་བདུད་རྩིར་ལོངས་སྤྱོད་ཐོབ། །གང་ཞིག་ལས་དང་ལས་ཀྱི་འབྲས་བུ་དང་། །གནས་ལུགས་ཟབ་མོའི་དེ་ཉིད་བལྟ་བ་ལ། །རྨོངས་ཤིང་གཉིད་རྨུགས་ཁྱིངས་པའི་དབང་གྱུར་ན། །དམ་པའི་ཆོས་ཞེས་བྱ་བའི་སྒྲ་ཙམ་ཡང་། །ཐོས་པ་སྲ་ཞིང་བླུན་རྨོངས་གཏི་མུག་ཅན། །གསོད་གཅོད་བཀོལ་སྤྱོད་དྲག་པོས་སྡུག་བསྔལ་བ། །དུད་འགྲོའི་སྐྱེ་གནས་སྐྱབ་པར་སྐད་ཅིག་ཕྱུགས། །ཚུལ་དེ་མ་བཟོད་བྱེད་རྨུགས་གཏི་མུག་མུན། །མཐར་བྱུས་ཤེས་རབ་ཟབ་མོའི་སྣང་བ་ཡིས། །ཆོས་ཀུན་བདེན་པས་སྟོངས་པའི་གནས་ལུགས་དོན། །བསལ་བྱས་ངན་འགྲོའི་ལམ་ལས་བཟློག་པར་གྱུར། །དེ་ལྟར་བདག་ཅག་དལ་འབྱོར་སྐད་ཅིག་གིས། །གཡོ་བ་གློག་གི་མཐའ་ཅན་མི་ལོང་ནང་། །རྣམ་པ་གཏན་དུ་བདེ་བའི་རྣམ་གྲོལ་གཟུགས། །མཐོང་བས་སྐལ་བཟང་དེ་ལྟར་ཉམས་མྱོང་མོད། །ཡབ་གཅིག་བློན་འབངས་ཚོགས་ཀུན་འདིར་སྣང་བདེ། །མིང་དུ་སྣན་ཡང་དུག་གི་མེ་ཏོག་བཞིན། །རྣམ་པ་མཚར་པོའི་དཔལ་ལ་རྗེས་ཆགས་ཀྱང་། །མཐར་ཐུག་སྲོག་འཕྲོག་སྡུག་བསྔལ་ཀུན་བསྐྱེད་བྱེད། །དེ་ལྟ་བུ་ལ་རྗེས་སུ་ཆགས་ལྡན་པས། །རྒྱལ་ཐབས་བྱ་བའི་འདུ་འཁོད་ཟིང་ཡོང་ཅན། །ཆུ་བོའི་གཉེར་རིས་ལྟ་བུར་འཛད་མེད་པས། །ཀུན་ཏུ་ངལ་ཞིང་དུབ་པར་མ་གྱུར་ཏམ། །

ཞེས་ཆོས་དང་མཐུན་པའི་གཏམ་ཕན་བདེའི་སྙིང་པོ་ཅན་ཧ་ན་རྒྱ་ཆེན་བཤད་པས་ཡབ་ཡུམ། མཆེད་ཟླ། བློན་པོར་བཅས་པ་རྗེས་སུ་ཡི་རང་ཞིང་། དད་པའི་གདུང་ཤུགས་ལྷག་པར་གཡོས་པས་ཞབས་ལ་སྤྱི་བོས་ཕྱག་ཀྱང་ལན

མང་དུ་བྱུས་སོ། །དེའི་ཚེ་ན་གཞོན་ནུ་ཟླ་མེད་རྒྱལ་སྲིད་དཔལ་འབྱོར་ཕུན་སུམ་ཚོགས་པ་མེ་འབར་བའི་ཀློང་ལྟར་གཟིགས་ནས་དབེན་པའི་ནགས་ཀླུང་འཇིགས་སུ་རུང་བར་གཤེགས་ཀྱང་། གནོད་པ་དང་ཉམ་ང་བ་གང་གིས་ཀྱང་བརྫི་བར་མེད་པར་རྒྱལ་སྲས་ཀྱི་སྤྱོད་པ་རླབས་ཆེན་ཡོངས་སུ་རྫོགས་ཤིང་ཞི་བ་རྣམ་གྲོལ་གྱི་གོ་འཕང་དམ་པ་རྙེད་ནས། སླར་ཡང་མཐའ་ཡས་པའི་འགྲོ་བ་སྒྲོལ་བར་དམ་བཅས་ཏེ་རྒྱལ་ཁབ་ཆེན་པོ་སྲིད་པའི་རྒྱུན་དུ་ཞབས་སོར་གྱི་པད་མ་བཀོད་ནས་ཆོས་ཀྱི་རྣམ་གྲངས་མཐའ་ཡས་མུ་མེད་པའི་ཆར་ཆེན་པོ་དབབ་པར་མཛད་དོ་ཞེས་སྙན་པར་གྲགས་པའི་ཇ་བོ་ཆེ་སྲིད་པ་གསུམ་དུ་གྲགས་པ་ན། རྒྱལ་ཁབ་ཆེན་པོ་སྣང་བ་འབུམ་ལྡན་གྱི་རྒྱལ་པོ་ཟླ་བའི་བློ་གྲོས་ཡབ་སྲས་བློན་པོ་དང་བཅས་པ་དང་། བཀོད་ལེགས་འོད་སྣང་གི་རྒྱལ་པོ་གསལ་ལྡན་ཡུམ་ཟླ་འོད་མ་བློན་པོ་དང་བཅས་པ་དང་གཞན་ཡང་ཕྱོགས་མཐའ་དག་ནས་ཐར་འདོད་དམ་པའི་ཆོས་ཀྱི་བདུད་རྩི་མྱང་བར་སྤྲོ་བ་བགྲང་གིས་མི་ལང་བ་སྲིད་པའི་རྒྱུན་གྱི་ཕོ་བྲང་དུ་ཉེ་བར་ལྷགས་སོ། །དེ་ཙམ་ན་ཡུམ་རྣ་ཆ་འཛིན་ནི་རང་གི་བུ་སྡུག་པ་གཞོན་ནུ་ཟླ་མེད་ཡེ་ཤེས་ཀྱི་བདུད་རྩི་ཐོབ་པ་དང་ལྷན་ཅིག་སྤྱོད་པའི་སྐལ་ནི་ཐོབ། དམ་པའི་ཆོས་ཀྱི་གླིང་སོ་དོན་གྱི་རེ་བ་ཇེ་ཞིམ་དུ་གྲོ་བ་ནི་མྱངས། ད་ནི་འགྱོད་པར་བྱ་བ་ཕྲ་མོ་ཡང་མེད་སྙམ་དུ་ཡིད་བདེ་བས་ཁྱབ་བཞིན་པར་མཆིས་པ་ལས། གནོད་པ་དང་བཅས་པའི་ལུས་ནི་ངེས་པར་འཇིག་སླ་བ་ཡིན་ཏེ། དེ་ཡང་དཔེར་ན། རྒྱ་མཚོའི་ནང་གི་ཆུ་སྲིན་ཉ་མེད་དང་། བྱིས་པ་གསོད་དང་། མ་ཀ་ར་ནང་ཕན་ཚུན་མི་མཐུན་ཞིང་སྲོག་ཆགས་ཟ་བ་ལ་རྩོད་ཅིང་ཞེ་སྡང་བ་དེ་རྣམས་ཀྱི་ཁ་དང་ཉེ་བར་འབབ་པའི་ཆུ་ཀླུང་ནང་གི་སྲོག་ཆགས་ནི་ཡུན་རིང་དུ་གསོན་པའི་སྐབས་མེད་པ་དེ་བཞིན་དུ

འབྱུང་བ་བཞི་འདི་ལྟར་སྟོབས་ཆེ་བ་ཕན་ཚུན་མི་མཐུན་པ་སྒྱུ་མའི་ལུས་རྟེན་བཞག་པ་ལ་གཅིག་ཏུ་སྡུག་པ་ཡིན་ན། འཇིག་རྟེན་ན་ལུས་བརྟན་པར་སྲུང་ནུས་པ་སུ་ཡང་མེད་པའི་ཕྱིར། ཡུམ་རྣ་ཆ་འཛིན་མ་དེ་ཡང་འབྱུང་བཞི་མི་མཐུན་པའི་ནད་ཀྱིས་ཉེན་ཏེ་དགུན་གྱི་དུས་ཁ་བ་དང་། རླུང་ཆེན་པོས་འཁྲི་ཤིང་འཁྱིལ་བ། ནགས་སྨན་གྱི་མདངས་འཕྲོག་པ་དང་འདྲ་བར་དབང་པོ་དང་། གཟུགས་དང་། སྟོབས་རྣམས་ནད་ཀྱིས་ཕྲོགས་པས་ལུས་ཉམས་ཆུང་ངུར་གྱུར་ཅིང་། ཟས་མི་འདོད་པར་གྱུར་པ་ལ་གཞོན་ནུ་དམ་པས་ཕྱག་གཡས་གླང་པོ་ཆེའི་སྣ་ཞགས་ལྟར་བརྐྱངས་པས་ཡུམ་གྱི་ལག་པ་ལ་བཟུང་ནས་ཡུམ་ནད་ཀྱིས་ཉེན་པར་གྱུར་རམ། ཟུག་རྔུ་དྲག་པོས་གཙེས་སམ། ཞེས་དྲིས་པ་ན་ལན་སྨྲས་པ། རྒྱལ་བའི་སྲས། བདག་ནི་ནད་ཀྱིས་བཏབ་པར་མ་ཟད་ཀྱིས། འཆི་བ་ལ་མངོན་དུ་ཕྱོགས་སོ། །དེ་ལྟ་ནའང་མི་འགྱོད་དེ་ངའི་རེ་བ་རྣམས་ཡོངས་སུ་རྫོགས་པ་ཡིན་ནོ་ཞེས་སྨྲས་པ་ན་གཞོན་ནུ་ཡང་ཡིད་གདུང་བའི་ཀུན་རྟོག་གི་རི་མོ་ཅི་ཡང་བྲིས་པར་གྱུར་ཀྱང་། འདུས་བྱས་རྣམས་ཀྱི་རང་བཞིན་ནི་བཟློག་ཏུ་མེད་ཅིང་བཅོས་སུ་མེད་པ་འདི་ཁོ་ནའོ་སྙམ་ནས་ཡུམ་ལ་གསོལ་བ།

བསྐྱེད་ཡུམ་གདུང་བར་མ་མཛད་ཅིག ཐོག་མ་མེད་ནས་སྲིད་པའི་ལམ་རིང་འདི་ར། །འཁྱམས་ཤིང་དམ་པའི་ས་མཁན་དང་བྲལ་བས། །ཕལ་ཆེར་ངན་འགྲོའི་གཙང་རོང་ཟབ་མོའི་ནང་། །འཁོར་ཞིང་སྐྱེ་བའི་མཐའ་ནི་བརྗོད་ལས་འདས། །མཚན་མོའི་མུན་ནག་སྤྲིན་ཏུམ་གློག་འགྱུ་ལྟར། །བསོད་ནམས་བྱེ་བ་བརྒྱུས་བསྒྲུན་དཔལ་འབྱོར་ལུས། །ལན་གཅིག་རྙེད་འདི་འང་ཡུན་དུ་མི་བརྟན་ཏེ། །ཆུ་རླབས་དྲག་པོས་བདས་པའི་དབུ་བར་མཚུངས། །སྲིད་ཞིའི་འཇིགས་ལས་གྲོལ་བའི་བདེ་གཤེགས་ཀྱང་། །མྱ་ངན་

འདའ་བའི་མཛད་པ་ལྟར་བཞེས་ན། །ཤིན་ཏུ་ཉམ་ཆུང་འདི་ལྟར་སྲུང་བ་བཀྲུས། །བསྲུངས་ཀྱང་འཚོ་བའི་ཐབས་ཡོད་མ་ཡིན་ནོ། །དེ་སྣད་ཡུམ་གཅིག་ལང་ཚོའི་མེ་ཏོག་ནི། །ཀ་བའི་རང་བཞིན་དགུན་གྱི་རེག་བྱས་ཉེངས། །གློ་བུར་ནད་ཀྱི་བ་མོས་བཅོམ་འདྲིས་ན། །ཕྱི་མའི་གནས་སྐབས་སྐྱོང་ལས་ཐབས་གཞན་མེད། །སྐབས་དེར་འདིར་སྣང་གཉེན་འབྲེལ་ལོངས་སྤྱོད་དང་། །སྒྱུ་མའི་ལུས་རྟེན་འདིར་ཡང་ཆགས་པའི་སེམས། །ཡོངས་སྤངས་དག་པའི་ཞིང་གི་ཡོན་ཏན་ཀུན། །ཡིད་ལ་གོམས་བྱས་རིན་ཆེན་པད་མ་ཡི། །སྦུམས་ནས་སྐྱེ་བ་འཛིན་པའི་འདུན་སྟོབས་དང་། །བདག་གིས་ཇི་ལྟར་ལན་མང་གདམས་པའི་གནད། །ཆོས་ཀུན་གདོད་ནས་སྟོང་པའི་གནས་ལུགས་དོན། །རྩེ་གཅིག་མཉམ་པར་འཇོག་ལས་མི་གཡེལ་བར། །ཟག་མེད་ཆོས་ཀྱི་དབྱིངས་དེར་སྙོམས་ཞུགས་ཤིག །

ཅེས་སོགས་ཟབ་མོའི་གདམས་པས་དབུགས་དབྱུང་ཞིང་། ངན་སོང་གི་སྒོ་འགེགས་ཤིང་ཐར་པའི་ལམ་མཚོན་པར་བྱེད་པ་དེ་བཞིན་གཤེགས་པའི་མཚན་སྔགས་ཟབ་མོའང་དེའི་ཐོས་འཛིན་གྱི་ལམ་དུ་ལྷུང་བར་བྱས་སོ། །དེའི་ཚེ་གཉེན་འཁོར་ཐམས་ཅད་འདུས་ནས་མཐའ་བསྐོར་ཏེ་ཡུམ་མ་འཚོ་བར་རིག་ནས། ཀྱུ་ང་ན་དྲག་པོས་ནི་གདུངས། འཚོ་བའི་ཐབས་ནི་བྱར་མེད་པས་ཐམས་ཅད་རི་མོའི་གཟུགས་ལྟར་འཁོད་པ་ལས། ཡུམ་གྱིས་གཞོན་ནུའི་བཞིན་རས་ལ་ཅེར་གྱིས་བལྟས་ཤིང་འཛུམ་པའི་མདངས་ཅུང་ཟད་བསྟན་ནས་ཡང་བ་དང་བག་ཚ་བའི་རྣམ་འགྱུར་མེད་པར་ཚེའི་འདུ་བྱེད་བཏང་བར་གྱུར་ཏོ། །

འདུས་བྱས་ཆོས་རྣམས་འགྱུར་བ་ཅན་གྱི་མཐའ། །ངེས་པར་འབྲལ་བའི་རང་བཞིན་ཉིད་ཡིན་ཕྱིར། །སྒྱུ་མའི་ཉེར་ལེན་གཟུགས་ཕུང་རབ་བཏང་

ནས། །རྣམ་པར་ཤེས་པ་བླ་མེད་གཅིག་པུར་འཁྲུམས། །གཉེན་བཤེས་འབངས་འཁོར་རྒྱ་མཚོ་ལྟ་བུ་ཡིས། །ཡོངས་བསྐོར་མཆི་མའི་ཆབ་རྒྱུན་འབེབས་རྣམས་ཀྱི། །ནང་ནས་རི་དྭགས་ཁྱུ་ཉམས་ཇི་བཞིན་དུ། །འཆི་བའི་སྡུག་བསྔལ་ཡུམ་མཆོག་གཅིག་པུས་མྱོང་། །དེ་ཚེ་བཟའ་བཏུང་མ་མཆིས་ཁབ་མ་མཆིས། །མཛའ་བའི་གྲོགས་དང་གཉེན་བཤེས་འཁོར་མ་མཆིས། །ཤིན་ཏུ་བརྩེ་བར་ལྡན་ཞེས་གཅིག་ཙམ་ཡང་། །ཕྱི་ཐག་བསམ་པས་རྗེས་སུ་འབྲང་བ་མེད། །ཀྱེ་མ་འཁོར་བ་དུག་གི་སྡོང་པོ་ལ། །སྔང་རྩིའི་མེ་ཏོག་ཆགས་པར་ཡོངས་སྨྱོད་པ། །ཤེས་ཉམས་འཁྲུལ་བའི་བྱུང་བ་གང་ཇི་སྙེད། །ནམ་ཞིག་འཕུང་བར་མ་གྱུར་སུ་ཞིག་ཡོད། །སྐབས་དེར་ཉེ་དུ་འབངས་འཁོར་དེར་འཁོད་ཀུན། །མྱ་ངན་མུན་ཆེན་གཏིབས་པས་མིག་ལྫོངས་ཤིང་། །བཟོད་མེད་ཚ་ངེའི་དབྱངས་ཀྱིས་ཁོར་ཡུག་འགེངས། །མནམ་པའི་གཞིར་ཡང་གཡང་ས་ཇི་བཞིན་དུ། །ལྷུངས་ཤིང་འགྱེལ་བར་གྱུར་པ་དེ་རྣམས་ལ། །རྒྱལ་སྲས་གཞོན་ནུ་འདུས་བྱས་མི་རྟག་པ། །ལས་བརྩམས་ཚོས་ཀུན་བདེན་སྟོང་སྒྱུ་མའི་དཔེ། །ལེགས་བཤད་ཟ་ཡབ་བསིལ་བས་དྲན་པ་བྱིན། །

53. རྒྱལ་བུ་གཞོན་ནུས་བསྐུལ་བ་བཞིན་དགེ་བའི་བཤེས་གཉེན་ཚོས་ཀྱི་དབང་ཕྱུག་གིས་ཚོས་ཀྱི་སྒྲོན་མེ་བཏེགས་ཏེ་སྣང་བ་དམ་པས་ཡོངས་སུ་ཁྱབ་པར་བྱས་པའི་སྐོར།

དེ་ནས་རྒྱལ་བུ་གཞོན་ནུས་རྒྱལ་སྲིད་ཀྱི་དཔལ་འབྱོར་ཕུན་སུམ་ཚོགས་པ་ལས་སྤྱད་དེ། ཡུམ་གྱི་ཆེད་དུ་དགེ་བའི་སྟོབས་རྒྱ་ཆེན་པོའང་མངོན་པར་

འདུ་བྱས་ཏེ་ཞིང་ཁྱད་པར་ཅན་རྣམས་ཀྱི་མཐུ་ལ་བརྟེན་ནས་རྣ་ཆ་འཛིན་མ་ཡང་ངན་སོང་ངན་འགྲོའི་འཇིགས་ལས་གྲོལ་ནས། བསོད་ནམས་ཀྱི་ཐེམ་སྐས་ལ་འཛེགས་ཏེ་ཐར་པ་དམ་པའི་གྲོང་ཁྱེར་ལ་ཡོངས་སྤྱོད་པའི་སྐལ་བ་དང་ལྡན་པར་བྱས་སོ། །དེ་ནས་ཤུལ་ལམ་བགྲོད་ཐག་རིང་ཞིང་ཉམ་ང་བའི་ངལ་བ་ཁྱད་དུ་བསད་ནས་གཞོན་ནུ་ཟླ་མེད་བལྟ་བར་ལྷགས་ཤིང་། ཆོས་ཀྱི་བདུད་རྩི་དོན་དུ་གཉེར་བ་དེ་རྣམས་བར་མ་དོར་སྒུག་ཏུ་འཇུག་པ་ནི་གནས་མ་ཡིན་ནོ་སྙམ་ནས་རྒྱལ་པོ་ཟླ་བའི་བློ་གྲོས་དང་རྒྱལ་པོ་གསལ་ལྡན་ལ་སོགས་པ་གཞོན་ནུའི་བཞིན་རས་ཀྱི་པད་མ་ལ་བུང་བ་ལྟར་འཁོར་བར་བྱེད་པ་ཐམས་ཅད་ལ་སྙེད་པ་དང་། བཀུར་སྟི་དང་སྲི་ཞུ་ཕུན་སུམ་ཚོགས་པས་ཡིད་མགུ་བར་བྱས་ཤིང་། ཆོས་དང་མཐུན་པའི་གཏམ་རྒྱ་ཆེན་པོ་ཐར་པ་དོན་དུ་གཉེར་བ་རྣམས་ཀྱི་རེ་བ་ནི་ཡོངས་སུ་གང་བར་བྱས་མོད་ཀྱི། ད་དུང་ཡང་དཔེར་ན་རྒྱ་མཚོ་ཆེན་པོར་ཆུ་ཀླུང་ཀུན་འབབ་པར་བྱེད། སྤྱད་པར་བྱེད་ཀྱང་ནམ་དུའང་ཚོག་ཤེས་དང་བྲལ་བ་བཞིན་དུ་དམ་པའི་ཆོས་ཀྱི་དགའ་སྟོན་ནི་ཉིན་རེ་བཞིན་དུ་ལན་གྲངས་བརྒྱ་སྟོང་གི་བར་དུ་ཡོངས་སྤྱད་ནའང་ཟད་མི་ཤེས་ཤིང་། ཚོག་ཤེས་དང་བྲལ་བ་ཡིན་པས་ད་ལྟ་ཡང་འདི་རྣམས་ལ་དགེ་བའི་བཤེས་གཉེན་དགྲ་བཅོམ་པ་ཆོས་ཀྱི་དབང་ཕྱུག་གི་ཆོས་ཀྱི་བདུད་རྩིའི་བགོ་སྐལ་སྩོལ་བར་བསྐུལ་ལོ་སྙམ་ནས་དགེ་བའི་བཤེས་གཉེན་ལ་གསོལ་པ། འཇིགས་རྟེན་རྣམ་པར་འདྲེན་པ་ཐུགས་བརྩེ་བའི་སླད་དུ་ཅུང་ཟད་གཟིགས་ཤིག འཁོར་བ་དང་། ངན་སོང་གི་སྡུག་བསྔལ་གྱིས་འཇིགས་ནས་དེ་ལས་གྲོལ་བ་དོན་དུ་གཉེར་བའི་རྒྱལ་པོ་དང་། བཙུན་མོ་དང་། དགེ་སློང་དང་། བྲམ་ཟེ་དང་། མདུན་ན་འདོན་དང་། འབངས་འཁོར་ལ་སོགས་པ་སྲོག་ཆགས་བགྲང་གིས

མི་ཡང་བ་ཞིག་འདིར་ལྷགས་ནས་དེ་རྣམས་ལ་ཞི་བ་ཆགས་བྲལ་བདུད་རྩིའི་ཆོས་ཀྱི་དགའ་སྟོན་སྩོལ་ཅིག་ཅེས་གསོལ། དེས་ཀྱང་དགྱེས་བཞིན་དུ་ཞལ་གྱིས་འཆེས་ནས་རྒྱལ་བུ་དམ་པ། ཇི་ལྟར་ཁྱོད་ཀྱིས་བསྟན་པ་དེ་བཞིན་དུ་བདག་གིས་འདོད་པ་འཛོམ་བར་བྱེད་དོ། །གྲོལ་བ་དོན་དུ་གཉེར་བ་རྣམས་ལ་འདི་སྐད་ཅེས་སྨྲོས་ཤིག དགྲ་བཅོམ་པ་ཆོས་ཀྱི་དབང་ཕྱུག་གིས་ཆོས་ཀྱི་སྤྲིན་པ་རྒྱ་ཆེན་པོས་དབུགས་དབྱུང་བར་བྱེད་པས་གང་དག་འཁོར་བ་ནི་མེ་འོབས་ལྟ་བུ་སྟེ་དེ་ལས་སུ་ཞིག་ཐར་བར་འདོད། འདུས་བྱས་ཀྱི་ཆོས་ཀུན་མི་བརྟན་ཞིང་འགྱུར་བ་རྨི་ལམ་ལྟ་བུ་སྟེ་སུ་ཞིག་དེའི་རང་བཞིན་ཤེས་པར་འདོད། ཟག་བཅས་ཐམས་ཅད་སྡུག་བསྔལ་གྱི་ཡོ་ཡང་སྟེ་དེ་སྤང་བར་འདོད་པ་སུ་ཞིག་མཆིས། མྱ་ངན་ལས་འདས་པ་ཞི་བ་བསིལ་བ་དམ་པའི་ཆོས་ལ་མོས་ནས་ལེགས་པར་མཉན་ཏེ་གྲོལ་བར་འདོད་པ་སུ་ཞིག་ཡོད། དེང་ཆོས་ཀྱི་ཆར་ཆེན་པོ་འབེབས་ཀྱི་ཚུར་ཤོག་ཅེས། གོ་བར་གྱིས་ཤིག ཅེས་བསྒྲོ་བར་མཛོད་ཅིག་གསུངས་པ་བཞིན་གཞོན་ནུ་དམ་པས་ཕོ་ཉ་མངགས་ཏེ་ཕྱོགས་ཀུན་ཏུ་དྲིལ་བསྒྲགས་སོ། །

དེ་ནས་དམ་པའི་ཆོས་ཀྱི་བགོ་སྐལ་ལ་སྤྱོད་པར་འདོད་པ་པད་མོའི་མཚོ་ལ་ངང་ངུར་གྱི་ཚོགས་འདུས་པ་ལྟ་བུ་ཉེ་བར་ལྷགས་པ་ན་རིན་པོ་ཆེའི་ཁྲི་གདོང་ལྷས་བརྟེགས་ནས་ཡུར་དང་། མནན་ན་ནེམ་ཞེས་བྱེད་པ་མདོན་པར་མཐོ་བ་ལ་དགྲ་བཅོམ་པ་ཆོས་ཀྱི་དབང་ཕྱུག་ལྷུན་པོ་ལ་ཉི་མས་མཛེས་པ་བཞིན་དུ་ཞབས་སོར་གྱི་པད་མ་བཀོད་པ་ན། བདག་ཉིད་ཆེན་པོ་གཞོན་ནུ་ཟླ་མེད་གཙོ་བོར་གྱུར་པའི་གྲོལ་བ་དོན་གཉེར་གྱི་སེམས་ཅན་བགྲང་གིས་མི་ལང་བས་ཕྱག་བྱས་ཤིང་། ཡོན་བསྟབས་ནས་སྤྱན་སྔར་འཁོད་ན། དགྲ་བཅོམ་པ་སྐུ

ལུས་དྲང་པོས་བསྲུངས་ཏེ། མི་འཇིགས་པ་རྣམ་བཞིས་བརྟེན་པ་མི་མངའ་ཞིང་། སོ་སོ་ཡང་དག་པར་རིག་པ་བཞི་བརྟེན་པས་འཇིགས་པ་མེད་པ་སེང་གེའི་དབྱངས་ཀྱིས་འཁོར་གྱི་ཕྱོགས་ནང་དུ་ཐེག་པ་ཆེན་པོའི་ཆོས་ཀྱི་སྒྲ་དབྱངས་ཟབ་མོ་འདི་སྐད་ཅེས་མཛད་པར་བསྒྲགས་སོ། །

དུས་གསུམ་ཕྱོགས་བཅུའི་ཁམས་ན་རབ་འབྱམས་ཤིང་། །མཐའ་ཡས་མུ་མེད་བསམ་གྱིས་མི་ཁྱབ་པར། །བཞུགས་པའི་བདེ་གཤེགས་སྲས་དང་སློབ་མར་བཅས། །སྤྱི་བོས་གུས་བསྙེན་དད་པས་ཕྱག་འཚལ་ལོ། །འཇིགས་རུང་སྲིད་པའི་རྒྱ་མཚོ་གློང་ཟབ་མོར། །བྱིངས་པའི་ཉམ་ཐག་འགྲོ་རྣམས་བསྒྲལ་སླད་དུ། །བླ་མེད་བྱང་ཆུབ་སྙིང་པོ་འཐོབ་བྱའི་ཕྱིར། །ཞི་བ་ཆགས་བྲལ་དམ་པའི་ཆོས་འདི་སྟོན། །མཐའ་ཀླས་འགྲོ་རྒྱུད་རང་བཞིན་རྣམ་དག་ཁམས། །སྤང་བྱ་གློ་བུར་དྲི་མའི་སྒྲིབ་གཡོགས་ཀྱིས། །ཐོག་མ་མེད་ནས་བསྒྲིབས་ལས་མ་གྲོལ་བར། །འཁོར་བའི་གནས་འདིར་སྐྱེ་བའི་ཕྲེང་མང་བསྙོས། །གང་ཞིག་རྣམ་པར་ཤེས་པ་ལྡན་པའི་ལུས། །བཟང་ངན་ཟ་འོག་ཐག་རྒྱའི་རི་མོ་ལྟར། །བླངས་པ་དེ་ཀུན་བདེ་ལ་ཆེས་སྲེད་ཅིང་། །སྡུག་བསྔལ་སྤང་བར་འདོད་པ་ཉག་ཅིག་ཡིན། །དེ་ལྟར་ན་ཡང་ཐབས་ལ་མི་མཁས་པས། །ཁྱབ་པ་འདུ་བྱེད་སྡུག་བསྔལ་རང་བཞིན་ཅན། །ལྟར་སྣང་བདེ་ལ་རྗེས་ཆགས་གཏན་འདུན་གྱི། །སྙིང་པོ་གྲུབ་པའི་བདེ་ལས་རྒྱབ་ཀྱིས་ཕྱོགས། །དེ་སླད་ལས་ཉོན་འཆིང་བ་དང་ལྡན་པས། །དངོས་པོར་འཛིན་པའི་སྣང་ཞེན་ཡོད་གྱུར་པ། །དེ་སྲིད་གྲོལ་བའི་གནས་སྐབས་ཡོད་མིན་པས། །གཟུང་འཛིན་འཁྲི་བའི་ལྕགས་སྒྲོག་འགྲོལ་བར་རིགས། །དེ་ཡང་དང་པོར་སྲིད་ཞིའི་ཡོན་ཏན་གྱི། །མྱུ་གུ་ཀུན་ནས་སྐྱེད་བྱེད་ཞིང་གི་

མཆོག ། ཡང་དག་དགེ་བའི་བཤེས་གཉེན་བསམ་སྦྱོར་གྱིས། །ཚུལ་བཞིན་བསྟེན་བྱས་གཙུག་གི་རྒྱན་དུ་མཆོད། །བསྐལ་མང་སྦྱོན་ནས་གོམས་པའི་ཚོགས་གཉིས་རྫོང་། །སྐབས་ཆེན་དུ་མས་རྙེད་པའི་རྟེན་བཟང་པོ། །གཞལ་མེད་ནོར་བུའི་དངོས་བརྒྱས་མི་བསྒྱུར་པ། །མི་ཁོམ་སྐྱོན་སྤངས་རང་གཞན་འབྱོར་པ་བཅུས། །བརྒྱན་འདི་དཔེ་དང་རྒྱུ་དང་ངོ་བོའི་དོན། །གང་ལ་བརྟགས་ནའང་བརྒྱ་ཕྲག་བསྐལ་པར་ཡང་། །རྙེད་པར་དཀའ་བ་ལན་གཅིག་གཡར་ཐོབ་པ། །འདི་ནི་ལེགས་སྤྱད་རྡོད་གཤེར་གྱིས་སྨིན་ན། །དོན་ཆེན་འབྲས་བུའི་ཁུར་གྱིས་ལྕི་གྱུར་ཏེ། །སྦྱིན་དང་ཚུལ་ཁྲིམས་ལསབྱུང་མངོན་མཐོ་དང་། །ཞི་བདེ་དོན་གཉེར་བསླབ་གསུམ་ཉམས་ལེན་གྱིས། །ཉན་རང་མངོན་དུ་བྱེད་མོསཁྱད་པར་ཡང་། །ཆེད་དུ་བྱ་བ་མཁའ་ཁྱབ་མ་གྱུར་འགྲོའི། །དོན་སླད་ཕར་ཕྱིན་དྲུག་དང་བསྡུ་བ་བཞིའི། །ཉམས་ལེན་ལ་བརྟེན་བླ་མེད་བྱང་ཆུབ་ཀྱི། །གོ་འཕང་ལ་ཡང་བདེ་བླག་རེག་བྱེད་པའི། །ཡོན་ཏན་ཁྱད་པར་གཞལ་དུ་ག་ལ་ཡོད། །དེ་ཡང་རྟག་པ་རྡོ་རྗེའི་རང་བཞིན་དུ། །མ་གྲུབ་ངེས་པར་འཇིག་པའི་ཆོས་ཅན་དེ། །སྦྲིན་གྱི་འདུ་འགོད་གློག་ཕྲེང་གཡོ་བའི་གར། །ཇི་བཞིན་ཡུན་དུ་མི་གནས་སྐད་ཅིག་འགྱུར། །བཤན་པ་ཁྲག་གིས་སྦགས་པའི་ལག་པ་ནི། །བྱུ་རུའི་ཡལ་ག་ལྟ་བུས་གསོད་པའི་སར། །འཁྲིད་པའི་སྲོག་ཆགས་བཞིན་དུ་གོམ་རེས་ཀྱང་། །འཆི་བདག་དྲུང་དུ་སྙེགས་ལ་སྡོད་མི་ཁོམ། །དེ་ཚེ་གཉེན་འདུན་འཁོར་ནོར་ལོངས་སྤྱོད་རྣམས། །ལྟ་ཅི་གཅེས་པར་བསྐྱངས་པའི་ལང་ཚོ་ཡང་། །ཤུལ་དུ་དོར་ནས་ཕ་རོལ་བགྲོད་པའི་ཚེ། །ཆོས་ལས་གཞན་པའི་སྐྱབས་ནི་ཡོངས་མ་མཆིས། །དེ་ཡང་སྒྲོན་མེའི་སྣང་བ་ནུབ་པ་བཞིན། །

གཟུགས་ཕུང་དོར་བས་ཅང་མེད་མི་འགྱུར་ཏེ། །དགེ་དང་སྡིག་པའི་ལས་ཀྱི་འབྲས་བུ་ནི། །ལུས་དང་གྲིབ་མ་བཞིན་དུ་ཕྱི་ཕྱིར་འབྲངས། །མི་དགེའི་ལས་ལམ་གོལ་བར་འཕྱུན་གྱུར་ན། །རྣམ་སྨིན་རྒྱུ་མཐུན་བདག་འབྲས་རང་ཉིད་ཀྱིས། །སྒྱུར་འགྱུར་ལེགས་སམ་གཅིག་ཏུ་གནག་པའི་ལས། །ཕྲ་མོའང་སྤྱོངས་ལ་བརྩོན་པའི་སྟོབས་བསྐྱེད་ཅིང་། །མཆོག་ཏུ་དགེ་བའི་ལས་ཐབས་ཟུ་ཏིག་གི། །འབྲས་བུར་འཛུམ་པས་བདེ་བའི་རྒྱུར་སྨིན་པ། །ལེགས་པར་བསམས་ནས་ཉམས་སུ་བླངས་པ་ནི། །དོན་གཉིས་སྒྲུབ་པའི་དཔུང་གཉེན་དོ་ཟླ་མེད། །སྡུག་བསྔལ་མེ་འོབས་འབར་བའི་འཁོར་བའི་ནགས། །སྟུག་པོར་འཁྱམས་རྣམས་ཡིད་ལ་བརྣག་པའི་དོན། །ཇི་བཞིན་མ་འགྲུབ་འདོད་པས་ཕོངས་པ་དང་། །མངལ་གནས་དམྱལ་བ་ལྟ་བུའི་ལྡན་ལྡེན་ཁྲོད། །ཡུན་རིང་ངལ་བ་བརྟེན་མཐར་བཙིར་དཔྱད་ཀྱིས། །འཚིར་བཞིན་བཙས་པས་ལུས་ཀྱི་པགས་པ་ཡང་། །གསོན་པོར་བཤུས་ལྟའི་སྡུག་བསྔལ་བསམ་མི་ཁྱབ། །ཀ་བས་ཀ་བྱས་ལུས་ནི་ཉམ་ཆུང་ཞིང་། །ཡུལ་ལ་མངོན་པར་ཞེན་པའི་མཐུ་རྣམས་ཉམས། །དབང་པོ་རྣམས་འགྲིབ་གཉེན་ཡང་ཀན་བུ་ལ། །བརྩེ་མེད་འཆི་བར་འོས་པའི་གཏམ་དུ་གླེང་། །འབྱུང་བ་ཆེན་པོ་རྣམ་བཞི་མི་མཐུན་པ། གཅན་གཟན་རི་དྭགས་མ་ཉམ་དུ་འདུག་པ་ལྟ་རི། །ཟུག་རྫུ་དྲག་པོས་གདུང་བའི་ཉམ་ཆུང་ལུས། །འཆི་བས་མངོན་ཕྱོགས་སྡུག་བསྔལ་ཟད་མཐའ་མེད། །དེ་ནི་མཐར་གྱིས་འཚོ་ཐབས་མཁན་གྱིས་བོར། །གཉེན་བཤེས་སྡུག་པས་བསྐོར་ཡང་མི་བཟློག་པར། །གཤིན་རྗེའི་མཆེ་བས་བཟུང་བྱས་ཡ་ང་བ། །མ་སྤྲངས་འཆི་བའི་སྡུག་བསྔལ་ཇི་ལྟར་བཟོད། །གཞན་ཡང་རང་གི་ལུས་སྲོག་ལོངས་སྤྱོད་ཀྱི། །ལྗོན་པ་ཕུན་ཚོགས་ལོ་འབྲས་ཀྱིས

ཕྱུག་པ། །རྩད་ནས་གཙོད་བྱེད་ཉིག་ཅན་སྐ་རེའི་ཆོས། །རྫོགས་པའི་དང་བ་སྲ་དང་ཕྲད་པ་དང་། །རྣམ་འགྱུར་སྤྱོད་ཚུལ་ཤེས་པའི་ཡིད་འོང་གཉེན། །རིང་ནས་མཛའ་བའི་འཆིང་བ་མི་སློད་པའི། །སྙིང་དུ་སྡུག་པ་དེ་དགའ་དང་བྲལ་བའི། །གདུང་བའི་ཁུར་ཀྱང་ལྷུན་པོའི་ཚད་དུ་ལྡི། །ཁྱད་པར་འཇིག་རྟེན་རྒྱུད་པ་ཀུན་གྱི་སྒོ། །སྐྱེ་བའི་ཕྲེང་བར་རྗེས་ཆགས་གཅེས་བསྐྱངས་པ། །ཟག་བཅས་ཉེ་བར་ལེན་པའི་ཕུང་པོ་ནི། །སྡུག་བསྔལ་མ་ལུས་བསྐྱེད་པའི་གཞི་རྟེན་གྱུར། །གཞན་ཡང་འཁོར་བ་འདི་ན་ཡིད་རྟོན་དུ། །རུང་བ་འགའ་ཡང་མེད་དེ་ཕ་དང་བུ། །གྲོང་པོ་སོག་ལེའི་སེམས་འཆང་དགྲར་གྱུར་དང་། །དགྲ་ཡང་གཉེན་གྱི་མཆོག་བྱེད་ངེས་མཐའ་བྲལ། །སྲིད་ལམ་དུབ་པས་ངུས་པའི་མཆི་མ་དང་། །ནུ་ཞོ་འཐུང་བར་ཧུབ་རེའི་བདག་ཉིད་ནི། །རྒྱ་གཏེར་རྣམ་བཞིའི་ཚད་ལས་བརྒལ་གྱུར་ཀྱང་། །ད་དུང་ངོམས་པའི་མཐའ་ནི་ཡོངས་མ་མཆིས། །ཟག་བཅས་ཉེར་ལེན་མི་རྟག་སྒྱུ་མའི་ལུས། །བླངས་ཤིང་བོར་བྱས་སེམས་ཅན་གཅིག་ཅིག་གི། །རུས་པའང་ལྷུན་པོའི་ཚད་ལས་བརྒལ་གྱུར་ན། །སླར་ཡང་དེ་སྙེད་བགྱིས་པ་ག་ལ་ཡང་། །ལས་རླུང་དྲག་པོས་ཉེར་བསྐྱོད་རྣམ་ཤེས་ནི། །ཉིང་མཚམས་སྦྱར་བའི་ལུས་ཅན་རེ་རེའི་མ། །རིམ་པར་དྲང་བའི་ཕྲེང་བ་བསྟར་བྱས་ན། །ནམ་མཁའི་མཐས་ཀྱང་ཚད་དུ་གཟུང་བྱར་མེད། །སྲིད་འདིར་འཁོར་ལོས་བསྒྱུར་བའི་དཔལ་ཐོབ་ཀྱང་། །སླར་ནི་ཡང་བྲན་ཉིད་དུ་འགྱུར་བ་དང་། །སྣང་བྱེད་ཉི་མའང་མུན་པའི་མལ་ལྷུང་ན། །ཕུན་ཚོགས་ཐོབ་ལ་ཡིད་བརྟན་སུ་ཞིག་བྱེད། །གང་དག་ལྷ་པའི་མགྲོན་དུ་ཉེར་ཆས་ཚེ། །ལྷན་སྐྱེས་ལང་ཚོའི་དཔལ་ཡང་འདོར་དགོས་ན། །ཕྱི་བཞིན་འབྲང་བ་དགེ་སྡིག

ལས་ཙམ་པས། །སུ་ཞིག་ཕན་པའི་གྲོགས་སུ་འོང་བ་མེད། །སྡུག་བསྔལ་
རང་བཞིན་སྲིད་མཚོར་ལྷུང་བ་ལ། །སླར་ཡང་སྐྱེ་ཀ་ན་འཆིའི་སྡུག་བསྔལ་
དང་། །རྣམ་པ་བདེ་བར་སྣང་ཡང་ཡུན་སྲིད་ནས། །དེ་ཡང་གདུང་བར་
འགྱུར་བའི་སྡུག་བསྔལ་དང་། །སྲིད་པའི་རྩེ་ནས་མནར་མེད་དམྱལ་ཁམས་
བར། །ལས་དང་ཉོན་མོངས་དབང་གིས་གང་བསྐྱེད་པ། །ཐམས་ཅད་ཁྱབ་
པ་འདུ་བྱེད་རང་བཞིན་གྱི། །སྡུག་བསྔལ་དྲག་པོས་སྐྱེ་ཞིང་སྐྱེ་བར་
མནར། །དེ་ལྟར་འཁོར་བ་སྤྱི་ལ་ཁྱབ་པའི་དུཿཁ་ནི། །བཟོད་པར་དཀའ་
མོད་བྱེ་བྲག་ངན་སོང་གནས་ལྷུང་བའི། །ངང་ཚུལ་བསམས་ན་དེ་ལས་ངེས་
པར་ཐར་བའི་ཐབས། །བརྩོན་པར་མི་བྱེད་དེ་ཡི་ཡིད་ནི་གདོན་གྱིས་
བརླམས། །ལྕགས་བསྲེགས་ས་གཞི་མེ་སྟག་འར་འུར་འཕྲོ་བ་འཁྲིགས། །དེ་
ནང་ལས་མཐུན་གཅིག་གིས་གཅིག་ལ་མཚོན་རྡེག་པས། །ལུས་ནི་བརྒྱ་ཕྲག་
དུམ་བུར་བྱས་ཀྱང་མཁའ་ལས་སྒྲ། །ཡང་གསོས་གྱུར་ཅིག་ཅེས་པ་ལྟར་
གསོད་སྡུག་བསྔལ་སྨྱོང་། །འབར་བའི་གཞི་དེར་ལུས་ལ་གཟེར་རྡེའི་ཐིག་
རིས་ནི། །གཅིག་ཏུ་གནག་པའི་ལས་དང་མཚུངས་པར་བཏབ་པའི་
མཐར། །མཚོན་ཆ་རྣོན་པོས་གཤེག་ཅིང་དྲས་པའི་ལུས་དེ་ནི། །བཟླ་བར་
མི་བཟོད་དྲན་ཡང་སྤུ་ནི་ཟིང་ཞེས་བྱེད། །དེ་ནས་སླར་ཡང་གཅས་ཤིག་
འཚོལ་ལ་མངོན་ཕྱོགས་ཚེ། །རྟ་གླང་ལུག་གི་གདོང་པའི་དབྱིབས་ཅན་རི་
བོའི་བར། །འཚེར་ཞིང་རབ་དྲག་ལྕགས་ཀྱི་གཏུན་ནང་བརྡུང་བ་དང་། །
སྐྱིལ་བར་བྱེད་པའི་བསྡུས་འཇོམས་སྡུག་བསྔལ་ཅི་ལྟར་བཟོད། །ཡང་ན་ཚ་
བསྲེག་དམྱལ་མི་འཁྲིགས་པའི་ལྕགས་ཁང་དུ། །ལས་རླུང་གིས་འདེད་ཞུགས་
པར་གྱུར་ལས་འཇུག་སྒོ་ཡང་། །དབྱེར་མེད་གཅིག་གྱུར་རབ་དྲག་གདུང་བ

མ་བཟོད་པར། །ངུད་མོའི་སྒྲ་ཡིས་འབོད་པར་བྱས་ཀྱང་སྐྱབས་མ་མཆིས། །སླར་ཡང་དེ་ལས་ཐར་བར་ཡོད་པས་སོང་བ་ན། །རབ་འབར་ལྕགས་ཁང་རིམ་པ་གཉིས་ཀྱི་ཕྲེང་ལྡན་པར། །བསྲེག་ཅིང་སྡར་བས་ཆེས་ཞྒག་གདུང་བས་གཟིར་གྱུར་ཏེ། །ངུ་འབོད་ཆེས་ཆེར་སྒྲོག་པའི་སྒྲས་ནི་དམྱལ་ཁམས་གཡོ། །ལྕགས་བསྲེགས་འབར་བའི་མཚོན་རྩེ་གཅིག་པས་དེ་ཡི་ལུས། །ཐལ་བྱུང་ཕུག་བྱས་ཁྲོ་ཆུ་འཁོལ་མའི་སྣོད་ནང་དུ། །འཚོད་པར་བྱས་པའི་ཤ་རུས་ཞིག་ཀྱང་ཚ་གདུང་གི། །སྙིང་བྱ་དེ་ནི་བཟློག་ཏུ་མེད་པས་ཀུན་ནས་མནར། །སླར་ཡང་རབ་འབར་མཚོན་རྩེ་གསུམ་པས་ལུས་ཕུག་སྟེ། །དབང་པོའི་སྒོ་དང་བ་སྤུའི་ཁུང་ནས་མེ་འབར་ཞིང་། །ལྕགས་གླེགས་འབར་བས་ཡོངས་དཀྲིས་ལུས་ནི་མར་མེ་ཡི། །སྙིང་པོ་ལྟར་གྱུར་དམིགས་སུ་མེད་ཀྱང་སྡུག་བསྔལ་སྒྱོང་། །ཕྱོགས་བཅུ་ཀུན་ནས་དམྱལ་མེས་དཀྲིགས་པའི་སླུབས་ཞུགས་ཏེ། །ཚ་ངེའི་སྒྲར་བརྟགས་སེམས་ཅན་ཉིད་དུ་ཤེས་པ་ལས། །མེ་དང་དབྱེར་མེད་ཁྲོ་ཆུ་འཁོལ་བ་ཁར་བྱིན་ནས། །དོན་སྣོད་དག་ཀྱང་ཕྱིར་འབྱུང་མནར་མེད་གདུང་བས་གཟིར། །དམྱལ་གནས་དེ་ཡང་ལྕགས་རིས་ཡོངས་བསྐོར་དེའི་ཕྱོགས་བཞིར། །སྒོ་དང་ལྡན་པའི་འདབ་ཆགས་པ་ན་མེ་མ་མུར། །ཚ་བསྲེག་འོབས་དང་དྲི་ང་མི་སྡུག་རོ་མྱགས་འདམ། །རིག་བྱེད་སྤུ་གྲིས་གདམས་པའི་གནས་དང་རལ་གྲི་ཡི། །ལོ་མའི་ནགས་ཚལ་ལྕགས་ཀྱི་ཤལ་ མ་ལི་ཡི་སྡོང་པོ་འཛིགས་རུང་ཐལ་ཚན་གྱི། །ཆུ་བོ་རབ་མེད་བརྒྱལ་བར་དཀའ་སོགས་ཉེ་འཁོར་དང་། །ངེས་མེད་གནས་སུ་ཉེ་ཚེའི་དམྱལ་བའང་བཟོད་པར་དཀའ། །སེམས་དམྱལ་ཆེན་པོ་དེ་ཡི་ཡུན་ནི་ཙུང་ཟད་ཙམ། །མ་ཡིན་

དཔེར་ན་མནར་མེད་པ་ནི་བསྐལ་པ་གཅིག །རབ་ཏུ་ཚ་བས་དེ་ཡི་ཕྱེད་འཚོ་གཞན་ཡང་ནི། །ཇི་སྲིད་མི་དགེའི་ལས་ཀྱི་སྨྱོང་བྱ་མ་རྫོགས་པ། །དེ་སྲིད་ཡུན་རིང་དོས་དྲག་གདུང་བ་ཟད་མི་ཤེས། །གྲང་བའི་དམྱལ་གནས་ཁ་བའི་རྡུལ་མང་བརྡལ་བའི་ཐང་། །འཁྱགས་རོམ་བརྩེགས་པ་གཙོང་རོང་ཟབ་མོར་རབ་དྲག་རླུང་། །ཕྱོགས་མཚམས་ཀུན་ནས་ཤིན་ཏུ་ལྷང་བའི་བསིལ་ངད་ཅན། །འཇིགས་རུང་སྨུན་པས་ཡོངས་སུ་ཁྱབ་པའི་རླུང་ཟབ་མོར། །གང་ཞིག་གྲང་བའི་རེག་བྱས་ཉེན་ན་གོས་བཟང་པོས། །སླུབས་པར་འདོད་པའི་དེ་ཡི་ལུས་ནི་ཆུ་ཤེལ་གྱི། །བདོག་པ་འབུར་དུ་བཀོད་པ་ལྟ་བུའི་ཆུ་བུར་གྱིས། །ཀུན་ནས་ཡོངས་ཁྱབ་ཙུ་ཏའི་འབྲི་ཤིང་བཞིན་དུ་འདར། །དེ་ཡང་འགལ་བའི་རྐྱེན་གྱུར་གནོད་བྱེད་དེ་ཀུན་ནི། །མི་བཟད་ནུས་པ་ཆེས་ཆེར་གྱུར་པས་ཉམ་ཆུང་ལུས། །དེ་ཡིས་མ་བཟོད་རྣག་སྨིན་ཇི་བཞིན་ཆུ་བུར་ཡང་། །ཡོངས་སུ་བརྡོལ་བས་བཟོད་དཀའི་གདུང་བ་ཆར་དུ་འབབ། །རང་གིས་མི་དགེར་ལོངས་སུ་སྤྱོད་འབྲས་འདི་ཡིན་ཞེས། །ཤིན་ཏུ་སྲན་བཟོད་མ་མགལ་སོར་གསུམ་ཁར་བཙུག་ཀྱང་། །བཟོད་གླགས་བྲལ་བས་བྱ་ངང་རྙི་ཡིས་ཟིན་པ་ལྟར། །ཆོ་ངེ་དྲག་པོ་ཨ་ཆུ་ཞེས་པ་རྟག་ཏུ་སྒྲོག །ཁ་རླུང་མི་བཟད་བུ་ཡུག་འཚུབ་ཅིང་འཁྱགས་སྤུབས་སུ། །ཉམ་ཐག་གྱུར་པས་སྐྱབས་སུ་གྱུར་པ་སུ་ཞིག་མཆིས། །འབོད་པ་བཞིན་དུ་མགྲིན་པའི་སྒྲུབས་ནས་མི་གསལ་བའི། །སྒྲ་ཡིས་ཀྱི་ཧུད་ཅེས་བྱའི་འོ་དོད་གསང་མཐོར་འབོད། །བཟོད་དཀའི་གྲང་རེག་ཇེ་ཆེ་གཡོས་པས་ཚིག་དང་སྒྲ། །མངོན་སུམ་གསལ་བའི་ནུས་པ་ཉམས་གྱུར་སོ་ཡི་ཐྲེང་། །ཐམ་ཐམ་འཐབ་ཅིང་འགྲམ་པ་ལག་པས་བསྣེན་བྱས་ཀྱང་། །བཟུང་བར་མ་ནུས་འདར་བའི་ཤུགས་ཀྱིས་མངོན་

པར་བསྐྱོད། །དེ་ནས་ཡང་ཚོའི་མདངས་རབ་ཉམས་འགྱུར་ཨུཏྤ་ལ། །སྙིང་པའི་མདོག་ཅན་གྲང་རེག་མཚོན་གྱིས་བཏབ་པ་བཞིན། །ལྷ་དང་དྲུག་གི་ཚལ་པར་གསུར་གཤིན་རྗེ་ཡི། །ཁྲམ་རིས་བཏབ་ལྟར་དེ་མུས་སྐལ་བ་ངན་པར་བྱས། །ཡང་ནི་པགས་མདོག་བ་སྤུ་མཐའ་དག་བདེ་བར་རྫོགས། །སླར་ཡང་པད་མ་དམར་པོའི་མདངས་ལྡན་རྣམ་པ་བཅུར། །ཡོངས་སུ་གས་པའི་སྡུག་བསྔལ་ཚོར་བ་ལ་བརྟགས་ན། །འཛིག་རྟེན་འདི་ཡི་གདུང་བ་མཐའ་དག་བདེ་བར་རྫོགས། །སླར་ཡང་པད་མ་ཆེན་པོ་ཇི་བཞིན་དེ་ཡི་ལུས། །ཚལ་པ་བརྒྱར་གས་ནང་གི་དོན་སྙོད་ཏུས་པར་བཅས། །གྲིབ་མེད་གསལ་པོར་མིག་ལམ་སྣང་གྱུར་ད་དུང་ཡང་། །སྡུག་བསྔལ་བྱེ་བས་སྲོག་གི་དབང་པོ་བཟུང་བ་བཞིན། །དེ་ཡང་ཡུད་ཙམ་གདུང་བར་གྱུར་པས་མི་ཚད་དེ། །ཤིན་ཏུ་ཡུན་རིང་དབུས་འགྱུར་་འཚང་གི་བྲེ་བོ་ཆེའི། །ཏིལ་ཁལ་བརྒྱད་ཙུས་ཡོངས་སུ་གང་བའི་རྫང་བ་ན། །བརྒྱ་ཕྲག་ལོ་རེར་ཏིལ་རེ་ཕྱུངས་པས་ཟད་འགྱུར་བ། །ཆུ་བུར་ཅན་གྱི་ཚེ་ཚད་ཉིད་ཡིན་གཞན་དག་ནི། །རིམ་པ་ཇི་བཞིན་བཅུ་ཕྲག་ཉིས་འགྱུར་ཚད་བཤད་ན། །ཉམ་ངའི་གནས་དེ་ལན་གཅིག་ལྟུང་བ་གང་ཡིན་པ། །ལས་ངན་འབྲས་བུ་རྫོགས་མིན་དེ་སྲིད་ཀུན་ཏུ་མནར། །གང་ཞིག་རི་དྭགས་སྐྱེ་བར་གྱུར་པ་དེ་ཡང་ནི། །བཀྲེས་པས་ཉམ་ཐག་ཕྱོགས་རྣམས་ཀུན་ཏུ་སོང་སོང་ཡང་། །རྣག་དང་ངར་སྣབས་ཁྲག་དང་ཕྱི་ས་ཙམ་ཡང་ནི། །སྙེད་པར་དཀའ་ཞིང་འབྲས་བཅས་ལྡོན་པའི་དྲུང་ལྟགས་ན། །བསོད་ནམས་ཇི་བཞིན་དེ་ཡི་འབྲས་བུའང་མེད་པར་གྱུར། །སྐོམ་པས་ཆེས་གདུང་བགྲང་བྱའི་ཕྲེང་བ་རིང་པོར་ཡང་། །ཆུ་ཞེས་མིང་ཐོས་སྲུ་གྱུར་གལ་ཏེ་ཆུ་ཀླུང་ཆེ། །མཐོང་ནས་འཐུང་བར་འདོད་དེ་སོང་

ཡང་ཁའི་དུག་གིས། །ཆུ་ཡི་ཐིགས་པའང་སྐམ་པར་འགྱུར་ཞིང་བཏུང་བྱ་མེད། །བཟའ་བཏུང་ཅུང་ཟད་རྙེད་པ་དེ་ཡང་ཁབ་མིག་དང་། །མཚུངས་པའི་ཁ་དང་རྟ་ཛ་ཙམ་གྱི་མགྲིན་པ་ལ། །ཐར་བར་དཀའ་ཞིང་དཔག་ཚད་མང་མཆིས་ལྟོ་བ་ནི། །ཁེངས་པར་མི་འགྱུར་ཉིང་ཤའང་ཉིང་གིས་ཟ་བྱེད་ཅིང་། །ཅུང་ཟད་བཟོས་ཀྱང་མགྲིན་དང་ལྟོ་བར་འབར་བའི་མེས། །སྲེག་པར་བྱེད་ཅིང་གཞན་ཡང་བཟོད་དཀའི་ཚ་གདུང་གིས། །མནར་ཆེ་རླུང་དང་ཟླ་བའི་འོད་ཀྱང་ཚར་གྱུར་ལ། །གྲང་བས་ཉེན་ལ་མེ་དང་ཉིན་བྱེད་སྣང་བ་ཡང་། །ཆུ་ལྟར་བསིལ་བས་གདུང་བ་སྐྱེད་བྱེད་ཁྲི་ལྡ་སྟོང་། །ལོ་ཡི་ཕྲེང་བ་དེ་ཡི་སྟོང་ཕྱུ་རྫོགས་མཐའ་མེད། །གལ་ཏེ་དུད་འགྲོའི་གནས་ངན་ལེན་པར་གྱུར་པ་ན། །རྒྱ་མཚོ་ཆེར་གནས་ཏིལ་གྱིས་གཏམས་པའི་གང་བུ་ལྟར། །བགྲང་བའི་མཐའ་མེད་གཅིག་ལ་གཅིག་གིས་ཟ་བ་དང་། །སྟོབས་ལྡན་ལུས་ཀྱི་བར་དུ་འཚོར་བས་ཉམ་ཆུང་དག །རྒྱ་མཚོར་གནས་ཀྱང་སྐམ་པས་འཆི་འགྱུར་གནོད་བྱེད་མང་། །ཁ་ཅིག་རང་གི་ཤ་པགས་རུས་པ་བལ་ལ་སོགས། །ཡོན་ཏན་ཕྲ་མོས་སྲོག་དང་འབྲལ་བྱེད་འགའ་ཞིག་ནི། །ལུས་རྨས་རྣག་ཁྲག་ཆལ་ཆིལ་འབབ་ཀྱང་ལྟོ་བའི་ཁུར། །དུ་མས་ངལ་བྱས་བཀོལ་སྤྱོད་བརྡེག་འཚོག་དབང་དུ་གྱུར། །ནང་དོར་གནས་ལ་ཀུན་ཏུ་རྨོངས་པས་གླེན་ཅིང་ལྐུགས། །ཁ་ཅིག་སྡུག་བསྔལ་དམྱལ་བར་མཚུངས་ཤིང་བསྐལ་བར་ཡང་། །གནས་མེད་གཞན་དག་ཚེ་ཡི་ཕྲེང་ཚད་ངེས་མ་མཆིས། །དེ་ལྟར་འཇིགས་རུང་ངན་འགྲོའི་གཡང་ས་ལས་བཟློག་སྟེ། །བདེ་འགྲོའི་རྟེན་བཟང་རྙེད་པ་དེ་ནི་རྙེད་པའི་མཆོག །ཡིན་སྙམ་སེམས་པས་སྙིང་པོ་ལེན་པར་མི་བྱེད་ན། །དེ་ཡང་སྡུག་བསྔལ་འབྱུང་བའི་སྒོ་ཡིན་མི་ཡི་གནས། །འདི་ཡང་

ཡོངས་སྤྱོད་ལྡན་པ་གང་ཡིན་བསོག་སྡུད་གིས། །རྟག་ཏུ་ཉོན་མོངས་དབུལ་བ་རྣམས་ནི་འདོད་པའི་ནོར། །བཙལ་གྱིས་མི་རྙེད་ཤ་ཐང་ཁྱུར་སོགས་སྣ་ཚོགས་པའི། །དུཿཁ་དྲག་པོས་རྒྱུ་རླབས་གཉེར་བཞིན་གཅིག་མིན་ཡང་། །འདོད་པའི་ལྷ་ཡང་འཆི་བར་འགྱུར་བའི་ལྟ་རོལ་ནས། །མི་འདོད་ཉམ་ངའི་གནས་བཅུ་མངོན་འགྱུར་དེ་ཡི་ཚེ། །ལུས་ནི་སྐབས་གསུམ་ཚལ་ན་གནས་ཀྱང་ཡིད་ཀྱིས་ནི། །ངན་སོང་སྡུག་བསྔལ་ཉམས་སུ་མྱོང་སོགས་ཉེས་བརྒྱས་གཟིར། །ལྷ་མིན་རྣམས་ནི་སེམས་ནི་ཞེ་སྡང་ལུས་ནི་རྨས། །ཡོངས་སུ་ཁྱབ་གྱུར་འཐབ་དང་རྩོད་པས་ཉམ་ཐག་ཅིང་། །ཇི་ཙམ་བློ་དང་ལྡན་ཡང་ལས་ཀྱི་སྒྲིབ་པ་ཡིས། །བདེན་པ་མཐོང་བའི་གོ་སྐབས་མ་མཆིས་གདུང་བས་མནར། །དེས་ན་ཚེ་གཅིག་བྱང་ཆུབ་སྒྲུབ་པའི་བརྟེན། །དལ་འབྱོར་ཡོན་ཏན་གཞལ་དུ་མེད་པ་འདི། །ནོར་འཛིན་ཡངས་པའི་རྡུལ་ལས་སེན་མོའི་རྩེར། །ཆགས་པའི་རྡུལ་བཞིན་ཤིན་ཏུ་རྙེད་དཀའ་བ། །དེ་ཡང་ཡུན་དུ་མི་གནས་རི་གཟར་ལས། །འབབ་པའི་ཆུ་འམ་དགུན་གྱི་གྲིབ་སོ་ལྟར། །སྐད་ཅིག་ཚར་ཡང་མི་གནས་གོལ་འགྱུར་བས། །ཡོང་མེད་རྒྱུད་ལ་སྐྱེས་པའི་ངེས་ཤེས་ཀྱིས། །ཚེ་འདིའི་སྣང་ཤས་ནག་པོ་བརྩེགས་པའི་སྐྱོན། །ངེས་འབྱུང་བདུད་རྩིའི་ཟིལ་གྱིས་གནོན་བྱ་ཞིང་། །ལས་འབྲས་ཚུལ་ལ་བསླུ་མེད་ངེས་རྙེད་ནས། །འདོར་ལེན་ཚུལ་བཞིན་བགྱིད་ལ་བརྩོན་པ་དང་། །འཁོར་བ་སྤྱི་དང་བྱེ་བྲག་ལ་ཁྱབ་པའི། །སྡུག་བསྔལ་ཟད་མཐའ་མེད་པའི་ཚུལ་བསམས་ནས། །ཞོག་ཙམ་མ་ཡིན་ཐར་པ་དོན་གཉེར་ལ། །བརྩོན་པ་མེད་པ་ཅི་བྱས་ཀུན་འབྱུང་གི། །འཁོར་བའི་འཁོར་ལོ་བསྐོར་བར་ཟད་པའི་ཕྱིར། །ཚངས་དབང་འཁོར་ལོས་སྒྱུར་བའི་དཔལ་ལ་ཡང་། །སྲིད་པ་རྨི་

ལམ་དུ་ཡང་མི་སྐྱེ་བར། །དུས་ཀུན་ཐར་འདོད་འདུན་པ་གཅིག་ཏུ་བསྐྱེད། །དེ་ཡང་གཞན་དོན་དཔལ་ལ་རྗེས་ཆགས་པས། །བླ་མེད་བྱང་ཆུབ་སོ་འཕང་དོན་གཉེར་གྱི། །རྣམ་དག་བསམ་པས་ཟིན་པར་མ་གྱུར་ན། །དོན་གཉིས་ལྡན་ཚོགས་རྒྱུ་རུ་མ་སྨིན་ཕྱིར། །མཐའ་དང་ཟད་དུ་མེད་པའི་མ་རྒན་འགྲོར། །ཆེད་དུ་དམིགས་ནས་མཐར་ཐུག་ཐོབ་བྱའི་གནས། །ཉེ་བླ་ལྷ་བུའི་བྱང་ཆུབ་སེམས་རིན་ཆེན། །ཡང་དག་བསྐྱེད་པར་རིགས་སོ་དེ་ཡང་ནི། །དགྲ་གཉེན་ཕྱོགས་སུ་ལྷུང་བའི་ཡུལ་མེད་པར། །ནམ་མཁའི་མཐས་གཏུགས་སེམས་ཅན་ཁམས་ཀུན་ལ། །མཉམ་པའི་སེམས་བཟུང་མར་ཤེས་དྲིན་དྲན་ལ། །དྲིན་དུ་གཟོ་བའི་ཚུལ་ལ་མཁས་བྱ་ཞིང་། །འགྲོ་འདིར་ཟག་མེད་བདེ་བ་ལྟ་ཅི་སྨོས། །ཟག་བཅས་བདེ་ལ་སྤྱོད་པའང་མ་མཆིས་ཏེ། །སྡུག་བསྔལ་རང་བཞིན་རྣམ་པ་བདེ་སྙམ་དུ། །འཛིན་པ་རྣམས་ཀྱང་འགྱུར་བས་མི་བརྟན་ཞིང་། །དགྲ་བོ་གཞོམ་ཞིང་གཉེན་ལ་གཉེན་བཤེས་པར། །བྱེད་པའང་བདེ་བ་འདོད་ལས་མ་འདས་ཀྱང་། །ཐབས་ལ་མི་མཁས་ཚེ་འདིར་རྟག་ངལ་ཞིང་། །ཕྱི་མའང་བདེ་བས་ཕོངས་པའི་རྒྱུ་སྒྲུབ་པ། །མ་རྣམས་བདེ་དང་ལྡན་ན་ཅི་མ་རུང་། །བདེ་བས་འཚོ་བར་བདག་གིས་བྱའོ་ཞེས། །བྱམས་པའི་སེམས་ནི་བཙོས་མ་མིན་པར་བསྐྱེད། །མ་རྣམས་འཁོར་བ་རྣམ་རྟོག་བཙོན་ར་འདིར། །དགེ་དང་མི་དགེ་མི་གཡོའི་ལས་གསུམ་གྱི། །འཆིང་ཞགས་དམ་པོས་རིགས་དྲུག་སྐྱེ་གནས་བཞི། །ཁམས་གསུམ་པོ་ལ་གཡོ་འགུལ་མེད་པར་བཅིངས། །འབྲས་བུ་ཆུ་བོ་སྐྱེ་ན་འཆི་བཞིའི། །རླབས་སུ་འཁྲུག་ཅིང་རྒྱུ་དུས་འདོད་པ་དང་། །སྲིད་པ་མ་རིག་ལྟ་བའི་ཆུ་བོ་བཞིའི། །རྒྱུན་གྱི་ངལ་གསོ་མེད་པར་ཀུན་ནས་འཁྱེར། །

ང་དང་ང་ཡིར་འཛིན་པའི་ལྟུགས་སྒྲོག་གིས། །ལན་བརྒྱར་བསྡམས་ཤིང་བླང་དོར་བལྟ་བའི་མིག །ལས་འབྲས་དོན་ལ་རྨོངས་པ་མ་རིག་པའི། །མུན་པ་སྟུག་པོས་ཕྱོགས་མཚམས་ཀུན་ནས་བསྒྲིབས། །ཐོག་མ་མེད་ནས་སྲིད་པའི་ལམ་རིང་འདིར། །སྡུག་བསྔལ་གསུམ་གྱིས་བར་མེད་གནས་འདི་རྣམས། །ཀུན་ཏུ་འཆིང་བྱེད་རྒྱུར་གྱུར་ཀུན་འབྱུང་དང་། །འབྲས་བུ་སྡུག་བསྔལ་བྲལ་ན་ཅི་མ་རུང་། །འབྲལ་བར་བྱ་ཞེས་སྙིང་རྗེ་ཆེན་པོ་བསྐྱེད། །བྱམས་དང་སྙིང་རྗེའི་ཤིང་རྟ་ཞེར་དྲངས་ནས། །སྡུག་བསྔལ་མུན་པའི་སྨག་རུམ་ཡོངས་བཅིལ་ཞིང་། །གདན་བདེའི་སྣང་བ་དཀར་པོས་ཁྱབ་བྱ་ཞེས། །ལྷག་བསམ་ཉི་མ་བྱེ་བའི་དཔུང་བསྐྱེད་ཅིག །དེ་ལྟར་ཡང་ཡང་དྲིན་གྱིས་བསྐྱངས་པའི་མ། །སྒྲོལ་ལ་རྗེས་སུ་ཆགས་པས་དེ་རྣམས་དོན། །མ་ཚང་མེད་པར་སྒྲུབ་པའི་ནུས་པ་ནི། །རྫོགས་སངས་རྒྱས་ཞེས་སྲིད་འདིར་སླན་པའི་དབྱངས། །སྒྲོགས་པ་ཉག་གཅིག་ལ་ནི་མངའ་བའི་ཕྱིར། །གསང་བ་བསམ་གྱིས་མི་ཁྱབ་གསང་གསུམ་གྱིས། །རྒྱ་ཆེན་ཡོན་ཏན་མ་ལུས་གསལ་བཏབ་སྟེ། །དོན་གཉིས་མཐར་ཕྱིན་གོ་འཕང་ཐོབ་སླད་དུ། །ཞུམ་མེད་སྨོན་ལམ་ཡང་དག་བཟུང་བྱས་ནས། །བདེ་གཤེགས་ཀུན་གྱི་བགྲོད་པ་གཅིག་པའི་ལམ། །བྱང་ཆུབ་སེམས་མཆོག་བསླབ་པས་རྒྱུད་བསྡམས་ཤིང་། །དགེ་བ་ཆོས་སྡུད་སེམས་ཅན་དོན་ལ་སྤྱོད། །རྣམ་དག་སྡོམ་པའི་ཚུལ་ཁྲིམས་རྣམ་གསུམ་པ། །མཆོག་ཏུ་སྒྲོ་བ་བསྐྱེད་དེ་བརྩོན་པའི་ཤུགས། །དྲག་པོས་ཉམས་སུ་ལེན་ལ་གནོལ་བྱ་ཞིང་། །རྒྱལ་སྲས་སྤྱོད་པའི་སྙིང་པོ་རིན་ཆེན་གཅིག །བདག་བས་གཞན་གཅེས་བསྒོམས་པས་ལུས་སྲོག་དང་། །ལོངས་སྤྱོད་སྦྱིན་ལ་སྤྲོ་བའི་བརྟུལ་ཞུགས་ནི། །གཞོན་ནུ་ཟླ་མེད་རྣམ་ཐར་རྗེས་སུ

ཞུགས། །མ་ལུས་ཡོན་ཏན་མྱུ་གུ་སྐྱེད་བྱེད་པའི། །གཞི་དང་རྟེན་གྱུར་རྣམ་དག་ཚུལ་ཁྲིམས་ཀྱི། །ཞིང་ས་གཤིན་པོ་རླབས་ཆེན་དགེ་འབྲས་ཀུན། །སྐྱོང་བའི་ཉམས་ལེན་གནས་ལ་བརྩོན་པར་ཞུགས། །ཕན་པའི་དྲིན་གྱིས་ལན་མང་བསྐྱངས་བྱས་པ། །དྲིན་དུ་མི་གཟོ་སླར་ཡང་ལུས་སྲོག་ལ། །རྒོལ་བའི་གཤེད་མར་གྱུར་ཏེ་འཚེ་བྱེད་ཀྱང་། །མི་འཁྲུགས་བཟོད་པའི་གོ་ཆ་བཙན་པོར་བགོས། །ཉམ་ཐག་འགྲོ་རྣམས་སྡུག་བསྔལ་བྱེ་བ་བརྒྱས། །མནར་བ་མ་བཟོད་དེ་རྣམས་བསྒྲལ་སླད་དུ། །ལེ་ལོ་ཀུན་སྤངས་བརྩོན་འགྲུས་དྲག་པོ་ཡིས། །རྒྱལ་སྲས་སྤྱོད་པའི་ཕ་རོལ་ཕྱིན་པར་བྱ། །གནས་ལུགས་ཟབ་མོའི་དོན་ལ་རྩེ་གཅིག་ཏུ། །མཉམ་བཞག་རྡོ་རྗེ་ལྟ་བུའི་ཏིང་འཛིན་ལས། །མི་གཡོ་བྱིང་རྨུགས་འཕྲོ་རྒོད་རྣམ་གཡེང་དང་། །བྲལ་བའི་ཞི་བ་མཐའ་མེད་བསམ་གཏན་སྐྱོངས། །དེ་ཉིད་ཕྲ་ཞིང་ཞིབ་མོར་རྣམ་དཔྱོད་པའི། །ཤེས་རབ་དྲི་མ་མེད་པའི་མཚོན་རྣོན་གྱིས། །མཐར་འཛིན་དམིགས་གཏད་ཐམས་ཅད་གཞོམ་བྱས་ཏེ། །མཐའ་བྲལ་ལྟ་བའི་དེ་ཉིད་རིག་པར་བྱ། །གཞན་དོན་ཕུན་ཚོགས་རོ་ལ་རྗེས་ཆགས་པས། །སེམས་ཅན་བསམ་པའི་ཁྱད་པར་མཐའ་ཡས་པའི། །རེ་བ་ཇི་བཞིན་འཇོ་བའི་དཔག་བསམ་དབང་། །མགོ་རྒུའི་འབྲས་བུ་ཕྱིན་པས་ཚིམ་པར་འཚལ། །བླང་དོར་གནས་ལ་ཀུན་ཏུ་རྨོངས་གྱུར་པས། །ཆོས་མིག་ལྡོངས་པའི་འགྲོ་ལ་མཉེས་གཤིན་གྱིས། །གང་འདུལ་ཆོས་ཀྱི་གཏམ་བཟང་སྙན་སྒྲ་བས། །ཡང་དག་ཐར་ལམ་གསལ་བའི་སྒྲོན་མེ་མཛོད། །དམ་པ་རྣམས་ཀྱི་རླབས་ཆེན་སྤྱོད་པའི་ཡུལ། །འཇིག་རྟེན་སྐྱེ་རྒུའི་འཕྲལ་ཡུན་ཕན་བདེའི་དོན། །སྒྲུབ་པའི་ཚུལ་དང་མཐུན་པར་ལེགས་སྤྱོད་པའི། །སྙིང་སྟོབས་བ་དན་རིང་དུ་བསྒྲུང་བར་བྱ། །གང་དང་

གང་གིས་འདུལ་བའི་ལུས་ཅན་ཁམས། །དེ་དང་དེ་ཡི་བཀོད་པས་བཏུལ་བྱས་ནས། །བླ་མེད་བྱང་ཆུབ་མཆོག་ལ་མངོན་དགྲི་བའི། །གཞན་དོན་སྤྱོད་པ་རྒྱད་དུ་བྱུང་བར་ཐོས། །དེ་ལྟར་བྱང་ཆེན་རྣམ་ཐར་རླབས་པོ་ཆེར། །འདུག་པ་དེ་ནི་འཇིག་རྟེན་ལྷ་མིར་བཅས། །ཕྱག་བྱར་འོས་གྱུར་སྲིད་པའི་ལམ་རིང་དུ། །འཁྱམས་ཤིང་དུབ་རྣམས་ངལ་གསོའི་ལྗོན་ཤིང་སྟེ། །འགྲོ་རྣམས་འཇིགས་རུང་ངན་འགྲོའི་གཡང་ས་ལས། །སྐྱོབ་པར་བྱེད་པའི་ལག་པའི་འཆེལ་པ་ཡིན། །ཀུན་རྨོངས་མ་རིག་མུན་སྨག་སྟུག་པོའི་ཁམས། །སེལ་བར་བྱེད་པའི་ཆོས་ཀྱི་ཉི་མ་སྟེ། །ཉོན་མོངས་གདུང་བའི་ཚོགས་ཀུན་ཞི་བྱེད་པའི། །རྣམ་གྲོལ་བསིལ་སྟེར་ཟླ་བ་ནོར་བུའང་ཡིན། །རྒྱུ་དང་འབྲས་བུའི་ཐེག་པ་མཆོག་གཉིས་པོའི། །གཞུང་ཤིང་བླ་མེད་རྫོགས་པའི་བྱང་ཆུབ་ཀྱི། །ཐུན་མོང་མ་ཡིན་རྒྱུ་ཡི་གཙོ་བོ་སྟེ། །མཚན་ཙམ་འཛིན་པའང་མཆོག་ཏུ་སྐལ་བཟང་ཡིན། །དེ་ཡང་འཁོར་བའི་རྩ་བ་དྲུང་འབྱིན་པར། །བདག་མེད་རྟོགས་པའི་ཤེས་རབ་མཚོན་རྣོན་དང་། །ཐལ་ན་སྲིད་ལས་ངེས་འབྱུང་སྐྱོ་ཤས་དང་། །བྱང་ཆུབ་སེམས་སོགས་སྣང་ཕྱོགས་དགེ་བའི་ཆོས། །ཇི་ཙམ་གོམས་ཀྱང་གྲོལ་བར་མི་ནུས་ཕྱིར། །རྟེན་ཅིང་འབྲེལ་འབྱུང་རྟོགས་པའི་ཐབས་ཚུལ་བསྟེན། །ཆོས་རྣམ་ཀུན་གྱི་རང་བཞིན་གནས་ལུགས་དོན། །བདེན་པས་སྟོང་པའི་གནས་ལ་དཔྱད་འཇོག་སྒོམ། །ཟབ་མོས་དྲངས་པའི་ཤིན་སྦྱང་བདེ་ཆེན་གྱིས། །ཁྱབ་པའི་ཞི་ལྷག་ཟུང་འབྲེལ་གནད་རྟོགས་ན། །རྟག་པའི་མཐའ་ལ་ཞེན་པས་གཏན་མེད་དང་། །རང་བཞིན་མེད་དོན་རྣམ་དབྱེར་མ་ཕྱེ་པས། །སྟོང་ལ་ལས་འབྲས་རྣམ་གཞག་མི་འཐད་པར། །གོ་བའི་ལྟ་ངན་དྲུང་ནས་འབྱིན་པ་དང་། །ཆད་མཐར་ལྷུང་

བསའཁོར་འདས་ཆོས་རྣམས་ལ། །ཐ་སྙད་བརྟགས་དོན་བཙལ་བས་མ་རྙེད་པ། །གཏན་མེད་རྙེད་པར་བཟུང་ནས་དགེ་སྡིག་ལས། །བདེ་སྡུག་འབྲས་བུར་སྨིན་པའི་རྣམ་གཞག་རྣམས། །ཚད་མ་མ་གྲུབ་འཁྲུལ་བ་འབའ་ཞིག་སྟེ། །ངེས་དོན་སྙིང་པོ་རྟོགས་ནས་བླང་དོར་ལ། །སློབ་པའི་ཡུལ་དང་བྲལ་ཞེས་ལས་འབྲས་ཆོས། །ཁྱད་བསད་མི་དགེ་བག་མེད་སྤྱོད་པ་ཡིས། །དམྱལ་བའི་གཉིང་རྫོར་བྱེད་པའི་ལྷ་ངན་གྱི། །དྲ་བ་མཐའ་དག་གཅོད་པར་བྱེད་པ་ནི། །གཟུགས་ནས་རྣམ་མཁྱེན་བར་གྱི་ཆོས་ཀུན་ལ། །མ་བརྟགས་མ་དཔྱད་མིང་ཙམ་བཏགས་ཡོད་ཙམ། །དེ་ཡི་རྗེས་ཞུགས་ལས་འབྲས་རྣམ་སྨིན་སོགས། །འཐད་པར་ཤེས་ཤིང་རིག་པ་ཡང་དག་གིས། །དཔྱད་ཚེ་རང་བཞིན་གྲུབ་པ་རྡུལ་ཙམ་ཡང་། །བྲལ་བའི་སྟོང་པ་ཉིད་དོན་མི་འགལ་བར། །འཇོག་ལ་མཁས་ན་རྟེན་འབྲེལ་བསླུ་མེད་དོན། །མཐོང་བ་ཙམ་གྱིས་གཏན་ཚིགས་གཞན་དག་ལ། །མ་ལྟོས་བདེན་པར་འཛིན་པའི་ངེས་ཤེས་ཡུལ། །ཡོངས་སུ་འཛིན་ཅིང་དགའ་བྱ་རང་བཞིན་དང་། །བྲལ་བར་རྟོགས་པའི་ངེས་པ་ཆོས་རྣམས་ལ། །མིང་ཙམ་བཏགས་ཡོད་ཙམ་གྱི་རྟེན་འབྲེལ་དོན། །བསླུ་བ་མེད་པ་ངེས་པར་འདྲེན་ནུས་པ། །དེ་ནི་རྒྱལ་བས་ཡང་དག་བསྔགས་པའི་ལམ། །མཐའ་བྲལ་ལྟ་བའི་གནད་དོན་ཐོས་བསམ་གྱིས། །དཔྱད་པ་རྫོགས་པའི་ཚད་ཡིན་དེ་ཡི་ཕྱིར། །སྲིད་པའི་མཐའ་ལས་འདས་པའི་ཡང་དག་ལྟ། །རྟེན་ཅིང་འབྲེལ་བ་རིག་པའི་རྒྱལ་པོ་ཡིས། །བདག་འཛིན་མ་རིག་པས་སྤྲུལ་སྲིད་པ་ཡི། །དགྲ་ལས་རྣམ་པར་རྒྱལ་བའི་སྙིང་སྟོབས་བསྐྱེད། །དེ་ལྟར་ཐེག་པ་མཆོག་གི་ཐུན་མོང་ལམ། །མ་ནོར་ཡོངས་སུ་རྫོགས་པས་རྒྱུད་སྦྱངས་ཏེ། །རྒྱལ་མཚན་ཏོག་ལྟར་འཕགས་པའི་རྫོ

རྗེ་ཐེག ། སྲིད་པ་སྟོང་དུ་རྙེད་དཀའི་ལམ་བཟང་པོ། ། འཇུག་པར་འདོད་རྣམས་ཐེག་མཆོག་དགེ་བའི་བཤེས། ། ལ་བརྟེན་དབང་བཞིས་རྒྱུད་སྨིན་དམ་ཚིག་དང་། ། སྡོམ་པ་དངོས་གྲུབ་མ་ལུས་འབྱུང་བའི་གཏེར། ། འཚོ་བའི་སྲོག་དང་བསྡོས་ཏེ་བསྲུང་བྱ་ཞིང་། ། ཟབ་ལམ་རྒྱུད་སྡེའི་ཡོངས་རྫོགས་མན་ངག་ལ། ། བརྟེན་ནས་རིམ་གཉིས་རྣལ་འབྱོར་ལ་བརྩོན་པས། ། ཚེ་གཅིག་ཉིད་ཀྱི་ཁ་སྦྱོར་ཡན་ལག་བདུན། ། ལྡན་པའི་རྡོ་རྗེ་འཆང་གི་གོ་འཕང་ལ། ། བདེ་བླག་རེག་ནས་འགྲོ་ཀུན་འདྲེན་གྱུར་ཅིག །

ཅེས་བྱ་བ་ལ་སོགས་པའི་ཟབ་པ་དང་རྒྱ་ཆེ་བའི་དམ་པའི་ཆོས་ཀྱི་སྒོ་མཐའ་ཡས་པ། དོན་བཟང་པོ། ཚིག་འབྲུ་མང་པོ། མ་འདྲེས་པ། དག་ཅིང་གསལ་ལ་དྲི་མ་མེད་པ་ལེགས་པར་འདོམས་ཤིང་ཟབ་གསལ་ཐེག་པ་མཆོག་གི་སྣོད་དུ་རུང་བ་རྣམས་ལ་ནི་རྒྱུད་སྡེ་རིན་པོ་ཆེ་རྫོགས་པའི་བྱང་ཆུབ་ཏུ་བགྲོད་པའི་ཉེ་ལམ། སྐལ་བཟང་སྐྱེ་རྒྱུ་མ་ལུས་པའི་འཇུག་ངོགས་གདུལ་བྱ་དབང་པོ་རྣོན་པོ་རྣམས་ཀྱིས་བསླབ་པར་བྱ་བའི་གནད་ཀྱི་གདམས་ངག་ཀུང་རྫོགས་པར་བསྟན་ཏེ་དམ་པའི་ཆོས་ཀྱི་དགའ་སྟོན་སྤྱོང་བར་བྱས་པ་ལས། དོན་གཉིས་ལྷུན་གྱིས་གྲུབ་པའི་གོ་འཕང་མངོན་དུ་བྱས་པ་དང་། དགྲ་བཅོམ་པའི་འབྲས་བུ་ཐོབ་པ་དང་། ཐར་པའི་གྲོང་ཁྱེར་དུ་འཇུག་པ་དང་། དག་པའི་ཞིང་ཁམས་རྒྱ་མཚོ་བཟུང་བ་དང་། བྱང་ཆུབ་ཀྱི་སེམས་རིན་པོ་ཆེ་རྒྱུད་ལ་སྐྱེས་ཏེ་རྒྱལ་བའི་སྲས་སུ་གྱུར་པ། འཁོར་བའི་རང་བཞིན་སྡུག་བསྔལ་དུ་ཤེས་ནས་དེ་ལས་ཐར་བར་འདོད་པའི་དབེན་པ་ལ་ཕྱོགས་ནས་བསམ་གཏན་གྱི་བདེ་བ་སྤྱོང་བ་དང་། གཞན་ཡང་ཕྱོགས་ཆགས་བསམ་གྱིས་མི་ཁྱབ་པ་ཡང་དག་པའི་ལམ་ལ་གཞག་སྟེ། ངན་སོང་དང་། ངན་འགྲོ་ལས་ནི་བསྒྲལ། སེམས་ཀུན་ནས་ཉོན

མོངས་པས་ཁྱབ་པའི་དྲི་མ་ནི་བཀྲུས། ཆོས་ཀྱི་སྒྲོན་མེ་ཆེན་པོ་བཏེགས་ནས་འཁོར་བའི་མུན་ནག་ལ་ལན་གཅིག་མ་ཡིན་པར་འཐུམ་པའི་འགྲོ་བ་རྣམས་ནི་ཐར་པའི་སྣང་བ་དམ་པས་ཡོངས་སུ་ཁྱབ་པར་བྱས་སོ། །དེའི་ཚེ་རྒྱལ་བུ་གཞོན་ནུ་ཟླ་མེད་ལ་སོགས་པ་འཁོར་འདུས་པའི་ཚོགས་ཐམས་ཅད་དགའ་ཞིང་། གུས་པ་དང་། རྗེས་སུ་ཡི་རང་བའི་སྒོ་ནས་དགེ་བའི་བཤེས་གཉེན་དགྲ་བཅོམ་པ་ཆོས་ཀྱི་དབང་ཕྱུག་ལ་མེ་ཏོག་བསིལ་མས་གཏོར་ཞིང་ཕྱག་བྱས་ནས། ཆོས་ཀྱི་རྒྱལ་པོ་དགེ་བའི་བཤེས་གཉེན་ལེགས་སོ། །འཇིག་རྟེན་འདྲེན་པ་ལེགས་སོ། །ཁྱེད་ཀྱིས་བདག་ཅག་ལ་ཆོས་ཀྱི་དྲིན་གྱིས་བསྐྱངས་པ་འདི་ལྟ་བུ་ནི་སུས་ཀྱང་མ་བགྱིས། རྒྱལ་པོས་ཀྱང་མ་བགྱིས། ལྷ་རྣམས་ཀྱིས་ཀྱང་མ་བགྱིས། མཛའ་བཤེས་དང་། ཕ་ལག་གི་ཚོགས་དག་གིས་ཀྱང་མ་བགྱིས་ཏེ། ཁྲག་དང་མཆིལ་མའི་རྒྱ་མཚོ་ནི་བསྐམས། རུས་པའི་རི་དྭགས་ཀྱི་རྒྱ་ལས་ནི་བསྒྲལ། ངན་སོང་གི་སྒོ་ནི་ཡོངས་སུ་བསྡམས། མཐོ་རིས་དང་ཐར་པའི་སྒོ་ཡང་དག་པར་ཕྱེ། སེམས་ཅན་དམྱལ་བ་དང་། ཡི་དྭགས་དང་། དུད་འགྲོ་རྣམས་ནི་རྩ་བ་ཕྱུངས། རྣམ་པར་གྲོལ་བའི་དཔལ་དང་། ལྷ་དང་མི་རྣམས་ཀྱི་ནང་དུ་ཀུན་ཏུ་དོན་ཡོད་པའི་གནས་སུ་བཞག་གོ་ཞེས་ལན་གསུམ་ཆེད་དུ་བརྗོད་པ་ཆེད་དུ་བརྗོད་དོ། །

54. སྙན་དངགས་ཆེན་པོའི་རང་བཞིན་གྱི་བརྗོད་བྱ་སྡེ་བཞི་དང་སྙན་ཚིག་ལུས་ཀྱི་རྩོམ་རྩལ། རྩོམ་པའི་ཡུལ་དུས་སོགས་བསྟན་ནས་མཇུག་བསྡུས་པ།

སྨྲས་པ། སྙན་པའི་ཉམས་ལྡན་ངག་གི་འགྱུར་བག་སྟོང་། །རྫོགས་པའི་རོལ་མོ་རྒྱལ་རྣམས་མཆོད་པའི་སྤྲིན། །གསུང་རབ་ཟབ་རྒྱས་གཞལ་མེད་

ཁང་ཆེན་པོར། །འཇུག་པའི་རིན་ཆེན་ཐེམ་སྐས་སྙན་དངགས་ཀྱི། །ལམ་སྲོལ་བརྗོད་བྱ་སྡེ་བཞིར་ཕྱེ་བ་ལས། །འདོད་པའི་གཏམ་གྱི་རིམ་པ་སྙིན་ལེགས་མའི། །འགྲམ་ཚང་མངར་པོས་ཚགས་ལྡན་བ་ཀུ་ལའི། །ཡིད་ཀྱི་མེ་ཏོག་ཀུན་དགར་བཞད་པ་དང་། །བསོད་ནམས་བྱས་པ་སྤྱི་དང་ཁྱད་པར་ཡང་། །སྨིན་པ་རླབས་ཆེན་ཆུ་གཏེར་བསྒྲུབས་སྐྱེས་ཀྱི། །ནོར་མང་ཡོངས་སུ་བཟུང་བ་རྒྱ་ཆེ་བ། །ཉི་ཟླའི་སྣང་བས་དབུལ་ཕོངས་མུན་སྨག་བཅོམ། །བསྐལ་པ་སྟོང་དུ་རྙེད་དཀའ་དམ་པའི་ཆོས། །སྐུ་བཞིའི་དབང་ཕྱུག་མངོན་དུ་གྱུར་པའི་ལམ། །ཚང་ལ་མ་ནོར་བརྗོད་བྱའི་ཡང་སྙིང་གི། །གཏམ་ནི་གསལ་ཞིང་གོ་སླའི་ངག་གིས་འདོམས། །བླ་མེད་ཟབ་གསང་ཆོས་ཀྱི་གདམས་པའི་བཅུད། །སྙིང་གི་ཡོལ་གོར་འཁྱིལ་བའི་དགེ་མཚན་ལས། །བསྐལ་བཟང་ཐར་པའི་གྲོང་ཁྱེར་ཉམས་དགའ་བར། །ཡོངས་སུ་སྤྱོད་པའི་སྡེ་བཞིའི་ཡོན་ཏན་རྫོགས། །སྙན་དངགས་ཆེན་པོའི་རང་བཞིན་བཅད་ལྷུག་དང་། །སྤེལ་མའི་ལུས་ཀྱི་གནས་སྐབས་གསལ་བྱེད་པ། །པད་མ་རྒྱས་ཚལ་ལ་སོགས་གྲོང་ཁྱེར་གྱི། །བཀོད་པ་འཆི་མེད་གནས་ལས་རྒྱ་ཆེར་བརྩིགས། །ཕ་མཐའ་ལྟར་མི་མངོན་པ་རིན་ཆེན་གཏེར། །དྲི་བསུང་ལྡན་པའི་རྒྱ་མཚོ་རླབས་ཕྲེང་གཡོ། །སྤྱི་བོར་བགྲོད་ལ་མཁའ་འགྲོའི་དབང་ཕྱུག་ཀྱང་། །བསྙེམས་འཕྲོག་བྱ་ངལ་ལྷུན་པོའི་རང་བཞིན་བརྗོད། །དུས་ཀྱི་ཁྱད་པར་དཔྱིད་དཔལ་དར་བ་དང་། །དབྱར་གྱི་དཔལ་མོའི་དགེ་མཚན་གསལ་བར་བྱས། །མངོན་འདོད་རྩེ་དགར་རོལ་ཚོ་ཉི་ཟླ་ཡང་། །རྗེས་ཆགས་དབང་གིས་འཆར་བའི་རབ་བཏགས་མང་། །བཀོད་ལེགས་འོད་སྣང་རིན་ཆེན་སྐྱེད་མོས་ཚལ། །སྔོན་པའི་ཐེང་བ་ཚར་དུ་དངར་བའི་དབུས། །པད་མའི་དྲ

བས་ཁེབས་པའི་ཆུ་རྫིང་ལ། །ཡིད་འོང་མཛེས་མའི་རོལ་རྩེད་མཆོག་ཏུ་བསྒྲགས། །བག་མའི་དགའ་སྟོན་ཆེན་པོར་ལོངས་སྤྱོད་ཚེ། །ཚང་འཁྲུང་གླུ་དང་གར་གྱིས་རྩེ་བ་དང་། །གཞོན་ནུ་ཡིད་འོང་ལྷན་ཅིག་འདུས་ཐོབ་ནས། །དགའ་བའི་དགའ་སྟོན་ལ་རོལ་ངང་ཚུལ་བཟོད། །དང་པོར་རེ་བ་ཇི་བཞིན་མ་རྫོགས་པའི། །གདུང་བ་ཟད་མི་ཤེས་པས་ཡོངས་མནར་ཡང་། །སླར་ནི་བག་མའི་ཚོ་ག་རྒྱ་ཆེན་པོས། །ཕན་ཚུན་རྩེ་དགའི་རོ་ལ་ཆགས་པར་བསྟན། །མཐོ་རིས་ཡོན་ཏན་བདུན་གྱི་མངལ་གྲོལ་ནས། །གཞོན་ནུ་ཟླ་མེད་སྐྱེ་བར་ལྡན་པ་དང་། བྱམས་ལྡན་མ་ལས་ལེགས་བསྐྱངས་ལང་ཚོ་དང་། །ཡོན་ཏན་ཟླ་ལྟར་འཕེལ་བའི་བསྔགས་བརྗོད་ཕྱིར། །རྒྱལ་ཐབས་ཆེན་པོའི་ཞི་དྲག་བྱ་བའི་ཚུལ། །བློ་གྲོས་ཡངས་པའི་བགྲོས་ལ་མང་ཞུགས་ཤིང་། །ཕན་ཚུན་རྒྱལ་ཁབ་དག་ཏུ་འདབ་ཆགས་ཀྱིས། །རྩལ་རྫོགས་ཕོ་ཉའི་འགྲོ་འོང་གསལ་བར་མཚོན། །ཡན་ལག་བཞི་ལྡན་དཔུང་གི་གྲུ་མཆོག་ཏུ། །གཞོན་ནུ་ཟླ་མེད་འཕགས་པས་གཡུལ་བསྒྲེས་ཏེ། །གཞན་སྡེ་ཉིན་བྱེད་འོད་ཀྱིས་བ་སོ་ལྟར། །རྨིག་མེད་བཅོམ་ལས་འདྲེན་པ་རྒྱལ་སྲས་ཀྱི། །མངའ་ཐང་དབྱར་མཚོའི་དཔལ་ལྟར་དར་བ་ཡིས། །སྣན་ཚིག་ལུས་ཀྱི་རྣམ་ཚུལ་རྫོགས་པར་བསྟན། །གངས་ལྗོངས་སྐོས་ཀྱི་ཕ་མཐའ་གཞལ་མེད་ཀུན་ཁྱབ་ལྷ་ཡི་ལམ་ཡངས་པོར། །རྣམ་དཔྱོད་ཤེས་བྱའི་ཆུ་བུར་གྱིས་ལྡི་མཁས་མང་ཕྱིན་སྟོན་རོལ་པ་ཡིས། །ཡོངས་ཁྱབ་ཕན་བདེའི་ལོ་ཏོག་རྒྱས་བྱེད་ལེགས་བཤད་རིན་ཆེན་སྙིང་པོའི་ཆར། །བསྙིལ་བས་དོན་གཉིས་འབྲས་བུར་སྨིན་མཛད་དེ་དག་བཀའ་དྲིན་བསམ་ཞིང་དྲན། །འགྲོ་རྣམས་ལས་ཉོན་འཆིང་བ་བརྒྱུས་བཅིངས་སྡུག་བསྔལ་གསུམ་གྱི་མུན་པས་གནག །བླང་དོར་

གནས་ལ་ཀུན་ཏུ་རྫོགས་པའི་གོམ་སྟབས་ངན་འགྲོའི་གཡང་སར་འཕྱེར། །རྣམ་དཔྱོད་ཤེས་རབ་འདྲེན་བྱེད་སྤོངས་པའི་ལུས་ཅན་ཉམ་ཐག་དམུས་ལོང་ཀུན། །དམ་པའི་ལམ་ལ་ཡང་དག་དཀྲི་བའི་ས་མཁན་ཆོས་སྦྱིན་རིན་ཆེན་གཏེར། །བདུད་རྩིའི་རྒྱ་མཚོ་ལེགས་བཤད་རླབས་ཕྲེང་ཆལ་ཆིལ་གཡོ་བའི་དགའ་སྟོན་ལ། །འབད་མེད་ཅི་དགར་ལོངས་སུ་སྤྱོད་པའི་སྐལ་བཟང་རྒྱུད་འབྱུང་འདི་ཐོབ་དེང་། །སྙོ་རྫོངས་རང་བཟོའི་ཚིག་གི་ཁྲིན་ཆུ་མ་རྟོགས་ལོག་རྟོག་རྙོག་མ་ཅན། །བབ་ཅོལ་བ་ཚྭའི་རང་བཞིན་ཅན་འདི་སྒྲུབ་ལ་རང་ཉིད་ངལ་བར་ཟད། །དེ་ལྟ་ན་ཡང་རབ་འབྱམས་ཤེས་བྱའི་གཟུགས་བརྙན་ཀུན། །འཆར་བཟོད་ཐ་སྙད་རིག་པའི་མེ་ལོང་གཙང་མ་ལ། །བཅད་ལྷུག་སྤེལ་མའི་རྣོས་གར་གཏམ་གྱི་དར་དཔྱངས་ཀྱིས། །ཆུན་འཕྱང་སྤེལ་འདི་དོན་གཉེར་ཅན་གྱི་གཟིགས་མོར་སྤེལ། །དེ་ཡང་འདོད་དང་གཡུལ་གྱི་གཏམ་སོགས་སྙན་ངག་ལུས། །གསལ་བར་བྱེད་པའི་ཚིག་གི་སྦྲུས་པ་མང་ལྡན་ཡང་། །སྙིང་པོར་འབབ་པ་ངེས་འབྱུང་གཏམ་གྱི་ཛ་བོ་ཆེས། །གང་དག་མ་རིག་གཉིད་ལས་སློང་བའི་ཆོས་དབྱངས་ཟབ། །བྱེད་པོ་སྲིད་གདུང་ཁུར་གྱིས་རབ་ལྟི་བག་མེད་པའི། །འདམ་དུ་ཡོངས་བྱིངས་ལེ་ལོའི་མུན་གཏིབས་ཆོས་མིག་དང་། །ཐལ་བས་བླང་དོར་མི་ཤེས་བཞིན་དུ་གང་སྨྲ་བ། །ཐག་ཅའི་རོལ་མོའི་སྤུན་ཟླར་གྱུར་མོད་འོན་ཀྱང་ནི། །ལྷག་བསམ་དགེ་བའི་སྣེ་བཞིའི་དཔལ་ཡོན་གསལ་བྱས་པ། །བྱིས་པའི་ངག་གི་སྦྱོར་བ་ལས་བྱུང་ལེགས་བཤད་གཏམ། །མཁས་པ་དོན་དུ་གཉེར་བ་ཇི་བཞིན་འདྲེན་བྱེད་ཀྱིས། །ཟུར་ཙམ་གཡོས་ལ་འགལ་བའི་ཆ་ཤས་མེད་སྙམ་བགྱིད། །སུ་དགའ་འདུ་འཛི་བྲེ་མོའི་གཏམ་དང་ངག་འཁྱལ་དང་། །ཚིག་རྩུབ་རྫུན་ཕྲེང་མགྲིན་པར་

དཔྱང་མིན་འཇིག་རྟེན་ལུགས། །ཇི་བཞིན་འདོད་པའི་གཏམ་གྱི་ཤིང་རྟས
ཉེར་དྲངས་ཏེ། །ཆོས་དཀར་ཉིན་བྱེད་འདྲེན་པ་འདི་ནི་དོན་ཡོད་སྙམ། །
དེ་ལས་བྱུང་བའི་དགེ་བའི་དངོས་པོ་ཏེ་སེའི་རང་བཞིན་འཛུམ་དཀར་
ཅན། །ལེགས་པར་བཤད་པའི་ཆ་ཤས་གང་མཆིས་རྣམ་བཞིའི་དཔལ་འབབ་
གླིང་ཟབ་མོ། །ཁོར་ཡུག་ལྡན་པ་རྒྱ་གཏེར་འཛིན་དུ་རིན་ཆེན་འཛིན་པ་དེ་
སྲིད་དུ། །ཀུན་མཁྱེན་ཡེ་ཤེས་རྒྱ་མཚོར་རྟག་འབབ་སྐལ་བཟང་ས་ལ་རེག་
གྱུར་ཅིག །

ཅེས་གཞོན་ནུ་ཟླ་མེད་ཀྱི་གཏམ་རྒྱུད་དུ་བྱས་པ་སྤེལ་མ་ཟློས་གར་གྱི་བསྟན་བཅོས་དང་མཐུན་པར་སྦྱར་བ་སྙན་དངགས་ཆེན་པོའི་རང་བཞིན་གྱི་བརྗོད་བྱ་སྡེ་བཞི་དང་། ལུས་རྩོམ་པའི་ཚུལ་རྫོགས་པར་བྱེད་པ། ངེས་པར་འབྱུང་བ་དང་འདུས་བྱས་མི་རྟག་པ་ལས་བརྩམས་པའི་གཏམ་གྱིས་ཡིད་དྲངས་ཏེ། སྙིང་པོ་ཆོས་དང་ཐར་པའི་སྡེ་རྩལ་དུ་བཏོན་པ་མུཀྟི་ཀའི་ཕྲེང་བ་ཞེས་བྱ་བ་འདི་ནི། དོན་གཉེར་ཅན་འགའ་ཞིག་གིས་སྨྲ་བའི་འབབ་སྟེགས་བསྐྱོད་ནས་འཇེབས་པའི་ཚིག་གིས་བསྐུལ་ཞིང་། སྐབས་འགར་ནི་སྙན་ཚིག་གི་ལམ་ནས་དྲངས་པའི་འཕྲིན་ཡིག་ཏུ་སྤེལ་བས་ཀྱང་གསལ་བཏབ་པ་ལ་བརྟེན་ནས་གཟིའི་རིགས་ཀྱི་ཐ་ཤལ་སྐྱེས་པ་བཟུང་བ། རྣམ་པར་གཡེང་བ། གཞན་དབང་ཡིངས་མ་ལམ་གྱི་བྱ་བ་ཁོ་ནས་དུས་གྲོན་པར་བྱེད་པ། སྨོམས་ལས་པ་དབྱངས་ཅན་དགའ་བ་ཚེ་རིང་དབང་གི་རྒྱལ་པོའམ། མིང་གཞན་ཚངས་སྲས་དགྱེས་པའི་བློ་ལྡན་དུ་འབོད་པས་ཡུལ་ཡར་འབྲོག་གི་སའི་ཆ། རྒྱ་གཏེར་ཆེན་པོ་དང་ར་གཡུ་མཚོ་ཞེས་འདབ་ལྡན་མགྲིན་པའི་ཛ་ཛ་སྙན་པར་སྒྲོགས་པའི་འཛུག་ངོགས། མངོན་པར་མཐོ་བ་དང་ངེས་པར་ལེགས་པའི་འདོད་པ་ཡིད་བཞིན་

དུ་འཇོ་བ་ཛོ་བོ་བསམ་འཕེལ་ནོར་བུའི་གཙུག་ལག་ཁང་དང་ཟུང་དུ་འབྲེལ་བ། གྲི་གུ་བཀྲ་ཤིས་མཐོང་སྨོན་དུ་ཁྲིམས་ཀྱི་ཁ་ལོ་པར་ལུང་གིས་ཡངས་པའི་ལས་འཛིན་དུ་རེ་ཞིག་འདུག་སྐབས་དབུ་བརྩམས། དེའི་འཕྲོས་སུ་སྒྲུར་པ་རྣམས་ཡེ་ཤེས་ཀྱི་སློབ་དཔོན་པད་མ་སམྦྷ་ཞབས་དགྱེས་པར་རྩེན་པའི་གནས་ཞུགས་པད་མ་གླིང་གི་གནས་སྒོ་ཁྲུང་ཆེན་བྲག་གི་ནང་དུ་རྫུད་པ། ཤེལ་དཀར་གྱི་བ་གམ་མངོན་མཐོ་བ་བརྩེགས་པ་དང་ཀུན་ནས་འདྲ་བ་སྤྲོལ་ལྷ་གངས་དཀར་གྱི་འདབས་ཞོལ། ལོ་ཧོག་ལ་གནམ་གྱི་ཉེར་འཚོ་སེར་བ་དང་། ཐོག་གི་འཇིགས་པ་མེད་པ། ཡུལ་དེའི་སྐྱེ་བོ་རྣམས་བདག་ཏུ་བཟུང་བའི་སྲོག་ཆགས་སྲོག་གཅོད་པ་ལས་ཟློག་པ། རང་བཞིན་གྱིས་དགེ་བ་ལ་མོས་པ་མི་འཕྲོག་པ། རྒྱུ་ཀླུང་ཆེན་པོ་རྣམ་གཉིས་ཀྱི་གྲུར་འབབ་ཅིང་། ལྗོན་པའི་ཕྲེང་བས་ཁོར་ཡུག་ཏུ་མཛེས་པར་བྱས་པ། མདོ་མཁར་བཀྲ་ཤིས་རབ་བརྟན་དུ་རྫོགས་པར་བྱ་བ་འདི་ཡང་ཀུན་ཏུ་དོན་ཡོད་པར་གྱུར་ཅིག ཤུ་བྷ་མསྟུ་སརྦ་ཛ་ག་ཏམ། དགེའོ། ། ། །

དེབ་འདི་ནི་མི་རིགས་དཔེ་སྐྲུན་ཁང་གི་1957ལོའི་པར་གཞི་གཞིར་བཟུང་གིས་དཔེ་སྐྲུན་བྱས་པ་ཡིན། །

གཞོན་ནུ་ཟླ་མེད་ཀྱི་གཏམ་རྒྱུད།

རྩོམ་སྒྲིག་པ།	མདོ་མཁར་ཞབས་དྲུང་ཚེ་རིང་དབང་རྒྱལ།
རྩོམ་སྒྲིག་འགན་འཁུར་བ།	བསྟན་རྒྱས།
ཁ་ཤོག་རྣམ་འགོད།	སྐལ་ཚེ།
བར་འཇུག་རི་མོ་འབྲི་བ་པོ།	བྱམས་བཟང་།
ཁ་བྱང་འབྲི་བ་པོ།	ཚེ་རྣམ།
རྒྱུག་ལས་པར་གཞི་སྒྲིག་མཁན།	ཕྱིན་པ་ཚེ་རིང་།
པར་འདེབས་འགན་འཁུར་བ།	ཟླ་སྒྲོན།
དཔེ་སྐྲུན་འགྲེམས་སྤེལ་ཚན་པ།	བོད་ལྗོངས་མི་དམངས་དཔེ་སྐྲུན་ཁང་། (ལྷ་ས་གླིང་སྐོར་བྱང་ལམ་སྒོ་ཨང་20)
པར་འདེབས་ཚན་པ།	བོད་ལྗོངས་རི་ཆུ་པར་འདེབས་ལག་རྩལ་ཚད་ཡོད་ཀུང་སི།
དེབ་ཚད།	850 × 1168 1/32
དཔར་ཤོག	12.25
བར་འཇུག་ཤོག་གྲངས།	1
ཡིག་གྲངས།	ཁྲི་20
པར་གཞི་སྒྲིག་ཐེངས།	2008ལོའི་ཟླ་6པར་པར་གཞི་3བསྒྲིགས།
དཔར་ཐེངས།	2024ལོའི་ཟླ་3པར་པར་ཐེངས་13བཏབ།
དཔར་གྲངས།	36,601–39,600
དཔེ་རྟགས།	ISBN 978 – 7 – 223 – 02458 – 7
བཅད་གོང་།	30.00